열정

# 역정
### 나의 청년시대

초판 1쇄 발행 / 1988년 3월 15일
초판 12쇄 발행 / 2010년 12월 15일
개정판 1쇄 발행 / 2012년 11월 30일
개정판 2쇄 발행 / 2025년 6월 12일

지은이 / 리영희
펴낸이 / 염종선
책임편집 / 박대우 박주용
펴낸곳 / (주)창비
등록 / 1986년 8월 5일 제85호
주소 / 413-120 경기도 파주시 회동길 184
전화 / 031-955-3333
팩시밀리 / 영업 031-955-3399 편집 031-955-3400
홈페이지 / www.changbi.com
전자우편 / human@changbi.com

ⓒ 윤영자 2012
ISBN 978-89-364-7220-7 03810

歷程／나의 청년시대

리영희
자전적 에세이

창비

**일러두기**

- 이 책은 『歷程: 나의 청년시대』(창작과비평사 1988)의 개정판이다.
- 초판본의 표기를 현행 한글맞춤법과 외래어표기법에 맞게 수정했고, 외래어의 경우 현지음에 충실하게 우리말로 적어주었다. 단, 중국 인명과 지명은 저자의 표기에 따라 한자음을 우리말로 읽어주는 방식으로 했다.
- 저자의 이름은 공적인 문서 등 예외적인 경우를 제외하고는 생전의 저자의 뜻에 따라 '리영희'로 표기했다.

## 책을 내는 변명의 말

지난 30년 가까운 시간에 걸쳐서 나는 제법 많은 글을 써왔고 많은 인간의 전기를 읽었지만 자신의 이야기를 글로 옮겨볼 생각은 한 적이 없었다. 남이 써주는 '전기(傳記)'라면 모르지만 '자전(自傳)'이라는 글을 쓰는 행위는 인간 사회와 역사에 그만한 발자취를 남긴 극히 소수의 사람에게만 주어진 특권이라고 믿었기 때문이다.

자전을 쓰기를 거부한 모택동(毛澤東)이나 주은래(周恩來)의 말은 그 정신을 말해준다. "혁명가는 지나온 혁명이 그 인간의 전기다." 마찬가지로 사상을 글로 표현하는 사람에게 있어서는 그 글이 자신을 말하는 전부다. 자기에 관해서 쓴다는 것은 쑥스러운 일일 뿐 아니라 망발이거나 교만이라고 생각해왔다. 글답지도 않은 글을 써온 나에게는 더욱 그렇다.

그런 신념으로 글을 써온 나로서 '자기에 관한 이야기'를 내놓으려 하니 한 가닥 변명이 없을 수 없다. 한마디로 말하면 내 저서의 독자들에 대한 도의적 의무감에서다.

나는 1960년대부터 활화산처럼 타오르는 이른바 '의식화'의 '원흉'으로 몰아치는 권력에 의해서 60년대, 70년대, 80년대에 각기 한차례씩, 그에 대한 정권의 보복으로 세차례의 반공법에 의한 옥고를 치러야 했다. 그러나 대학생과 젊은 지식인 세계의 '의식화'의 물결에 나의 저서들이 몇 개의 물방울을 보탰는지 정확히 가늠할 길이 없다. 보탰다손치더라도 극히 미미한 것이라는 주관적 평가로 살아왔다.

그럼에도 불구하고 70년대와 80년대의 민주화혁명의 과정에서 무수히 많은 이 나라의 젊은이들이 국가보안법과 반공법으로 권력에 의한 탄압을 받는 법정에서 『전환시대의 논리』를 비롯한 나의 저서들이 문제의 발단이라는 사실을 확인할 수 있었다. 국가권력의 대리인인 검찰의 논고는 사건마다 나의 저서들을 열거하며 매도했다. 탄압에 굴할 줄 모르는 대학생 피의자들 또한 올바른 문제의식과 비판정신을 갖게 된 정신적·지적·사상적 영향으로서 나의 저서를 지적했다. 그로 인해서 나는 수많은 재판의 증인으로 지정되고 또 증인대에 서야 했다.

권력의 핍박을 받는 그들, 정의감에 넘치는 고결한 정신의 소유자들이 나의 저서를 처음으로 접한 후부터 겪은 내면적 변화에 따르는 희열과 갈등, 그로 인한 실천적 삶의 과정에서 당한 시련과 고통에 관해서 수없이 많은 고백을 직접 듣기도 했다. 법정투쟁과 개인적 고백의 견문을 통해서 차츰 나는 그들이 내 삶의 일부분인 것과 같이 나도 그들 삶의 일부임을 확인하게 되었다. 그것은 나에게 무한한 기쁨임과 동시에 무거운 도의적 부담이 되었다. 그들 중 많은 이들이 자신의 삶의 질과 내용과 방향에 일어난 변화에 일단의 책임이 있는 나의 삶에 관해서 알고 싶어하는 것이었다. 이렇게 해서 나는 나의 삶과 살아온 과정을 그들에게 고백할 도의적 의무를 느끼게 되었다.

그러던 때인 1980년, 광주시민의 민주항쟁 사건과 관련하여 어처구니없이 그 '배후조종자'의 한 사람으로 중앙정보부 지하 삼층 지하실에서 시달림을 받는 동안, 나는 다시는 앞으로 글을 쓸 수 없다는 선고를 받았다. 상황의 포악상으로 미루어 나 자신도 다시는 글을 쓸 수 없다는 판단을 내렸었다. 그 결정은 나의 지적 삶의 종말을 의미하는 처참한 체험이었다. 그렇게 땅속에 갇혀 있는 동안 결심한 것이 내 삶의 일부인 독자들에게 나의 삶을 털어놓은 글로써 지적 인생에 종지부를 찍으려는 일이었다.

그 속에서 풀려나온 후 1982년 겨울, 나는 원고지 뭉치를 싸가지고 경기도 양평군 한강 가에 있는 유인호(兪仁浩) 교수 소유의 농장에 틀어박혀 '나에 관한 이야기'를 쓰며 한 겨울을 보냈다. 그 당시의 정황으로 보아 언제 출판될 수 있을지 예상할 수도 없는 암울한 심정으로 펜을 움직여나갔다. 창작과비평사가 생활비의 일부까지 맡아주면서 언젠가 출판될 날을 위해서 집필을 권고하고 격려해준 데 힘입은 바 적지 않았다.

1983년 초, 원고의 3분의 2가량이 끝났을 때 나는 또 과거에 있었던 기독교사회문제연구원에서의 통일문제에 관한 강의와 관련하여 유인호 교수의 그 농장에서 곧바로 당국에 연행되어 집필은 거기서 중단되었다. 창작과비평사의 결정으로 마침내 활자화되는 이 책의 구성이 나의 소년시절부터 1963년으로 끝난 것이 그 때문이다. 나머지 부분은 혹시 그럴 필요가 있다고 생각되면 훗날 채워넣을까 한다.

끝으로 집필의 장소를 흔쾌히 제공해준 유인호 교수에게 감사한다. 어려운 시기에 물심양면으로 격려해준 백낙청(白樂晴)·임재경(任在慶) 형과 김윤수(金潤洙) 형을 비롯한 창비사의 여러분, 특히 원고의 교열과 편집과정에서 많은 수고를 한 부수영 씨에게 각별한 사의를 표한다. 기왕에 활자화된 글의 일부를 다시 쓰도록 허가해준 한길사의 김언호(金彦鎬) 사장의 후의에도 아울러 고마움을 적는다.

1988년 2월
버클리에서 李泳禧

제 1 부

식민지하의 조선 소년

# 1. 북국(北國)의 소년

**나의 고향 삭주 대관**

소월(素月)의 시 가운데 「삭주구성(朔州龜城)」이라는 애
달픈 시가 있다.

물로 사흘 배 사흘
먼 삼천 리
더더구나 걸어 넘는 먼 삼천 리
삭주구성은 산을 넘는 육천 리요

물 맞아 함빡이 젖은 제비도
가다가 비에 걸려 오노랍니다.

저녁에는 높은 산
밤에 높은 산

삭주구성은 산 너머
먼 육천 리
가끔가끔 꿈에는 사오천 리
가다오다 돌아오는 길이겠지요.

(…)

들끝에 날아가는 나는 구름은
반쯤은 어디바로 가 있을 텐고
삭주구성은 산 너머
먼 육천 리

내가 1929년 12월 2일에 태어난 곳은 평안북도 운산군(雲山郡) 북진면(北鎭面)이지만, 자라면서 어린 꿈을 키운 곳은 삭주군(朔州郡) 외남면(外南面) 대관동(大館洞)이다. 나의 고향 대관은 바로 소월의 시에서 "물 맞아 함빡이 젖은 제비"가 계절 따라 오가다가 내려서 날개를 쉬는 삭주읍과 구성읍의 중간에 있다.

소월의 시가 풍기는 정서 때문에 압록강 하류의 유명한 수풍발전소 댐에서 1백리쯤 내려와 있는 이 고장은 마치 사람이 살 수 없는 첩첩산중같이 생각되기 쉽다. 사실은 그렇지가 않다. 백두산과는 아예 인연도 없을 만큼 황해 쪽에 가까운 개명한 곳이다.

소월에게 "산 너머 먼 육천 리"로 비쳤던 것은 당시의 이 시인의 심정이 그러했을 뿐이다. 소월은 서울에서 뜻을 이루지 못하고 좌절하여 실의한 끝에 1924년 구성군 대안면(大安面) 남시(南市)에 낙향했다. 나의 고향 대관에서 시오 리 떨어진 남시의 초라한 처갓집의 신세를 지게 된 소월은 1934년 아편을 마시고 스스로 고달픈 인생을 하직할 때까지 머나먼 서울을 그리고 바라보면서 살았다. 서울은 그에게는 태양이었다. 평안북도의 시골, 문학이라는 인생의 윤택을 모르고 사는 무뚝뚝하고 잡초 같은 촌부들 속에서 소월은 한 줄기 해바라기처럼 태양만을 그리다가 죽어갔다. 그렇게 애타는 심정이다보니 별수 없이

삭주구성은 산 너머
먼 육천 리
가끔가끔 꿈에는 사오천 리
가다오다 돌아오는 길이겠지요

로 비칠 수밖에 없었을 것이다. 압록강변 산과 들에서 흘러내려 태천(泰川)벌을 적시고 곡창지로 이름난 박천(博川)에서 황해(黃海)로 합치는 대령강(大寧江)의 지류를 낀 대관동

은 소월에게 비친 그런 고장은 아니다.

내가 태어난 운산군 북진면은 한말, 이 나라의 명운이 시들었을 때 열강 제국주의가 다투어 군침을 삼키다가 마침내 러시아가 그 채굴권을 손에 넣었던 세계적으로 이름난 저 운산금광(雲山金鑛)이 있는 곳이다. 운산군은 군 전체가 금광이었다. 어른들의 말이, 길 가다 누런 것을 보면 먼저 허리춤에 집어넣는 사람이 그 금덩어리의 주인이라는 꿈 같은 고장이다. 하지만 나에게 남아 있는 운산 북진의 기억들은 금덩어리 주워담는 물욕적인 것과는 거리가 먼 아름다운 것이다. 인생을 거슬러서 처음으로 떠오르는 기억은 세살부터다. 아버지의 월급날, 통장 들고 우편소(우체국)로 가는 어머니 손에 매달려 가다가 중국집에 들러 나의 손에 사 쥐어준 중국호떡의 맛! 한일합방 후 러시아에서 미국인의 손으로 넘어온 운산금광의 부속병원에서 파워(아마 Power겠지)라는 키 크고 코 큰 누렁머리의 이상한 인간으로부터 억지로 입속에 부어넣어졌던 흰 회충약 가루(산토닌)의 쓴맛!

기억이라는 신기한 마술이 그 어린 마음에 새겨놓은 향수 중에서, 오십여년이 지난 오늘까지도 해가 갈수록 더 그리워지는 추억은 큰누이의 무릎에 안겨서 누이가 부르는 "나의 살던 고향은 꽃피는 산골, 복숭아꽃 살구꽃 아기진달래……"를 듣던 그 곡조와 그 장면이다. 네살 때의 기억이 어쩌면 이다지도 선명할 수 있을까 싶을 만큼 북국의 정경이 눈앞에 선하게 아른거린다.

북국의 봄은 들기가 늦었다. 눈과 얼음에 덮였던 긴 겨울이 가고, 초가집 처마끝에 매달린 긴 고드름 끝에서 물방울이 떨어지면 토방 밑의 진흙도 녹았다. 어린 누이들은 남향의 토방 밑에 쪼그리고 앉아 울타리에서 뽑아온 길고 매끈한 숫당개비로 녹은 진흙땅을 다듬이질하면서 노래를 부르고 놀았다.

　　나의 살던 고향은 꽃피는 산골
　　복숭아꽃 살구꽃 아기진달래⋯⋯

나의 인생에서 처음 배운 노래가 이 노래다. 배웠다기보다는 그 노래의 정서와 곡조가 네살짜리 마음에 녹아들어, 철든 먼 훗날 불현듯 그때 그 장면이 아득한 기억으로 되살아나는 것이다. 그 노래는 정말로 북국 마을과 삶의 풍경을 그린 것만 같아서, 회갑을 바라보는 나이에도 그 노래를 들으면 이제는 이 나라의 지도에서조차 뭉개져 없어진 아득한 이북의 고향으로 마음이 달려가는 것이다. 영림서(營林署) 직원이던 아버지가 전근하면서 이웃 삭주군의 대관면으로 옮긴 것이 다섯살 때, 국민학교를 졸업하고 경성(서울)의 중학교로 유학을 떠날 때까지 오직 즐겁기만 했던 유년과 소년시절을 보낸 대관이야말로 '마음의 고향'이다.

고구려의 옛터였던 이 고장은 나라의 이름도 수없이 바

뀌었다. 발해를 거쳐 오랫동안 여진의 조상들이 터를 닦고 살았고, 신라 선덕왕(善德王) 때 수복되었으니까, 확고하게 이 나라의 영토가 된 것은 1천3백여년밖에 되지 않는다. 그 나마 사실은 '버린 땅'이나 다름없었을 것이다. 동국여지승람에 따르는 기록으로는 고려 정종(靖宗) 대에 성을 쌓고 방어사(防禦使)를 두었다니까 거의 1천년이 되어간다. 오랫동안 몽골족 오랑캐의 지배도 받았으니 나의 선조들의 몸에는 여러가지 색깔의 피가 섞여 있을 법하다.

그런 역사적 사실들은 철들어 공부라는 것을 하면서 알게 된 것일 뿐, 어린 시절의 나의 삶과는 무관한 것이었다. 마을은 천년 자란 검푸른 이끼로 덮이고 우리는 반은 허물어져 폐허가 된 산성으로 깃을 두른 허위대 좋은 산을 등지고 자랐다. 앞으로는 넓은 대령강이 구슬처럼 맑은 물을 넉넉하게 흘러내려서 사계절 마르는 일이 없었다. 대령강 저쪽으로 펼쳐진 넓은 뜰은 오곡이 무르익고, 소년의 눈에는 끝 간 데가 없어 보였다.

삭주·구성 일대 주변에는 금광이 많고, 산림(山林) 사업이 활발했던 까닭에 3백호 남짓한 시골 면소재지치고는 아주 부유한 편이었고, 국민학교에 들어간 해는 북조선과 만주를 공업화하려는 일본제국의 대륙개발정책이 한창인 때였다. 북쪽으로 1백리쯤 떨어진 압록강을 가로막는 대공사가 시작되어, 졸업하기 전해에는 그 당시 세계에서 두번째로 크다는, 동양에서는 최대라고 하는 발전량 66만킬로와

트의 유명한 수풍(水豐)발전소가 완공되었다. 수풍발전소 댐공사가 시작되면서 경의선(京義線) 철도상의 고읍 덩주(定州, 정주)와 삭주군 수풍을 잇는 '정삭선(定朔線)' 철도가 부설되었다.

정주에서 시작하여 구성을 거쳐서 차츰 우리 마을에 가까워지는 선로부설공사를 구경가는 것이 시골 아이들의 방과 후의 즐거움이었다. 경상도 사투리를 쓰는 철로부설 인부들이, 일본말인지 조선말인지 알 수 없는 "에이 호라 홋!" 소리를 합창하면서 곡괭이를 내려박을 때마다 철도 레일은 우리 마을에 가까워졌다. 어느날, 수십리 사방에서 모여든 남녀노소의 면민(面民)들 앞에, 구름 같은 검은 연기를 뿜으며 멀리서 요란한 진동과 함께 거대한 물체가 다가왔다. 흥분한 어른들 사이에 끼어서 3학년 반 동무들과 넋을 잃고 바라보고 있는 나의 앞쯤에 와서 정지한 괴물은 느닷없이 하늘이 찢어지는 듯한 굉음을 울렸다. 정신없이 바라보고 있던 나는 그 소리에 놀라 자갈밭에 엉덩방아를 찧었다. 환영하러 나온 시골 어린이들에 대한 기관사의 답례치고는 고약한 방식의 인사였다. 이것이 나와 문명의 이기 사이의 과히 유쾌하지 않은 첫 대면이 되었다.

이듬해(1939년)에는 우리 면에 벌써 전기가 들어오고, 뒤따라 전화가 들어왔다. 이렇게 해서 나의 작은 고향 마을은 1930년대 말에는 철도·전기·전화의 3대 문화적 시설이 다 갖추어진 셈이다. 내가, 해방된 지도 30년이 지난 1970년대 말에서야 겨우 남한의 읍이나 면 소재지에 전기나 전화가 가설되기 시작하는 것을 보고 개탄한 것은 그 때문이다.

평안북도는 기독교의 수용이 남한보다 훨씬 일러서 일찍 개명했다. 게다가 나의 고향을 중심으로 한 삭주·구성·창성(昌成)·운산 등 여러 군은 '노다지'로 이름난 많은 금광과 산림업 덕택으로 그 시기에는 대부분 문명의 3대 이기를 누렸던 것이다.

등산을 즐기는 일행들 사이에서 지금 나의 별명은 '말갈(靺鞨)'이다. 박현채(朴玄琛) 씨가 나를 압록강변 북쪽 '산골 놈'이라고 해서, 가장 미개적 명칭을 작명하느라고 수고한 결과다. 그런데 내가 그의 고향인 전라남도 지리산 주변지역의 군소재지들보다도 몇십년 전에 그같이 개명한 지방에서 소년시절을 보낸 사실을 이 작명가는 지금도 믿으려 하지 않는다. 남조선에 비해서 북조선은 반세기는 일찍 개명했던 것이다.

마을의 역사적 내력은 잘 모르지만, 삭주읍과 구성읍을 제외하면 이 지역 백리 사방에 대관동만큼 크고 낡은 향교(鄕校)가 없었던 것으로 미루어 유교문화의 한 중심지였던 것이 틀림없다. 향교는 면을 한눈에 내려다보는 뒷산 중턱에 자리하고 있었다. 기와에 두텁게 꼈던 무성한 이끼와 오랜 세월에 풍화한 거친 기둥의 모양, 그리고 건물의 무게에 눌려서 기둥의 밑뿌리가 주춧돌 위에 찢어져 밀려나 있던 것으로 미루어, 제법 몇백년은 되어 보였다. 마르고 터서,

둘레에 칼자국처럼 깊은 흠이 수없이 파여 있던 기둥들은, 어른들의 말에 따르면 싸리나무라고 했는데 우리 또래 소년의 두아름을 넘는 굵기였다.

향교 뒷산 꼭대기에는 압록강변 삭주에 기점을 두고, 구성·태천·박천을 거쳐서 평양·서울로 이어지는 옛 수연(燧煙) 통신망의 하나인 연대봉(煙臺峯)이 있었다. 아마도 고려시대까지 거슬러 올라갈 이 연대봉에 오르면 눈 아래에 대령강의 시원한 강물과 그 너머로 넓은 벌이 펼쳐졌다.

이처럼 산과 물과 벌이 고루 자연을 이루는 살기 좋은 고장이었는데, 주변 타관 사람들 사이에는 대관을 두고 이상하게 폄하하는 말이 유행하고 있었다. 어쩌다 객지 나들이 길에서 만난 사람이 대관에 간다고 하면, "삭주 대관은 뭐하러 가나, × 빨러 가나?"라는 농담으로 웃음이 터지는 것이었다. 어째서 그런 말이 생기게 됐는지, 나는 확실한 이유나 배경을 어른들에게서 듣지 못했다. 방학 때 일본에서 돌아온 면 출신 유학생들은 우리 어린것들에게 구성(龜城)까지 이어지는 이 벌에서 그 옛날 강감찬 장군이 압록강을 건너 쳐들어왔던 거란장수 배압(排押)의 군사 10만을 맞아 대파시켰다는 말을 들려주기도 했다. 그 유학생들은 마치 자기들이 그 장면을 목격이나 한 것처럼, 이 벌판이 거란군사의 시체로 덮이고, 대령강의 물이 몇달을 두고 붉게 흘렀다는 따위의 이야기를 하는 것이었다. 국민학생인 우리들은 그런 이야기를 들려주는 어른들이 어째서 목소리를 죽여가

며, 한참씩 생각하다가 이야기를 이어나가는지 까닭을 알
리가 없었다. 그 당시는 일제식민지 말기였다.

광산(금광), 산림(목재·약초), 농업이 부흥한 고장이어서
그처럼 웅장한 향교가 있을 수 있었던 것으로 생각된다. 그
렇지만 유교적 문화의 특색이 각별히 짙은 생활양식은 아
니었던 것 같다. 평안남북도는 전반적으로 기독교의 선교
가 일찍 퍼졌던 탓이겠지만, 나의 고향에서는 양반·상놈의
구별이라든가, 엄격한 신분적 위계질서 같은 것을 알지도
못하고 느끼지도 못하고 자랐다. 서울이나 남한의 각 지방
에서는 해방 후 오늘날에도 일상생활에 그런 구별이나 의
식이 짙게 남아 있는 것을 볼 때, 나는 평안도가 평등주의
적 사회기풍이 상당히 철저했던 것을 새삼 깨닫게 되는 것
이다. 하기야 이 나라의 역사를 통해서 북방 변경(邊境)이었
던 평안북도에 이남(以南) 사람들이 20세기 말인 지금도 제
각기 핏줄을 자랑하는 벼슬이나 문벌 같은 왕권체제의 혜
택이 주어지지 않은 것은 사실이다. 특히 이조 5백년의 영
화와 오욕을 독점했던 이남의 후예들에게는 이북사람, 그
중에서도 변경방위의 무인(武人)밖에 없었을 평안북도 사
람들은 모두 '상놈'의 후예로밖에 비치지 않을지도 모른다.
어쨌든 나는 자라면서부터 신분적 상반관계니, 직업적 귀
천의식이니 하는 것을 알지 못했다. 내가 끼어 있는 등산반
에서 오늘날 이 나라 사회의 민주주의적 저명인사라는 분
들이 산길에서 마주치거나 스쳐가는 사람을 보고, "저 사

람 동인(東人) 같군", "아니야 서인(西人) 닮았는데……"라 든가, "누구누구 거동을 보니 노론(老論)이 틀림없어" 하면, "어림도 없는 말, 그게 어떻게 노론인가, 소론(少論)이지"라 는 따위의 즉석 격론이 벌어지는 것을 보면서 나는 다만 나 의 무식에 침묵을 지킬 뿐이다.

왕권을 둘러싸고 당쟁으로 해와 달을 보내온 이남지방의 긴 생활사에 비추어서 관상을 볼 지식도 없고, 몸에 밴 생활 감각도 없다보니 그런 논쟁은 하나도 실감이 나지 않는다. 그러면서 한편으로 해방 후 이북과 이남의 정치풍토가 달 라질 수밖에 없었던 그 무엇인가를 절실하게 느끼곤 한다. 본관(本貫)이나 성(姓)이라는 것이 사람을 식별하는 기호 이상의 것이라는 말을 들어본 일 없고 그 같은 사회적 현상 에 마주쳐본 일이 없이 자랐으니 그럴 수밖에 없다.

그런 사회정신 속의 생활풍토 탓이었는지, 웅장한 고향 의 향교는 향교로서의 구실을 멈춘 지가 오래였다. 고색창 연한 향교의 방들은 보통학교로 사용되었다. 여섯 학년 한 반씩이 방을 하나씩 차지할 만한 크기였으니까 그 향교의 규모는 쉽게 짐작할 수 있을 것이다. 입학하여 1년이 지난 뒤에 그 향교 건물은 헐리고, 그 자리에 조선총독부 시골 소 학교의 표준형인, 불면 날아갈까 걱정스러울 만큼 가볍고 알량한 국민학교 건물이 세워졌다.

내가 입학한 학교의 어느 1학년 아동은 6학년에 다니는 아버지와 함께 산을 넘고 대령강을 건너 이십리 길을 걸어서 학교를 다녔는데, 그런 '부자(父子) 학생'이 세 경우나 있었다. 농촌 시골에서 통학하는 생도들은 거의가 가난한 소작농의 자제들이어서 얼마 안 되는 수업료를 달마다 꼬박꼬박 납부하는 것도 힘들었다. 그나마 국민학교를 다니는 아이들은 다행인 편이었고, 한 가정에서도 아들은 학교에 보내지만 딸은 집에 남아서 농사일과 가정일을 돕는 것이 보통이었다. 그러기에 한 반의 여자생도 수는 전체의 4분의 1이 될까말까 했고, 그들의 대부분은 면소재지 대관동에 사는 아이들이고 농촌에서 오는 여자생도는 2, 3명 정도에 불과했다.

시골 아동들은, 한 마을 몇 사람이 떼를 지어 땔감인 장작이나 싸리 또는 섶을 소발구(소가 *끄는* 큰 썰매)에 싣고 새벽에 대관 장터에 도착해 그것을 팔아서 생활비를 보태기도 하고 월사금을 내기도 했다. 대개는 등교와 하교에 각기 적어도 두시간은 걸어야 하는 먼 거리에서 통학해야 했다. 면의 아이들은 가을철에 농촌 아이들과 점심을 바꾸어 먹는 것이 큰 낙이었다. 농사집 아이들의 점심은 베보자기에 싼 삶은 강냉이(옥수수) 네 이삭이고, 면의 아이들은 쌀밥 도시락이 표준이었다. 밥도시락의 절반을 강냉이 두 이삭씩과 바꾸어 먹는 것이 어느 반에서나 점심시간의 즐거운 행사처럼 되어 있었다.

시골 아이들은 대개 면의 아이들보다 몇살씩 나이가 위였고 체구도 훨씬 큰 편이었다. 그 당시 우리 학교에서는 1

년에 봄 가을 두번 신체검사가 있었다. 사루마다(팬티)까지 벗기고 완전히 알몸이 되어야 했다(여자아이들은 별도). 어느 해인가 신체검사 때, 여태까지 고분고분하게 옷을 벗던 시골의 한 큰 학생이 사루마다를 입은 채 일본인 선생이 벗으라는데도 끝내 벗기를 거부하는 것이었다. 일본인 선생은 신고 있던 군화식 슬리퍼를 벗어 들어 그 아이의 머리와 등을 사정없이 후려쳤지만 그 아이는 마룻바닥에 신음소리를 내며 쓰러지면서도 사루마다 끈을 꽉 붙들고 놓으려 하지 않았다. 그 장면을 보면서 그 아이보다 훨씬 어린 나는 왜 그 아이가 그때 갑자기 알몸을 내놓기를 거부하는지 그 이유를 알지 못했었다. 그 시골 소년은 어른이 되어가고 있었다.

## 일본말 일본인 교육

국민학교에 진학하기 전 유치원의 2년 과정에서 조선어의 한글과 일본어의 카따까나와 히라가나를 다 깨쳤던 탓에 1학년 과정은 배울 것이 없었다. 1학년에서는 2학년 공부를 하고, 2학년에서는 3학년 교과서들을 읽는 형편이었기 때문에 성적은 언제나 1, 2등이었다. 제1학년 제1학기의 첫 과가 "소 소나무"로 시작되는 우리 글은 '조선어'라 했고, "하나 하나(꽃 꽃)" "우시 우시(소 소)"로 시작되는 일본어가 '국어'로 되어 있었는데 일본어가 더 재미있었다. 다른 나라의 생소한 일이나 생활풍습, 그들의 민담과 역사 같은 것이 어린 마음에 신기했던 탓인지 모른다.

2학년에 오른 1937년 여름, 일본의 중국침략으로 '일지사변(日支事變)'이라고 하는 '중일전쟁'이 시작되었다. 학교의 교육 내용은 갑자기 전쟁 색채가 짙어졌다. 3학년부터는 중국전선의 일본군대에 보내는 '위문문'이라는 것을 일본어로 쓰는 시간이 늘었다. 제대로 됐는지 안 됐는지도 알 수 없는 일본어였지만 "천황폐하를 위해서……" 따위의 상투어를 섞어가며 모두들 열심히 썼다. 1, 2, 3학년까지는 그래도 조선인 선생이 담임을 맡게 되어 있어서, '조선어'를 제외한 모든 과목의 독본(교과서)이 일본어였는데도 수업시간의 설명은 조선어가 주였다. 그러던 것이 4학년부터 담임이 일본인 선생으로 바뀌고, 조선어를 제외한 모든 과목의 수업을 완전히 일본어로 하게 되었다.

일제 식민지교육이 이미 30년이나 계속된 뒤였고, 조선문화 말살정책이 본격화한 지도 이미 여러해를 지난 때여서 사회 일반의 언어도 일본어화하고 있는 형편이었다. 그러기에 국민학교 4학년의 일본어만을 사용하는 수업에 대부분의 조선인 어린이들이 크게 부자유를 느낀 것 같지는 않다. 5학년부터는 수업뿐 아니라 음악회·운동회·실습 등은 물론, 학예회의 연극도 일본어로 하는 데 어려움이 없을 만큼, 일제 말기에 이르면 조선 국내는 어린이들까지도 일본화해 있었다.

그 당시 국민학교 고학년의 일본어의 글과 말 실력은 아마 지금의 대학 영문학과 고학년에서의 영어실력만 했을 것 같다. 식민지교육이란 참으로 무섭다.

'도화(圖畵)' 시간에는 으레 일본군 탱크와 군함, 비행기를 그렸고, 일본군의 공격 앞에서 '짱꼬로'(중국인에 대한 멸시어)는 언제나 쓰러져 있거나, 뒤도 돌아보지 않고 뺑소니치는 것이 소재였다. '글짓기' 시간도 마찬가지 소재와 내용이어야 했다.

"장래 무엇이 될래?"라는 질문에는 자신의 처지도 모르고 무조건 "육군대장"이나 "해군대장" 아니면 "용감한 군인"이 정답이었다. "누구를 존경하는가?" 하면 "육탄 3용사를 존경합니다"라고 해야 했다. 중일전쟁의 초전에서 일본 군대가 파죽지세로 중국을 석권하면서 전쟁열이 절정에 달한 4학년 초(1939년), 체육시간에 즐기던 야구가 폐지되었다. 배트·글러브·미트는 운동기구 창고에 내동댕이쳐졌다. 남자아이들의 손에는 목도(木刀)가 쥐어지고, 여자아이들의 손에는 '나기나따'(창칼)가 쥐어졌다. 유희와 경기 스포츠 대신 수류탄 던지기, 모래주머니 메고 뛰기, 호(壕) 뛰어넘기 등으로 바뀌었다. 5학년이 되자 운동회가 폐지되었다. 전체 면민의 축제였던 시골 국민학교의 운동회가 폐지되면서 학교생활을 감쌌던 웃음과 노래의 분위기는 사라지고 호령과 군가와 함성이 살벌하게 메아리쳤다.

학교 선생은 일곱 사람. 일본인은 교장을 합쳐서 네명, 나머지 세 사람이 조선인으로, 교장을 제외하면 반반이었던 셈이다. 누따하라(奴田原)라는 이름의 일본인 교장은 오른쪽 윗니(齒) 두개가 금니인 것이 자랑이었다. 조회 때마다 이상한 발음을 내면서 금니를 드러내보이려고 오른쪽 입술을 치켜올리는 버릇이 있었다. 키가 작아서 앞줄에 서 있는 나는 그 금니가 반짝 드러나 보일 적마다 그것이 신기했고, 나도 크면 교장 선생님처럼 금니를 해넣어야겠다는 생각을 했다. 다른 조선인 선생들은 물론, 교장을 제외하고는 일본인 선생들도 금니를 가지고 있지 않았던 터라, 어린 마음에 금니는 성공의 상징처럼 비쳤다. 5학년 때다. 교장 사택의 청소가 5학년의 과제라서 쓰레기를 치우는데, 누군가가 이상한 물건을 집어냈다. 아주 얇고 반투명한 고무로 된, 작은 주머니 같은 물건이었다. 무슨 뚜껑으로 씌우는 물건 같기도 하고, 풍선을 만들면 좋을 야들야들한, 한쪽 끝이 막힌 모양이었다. 모두들 처음 보는 물건을 놓고, 번갈아 만져보면서 제각기 그 용도에 관한 지혜를 짰지만 시골소년들로서는 끝내 '이상한 물건'이라는 것 이상의 해답을 낼 수가 없었다.

5학년(1940년) 1학기 도중에 '조선어'가 시간표에서 사라졌다. 쥐빛 표지에 '朝鮮語讀本(조선어독본)'이라고 검게 인쇄되어 있던 낯익은 교과서는 나의 손에서 학교에 반납되고, 곧이어 조선어 사용 전면금지 명령이 내려졌다. 조선총독부령을 보면 '조선어 교육폐지령'은 1941년 3월 10일 자로 되어 있지만 실제로는 이미 그 전해인 40년 여름에 우리는 우리의 말과 글을 쓰지 못하게 되었다.

조선어 교육이 폐지되고 조선어 사용이 금지된 그때의 분위기나 감정을 나는 실감나게 기억하지 못한다. 일본화가 그 시골까지도 철저히 지배했던 탓인지, 어른들에게서도 표면화된 반응을 보지 못한 것 같다. 보불전쟁으로 알사스로렌이 독일영토로 병합되어 불어가 금지된 국민학교 마지막 불어시간을 그린 알퐁스 도데의 작품에서 선생이 학동들에게 훈계했던 것과 같은 감동적인 민족감정의 표시는 기억에 없다. "나라는 잃었어도 프랑스어를 지키고 잊지 않으면 감옥에 들어 있어도 열쇠를 쥐고 있는 것과 같다"고 가르치고, "프랑스 만세!"(Vive la France)를 외치면서 끝나는 단편 「마지막 수업」(La dernière classe) 속에 나오는 아멜 선생 같은 조선인 교사도 없었고, 그런 사회적 감동도 없어 보였다. 내가 너무 어렸던 탓인지 모르지만.

조선어 사용 금지와 함께 전체 학생에게 '밀고정신', '고발정신'이 강요되었다. 누구나 조선어를 사용하는 생도를 발견하면 학교에 밀고하도록 장려하는 제도가 실시된 것이다. 밀고하는 학동에게는 포상이 주어지고, 조선어를 쓴 학동은 처벌을 받아야 했다. 이 제도는 학교생활에 국한된 것이 아니라 가정에서나 학동들의 교외생활에까지 적용되는 것이었다. '국어상용(國語常用)'이라는 것이다. 이때부터 등교해서 하교할 때까지의 학교생활에서는, 수업시간은 물론이지만 휴게시간이나 그밖의 일체 시간에서 한마디의 조선어도 들을 수 없게 되었다. 면사무소·금융조합·주재소 등 공공기관에서는 조선어로는 서류접수가 금지되었고, 일본어를 못하는 사람은 일본어 하는 사람을 데리고 가야 했다. 각 학년, 반마다 두세 학생에게는 특별히 일본어 사용 감독 임무가 부여되어 교내외에서 학우들의 조선어 사용을 감시하게 했다.

조선어 사용 금지령에 이어 '창씨개명(創氏改名)'령이 내렸다. 5학년 때다. 동네 어른들은 저녁마다 모이면 수군거렸다. 걱정스러운 아버지와 본고향 초산(楚山)의 집안 어른들과의 사이에 서신왕래가 빈번해지더니 어느날 갑자기 나는 리영희(李穎禧)가 아니라 평강호강(平江豪康)이 되었다. "히라에 히데야스!"라고 부르면 "하이!" 하는 날이 시작된 것이다. 지금 이름의 영(泳)자는 해방 후에 다시 조선인이 될 때 영(穎)자가 너무 어려워서 모르겠다는 친구들이 많아, 혼자 남하해 있던 내가 이북에 계시는 부모님과 상의 없이 내 멋대로 쉬운 말로 고쳐버린 것이다.

평강(平江)이라는 성의 '평(平)'자는, 본관이 강원도 평창(平昌) 이씨라서 일족의 근원을 유지하려는 뜻에서고, '강(江)'자는 중시조(中始祖)가 평안북도 초산군에 와서 정착한 이래로 수백년을 자리잡고 살아온 강면(江面)의 지명을 따서 가문의 뿌리를 지키려는 뜻에서였다. 이름 '호강(豪康)'

은, 아들의 성미가 급하고 심사가 잘고 좁아서, 크고 너그럽고 호탕하고 담대하기를 바라는 아버지의 기원을 담은 것이라는 설명을 들었다. 이 일본이름은 해방되는 날까지 6년 동안 나의 작은 몸에 사무라이의 무거운 투구를 씌운 것 같았다. 이름 한자의 획이 많아 어렵고 복잡하기도 하려니와 발음마저 어려우니 몇번씩 되풀이해 발음해주어야 했다.

일본어에는 한자의 훈독과 음독 두가지가 있는데, 훈독에는 규칙이 없다. 그래서 '호강'은 "히데야스"로 읽게 했는데 그후 해방되는 날까지 이것을 "히데야스"로 읽는 사람이 없어서 언제나 고통스러웠다. 어쨌든 부친의 간절한 기도가 담긴 '크고 너그럽고 호방하고 담대하기'라는 '호강'은 끝까지 이름으로만 그치고 말았다. 돌아가신 아버지에게 죄송하기 그지없는 일이다.

이렇게 어수선하게 마친 일본식민지의 국민학교 교육에도 한가지 본받을 내용이 있었다. 일반 학과 이외에 농업과 축산이 장려되었고 나는 농사와 동물치기에 관해서 많은 것을 배우고 실습했다. 대관국민학교에는 수만평의 농토와 큰 축사(畜舍)시설이 있었다. 1학년을 제외하고는 전 학년 아동에게 그 지식과 체력에 알맞는 '실업(實業, 농업)'이 부과되었다. 5, 6학년에서는 온갖 종류의 농업실습에 보태어서 소·돼지·양·토끼·염소·닭의 여섯가지 동물사육도 했다. 5학년에는 닭·토끼·염소, 6학년에는 양·돼지·소가 맡겨졌다. 아동들의 학과실습과 과외책임의 농산물과 축산

물 소출은 학교 운영비에 충당되었다. 농사반 당번조는 등교시에 퇴비를 가지고 와야 했고, 사육조는 먹이풀을 해 지고 등교했다. 하교시에는 동물의 손질과 축사의 청소를 했다. 이것은 이 학교의 오랜 전통이어서, 국민학교 과정을 마친 소년은 상당한 수준의 농업과 축산(사육)의 지식과 기술을 지니게 되는 것이었다. 그 작업은 어린 육체에 힘겨운 일이기는 했지만, 소출의 일부를 먹을 수도 있다는 데서 즐겁기도 했다. 게다가 상당히 큰 학교림(學校林)까지 있어서 초보적인 임업까지 실습했다. 여학생은 잠업까지 했다.

해방 후 군대시절에 이리·상주·안동 등, 일제시대부터 있던 이름난 농업·농림·농잠 등 중고등학교를 볼 기회가 있었지만, 학습내용과 기술 수준은 몰라도 농장과 축사의 규모로서는 나의 국민학교의 그것보다 더할 것이 없었다.

이렇게 해서 국민학교를 졸업한 어린 나이에 면사무소·우편국·산림보호구·잠업소·묘포 등의 서기 또는 기술자로 취직하곤 했으니까 지금으로 말하면 고등학교 또는 초급대학을 나온 수준이었지 않았나 싶다. 해방 후의 우리나라 국민교육이 책만을 읽는 것과는 큰 차이가 있다.


**자연의 품속에서**


평안북도에서도 압록강에 가까운 고향은 1년의 절반이

겨울인데다가 밤이 길다. 10월 말쯤이면 벌써 얼음이 얼기 시작하고 3월 말에 가서야 녹는다. 보통 영하 20도를 오르내리는 추위에, 한번 내렸다 하면 적어도 한자 두께로 쌓이는 눈에 갇혀서 사는 북국의 생활정서는 낮보다 밤이 포근하다. 밤은 국수 먹는 시간이다. '평양냉면'으로 알려지게 된 이북의 '국수'는 꿩고기를 다진 국물에 먹는다. 3백호가량 되는 마을에 국수집이 여러개가 있어, 밤이 되면 어른들은 그곳에 모여, 엉덩이가 탈 만큼 화끈하게 장작을 지핀 온돌에 둘러앉아서 찬 국수를 먹으며 밤새는 줄을 모른다. 식구들은 국수집에서 배달해온 국수를 집에서 밤참으로 먹고야 잔다.

집 밖에 눈이 펑펑 쌓이는 밤에는 으레 엿장수가 마을을 순회했다. 판때기 엿에 후춧가루를 뿌린 달고 화끈한 맛이 좋았다. 엿을 파는 노인이 오는 것은 집 앞의 행길에 언 얼음이 바작바작 발밑에서 부서지는 소리로 알 수 있었다.

"고추양념에 판때기 엿이오!"

우리 어린것들은 그 노인의 소리를 뒤따라서 놀려대곤 했다.

"고추양념에 방구엿이오!"

(평안도에서는 후추를 고추라 하고, 이남에서의 고추는 '댕가지[唐茄子]'라고 한다.)

신의주·평양·경성, 또는 멀리 일본에 유학한 중학교·고등학교·전문·대학의 면 출신 선배들이 겨울방학에 귀성하면 공부 잘하는 국민학교 어린 후배들을 모아놓고, 장작을 활활 지핀 후끈후끈한 온돌방에서 노래를 시키고, 글을 낭독하게 한다. 그것이 끝나면 판자 놓고 깨는 박치기 시합도 시키면서 국수와 방구엿을 상으로 줘 선배노릇을 하는 것이었다. 나는 노래와 낭독으로는 국수나 엿의 상을 탔지만 박치기는 해본 일이 없다.

이남에 내려와서 "평안도 사람들은 거칠다"는 말을 자주 들었다. 하지만 나는 어렸을 적에 우리 면에서 어른들이 붙들고 치고박고 하는 싸움을 본 기억이 없다. 박치기도 장난으로 하는 것이지 실전에 사용되는 일은 드물다. 아마 해방 직후에 고향을 뺏기고 내려온 서북청년회(西北靑年會)의 행패 때문에 일반화된 잘못된 인상이 아닌가 싶다. 오히려 여자들 성질이 거친 것은 사실이다. 나의 어머니가 어쩌면 평안도 여자의 기질을 총대표하는 분이었는지 모른다. 남자가 됐어야 할 분이었다.

나의 집 바로 윗집이 면에서 둘째로 큰 국수집(냉면집)이었다. 주인의 용모와 풍채가 그 당시의 일본 총리대신 코노에 후미마로(近衛文麿)를 닮았다 해서 '코노에 국수집'이라는 별명으로 불렸다(작은 면에도 국수집이 여럿 있었다). 그 국수집의 한 컴컴한 골방에서 장님이 메밀가루를 빻고 반죽했는데, 사발그릇 언저리에 침 묻힌 손가락들을 비비면서 내는 노랫가락이 대관면의 '명창'이었다. 밤도 깊어 국수집에서 마지막 손님이 떠난 뒤, 내일의 준비를 하는 장님이 컴컴한 방에서 부르는 사발그릇과 손가락의 음률은 바로 아랫집 윗방에서 공부하는 어린 나에게 어쩌면 그렇게 처량하게 들렸는지 모른다. 앞 못 보는 음악가 자신의 서글픈 인생을 울음으로 달래는 것 같았다.

그 '코노에 국수집' 딸 명수(明洙)는 나와 한반이었고, 웃으면 양 볼에 보조개가 살짝 파이는 예쁜 아이었다. 집 뒤의 공회당 운동장에 함께 가서 그네를 타는 명수의 발판을 밀어올려 추어주는 기쁨이 나의 인생에 남은 첫 연정이다. 해방 후 서울 남대문·동대문 등 시장의 포목시장을 지배하고 앉아 있는 평안도 출신 여성들 속을 가끔 헤매었지만 뽀얀 살갗에 보조개를 머금은 김명수의 얼굴은 끝내 찾을 수가 없었다. 죽었는지? 못 내려왔는지……?

밤이 길고, 춥고, 눈 깊은 이 북쪽지방의 계절놀이 중에서 제일 소년을 흥분시키는 것은 정월 보름날 밤의 줄당기기였다. 나의 고향에서는 그것을 '동줄당기기'라고 했다. 마을의 거의 중앙에 다리가 있고, 다리를 경계로 해서 서로 각기 비등한 수인 150호가량씩이 있어, 동과 서의 마을 청소년들이 각기의 배후지역을 이루는 농촌을 돌면서 볏짚을 모아다가 약 150미터 길이의 줄을 꼬았다. 합의된 동줄 길이는 쌍방 대표들이 검증했다.

지금 보니 안동지방의 '차전놀이'와 흡사하다. 나의 동쪽 마을의 본거지인 면(面) 1등 부자 최지흥(崔之興) 씨의 ㅁ자 형으로 된 집 뜰 안에서 대문을 걸어 잠그고 며칠 동안 교대해가면서 동줄을 꼰다. 점심은 최부자집의 부담이었다. 대문을 잠그는 까닭은 혹시 서쪽 마을의 '공작원'이 새어들어와서 줄 속에 칼을 꽂아놓을지 모른다는 경계 때문이었다.

나는 청년들을 따라 징발된 발구를 타고 볏짚을 희사받기 위해서 농촌을 돌아다니는 것이 그렇게도 즐거웠다. 정월 보름달이 휘영청 밝은 밤에 동·서 마을에서는 약속된 시간에 거대한 동줄의 머리를 다리의 중앙에 놓고 끼운다. 동줄 머리를 끼우는 데 수컷과 암컷은 해마다 동·서 마을로 갈마들었다. 이 밤에는 동·서쪽 마을의 배후지대를 이루는 농촌에서도 집을 비우고 대관에 나와 편으로 나누어 동줄에 붙는다. 일찌감치 저녁을 해먹은 농촌사람들이 이 마을 저 마을에서 발구떼를 몰아 대관으로 몰려들 때에는 일대 장관을 이루었다.

청장년들은 앞부분에 붙고 아낙네들과 어린것들은 꽁무니에 붙는다. 폭죽이 터지는 소리를 신호로 "옛사, 옛사" 소리를 합쳐 끌리고 당기고 하는 동안에 동줄의 절반 길이까지 끌린 쪽이 지는 것으로 승부가 난다. 동줄에 붙지 못한 노인들과 아이들은 길가에서 응원의 함성을 지르고, 리더 격인 청년들은 앞뒤로 뛰어다니면서 독전에 열을 올린다. 감시반은 '적'의 첩자가 끼어들어 동줄에 칼을 박는 것을 막기 위해서 동줄에 붙은 사람들의 얼굴을 검사하고 다닌다. 이겨서 즐겁고 져도 흥겨운 면민 공동체의 전통적인 축전이었다.

이렇게 온 면민을 흥분의 도가니로 몰아넣던 계절놀이도 5학년이 되던 해부터 전쟁시국 때문에 금지되었다. 북국의 마을은 갑자기 쓸쓸해지고 소년의 흥분거리도 사라져버렸다.

대관국민학교 출신 선후배들이 해방 후와 현재, 이북사회에서 어떤 일을 하고 있는지는 알 수가 없다. 이남에서는 기록에 남길 만한 일이 한가지 있다. 장준하(張俊河) 씨와 최기일(崔基一) 씨에 관해서다.

장씨는 대관의 기독교회 목사의 아들이고, 최씨는 면 제1부자 최지홍 씨의 맏아들이었다. 나는 장씨의 부친이 세운, 그 당시 삭주군 내에서 제일 큰 3층짜리 교회가 운영하는 유치원에 다녔었고, 최씨의 동생 기택(基澤) 군과 같은 학교 동급생이었다. 최씨의 집은, 그 시골에서도 서울의 명륜동이나 계동의 대궐 같은 규모의 �口자형의 한옥 이층집이었다. 전기가 들어오기 전에는 대관에서 유일한 축전지식 라디오가 있어, 나도 어른들의 뒷줄에 끼어앉아서 천리 밖 경성방송국에서 흘러나오는 일본어와 조선어의 뉴스나 음악을 들었었다. 시커먼 색의 축전지(밧데리)의 크기만도 대형 트렁크만 했고, 트롬본과 그 크기나 모양이 비슷한 확성기가 역시 트렁크만한 크기의 라디오에서 구부렇게 방안으로 뻗어나와 있었다. 경성방송국의 출력이 워낙 약한데다 천여리의 거리에 중계소도 없던 때라, 그렇게 거대한 나팔에서 나오는 말소리는 간신히 알아들을 정도였다.

최기일 씨와 장준하 씨는 내가 국민학교 저학년일 적에 벌써 외지의 중학교로 유학했고, 그후 각각 대학과 신학교로 진학했던 까닭에 친숙한 사이는 아니었다.

해방이 되어, 워싱턴에서 귀국한 이승만 박사를 옆에서 돕는 개인비서가 최기일 씨였고, 중경(重慶)에서 돌아온 임시정부 주석 백범 김구 선생의 개인비서가 장준하 씨였다. 해방 직후 국내 정국의 우익(민족진영)을 영도할 두 거두의 개인비서가 우연하게도 압록강변 삭주군 대관 출신의 두분이었던 것이다. 두 사람은 그 기우(奇遇)의 뜻을 이해했다. 그들이 모시는 두 지도자의 긴밀한 협력만이 혼란한 정국을 수습하고 민족적 대업을 이룩할 것이라는 신념으로 모든 힘을 다하자고 굳게 맹세했던 것이다. 그러나 이 두 대관 출신 선배의 뜻은 결국 이루어지지 못하고 말았다. 최씨는 이승만 박사의 민족분열적 정치철학에 실망해 그를 떠나 미국으로 갔다. 장씨는 끝까지 백범 선생의 정신을 받들었지만 과거의 지주들과 친일파·민족반역자들의 집단인 한민당 세력에 의해서 백범이 암살된 후 구 친일·반민족 세력에 반대하는 투쟁을 벌이다가 박정희 대통령 말기에 의문의 추락사를 당했다. 장준하 씨가 그렇게도 끈질기게 박정희에 반대한 것은, 박정희가 일본 천황과 황국 일본에 충성스러운 과거 일본 제국군대의 오까모또(岡本) 중위였기 때문이다. 박정희가 일제 식민지하에서 걸어온 행적은 그가 모신 김구 선생의 그것과는 너무도 대조적이었다. 장씨는 해방된 나라의 대통령이 된 박씨의 사상과 행적을 절대로 용서할 수 없었던 것이다.

대관은 주변에 금광이 많았고(유명한 최창학崔昌學 씨의 금광을 포함해서), 농업과 산림업의 한 중심지였던 까닭에 많은 선배들이 국민학교를 졸업하면 신의주·평양·경성 등 국내와 멀리 일본에 유학했다. 어찌 된 셈인지 그중에서 해방 후 남한에서 만난 선배는 최씨와 장씨 두 선배뿐이다. 다들 어찌 되었는지?

대관이라는 고장은 그 속에서 한 소년의 영혼과 육체가 구김살 없이 부드득 소리를 내면서 크고 자라기에 필요한 이상적인 자연적 환경이었다. 넓고 깊은 대령강과 그 속으로 흘러드는 수많은 개천에서 헤엄을 치고, 어른들을 따라서 천렵놀이를 즐기고 어린 동무들과 함께 여러가지 방법의 낚시질로 물속의 생물들과 친할 수 있었다. 마을을 둘러싸고 그 뒤로 수십리씩 이어지는 높고 낮은 산에는 복새(복숭아), 멀구(머루), 돌배, 다래, 능금, 개미(개암), 떨광이(이남에서는 본 일이 없다) 따위의 산열매가 가득했다. 계절 따라 번갈아가며 산등성과 골짝을 메우는 열매는 힘들이지 않고 소년의 바구니에 가득 찼다.

대령강가의 넓은 들과 밭 사이에는 온갖 종류의 야생풀과 꽃이 무성했다. 물놀이에 지치면 그 덤불 속에 숨어서 종달새 잡이를 하는 것이 봄·여름철 방과 후의 일이었다. 종달새라는 놈은 몇백미터 높이의 하늘을 날면서도 밭에 기어다니는 들벌레를 발견하는 놀라운 시력을 가지고 있다. 아직 곡식의 싹이 피어나지 않아 밭이 흙으로만 덮여 있는 늦은 봄철, 꿈틀거리는 들벌레만이 땅 위에 드러나게 덫을 파묻어놓고 풀덤불 속으로 몸을 숨기고 지키고 있노라면, 까마득한 높이를 날던 종달새가 곤두박질을 해 내려와 들벌레를 물어챈다. 환성을 지르며 덤불 속에서 뛰어나가고, 아직도 심장이 뛰고 있는 푸드득거리는 살찐 종달새 한마리를 두 손으로 움켜쥔 순간의 희열이란! 여름에는 콩포기를 몇군데 뽑아버리고 검은 땅의 표면이 드러나게 해서 덫을 묻는다. 대령강 물놀이로 까맣게 타버린 소년의 몸을 밭고랑에 엎드리고 있으면 날카로운 종달새의 눈으로도 분간할 수가 없는 듯했다.

이렇게 대자연의 축복 속에서 소년시절의 꿈을 키워온 나는 도회지의 회색 빌딩과 콘크리트의 환경 속에서 자란 사람이 불쌍하게만 보인다. 그들에게는 꿈속에서 돌아갈 '마음의 고향'이 없기 때문이다. 나이가 들고 세파에 시달릴수록 나는 자주 꿈속에서 다시 소년이 되어 대관의 그 강, 그 산골, 그 들판에서 천진난만해진다.

아! 그리운 마음의 고향, 대관! 어느날 다시 대령강에서 미역감고 주낙으로 메사구(메기)니 뱀당우(뱀장어)를 잡을 수 있을까! 50년 가까이나 지났는데도 기억에 선한 그 뒷산 가파른 골짝의 얼음판에서 다시 만난 동무들과 썰매를 타고 놀 수 있을까! 들리는 소식으로는 대관은 구성과 연결된 공업지대가 되었다는데, 그 들판은 그대로 남아 있는지…… 통통하게 살찐 종달새들은 지금도 여전히 전파의 사이클을 그리듯이 뜨거운 여름 태양을 향해 가물가물 높이 솟았다가는 손에 잡힐 듯이 곤두박질해 내려와 다시 치솟으면서 행복하게 우짖고 있는지…… 국토의 분단은 이다지도 슬프고나!

나의 학교 성적은 1학년서부터 6학년 졸업까지 모든 과목이 '갑(甲)'이었다. '을(乙)'을 받아본 기억은 거의 없다. 당시 국민학교는 갑·을·병(丙)·정(丁)의 성적 등급제였는데, 지금으로 말하면 수·우·미·양이라고 할 수 있다.

그렇게 성적이 좋아, 이를테면 언제나 '전체 수'였지만 1등은 해본 일이 없고 급장에 임명된 일도 없다. 그 당시에는 그것이 나의 불평이었지만 그후 철이 들면서 그 까닭을 알 수 있을 것 같았다. 성적은 나와 비등하거나 조금 떨어지는 아이가 학년마다 급장이 되었는데 그 아이 이름은 리당억(李長億)이라 했다. 대령강을 건너 시오리 길을 걸어다니는 가난한 소작인의 아들이었는데, 얼굴이 통통하고 심성이 착한 소년이었다. 언제나 웃는 낯에 사근사근한 성품이어서 면의 아이들이나 농촌의 아이들이나 모두 리당억을 좋아했다. 나도 그를 좋아했다.

리당억에 비하면 나는 공부는 조금 더 잘했는지 모르지만 성격이나 마음씨로서는 확실히 그에 미치지 못했다. 공부를 잘한다는 소문은 면내에 알려졌고, 어떤 어른들은 "대

관국민학교 개교 이래 몇 천재 중의 하나"라는 따위의 말로
나를 추어올리기도 했다. 우리 집은 면내의 몇 안 되는 관공
서의 책임자였던 아버지 덕택에 살기도 넉넉했고 먹는 것
에 부족이 없었다. 차츰 전쟁이 가열되는 그 당시 그 정도의
혜택도 면내의 누구에게나 베풀어질 수 있는 것이 아니었
다. 돌이켜보면 나는 자기의 성적표와 아버지의 면내 위치
를 얼굴에 그리고 다녔는지도 모른다. 말하자면 나는 공부
로는 리당억을 이기면서 사람됨으로 그에게 진 것이었다.

아버지가 창씨개명 때 호강(豪康)이라는 이름을 지어준
뜻도 이해가 간다.


## 전쟁의 그림자


5, 6학년은 '대일본제국 황국군대'의 아시아 제패 전승분
위기로 들뜬 기간이었다. 교실벽에 걸린 커다란 중국지도
에는 매일 아침 담임선생의 전쟁소식과 함께 일장기가 새
로 그려졌다. 일장기의 열은 중국대륙의 해안에서 점점 내
륙으로 깊숙이 전진하고 있었다.

큼직한 도시가 함락될 때마다 조회 때의 일본인 교장선
생의 강훈에서는 "다이닛뽄 테이꼬꾸(大日本帝國)"니 "핫꼬
오 이찌우(八紘一宇)"니, "나이센잇따이(內鮮一體)"니 하는
말이, 금니를 드러내 보이기 위해서 한쪽 입술을 들어올린

입에서 연발되었다. 그런 날 밤에는 면민을 동원한 전승축하 '초롱불 행렬'에 섞여 면내를 돌았다.

"캇떼 쿠루조또 이사마시꾸……(필승을 다짐하고 용약 출정한……)"의 군가가 끝나면, "텐니 카와리떼 후기오 우쯔……(하늘을 대신하여 불의를 친다……)"를 불렀다. 면내를 누빈 승전축하 초롱불 행렬은 다시 교정에 돌아와 정렬한 다음 "텐노오헤이까 반자이(천황폐하 만세)"를 삼창하고 해산했다.

졸업이 가까워온 1941년 12월 8일 아침, 면 주재소의 사이렌이 요란하게 울리더니 온 마을주민이 학교 교정에 모여들었다. 늙은이 어린이 할 것 없이 걸을 수 있는 인간은 모두 불려나왔다. 예삿일이 아닌 것이 분명했다. 축제일이거나 흔히 있는 전승기념 행사라면 으레 '교육칙어(敎育勅語, 메이지 천황이 일본제국의 교육정신을 밝힌 칙어. 박정희시대의 '교육헌장'이 이것을 모방한 것이다)'를 교장이 읽게 되어 있다. 그러나 이날은 그렇지가 않았다. 운동장을 가득 메운 면민이 동쪽을 향해 줄을 지어 서자, 유도 4단인 일본인 교사의 찢어지는 듯한 구령이 울렸다.

"큐우조오 요오하이! 사이께이레이!(宮城遙拜! 最敬禮!)"

일본 천황이 산다는 동쪽을 향해서 조선인 면민 일동은 90도로 허리를 굽히는 최경례를 했다. 이것은 학교에서는 매일 아침의 행사다.

그것이 끝나자 교무주임인 조선인 교사 손효달(孫孝達)

선생이 교무실에서 나타났다. 머리 위로 높이 쳐든 두 손은 보라색 벨벳 보자기에 싸인 것을 받들고 있었다. 결혼식에서 딸을 부축해 입장하는 신부 아버지의 걸음처럼 한 발 내딛고 두 발을 모으고 다시 한 발을 내딛는 경건한 걸음으로 단 앞에 선 손 선생은 손에 높이 받든 것을 단상의 일본인 교장에게 바쳤다.

벨벳 보자기를 엄숙한 솜씨로 풀어 접은 누따하라(奴田原) 교장은 그 속의 책자 같은 것을 두 손으로 머리 위에 모시고 경례를 했다. 무슨 천황칙어임이 분명했다. 교장의 동작과 함께 또 유도선수의 우렁찬 구령이 내렸다. 운동장의 조선인들은 모두 머리를 숙였다. 천황의 신민(臣民)은 삼가 칙어를 들을 때는 머리를 숙여야 하는 법이다. 그리고 숨도 크게 쉬어서는 안 된다. 바늘이 땅에 떨어져도 들릴 만큼 정숙하다. 일인 교장은 가장 장엄한 어조로, 반 옥타브씩 음계를 올렸다 내렸다 하는 칙어낭독의 그 특유한 음률을 조정하면서 읽기 시작했다. 칙어봉독(勅語奉讀)이다(칙어봉독은 서양인 목사의 기도를 흉내내는 한국인 목사들이 창을 하는 듯한 이상한 음률로 하게 되어 있었다).

"천우(天祐)를 보유(保有)하며 만세일계(萬世一系)의 황조(皇祚)를 이어받은 대일본제국 천황은 너희들 충성스러운 신민에게 고하노라."

여기까지 들은 생도들과 면민들의 대열에서 가벼운 기침소리가 들렸다. 이상하다는 표시다. 그것은 축제일 행사 때

으레 들어온 귀에 익은 교육칙어의 첫머리 "우리 황조황종(皇祖皇宗)이 나라를 열기를 고원(高遠)하고 덕을 세우기를 심후(深厚)하여……"가 아니었기 때문이다.

누따하라 교장의 창 같은 낭독은 계속되었다.

"……짐(朕)은 미국과 영국의 폭역(暴逆)에 대해서 참지 못할 것을 참고 세계의 평화를 원하였으나 이제 그 참음도 한계에 이르러 이에 영·미 양국에 대하여 선전(宣戰)을 포고(布告)하노라"라는 대목이 끝나자 장내에는 가벼운 웅성거림이 번져갔다.

장문의 선전포고 칙어는 모든 칙어가 그렇듯이 "어명(御名) 어새(御璽)"로 끝났다. 태평양전쟁이 시작된 것이다.

그제야 나는 일본과 미국이 전쟁에 돌입한 것을 알았다. 흩어지는 조선인들의 표정은 착잡해보였다. 경박한 무리들 중에는 만세를 부르는 사람도 있었다. 그러나 '전쟁'이라는 생각은 나이 든 조선인에게는 불길한 내일을 예상하게 하는지 한결같이 침울해보였다. 그러나 우리들 어린 마음에는 중국대륙을 석권한 '대일본제국'이 마침내 전체 아시아에 군림하는 시대가 시작되었다는 생각뿐이었다. '황국군대'는 언제나 승리하는 군대라는 것이 소년들의 확신이었다.

헤어져서 학교의 긴 계단을 내려간 면민과 생도들은 마을과 학교 중간쯤의 언덕 위에 자리잡은 신사(神社)로 인도되었다. 이 당시, 조선의 웬만큼 큰 면에는 거의 예외 없이 일본 황실숭배의 군국주의적 종교인 신도(神道)의 신사가 세워져 있었다. 그리고 '신사참배'가 조선인의 정신적 황국 신민화를 위해서 강제되고 있을 무렵이었다.


## 눈물바다의 졸업식


이렇게 전쟁분위기가 날로 짙어져가는 속에서도 상급학교 진학을 위한 수험공부는 계속되었다. 어느 곳의 어느 학교를 택하느냐는 문제에 대해서 나는 아무런 생각이 없었다. 열세살의 시골 소년이 무엇을 알았겠는가! 아버지와 선생들이 결정하는 대로 따르기로 했다. 성적이 워낙 좋아, 조선의 어느 학교라도 합격은 보장된 것이나 마찬가지라는 선생들의 말 때문에 걱정은 하지 않았다.

당시의 학제는 3월 상급학교 입학시험·발표, 이어서 졸업식, 그리고 봄꽃이 피기 시작하는 4월 초에 입학식을 했다. 나는 학교 선생들의 권유로 신의주사범학교를 쳐서 합격했다. 그러나 아버지의 희망에 따라 서울로 올라와 경성공립공업학교의 시험을 보아 여기도 합격했다. 하나도 힘든 판에 두군데 다 합격했으니 부모님과 학교의 기쁨은 형용할 수가 없었다. 소문은 삽시간에 작은 면내에 퍼져서 마치 면내에 경사난 것처럼 떠들썩했다.

아버지의 결정으로 경성공업(京城工業)을 택하기로 했다. '경공'으로 약칭된 경성공립공업학교는 일본인 위주의 중등학교로, 일제 말기 공업계통 학교로서는 경성제국대학 이공학부 ── 경성공립고등공업학교(高工) ── 경성공업(京工)의 서열에 위치하는, 실업중등학교로서는 최고의 시설을 갖춘 학교였다.

그러나 이 학교를 택한 것이 해방 후 나의 인생항로에 얼마나 많은 불이익을 초래할 것인지는 예상할 수가 없었다. 사실 그렇게 조속한 일본의 패망을 내다볼 수 있었던 사람은 거의 없었으니까.

아버지의 선택 역시 그와 같은 시국관의 탓으로 생각된다. 일본은 중일전쟁으로 중국의 요충지를 장악한 후, 태평양전쟁의 초전에서 동남아와 태평양을 석권하면서 영토를 확대하고 있었다. 그 기세는 가히 파죽지세(破竹之勢)였다. 하루가 멀다 하고 홍콩·인도차이나·싱가포르가 함락되고, 그때마다 조선 전토에서 축하대회와 밤의 '초롱불 행렬'이 대대적으로 거행되었다.

싱가포르 함락 '전승경축일'에는 남양에서 노회한 고무로 만든 공(볼)이 조선의 그 북단 시골 국민학교 아동들에게까지 선물로 나누어졌다. 물자결핍으로 고무신도 못 신고, 농촌 아이들은 짚신, 면 아동들은 나무판자로 '게다'(일본식 나막신)를 만들어 신고 다니는 때에 고무공 선물은 꿈같기만 했다. 대일본제국은 '영구불멸'이고 전쟁은 '필승'이었다.

농업학교를 졸업하고 평생 동안 산과 나무를 상대해 살

아온 하찮은 영림서(營林署) 주사(主事)였던 아버지로서는 그 이상을 내다보지 못했다고 해도 이상할 것이 없다. 경제적 이유도 있었다. 인문중학교를 나와 전문학교, 대학으로 진학시킬 만한 경제적 여유가 없었던 아버지로서는, 인문중학교만을 나와 하찮은 월급쟁이가 될 바에야 차라리 기술자가 되어서 독립된 직업을 갖는 것이 좋다고 판단했던 것 같다. 그는 자신의 처지를 개탄하듯이, 어린 국민학생인 아들에게, "월급쟁이는 할 일이 아니다. 무엇이라도 좋으니 자신의 기술로 살아가도록 해라"라고 늘 푸념처럼 말했으니까. 아버지의 생각에는 기술자로서의 생애가 가장 바람직하고, 집안 형편에도 맞고, 시국정세에도 전망과 부합하는 것으로 판단했을 것이다.

나의 국민학교 졸업반에서는 그해에 갑종(甲種) 공립(公立)중등학교에 합격한 것은 나와 늘 1, 2등을 다투어온 김순사(순경)의 아들 김기헌(金基憲) 군과 나밖에 없었다. 김군은 평안북도의 명문인 신의주의 동중학교(東中學校)에 갔지만 고향에서의 찬사는 나에게 집중되었다. 그도 그럴 것이, 압록강변의 시골학교에서 경성의 1급 중등학교에 들어간다는 것은 한해에 한 사람 정도밖에 없는 일이었기 때문이다.

그 시골에서 경성에 간다는 것은 '유학'으로 불렸다. 더구나 '칙임관(勅任官)'이 교장이라는 학교 소개는 곧 면의 큰 화젯거리가 됐다. 교장을 비롯한 학교 선생들은 아버지를 찾아와서 제각기 아들 칭찬을 하고, 그 댓가로 큰 술잔치가 벌어졌다. 이어서 면의 유지들이 모여와 축제를 벌였고, 어머니는 또 어머니대로 부인들을 모아서 잔치를 베풀었다. 지금 한국에서 옥스퍼드에 합격해 영국엘 간다거나, 하버드에 입학해서 미국을 간다 해도 그 '유학'의 의미는 나의 고향 대관에서 경성의 '갑종·공립·칙임관교장 중학교'에 유학한 의미보다는 덜할지 모른다. 어쨌든 그것은 학교의 자랑이고 면 전체의 기쁨이었다.

삭풍이 몰아치고 얼음과 눈에 덮였던 북국의 마을에도 봄이 찾아왔다. 3월이다. 6년의 학업을 마치는 졸업이다.

일제 말엽인 그 당시, 서울은 모르지만, 지방의 국민학교 졸업식은 기쁨과 웃음의 행사가 아니라 걱정과 울음의 행사였다. 오늘날처럼 국민학교 졸업생의 절대다수가 중학교로 진학하는 것이 상식처럼 되어 있는 것과는 전혀 다르다.

지금은 국민학교가 중학교로 가기 위한 과정에 지나지 않지만 그 당시의 국민학교는 과정이 아니라 그것으로 끝나는 '종결'이었다. 그렇지 않은 것은 불과 몇 안 되는 예외적인 중학 진학 아동의 경우뿐이다. 나머지 9할 이상의 아동에게는 졸업식은 천진난만하고 즐겁기만 했던 어린시절의 종말을 뜻했다. 그날부터 그들은 '어른'이 되는 것이고, 그 당시의 조선인 어른에게는 본업인 소작인 아들로서의 고된 농사일뿐 아니라 전쟁시국하의 각종 부역, 일본군대를 위한 노동징용, 보국대(報國隊)의 고역이 기다리고 있다. 중학교로 올라가는 소수의 아이들은 계속 '소년'이지만 나머지 아이들은 전혀 질적으로 다른 인생으로 들어가는 것이다. 졸업식은 그와 같은 엄준한 두 갈래 길의 출발점이었다.

졸업식날이 왔다.

면소재지 대관동의 학부형들은 물론 주변지역 농촌의 학부형들까지 교정을 메웠다. 대관의 어른들과 농촌 어른들은 그 옷차림으로 일목요연하다.

졸업식은 예에 따라서 그 우스꽝스러운 교장의 교육칙어 봉독에 이어 면민 유지들이 서툰 일본어로 하는 지루한 축사로 시작되었다. 이어서 졸업생 대표의 졸업지사(卒業之辭)가 있고 재학생 대표의 송사(送辭)가 낭독되었다. 졸업지사가 낭독되는 동안, 벌써 맨앞의 졸업생들의 열 중에서는 훌쩍거리는 소리가 들렸다. 송사가 끝날 때는 재학생 고학년들의 열 중에서도 덩달아 훌쩍거리는 소리가 군데군데서 일었다.

다음은 「졸업의 노래」 차례다.

조선총독부 제정의 졸업가는 세 절로 되어 있었다. 제1절은 졸업생이 합창하고, 제2절은 재학생이 합창하는 송별가다. 제3절은 졸업생과 재학생이 모두 합창하는 것으로 학교와 동창의 정의를 기리는 내용이었다.

이 졸업가는 누가 작사했는지는 알 수 없으나 앞날의 희망보다는 6년간을 되돌아보는 아주 서글픈 내용이었다. 곡은 아주 서러워서, 평소에 불러도 눈시울이 뜨거워지는 음률이었다.

먼저 졸업생들이 불렀다.

"아사유우 우마즈 하게미 다리시……"

우리말로 고치면 이러했다(나의 비시적非詩的 언어감각
으로서는 도저히 그 맛을 낼 수 없지만 번역하면 이렇다).

밤낮없이 부지런히 애쓴 보람 있어
그 열매가 오늘 마침내 꽃피었도다.
자, 우리 모두 소리를 모아
부르고 축하하세 오늘의 기쁨을!

나는 힘껏 목청을 돋워 불렀다. 벌써 6년이 지났구나! 이
제는 이 정든 학교와 선생님들과도 헤어져야 하는구나! 자
치기 하고, 땅뺏기 하고, 공치기와 글라이더 날리기로 3등
했던 이 교정도 다시 못 보게 되는구나! 무엇보다도 학교 창
설 이후 몇명의 수재 중 하나라고 하는 말을 들어온 대관국
민학교를 떠나야 하는구나! 나의 두 눈에서는 눈물이 사르
르 흘렀다. 앞뒤, 옆의 동무들도 훌쩍거리고 있었다.

재학생들의 송별가가 시작되었다.

머무는 동생들이나 떠나는 형들이나
모두가 한마당의 배움의 동무
자, 우리 모두 소리를 모아
부르고 축하하세 오늘의 기쁨을!

나와 졸업생들은 머리를 숙인 채 묵묵히 들었다. 노래하는 재학생들 사이에서도 가사와 음조가 흩어지고 있었다. 울고 있는 것이다. 노래는 "오늘의 기쁨을"이라고 했지만 모두의 마음은 서러웠다. "축하"하고 싶은 아동은 몇 되지 않았다.

제3절은 생각나지 않는다. 졸업생과 재학생, 그리고 모두가 이 국민학교(훨씬 전에는 '보통학교' 그 뒤에는 '심상소학교')의 선배들인 학부형까지 합창하는 제3절이 끝나기도 전에 졸업식장은 온통 울음바다가 되었다. 억누르듯 훌쩍거리던 소리는 오열로 변했다.

대표로 졸업사를 읽은 리당억은 바로 내 앞에서 "엉엉" 소리내어 통곡을 하고 있었다. 이 순간이 지나면 '어른'이 되고 고달픈 인생살이의 무거운 짐을 짊어져야 할 농촌출신 아이들일수록 목놓아 울고 있었다. 여자아이들도 평소의 감정의 고삐가 풀린 듯 울음을 그치지 않았다.

오랜 울음 끝에 졸업식은 끝났다.

그리고 우리는 정든 학교를 뒤돌아보면서 긴 계단을 내려가 흩어졌다. 그리고 나는 이날 여기서 헤어진 동급생을 그후 45년의 세월이 지나도록 한 사람도 다시 만나지 못했다.

민족분단의 슬픔이여!

# 2. 아버지와 어머니

## 초산 양반과 천석꾼 딸

아버지 이근국(李根國)은 평창이씨(平昌李氏)의 손(孫)으로 평안북도 초산군(楚山郡)이 고향이고, 어머니 최희저(崔晞姐)는 이웃 벽동군(碧潼郡) 출생이었다. 아버지는 1959년에 서울에서 65세로 돌아가셨고, 어머니는 그보다 거의 20년을 더 사시고 1977년 겨울에 86세로 돌아가셨다.

아버지는 합방 후의 신교육 진흥책으로 평안북도에서는 제일 먼저 세워진 의주(義州)농업학교를 나와, 해방될 때까지 영림서에서 근무했다. 내가 철들기 시작할 무렵에는 산림보호구(영림서의 지역단위 기관) 주사였고 해방 후 1947년 말에 이남으로 내려오실 때까지 평생을 산을 상대로 사셨다. 총독부 관제의 판임관(判任官) 몇등이라고 했던 것으로 보아 지금의 사무관 몇급의 낮은 직분이었다.

아버지의 집안은 초산군에서는 제일 지체 높고 학문한 '뼈대 있는 가문'이라고 했지만, 족보에 보면 증조부가 '평안북도 삭주 막령진 만호동, 박천 고성진 첨사(平安北道朔州幕嶺鎭萬戶同博川古城鎭僉使)'로 되어 있는 것으로 보아 직명은 어마어마하게 들리고 길지만 변방의 낮은 무과(武科) 벼슬이었던 것 같다. 이런 미천한 벼슬로도 평안북도의 그 지방에서는 어쨌든 소위 양반이라 했을 것이고, 조부는 오랫동안 고향에서 면장을 지냈으니 '초산 제1의 가문'이라는 것도 압록강변 변방의 기준으로 말하면 과히 빗나간 말은 아닐 듯싶다.

증조부에게는 초산지방에서 널리 전해져 내려온 유명한 '개 이야기'가 있다. 대원군의 경복궁 수축공사가 한창일 적에 서울에서 벼슬을 얻으려고 논밭 판 동전 꾸러미를 당나귀에 싣고 고향을 떠났다. 벼슬을 사러 나선 것이다. 그의 집에서는 검은 토종개 한마리를 기르고 있었다. 주인을 따르는 개는 천리길을 떠나는 주인의 걱정은 모르고, 아무리 쫓아도 막무가내로 나귀의 뒤를 따랐다. 배를 태워주지 않으니까 충만강(忠滿江)과 구룡강(九龍江)은 헤엄쳐 따라왔다. 고맙기도 하고 애처로운 생각이 든 노인은 청천강(淸川江), 대동강(大同江)에서는 배를 태워주었다. 그리고 수많은 재와 언덕을 넘고 강을 건너 한달 만에 한성에 닿았다. 한성의 객사에 들어 첫 밥상을 받으니 고향에서 본 일이 없는 누추한 흙그릇이 상 위에 올려져 있고 그 속에서 된장이 끓고 있었다. 이것을 본 초산의 양반은 객주를 불러 대갈했다.

"고얀 놈, 양반 상에 이런 누추한 흙그릇을 올리다니. 썩 물리지 못할까!"

느닷없는 호통에 놀라서 한참 동안 시골양반의 얼굴을 바라보고 있던 객주가 대답했다.

"이 양반 보게! 정말 어느 벽지 산골에서 오셨나보구려. 이 그릇은 뚝배기라 하는데, 황송하지만 임금님 상에도 오르는 것이라오. 아무 말 말고 자시기나 하시오."

왜 그런지는 모르지만 평안도에는 뚝배기 그릇이 없다. 증조부는 그것을 처음 본 것이다.

한성에서 이리저리 권세가들의 대문을 두드리고 다닌 끝에, 동전 꾸러미가 다 떨어질 무렵 간신히 첨사(僉使) 자리를 살 수 있었다. 낯선 한성에서 허둥지둥 벼슬 사러 뛰어다닌 노인에게는 따라온 개를 먹이고 알뜰히 챙길 겨를이 없었다. 어느날 개는 자취를 감추어버렸다. 충성스러운 개를 아쉬워하면서 다시 한달이 걸려 압록강변의 고향에 당도하니, 식구들보다도 먼저 뛰어나와 꼬리를 흔들며 반기는 것이 있었는데 그것은 한성에서 헤어진 검둥이었다.

그 당시 허기진 이 땅의 백성들이 먹을 것을 찾아 두 눈에 심지를 켜고 헤매는 판에 어떻게 인간의 몽둥이를 피할 수 있었는지? 수없이 많은 산과 들을 지나고, 몇개의 큰 강을 비롯한 몇백 몇천의 강을 건너서 천여리 길을 찾아 돌아올 수 있었는지?

초산의 양반이 한성에 가서 뚝배기 때문에 호되게 모욕을 당한 이야기와, 집 찾아 돌아온 검둥이 이야기는 평창이씨 가문에서만이 아니라 그후 초산 벽동 일대의 전설이 되었다. 그 탓인지는 모르지만 나의 아버지도 고향에서 평생 동안 한마리, 또는 두마리의 개를 길렀고, 나도 가정을 가진 후 오늘까지 개를 기르지 않은 날이 없다. 개와 우리 집안은 뗄 수 없는 내력으로 묶여 있다.


아버지와 어머니 이야기로 돌아가자.

아버지는 구학문(한학)에도 깊고 신학문도 한 선비형 인간이었다. 성품은 온유하고 무조건 착하기만 했다. 해방 직후, 이북에서는 웬만한 지주와 총독부 관리들은 그 지위의 높고 낮음과 관계없이 고향에서 멀리 도경(道境)을 넘어 무탁무의한 타향으로 알몸으로 쫓겨갔다. 그런데도 아버지는 오히려 면민들의 호소로 그 자리에 남아 산림보호구의 일을 맡아 인민위원회가 임명한 신임 직원들이 업무에 익숙해질 때까지 2년 동안 공무를 돌보아주고, 1947년 봄에 이남으로 남하했다.

어머니는 아버지의 성품과는 정반대로 드세고 고집스럽고 억척스러웠다. 누구에게도 지려 하지 않았고, 웬만한 사람들은 눈에 차지 않을 만큼 오만했다. 평안북도의 산골 벽동(碧潼)과 창성(昌城) 지방의 억세고 미련한 소를 일컫는 '벽창우(碧昌牛)'가 '벽창호'라는 낱말로 변형된 그 고장, 그 소처럼 억세고 강직했다. 그러기에 두분 사이에는 기질적으로 화합과 평온을 기대할 수 없어, 하찮은 일로도 말다툼이 생겼다. 그때마다 아버지는 "쯧쯧" 혀를 차면서 "내가 져야지. 벽창호를 누가 다룰 수 있담!" 하면서 밖으로 나가거나 돌아앉아 묵묵히 담배만 빠는 것이었다. 아버지와 어머니의 성격이 바뀌었더라면, 그후 나의 결혼생활에서 고부간이나 그밖의 일에서 훨씬 평화롭지 않았겠는가 생각해본다. 그렇다고 어머니가 인격적으로 흠 있는 위인은 결코 아니었다. 생각이 통하고 마음에 맞기만 하면 남에 대한 마음새가 성격만큼이나 괄괄했다. 자식들에 대해서는 이론을 뺀 '무조건 맹목적' 사랑으로 일관한 분이다.

어머니가 벽동군 제일 부자 최봉학(崔鳳鶴)의 외동딸이었던 까닭인지도 모른다. 자식들에게는 언제나 '벽동군 일등 부자 최봉학의 딸'을 자랑했고, 아버지에게 시집올 때 말 네 필에 네장(예장, 혼수) 싣고 다섯째 말에 타고, 몸종 둘을 데리고 왔다는 것이 입버릇이 된 자랑이었다. 일자무식이었던 것과는 달리 기억력이 뛰어나서, 시집온 지 몇십년 뒤에도 '네장'의 많은 품목을 낱낱이 외우곤 했다. 그것이 여리고 착한 아버지에게는 늘 고통스러웠다. 그러기에 심선한 아버지는 우리 형제들이 어렸을 때, "너희들은 앞으로 절대로 부자집 딸에게 장가가지 마라. 평생 고생이란다"라는 말을 자주 하셨다.

두 분의 결혼은 초산군의 가난하지만 이름난 선비 집안과 벽동군의 이름난 부자지만 무식한 집안과의 '정략결혼'이었던 것 같다. 외조부에게서 받은 유산도 어머니의 콧대를 그렇게 높여준 원인이었을 것이다.

아버지가 나의 고향에서 존경을 받은 까닭은 그의 착한 성품 때문만이 아니라 다른 이유가 있다. 내가 열 살쯤 되었던 여름이라고 기억한다. 갑자기 집 앞에 많은 사람들이 와글거리는 소리가 나더니 아버지가 시체처럼 되어, 들것에 실려 들어왔다. 아버지의 나이 한 40세쯤 되었을 것이다. 여름비로 물이 분 대령강에서 미역 감던 한 소년이 잘못하여 물살에 밀려서 떠내려갔다. 여름이라 어른들도 많이 있었지만 누구 하나 뛰어들어 소년을 살리려는 생각은 하지 않고 소리만 지르며 바라보고 있을 뿐이었다. 이때 그 사람들 속에 있던 아버지가 뛰어들어 떠내려가는 소년을 구출하려 했다. 그러나 필사적인 소년은 아버지의 목을 끌어안고 놓지 않았다. 대령강은 넓고 깊은 강이다. 며칠 전에 내린 비 때문에 물도 늘어 물살도 셌다. 아버지는 헤엄을 잘 치는 분이 아니었다. 어떻게 사력을 다하였는지는 모르지만 어쨌든 물속을 함께 흘러내려가다가 마침내 소년을 물가에 끌어내는 데 성공했다. 그러나 아버지는 많은 물을 마셨고, 소년을 끌어낸 자리에서 그대로 시체처럼 쓰러져버렸다. 인공호흡과 급히 불려나온 의사의 도움으로 호흡은 돌아왔지만, 집에 들려와서도 오랫동안 인사불성이었다. 그리고 건강을 회복할 때까지 얼마나 오랜 시일이 걸렸는지 모른다. 동네 사람들은 모두 아버지가 죽는 줄 알았다고 했다.

아버지의 희생심으로 목숨을 건진 소년은 김병찬(金炳燦)이라는 대관 제2 부자의 둘째 아들이었다. 앞서 이야기한 최기일 씨 부친 다음가는 부자다. 김부자는 그후 감사의 뜻으로 엄청나게 큰 놋함지니 같은 것들을 가져왔다.

어머니는 아버지가 의식을 회복하자마자 울어대면서 소리지르는 것이었다. "남들 다 보고만 있는데 뭐 잘났다고 깊은 물에 뛰어드는 거요. 병신노릇은 혼자 맡아하고. 죽을 게 뻔한데 와 그런 어처구니없는 짓을 하는 거요."

어머니는 너무도 분했던지 김부자가 돌아간 뒤에 혼자 욕을 퍼붓고 있었다.

"병찬이란 놈, 제2 부자라는 놈이 죽은 아들 살려주니까 이따위 놋그릇 부스러기나 가져오고……"

그것은 남을 위해 목숨을 버릴 뻔했던 심성 착한 남편에 대한 화풀이였을 것이다.

그렇게 착한 아버지에게 있었던 이상한 일 두가지가 생각난다.

국민학교 2학년인가였던 해의 어느날, 도청소재지 신의주로 출장갔다 돌아오는 아버지 뒤에 30세 정도로 보이는 이쁜 여자가 따라 들어왔다. 지금 희미한 기억으로는 기차에서 만나 알게 된 여자라는 것 같았다. 달포가량 윗방에 머물면서 별로 하는 일 없이 한식구처럼 지냈는데, 어머니와 아버지 사이에 말다툼이 자주 벌어졌던 것으로 미루어 단순히 '취직을 하러 왔다'는 관계는 아닌 듯싶었다. 그러다가 그 여성은 내가 어느날 학교에서 돌아와보니 짐과 함께 사라지고 없었다. 나는 시골에서 보기 드문 몸매와 차림의 그 여자가 갑자기 보고 싶어졌다. 공부도 가르쳐주고, 함께 놀아주기도 하고 귀여워해준 그 아주머니가 떠나버린 것이 못내 섭섭했다.

그후 아버지가 신의주에 가는 사람들을 통해서 606호라는 주사약을 구해 맞는 날이 거듭되었다. 무슨 약인지는 몰랐지만 작은 병에 파란 레테르가 붙어 있고, "굉장히 귀한 주사약"이라는 말이 오고가는 것을 들은 기억만이 어렴풋이 남아 있다. 그 뒤로는 골방을 밀폐하고 수은(水銀)을 불로 피워, 독한 기운이 꽉 찬 그 골방 속에 아버지와 어머니가 큰 수건만을 몸에 감고 들어가 한참씩 있다 나오는 일이 계속되었다. 가열된 수은이 발산하는 독기는 치명적이지만 적당한 분량의 독기는 체내의 강력한 병균을 살균하는 효력이 있다는 말은 훨씬 커서야 들었다.

'벽동군 제1갑부 딸'이라는 자랑을 앞세워, 거센 성격에 일자무식인 어머니에게 아버지가 권태를 느낀 한때였었는지도 모른다. 그 기(氣) 약하고 착했던 아버지에게 그런 경험이 있었다면 차라리 행복했을 것이라는 생각이 들기도 한다.

## 머슴 문학빈과 외삼촌

그렇게 거셌던 어머니는 평생 동안 두 사람을 저주하다가 돌아가셨다. 한분은 어머니의 친 남동생 최린모(崔麟謨)이고, 다른 한분은 외할아버지를 도와서 '벽동 일등부자'로 만들어준 머슴 문학빈(文學彬)이라는 사람이다. 어머니가 그토록 미워했던 사람들을 내가 '놈'이라고 부르지 않고 받들어 '분'이라고 모시는 데는 까닭이 있다. 먼저 과거의 머슴 문학빈에 관해서 이야기해보자.

어머니는 당신 남편인 나의 아버지에 대해 불만이 있거나 할 때면 언제나 입버릇처럼 '천석꾼 부자 최봉학의 딸'을 들먹였지만 실상은 백미 천석이 아니라 잡곡이 대종인 천석이었던 것 같다. 그 천석도 어느 정도는 과장된 듯싶기도 했다. 그래도 남한의 호남평야와는 달리, 저 북국 압록강변의 험준한 첩첩산중의 지세를 감안한다면, '천석꾼'이 대단한 부자였음은 틀림없을 것이다.

일자무식이었던 외할아버지는 그 재산을 당신의 당대에, 오직 먹지 않고 쓰지 않는 것으로 자수성가한 분이었다. '문학빈'이라는 이는 그 같은 나의 외할아버지를 어려서부터 도와 천석꾼을 만들어주느라고 '뼈가 빠지게' 고생한 머슴이다. 문학빈의 아버지가 자기 아들이 머슴살이나 해서 인생을 마치기를 바라지 않았다는 것은 아들의 이름에 배울 '학(學)'자를 넣어준 간절한 부정(父情)으로도 짐작할 수 있다. 그러나 그 간절한 아비의 마음은 바람이었을 뿐, 아들 학빈이는 낫 놓고 ㄱ자도 모르는 일자무식으로 자라, 역시 일자무식인 나의 외할아버지 밑에서 머슴살이로 반평생을 보냈다. 그런 외할아버지의 딸인 나의 어머니 역시 일자무식이었다.

어머니는 당신이 한창 뛰어다닐 나이에도 충직하고 성실한 머슴 문학빈에게 업혀서, "발을 땅에 대지 않고 자랐다"는 것이 늘 자랑거리였다. 문학빈이라는 사나이는 그처럼 온 정성으로 주인 지주를 섬기고 주인의 딸을 자기 딸처럼 귀여워했던 것이다. 그런 문학빈을 어머니는 평생 동안 저주했다.

1919년 3·1독립운동이 일제의 모진 무력탄압으로 진압된 지 몇해를 지난 1920년대 초반에 '머슴 문학빈'은 한마디 말도 남기지 않고 '천석꾼 최봉학'의 집으로부터 사라져버렸다.

그러나 그가 어디로 가서 무엇이 되었는지는 곧 밝혀졌다. 어느해의 겨울밤, 외할아버지의 집 높은 담을 뛰어넘고 들이닥친 세 사람의 무장패가 갑부 최봉학 영감을 총개머리판으로 흔들어 깨웠다. 소스라치게 놀라 와들와들 떨고만 있는 최봉학 노인의 베갯머리에 서 있는 사나이는 몇해전 집을 나간 문학빈이었다. 그는 지난날의 주인에게 설득하듯 사과하듯 낮은 목소리로 말했다.

"놀라게 해드려서 미안하우다. 문학빈이외다. 나는 3·1
운동을 겪으면서 보았수다. 조선의 독립은 맨주먹으로는
이룰 수 없다는 것을 깨닫고 만주로 건너가 독립군에 가담
했수다."

그리고는 독립군 군자금을 구하러 왔다는 목적을 설명했
다. 이불을 뒤집어쓰고 있으라는 명령대로 꼼짝 않고 있던
어린 어머니의 귀에 들린 그의 말투는 공손했다고 한다.

"영감님, 빨리 내놓으시오. 우물쭈물하면 헌병대와 두재
소(주재소, 경찰)에서 눈치챌지도 모르고, 그렇게 되면 서
로 위태로우니 빨리 내놓으시우."

생명의 위험을 알아차린 외할아버지는 다시는 오지 않는
다는 약속을 받아내고, 안 먹고 안 쓰고 안 주고 모은 돈 얼
마를 넘겨주었다. 세 사람은 들어왔을 때와 마찬가지로 가
볍게 담을 뛰어넘어 북국의 삭풍이 몰아치는 칠흑의 어둠
속으로 바람처럼 사라졌다. 두껍게 얼어붙은 압록강을 건
너 만주로 건너간 것이다.

문학빈과 그의 일행은 이듬해 어느 겨울밤에 다시 외할아
버지를 찾아왔다. 약속을 어겼다고 항의하는 노인을 총부리
로 위협한 그들은 적지않은 돈을 다시 빼앗아 달아났다.

내가 태어난 평안북도의 압록강변 지역 초산(楚山)·창
성·벽동·강계(江界)·삭주(朔州)·위원(渭原) 등에서는 만주
에 본거지를 둔 독립군 무장부대와 일본 헌병대·국경경비
대·경찰과의 전투가 1930년대 말까지도 빈번히 벌어졌다.

그들의 소속이나 계보는 독립운동사가 말해주듯이 여러 갈래였고, 시기에 따라 합치고 헤어지고 했다. 사람들은 그들을 통틀어 '독립단(獨立團)'이라고 불렀다. 그 지역에서의 압록강 상류는 서울에서 한강이 홍수로 물이 꽉 찼을 때의 폭·깊이·수량과 같음을 자랑했다. 하류의 황해(黃海) 입구인 신의주와 그 상류까지를 연결하는 교통수단으로서, 거대한 비행기 프로펠러로 바람을 밀어 움직이는 50톤급의 여객선이 왕래하던 때다. 상류까지도 수심이 그렇게 깊었다. 12월 초가 되면 결빙(結氷)해서 3월 말에야 해빙(解氷)하는 긴 북국의 겨울에는 만주와 조선이 두꺼운 얼음으로 연결되는 것이다. 일본경찰·헌병대·국경경비대의 경비가 가장 강화되는 계절이기도 하다. 독립단 활동의 절호의 계절인 것이다.

1925년 겨울, 문학빈과 그 일행은 세번째로 벽동군 일등부자를 치러 왔다. 여러번 헌납한 구두쇠 최봉학 노인은 그런 벽지에서는 볼 수 없는 송아지만한 도사견 두마리를 사다가 기르면서 대비했다. 나의 어머니는 초산으로 시집을 갔으나 그해 겨울 마침 친정에 돌아와 있을 때였다. 문학빈은 압록강변 지역에서 모르는 사람이 없을 만큼 용맹한 독립단원이 되어 있었다. 평안도 사람들은 독립단원들이 정말로 축지법(縮地法)을 쓴다고 믿고 있었다. 나도 어렸을 때 어른들에게서 독립단원은 키보다 훨씬 높은 담을 무장한 채 가볍게 뛰어넘고, 발 밑에 용수철을 달고 훨훨 날며,

밤중에 산길 백리를 가는 것이 대낮에 보통사람이 신작로를 가는 것보다 수월하다는 따위의 황당하지만 신나는 이야기를 들으면서 자랐다. 그들의 행동은 신출귀몰, 바로 그것이라고 했다.

겨울이면 특히 물 샐 틈 없이 배치된 일본 국경경비대 및 경찰의 감시초소와 진지들, 그리고 같은 조선인 경찰앞잡이·첩자·밀정들의 악랄하고 치밀한 정보망을 어떻게 뚫고 왔는지 문학빈을 비롯한 일당은 동이 트기 직전의 새벽에 들어섰다. 어머니는 그날의 이야기를 하실 때마다, "독립단 앞에서는 송아지만한 일본개들도 짖지를 못하더라. 개소리 하나 나지 않았는데 문학빈은 벌써 아버지 자는 방에 들어와 있더라"고 미움과 감탄이 뒤섞인 채 옛날을 회상하시곤 했다.

최봉학 노인은 세번이나 털리게 되자 격분하여 필사적으로 저항했다. "나라의 독립이고 뭐고, 어떻게 번 돈인데 세번씩이나 내줄 수 있느냐"고 대들었다. 그러는 사이에 밖의 어둠이 점차 엷어지고, 담 밖에서 망을 보던 두 동지의 억누른 기침소리가 들렸다. 위험의 신호임이 분명했다. 문학빈은 외할아버지의 가슴에 겨눈 장총의 방아쇠를 당겼다. 어머니가 총소리에 놀라 뛰어들어갔을 때에는 문학빈은 벌써 간데없었고, 벽동군 제일의 부자 최봉학은 팔다리를 한참 허우적거리다가 그 많은 재산을 남겨두고 피투성이의 시체가 되어버렸다. 총소리를 듣고 일본경비대와 조선인 순사들이 외할아버지의 집을 포위했을 때는 3인조 독립군은 이미 그들의 포위망을 멀리 벗어난 뒤였다.

이 사건은 당시의 조선신문에 크게 보도되었다. 일본인과 조선인 앞잡이들이 '비적(匪賊)'이라고 불렀던 문학빈이 들어간 조직은 통의부(統義府) 군무위원장(軍務委員長) 오동진(吳東振) 장군의 휘하임이 그후 밝혀졌다.

어머니는 1977년 말에 돌아가시는 날까지 "배은망덕한 놈. 자기를 먹여살린 주인을 총으로 쏴죽인 나쁜 놈. 일본놈의 총에 맞아 뒈졌는지 만주 벌판에서 굶어죽었는지. 아바지 원수를 못 갚고 마는구나"를 되뇌이셨다.

어머니로서는 당연히 그러실 수밖에 없었으리라. 나도 어렸을 때는 어머니가 푸넘처럼 하시는 이야기를 들으면서 그를 극악한 놈으로 생각했다. 그러다가 해방이 되고 철이 들어 나라와 민족이라는 것을 생각하게 되면서부터는 외조부의 살인자인 문학빈이라는 인물을 존경하는 심정으로 바뀌게 되었다.

머슴살이를 박차고 독립운동에 몸을 내던진 변신(變身). 일자무식의 인간이 숭고한 대의를 각성하는 사상적 비약. 머슴과 지주의 신분적·계급적 장벽을 뛰어넘어 민족혁명의 꿈을 품고 왜놈들의 추적을 비웃으며 만주벌판과 평안도 일대를 종횡무진으로 신출귀몰한 풍운의 지사. 축지법과 야간 투시안을 가졌다는 신화 같은 전설을 남긴 문학빈. 나는 어머니의 "그 벼락맞아 뒈질 놈!"이라는 저주의 말을 들으면서 언제나 그가 '뒈지지 않고' 살아서 조국의 광복을 누렸기를 빌고, 또 만날 수 있기를 바랐다. 그러나 고향에서 내려온 친척 어른들에게 물어보았지만 그후 문학빈에 관해서는 그 누구도 확실한 것을 모르고 있었다. 1962년 3월 1일, 오동진 장군이 건국공로훈장 중장(重章)을 국가로부터 수여받았을 때에도 문학빈의 이름은 없었다.

그런 생각으로 오랫동안 독립운동 관계 문헌을 뒤지던 나는 어느 자료에서 그에 관한 기록을 만나 오랜 숙원이 풀린 듯했다.

그 자료로는 평안북도 출신들이 주축을 이루고 있던 만주 내 독립운동단체인 정의부(正義府, 중앙위원 김복대金復大, 군사위원장 오동진)에서, 1926년 11월 현재 제3중대장이었고 나이는 38세였다. 그가 활약한 지역으로는 화전(樺甸)·이통(伊通)·반석(磐石)·액목(額穆)·화룡(和龍)·왕청(汪淸)·연길(延吉)·훈춘(琿春)으로 기록되어 있었는데, 그것은 다른 5개 지역 중대장 누구보다도 넓은 활동지역이었다. 다른 각 중대 지역의 거의 두배에 가까웠다. 조선총독부 검찰의 비밀 요시찰인 문서에는 문(文)이 용감하게 싸웠으나 그후 일본군에 귀순했다고 기록되어 있었다. 그러나 비고란에는 "아직도 경계와 관찰을 요하는 인물"이라고 적혀 있었다.

'귀순'이 사실이라면 정말로 아쉬운 일이다. 그렇다 하더라도 일자무식의 머슴이 민족의 광복을 위해 일대 변신을 이룩해 만주를 누비면서 일제와 싸우게 되기까지의 인간 드라마는 감동적이 아닐 수 없다.

내가 독립유공자 포상에 관한 신문기사를 신문에서 빼 놓지 않고 읽고, 사회면 맨 밑에 검은 굵은 선과 함께 인쇄 되어 나오는 독립유공자들의 죽음을 알리는 작은 부음기사 를 꼭 읽고야 신문의 면을 넘기는 습관은 이렇게 해서 생겼 다. 나는 외조부의 죽음이 비참했기 때문에 더욱 민족의 운 명이 암담했던 때에 독립운동에 몸바친 애국지사들에 대한 경의를 가슴 깊이 새기게 되었다.

어머니가 미워하고 내가 존경하는 또 한분은 어머니의 친 남동생이고 나에게는 외삼촌인 '최린모'인데 나는 외삼 촌을 뵌 일이 없다. 내가 난 이듬해에 돌아가셨기 때문이다.

외삼촌은 그의 부친이 독립단의 총에 돌아가셨을 때, 일 본에서 그 당시 사회주의적 농업(민)운동의 한 선구적 학교 로 알려졌던 안성농업학교(安城農業學校, 아이찌 현 소재)에 유 학 중이었다. 그는 부친의 비명의 죽음으로 많은 토지와 재 산을 상속받았으나 일본에서 급히 돌아와, 상속한 농토의 소작인들에게 당시의 제도인 지주 7 소작인 3의 소작료 비 율을 깨고 5대 5의 비율을 실시했다. 그리고 농토의 소유를 원하는 소작인에게는 헐값으로 양도해주었다.

그의 처사는 어쩌면 가히 혁명적이라고도 말할 수 있을 것이었다. 1920년대 말 일본식민지 조선의 자본주의 농업 제도와 관례에서 그것은 작은 사회주의적 실천이었다고 할 수 있다.

그의 행동이 벽동군 내외의 지주들의 격분을 산 것은 당연하다. 지주계급 사회의 핍박을 받게 되었을 뿐만 아니라 일제당국의 심한 추궁과 감시를 받았다. 그러는 동안 일본 유학 때에 걸린 폐병이 악화되어 함경남도 함흥(咸興)의 해변가에 집을 짓고 요양하다가 곧 세상을 떠났다. 남은 재산은 그의 처가 일족의 손에 넘어가고 마침내 흔적도 없이 탕진되고 말았다(는 어머니 말이다). 어머니가 받은 상속의 몫은 외삼촌의 몫에 비하면 보잘것없었지만 그래도 그후 줄곧 나의 아버지로 하여금 "상속도 가져왔다"는 말에 시달리게 하기에는 충분한 정도였다.

어머니는 하나밖에 없던 남동생의 이야기에 화제가 미칠라치면 언제나 화를 벌컥 내곤 했다.

"그놈이 턴벌을 맞아 폐병 앓고 죽었디. 그래, 아바지가 평생 동안 딥신(짚신)조차 제대로 신디 않고, 잡술 것 안 잡수고 벌은 재산인데, 그게 누구의 것이라고 그런 짓을 한단 말이냐. 계집 친덩(친정)놈들한테 몽땅 멕혀버렸디."

그래도 화가 풀리지 않을 때는 되풀이하는 후렴이 있었다.

"아바지가 제 명에나 죽었나. 총맞아 죽었는데, 그래 그 재산을 자식된 놈이 보존은 못할망정 계집년 식구들한테 몽땅 갖다 바쳤으니. 턴벌을 맞아 싸디. 싸구말구!"

이남으로 내려온 뒤에도 어머니가 저주하는 말씀을 들으면서 나는 늘 속으로 생각했다.

외삼촌은 왜 그랬을까? 객기로 그랬을 까닭이 없다. 그때가 바로 러시아 볼셰비끼 혁명 직후고, 일본사회는 소위 '대정(大正) 데모크라시'(타이쇼오 천황시대에 일본을 휩쓴 평민사상)가 절정인 시대였지. 농업학교 유학 중이었으니 계급의식, 사회주의 사상에 공명했을지도 모르지. 소작인들을 착취해서 당대의 천석꾼이 된 지주의 아들이라는 신분에 죄책감을 느꼈을지도 모르지. 심지어는 농민혁명 같은 것을 생각했을지도 몰라. 그러나 자기가 할 수 있는 혁명은 고작 소작인들에게 최대한의 은전을 베푸는 것으로 자위했을지도 모르지. 바로 중국에서 그때 중국공산당의 혁명운동이 요원의 불처럼 번져가고 있었고, 조선의 진보적 지식인들 사이에서도 사상적 파동이 일어나고 있던 무렵이니까.

# 3. 일제 말기의 중학시절

## 경성 유학길

태평양전쟁이 일어난 이듬해(1942년) 열네살의 봄, 경성
공립공업학교에 입학해 경성으로 올라왔다. 압록강과 천마
산(天摩山) 기슭에서 경성의 이름난 학교에 들어가 상경한
소년의 마음은 마냥 부풀어 있었다. 경공(京工)이 '칙임관
(勅任官) 교장 갑종 중학교'라는 학교의 권위 때문에 그 자
부심은 더욱 컸다. 그 까닭은 일제시대의 조선의 중등학교
제도를 알아야 이해할 수 있다.

당시의 중등학교는 갑종과 을종으로 격(格)이 나뉘어 있
었다. 오늘날의 중·고등학교를 합친 격인 정규 5학년제 학
교가 갑종이고 2년제를 을종이라 하여 학교라고도 하지만

대개는 '학원'이라 불렀다.

'정규·공립·5학년제·갑종' 학교는 인문계와 실업계로 나뉘는데, 경공은 후자에 속했다. 갑종 중등학교는 다시 그 입학허용 생도의 민족적 성격에 따라 일본인학교, 내선공학(內鮮共學, 일본인과 조선인의 공동학교), 그리고 조선인학교의 세 종류로 나누어진다. 그것은 다시 공립과 사립의 차가 있어, 공립을 우위로 쳤다.

'일본제국'이라는 국가적 성격의 특수성으로 말미암아서, 이상과 같은 차이(또는 차별) 위에 또 한가지 중요한 격(格)의 차등이 있었다. 같은 '정규·갑종' 학교라 하더라도 그 교장의 격이 칙임관이냐 고등관(高等官)이냐에 따라서 엄격한 차등이 있었다. 칙임관은 천황이 임명하는 직위이고 고등관은 조선총독이 임명하는 직위다.

경기도의 경기중학교를 비롯해서 각 도 도청소재지에 하나씩 있던 조선인 중학교가 공립 '고등관' 교장 학교이고, 중앙(中央)·배재(培材) 등의 사립 중학교는 총독부 직위와 관계 없는 조선인이 교장이었다. 일본인 중학교는 서울의 경성공립중학교(京城公立中學校, 해방 후 그 자리를 이은 것이 서울공립 중·고등학교)와 용산공립중학교(용산중고)를 비롯해서 평양·대구 등 몇개 대도시에 있었다.

이른바 '내선공학'은 서울에 경성사범(京城師範), 욱구중학(旭丘中學, 경동중고), 경성공업(서울공고), 경성상업(경기상고), 경성농업(서울농대) 등이, 그리고 역시 지방의 몇 대도시에 하나둘씩 있었다.

이처럼 당시의 일제 식민지 조선의 중등교육학교에는 일본국가의 일정한 위계질서를 식민지에서까지 반영한 서열이 있었다. 그 위계질서의 정점에 서는 것이 갑종·공립·'칙임관' 교장 학교로서 경성에만 있었다. 그에 해당하는 것이 경성공립중학교(일인)·경성사범학교(내선공학)·용산공립중학교(일인)·경성공립공업학교 이 네개다. 전조선에 내선공학은 비교적 많았지만 '칙임관 교장' 학교는 경성사범과 경성공업 둘밖에 없었다. 소위 내지인(內地人)과 반도인(半島人)으로 구성된 50명 한반에 조선인은 10명 안팎을 뽑았다.

경성공업학교의 격이 그렇게 높았던 데는 이유가 있다.

1930년대 말에 중국을 석권한 일본은 만주와 중국의 산업개발 공업진흥을 위해서(물론 수탈을 위한 것이지만) 조선 거주 일본인·조선인 간부기술자의 급속한 양성이 필요해졌다. 일본 본토의 기술자 교육양성 기관만으로는 그 수를 충당할 수가 없었던 것이다. 태평양전쟁을 저지른 뒤로 그 필요성은 더욱 화급해졌다.

이 요구에 따라서 일본은 1930년대 말기부터 본토의 실험실습장비와 기계류를 대량으로 경성공업학교에 옮겼다. 태평양전쟁이 중반에 접어들고 본토 폭격의 위험이 커짐에 따라 더욱 시설을 확충하여 조선인에게도 간부 기술교육의 문호를 확대한 것이다. 소수의 고급기술자는 경성고등공업학교(고공)에, 이론·과학자의 교육은 경성제국대학 이공학부가 맡았다. 이렇게 해서 경성공업학교는 파격적인 칙임관 교장 중등실업학교로 승격된 것이다.

그 당시는 조선인 학생만을 위해서는 기능공 양성소로서 을종 2년제밖에 없었다. 해방 후 마포의 경기공업학교(京畿工業學校)가 된 것이 그것으로서 이름은 경성직업학교(京城職業學校)였다. 그밖에 그와 같은 격의 1년제·2년제의 기술학원들이 있었다. 2년제 학교·학원들은 대체로 무시험 입학제였다.

인문계 중학교로 말하면, 위계질서에서 하위에 놓였던 조선인 학생만의 갑종 사립학교가 그 교육의 질(質)과 내용에 있어서도 서열을 반영하는 것은 물론 아니었다. 그것은 조선의 민족교육기관으로서 조선인으로서는 오히려 자랑스러운 것이며 높은 권위와 긍지를 자랑하고 있었다. 해방 후 이 나라의 기둥이 된 인물이 대부분 당시의 공·사립의 조선인 갑종 중학교 출신이라는 엄연한 사실이 그것을 말해준다.

해방 후 내가 헤쳐가야 했던 고달픈 삶의 길을 돌이켜볼수록, 아버지가 차라리 서울의 조선인 사립 인문중학교를 선택해주었더라면 얼마나 좋았을까 하는 아쉬움에 젖을 때가 한두번이 아니다. 해방된 사회에서 동창생이 거의 없다는 것은 나의 삶에 있어서 만사에 불편했다. 많은 동창들이 상호부조하고 유무상통하는 것을 볼 때마다 나는 자신이 세상에 외톨이라는 생각을 떨쳐버릴 수가 없었다. 40여 년이 지난 지금도 그렇다. 그런 불리한 조건에 서서 대등하게 경쟁해나가기 위해 얼마나 남모르는 각고를 해야 했는지…… 남모르는 고충이 얼마나 많았던지…… 그것도 이제는 다 지나간 일이 되었다.

경성사범학교가 그랬듯이 칙임관 교장 학교인 경성공업학교의 조선인학생 입학시험 경쟁률은 10대 1에 가까웠다. 보통 일이 아니었다. 압록강변의 벽지에서 제법 공부깨나 한다는 말을 들어온 소년은 입학하고 첫 학기가 지나기 전에 세상에는 '뛰는 놈 위에 나는 놈'이 있다는 것을 깨달았다. 시골의 천재는 전조선의 수준에서는 둔재에 지나지 않았다.

하지만 입학해 새로이 깨닫거나 발견한 사실들은 시간이 지나가면서의 일이다. 입학 당장에는 몇 안 되는 갑종 공립학교, 더구나 칙임관 교장 학교의 학생이라는 우월감으로 우쭐했던 것이 사실이다. 시골서 올라온 나는 경성의 거리를 거닐 때 자랑스럽기만 하고 기쁘기만 했다. 열네살의 시골뜨기 소년!

내가 입학하기 전해까지의 중학생 교복은 겨울은 검은색, 여름과 봄가을은 연회색 바탕에 검은 반점을 섞어서 짠 '시모후리'였다. 태평양전쟁 후의 제1차년생인 나의 학년부터 사계절 모두 국방색으로 바뀌었다. 손에 들던 책가방도 군대의 배낭 같은 '란도세루'로 바뀌었다. 전해까지는 군사교련 시간에만 치던 각반이 등교·하교시에도 제도화했다. 학과시간 중에만 각반을 풀 수 있었다. 전시학생 복장이다. 일제 식민지하에서나마 중학생의 낭만의 외적 표시였던 평화적 복장이 군대화한 것이다. 그뿐이 아니다. 평화시의 중학생에게 그렇게도 어울려 보였던 모자마저 '마루보오(丸帽, 둥근 모자)'에서 일본 군대식 '전투모'로 바뀌었다. 중학생 이상은 이제 준군인이 된 것이다.

당시의 중학생에게 있어서 각 학교 휘장이 정면에 반짝이는 검은 둥근 모자는 선택된 소수의 자랑스러운 신분적 표시였다. 전조선으로 말하면 국민학교 졸업생의 9할 이상이 '갑종 중학교'의 문을 들어가보지 못하고 인생을 마칠 운명이었던 것을 생각하면 이 '마루보오'가 지니는 신분적 의미를 이해할 것이다(전문학교·고등학교·대학 예과와 대학의 '카꾸보오(角帽, 각이 진 모자)'는 더 말할 나위가 없다).

꿈에 부푼 중학생들로부터 제복을 빼앗고, 배낭을 메고, 각반을 치게 한 것까지는 참을 수가 있었다. 그러나 둥근 모자를 빼앗고 군대식 전투모를 씌우는 것은 모욕적일 수밖에 없었다. 둥근 모자는 바로 머리에 이는 신분적 상징이었으니까.

조선인 중학교의 학생들은 한때 전투모 쓰기를 거부했다(일본인 학생이라고 다 순응한 것도 아니다). 집을 나설 때는 전투모를 배낭에 구겨넣고 학교정문 앞에 오면 꺼내서 썼다. 하교길에는 교문을 나서자마자 벗어 넣었다. 상급학년 학생일수록 그랬다.

그러자 당국은 위반학생의 적발과 처벌을 강화했다. 경찰과 헌병은 물론이지만, 전차 정거장마다에 교사들을 배치해, 전투모 안 쓴 학생을 적발했다. 얼마 안 가서 학생들은 굴복하고 또 차츰 익숙해져버렸다. 등하교의 아침·저녁 시간, 경성의 거리는 무리를 지은 전투모의 물결로 살풍경을 이루었다. 이런 때에 둥근 모자를 쓰고 다닌다는 것은 예사로운 일이 아니다. 그것은 조선 사회에서의 특권을 의미했다.

그런데 몇 안 되는 칙임관 교장 중학교에만 '마루보오'의 착용이 허용된 것이다. 전투모를 쓴 같은 나이 또래의 중학생이 마루보오를 쓴 학생을 바라보는 눈초리에는 선망과 질투와 적개심이 복잡하게 서려 있었다. 그 심정은 이해하고도 남음이 있다. 마루보오를 쓴 학생은 그 시선을 십분 의식하면서 속으로 우월감의 쾌감을 지그시 씹어보는 것이다.

소수의 둥근 모자와 다수의 전투모가 기본적으로 '내선차별(內鮮差別)'의 발상임에는 의심의 여지가 없다. 그러나 그것만으로는 해석이 다 되지 않는 부분도 있다. 일본인 학생이 절대다수를 차지하는 다른 내선공학 학교들도 전투모를 착용했기 때문이다.

어쨌든 나는 이 둥근 모자를 쓰고 압록강변 시골에서 서울에 유학온 승리감에 도취되어 있었다. 이때는 아버지의 학교 선택이 잘못이라는 생각을 미처 하지 못했다. 만일 내가 열네살의 그 소년 시기에 프란츠 파농의 글들을 읽을 기회가 있었다면(그의 글은 그보다 뒤에 씌어졌지만), 내가 일본 식민통치의 요술에 걸려 있다는 것을 인식했을지 모른다. 그와 같은 민족적 각성은 다만 일본인 학생들과 어울려 살아가는 사이에 겪는 모멸적 체험을 통해서 서서히 나의 머리와 가슴에 자리잡아갔다.

### '나이찌진'과 '한또오진'

일제하 조선에서 일본인은 '나이찌진(內地人)', 조선인은 '한또오진(牛島人)'으로 불렀다. 그러나 그 칭명은 표면적·공식적인 것이었고, 일본인 학생들끼리는 조선인 학생을 '조오센진(朝鮮人)' 또는 '센진(鮮人=賤人)'으로, 조선인 학생들끼리의 대화에서는 일본인을 으레 '쪽발이'로 상호멸시의 칭호로 불렀다.

조선인이 모두 일본성(氏)으로 창씨개명했기 때문에 특별히 어색한 창씨를 제외하면 성명만을 가지고는 '나이찌진'인지 '한또오진'인지 쉽게 구별하기 어려웠다. 창씨개명 중에는 나까가와(中川)니 야마모또(山本)니, 흔한 일본인 성을 딴 것이 적지 않아서 일본인으로 오인될 수도 있고, 거꾸로 특이한 일본인 성명은 어색하게 창씨한 조선인으로 착각되기도 했다.

일본인과 조선인 선생의 비율은 3대 2 정도였을까. 일본인 교사들도 가지가지였다. 속으로는 어떻든 적어도 겉으로는 군이 일본인과 조선인을 가려내려 하지 않는 대범한 교사가 있는가 하면, 1학년 첫시간에 들어오자마자 기어이 가려내려고 기를 쓰는 선생도 있다. 성명으로 분간하기 어려울 때에 하는 표준적 수법은 본적(本籍)을 묻는 것이다.

출석을 부르다가 짚이는 이름이 있으면 얼굴을 쳐들고 묻는다.

"혼세끼와 도꼬까?(본적이 어디냐?)"

일어선 학생이 대답한다.

"하이, 시마네껜데스(예, 島根縣입니다)"라고 답변하면 '나이찌진'이다.

"하이, 추우세이호꾸도오데스(예, 충청북도입니다)"라고 하면 그것은 '한또오진'인 것이다.

한 학기가 다 지날 때쯤이면 어느 과목 담당이건 대체로는 구별할 만큼 이름과 얼굴을 익히게 마련이다. 그런데도 시간마다 기어이 "혼세끼와 도꼬까?"를 짓궂게 추궁하는 간사한 선생도 있었다. 하야시(林)라는 한문 선생이 그 전형이다. '쿠쯔나오시'(구두쟁이)라는 별명으로 (일본인 학생들에게서도) 미움을 받았던 이 한문 선생에게서 가장 혹독하게 당한 조선인 학생은 평안북도 강계에서 유학온 이○○군이었다(이름은 잊어버렸다).

이군이 당하는 것은 한문시간만이 아니었다. 처음 한 학기

동안은 예외없이 모든 과목 시간에 고초와 수모를 당했다.

그의 창씨성은 '木子'였다.

출석을 불러내려가던 선생은 그의 차례에서 어김없이 멈추고는 묻는다.

"너의 성은 뭐냐?"

강계 소년은 큰소리로 대답한다.

"예, '키노꼬'입니다."

선생의 머리가 갸우뚱하기 전에 일본인 학생들의 웃음소리가 터졌다.

강계군의 이씨 가문은, 조선의 성을 지키기 위해서 이(李)자를 나무 목(木)자와 아들 자(子)자로 인수분해하여 목자(木子)로 창씨한 것이다. 일본어로는 '키시'로 읽을 수도 있고, 좀 억지스럽지만 '키꼬'로 읽을 수도 있다. 그러나 '키(木)'와 '코(子)' 사이에 일본어의 소유격 조사인 '노'를 넣어서 '키노꼬'로 부른다는 것은 아무리 멋대로 훈독을 하는 일본어로도 지나친 변칙이다.

일본인 학생들이 웃는 것은 그 때문만이 아니다. '키노꼬'는 '나무의 새끼'이기도 하지만 '버섯'이기도 하다.

학기초의 얼마 동안, '키노꼬' 군(君)이 답변할 때마다 킥킥대는 일본인 학생들은,

"시이따께(참나무버섯)냐? 마쯔따께(송이버섯)냐?"라고 야유하기도 했다.

같은 평안북도 출신이면서도 체구가 왜소한 나와는 달

리, 키노꼬 군은 시골티를 벗지는 못했지만 당당한 몸통에 약간 얽은 얼굴의 맹호출림(猛虎出林, 평안북도인을 일컫는 말)형이었다. 그는 평소에 말이 없고 조선인 학생들하고도 별로 사귀지 않는 성격이었다. 그럴수록 소년답지 않은 무게가 있어 보이는 학생이었다.

일본인 학생 중 누군가가 "송이버섯이냐? 참나무버섯이냐!"고 야유하면 이 맹호출림군은 소리난 쪽의 일본인 학생을 향해 단호하게 일갈하곤 했다.

"다마레!(아가리 닥쳐!)"

그러면 교사도 빙긋이 웃고 출석부를 접고, 일본인 학생들도 쑥 들어갔다.

학기 초의 몇시간 이런 일이 벌어진 뒤에는 이군 아닌 키노꼬 군의 인격적 권위는 학생들 사이에 확립되었다. 그후로는 이군에게 감히 덤비는 일본인 학생이 없어졌다.

이군이 일본인 학생들에게 "아가리 닥쳐!"로 일갈할 때의 그 늠름한 태도 때문에 그는 조선인 학생의 존경을 받았다. 그의 태도는, "너희들의 강요로 성은 고쳤지만 나의 성은 나무 목(木)과 아들 자(子)로 된 조선의 이(李)씨다"라고 선언하는 것 같았다. 그 늠름했던 평안북도 고향친구는 지금 어디 있는지? 남한에 있다면 알 수도 있을 텐데…… 북한에 산다면 무엇을 하고 있는지? 만나보고 싶다.

나의 학교와 같은 내선공학 학교에서는 학교 안팎의 생활에서 일본인 학생과 조선인 학생의 사이는 통상적으로는 반드시 '지배민족'과 '피지배민족'의 관계는 아니었다. 그렇다고 우호적이지도 않았지만 반드시 적도 아니었다. 두 이민족 집단의 학생들 사이는 서로 '불가원 불가친'의 그런 사귐이었던 것이다. 그것은 정의하기 어려운 미묘한 성격이었다.

일본인 학생은 어차피 지배민족으로서의 우월적 심리로 우리를 대했지만, 적어도 학교와 관련된 생활에서는 우리는 머리와 성적의 우월성으로 그들을 멸시하는 것으로 서로 상쇄했다.

경성공업학교는 대방동(大方洞)에 있었다. 일본인 지배자 양성기관인 경성중학교는 물론 모든 중등학교가 2층 건물이었던 것과는 대조적으로, 이 학교만이 경성에서 거의 유일한 3층 교사였다. 2학년 말까지는 전차노선의 종점인 한강 건너 노량진에서부터 4킬로미터 가까이를 걸어다녔다. 한강 건너 종점이 현재의 대방동까지 단선으로 연장된 것은 3학년(1944년)부터다. 4킬로미터의 길은 여름이면 마른 먼지흙이 구두를 덮었다. 비가 내리면 그것이 온통 진창이 되어 발을 가눌 수가 없었다.

등하교길에서 조선인들끼리만 만날 수는 없는 것이니까 4킬로미터의 길 어딘가에서 '내지인'과 '반도인' 학생들이 어울리게 마련이다. 조선 학생들만이면 누가 보건 듣건 서로 조선말이지만 일본인 학생과 어울리게 되면 자연히 일본어가 된다.

크게 보아 민족의 경계는 지울 수 없는 일이었지만, 몇해를 사귀고 살다보면 상대방 민족의 학생들 사이에 서로 한두명의 다정한 친구가 생기게 마련이었다. 민족 사이에 그어진 굵은 선을 넘나드는 가는 선이라고나 할까.

## 잊혀지지 않는 두분 선생님

'갑종 5학년제'의 이 학교에서 내가 실제로 학교를 다닌 기간은 3년 반밖에 안 된다. 3학년에 올라간 해에 전시 인적 자원 동원계획으로 5학년제가 4학년제로 바뀌었고, 몇달 뒤에는 그 4학년도 단기졸업 제도로 4학년을 채우지 않고 졸업해 나갔다. 그 3년 반도 실제는 3년이라고 해야 할 것이다. 착실히 교실에 앉아서, 또는 실습실에서 공부한 것은 3학년 말까지였으니까. 4학년이 된 1945년 1학기부터 3학년 이상의 전국 중학생의 근로동원이 시작되었다. 전국 각지로 흩어져 나간 학생들 중에는 일제가 패망하기까지 1년 동안 학교를 구경하지 못한 사람도 많다. 그런 상황이었고 보니 내가 중학교에서 배운 것이라곤 사실 아무것도 없다고 해도 과언이 아니다.

학과목 중에서는 영어·한문·지리 같은 것을 좋아했던 것으로 미루어 애당초 공업학교에 갈 것이 아니었는지도 모른다. 다만 기하학과 용기화(用器畵)에 대한 취미는 그로부터 10여년 뒤에 시작되는 나의 언론계에서의 국내외 정세의 관찰과 그후 대학에서의 국제관계의 연구 및 집필에 있어서 어느정도 사고(思考)의 치밀성·균제성(均齊性) 같은 성향의 기초적 요소가 됐을지도 모른다는 생각을 할 때도 있다. 전공이었던 전기학(電氣學)은 구체적·기술적 지식은 아무것도 배우지 못한 채 다만 전기라는 것이 어떤 성격의 것이라는 막연한 초보적 개념이 남아 있을 뿐이다.

일본 본토의 전쟁상황이 가열되면서 본토에서 소개된 많은 공업용 기계와 시설이 학교의 각 과(科) 실습실에 대량으로 들어왔다. 경공(京工)의 실습실에는 고등공업학교(高工) 학생들이 실습하러 오기도 했고, '동양 제일'이라고 했었다. 그러나 그 좋은 시설도 1944년부터는 군수품 생산에 돌려졌기 때문에 나에게 교육적 혜택을 준 것은 미미할 뿐이다.

한 60명가량이었던 교사의 약 3분의 2가 일본인, 나머지가 조선인이었던 것으로 기억한다. 조선인 교사들은 해방 후 거의 대학교수가 되었지만, 그들 중에서 유달리 실력이 뛰어나고 인격적으로 존경받는 두분이 있었다. 박물과(博物科) 담당의 이휘재(李徽載) 선생과 한문·중국어과를 가르친 김경탁(金敬琢) 선생이다. 나머지 조선인 교사들은 그 두분의 그늘에서 지냈다.

해방 후 서울농대 학장을 지내신 이휘재 선생은 뚱뚱한 체구에 얼굴은 조금 실례지만 하마(河馬) 같은 도사풍(道士

風)의 어른이었다. 그의 일본어는 완전히 조선어의 억양을 그대로 옮긴 것이어서 촐랑대는 일본인 학생들의 가벼운 웃음거리가 되기도 했지만, 그의 당당하고 늠름한 인품과 거동은 일본인 학생들뿐 아니라 일본인 교사들까지도 경의를 표할 정도였다. 이 선생은 공습경보가 울려서 모든 교사와 학생이 방공호나 방공부서로 뛰어갈 때에도(반드시 뛰도록 되어 있었다) 절대로 뛰는 일이 없었다. 심지어 발걸음을 재촉하는 기미도 보이지 않았다. B29폭격기가 네 줄의 은빛 비행운을 길게 뿜으면서, 까마득한 고공에 나타나도 이 선생은 마치 평소 교실로 가기 위해 책을 끼고 복도를 걸어가는 그 자태와 느린 발걸음을 바꾸지 않았다. 조선인 학생들에게는 이 선생의 풍모가 그렇게 믿음직해 보일 수가 없었다. 천황에게서 임명받은 칙임관인 일본인 교장조차 이휘재 선생에게는 일정한 경의를 표했고, 일본인 교사들은 바삐 수업에 들어가는 복도에서도 이 선생과 마주치면 먼저 묵례를 하고 길을 비켰다.

이 선생이 일본인 교사들에게까지 존경을 받은 데는 그런 일보다 더 중요한 사실이 있었다. 그는 일본 패망의 날까지 창씨개명을 안 하고 "이휘재(리끼사이)"로 버틴 것이다. 이것은 그 시국에서 보통 결심으로는 불가능한 일이었다. 모두 창씨개명을 하고 일본인보다도 더 일본인 행세를 하려는 조선인 교사들이 많은 속에서 이 선생의 그 모든 것은 경이로웠다. 일본인들도 존경할 만한 조선인은 알아볼 줄 알았다.

이 선생은 해방 후 이승만정권을 쓰러뜨린 4·19 학생혁명에서 아드님을 잃었고, '4·19유족회' 회장을 지냈다. 가슴 아픈 일이다.

또 한분은 김경탁 선생이다.

나의 학교에서는 제1학년부터 중국어(과목의 정식명칭은 支那語) 수업을 받았다. 일본제국의 새로운 판도에 편입된 만주와 중국의 침략경영을 위해 공업기술자들을 대거 진출시키려는 정책의 교육적 표현이었다.

태평양전쟁이 격렬해진 1944년(3학년 때), 영어과목이 폐지되고 그 대신 중국어 시간이 더 늘었다. 군국주의 일본인들처럼 비이성적이고 비과학적인 정부와 국민도 드물 것이다. 어쩌면 군인정권이란 어느 시대, 어느 나라에서나 그럴 수밖에 없는 것인지도 모른다. 국가의 생명을 걸고 싸우는 상대방을 이기기 위해서는 상대방을 더 잘, 더 깊이, 더 많이, 더 정확하게 알아야 하는 법인데 군인이 지배하는 일본은 영어교육을 '적성교육(敵性教育)'이라고 불러 폐지시킨 것이다(일본 군인들이 제갈공명의 지피지아백전필승知彼知我百戰必勝의 전략교훈을 모를 리가 없었건만 그런 어리석은 짓을 범했다. 오늘날, 공산주의와 싸우겠다는 세상의 많은 광적인 반공주의자들이 맑스의 이론을 분서하고 처벌하는 것과 그 궤를 같이한다고 할까……).

김경탁 선생도 이휘재 선생처럼 끝까지 창씨개명하지 않

은 "김경탁(긴게이따꾸)"이었다. 이 선생과는 대조적으로 체구는 왜소하고 깐깐해서 풍채는 별로 인상적이 아니었지만, 근엄하고 과묵한 바로 조선의 '선비'형 교사였다. 해방 후 곧 성균관대학과 고려대학 교수로 옮겨간 김 선생은 일제시대에 조선에서 출간된 유일한 중국어사전의 저자였다. 그런 학문적 실력을 갖춘 교사가 나의 학교에 있었다는 것은 조선인 학생들의 대단한 자랑이었다. 나의 서툰 한문지식과 중국어는 그나마 김 선생의 가르침 덕분이다.

이휘재 선생과 김경탁 선생은 이미 나이도 지긋했지만, 많은 젊은 조선인 선생들이 '반(半)쪽발이'가 되어 설치던 속에서 가히 '군계일학(群鷄一鶴)' 아닌 '군계이학'이었다.

내선공학 학교라고 해서 한국인 중학교보다 더욱 일본적이거나 군국주의적이었냐 하면 반드시 그렇지도 않다. 어떤 의미에서는 일본 정부는 조선인 중학교에 대해서 더 강력한 '일본화' 또는 '군국화' 교육을 했던 것 같다. 칙임관 교장 학교라는 이유도 있었지만 당시 조선(半島)의 정세에 비추어보면 오히려 비교적 느슨했는지도 모른다. 전투모자가 아닌 둥근 모자로 일관할 수 있었던 것이 그 한 실례겠다. 군사훈련도 보통 이상은 아니었던 것으로 기억한다.

군사교관은 육군대좌(예비역)였다. 학교의 격이 1급 높기 때문에 다른 조선인 중학교의 중좌(中佐=中領)보다는 1계급 위가 배속되어 있었지만 학교 분위기는 그가 거드럭거릴 수 있는 그런 것이 아니었다. 적어도 교내 분위기는 차라리 문민적(文民的)이라 할 수 있었다. 나의 학교의 바로 이웃에 있던 성남 공립중학교는 김석원(金錫元) 대좌가 창설하고 교장이던 조선인 중학교지만, 그 학교의 교련이나 군대식 규율은 우리학교 학생들에게는 이해하기 힘들 정도였다. 경기·배재·중앙 등 조선학교도 대동소이했다.


## 배고픈 공부벌레


중학시절을 회고하면서 가장 고통스러웠던 것은 처음으로 부모를 떠난 객지생활의 외로움과 굶주림이다.

지금처럼 교통이 편하고 왕래가 자유로울 때가 아니니 열네살에 부모의 품을 떠나 경성에 와 있다는 것은 먼 외국에 온 거나 다름이 없었다. 1942년 당시의 경성은 아직 전시(戰時) 초기여서, 조선의 수도답게 비교적 왕년의 화려와 풍요의 잔영이 남아 있었다. 종로엘 나오면 화신백화점 옥상에는 일본군의 전승 뉴스를 알리는 전광판이 명멸하고, 미쯔꼬시(三越)백화점(지금의 신세계백화점), 미나까이(三中井)백화점(지금의 대연각빌딩 자리)에는 상품도 많고 제법 홍청거렸다. 영화관이나 극장의 네온사인도 시골 소년에게는 매혹적이었다. 모든 것이 새롭고 신기했다.

그런데도 나는 가난한 부모님이 어렵게 보내주는 학비를 아껴야 한다는 소년다운 일념 때문에, 생활은 하숙집과 학교 사이의 고정궤도를 벗어나지 못했다. 아무리 생각해도 나의 생활은 그 당시 중학생들이 하숙집 벽에 즐겨 써붙이고 있던 "소년이여 웅지(雄志)를 품어라!"의 표어와는 인연이 멀었다. 소년이 웅지의 날개를 펴기 위해서는 가난이란 별로 도움이 되지 않는다는 것을 알았다.

집에서 부쳐오는 한달 학비는 40원 정도였다. 월사금이 4원 몇십전이었던 것으로 기억한다. 하숙비가 26원, 잡비 10원 안팎으로 쪼개졌다.

확실치는 않지만 아버지의 월급이 90원 정도였을 것이다. 용산우편국까지 전차를 타고 가서 우편대체로 온 40원의 돈을 찾아서 나올 때, 시골의 부모님의 정성을 생각하면서 눈물을 흘리곤 했다. 봉급의 반가량을 아들의 학비로 비워야 하는 부모님의 사랑과 희생을 명심해 학교공부 외에는 눈을 팔아서는 안 된다는 결심을 새롭게 다지는 것이었다. 그런 생활이다보니 4년 동안에 경성시 밖으로 나가본 것은 인천에 한번 가본 일밖에 없다. '공부벌레'였다.

학교성적은 조선인 학생이 단연 우수했다. 일본인 학생은 비교적 쉽게 들어왔지만 조선인 학생은 격렬한 경쟁을 뚫고 들어온 터라, 어느 반에서나 1등부터 5, 6등은 조선인 차지였다. 차츰 알게 된 일이지만 조선인 학생은 대개가 나의 경제적·사회적 형편보다 특별히 나을 것이 없는 가정의 자제들이었다. 그러니까 그들이 모두 나와 같은 심정으로 공부를 했을 것이다. 성적이 좋았던 것은 당연한 일이다.

일제 말기, 경성의 하숙생활은 참담했다. 식량배급제가 엄격해진 뒤부터는 굶주림이 학생들을 울렸지만, 문제는 그것만이 아니었다. 빈대에 시달리는 게 더 문제였다.

하숙은 대개가 서울 사대문 밖, 주변지대의 가난한 조선인 가정의 생계수단이었다. 사대문 안은 일본인과 부유한 조선인이 차지한 일본주택 또는 한식 기와집이었다. 서대문 밖, 동대문 밖, 한강 건너와 영등포 등 주변지대는 언덕바지에 게딱지같이 붙은 조선인의 초가집으로 꽉 차 있었다. 거의가 누추하고 낡은 초가집이었다.

기와집이라고 나을 것은 조금도 없었다. 하숙방의 네 벽은 여러해에 걸쳐 번갈아 들고 나간 수많은 학생들이 빈대와 싸워온 피나는 전투의 흔적으로 벌겋게 물들어 있었다. DDT라는 신묘한 가루만 있었다면, 그 많은 학생들이 얼마나 편안한 잠을 자고, 얼마나 많은 공부를 더 할 수 있었을까? 그런 가루가 없던 일제 말엽에는 빈대가 인간을 지배했다. 인간은 빈대 앞에 속수무책이어서, 인간보다 빈대의 진화가 앞서 있는 것이 분명했다. 진화에서 뒤떨어진 인간에게 남아 있는 수단은 육탄공격밖에 없었다.

불을 끄고 있다가 느닷없이 일어나 전기를 켠다. 공격태세에서 후퇴의 자세로 전환한 빈대의 대군을, 쥐고 있던 파리채로 때려잡는 것이다. 각 방향으로 도주하는 대군을 적시에 정확하게 타격하는 데는 여간한 기동성과 기민성이 요구되는 것이 아니다. 하룻밤에도 몇차례씩 이 공방전을 전개하고 나면 잠은 잠대로 설치고 공부는 공부대로 달아나버린다. 곤충에 활기를 제공하는 무더운 여름철은 밤마다 격전이다. 다른 계절이라고 별로 덜할 것이 없다. 빈대는 확실히 전천후적 동물이다.

하숙을 치고 사는 조선인 가정의 경제적 사정은 불문가지다. 집을 지었을 때 처음 한 도배는 유구한 역사를 자랑하듯이 뚫리고 찢어지고, 때우고 덧붙여서 만신창이다. 방 안 구석구석, 틈새마다 빈대의 요새다. 그것은 가히 난공불락이다. 그들은 지형적으로 유리한 조건을 차지하고 있을 뿐만 아니라 진화의 최첨단을 가는 놀라운 IQ를 지니고 있다. 그들이 개발한 기습적 전략과 전술은 기기묘묘하다. 한판 격전을 끝내고 전과에 만족해 불을 끄고 누우면 적은 벽면을 타고 포복해 올라가 천장에 거꾸로 매달려 잠복해와서는 급강하 폭격을 가하는 것이다. 공중에 대해서 무방비적인 인간의 약점을 이용하는 전술이다.

허술한 만듦새의 책상 서랍의 틈, 네 다리의 이음새, 책꽂이의 수많은 짬이 모두 그들의 서식처이고 산란처다. 방 안의 어느 물건 하나 그들의 군사학에 이용되지 않는 것이 없다. 학교에 가서 책을 펴면 거기서도 체면불구로 기어나왔다. 나는 훗날 모택동을 연구할 때 그가 글에서 고백하지는 않았지만 그의 유격전 전략과 전술을 빈대에서 체득했으리라고 확신하게 되었다. 모가 그 사실을 시인하지 않은 것은 빈대에 대한 자존심 때문이었으리라는 것을 의심치 않는다.

경성에 유학한 시골학생들을 기다리는 적은 빈대만이 아니다. 이〔虱〕도 위협적 존재였다. 조선 사람 모두가 이 때문에 고생했지만, 갈아입을 속옷도 변변치 않은데다가 빨래도 목욕도 제대로 못하는 하숙생 형편이니 속옷에는 이가 우글거렸다. 학교에서 돌아와 저녁을 먹고 나면 훌렁 벗어버리고 속옷을 뒤집어서 이를 잡는 것이 밤의 일과다. 빈대와 이에 뜯어먹힌 몸은 홍역 앓는 애기 몸처럼 언제나 볼긋볼긋한 반점으로 덮여 있었다.

빈대와 이에 시달리니 언제나 수면부족 상태였다. 제대로 먹기라도 하면 모르겠지만, 한창 먹을 나이에 배를 곯고 있는 몸에서는 빈대와 이에 혈액마저 뺏기니 건강을 유지하기가 어려웠다. 목욕을 자주 못할 때여서 속옷의 실밥 틈에 서식하는 이 때문에 누구나 때와 장소를 가릴 체면도 없이 긁적거렸다.

2학년 여름경부터 식량배급 제도가 실시되었다. 그때까지는 한달 26원짜리 하숙의 밥상에 반찬은 볼품없었지만 밥만은 먹고 싶은 대로 먹을 수가 있었다. 처음에는 쌀은 2홉 2작으로 배급되었으나 잡곡은 자유시장이어서 혼곡밥으로도 부족은 없었다. 얼마 뒤에는(3학년 초였던 것으로 기억한다) 쌀 1홉, 그리고 밀가루로 만든 '인조쌀〔麵米〕'과 보리, 그리고 만주산 콩〔大豆〕에서 콩기름을 짜고 남은 콩깻묵〔豆粕〕세가지를 합친 것이 1홉 배급되었다. 어떤 때는 인조쌀만이 1홉이고, 콩깻묵만이 1홉일 때도 있었다. 보리가

1홉일 때는 그런대로 혼곡밥으로, 양은 태부족이지만 밥맛은 그런대로 견딜 만했다. 그러나 인조미가 절반인 날은 밥상에 마주앉으면 눈물이 앞설 때도 있었다. 인조미라는 것은 배급받을 때는 딱딱하게 눌은 것이어서 쌀알 같지만 밥을 해놓으면 풀어져서 부석부석해졌다. 콩깻묵은 차라리 나았다. 기름이 쭉 빠져서 영양가는 없겠지만 한참 씹고 있으면 구수한 맛이 입에 남았다.


## 우정 담은 강냉이

일본군 최고사령부('大本營'이라고 했다)의 전황 발표는 매일 미국 항공모함을 한척씩 격침하고 전함을 몇척씩 대파(大破)했다고 자랑하는데 식량사정은 그와는 반대로 날로 악화되었다. 조선 사람들 사이에서는 차츰 대본영의 전과보고를 불신하는 경향이 짙어져갔다. 모두들 수군거렸다.

"전쟁은 이긴다면서 왜 식량배급은 자꾸만 줄어들까?"

그 당시 단파 라디오를 소유한다는 것은 지금 개인이 핵미사일을 소유하는 것만큼이나 어려운 일이었다. 미국과 연합국은 부지런히 전쟁 진행상황의 진실을 단파로 방송했다지만 단파 라디오가 없는 우리들은 알 수가 없었다. 일제의 사상·언론·정보의 통제가 완벽한데다가 전파통제가 철벽 같았으니 전쟁의 진상을 알 까닭이 없었다. 그럴수록 우리들의 의혹은 깊어갔고 신문을 펴들고 앉으면 조선인 학생들끼리도 경계를 하면서 낮은 목소리로 수군거리는 날이 늘어갔다.

"이거 아무래도 심상치 않아. 결국은 두가지 중 하나일 거야. 이렇게 매일같이 수십척의 군함과 수송선을 격침·격파했다는데도 계속 그 많은 미국군함이 나온다면 전쟁은 도저히 감당하지 못하는 게 아니겠어? 그것이 아니라면 대본영의 발표가 모두 거짓말이거나."

다른 학생이 대꾸했다.

"계속 이긴다면서 식량배급은 왜 자꾸만 줄어들지? 국민을 굶기면서 전쟁을 하겠다니. 이건 지는 전쟁이야."

아침밥은 점점 밥그릇 밑바닥으로 잦아들었다. 도시락밥은 등교해서 네시간을 참지 못해 두시간이 끝나서 열어보면 3분의 1로 줄어들었다. 오랜 하숙집 경력이 있는 주인 할머니는 비상한 솜씨를 가지고 있어서, 쌀이건 콩깻묵이건, 심지어 푸석거리는 인조쌀도 눕히지 않고 세워서 쌓아올리는 요술을 부렸다.

저녁은 쌀보다는 푸성귀가 위주인 멀건 죽 한 그릇으로 변했다. 죽은 뱃속으로 흘러들어간 순간에는 헛배가 불렀지만 한 시간이 못 가서 삭아버렸다. 책상에 마주앉아 있을 기력이 없었다. 게다가 가정용 전기도 배급제(시한제)가 되었다. 12시 전에 온 경성시는 암흑의 장막에 싸였다. 공부할 생각도 나지 않거니와 책을 볼 기력도 남아 있지 않았다.

일본인 학생들도 별수가 없었다. 같은 교실에서 펴놓고 먹는 도시락을 보면 알 수 있었다. 그들이 집에서 아침과 저녁을 어떻게 먹고 오는지는 알 수 없었으나 도시락은 조선인 학생이나 다름없었다. 일본인에게는 어쩌다 한번 나오는 설탕과 비누 등의 배급이 조금 많다고 들었지만 주식량에 관한 한 굶주림은 다름이 없었던 것으로 생각된다.

일본인들은 조선인들 앞에서 그들의 애국심을 의심받는 것을 가장 두려워했다. 그들은 천황이 명령한 전쟁에서, 전쟁시책에 따르지 않는 사람을 '히꼬꾸민(非國民)'이라고 불렀고 '히꼬꾸민'은 국가반역죄만큼이나 지탄을 받았다. 그러기에 일본인들도 (총독부 고관들은 알 수 없지만) 식량에 관한 한 대개는 야미(闇, 암거래)를 할 수 없었던 것 같다.

선생들도 별수가 없었다. 전기를 가르치는 조선인 선생이 허기져서 수업을 제대로 끝맺지 못하는 일이 있었고, 계단을 내려오던 요업과 담임 일본인 선생이 무릎에 힘이 없어 굴러내려 부상을 당하는 일도 있었다. 교사(校舍)의 중앙 계단 벽에는 커다란 글씨의 구호가 붙어 있었다.

"불평을 안 합니다. 승리의 날까지!"

"이를 악물고 이기자. 야마또(大和) 정신으로!"

나야 소위 '야마또 정신'의 소유자인 일본인이 아닌데다가 그런 정신주의자도 아니다보니 아무리 이를 악물어도 배고픈 것은 어쩔 수가 없었다. 생각하는 것은 다만 빨리 방학이 되어서 집에 돌아가는 일뿐이었다. 겨울방학에서 돌아오면 그날부터 4개월 후의 여름방학까지의 날짜를 세고, 여름방학에서 돌아오면 또 넉달 동안 달력에 ×표시를 하는 것이 유일한 낙이었다. 누구도 '전시 특별여행증' 없이는 여행이 엄격히 금지되어서, 학기 중에는 부모도 오지 못하고 나도 갈 수가 없었다.

이 당시의 학생들에게는 먹을 것을 주는 사람이 아버지 어머니보다도 그립고 고마웠다. '야미 할머니'가 그 사람이다.

흑석동(黑石洞), 지금의 중앙대학 정문 앞에 있었던 하숙집(이 집은 제법 의젓한 기와집이었다)에는 방 셋에 여섯 학생이 하숙하고 있었는데 하숙생이 많은 이 집에는 가끔 깊은 밤중에 사람의 눈을 피해가며 치마 속에 떡을 싸갖고 팔러오는 노파가 있었다. '야미'장사 할머니다. 한달에 두번쯤 왔을까…… 이 할머니가 조심스럽게 찾아오는 밤은 나와 동료학생들의 생일날이었다. 대문을 단단히 잠그고, 여섯명의 학생이 숨을 죽여가며 공평하게 나누어 사먹는다. 그러니 한 사람의 몫이 몇개나 됐겠는가? 그래도 그날 밤만은 세상이 부럽질 않았다. 먹고 나면, 몇 학생이 먼저 밖에 나가서 사방을 살피며 망을 보는 사이에 노파는 다시 암흑 속 어딘가로 빨려들어가버린다. 그렇게 고마웠던 할머니도 3학년(1944년) 말부터 다시는 나타나지 않았다. 식량에 대한 감시와 통제가 더욱 철저해지고, 조선 농가에서 결사적으로 빼돌리던 '야미' 식량도 거의 완전히 근절된 것이다.

어떻게 하면 한톨의 쌀이라도 더 먹을 수 있는가 하는 것이 살아가는 목적이 되다시피 했다.

이런 때의 초가을 어느날이었다. 허기진 배로 등교하여 학생우편함을 들여다본 나는 누렇게 물든 낡은 베보자기로 허름하게 둘둘 말아 싼 소포에 먹으로 씌어진 나의 이름을 발견했다. 의아스럽게 생각하면서 소포의 뒤를 보니 주소는 옛고향인 평안북도의 대관이고, 보낸 이는 창씨한 성이었지만 이름은 장억(長億)이었다. 평안도 발음으로 '당억'이라고 불렀던 이장억(李長億) 군. 아버지가 전근한 탓에 졸업과 동시에 대관을 떠난 후에는 보지도 못했고 소식도 듣지 못하던, 지난 다정스러웠던 동급생의 리당억 군의 빙그레 웃음 담긴 둥근 얼굴이 그 이름에 겹쳐서 떠올랐다. 당억이는 대령강 건너 시오리물 떨어진 수룡동(水龍洞) 마을의 가난한 소작농부의 아들이었다. 성적이 반드시 1등이어서가 아니라, 성품이 모나지 않아 모든 급우들과 선생의 사랑을 받은 탓에 5·6학년을 급장으로 지냈던 당억이. 그 리당억이를 다시 만난 듯한 기쁜 마음으로 교실에 돌아와 묵직한 소포를 풀어헤친 순간, 나는 놀라움과 기쁨과 감격, 부끄러움이 한꺼번에 치밀어올라 어쩔 줄을 몰랐다. 속에서 나온 것은 삶은 강냉이(옥수수) 여섯자루였다.

편지를 뜯으니 침을 발라가며 쓴 것이 분명한, 짙었다 연했다 한 연필 자국이 서투른 일본어로 대강 이렇게 말하고 있었다.

영희, 여러해 동안 편지 한장 못 보내서 미안하다. 용서해다우. 네가 경성으로 유학간 후 나는 수룡동의 그 집에서 아버지를 도와 그대로 농사를 지으며 살고 있다. (……)

최근에 소식을 들으니 경성에서는 사람들이 밥을 못 먹고 죽으로 끼니를 때운다고 하더구나. 나야 어차피 가난한 소작 농사꾼이라 전이나 지금이나 못살기야 마찬가지지만 그래도 자기가 짓는 농사니까 조밥이건 감자건 강냉이건 굶지는 않는다. 경성의 식량사정 이야기를 들으면서 오랫동안 잊었던 너의 생각이 나더구나.

얼마나 고생하고 있을까 생각하니 마음이 아파져서 견딜 수가 없더라. 그렇다고 쌀이 나기는 아직 이르고 보내줄 것이 없구나. 그래서 네가 학교 때, 점심시간에 내가 가져간 강냉이를 좋아해서 너의 쌀밥을 내게 주고 강냉이와 바꿔먹던 생각이 나길래 막 물이 오른 강냉이를 몇 개 따서 삶아 보낸다. 옛날을 생각하면서 먹어주면 나의 마음도 한결 가벼워지겠다.

그럼, 공부 잘하고 성공하길 빈다.

그런데 그토록 간절한 우정을 담은 삶은 강냉이는 절반 쯤 썩어 있었다. 전쟁 말기의 열악한 교통과 우편 사정으로 나흘인가만에 내 손에 들어오는 동안 발효해서 부패한 것이다.

상상하지도 못한 강냉이에 놀랐고, 당억이의 순정과 애정에 감격하면서 동시에 뭔가 싶어 모여와서 둘러싼 급우들의 눈앞에 썩은 강냉이가 드러난 것이 부끄럽기도 했다. 썩지 않았더라면 얼마나 맛있게 먹었을까. 그러나 썩은 강냉이를 받은 나는 먹은 것보다도 더 마음과 배가 불렀다.

지금 당억이는 어디에 있을까?

빈한한 소작꾼이었던 그가 해방 후 남쪽으로 내려와야 할 이유는 없었으리라. 나보다 한살 위였는데 6·25때 인민군으로 내려왔을 것이 거의 틀림없다. 전선의 어딘가에서 남쪽의 국군장교였던 나와 스쳐갔을지도 모르지. 아니면 어딘가에서 전사했을지도……

그렇게 다정한 소년이었으니까 하늘이 지켜줘서 고향에서 잘살고 있겠지. 그러기를 비는 마음 간절하다.


## 해방을 알리는 전령 B29

3학년이 된 1944년의 여름부터는 일본의 패색이 완연해졌다. 조선인 학생들 사이에서는 어디서 전해진 건지 근원을 알 수 없는 소식들이 은밀하게 번졌다. '유언비어'다. '류우겐히고(流言蜚語)'를 퍼트린다고 해서 경찰에 끌려가는 조선인 학생이 늘어났다. 그러자 유언비어의 단속이 갑자기 강화되었다. 경성 시내에는 위협적인 '켄베이(憲兵)'의 수가 부쩍 늘어나고, 경찰과 경방대(警防隊)의 완장을 찬 인간들의 감시와 검색이 사뭇 엄해졌다. 만나는 사람마다 불안한 표정이었다.

경성 시내는 인구 100만을 호칭하던 주민은 다 어디 갔는지 한산해졌다. 시내의 화려했던 백화점은 군기관용으로 변해서 군인이 드나들고, 상점들은 팔 상품이 없어 거의 문을 닫았다. 상경한 첫해에 가끔 나가서 사먹은 종로 밤거리의 유명한 '요나끼우동'(포장마차 국수)은 자취를 감춘 지 오래다.

종로, '황금정(黃金町, 을지로)', 태평로 같은 시내의 큰 거리의 인도는 물론, 주택가의 좁은 사잇길에도 20미터 간격으로 방공호 대피호가 파이고 가로등의 불이 꺼진 지 오래인 경성의 거리는 암흑이 되었다. 모든 건물에서 철물이 뜯기어 공출되고 있었다. 무기를 만들기 위해서라는 것이다. 모범을 보인다고 해서 맨처음에 뜯긴 총독부(해방 후 중앙청 건물) 둘레의 우람했던 철책이 사라진 자리에는 돌기둥들만이 남았다.

오락이라고 유일하게 남은 영화관의 안내판은 어디나 군대찬미의 전쟁물이었다. 인간의 삶은 사라지고 전쟁만이 남았다. 중학생의 입장이 허용되는 유일한 영화관인 화신영화관에서도 영사막에 비치는 것은 탱크와 군함뿐이었다.

전쟁일색이 되어버린 경성의 조선인이 겪은 재난은 그런

것만이 아니다. 조선인은 가난한 대로 정들여 살아온 보금자리 집에서 어느날 졸지에 추방됐다. '전시소개(戰時疏開)'가 시작된 것이다.

'소개'란, 미국공군의 폭격피해를 줄이기 위해서 도시의 건물들을 솎아내는 것이다. 폭격시의 화재 연소를 막거나 억제하기 위해서 건물지역을 바둑판처럼 일정한 폭으로 공터(空地)로 만든 것이다. '나이찌(본토)'가 미국의 B29폭격기의 폭탄세례를 받기 시작해서부터다.

그 목적이야 어쨌든 소개의 대상과 희생자는 조선인이었다. 가난한 조선인은 대개가 사대문 밖 언덕바지들을 게딱지처럼 뒤덮은 초가집들에 살았다. 마포·서대문·동대문 밖, 청량리·영등포 일대다. 졸지에 집을 헐리고 쫓겨난 조선인들이 시골의 연줄을 찾아서 리어카로 달구지로 떠나가는 모습은 가련했다. 경성은 일본인과 일본인에 적극 협조하는 부유한 조선인들이 차지했다.

3학년 여름 어느날, 요란한 싸이렌 소리와 함께 나는 언제나 하던 대로 다른 학생들과 함께 수업을 하다 말고 교사를 뛰쳐나와 밭 가운데 여기저기 파헤쳐진 대피호에 뛰어들어갔다. 이때는 이미 전국 각급학교의 운동장은 완전히 파헤쳐져 밭으로 화해 있었다. 한뼘의 땅도 식량증산에 전용한다는 정책이 학생들에게서 운동장마저 빼앗은 지 한참 되는 때다.

학교 경방단 조직원들이 이리저리 부산하게 뛰고, 호각

소리가 시끄럽게 울리는데 어디선가 가벼운 "웅" 소리가 높은 곳에서 들리는 것 같았다. 나는 소리가 들려오는 쪽으로 고개를 돌려 하늘을 살폈다. 쾌청한 여름 하늘은 땅 위의 인간들의 소란과는 대조적으로 끝없이 고요히 개어 있었다.

남서쪽 관악산 너머의 높은 하늘에 한 줄기의 가늘고 흰 구름이 길게 나타났다. 소리는 차츰 크게 들려왔다. 은색의 구름이 점점 더 길어지면서 그 첫머리가 나의 머리 위쪽에 가까웠을 때 비로소 흰구름 줄기의 첫 부분에 반짝이는 작은 점을 발견했다. 유심히 바라보는 눈에 그 작은 물체는 은빛으로 반사하면서 이동하고 있었다. 이상한 풍경에 넋을 잃고 더 자세히 보니까 그 흰 물체에서 뿜어나오는 구름은 한 줄기가 아니라 네 줄기였다. 네 줄의 구름은 일직선으로 멀리 흘러간 곳에서 한 줄로 합쳐지고, 처음보다 연하게 색이 바래면서, 어디서부터라고 분간할 수 없는 상태로 청람색의 하늘에 녹아버리는 것이었다. 이때였다.

"비 니주우뀨우다(B29다)!"

"비 니주우뀨우다!"

군사교련관인 예비역 대좌의 비명 같은 절규가 교정 한쪽에서 들리자, 지정된 지점에 배치되어 있는 경방단 책임 교사들이 일제히 제창했다.

"비 니주우뀨우다!"

"B29다!"

소문으로만 들어온 무서운, 미국의 중폭격기 B29와의 첫

대면이다.

머리 위를 통과한 흰구름의 선두 물체가 여름 햇빛을 반사하면서 서쪽으로 방향을 돌렸다. 그 물체의 뒤를 따라서 흰구름은 완만한 커브를 그리며 다시 남쪽으로 길게 사라져버렸다. 약 20분간의 풍경이었다.

내가 그 시간에 본 것은 '무적 일본군대'가 속수무책이던 겁나는 폭격기가 아니라 절묘하게 아름다운 하나의 예술품이라는 사실이었다. 푸른 하늘에 수놓아지는 비행운은 일본인 조선인의 구별 없이 모두의 눈에 황홀하기만 했다. 하늘과 기계의 일대 조화로 비쳤다. 미국이 자랑하는 B29편대는 일본 본토를 연일 공습해 쑥밭으로 만들고 있었지만 우리는 말만 들었지 본 일이 없었다.

경성 상공에 처음 나타난 B29는 그 미를 과시하기 위해서 온 것만은 아니었다. 그것은 일본의 패전을 알리는 전령으로 온 것이었다. 일본군부의 온갖 선전에 속아서 반신반의하던 조선인에게 유유히 경성 상공을 굽어보고 사라진 B29는 일본의 종말이 멀지 않음을 확신시켰다. 그후부터 조선인 학생들은 대피호 속에서 머리를 숙이라는 호통은 들은 척 만 척 고개를 들어 하늘의 전령에 매혹되는 것이었다.

그날 이후 B29는 밤낮을 가리지 않고 경성 상공에 나타났다. 유럽전선에서는 소련군의 대반격이 시작되고 연합군의 노르망디 상륙작전이 개시된데다가 일본군은 태평양 도서와 중국대륙, 동남아 각지에서 패전의 연속이었다.

B29가 나타나면 밤에도 학교로 달려가야 한다. 가본들 별수도 없는데, 밤을 새고는 수업은 하나마나한 날이 자주 계속되었다. 서해안을 따라 올라와 경성 상공 높이 네 줄의 비행운을 그리면서 유유히 사라지는 것을 보면서 일본인들은 이를 갈고 주먹을 휘두르고 악담을 했지만 조선 학생들은 사라져가는 비행운의 아름다움에 매혹되어 묵묵히 바라보고만 있었다. 억압자와 피억압자의 감정의 차이가 이 순간처럼 분명하게 표출되는 때가 없었다. 경계경보가 나서 수업 중에 뚱껑 없는 방공호로 달려갈 때는 서로 농담도 하고 웃기도 한 일본인과 조선인 학생이, 나올 때는 표정이 다르고, 말이 없고, 서로 쳐다보지도 않았다.

B29를 요격한답시고 여의도 육군 항공대 비행장에서 이륙한 산소호흡 장치가 없는 전투기들이 한 절반쯤 상승했다가 빙빙 돌아 내려올 때 일본인 선생들과 학생들의 눈에서는 분에 못이겨 눈물이 흐르곤 했다. 조선인 학생들은 박수를 치고 싶은 심정을 휘파람으로 얼버무리면서 자리를 피했다.

그러나 일본인이 다 돼버린 조선인도 적지 않았다.

어느 가을날이었다.

그날도 거의 어김없이 오전 둘째 시간이 진행 중인 10시경에 하늘의 전령이 나타났다. 여의도 항공대 기지에서 출격한 세대의 '하야부사(매)' 전투기 편대가 요격을 할 셈으로 상승하는 것이 보였다(우리 학교가 대방동이어서 여의

도와 아주 가까워 잘 보였다). 대피호 속에 들어 있는 선생과 학생들은 용감한 일본 전투기의 궤적을 숨을 죽이고 응시했다. 그러나 일본군이 그렇게도 '세계무비(世界無比)'라고 선전해온 하야부사 전투기 편대는 B29 높이의 절반쯤 올라갔다가 멋적게 빙빙 돌아 내려오는 것이 아닌가. 상대방은 적이 올라오고 있음을 아는지 모르는지, 평소와 다름없이 은색 구름을 길게 뿜으면서 유유히 서해쪽으로 사라져갔다.

이 광경을 보고 있던 기계과의 조선인 조수가 메고 있던 방화용 사다리를 사라져가는 B29를 향해 올려 던졌다. 그는 "쿠야시이!(분하다!)"이라고 소리를 지르고는 그 자리에 털썩 주저앉아 엉엉 소리내어 울기 시작했다. 그 조선인은 통곡을 하면서 연방 "키찌꾸 베이에이!(鬼畜米英!)"를 외쳐댔다.

경계경보가 해제되어 그 옆을 지나가던, 키가 커서 '미스터 롱'(Mr. Long)이라는 별명으로 불리는 일본인 영어교사가 중얼거리는 것을 나는 들었다.

"하시고데 겐다이센가 타따까에루까!(사다리로 현대전을 싸울 수 있는가!)"

런던대학을 나온 이 일본인 교사가 경계경보가 났을 때 뛰지 않고 성큼성큼 걸어서 방공호로 가는 것은 키가 크기 때문만은 아니었다. 미스터 롱 선생은 일본군부가 영어과목을 폐지시킨 데 대해서 몹시 못마땅했던 것이다. 그는 대본영 발표가 한창 "혁혁한 전과"니 "무적 황군"을 외치고 있을 때도 수업시간에 들어와서 다른 일본인 선생들처럼 전쟁에 도취된 말을 한 일이 없었다. 이 껑다리 선생은 가끔 강의를 멈추고는 영국과 유럽의 문화, 서양인의 생활양식 등에 관해서 소개하기도 했다. 조선인 학생들은 그에게서 듣는 서양의 소개 때문에 미스터 롱 선생을 좋아했다. 일본인 중에도 비일본적 일본인이 있었고, 조선인 중에도 비조선적 조선인이 있었다.

3학년이 끝날 무렵에는 어느 학급이나 두세명씩의 일본인 학생의 자리가 비었다. 태평양을 북상해 올라오는 미국 함대와 육군에 대해 조잡한 비행기를 몰고 육탄으로 돌입할 어린 비행사의 모집에 응한 것이다. 육군 항공대의 소년 비행사는 소년항공병이라 했고, 해군의 소위 '카미까제' 특공대의 훈련소는 '요까렌(豫科練)'이라 했다. 열여섯 열일곱의 소년들이 비행술을 배우면 얼마나 배울 것이며, 배운들 타고 나갈 비행기조차 남아 있는지 의심스러워진 상태였는데도, 일본인 소년들은 이 학급 저 학급에서 연달아 지원해 사라져갔다.

그들이 출정할 때에는 전교생이 경성역 광장에 나가 군가를 부르면서 송별했다.

"텐니 카와리떼 후기오 우쯔(하늘을 대신하여 불의를 친다)"

「출정의 노래」를 들으면서 묵묵히 서 있는 앳된 소년과 그를 향해 열광적으로 군가를 합창하는 학생의 무리 속에 섞여 있던 나는 하루 속히 일본이 망해 밥이나 실컷 배불리 먹을 수 있으면 하는 생각뿐이었다.

3학년 2학기부터는 학교수업이 반으로 줄었다. 오전만 수업을 하고 오후는 각 학과마다 해당되는 분야의 군수품 생산을 하는 것이다. 전기과인 나와 우리 학급은 육군용 건전지와 건전지용 야전등을 생산했다. 이제는 칙임관 교장 학교나 고등관 교장 학교의 차별도 없고, 조선인 학교와 일본인 학교, 공립학교와 사립학교를 막론하고 학생들은 모두 군수생산을 위한 반 근로자가 되었다.

통상적으로는 4학년제로 단축된 중학교에서 3학년 2학기면 장래의 지향을 결정해 착실하게 준비를 서둘러야 할 시기다. 취직과 진학을 결정하고, 진학이라면 입학시험 준비에 밤잠을 잊어야 할 때다. 그러나 1944년 가을의 이 시기는 그런 고민은 중학생에게서 면제되어 있었다. 진학의 길이 봉쇄되었기 때문이다.

벌써 그해 1학기에 '학도군사동원령'이 발표되어 고등학교·전문학교 학생은 학도병이 아니면 근로동원으로 나가 버리고 학교는 사실상 문을 닫은 거나 다름이 없게 되었다. 조선계 전문학교는 무엇을 위한 학교인지 얼핏 판단이 가지 않는 괴이한 이름으로 교명이 바뀌었다. 보성전문(고려대학)은 경성척식경제전문학교(京城拓殖經濟專門學校)로, 연희전문은 경성공업경영전문학교(京城工業經營專門學校)

로 간판을 바꾸었다. 이화여자전문학교와 숙명여자전문학교는 해괴망칙하게도 농업지도원양성소(農業指導員養成所)로 격하·개명되었다. 사실상의 폐교인 것이다.

나는 부모님과 상의도 없이 경성공립고등공업학교(高工)를 가볼까 하는 생각에서 입학시험 준비를 시작하려던 참이었지만 다행인지 불행인지 수고할 필요가 없게 되었다. 학교는 폐문하고 입학시험도 없어진 것이다. 전형에 의한 극소수의 진학이 있었으나 그것은 일본인에게만 부여되는 특권이 되었다. 조선의 모든 중학교 4학년생은 이 가을부터 아예 학습을 전폐하고 지정된 군수 건설·생산장에 근로동원되었다가 그 겨울 졸업해 나갔다. 공부한 것으로만 치면 중학교는 2학년제가 된 것이나 다름이 없게 되었다.

4학년이 되자, 개학한 첫날의 조회에서 4학년 전원에 대한 '학도봉국근로령(學徒奉國勤勞令)'의 적용을 시달받았다. 교장의 훈시와 '령'의 이름은 비장하고 굉장해 보이지만 내용은 간단하다. 앞으로 일년간 학교에는 나올 필요 없이 각기 지정된 현장에서 노동을 한다는 말이다. 이날부터 나는 학생이 아니었다. 전국의 4학년생이 모두 그랬다.

3년 전 작은 가슴에 벅찬 희망을 안고 압록강변 시골서 상경했을 때의 기쁨과 꿈은 처참하게 짓뭉개져버렸다. 이날 저녁, 집이나 하숙에 돌아간 학생은 책보따리를 쌌다. 내일부터 책은 그들에게 거추장스러운 짐이 될 뿐, 다시는 들여다볼 필요가 없는, 필요가 있더라도 펼쳐볼 시간이 주어지지 않을 무용지물이 된 것이다. 슬픈 저녁이었다.

특별한 기술이 없는 인문계 중학생들은 비행장 닦기, 도로공사, 군수화물 나르기, 방공호 파기, 소개할 건물·주택 부수기, 군복 세탁 등에 동원되었다. 우리 학교 학생들은 학과의 전공에 따라서 총포탄 생산, 비행기 제조, 토목설계, 군수 주물공장, 화학공장 등으로 흩어졌다. 이렇게 흩어진 우리는 입학할 때 한마당에서 기쁨을 나누었던 동년생이었음에도 불구하고 그후 그대로 해방이 되었기 때문에 다시는 서로 만나지 못했다.

전기과에는 신축된 전시용 건물의 전기가설, 소개된 빈집의 전기용품 회수 작업이 배정되었다. 아침에 봉래동 다리 옆에 있는 경성전기(한전의 전신) 자재창고에 나가, 5명씩 한조가 되어, 무거운 자재를 리어카에 싣고 목적지까지 끌고가서 작업을 한다. 모두가 죽만 먹고 나온 터라 힘이 없고 작업의 능률이 오를 까닭이 없었다. 작업 책임량을 달성하지 못해서 저녁 늦게까지 남는 날도 적지 않았다. 먼 거리를 전차에 흔들리고 컴컴한 흑석동 고갯길을 걸어 넘어 하숙방에 도착하면 기다리는 것은 몇시간 전에 들여다놓아다 식어버린 멀건 죽 한 그릇뿐이다. 그것을 물 마시듯이 몇모금 삼키고는 그대로 쓰러져 자버린다.

학교를 집어치우고 고향에 돌아갈 생각을 하루에도 몇번씩 했는지 모른다. 그러나 퇴학도 휴학도 용납되지 않는 군국주의 제도인데야 어찌하랴. 그러니 모든 학생이 한 사람도 빠지지 않고 아침이면 꼬박꼬박 자재창고에 나왔다.

일본제국에 충성하기 위해서? 천만에! 동기와 이유는 그보다 훨씬 동물적인 것이었다.

근로동원 학생에게는 점심 때 밀가루 빵 두개가 특별지급 되었다. 껍질이 노랗고 딱딱하게 구워진 소년의 주먹만한 밀가루빵 두개. 하나가 아니라 두개다! 그 맛! 그것이 뱃속에 들어갔을 때의 포만감!

학생들은 그 빵 두개를 먹는 기대 때문에 매일 아침 그 지겨운 노동을 하러 나갔다. 어쩌다가 빵배급 타러 갔던 학생이 빈주머니를 들고 돌아온 날 오후는, 모두들 주저앉은 채움직이지도 못했다. 빵 두개를 기대하는 마음으로 움직이던 몸에서는 힘이 싹 빠지고 허탈하기만 했다.


## 싹트는 민족의식


이런 나날이 계속되던 초여름의 어느 아침, 조선은행(한국은행 본점) 앞을 리어카를 끌고 지나면서 이상한 것을 보았다. 유럽식 석조건물의 중앙 현관 오른쪽 부분의 석재가 연기로 그을어 있었다. 며칠 후 조선인 학생들 사이에는 "독립운동가가 밤중에 조선은행에 폭탄을 던졌대"라는 말이 귀에서 귀로 전달되었다. 같은 무렵, 부민관(府民館, 조선일보사 옆의 한때 체신부 건물)에서 친일파의 거두 박춘금(朴春

쪽)이 조선인의 친일단체를 결성하는 요란한 대회를 열었다. 리어카를 끌고 그 앞을 지나던 나는, 대회의 며칠 전부터 건물 정면에 거대한 선전막이 걸린 채 바람에 나부끼는 것을 보았었다. 역시 그 대회가 있은 며칠 후, 조선인 학생들 사이에는 '유언비어'가 속삭임처럼 돌았다.

"부민관 대회장에서 독립운동가가 장치한 폭탄이 터졌대."(그 당시 나는 그것이 무슨 단체 결성인지 확실히 모르고 지냈는데, 해방 후 기록을 보고 그것이 조선인의 일제 앞잡이 단체인 대의당大義黨 결성대회였음을 알았다.)

철통 같은 정보통제 때문에 그런 사건들은 일절 공개적으로는 알려지지 않았다. 그러나 1945년 봄쯤부터는 조선인들 사이에서 구체적인 사실은 모르지만 일본의 패전이 필연적이라는 확신이 번져가고 있었다.

역사의 큰 수레바퀴가 지축을 흔들면서 조선을 향해 달려오고 있었다. 조선민족의 해방이 국제적으로 공약되고, 포악무도한 일본제국의 패망이 촌각에 달려 있는 정세였다. 민족독립의 열사들과 혁명지사들이 국내외에서 목숨을 걸고 일제와 싸우고 있는 무렵이었다. 그런 단계였음에도 불구하고 나의 민족의식은 초보적이고 심정적인 차원을 벗어나지 못한 상태였다. 아마도 조선인 사립중학교였더라면 좀 달랐지 않았을까 생각된다.

해방을 눈앞에 둔 이 뒤늦은 시점에서나마 자기 민족에 대한 나의 몽매했던 의식을 깨우쳐준 이가 나타났다. 그분은 학교의 선생도 아니고 선배도 아니며, 어떤 이름난 투사도 아니었다. 나의 중학교 생활을 통해서 나는 사상적 의미에서 존경할 만한 인물을 접해본 일이 없다. 돌이켜보면 그것은 나의 정신적·사상적 성장에 있어서 큰 불행이었다고 할 수밖에 없다. 학교의 성격과 환경이 그 주된 원인이다.

조선은행 투척사건을 보고, 박춘금과 부민관 폭파사건을 알고, 전쟁 상황에 관한 여러가지 소식을 전해 들으면서도 그것은 그 시국하에서의 '유언비어'적 불확실성을 띤 정보였다. 이 무렵에 나의 눈에서 어렴풋이나마 안개를 거둬주게 될 분을 만났다. 그는 위대한 사상가도 독립운동가도 아닌, 경성전기(京電)에서 일하는 보잘것없는 전기공이었다. 그의 이름은 최○남(崔○男)이었는데 40여년이 지나고 보니 아무리 애써도 한 자가 기억나지 않는다.

최씨도 창씨개명을 했을 것으로 생각되지만 우리와의 사귐에서 그는 끝까지 "사이상(최씨)"이었다. 전쟁 말기의 조선에서 스스로 조선 고유의 성으로 자기를 표시한다는 것은 여간한 배짱 없이는 어려운 일이다. 적어도 무슨 결심이 없으면 되지 않는 일이었다.

그것은 어쨌든, 최씨는 5~6명씩으로 구성된 나의 동급생 학도근로단 몇개 조를 통솔하는 반장이었다. 후리후리한 키에 지적인 인상을 풍기는 미남형이었다. 학생들의 작업책임을 맡게 된 것으로 미루어도 경전회사 전공급에서는 인정받는 인간이자 기술자였을 것이다.

몇개 조로 나누어진 우리들은 아침에 지시된 작업장에서 일을 하다가 점심시간에는 다시 한 장소에 모였다. 특별지급되는 빵을 얻어먹기 위해서다.

　이 점심시간에는 누가 그러자는 제의를 한 것도 아니지만 어느 사이에 내지인과 반도인 학생들이 자연히 따로 자리를 잡는 습관이 생겨 있었다. 물론 때로는 한두 이민족 학생이 그 불문률의 경계선을 넘어 끼어들어서 와자지껄하는 일도 없지 않았다. 그렇지만 대체적으로는 각각의 점심판이 벌어지곤 했는데 그것이 서로 편했기 때문이다.

　최 반장은 점심시간에 이쪽 조, 저쪽 조로 마음 내키는 대로 가 앉아서 잡담을 했다. 일본어도 능숙했다. 일본인 학생들도 그의 지시에는 순순히 따랐다. 조선인 모임판에 일본인이 섞이지 않은 날에는 그는 빵을 뜯어먹으면서 슬쩍 지나가는 말로 시국평가를 들려주곤 했다.

　"전쟁은 사실상 끝났어. 오래 가지 않을거구만…… '다이혼에이(大本營)' 발표는 하나도 믿지 마. 몽땅 거짓말이니까. 미국의 무력은 막강한 거야. 미국의 힘을 대포라고 하면 일본의 군사력은 고작 '38식 소총'(그 당시 일본육군 보병의 단발식 소총)에 불과해."

　이만한 이야기도 정보에 깜깜한 학생들에게는 충격적인 사실이었다.

　어떤 날은 마지막 빵조각을 아쉬운 듯이 입속에 집어넣으면서 말하는 것이었다.

"일본해군이 필리핀의 가달과날(과달카날)에서 전멸했어.
다이혼에이 발표에서 큰 전과를 올렸다는 것은 새빨간 거
짓말이야. 미국해군 항공모함을 두척씩이나 격침 대파시켰
다고……? 천만의 말씀! 일본해군이 완파됐어. 일본해군은
이제 군함도 제대로 남지 않았어."

한여름의 어느날이었다. 우리는 삼청동(三淸洞)에 신축된
건물(70년대의 공무원 훈련소)의 내선공사로 땀에 흠뻑 젖
어 있었다. 빵이 안 나왔다는 소식에 우리들은 탈진한 몸을
땅바닥에 내던진 채 제각기 욕설을 퍼붓고 있었다.

"오후에 누가 일을 하나 봐라!"

그러고들 있는데 일본인 학생들 쪽에 가 있던 최씨가 이
쪽으로 걸어와 아무렇게나 누워 있는 우리들 사이 한쪽에
발을 꼬고 앉았다. 한참 동안 학생들의 불평을 잠자코 듣고
있던 그는 낮은 목소리로 말을 꺼냈다.

"조선이 해방되는 날이 멀지 않았어. 미국·영국·소련이
그렇게 공약했으니까. 얄타선언이 나왔고 또 포츠담선언이
있었어."

학생 중의 누군가가 누운 채 물었다.

"얄타선언인가, 그게 뭐요? 포츠담선언이랑?"

평소 같으면 빵이 안 나온 날에는 학생들처럼 땅바닥에
아무렇게나 몸을 던지고 묵묵히 학생들의 불평을 들으며
하늘만 쳐다보았을 최 반장은 이날따라 눕지 않았다. 그는
두 발을 꼬고 앉은 자세를 그대로 흐트리지 않은 채 낮은 목

소리로 말하는 것이었다.

"학생들, 알구들만 있어. 절대로 말을 옮겨서는 안 돼."

그는 일본인 학생들 쪽으로 힐끗 시선을 보냈다. 그들도 땅바닥에 아무렇게나 몸을 내던진 채 잡담을 하고 있는지 누구도 이쪽에 신경을 쓰는 것 같지 않았다.

"미국·영국·소련의 지도자들이 얄타라는 곳에 모여서 회의를 했는데 조선을 일본 식민지통치에서 해방시키기로 결정했다는 거야. 바로 며칠 전에는 또 포츠담이라는 곳에 모여서 그 결정을 지키기로 약속했다는구만."

나는 '뭔가 중대한 사태가 다가오는구나' 하는 생각에서, 하늘을 향하고 있던 몸을 돌려 최씨를 향했다. 다른 학생들도 몸을 끌면서 최 반장 쪽으로 가까이 왔다. 모두 아무 말도 하지 않았다. 다만 최씨에게서 나올 다음 말을 기다리면서 그의 입을 쳐다보고 있었다.

"일본이 망하면 조선은 독립하는 거야. 자네들의 이런 근로동원도 며칠 남지 않았어. 머지않아 끝날 거야."

학생들은 하나둘 일어나 앉았다. 나도 일어났다. 정직하게 말해서 우리들은 "조선은 독립하는 거야"보다는 그 뒷부분의 말에서 누웠던 몸을 일으킬 힘을 얻은 것이었다.

"자네들의 이런 근로동원도 며칠 남지 않았어. 머지않아 끝날 거야."

나는 최씨의 인격을 알기 때문에 그가 결코 허튼 말을 하지 않는다는 것을 믿고 있었다. 그런 나에게도 그의 말은 아직 반신반의로밖에 들리지 않았다. 이 지긋지긋한 근로동원이 며칠 안 남았다? 며칠이라는 게 몇달이라는 뜻일까? 일본이 그렇게 간단히 손을 들까? 대본영의 발표가 아무리 조작했다 하더라도 미국의 피해도 그렇게 큰데 정말 쉽게 끝날까?

내가 머릿속에서 이런 생각을 하고 있을 때 최 반장은 언쟁을 하다 만 사람처럼 땅바닥에서 벌떡 일어나 먼지를 털면서 일본말로 소리를 지르는 것이었다. 마치 조선인 학생들을 꾸짖는 것처럼. 저쪽에 있는 일본인 학생들에게 들으라는 듯이.

"난다 키미라와? 이마와 센지다요!(뭐야 너희들은? 지금은 전시란 말이야!)"

"하루쯤 빵배급이 없다고 일을 한다 안 한다…… 그게 학생들이 할 말이야? 지금이 어느 땐 줄이나 알고 하는 소리야!"

그러고는 일본인 학생들 쪽을 향해 크게 팔을 흔들면서 소리질렀다

"오늘 안 나온 빵은 내일 나온다. 내일 네개를 먹으면 되지 않는가! 자, 오후 작업을 시작하자! 집합!"

최 반장은 그 대신 그날 오후의 작업을 일찍 끝내주었다.

봉래동 경전 자재창고에 리어카를 끌고 자재를 반납한 나는 전차를 타러 남대문 쪽으로 걸었다. 남대문 옆 길가에 미군포로 30명가량이 마치 얼마 전의 우리들처럼 흙더미

위에 아무렇게나 기다란 사지를 뻗고 누워 힘겨운 노동에 지친 몸을 쉬고 있었다. 못 먹어서 삐쩍 마른 미국인들은 피골이 상접해 있었다.

그중 한 사람이 가까이 지나가는 나를 유심히 바라보았다. 가뜩이나 쑥 들어간 눈이 해골처럼 된 얼굴 윗부분에 파인 동굴처럼 보였다. 그는 중학생복을 입은 나를 바라보면서 자기의 소년시절을 간절한 마음으로 회상하고 있었는지도 모른다.

(서울의 남대문 지하도와 한국은행·중앙우체국·신세계백화점 지하도는 이때 미국인 포로들이 판 것이다.) 그들은 조선의 지상, 또는 주변 해상에 낙하해 포로가 된 공군조종사들이라고 들었다. 그들은 청파동(靑坡洞) 언덕 아래 있는 창고 같은 건물에 수용되어 있었다. 어쩌다 그 근처를 지나가다보면 두 사람씩 짝이 되어 좁은 마당의 주위를 계속 돌고 있는 것이 대문의 틈으로 보였다.

해방 후에 알게 된 지식으로 생각해보면, 최씨는 단파방송을 몰래 듣고 있었음이 분명하다. 아니면 지하 독립운동 조직의 일원으로서 경성전기회사 내의 비밀조직의 일원이었을지도 모른다.

나는 해방 후, 각계의 지도적 인물들이 지하에서 또는 익명상태에서 표출했을 때, 최○남이라는 이름을 유심히 찾았지만 끝내 찾지 못했다.

가명이었을까? 죽었을까?

죽지 않았다면, 그 당시의 그런 언행으로 미루어, 이북으로 간 것일까? 일제 말기에 그 정도의 정보를 가지고 있는 사람은 대체로 공산주의자거나 그런 활동의 일원이었으니까 이북으로 갔을 법도 하다. 어쨌든 그는 뒤늦게나마 나에게 민족의식을 심어주고, 몽롱했던 사상적 시야에서 안개를 거둬준 분이다.

중학교의 전 기간을 통해서 별로 존경하거나 애정을 느끼는 인물을 사귀지 못한 불행한 나로서는 이 전공 최씨가 40여년이 지난 오늘에도 기억에서 사라지지 않는 거의 유일한 인물이다.

참 잘도 생겼더니!


## 고향에서 맞은 해방

경성 상공에의 B29의 내습도 한결 빈번해지고 있었다. 일본 본토가 초토화되고 있다는 사실은 아무리 조작과 허위를 일삼아오던 대본영 발표도 숨길 수가 없었다. 조선에 대한 폭격도 멀지 않았다는 두려움 때문에 모두가 뒤숭숭한 심정이었다.

그런 어느날, 모처럼의 일요일. 나는 여러달 동안 못 가본 뚝섬 유원지에 갈 생각으로 동대문에서 출발하는 기동차를 타러 갔다. 종로 5가까지 온 전차는 웬일인지 그 이상은 가지 않는다고 승객을 하차시키는 것이었다.

전차의 고장 정도일 것으로 생각하면서 걸어나온 나는 동대문을 둘러싸고 수백명의 헌병·경찰·경방단원들이 웅성대는 것을 보았다. 동대문 전차 차고(지금의 동대문시장 주차장)와 동대문 사이의 넓은 터에 새끼줄이 둘러쳐져 있었다. 심상치 않은 분위기였다. 경방단원들이 행인들을 제지하며 소리치고 있었다.

"바꾸단다, 후하쯔단다!(폭탄이다, 불발탄이다!)"

창신동 쪽으로 새끼줄 밖으로 남겨진 좁은 통로를 지나면서 바라보니, 동대문 바로 앞 전차길에 직경 5~6미터 크기로 얕게 파인 흙구멍 속에 길이 3~4미터, 굵은 부분이 직경 1미터 가량으로 보이는 갸름한 물체가 보였다. 알루미늄으로 만들어진 폭탄인지 은색이었다. 나는 왈칵 겁이 났다. 밤 사이에 내습한 B29가 투하한 것이 분명했다. 나는 생각했다.

'이제 경성도 폭격 목표가 됐나부다. 이대로 동원에 끌려다니고 있다가는 부모님과 동생도 못 보고 죽을지 모른다.'

유원지로 향하던 발을 돌려, 다시 탄 노량진행 전차 속에서 나는 고향으로 가버릴 결심을 굳혔다. 그날 밤 조심스러운 표현을 골라가며 집에 중대한 일이 생겼으니 속히 귀성하라는 전보를 쳐달라는 내용의 편지를 써 집으로 부쳤다. 7월 중순이었다.

동대문에서 폭탄을 본 이튿날 방송은 그것은 폭탄이 아니라 B29의 빈 보조연료 탱크로 판명됐다고 발표했다. 일본군은 그런 큰 전쟁을 치르면서도 폭탄과 비행기 보조연료 탱크도 식별하지 못하고 있었음이 분명했다.

8월 초에 테라우찌(寺內)라는 일본인 담임선생의 호출을 받았다. 집에서 무슨 연락이 왔음을 직감했다. 몇달 만에 학교를 찾아간 나에게 그는 전보지를 펼쳐 넘겨주었다.

'어머니 급병 중태 시급 귀가 바람'

키가 작고 풍채가 초라한 이 수학 담당 선생은, 겉 용모와는 달리 심성은 온유한 분이었다. 기하(幾何)와 용기화(用器畵)를 잘하는 나에게는 비교적 호감을 가지고 있었다. 나의 걱정하는 말을 들은 그는 근로동원 담당 선생과 협의해서 갈 수 있도록 처리해주겠노라고 말했다.

초조하게 담임선생의 통지를 기다리고 있던 어느날 대본영의 특별 중대발표가 있었다. 히로시마에 '특수폭탄'이 투하되어 시 전체가 파괴되는 대피해를 입었다는 내용이었다. 원자폭탄이라는 용어는 없었다. 8월 6일이었다.

이튿날 아침, 테라우찌 선생에게서 '특별여행증'을 받은 나는 모든 짐을 꾸려가지고 그날 밤의 특급 대륙호에 몸을 실었다. 무슨 일이 있어도 다시는 경성에 돌아오지 않으려는 결심을 다지면서.

칠흑의 밤을 씩씩거리면서 달리는 북행(北行) 열차의 바퀴가 레일의 이음새에서 다닥거리는 소리마다 나의 몸과 마음은 고향에 가까워지고 있었다. 4년간의 기쁨과 고통, 철없이 즐거웠던 순간과 굶주림의 시달림, 조선인과 일본인 학우의 얼굴들. 온갖 기억이 앞뒤 없이 나타나 뇌리를 지나갔다.

14세 소년의 희망에 부풀었던 '경성유학'은 17세를 넘기기도 전에 실패작으로 막을 내린 것이다. 그러나 나는 해방감에 도취되어 있었다. 내일 무슨 일이 닥치건 경성을 떠나는 것만으로도 나는 살 것 같았다.

돌이켜보면 4년 동안의 경성유학에서 배운 것이란 별로 없다. 정규의 학과도 제대로 배우지 못했고, 인간적 성숙은 더 말할 것도 없다.

교과서 외에 읽은 것은 모두 일본 문학작품이거나 일본어로 번역된 외국작품들이다. 조선말 소설은 한권도 읽지 못했으니 생각하면 한심스러운 일이다. 조선인 중학교에 다녔다면 좀 달랐을 것으로 생각하지만, 사실은 다른 학교의 조선인 학생 하숙에서도 조선어의 책을 보지 못했던 기억으로 미루어 대동소이하지 않았을까 싶다. 내가 배운 것은 일본인에 못지 않은 일본어 실력뿐이었다.

해방했을 때의 나는 그런 상태였다.

서울을 비롯한 대도시에서는 해방이 8월 15일 정오의 순간에 찾아왔지만 압록강변 벽지의 시골서는 이틀이 걸렸다. 15일 저녁에 일본 경관들이 주재소의 문서를 소각하는 것을 본 시골 사람들은 분명히 어떤 '중대한 일'이 일어난 정도로는 생각했지만 바로 그것이 일본제국의 식민지적 통치의 종말이라고까지는 판단하지 못했다. 창성(昌城)군 청산(靑山)이라는 시골은 그 이름대로 주변에 푸른 산밖에 없는 편벽한 산골 면이었다. 부친은 신의주에 있는 일본인 윗사람들의 비위를 잘 맞출 줄 모르는 분이어서, 그 좋았던 삭주군 대관에서 구성군 신시로 쫓겨갔다가, 그곳에서도 2년 만에 다시 창성군 청산면 산림보호구로 정배된 격이었다. 이 면에는 주재소 이외에는 라디오가 없었다. 일본천황의 15일 낮의 '항복칙어(降伏勅語)'와 "나는 신이 아니고 사람이다"의 소위 일본인이 말하는 '옥음(玉音) 방송'이라는 것을 들은 사람이 하나도 없었다. 나와 아버지는 굉장히 궁금해하면서 여러가지 가능성을 이야기했다. 그 가능성 속에 일본의 항복과 전쟁 종결도 하나의 가능성으로는 이야기됐었지만 바로 15일, 경찰주재소에서 나는 연기가 그 신호라고까지는 생각하지 못했다.

16일, 그 벽촌에 외부로부터의 소식이 들어와서야 사람들은 비로소 해방을 알았다. 청산면은 성균관대학 교수 강오전(姜五佺) 씨와 군인 강영훈(姜英勳) 씨의 고향으로, 강씨 일가가 시골의 호족을 이루고 있었지만 워낙 억눌려 살아온 시골 사람들이라 해방의 소식을 듣고도 어쩔 줄 모르고 엉거주춤할 뿐이었다. 서슬이 시퍼런 일본의 통치가 그렇게 어느날 12시를 기해 딱 부러지게 끝나고, 전쟁도 끝나고, 공출·징병·징용·정신대·일본 이름·일본어 쓰기·일본인 순사에게 굽실거리기…… 그런 모든 억압이 싹 걷어치워지리라고는 예측하지 못했던 것이 사실이다. '해방'이 실감되지 않았다.

패전이 임박했다는 직접적 조짐은 멀리 태평양의 섬들과 일본 본토에서는 분명했지만 조선에서는, 더구나 청산면 같은 산간 벽지에서는 일본의 통치와 전쟁이 그렇게 빨리 끝나리라고 예측할 만한 아무런 구체적 예시도 없었다. 시골 사람들이 어리둥절했던 것은 어쩌면 당연하다. 나의 8·15의 순간의 감상은 심훈(沈熏)의 「그날이 오면」처럼 덩실덩실 춤을 추는 그런 감격이기보다는 멍멍한 느낌이었다. 17일이 돼서야 태극기가 나부끼고 공회당에서 축하집회가 있었다. 뒤에 알고 보니 서양 음악인 「올드랭사인」의 곡에 맞춘 찬송가조의 애국가가 몇 사람에 의해서 선창되고, 한 구절씩 모두에 의해 반복되었다. 이 같은 해방경축 행사가 면(面) 사람의 누군가의 지도에 따른 것인지 면 밖에서 온 사람의 지도에 의한 것인지 기억이 확실치 않다.

외지에 나가 있던 강씨 문중의 전문학교 출신 인텔리 한 분이 돌아오고, 주로 신의주와 정주에 유학 중이던 중학생들이 중심이 되어 한글 야학을 열었다. 중학생으로서는 상급학생인 나 자신의 국어라야 국민학교 5학년까지의 교육밖에 없지만 한글의 기초지식과 문맹퇴치에는 충분했다. 인텔리 강씨의 집에서 중학생들의 독서회를 조직하여 한글 가르치기 활동과 병행해서 우리 자신의 공부를 했다. 루쏘의 『에밀』, 스미스의 『자유론』『국부론(國富論)』 같은 고전을 접한 최초의 경험이다. 그런 책들을 읽었지만 너무 어려워서 이해하기가 힘들었다. 그럴 수밖에 없는 것이, 일제하의 '우민교육(愚民敎育)'으로 그런 수준의 사상에 대한 아무런 기초지식도 없었던 것이다.

군〔昌城郡〕 차원에서는 10월경에 들면서 인민위원회가 창설되었지만 면 차원에서는 아직 공산주의 활동이 없었다. 우리 학생들은 강씨의 '자유'와 '민주주의'에 관한 초보적 지도를 받으면서 야학에 모인 노인들이나 청년들에게 그런 주제에 관한 어설픈 교육을 했다. 지금 생각하면 자기도 모르는 서구의 자유사상에 관해서 무슨 소리를 했을 것인지 식은땀이 난다. 그러나 새 나라를 위한 지식과 사상을 정열적으로 흡수하려고 애쓰면서 역시 열성적으로 가르쳤다. 그런데 우리의 활동이 어떤 경로로 문제가 되었는지 어느 날 우리 학생들 7명은 군(郡)에서 나온 트럭에 실려 1백 리가량 되는 군치안대(경찰서)에 끌려갔다. 인생의 첫 유치장 신세다. 5일 만에 석방될 때, 군 외에서 임명돼온 것이 분명한 치안대장인지 위원장인지 한 40세가량의 책임자가 자기 사무실로 불러 세워놓고 훈시를 하는 것이었다. 유치 5일간의 대접은 별로 나쁘지 않았고, 경상도 말로 훈시한 그의 태도도 위협적인 것은 아니었다.

"앞으로는 자네들이 토론하고 등사해서 뿌린 것과 같은 내용의 사상이나 지식은 통하지 않는다는 것을 알아야 해.

자네들은 아직 어려. 세상의 큰 변화를 주관적으로 판단해서 경거망동하면 안 돼."

나는 그것이 확실히 무슨 의미를 지니는 말인지 이해를 못한 채 집으로 돌아왔다. 아직 본격적이고 전면적인 공산주의적 선전이나 조직활동 등은 시작되지 않은 때였고, 나나 중학생들이 한 일도 무슨 반공적인 것은 전혀 아니었던 것이다. 다만 일제하에서 접하지 못했던 고전들을 읽고 야학에서 설명했던 것에 지나지 않았다.

## 새로운 희망을 안고 다시 서울로

늦가을에는 우편소(우체국)장 집에 라디오가 생겨 그 앞에 모여 매일같이 서울방송에 귀를 기울였다. 서울에서의 '건국준비위원회', '인민공화국' 수립, 김구 선생, 이승만 박사, 여운형(呂運亨), 박헌영(朴憲永) 등의 활동이 보도되기는 했지만, 성능이 좋지 않은 구식 일본제 라디오라서 띄엄띄엄 들리는데다가 매일같이 상황이 변하고 뒤바뀌어서 그 시골에서는 종잡을 수가 없었다. 어른들도 별로 아는 바가 없는 것 같았다.

서울방송으로 중학교 이상 학교의 개학 소식을 들은 나는, 얼마 전의 구류 경험도 작용해서 서울로 되돌아가기로 결심했다. 몇달 전에 서울을 떠날 때는 다시는 안 돌아간다고 생각했지만 이제는 내 나라다. 사정이 달라졌다. 아버지도 동의하셔서 11월 어느날 간단한 채비를 하고 시골을 떠났다. 떠날 때의 상황판단으로는 서울이 그런 혼란상태일 것으로는 상상하지 못했다. 훌륭한 지도자들이 구름처럼 해외에서 돌아왔고, 지하에 숨었던 독립지사들이 자유롭게 경륜을 펴고 있을 터이니 모든 일이 착착 질서 있게 진행 중이리라고만 믿었던 것이다.

경의선 철도는 객차는 없고 화물차만이 운행 중이었다. 그나마 얼마쯤 가다가는 서고, 까닭도 모르게 시골 정거장에서 몇 시간씩 정차하는 화물차에 타기도 하고 걷기도 하면서 서울로 가는 많은 사람 틈에 끼어 사흘 만에 38도선을 넘었다.

마침내 이남의 북단 마을인 장단(長湍)에 이르자, 미군과 자치대(自治隊)에 의해 흰 가루를 멀리서부터 온몸에 뒤집어썼다. 남쪽으로 가려는 사람들의 무리가 줄을 이었으나 당국이 저지하려는 기색은 없었다. 전쟁 말기, 일본 군인 감시하에 남대문 지하도를 파는 미국인 비행사 포로들을 보기는 했지만 군복을 입은 미국인을 보기는 처음이었다. 이 미군들은 포로수용소에서 시달리고 굶주려 삐쩍 말랐던 미국인들과는 너무도 대조적으로 살찌고 건장하고 깨끗한 옷을 입은 미국인들이었다. 기차로 개성까지 오는 동안에 본 소련 군인들의 못 입고 불결한 모습과는 아주 대조적이었다.

해방된 자기 나라에서 공부를 할 수 있게 되었다는 생각으로 내 가슴은 일제하에 상경했던 14세의 봄처럼 부풀어 있었다. 17세 소년의 앞길에 또다시 밝은 희망이 비추는 듯했다.

해방을 맞은 이 겨레의 누구나가 그랬듯이 미·소 양국 군대의 '일시적' 주둔이 민족과 국토의 영구분단이 될 줄은 전혀 예측하지 못했던 것이다. 부모님은 떠나가는 아들에게 "방학이 되면 빨리 돌아오라"고 차부(시골버스 정류장)에 나와서 당부했다. 나도 우선 개학한 '내 나라의 학교'에 되돌아가 정규 5학년을 졸업할 때까지 공부할 생각뿐이었지 그 출발이 다시는 고향에 못 돌아올 인생의 큰 전환점이 되리라고는 꿈엔들 예측할 수 없었다.

서울에 도착해 그립던 학교를 찾아드니 교사는 미국 군대의 영사가 되어 있었다. 처음 보는 낯선 미국 군대의 각종 시설물이 교사와 운동장에 설치되어 차분하던 학교의 정경은 일변해 있었다.

기숙사도 그들에게 점령되어 있어 들어갈 수가 없었다. 교문에 서서 한참 동안 들여다보다가 근처에 있는 교사 사택들이 있던 곳으로 가보니 일본인 교사들이 비고 간 사택들에는 남한이 고향인 동급생들과 후배들이 들어와 자취생활을 하고 있었다. 다정한 친구들을 다시 만나는 기쁨에 서로 눈물겨워하며 그간의 경험담으로 밤을 새웠다.

서울과 남한의 시국은 혼란스러웠고, 세태는 17세의 소년에게는 전혀 분간할 수 없을 만큼 어지러웠다. 집을 떠날

때에 그리던 질서정연한 건국과 독립에 대한 이행이나, 새
로운 믿음으로 서로 돕고 사는 안정된 새 사회는 흔적도 없
었다. 화폐가치는 하루가 멀다 하고 폭락해 일제하의 안정
된 돈의 가치를 생각하고 가지고 내려온 얼마간의 돈은 며
칠이 안 가서 사라져버렸다.

시간이 갈수록 아비규환이었고 가장 흉악한 형태로서의
'적자생존'적 경쟁이 냉혈적으로 전개되어갔다. 기대가 컸
던 만큼 환멸도 컸고 먹고 살아갈 길이 막연해서 얼마 동안
망연자실한 상태가 계속되었다. 너무나 의외의 사회상에
적응할 능력이 없었던 것이다.

일제하에 있던 한국인 교사들의 일부와 새로 부임해온
낯선 교사들과, 나와 동급인 몇 안 되는 한국인 최고학년 재
학생들로 조직된 학교운영회의 노력으로 수업이 시작되었
다. 그 훌륭했던 각 학과의 부설 실습공장의 기계류와 실험
기구들은 해방 후 몇달 사이의 혼란 속에 한가지도 남아 있
지 않았다. 미군 당국과의 오랜 협의 끝에 그 실습장 몇개를
교실로 사용하는 교섭이 성립되어 실습장에 들어선 우리들
은 아연실색했다. 미국군대가 점령하고 있는 속에서 어떻
게 그럴 수가 있었을까. 일본이 놓고 간 동양 제일이었던 귀
중한 이 나라의 교육·실습시설은 깡그리 자취를 감추고 일
본에서도 이름났던 훌륭한 실습장은 텅 비어 있었다. 기계
설비와 시설을 뜯어낸 자취만이 마치 선혈이 흐르듯이 처
참하게 남아 있었다. 새 나라의 공업교육의 토대가 출발부

터 소멸됨으로써 해방된 조국의 장래에 대한 소박한 기대와 희망이 무너지는 것 같은 고통을 느꼈다. 일제시대의 열등한 을종(乙種) 학교들에서 모여든 학생들이, 치열한 경쟁의 입학시험 장벽을 뚫고 들어왔던 본교 재학생들을 수적으로 압도하게 되었으니 마음 붙일 기분이 아니었다. 학교의 분위기도 소원해졌다.

해방 이듬해인 1946년에는 미국 군정청에 의한 미국식 교육제도에 따라 7월이 신학년도가 되었다. 긴 겨울을 보내고 눈얼음 녹고 꽃이 피기 시작하는 4월 초에 입학하던 우주와 인간이 합일하는 화사한 기쁨과는 너무도 대조적이고 한국의 계절을 무시한 처사였다. 내가 좀더 진취적이거나 모험심이 있는 학생이었다면, 이때에 차라리 나도 다른 학교로 전학해버렸으면 인생도 달라졌겠지. 돌이켜보면 나는 그와 같은 여러 전환점과 계기에서 용단을 못 내리고 환경에 순응하는 삶을 살았다.

어쨌든 그런 돌변한 분위기 속에서 처음으로 자기 나라의 역사를 배우고, 우리 말을 새로 배웠다. 왜 그랬는지는 모르지만 새로 배우게 된 국어에서는 한 부인이 썼다고 하는 「조침제문(弔針祭文)」이 인상적으로 남아 있다. 우리 말과 우리 조상들의 정서의 묘미가 다정하게 마음을 사로잡아, 그것을 공부했을 때의 기쁨이 새로웠다.

## 혼란기 사회

수업이래야 아직 서너 시간을 할까 말까한 혼란기라, 학교에 나가는 날보다 안 나가는 날이 더 많았다. 동물적 생존이 더 급한 과제가 되었다. 무일푼인데다가 사고무친인 나는 먹기 위한 방법을 궁리했다.

처음에 담배말이를 시작했다. 장사의 무대는 남대문시장이었고 전매청이 기능을 회복하지 못했던 때라 사제 담배의 시대였다. 농가에서 나온 엽초를 사다가 잘게 썰어서 길게 말고 담배 길이로 잘라 종이봉지를 붙여, 20개비씩 넣어 남대문시장에 앉아서 파는 일이었다. 처음에는 담배말이도 원시적이었다. 붓대에 약 20센티미터 너비의 질긴 종이를 붙여, 그 위에 담배 굵기 분량의 썬 담배를 고루 놓고 말아 나간다. 담배 종이는 '마카오 밀수지'라고 알려진 폭넓은 담배지가 있었다. 그것을 끝이 1밀리미터 정도 차이나게 여러장 겹쳐 풀칠을 해놓고 한장씩 떼어서 마는 방법이다.

며칠을 밤새워 말아 륙색에 가득 차면 시장판에 메고 나간다. 모두가 실업 상태인데다가 이북에서 내려온 수백만의 월남민이 밥을 먹기 위해서 하찮은 일에도 목숨을 걸었던 상황이라 그 장사도 여간 경쟁이 심하지 않았다.

전매청은 기능하지도 못하면서 사제 담배의 단속만은 혹독하게 심했다. 입추의 여지 없이 사람들로 꽉 찬 시장의 길바닥에 륙색을 무릎에 끼고 앉아, 한 눈으로는 살 사람을 찾으면서 한 눈으로는 경찰 헌병 감시원들의 출현에 대비해야 했다. 그 당시 그들은 철모(헬멧)를 쓰고 있어서 '바가지'라고 불렀다. "바가지 떴다!"는 소리와 함께 륙색의 주둥이를 홀쳐매고는 순식간에 군중 속으로 녹아들어가야 한다. 결사적 도피. 잠깐 정신을 팔고 있거나 한발짝만 늦으면 며칠분의 노동의 결과와 생존의 총재산을 몰수당하고 만다. 애원하거나 뇌물로 해결하려면 밑천보다 더 많은 돈을 밀어넣어주어야 했다. 거의 시간마다, 때로는 한 시간에도 몇번씩 "떴다!" 소리가 나고, 그때마다 꾸려들고 도망치곤 한다. 뺏긴 때도 한두번이 아니었다.

붓대로 말던 원시적 방법이 발전해 나무틀 속에서 대를 굴리는 방법이 고안되었다. 마는 속도와 풀 붙이는 자리의 균일성이 향상되었으나 시장 속에서의 몰수 위험은 변함이 없었다.

남대문시장과 대방동의 학교를 번갈아 다니던 이 시기에는 아직 국정교과서나 인쇄된 표준 교본이 없었다. 과목 담당 교사가 며칠분의 교과를 마분지에 등사해서 나누어주는 것으로 대신했는데, 미군정 시대인지라 영어교과서로 사용될 책들은 미국이 공급해주는 종이로 여러 종류가 인쇄되어 서점에서 판매되고 있었다. 우리 학교의 나의 클래스에서는 'THE USE OF LIFE'라는 제목의, 누군가의 단편 에세이집을 채택하고 있었는데, 나는 이것을 살 돈이 없었다.

어느날, 시장에서 담배를 팔고 난 뒤에 몇푼의 돈이 생겨서 충무로 3, 4가에 자리잡기 시작한 책방을 찾아갔다. 모든 책들이 누런 색깔에 자잘한 구멍이 숭숭히 뚫리고, 같은 지면에도 나무껍질 파편 같은 것들이 밀착해 있는 저질의 마분지로 되어 있는데, 그 영어책만은 미국제인 것이 분명한 반질반질하고 매끈한 백색의 상질지로 되어 있었다. 몇장 펼쳐보는 사이에 나의 머리에서는 그 책값과 그것을 위해서 내가 팔아야 할 담배값의 분량과, 그것을 팔기 위해서 남대문시장에서 보내야 할 시간 등이 계산되고 있었다. 계산을 마친 머리는 아직 망설이고 있는데, 얄팍한 그 『생활의 선용』을 말아 쥔 나의 손은 눈의 동작과 함께 주머니 속으로 들어가고 있었다. 그 순간 발은 벌써 많은 사람들이 서성거리고 있는 그 책가게의 낮은 문지방을 넘어서 행길에 나와 있었다.

이렇게 '생활을 선용(善用)'(?)한 그 영어교과서를 통해서 얼마나 '인생을 선용'하게 되었는지 미처 계산해보지는 못했다. 다만 그후 몇십년 동안 책가게를 드나드는 인생을 살아오면서, 서점에 들러 책을 살 때 불현듯 열여덟살의 어느날의 자기를 그 자리에서 보곤 한다. 나의 인생에서 책을 보고, 책을 사야 하고, 책가게에 들러야 하는 필요가 계속되는 한, 그리고 그것이 죽는 날까지 계속돼야 할 일이라면, 아득한 옛날로 사라진 듯싶은, 그리고 사라져도 좋을 만한 이 쓸쓸한 기억은 끝내 나에게서 떠나지 않을 것 같다.

# "THE USE OF LIFE!"

담배말이의 몰수 위험이 워낙 커진 후에는 성냥장사로 돌아섰다. 경기도 부평(富平, 현재 인천 소재)은 그곳에 있던 일본군 조병창 창고에서 털어낸 화약재료로 만들어지는 성냥 도매시장이었다. 낡은 자전거를 사서 서울에서부터 부평까지 왕복하는 것이다. 학생의 신분은 말뿐이지 매일같이 소매가게를 돌면서 성냥 파는 것으로 몇달이 지났다. 종이 포장에 열갑씩 든 성냥 한봉을 팔기 위해서 얼마나 많은 골목을 돌아야 했는지 모른다.

어느날 아침, 전날 저녁에 부평에서 사온 성냥 보따리를 싣고 나섰다. 한봉지도 쪼개서 몇갑씩 사던 가게에서 웬일인지 이날은 몇봉지씩 사는 바람에 몇군데를 거치지 않고 잠깐 사이에 류색의 바닥이 보였다. 일이 이렇게만 잘되면 먹고살 수 있겠다는 즐겁고 흐뭇한 기분으로 돌아와서야 그날 아침부터 성냥값이 껑충 뛴 사실을 알았다.

평소에 갑으로 사던 집에서 봉으로 살 때에는, 그것도 한봉이 아니라 여러봉을 살 때에는, 그리고 어느 가게에서나 그럴 때에는 이상하다는 생각이 들었어야 하지 않겠는가? 밑천을 건지지 못했다는 후회보다는 나에게는 상재(商才)가 없다는 생각에서 오는 절망감이 더욱 무겁게 엄습했다.

세태는 날로 더 혼란해지고, 사람과 사람의 관계는 악마적인 상태가 되어갔다. 각종 권력의 중심부와 주변에 기생하는 자들은 일본인이 남기고 간 나라의 부를 서로 찢어 나누어 먹고 있었고, 헐벗고 굶주린 조무래기들은 서로 속이고 뺏는 것으로 그날그날의 생존을 이어갔다. 날로 증가하는 이북으로부터의 월남민이 모두 좁은 남대문시장을 끼고 그 같은 결사적인 약육강식의 생존경쟁을 벌이고 있었으니 가장 교활하고 가장 파렴치한 자만이 '정글의 법칙'대로 적자생존의 명예를 누릴 수 있었다. 나의 둔한 감각, 교활성에서의 낙제생, 파렴치해지기에는 아직도 순수함이 남아 있는 18세 소년으로서는 그 속에서 살아남을 자신이 없었다.

해방된 조국의 수도에서 공부를 할 것이라고 나와 마찬가지로 청운의 꿈을 품고 고향을 버리고 서울로 올라왔던 평안도의 학생들 중에 많은 수가 이때 이북으로 되돌아갔다. 그들은 물론 나나 마찬가지로 먹고 자고 입는 문제가 나날의 걱정이기도 했지만 그래도 정신이 웬만큼 제대로 박힌 청년들은 그 같은 정치·경제·사회상에 절망하고, 배신을 느꼈기 때문이다. 부정이 생존의 유일한 원리가 되어버린 나라의 꼴을 볼수록 젊은 양심은 상처를 입고, 불의에 물들지 않은 정신은 번민하게 되었던 것이다. 학교에서 배우고 인간의 본성으로 알았던 최소한의 도덕적·윤리적 행동 규범도 그들이 찾아내려온 이남과 서울에서는 볼 수가 없었기 때문이다.

신당동 언덕바지에 미국 구호물자 상자로 얼기설기 형태를 갖춘 하꼬방에서 이웃하고 살던, 평양이 고향인 중학생과 전문학생들이 추운 겨울날 오후, 언덕 너머로 일찍 저무는 햇볕을 쬐면서 얘기를 주고받고 있었다.

"넌 어떻게 할래니? 난 여기선 이 이상 못살겠다. 이건 인간이 사는 사회가 아니야. 난 고향으로 돌아갈랜다. 집에 재산이야 이제 없어댔디만 이 생활보다야 못하겠니?"

"그래요, 형님. 나도 여러날 생각했어요. 나도 돌아갈래무다. 함께 떠납시다."

나는 며칠 후 그들 서너명과 같은 양지녘에서 만났을 때, 작별의 인사를 받았다.

"영희, 잘 있으라우. 우리는 같은 고향에다 학교 선후배이고, 오기도 함께 왔으니까 가기도 함께 가야디. 잘 있으라우."

담배팔이에 바빴던 내가 며칠 후에 보니 그 움막집에서는 낯선 사람들이 드나들고 있었다.

떠난 학생들은 평안남도의 평양시내 또는 그 지방에서 지주였거나 상업을 해온 가정의 자제들로서, 나보다는 어느 모로 보나 한결 평안한 생활을 해온 젊은이들이었다. 돌아간들 이제는 토지도 없고 상점도 없을 것을 알면서도 그들은 올라올 때 품었던 꿈을 이남의 땅에 묻어버리고 이북으로 돌아간 것이다.

그후 그들은 어떻게 되었는지? 베토벤과 괴테의 연필 초상화를 벽에 걸어놓고 있던 친구들이었는데……

내가 어째서 그들과 함께 고향으로 돌아갈 결심을 못했는지 잘 생각이 나지 않는다. 어쨌든 이남 사회와 나의 개인

사정이 이렇게 되었을 때 국립한국해양대학(國立韓國海洋大學) 창설과 신입생 모집의 신문광고를 보았다.

바다라고는 일제 때 인천에 가서 한번 바라본 일밖에 없고, 배라고는 그림에서밖에 대한 일이 없었지만 "학비면제, 숙식·제복 국가부담"이라고 씌어진 공고를 보았을 때 구세주를 만난 것 같았다. 인천의 가교사로 가서 응시한 지 얼마 후에 합격통지서를 받아, 1946년 미국식으로 바뀐 학제에 따라 7월에 입학하게 되었다.

제 2 부

굴절 많은 궤적

# 4. 대학이라고는 갔지만

## 굴절 많은 궤적의 변

훨씬 훗날, 언론계에 종사하고 대학에서 가르치면서 국제정세 특히 중국혁명 관계의 연구를 하고 글을 발표하게 되었을 때 나는 많은 질문을 받았다. 몇권의 저서에 적힌 경력을 본 독자들 역시 같은 의문을 갖는다는 말을 많이 듣는다.

해양대학을 나오고, 육군에 복무하고, 어떻게 언론계로 들어가, 그후에는 국제관계니 중국혁명 관계를 공부하게 되었는가 하는 질문이다. 당연한 의문이라고 생각된다. 그처럼 심한 인생의 우여곡절이 바로 이 나라의 현재 50대의 일반적 운명이었다고 대답하는 것 외에 구체적 답변은 없을 것 같다. 일본의 무조건 항복, 민족의 광복, 그에 뒤이은 6·25전쟁의 충격이 그 당시 성년세대의 인생항로를 뒤범벅으로 만들어놓았다. 이 나이의 대개의 비슷한 사람의 경우, 본인의 의사보다는 혼란했던 시대상황에 그 책임을 돌릴 수밖에 없다.

1940년대와 50년대의 10여년은 시간적으로는 길지 않지만 그것은 노도광란, 폭풍이 휘몰아친 시대였다. 변화의 밀도에 있어서는 1세기에도 해당할 것이다. 마치 천지창조의 혼돈을 연상케 하는, 한치 앞을 내다볼 수 없는 폭풍과 암흑의 바다에 뜬 일엽편주처럼, 누구나가 개인으로서는 불가항력적인 무서운 힘과 변동에 자기를 내맡기는 수밖에 없었다. 그 속에서 개인이 지나온 발자취는 자기 의지의 항로가 아니라 초인간적 의지, 즉 시대상황이 그려주는 항로일 수밖에 없었다. 적어도 나에게는 그런 요인들이 그후에도 많이 작용했고, 그때마다 인생의 궤적은 굴절했다. 그런 결과로 해서 나는 인간사에 있어서의 '우연' 내지는 일종의 숙명적 신비주의를 자신있게 부인할 자격이 없는 사람이다. 어렸을 때의 뜻이 초지일관 성취된 분을 보면 무한히 부러워진다.

나의 굴절 많은 항로의 궤적은 마치 서툰 선장이 키를 잡은 배의 고물에 서서 배 뒤로 흔적을 남기는 바다 표면의 구불구불한 뱃길 자국을 내려다보는 느낌이다. 폭풍과 파도에 농락되는 힘없는 조각배의 자취와도 같다. 비유이기는 하지만 해양대학 항해과를 공부한 사람으로서는 아이러니한 일일 수밖에 없다. 하지만 돌이켜보면서 굴절 많은 궤적을 각별히 한스럽게 여기지도 않는 까닭은, 그 굴절 하나하나가 나름대로 인생을 꽉 차게 살게 하는 데 의미를 부여한 것으로 생각되기 때문이다.

그 굴절 많은 인생곡선은 미분학적으로는 어느 부분이나 삶의 목표와는 편차가 있지만, 긴 세월을 지나고 보니 적분학적 토탈로서는 그런대로 다 나의 삶에 기여한 것이라고 자위한다.


## 국립 한국해양대학 입학


해양대학말고 서울대학이나 그밖의 대학들 중에서 택할수도 있었을 텐데 왜 그러지 않았던가를 후회하는 때도 없지는 않다. 미국군정하의 그 당시는 마침 '서울국립대학'안 찬반으로 갈라진 소위 '국대안 반대' 소동 때문에 반대파 학생들을 '좌익계'라는 이유로 무더기로 제적하고, 국대안을 지지하는 '서북청년회'니 그밖의 학력기준 미달의 외부 청년들을 무더기로 서울대학에 입학시켰던 해다. 다른 대학·전문학교는 물론, 중(고등)학교까지 국대안 소요로 입퇴학이 혼란무쌍한 시국이었다. 거의 전쟁 발생(50년 6월) 전까지 계속됐던 이 소요로 서울대학에 재적한 4년간에 강의라곤 몇시간밖에 듣지 못한 채 졸업장을 받은 사람도 적지 않은 것이 실상이다. 대학사회 역시 정치와 마찬가지로 대체로 대동소이한 일대 혼란기였으니 무자격·무질서한 입학은 서울대학도 예외가 아니라 일반적 현상이었던 것이다.

해양대학은 인천 가교사에서 항해과 50명, 기관과 50명의 학생으로 출발했다. 나는 제1기생이었다. 초창기인데다가 특수대학으로 문교부 소관의 정규대학이 아니라 초기 2년간은 교통부 소관으로 있었다. 따라서 교수진이 빈약할 수밖에 없었다. 전공학과를 제외하면 교양학과는 대부분 서울로부터의 타 대학 강사들에 의존했다. 학생들 중에는 비상하게 두뇌가 뛰어난, 아까우리 만큼 우수한 소수가 있었지만, 대개는 나의 수준을 별로 넘지 않았다. 전통이 없으니 학풍이라고 있을 리가 없고, 모든 일이 시행착오의 연속이었다.

학제는 1, 2학년의 '좌학(座學)', 즉 학교에서의 이론적 과정을 마치고, 3학년 1년간의 '해상실습'을 하고, 4학년에서 이론과 실기 경험을 종합하고 졸업하는 씨스템이었다. "학비면제, 거주·교복·급식 관비"라는 국비교육의 실태는 이름 같지 않았다. 납부금은 없었지만, 인천 해안가의 낡은 큼직한 일본요정 건물에 합숙하고, 하루 세끼 식사는 멸치 국물에 밀가루 우동을 띄운 한 그릇이었다. 소수의 과거 친일파나 해방 후의 미국군정청 주변에 붙어서 해방된 나라의 동포를 먹이로 삼고 반민족적 호화를 누리는 자들을 제외하면 대다수 민중은 그런 우동 세끼를 먹기도 쉽지 않을 때였던 것을 감안하면 반드시 나무랄 만한 형편도 못 되었다. 그 정도의 거주와 식사가 보장된다는 것도 당시로서는 누구에게나 주어진 혜택은 아니었던 것이니까.

1946년 겨울은 유난히 추웠다. 얇은 일본식 창호지 한 장으로 외풍을 막은 휑하게 넓은 다다미방은, 밖의 온도와 안의 온도에 차이가 없었다. 난로라는 것은 생각도 못할 때였고 이부자리를 제대로 가지고 있는 학생도 많지 않았다. 이북출신 학생의 경우가 특히 그랬다. 남대문시장에서 담배말이, 성냥장사를 할 때 쓰던 나의 형편없는 이부자리인데도, 평북 철산(鐵山) 출신으로 단신 홀홀 남하해 있던 노장익(盧將翼) 군의 몸까지 영하 10여도의 추위에서 가려주었다. 머리맡의 잉크병이 언 혹한을 어떻게 견디었는지 기적같기만 하다. 그 멀건 한 그릇의 우동을 먹고도 열여덟살의 나의 몸은 훈기를 발산했다. 이 한겨울 동안 따스한 온돌 위에서나 난로불이 켜진 방에서 자본 일이 한번도 없었는데도 '국비식사' 멸치국물 우동 한 그릇씩 먹고 용케도 지냈다는 생각이 든다.

당초에 인천시가 공약했던 해양대학에 대한 재정적 지원이 이처럼 미흡한 것을 안 군산시가 중앙과 협상 끝에 학교를 군산으로 유치하는 바람에 1947년 봄 우리는 이불보따리를 메고 군산으로 따라 내려갔다.

이 도시는 일제시에는 호남미를 일본으로 수출하는 항구도시로 번창했었지만 해방 후는 피폐해 있었던 까닭에 시의 문화·교육적 및 경제적 부흥책으로 유치하기로 했던 모양이다. 모든 항구도시가 그렇듯이 아무런 문화시설도 자극도 없는 이곳에서 그후 3년을 살게 되었다.

지방의 정치적 무풍지대와 특수대학의 폐쇄성에 기인하는 나의 몰정치적 감각은 1947년 봄, 군산에까지 확산된 '신탁통치반대' 운동으로 비로소 트이기 시작했다.

미·소·중·영 4대국에 의한 5개년간 신탁통치안 반대운동은 요원의 불처럼 서울서부터 지방에 번졌다. 나는 '반탁' 데모의 대열에 자진해 나섰다. 대학생이라는 자격 때문에 이 지방도시의 학생집회에서 열렬히 신탁통치 반대와 '즉시 독립'을 외쳤다. 무슨 연설을 했는지는 기억이 나지 않지만 해방된 조국의 독립을 갈구하던 18세의 청년으로서 말했으리라는 연설의 내용은 짐작이 간다.

오늘 해방된 지 38년이 지나도록 분단이 계속될 줄 알았다면 나는 차라리 신탁통치를 수락함으로써 민족분단의 비극을 예방하는 데 찬성했을 것이다. 그러나 신탁통치를 식민지 연장과 같이 생각했던 대부분의 한국인이 그랬듯이 즉시 독립에의 정열에 사로잡혀 있던 나는 'Anti-Trusteeship'과 '信託統治反對' 플래카드가 나부끼는 화물자동차에 올라타고 확성기로 외치고 다녔다. 이것이 일종의 대중연설의 첫 경험이 되었다.

같은 '신탁통치'라는 용어였지만, 미국의 제안은 4대 열강의 직접적 행정관리하의 방식이었던 것과 대조적으로 소련안은 한(조선)민족에게 자치적 행정권을 주고 열강은 다만 뒤에서 협의·자문하는 방식이었다는 중요한 차이점을 안 것은 20년 가까이 지나 언론계에 들어가 독자적 연구를 하게 된 뒤의 일이다. 지금에 와서 생각하면 놓쳐버린 기회처럼 생각되기도 한다. 그러나 그 당시 온 민족주의자의 일치된 소리였던 신탁반대의 분노는 나의 가슴에서도 훨훨 불탔다. 그런데 같은 대학의 다른 학생들이 반탁운동에 극히 소극적이었던 까닭을 지금도 잘 알 수가 없다. 남한출신 학생들이 나보다 정치의식이 앞서 있어서, 내가 오랜 후에 깨달은 사실을 벌써 그 당시에 알고 있었다고는 생각되지 않는데도 말이다.

  내가 존경하고 있던 김구 선생이 신탁통치의 성격을 이해하고 그것을 지지했더라면 나 역시 그러했을 것이다. 결과적으로 훗날의 이승만 씨 집권과 그의 타락·부패한 친일파들의 반민족적 정권 유지의 원초적 협조자 중 한 사람이 되었다는 회한이 지금에도 가시지 않고 있다. '신탁통치 찬성＝공산당'의 당시의 정치투쟁의 단순논리의 의미를 내가 꿰뚫어볼 능력이 없었던 것은 어쩔 수 없는 일이다. 이승만과 그 추종세력이 '반탁(反託)'의 여세를 몰아 민족분단, 단독정부 수립으로 민족의 순수한 열망을 악용할 줄은 더욱 몰랐다.

이 무렵, 학교의 행정관리권이 교통부와 해군의 공동체제가 되면서 재정과 보급 권한을 해군이 장악하고 해군장교들이 부임되어오고, 교련시간이 늘면서 학교생활이 군대화되었다. 학생들의 심한 반발과 반대가 있었으나 강압적으로 기정사실화되어갔다.

미국 군정청이 38도선을 영구적 분계선으로 하는 남북분단을 정책화했던 시기다. 육군과 해군이 창립되어 급속도로 확장되는 과정에서 해군이 그 세력권을 민간상선 고급기술자 양성기관에까지 뻗은 것이었다.

일제시대부터 진해(鎭海)에 있던 2년제 고등해기원양성소가 인천에 해양대학이 신설되기 직전에 진해고등상선학교로 개칭·승격되어 있었다. 군정청은 이 시설을 접수해 해군사관학교를 창설할 계획을 진행 중이었다. 진해고등상선학교 재학생들에게는 해군사관학교 생도로 편입하거나 퇴학해야 하는 선택이 강요되었다. 서울에서 군정청이 서울대학을 통합하려는 '국립대학'안이 전국 학원에 치열한 분쟁을 불러일으켰던 것과 때를 같이한다. 그 당시 좌익계의 사상·정치적 관계도 있었겠지만, 군정청의 방침에 반대하던 진해의 학생들이 어느날 학교의 항해(航海)용 실습기재들을 모조리 나누어 들고 군산으로 달려왔다. 진해 측과 군산 측의 '대학통합' 문제가 다시 쌍방 사이에 벌어졌다. 진해의 교사와 좋은 항만시설을 점거하려는 군정청과 해안경비대의 압력으로 쫓겨난 그들은 국립해양대학에 흡수되면서 제1기생임을 주장했다. 이 문제로 적지 않은 학생 간의 대립과 갈등이 있었으나 그들이 들고 온 귀중한 실습기재 때문에 그대로 타협이 성립되었다. 나는 '국립해양대학' 제 1기생으로 입학했지만 그 같은 경위 때문에 제2기생이 되었다.


## 부모와 동생, 이남으로 내려와

생활의 내용이 이렇게 텅 비고, 생활의 주변이 그렇게도 답답하던 1947년 봄에 마음을 붙이고 살 두가지 변화가 있었다. 하나는 아버지와 어머니 그리고 동생 명희(明禧)가 이북에서 내려온 것이고, 또 하나는 학교에 도서관이 생겨 굉장히 많은 교양도서가 계속 들어와, 전공 기술과목 공부에 마음이 없었던 차에 마치 마른 해면(海綿)이 물을 빨아들이듯이 그것들을 탐독하는 것으로 시간 가는 줄 모르게 된 기쁨이다.

평안북도 창성군 청산면 산림보호구 근무 때에 해방을 맞은 아버지는 원래 착했던 성품 탓에 면민들의 원성을 사지 않아, 새로 조직된 인민위원회 권력의 요청을 받아들여 1년 반 동안 그대로 업무지도를 하고 내려온 것이다. 일제 하의 공공기관에 근무한 사람은 그 직위의 높고 낮음이나 책임의 경중을 가릴 것 없이 그 지방주민의 '인민재판' 형식으로 추방했던 이북의 철저한 '일제잔재'의 발본적 숙청을 생각하면 특이한 예라고 여겨진다. 사실 내가 서울로 다시 내려온 1945년 말에는 벌써 평양으로부터의 정권 차원적 지시가 있기 이전인데도, 지방마다 설립된 자치위원회가 일제하의 구질서를 해체하고 그 권력을 거의 완전히 접수하는 중이었다. 논밭뙈기라도 지니고 '지주' 행세를 하던 사람은 중앙정권(북조선 인민위원회)이 평양에 수립되어 전면적인 토지개혁을 실시하기도 전에 '월경추방'(살던 거주지의 군郡 경계 밖으로 알몸으로 추방시키는 것)되고 있었다. 관공서 근무자 중 일제시에 거드럭거렸거나 친일행위가 뚜렷했던 자는 혁명정권이 기능을 발휘하기 전에, 해방 직후 한 1주일 사이에 주민들의 보복행위로 큰 곤욕을 치렀다. 약삭빠른 자나 스스로 죄과가 무겁다고 생각한 자는 해방의 소식과 함께 시골에서 도망쳐 평양으로 떠났던 것이다. 그중에서도 특히 경찰관·헌병, 그리고 그들의 앞잡이 노릇을 한 자들은 우리 고향 면에서도 해방 직후 며칠 사이에 그간에 챙겼던 돈과 얼마 안 되는 패물만 꾸려가지고는 집과 살림살이를 고스란히 남겨둔 채 사라져버렸다. 그런 자들이 일단 평양에 모여 눈치를 살피다가 대세가 기울었음을 확인하자 38도선을 넘어 이남으로 내려온 것이다. 이북에 사회주의 혁명정권이 들어서자 이남에서 '반공'을 내세운 이승만을 업고 날뛰면서, 마치 이북에서 무슨 큰 '반공공로'를 세운 '반공투사'인 양 행패를 부린 자들 중에는 그런 종류의 사람이 많다.

그런 실정을 감안할 때 아버지가 해방 전에 지녔던 집에 그대로 살고 산림보호구 업무를 직접 그대로 보면서 새 일꾼을 가르치고 훈련한 뒤, 1년 반 만에 식구들과 함께 내려올 수 있었다는 것은 보통 어려운 일이 아니다. 직원이라고 해야 고작 두세 사람밖에 없는 벽지 산림보호구의 주사라는 직책은 보잘것없는 낮은 직책이다. 하지만 일제 총독부 행정기관에서 밥벌어 먹은 자는 일단 '일제 식민지 잔재'로 규정하고 말끔히 청산해버린 혁명정권의 철저한 정책으로서는 그 사람이 사회주의자가 아닌 한 극히 예외적인 일이었으리라고 생각된다. 아버지는 어쩌면 너무 무능했거나 너무 호인이었는지도 모른다. 분명히 사회주의자도 아니고 공산주의자도 아니었으니까 정권의 특혜를 받을 이유도 없었다. 다만 사람이 착했다는 것밖에 그 이유를 설명할 수 없다. 아들이 이남에 내려와 있지 않았더라면 그대로 그 자리, 그 고장에서 머물러 살았을 분이다. 어쨌든 아버지와 어머니 그리고 열다섯살짜리 어린 동생이 내려온 후 나는 한결 마음의 안정을 회복했다.

그러나 나를 찾아서 내려온 어른들은 아들이 부양할 능력이 없는 상태였기 때문에 호구지책이 막연했다. 내려오셨다는 소식을 전해들은 나는 서울로 달려 올라가 서로 살아 있음을 확인하는 기쁨의 눈물로 밤을 새웠다. 그러나 날이 새자 험악하고 혼란한 세상에서의 당장 직면한 생존의 문제가 암담했다. 정말로 그 당시(그후도 이승만정권 전 기간을 통해서 다름없었지만) 세상은 "눈 감으면 코 베어 가는" 아수라장이었다. 우리는 온갖 궁리 끝에 동생은 서울에서 고무신을 만드는 일을 하고 있는 친척에 맡겨 직공일을 하면서 어딘가 중학교에 들어가 공부를 하도록 하고, 부모님은 일제 초기에 고향에서 내려와 충청북도 단양군 대강면, 소백산맥 죽령 밑 벽지에서 자리잡고 농사를 짓고 있는 먼 친척들을 찾아 내려가도록 했다.

돌이켜보면, 부모와 동생이 이남으로 내려온 이때에 나는 그 잘난 해양대학을 집어치우고 서울에서 두 소매 걷어붙이고 무슨 일이든 돈벌이 속에 뛰어들었어야 했다. 그러면 부모님도 그후의 그 많은 고생을 면했을 것이고, 더구나 하나밖에 없는 동생 명희를 어린 나이에 비참하게 잃어버리진 않았을 것이다. 알고 보면 혼란은 많은 사람에게는 기회이고, 완전한 무질서는 모든 사람에게 기회가 된다. 그 당시 세상은 완전한 무질서였다. 그러기에 누구에게나 절호의 기회였다. 마음만 한번 독하게 먹으면 못할 일이 없고, 안 될 일이 없었던 것이다. 세상은 속된 말로 아사리판이었다. 속이면 돈 벌고, 아첨하면 일제가 남기고 간 적산(敵産) 건물 가로채고, 영어 몇마디 하면 미국 군정청의 통역관이 되어 한 자리 차고 앉고, 남의 눈총 따위 무시하면 국방경비대나 경찰에 들어가서 일본경찰이 남기고 간 일본도를 차고 미군정이 채워주는 권총 차고 그후 틀림없는 입신영달의 길을 달렸을 것이다. 그것이 당시의 세태였던 것이다.

일체의 도덕과 윤리와 행동규범이 무시되고, 간교와 뻔뻔스러움과 탐욕과 냉혈이 그 자리를 차지했을 때다. 그것은 무법천지였다. 그러나 무법천지에는 그 대신 '정글의 법'이 있다. 눈 딱 감고 마음 한번 독하게 먹으면 정글의 법은 어느 것이나 다 나를 위해서 있는 것이다. 그런데도 나는 서울에서 전개되고 있는 생존의 양상에 겁을 집어먹고 그 속에 뛰어들 생각은 고사하고 꼬리를 감은 동물격으로 다시 답답한 생활이 기다리는 학교로 되돌아왔다.

해군사관학교에 편입되기를 거부한 전공과목의 교수들도 따라서 합류했기 때문에 교수진은 이때부터 월등 충실해지고 강의도 면목을 일신했다. 천문학·천문항해학·선박운용술·기상학·박용기관(舶用機關)·구면삼각(球面三角)·조선학(造船學)·무선통신학 등, 어렵지는 않았지만 나는 별로 흥미를 느끼지 못했다. 그런 탓인지 열심히 공부하지 않고 적당히 따라가면서 주로 영어 작품들을 탐독했다. 지하실에 개설된 도서관에 상당한 분량의 도서가 들어와, 문화와 교양이 메말랐던 나의 생활에 큰 낙이 되어 주었다. 영문학의 명작들을 접한 것이 이때부터다. 이 기간 동안에 상당한 분량의 작품들을 섭렵함으로써 서양의 문화·사상·종교·생활관습·역사 등에 대해서 비로소 이해가 트이기 시작했다. 자연과학계 학교교육에서 결핍된 부분을 이렇게 보상할 수 있었던 것이다. 예이츠, 롱펠로우, 브라우닝, 테니슨, 키츠의 시를 특히 좋아했던 것은 감상적인 나이였던 탓으로 생각된다. 그들의 시를 그런대로 이해하고 음미할 수 있었던 것으로 보아 대학 2학년 때의 영어실력은 제법이었던 것 같다. 이것이 졸업 후 바다로는 가지 않고 고등학교 영어교사로 나가게 되고, 또 전쟁이 일어나자 육군의 통역장교로 감으로써 인생의 궤적이 몇번씩 곤두박질하게 된 원인인지도 모른다.

영어작품에 친했던 것과는 대조적으로 우리 문학작품들을 끝내 가까이하지 못한 것은 큰 손실이었다. 일제하의 교육 때문에 사실 해방됐을 때의 나의 우리말 소양은 일본어의 그것에 미치지 못했던 것이다. 대학에 들어와서도 그 타성은 쉽게 바뀌지 않았다. 부끄러운 일이다.

지방도시에는 한참 성숙해가는 젊은 대학생의 마음을 감동시킬 만한 자극이나 취미생활이 없었다. 경제적 이유로 담배나 술을 배우지 않았고 여행도 별로 못했고 지적 관심을 일으켜줄 만한 계기도 없었다. 하숙 동료인 노장익 군의 끈질긴 권유로 교회를 따라다녔지만 왜 그런지 나에게는 목사가 하는 소리나 교회의 모든 것이 위선 같아만 보여서 깊이 들어갈 마음이 나진 않았다. 정열적인 성격이 아니었던 탓인지 여성에도 별로 관심을 갖지 못하고 지낸 것은 삶의 경험을 위해서도 아쉬운 일이다.

정상적인 대학생활이라면 적어도 한두 사람의 존경하는 교수는 있게 마련이다. 평생을 두고 따뜻한 인정이나 은혜를 잊을 수 없는 교수가 있을 법한데, 교양학과에나 전공학과에나 나에겐 그런 교수가 끝내 나타나지 않았다. 교수래야 몇분 없었고, 4년간 줄곧 근속한 교수는 한분도 없었으니 교수와 학생 간에 인정으로서의 관계가 맺어질 만한 분위기가 아니었다. 영어의 황찬호(黃燦鎬) 교수도 도중에 서울의 타 대학으로 떠나버렸다. 그같이 무미건조한 학교생활을 보상해준, 도서관에서 대출한 영문학 작품들과의 친교가 없었더라면 그 분위기는 정말 견디기 어려웠을 것이다.

나이 열아홉이면, 인생에 대해 심각한 물음을 던지기도 하고, 회의도 느끼고 고민도 할 때다. 만족한 해답이 주어지지 않을 때는 종교적 추구도 해볼 만한데 그 어느 것에도 감분하지 못했던 것은 불행이라 하겠다. 현실의 인생에 대해서나 앞으로 살아야 할 인생에 대해서, 마음껏 웃고 울고, 괴로워하고, 즐기고, 사랑하고 사랑받고 위로하고, 마시고 먹고, 주고받고, 심지어는 때리고 얻어맞고 하는, 젊은이에게만 허용되는 거리낌없는 감정의 분출을 경험하지 못하고 지냈다. 아직 인생의 진의나 우주의 생명과 의미 같은 차원에까지 사변이 미치지 못할 나이라 하더라도, 젊은 생명의 맥박과 발랄한 정신적 약동에 도취되었어야 할 시기에 그러질 못했다. 왜 그랬을까? 해방 직후 몇해 사이의 그 시절, 젊은 지식인들의 마음과 혼을 사로잡았던 이데올로기적 몰아(沒我)와 감분, 이상주의적 투쟁심, 대의(大義)라고 깨달은 목표를 위한 자기희생, 심지어 당파적 적대감에 불타는 증오심 등 원색으로 물들여진 삶이 없었다. 그 같은 몰아는 젊음의 '종교'라 할 수 있을 텐데 나는 젊음을 바칠 종교를 못 가지고 그 귀중한 시간을 보냈다. 그러기에 훨씬 훗날, 그 당시 나보다도 어린 나이에 지리산에 들어가 빨치산으로 산과 골짝을 누빈 경험을 한 사람을 알게 되었을 때, 나는 그의 당시의 사상과 행위의 타당성 여부와는 일단 관계없이 그가 지녔던 정열을 진심으로 부러워하고 자신의 과거를 부끄러워했다. 그이와 그와 같이 젊음을 불태우며 산 다른 사람들의 앞에서 지금도 나는 늘 왜소한 자신을 발견하면서 회한에 잠기곤 한다.

어쨌든, 자기억제의 벽에 갇힌 단조(單調)와 무생감(無生感)의 좌학을 마치고 1948년 3월 해상실습을 나갔다.


## 상해행 실습선의 회항

2년간의 좌학(이론), 1년간의 해상실습, 1년간의 종합정리의 3단계로 구성되어 있는 학제에 따라, 3학년이 된 1948년 3월 승선실습이 시작되었다.

해방 직후인 당시의 한국 해운계는 보잘것없는 상태였다. 그로부터 30여 년 후의 지금과 같은 해운국이 될 것은 상상도 못할 빈약한 실태였다. 태평양전쟁 종결과 동시에 조선에 있던 유일한 대규모 선박회사인 '조선우선회사(朝鮮

郵船會社)' 소속 선박 중 상당수가 일본의 전쟁 목적으로 끌려나가 동남아 해역에서 침몰했고 몇척은 종전 당시 일본 본토 항구에 묶여 있었다. 한국 연해에 남아 있던 배는 고작 1천톤 내지 2천톤 급으로, 그나마 그 수는 10척도 안 되었다.

그것들은 외국에서라면 기선이 낡으면 어떤 모양이 되는가를 보여주는 표본으로 해양박물관에나 전시될 종류의 폐선들이었다. 선령은 대개가 30년을 넘은 것들이어서, 사람으로 말하면 환갑을 지나 고희(古稀)가 된 고철(古鐵) 덩어리들이었다. 일본 군대의 화물수송용으로 징발되어 나가 태평양 바닷속에 멋지게 가라앉을 만한 명예도 주어지지 않았을 정도로 기동이 부자유스러운 퇴물들이었다. 조셉 콘래드(Joseph Conrad)가 탔더라면 또 한편의 훌륭한 걸작 해양소설이 나옴직한 노후선들이었다. 사실 말이지 콘래드의 해양소설 「청춘」(Youth)에 나오는 JUDIA호에서 돛만 떼면 이런 몰골이 될 것이 분명한 그런 노후선들뿐이었다.

미국 군정청이 연안 구호물자 수송용으로 대여한 몇척의 LST(2700톤급의 탱크 상륙작전용 수송선)와, 전시 중 돌관작업으로 건조한 3천톤급 수송선 두세척을 합쳐도 20척이 못 되는 형편이었다.

배를 움직일 고급선원의 수와 질도 문제였다. 선장 기관장에서부터 3등 항해사, 3등 기관사에 이르기까지, 모두가 해방 전까지의 하급선원들이 하루아침에 승급해 그 중책을 맡고 있었다. 어차피 원양항해에 나갈 일도 없는 실정이었으니까, 무선항해술이 발달하지 못했던 일제시의 유일한 원양항해술인 천문항해학조차 그들은 알 까닭이 없었다. 일본 고등상선학교들을 나온 선장·기관장급 자격자들은 전부 해양대학에 교수로 와 있었고, 몇 사람 그나마 조금 낫다는 현역 고급선원들은 진해에 있던 고등해기원양성소의 단기 코스를 나온 사람들이었다(이들 중에는 훗날 대한민국 해군참모총장이 된 사람도 있다).

현대적 항해학, 기관학을 비롯해서 고등수학이나 웬만한 교양을 갖추고 나온 해양대학 제1기생들이 그런 무자격 선장, 기관장 밑에서 3등 항해사, 3등 기관사로 배치돼 있었다. 배만큼이나 낡은 구시대의 유물 같은 그 '고급선원'들은 자진해서 그 직을 버릴 의사는 없고, 신학문으로 무장한 해대 출신 젊은 기술자들에 밀려서 실업자가 되는 것을 몹시 두려워하고 있었다. 그러하니 선내에서는 그들과 해대 졸업생이나 실습생들과의 사이에 갈등이 적지 않았다.

해방 이후 모든 해상체제가 미국화했는데도 일제시대의 하급선원들이었던 그들은 일본말인지 영어인지 또는 우리말인지 분간할 수 없는 이상한 용어로 배를 다루고 있었다. 웃지 못할 진풍경이었다. 그들이 고철화된 배와 함께 퇴장되리라는 것이 명백하다보니 그들의 관심은 다만 배의 연료유(기름)와 적재한 화물을 빼어 팔아먹는 일뿐이었다.

본래의 해양실습은 실습선에서 전체 클래스가 1년간 유기적 체계하에 교수들의 지도를 받는 과정이어야 한다. 하지만 그 당시는 실습선이 없어서 뿔뿔이 흩어져 배치되었다. 나는 LST 천안호(天安號)에서 1년의 실습을 하게 되었다. LST라는 배는 바다에 떠 있는 궤짝 같은 것으로, 정상적 실습 목적에는 차라리 석탄을 때는 낡은 일제 퇴물선보다도 부적격자였다.

묵호에서 무연탄 싣고 인천으로, 부산에서 소금 싣고 군산으로, 목포에서 쌀 싣고 묵호로, 이런 식의 단조로운 해상생활을 거듭하는 동안 육지에서는 남한 단독선거가 실시되고 제헌국회가 열리고 대한민국이 수립되고 있었다. 해상생활은 그런 정치·사회적 정세변화와는 단절된 상태여서 관심도 없고 의식도 없이 지냈다. 바다 위를 떠도는 배에 신문은 들어오지 않는다. 라디오는 무전실에 있을 뿐 지금처럼 개개인이 가질 만한 흔한 물건은 아니었다.

같은 기술자지만, 육지의 기술자는 원하건 원치 않건 직접적으로 생활 주변에서 나라의 정세변화를 보고 듣고 느끼게 마련인데 선원생활에는 그런 자극이 없다. 너나없이 의식적 무풍지대에 있고 사회변화에 대해서 실감(失感) 상태다. 나도 예외가 아니었다. 지적 자극은 아무것도 없었다.

1948년 가을, 내가 탄 배에 갑자기 중국 상해(上海)행 준비지시가 전달되었을 때도 우리는 중국대륙에서 질풍노도처럼 진행 중인 중국혁명에 관해서 아무런 지식도 뉴스도 없었다. 세계사의 일대 전환점을 이룩하게 될 엄청난 변화가 그 광대한 대륙에서 5억 인민에 의해 그 막바지에 도달하고 있다는 거시적 인식이 나에게는 없었다.

선원들은 선장 이하 하급선원은 물론 실습생들까지도 상해에서 밀무역할 물건을 사들이기에 바빴다. 상품의 주종은 오징어 따위가 아니었던가 싶다. 사실은 중국국민당 군대는 그 부패와 무능, 인민으로부터의 지지상실로 말미암아서 이미 화북(華北)에서 총퇴각하고 있는 중이었다. 우리의 상해행이 그곳에 집결한 한국인 난민의 귀국수송이 목적이었고 보면 그 난장판에 들어가서 밀무역할 상황이 아니었는데도 선내는 온통 흥분해버렸다. 부산항 부두에서 포장된 짐짝·짐꾸러미가 연방 선내로 운반되어 들어오고 돈 이야기를 수군대고 눈에 핏기가 오른 선원들이 부산시장과 부두 사이를 헐레벌떡 왕래했다. 권태와 침체로 이상(李箱)의 소설 현장 같았던 선내에는 밀무역 전문상인들이 선원과 결탁해 숨어들고 선원들은 일확천금의 꿈에 부풀어 왁자지껄 아연 활기에 찼다.

그러던 어느날 아침, 아뿔싸! 선원들의 얼굴에서 싹 핏기가 가시고 선내의 부산하던 움직임이 일시에 정지되었다. 출항명령이 취소된 것이다!

이미 상해는 중국공산당 군대에 함락되었고 장개석(蔣介石) 군대는 벌써 남쪽의 광동(廣東)을 향해서 추풍낙엽처럼 북풍에 흩날리고 있다는 사실을 알았다.

단양에서 고생하는 부모에게 생활비조차 돕지 못하고 있는 나는 선내의 소동에 대해서 아예 완전한 방관자였던 까닭에 이 소식에 울고불고해야 할 이유가 없었다. 대망의 상해 구경의 희망이 무산된 것은 못내 섭섭했지만 그 대신 많은 것을 배운 계기가 되었다. 중국대륙의 역사가 지축을 흔들면서 새로이 만들어져가고 있는 현실에 뒤늦게 눈이 트였다.

나라 안의 정세변화에도 무의식적이었던 나의 시야에 갑자기 중국대륙이 들어왔다. 그것은 굉장한 감동이었다. 이것이 '세계정세'라는 문제에 대해서 내가 관심을 갖게 된 계기가 되었다. 이 경험은 훗날 나의 인생에 크게 작용했다.


## 목격한 여수·순천 반란사건


10월 말경(기록을 찾으니 정확히는 21일이었다), 인천으로 갈 소금 1천톤을 싣고 부산항을 떠난 우리 배는 거제도 앞을 지날 무렵 긴급 회항(回港) 무선지시를 받았다. 전례가 없는 해상 회항명령이라서 모두들 의아하게 여기면서 배를 돌렸다.

중앙부두에는 부두노동자의 무리가 대기하고 있었다. 철야작업으로 화물이 퍼내지자 그날 밤 수백명의 군대가 박격포니 기관총을 둘러메고 올라탔다. 바로 한달 전에 '육군'으로 개편된 국방경비대의 장교들은 일본도를 차고 일본군대식 복장에다 호령까지 일본군대식이어서 일본군을 수송하는 것 같은 착각에 사로잡혔다. 병사들은 무질서하고 규율도 제멋대로인데다가 위생관념이 없어 깨끗했던 선내는 당장에 오물투성이가 되었다.

부산항을 출항하고 나서야 여수·순천에서 군대반란이 일어난 사실과 승선한 부대가 그 진압을 위해서 긴급출동하게 된 사실, 그리고 일본도를 차고 올라온 대대장이 백선엽(白善燁) 대령이라는 것을 알았다. 해상생활을 하는 나는 몰랐지만, 남한 단독정부 수립에 반대한 제주도 주민의 폭동이 몇개월 전에 일어났고, 그 진압차 육지에서 진주한 국방경비대 병력이 도리어 민중에 가담하여 군반란을 일으키고 있었던 것이다. 제주도 군반란을 진압하기 위해서 출동명령을 받은 제14연대가 김지회(金智會) 소위 등의 주동으로 여수에서 반란을 일으켰고, 여수·순천지구에 비상경비사령부가 설치되었다는 사실도 알게 되었다.

여수항에 입항하려던 천안호는 항구와 부두를 내려다보는 해안가의 언덕 위에 포진한 반란군의 일제사격을 받았다. 오동도(梧桐島)와 돌산(突山) 사이의 얕고 좁은 해협으로 배를 몰아 여수시의 정면으로 상륙하려던 진압군의 작전도 반란군의 맹공격으로 실패하고 다시 외항으로 되돌아왔다.

자기가 죽지 않는다는 보장만 있으면 전쟁이란 정말 좋은 구경거리다. 나는 갑판 위에 반란군의 사격의 사각을 이루는 철제 돌출물들 뒤에 철모를 쓰고 몸을 숨겨 구경을 했다. 왜 그런지 두렵지가 않았다. 스스로도 이상하리만큼 침착했다.

넓은 갑판 위에 설치된 박격포가 반란진지에 포탄을 퍼붓는 동안, 배 '아가리'를 나간 병력이 부두와 오동도를 연결하는 방파제로 조금씩 상륙하려다가는 일제사격을 받고 배 안으로 밀려들어오곤 했다. 관제고지에서 내리쏘는 소총탄과 기관총탄이 배의 옆구리 철판을 때리는 소리가 마치 우박이 퍼붓는 것 같았다. 반란군의 용감한 일부 병력은 부두의 화물 창고들 사이에 쌓은 방패물 뒤에 숨어서, 이쪽 갑판 위에 나와 있는 진압군을 향해 정확한 조준사격을 가해왔다.

박격포에 포탄을 집어넣으려고 일어섰던 사병이 쓰러졌다. 선수의 벤터레이터(벤틸레이터, 갑판 위에 돌출해 있는 통풍통) 옆에서 소리를 지르며 지휘하던 나이 어린 중위가 주저앉듯이 푹 쓰러졌다. 그의 손에 쥐어져 있던 일본도가 철갑판의 경사면을 도르르 굴러내리는 것이 보였다.

이것이 첫 전투경험인 것이 분명한 사병과 장교들은 어쩔 줄을 몰라 이리 뛰고 저리 숨고, 박격포의 굉음과 피아의 총소리 때문에 하나도 알아들을 수 없는 소리를 서로 질러대면서 우왕좌왕했다. 갑판 위는 박격포탄 케이스가 어지럽게 쌓이고, 차폐물을 찾아서 도망가는 병사의 발에 채여서 이리저리 굴러다녔다. 아수라장이다.

사병들의 전사와 부상이 속출하고, 검벌겋게 녹슨 철갑

판 여기저기에 선혈이 흐르고 있었다. 아비규환이다.

대대장과 장교들은 제각기 손에 칼을 빼들고 브리지〔船橋〕에 올라와서는 선장에게 고함을 질렀다. 어느 장교는 배를 전진시키라 하고 또다른 장교는 우측으로 후진시키라고 호령했다. 그들은 2천7백톤의 1백미터 가까운 크기의 화물선이 자기들이 타고 다니는 무게 1톤도 안 되는 지프차나 낙동강의 고깃배처럼 마음대로 움직인다고 생각하는 모양이었다.

배에 올라오면 선장이 왕이다. 그러나 배를 지프차로 착각하는 군인들은 선장에게 마구 호령한다. 체구가 유달리 왜소한 데다가 인품조차 없어 보이는 보통선원 출신인 늙은 선장은 그때마다 어쩔 줄 모르고 타수(舵手)에게 소리쳤다.

"스타보오드 아헤드! 홀스피드!〔右向·前進! 全速!〕"

배가 전속으로 전진하기 시작하자 다른 장교가 뛰어들어와 고함친다.

"선장! 왜 앞으로 가는 거야! 뒤로 가야지! 적에 노출되지 않나!"

그러면 또 선장은 허겁지겁 타수에게 분풀이한다.

"홀아스탄!〔全遠後進!〕"

군대도 무질서하고 배도 무질서했다. 지휘계통도 없고 규율도 없었다. 모든 장교가 제각기 지휘관이었다. 병사들은 넓은 갑판 위에서 어느 장교의 명령에 따라야 할지를 몰라 우왕좌왕하고 있었다.

나는 진압군 지휘관의 명령대로 선장과 1등 항해사를 도우면서 선내와 갑판 위를 뛰어다녔다. 철모를 빌어 쓰고, 허리를 바짝 굽힌 자세로 시체들 사이를 누비면서 선수에서 윈드러스〔捲引機〕를 운전해 앵커(닻)를 올려 감고, 선미로 달려가 캡스탄을 돌려 로프를 풀어내고, 브리지에 올라가 배의 위치 측정과 차트〔海圖〕상의 수심(水深)을 선장에게 보고했다.

내가 왜 그렇게 죽음이나 위험을 모르고 겁없이 뛰어다녔는지 지금도 알 수가 없다. 여수·순천 반란사건과 이 동족끼리의 총질, 분명히 이쪽의 인명피해에 못지 않은 피해가 반란군에게도 있었을, 동포의 피로 동포의 피를 씻는 잔학……! 만약 그 같은 고차적 민족애나 국가사태의 진상에 대한 의미 파악이 있었던들, 나는 너무도 서러워서 선실에 들어가 문을 잠그고 혼자 울었어야 할 것이다.

인생 처음으로, 뜻하지 않게 와중에 내던져진 동족상잔의 의미를 생각하게 된 것은 전투가 끝난 뒤다.

전투가 시작된 이틀째 오후.

부두의 창고 사이에서 저항하던 반란군 병사들이 배면의 언덕으로 후퇴해 올라갔다. 언덕 위에서 사격하던 병력이 부두 동쪽의 철도로 내려와, 기관차를 몰고 순천 쪽으로 사라져가는 것이 쌍안경 속에 똑똑히 보였다. 기관차가 남긴 흰 수증기와 검은 연기의 줄기가 길고 희미하게 저녁 바닷가에 퍼져 사라질 무렵, 선내의 진압군은 여수 시내로 돌입했다.

그 이튿날 아침 나는 호기심에 사로잡힌 실습생 동료들과 함께 시내로 나갔다. 시내에는 벌써 '반란진압 용사 환영' '제14연대 장병 환영'의 플래카드가 여기저기 나부끼고 있었다. 같은 소리를 외치는 스피커를 장치한 자동차들이 승리를 축하하면서 환영대회에 시민을 동원하고 있었다. 언덕바지 위에 자리하고 있는 여수여자중(고)학교에 이르렀을 때 나는 승리의 기쁨과는 전혀 다른 장면을 목격했다.

운동장에는 수를 헤아릴 수 없이 많은 시체가 즐비해 있었고, 반란군과 진압군 쌍방의 희생자들은 대부분이 젊은 민간인들이었다. 여학교 교복을 입은 어린 학생들도 많았는데 소매가 밀려 올라간 여학생의 팔뚝에 시계를 찼던 자리라고 생각되는 새하얀 피부가 뚜렷했지만 시계는 없었다. 운동장 울타리를 둘러싸고 많은 사람들이 먼발치에서 통곡하고 있었다. 나는 동료학생들을 재촉해서 그 자리를 빨리 떠나버렸다. 멸치를 뿌려놓은 것처럼, 운동장을 덮고 있는 구부러지고 찢어진 시체들을 목격한 후회와 공포감 때문이기도 했지만, 울타리 밖에서 울부짖고 있는 남녀노소의 시선이 두려워서였다.

진압군 병력을 상륙시킨 천안호는 총탄에 파손된 선체의 수리를 위해 곧 부산항으로 귀항했다. 선원의 피해는 없었다. 부산에서 휴식하는 동안, 반란 발생 1주일 후인 27일에 진압작전이 끝나고, 11월 1일에 관련자 89명이 처형되었다는 공식발표를 들었다. 여자중학교 운동장에 있던 민간인 시체들이 그 숫자에 포함된 것인지, 반란군만의 사형 숫자인지는 알 수 없었다. 여·순 반란사건 직후, 국군 내부의 일대 숙군이 단행되었고 그와 관련해서 여러가지 숨겨졌던 사실이나 인물에 관해서 흥미로운 사실을 알게 된 것은 그 훨씬 후의 일이다.

국방경비대의 여수·순천 반란사건 후, 경비대 내의 남로당〔南朝鮮勞動黨〕소속 장병의 적발과 그들에 대한 대규모의 숙군과정에서 경비대 남로당 정보책이었던 박정희(朴正熙)라는 장교가 검거되고, 그가 제공한 명단을 토대로 수많은 장교들이 희생되었으며, 그 변절의 공로로 박정희는 사형을 면하여 퇴역한 일 등도 훗날에 밝혀져서야 알았다. 그는 6·25가 발생하자 다시 현역으로 복귀되어 그후 이 나라의 대통령까지 되었으니 여수·순천 반란사건은 아직도 역사에 밝혀져야 할 많은 사실을 그 속에 지닌 채 사람들의 기억에서 희미하게 사라져버렸다.

실습선 생활 1년 동안, 구미(歐美) 소설과 영시를 탐독하고 지내던 나에게 서서히 의식적 개안(開眼)이 이루어지고 있었다. 상해행의 취소가 계기가 돼 중국대륙에서의 사태와 그것이 갖는 세계적 의미를 모색하기 시작했다. 제주도와 여·순 반란사건의 와중에서 목격하고 체험한 사실들로 촉발된 국내 및 민족 내부 정세에 대한 문제의식이 나의 머리와 가슴속에 분명하게 형태를 잡아가고 있는 것을 알

왔다.

그런 뜻에서는 권태스러웠던 해상실습 1년간은 낭비된 시간만은 아니었던 것 같다.

## 김구 선생에 대한 경도

대학 4년간을 마무리지을 1949년 3월부터 50년 3월까지는 비교적 자유로운 1년간이었다. 기숙사 시설의 부족으로 4학년은 하숙이 허용된 탓에 학교를 누르고 있던 해군식 생활 분위기에서 해방된 것이 가장 큰 기쁨이었다.

1년간의 실습에서 돌아와보니, 학교의 분위기는 1년 전에 비해서도 더 군대화해 있었다. 정부가 한반도의 남북 간의 군사대결을 예상했던 탓인지 재학생들의 끈질긴 저항에도 불구하고 해군에 의한 통제가 강화된 것이다.

나라 꼴이 날로 혼탁해지고, 민생은 도탄에 빠지고, 집권세력의 부패와 타락이 극에 달하고 있었다. 신생 독립국의 모든 분야의 권력은 과거의 친일파·민족반역자·구(舊)지주 계층의 수중에 장악되고 있었다. 민족반역자들을 처벌하기 위해서 해방된 민족의 이름으로 2월 초에 발족한 '반민특위(反民特委)'는 친일파들이 거세되면 공산주의 세력과 대항할 수 없다는 구실로 이승만정권의 경찰에 의해 6월에는 벌써 무력으로 강제해산된 상태였다. 군과 경찰 등, 국가의 권력장치들은 과거의 친일파들이 장악하고 있었다.

이승만을 우두머리로 하는 이 친일파 집단은 1948년 단독정부 수립 이후 그들의 포악성을 더욱 노골화해 사회를 폭력의 공포 속에 몰아넣고 있었다. 실습에서 돌아와보니 이들의 폭력은 학원과 학생생활에까지 미쳐, 조금이라도 정권과 나라 꼴에 불만을 품는 학생들은 테러가 두려워서 전전긍긍하는 상태였다.

그들의 두려움의 대상은 소위 '전국학생총연맹'(全國學生總聯盟, 약칭 '학련')이다. 해양대학이 있는 지방도시에도 서울서 파견되어온 학련 간부들이 학생조직을 마치고, 어린 중학생·고등학생들을 모아들여 적산건물에 '학련 군산지부'라는 간판을 걸고서 닥치는 대로 사람들을 붙잡아다가 매질을 하여 내보내는 것이었다. 아무런 근거도 필요 없었다. 길 가다 만나서 나누는 이야기까지 엿듣고는 그것이 시국에 대한 불평이기나 하면, 권력의 비호에 놀아나는 철없는 고등학생 '학련'단원들이 폭력으로 끌어다가 감금하고, 매질을 하는 것이다. 이철승(李哲承)이라는 고려대학 학생을 전국조직의 총수로 한다는 학련 군산지부에 끌려가 무조건 봉변을 당하고 나오는 해양대학 학생들이 주변에서 매일같이 늘어나고 있었다. 얻어맞고 며칠씩 학교에 나오지 못하는 학생도 있었다. 속수무책이었다.

그들은 권력의 비호하에 날뛰는 철없는 중·고등학생들에게 얻어맞은 것이 창피해서 말을 하려 하지 않고, 후환이 두려워서 쉬쉬하고 넘어가는 것이었다. 나라의 법은 간데 없고, 권력을 등에 업은 온갖 이름의 정치깡패 단체와 조직이 난무하고 있었다. 그들의 구설인즉, 이승만 대통령에 반대하거나 반공을 표방한 정부와 그 집권세력, 그리고 세태에 대해서 비판하는 자는 무조건 '빨갱이'라는 것이었다.

나라가 이런 꼴이 되어 있던 1949년의 6월 어느날, 그나마 생각 있는 사람들의 마음에 일루의 희망이던 백범(白凡) 김구 선생이 안두희(安斗熙)라는 역시 '반공'을 내세운 군인에 의해서 암살되었다는 충격적인 소식이 지방에도 전해졌다. 모두가 밤중에 빛을 잃은 듯 비탄에 잠겼다. 나도 그러했다.

그런 심정인 나에게는 김구 선생을 잃은 것은 적어도 남한의 민족적 희망의 상실로 생각되었다. 7월 1일의 서울에서의 국장(國葬)에 맞추어서 거행된 군산시의 추모식 군중에 섞여, 나는 백범추도가를 부르며 통곡했다.

오호, 여기
발구르며 우는 소리
지금 저기
아우성치며 우는 소리
하늘도 땅도 울고
바다조차 우는 소리
끝없이 우는 소리

임이여 가십니까
임이여 가십니까

이 겨레 나갈 길이
어지럽고 아득해도
임이 계시옴에 든든한 양 믿었더니
두 조각 갈라진 땅 그대로 버리고서
천고에 한을 품고 어디로 가십니까
어디로 가십니까

남한 땅 방방곡곡에 이 노래가 통곡으로 메아리쳤다. 그로부터 40년이 가까워지는 지금도 내가 그 추도가의 가사와 곡을 잊지 않고 부를 수 있는 것은 백범 김구 선생에 대한 그 당시 나의 존경과 사랑이 그토록 크고 깊었던 탓이다. 김구 선생의 죽음에 앞서는 여운형 선생의 죽음에 대해서는 그렇지 못했다. 그 한두해 사이에 나의 의식이 그만큼 성장한 탓이었는지 모른다.

이북에서 월남한 입장인 그 나이의 나로서는 김구 선생의 민족애와 애국심 그리고 대중적 정의(正義)가 나의 사상과 염원의 전부였다.

해양대학에서는 '고급 상선 사관은 세계의 신사'라는 어설픈 교양론으로 서양 댄스가 학생 간에 유행했다(하기는 당시의 미국풍에 빠진 이 나라의 남녀들은 댄스부터 입문하는 풍조였다). '국제적 신사의 교양'이라고 서양 화투놀이도 교양의 '필수'가 되어 있었는데 나는 그 두가지의 '교양'을 거부했다. 해방된 신생국가의 청년들이 춤이나 추고 트럼프 놀이를 할 시간이 어디 있는가? 그런 정신상태나 절망적인 사회현실에 대해서 청년다운 정의감과 소박한 민족주의적 분노를 불태우고 있었다. 댄스·트럼프·화투 등을 배우지 못한 탓에 훗날 어색한 경우에 처하게 되는 일도 많았지만 여태껏 그것을 배우지 않은 데 대해서 후회하는 심정은 아니다.

또 한가지. 해양대학에는 경제적 사정 때문에 이북출신 학생이 비교적 많았다. 그들은 남한사회 속에서 자의 반 타의 반으로 무리를 이루고 지내는 경향이 강했다. 역경에 놓인 짙은 향토애와 지역감정이 그들 사이의 유대감을 형성하고 있었다. 당연히 나는 그 일원으로 행동하고 살 것이 기대되고 있었는데도 그러지를 않았다. 그렇다고 남한출신 학생들의 여러 지역적 경향성에 동조하지도 않았고 물론 받아들여지지도 않았다. 친교의 기준은 개인적이었고 지역감정을 분열적인 것으로 싫어하고 멸시했다. 4년간을 같이 지낸 해대 동창들 중, 이북출신이건 이남출신이건 깊은 유대관계가 적은 것은 졸업 후에 해운계와 동떨어진 분야로 나간 탓만은 아니다. 배타적 무리를 이루는 사고와 행동양식을 싫어했던 학생시절부터의 그 같은 원칙 때문이다.

나는 그것을 김구 선생의 정신이었다고 생각하면서 그

로 말미암은 현실적 사회생활에서의 손해를 자위하며 감수
했다.

# 5. 안동중학교 영어선생이 되어

## 새로운 선택

1950년 3월, 나는 아무런 미련도 없이 국비로 먹고 산 해양대학의 문을 나왔다.

학교가 초창기로 첫번째 졸업(형식상은 제2회)인데다가 지방에 있는 특수대학이고 정치·사회·문화적으로 일반적 국민생활과는 동떨어진 성격 때문에 이름난 내빈도 하나 없는 졸업식이었다. 창고를 개조한 강당 겸 식당의 썰렁한 홀에서, 사회자의 구령으로 몇번 앉았다 일어섰다 하고 나니 4년간의 젊음의 한 시기가 막이 내려버렸다. 정규대학이 아니어서 학사모를 쓴 것도 아니고 가운을 입은 것도 아니다. 4년간 입어 다 바랜 초라한 곤색 제복만큼이나 초라한 졸업식이었다.

졸업사진 한장 남아 있지 않은 것이 굉장히 인상적이다. 사진을 찍은 기억이 없다. 미련도 아쉬움도 없는 지적·정서적 침체 속에서 해방되었다는 홀가분한 마음이 앞서 잠시도 그 울타리 안에서 더 머무적거리고 싶지 않았다. 홀홀 털고 일어서면 뒤돌아볼 잔영(殘影)도 남지 않을 4년이었다.

그 당시, 나와 비슷한 연령의 젊은이로서 그와 같은 침체된 상황에 견디지 못해 그 생존조건을 박차고 나와, 대담하게 방향전환을 했거나 새로운 형태의 삶을 찾아 몸부림친 경험을 한 이를 만나면 나는 늘 속으로 부끄러워했다. 그 사람의 몸부림이 마침내 성공으로 보답되었는지 원점에의 회귀로 끝났는지는 문제가 되지 않는다. 그처럼 젊은이다운 모험심도 없이 치욕적인 '국비(國費)' 생존의 환경에 길들여진 채 뛰쳐나올 생각을 못하고 4년을 지낸 자신이 너무도 무기력해 보였기 때문이다.

그 당시는 격동의 시대였다. 좋은 뜻에서건 나쁜 뜻에서건 기회가 많았을 것이다. 웬만한 패기와 진취성이 있는 20세 청년이라면 그 규격화된 365일의 매일의 연속, 인격적 감동 하나 없는 교수와 학생 사회, 아무런 지적 자극도 받을 수 없는 학풍과 교과목, 로맨티시즘이라곤 허용되지도 않고 발휘될 환경도 아니었던 지방 소도시의 폐쇄적 분위기, 나이에 비해서 모두가 열살쯤은 겉늙은 현실주의적 학생들 속에서의 발랄한 젊음의 상실…… 이 같은 비정상을 인격적 파란 없이 견디어내기는 어려운 일이었다. 그 4년간을 반항의 몸부림도 없이 지내온 나 자신에 환멸감을 느낀 일이 한두번이 아니다. 어떻게 그처럼 상황순응적이었던가 스스로 의아스럽다.

훨씬 훗날, 대학에서 젊은 학생들을 가르치게 되었을 때, 특히 1970년대와 80년대의 격동기에 처해서 상황순응적 학생에게 동정하기보다는 연민의 정을 금할 수 없었던 것은 바로 그같이 무기력했던 30여년 전의 자화상을 다시 보는 것 같았기 때문이리라.

졸업이 가까워지면서 나는 불안해졌다. 아들이 졸업하기만 하면 십여년 만에 온 가족이 함께 모여 편안히 살 수 있게 되리라는 기대로 충청북도 단양의 산 속에서 4년간을 김매며 살고 계시는 연로한 부모님을 모실 수 있는 길이 아득하기만 했다.

성향에 맞지도 않지만 배 타는 생활 그 자체가 싫었다. 게다가 그 당시 유일한 기선회사였던 대한해운공사(大韓海運公司)에 곧 취직할 수 있을 것 같지도 않았다. 해운공사의 배는 몇척이 안 되어 해양대학 졸업생의 채용도 제한되어 있었다. 성적순으로 승선(乘船) 순번이 결정되는데, 전공과목에 흥미를 못 느껴 영어책들만 읽으면서 세월을 보낸 나는 성적이 중간선이었다. 승선 순위가 처질 것은 뻔한 일이었고, 차례가 온다 해도 1년 후나 될까말까 해 보였다. 그때에는 다음 기가 졸업할 것이고, 그중에서 성적 좋은 학생에게 우선순위가 돌아갈 가능성도 없지 않았다.

여러가지 궁리 끝에 졸업식을 앞두고 경상북도 안동의 공립중(고)학교의 권오준(權五駿) 선생에게 편지를 띄웠다. 예상 외로 빨리, 더욱이 호의적인 답변이 왔다. 새학년부터 5학년이 생기게 되어 마침 교사를 충원하는 중이니 와서 영어과목을 맡아달라는 내용이었다.

생각보다 너무 쉽게 해답이 나온 격이다. 고학년의 영어과목을 담당하는 교사 직업은 즐거울 것 같았다. 나는 이 사실을 학교에도 동급생들에게도 알리지 않고 혼자 흐뭇한 마음으로 졸업식을 치렀던 것이다.

안동중학교를 생각하게 된 데에는 한 동급생의 슬픈 사연이 얽혀 있다. 안동중학교 교장의 아들 권순혁(權淳赫) 군은 일제시대에 만주의 안동중학교를 다니다 귀국해 해양대학엘 들어왔는데, 강의실에서는 언제나 맨 뒷자리에 앉아, 있는지 없는지 알 수 없다가도 운동과 군사교련 시간에 운동장에 나오면 단연 전체 클래스를 압도하곤 했다. 특히 군사훈련 시간에 그 늠름하고 의기양양한 품에는 건드리지 못할 무엇이 있었다. 기개가 당당하고, 길을 갈 때도 몸을 꼿꼿이 세운 채 활보했다. 길을 틀어도 직각으로 꺾고, 두 눈은 언제나 정면 눈의 높이를 직시하고 걸었다. 강의실에서는 물 빠진 고기 같지만, 땅을 밟고 하늘 밑에 나오는 순간 물 만난 고기가 되었다. 그는 만주 안동중학이 일본인학교이고, 일년에도 일본의 육군사관학교와 해군병학교에 몇 사람씩 입교한다고 자기 출신학교 자랑을 했다. 말하자면 일본제국의 식민지인 '황국신민화' 교육이 성공적으로 생산한 전형적 학생이었다. 권순혁이 제일 멸시하는 인간형은 책을 옆구리에 끼고, 심각한 얼굴로 생각에 잠긴 체하는 동료학생들이었다.

"영희, 저 새끼 좀 봐! 구면삼각(球面三角) 시간에 질문하고 나서는 쓱 사방을 한번 휘돌아보고는 우쭐하는 작자 말이야."

횡단로에 멈추어 서 있던 권은 길 저편에 이쪽을 보고 서 있는 동급생 하나를 또 발견했다. 책을 잔뜩 끼고 있었다.

"영희, 저 자식 봐! 저거 무슨 책들이겠어? '천문항해학'이 아니면 '선박운용법'일 거야. 그런 공부 암만 해봐야 결국은 뱃놈이지 뭐야. 뻔하지 않아?"

그러고는, "언제 공부해서 출세하는 놈 봤어? 결국 누군가의 종살이지"라면서 들으라는 듯이 지나쳐가곤 했다.

권은 사관학교엘 갔어야 할 청년이었다. 자신도 이 대학을 다니고 싶어서 다니는 게 아니라 그저 들어왔으니 다닌다는 것이었다. 안동(安東) 권씨 문벌자랑도 대단했다.

그러던 그가 1949년 가을, 3학년의 승선실습을 마지막으로 다시는, 동료학생의 욕도 문벌자랑도 못하게 되어버렸다. 그가 실습생으로 타고 있던 미국이 대여한 3천톤급 화물선 스미스호(號)가 부산에서 소금을 만재하고 인천으로 가던 중, 서해안 해상에서 선원의 반란으로 이북 해주항으로 납치되어버린 것이다. '스미스호 납치사건'은 그 당시 우리나라를 떠들썩하게 만들었던 큰 사건이다. 남북한에 각기 단독정부가 선 지 1년 후인 그 당시는 남한에서의 공산당 탄압이 본격화되어, 이북으로 탈출하려는 공산당계 조직이 선원 속에도 미치고 있었다. 권과 또 한 사람의 실습생 박군을 포함해서 선원 전부가 배와 함께 그들의 음모로 이북으로 납치된 것이다. 권은 이미 그때 약혼해 있었다.

6·25가 끝나고도 한참 뒤에 들려온 소식으로는, 권순혁은 원산(元山)에 있는 상선전문학교인지 해원기술양성소인지에 강제로 배치되어 가르치고 있던 중, 미국공군기의 직격탄을 맞아 방공호 속에서 사망했다는 것이다. 권군의 동기생들은 6·25전쟁 중이나 그후에도 이 사실을 결코 그의 가족에게 말하지 않기로 합의하고 그대로 지켰다. 그로부터 20년 가까이나 지난 1967년, 나는 서울에서 우연히 그의 모친을 만날 기회가 있었다. 어머니는 아직도 아들이 북쪽 하늘 아래 어딘가에서 살아 있을 것이라는 희망을 버리지 않고 있었다. 그러나 그 염원은 17년 전의 '확신'은 아니었다. 그렇게 생각하지 않고서는 늙은 자신의 삶을 지탱할 수 없는 '희구'일 뿐이었다. 스물두살의 나에게 성스럽게마저 비쳤던 그의 약혼녀의 그후 소식이 궁금하기는 했지만 묻지 않았다.

송기숙(宋基淑)의 중편소설 「당제(堂祭)」(『공동체문화』 제1집 1983)를 내가 남다른 감동으로 읽은 것은 이 때문이다. 전라도의 한 마을에서 6·25 당시 산으로 올라간 아들이 돌아오기를 기다리는 늙은 부모는, '새마을'사업으로 마을의 샛길을 포장하거나 이엉을 스레이트로 갈거나 집 모양을 바꾸거나 하는 것을 끝까지 거부하며 산다. 현대화 사업으로 건설된 댐이 완성되어 마을 주민들이 새로운 환지를 부여받아 뿔뿔이 고향을 떠나도 그들만은 남기를 고집한다. 그러면서 보름날 밤이면 호수에 잠기고 남은 마을로 들어오는 다리 밑에 가서 물고기들에게 먹이를 주면서 산신과 수신에 공을 드린다. 아들이 집을 나갈 때와 마을의 모습이 한 구석이라도 달라지면 아들이 혹시 이북에서 간첩이 되어 찾아 돌아오더라도 집을 못 찾을까 걱정해서 일체의 변화를 거부하는 마음. 마을이 호수에 잠겨도 끝내 외로이 홀로 아들이 떠난 그 집에 남아서 살다 죽으려는 마음. 돌아올 아들의 길잡이가 되어달라고 물고기에게 보름달 밑에서 공양하는 부모의 마음…… 민족분단이 낳은 수많은 애끊는 사연을 지닌 가정의 하나가 권 교장 댁이었다.

학년 초의 개학식 날 조회에서 권 교장은 앞에 나와 서 있는 나의 얼굴이 화끈해질 정도로 온갖 찬사를 동원하여 "우수한 영어교사 한분을 모셔왔다"고 학생들에게 자랑을 했다. "우수한 대학"에서 어쩌고, "영어실력이 어쩌고……"에다가 "인품과 인격이 어쩌고……"까지 나올 때는 쥐구멍이라도 찾고 싶은 심정이었다. 이어서 등단한 내가 부임인사로 뭐라고 말했는지는 생각이 나지 않는다.

권 교장이 왜 그렇게 온갖 찬사를 총동원해가면서 애송이 신임 교사를 추어올렸을까를 그후에도 가끔 생각해보았다. 아마도 권 교장은 자기 아들이 다닌 대학을 그런 방식으로 자랑하고 싶었는지 모른다. 거꾸로, 그렇게 함으로써 자기 아들의 권위를 높이고 싶었는지도 모른다. 또 한가지는, 이제는 잃어버린 아들을 못 잊어하는 어버이 심정의 표현이었을 수도 있다. 이북 어느 곳, 어떤 환경에서 무엇을 하고 있는지 알 수 없는 납치되어간 아들이 어디서나 괄시받지 않기를 기원하는 아버지의 사랑이 아들의 친구에게 베풀어졌는지도 모른다. 불교적 과보(果報)를 믿는 신심(信心)처럼 간절한 소원이기도 했을 것이다. 당시의 나이로는 도저히 촌탁하지 못했던 이런 '부정(父情)'을 내가 이해하게 되는 데는 40년 가까운 세월이 흘러야 했다.

편지 한통으로 교사직을 제공하고, 최고학년을 맡긴다는 것은 분명히 통례에 어긋나는 과분한 후의가 아닐 수 없다. 나는 처음 5학년 담당을 사양했지만 동료 선임교사들 사이에도 이의가 없기에 교장 결정에 따르기로 했다.

이렇게 해서 나는 1950년 초봄에 따스한 햇살이 들이비치는 안동중학교 교무실 영어과 선생들의 말석 책상에 자리를 잡고 앉았다. 스물두살이었다.

## 10년 만에 부모님과 함께

생활의 터전이 생기자 고생하는 부모님을 모셔오고 서울에 떨어져 있는 동생 명희를 불러와야 했다. 10년간 뿔뿔이 헤어져 살아온 식구가 모이는 일이다.

5월 초, 역시 권 교장의 각별한 배려로 선임교사 몇분을 제쳐놓고 나에게 사택이 배당되었다. 앞 순위의 교사들은 모두 남한출신이었는데, 권 교장이 "이 선생은 피난와서 여러해 고생하시는 노인들이 계시니까 먼저 모셔다가 효도를 해야 해요. 효(孝)를 못하면 사람도 아니지"라는 말로 그들을 설득했던 것이다. 교장의 평소의 자랑이 '안동 권씨'라는 것과, 안동 권씨는 효도를 으뜸으로 여긴다는 것이었다.

집이 마련되자 나는 수업이 없는 주말을 이용해서 부모님을 모시러 단양의 그 산속으로 갔다. 중학교 교사가 된 아들을 보는 것만도 가슴벅찬 일인데, 벌써 사택까지 마련해서 모시러 왔다는 말에 두 노인은 기쁨의 눈물을 흘렸다. 나무통이 그대로 드러나 있는 움막 안에서 세 사람은 희미한 반딧불에 비친 얼굴을 번갈아 바라보며 새 살림의 이야기로 밤새는 줄을 몰랐다.

그곳은 하늘에 닿은 죽령(竹嶺)에서 왼쪽 산줄기를 타고 내려와, 가장 가까운 장림(長林)마을에서도 10리, 가장 가까운 인가에서도 5리나 떨어진 깊은 산속이었다. 장림마을의 부자인 도가집 주인 조(趙)씨가 솔밭을 개간해서 조성한 사과밭을 돌보는 대신 그 사이사이에 콩·팥 등을 심어 팔아가며 살아오신 것이다.

월남하기 전까지 그런 노동을 해본 경험이 없는 부모님에게 그것은 힘거운 생활이었다. 그뿐이 아니다. 크나 작으나 제 농토를 가지고 사는 농촌에서 남의 밭을 갈아먹고 살아야 하는 타관내기 두 노인에 대해서 무지한 촌사람들의 홀대는 참기 어려운 일이었다. 4년간의 그 고생에서 면제된다는 것도 기뻤으려니와 아들과 함께 살 수 있다는 것은 거의 현실같이 느껴지지 않을 정도였다. 두분의 기쁨을 어찌 글로 다 할 수 있겠는가.

이튿날 새벽 세 사람은 몇가지의 짐을 싸갖고 움막을 나섰다. 죽령 위에 오른 해가 눈부신 햇살을 던져 산길 풀섶을 헤치며 내려가는 우리의 앞길을 축복해주었다.

산기슭 마을에 들러, 비뚤어진 뽕나무들이 군데군데 뚫고 나와 있는 구불구불한 좁은 돌담길을 걸어 나오면서 두 노인은 얼굴에 흐르는 눈물을 닦았다. 나는 못 본 척 앞장을 서서 걸으면서 생각했다.

'괴로움도 추억으로 변할 때는 그리워지는 것일까?'

너무도 괴롭고 외로웠던 삶의 회한이 한꺼번에 눈물로 쏟아져나오는 것일까?

나는 뒤따르는 두 노인의 심중을 이리저리 헤아리면서 한마디도 하지 않았고, 떠나버린 산꼭대기의 움집과 멀어져가는 산턱마을을 한번도 되돌아보지 않았다. 다시는 부모님이 이런 곳에 되돌아올 필요가 없을 앞으로의 삶의 계획을 머릿속에 그리고 있었다.

한시간 가까이 걸어서 신작로에 내려선 노인들은 거의 동시에 발을 멈추더니 몸을 돌렸다. 신작로 오른쪽으로 막 모내기가 한창인 논과, 그 저쪽으로 밭이 끝나는 곳에 구름을 얹고 서 있는 죽령의 산줄기를 바라보고 있었다. 두분의 시선은 떠나온 그 움집과 사과밭을 찾고 있음이 분명했다. 그 산줄기의 들쑥날쑥한 긴 섶은 검푸른 그림자 속에 잠겨들고 있었다.

죽령길을 달려 내려온 화물자동차가 길가에 비켜서 있는 두 노인 위에 뿌연 흙먼지를 뒤집어씌우고는 덜컹거리며 사라져갔다. 두분은 먼지를 흠뻑 쓴 채 털 생각도 하지 않고 이제는 멀어진 그 떠나온 산줄기의 한 점에서 얼굴을 돌리려 하지 않았다.

"아바지 오마니, 이젠 그만 갑시다. 기차시간이 다 돼가요."

나의 재촉을 듣고서야 두 노인은 돌아섰다. 어머니는 걸으면서도 치맛자락을 들어올려 연신 눈에 가져갔다.

단양에서 안동까지의 네시간의 여행은 아마도 아버지와 어머니의 일생에 가장 황홀한 시간이었을 것이다. 그들은 안동역에 도착할 때까지 단양 이야기를 한마디도 하지 않았다. 극락으로 가는 길에서는 지옥의 기억은 털어버려야 하는 것이다.

사택은 방 두개와 마루, 그리고 부엌이 딸린 낡은 한옥이었다. 기와에는 이끼가 끼어 있고, 앞집에 가려서 햇볕을 보지 못한 좁은 마당은 질퍽하고 잡초가 무성해 있었다. 어쩌면 흉가일지도 모른다는 감이 들었다. 학교에서 헐값으로 사들인 폐옥임이 분명했다.

그러나 그런 것은 새 주인 세 사람의 마음에는 아무렇지도 않았다. 그저 황홀할 뿐이었다. 어머니는 안방 끝에 앉아 마루 넘어 건넌방 끝을 바라보다가는 건넌방 끝에 와 앉아서 안방 끝을 바라보곤 하기를 몇번이고 되풀이하는 것이었다.

"참 큰 집이다. 이 집에서 죽을 때까지 살면 도캤다."

그날 저녁은 마당에 솥을 걸어 밥을 지어 먹고는, 언제 사람 손이 갔는지 분간도 안 가는 누추한 마루를 닦고 앉아서 이야기하는 동안에 밤이 새버렸다.

그날부터 두 노인은 잠시도 쉬지 않고 부지런히 움직였다. 며칠이 안 가서 음산하고 우중충했던 집에서 윤택이 나기 시작했다. '우리 집'이 되어가고 있었다. 아버지와 어머니의 말처럼 "죽을 때까지 살" 집으로 변하고 있었다.

이렇게 행복에 겨운 며칠을 지낸 어느날, 저녁밥상에 둘러앉은 부모님의 거동이 어딘지 모르게 좀 수상쩍은 것을 느꼈다. 이상하게 두분이 말씀이 없었다. 그렇다고 언짢은 기색은 물론 아니었다.

한참 식사하던 어머니가 수저를 놓더니 아버지를 한번

바라보고는 나를 향해 말을 건넸다.

"야, 영희야, 이 집에서 너 당가가면 참 도갔다. 방두 두개 있구, 집두 이만하면 번뜻하디 않니?"

그러고는 다시 아버지를 흘끗 바라보았다. 지난 며칠 아들이 학교 가 있는 동안에 무슨 작전을 짠 것이 틀림없었다. 아버지는 조역을 맡았는지 대사가 좀 달랐다.

"뭐 서두를 것 있갔소? 아(兒)두 제 생각이 있갔디오."

그러더니 슬쩍 대사의 줄거리에 돌아왔다.

"하기는 너의 어미 말이 맞다. 이 집 참 도쿠나. 여기서 며누리를 보고 오래 함께 살면 얼마나 도칸……"

나는 알아차렸다. 두분의 공세를 슬쩍 피하면서 화제를 옮겼다. 오랫동안 생각해온 다급한 과제로.

"그 문제는 천천히 의논합시다. 지금 당장 시급한 것은 서울에서 고생하고 있는 명희를 데려오는 일이 아니겠어요? 이제는 나의 중학교로 학적을 옮기고 네 식구가 함께 삽시다."

이 제안은 바로 두분의 심정을 찌른 것이다. 아버지와 어머니는 기꺼이 후퇴했고, 동생을 데려오는 계획을 이야기하는 동안에 식사는 끝났다. 시간을 얻어 내가 상경해 친척집에서 반노동 반공부로 고생하고 있는 동생의 전학수속을 마치고 함께 내려온다는 것이다.

그날부터 우리 가정은 벌써 막내아들이 돌아온 것처럼 들뜬 나날을 보냈다.

제 3 부

민족상잔 속에서 열리는 의식의 눈

# 6. 전쟁의 회오리 속으로

**1950년 6월 25일**

물질적으로는 빈한한 생활이었지만 정신적으로는 마냥 행복하고 충족된 나날이었다. 그러던 월말도 가까워진 어느 일요일, 점심상에 둘러앉은 자리에서 며칠 안으로 명희를 데려오기 위해 내가 서울에 다녀올 이야기를 하고 있었다. 동생의 학교에서도 전학 절차가 끝났다는 편지가 그 전날 도착했기 때문이다. 아버지와 어머니는 벌써 어린 막내아들을 집에 데려다놓은 것처럼 기뻐하셨다. 이 일로 부모님에게는 새로운 기쁨이 생긴 것이다.

바로 이때, 대문에서 인기척이 있더니, 학교 사환이 교장 선생이 급히 교직원회의를 소집했다는 소식을 전하고 가버렸다. 집을 나서면서 달력을 보니 25일이었다.

교무실에는 일요일인데도 많은 교사들이 나와 있었다. 교장의 표정에는 일요일에 직원회의를 소집해야 할 만한 특별한 변화가 보이지 않았다. 그는 휴일을 방해해서 미안하다는 인사로 서두를 꺼내고, 38도선에서 평소보다 큰 전투가 일어났다는 도(道)학무국으로부터의 통달사항을 전했다. "별로 큰일도 아닌 모양이지만 어쨌든 학무국의 지시대로 소집을 한 것"이라면서 미안하다는 교장의 말로 직원회의는 끝났다.

교사들은 제각기 들은 소식들을 이야기했다. 나는 라디오가 없어 아무것도 모르고 나왔던 것이다. 모여 앉은 교사들 가운데서 누군가가 말했다.

"아마 우리 국군이 여태까지보다 크게 치고 올라간 모양이지요. 라디오를 들었는데 우리가 인민군을 격퇴하고 상당히 밀고 올라간 것 같습디다."

몇가지 단편적인 소식이 몇 사람의 입에서 보태졌으나 대체로 첫 해석을 뒷받침하는 정도의 내용들이었다. 38도선 전면에 걸쳐서 인민군이 공격을 개시했다는 정확한 정보를 알 만한 교사는 하나도 없었다. 38도선에서는 그동안도 가끔 쌍방이 서로 상대방 깊숙이 들어가 교전하고 큰 전과를 올렸다는 주장들이 심심치 않게 있었던 터여서, 이번에는 그 규모가 좀더 큰 충돌일 것이라는 반응들이었다. 이승만 대통령은 북진통일을 기어이 달성할 것이라고 거듭

국민을 고무했고, 군대의 높은 사람들은 "개성에서 아침 먹고, 평양에서 점심을 먹고, 저녁은 신의주에서 먹는다"고 군대의 굳은 의지와 막강한 전력을 늘 자랑해온 터였다. 모두들 그날이 온 것 같다는 이야기를 한참 동안 웅성대다가 흩어졌다.

직원회의에서 있었던 이야기를 들은 아버지는 "그렇게만 된다면 오죽 도겠냐?"고 말씀하시면서도 특히 기뻐하시는 눈치는 아니었다. 어머니도 마찬가지였다. 두분에게는 지금 이 생활이 그대로 안정되고 계속되기를 바라는 마음뿐인 것 같았다. 뒤에 무슨 더 큰 복이 온다 하더라도 온갖고생 끝에 누리게 된 현재의 기쁨이 흔들리는 변화는 바라지 않으시는 심정임이 분명했다. 나는 그날 오후와 밤을 에드워드 기번의 『로마제국흥망사』(*The Rise and Fall of Roman Empire*)를 읽으면서 한가히 보냈다. 이 책은 대학도서관에서 대출해 읽다가 졸업 후에 그대로 다른 책 속에 끼여온 것이었다.

이튿날 월요일, 조회의 교장 훈시는 어제보다 한결 그 억양이 고조되어 있었다. 출근시간이 늦어 곧바로 운동장으로 나간 나는 밤 사이의 소식을 전혀 모르고 있었다.

"여러분도 소식을 들었을 줄 압니다마는 38도선에서 전쟁이 일어났다고 합니다(교장은 '전투'라고 말하지 않고 '전쟁'이라 했다). 인민군이 전면적인 공격을 가해왔다는 보도입니다. 이번 사태는 종전의 충돌과는 성질이 다릅니다.”

여기까지 의식적으로 억제된 어조로 말을 끝낸 교장의 음성은 갑자기 높아졌다.

“여러분! 그러나 아무 걱정도 필요 없습니다. 이승만 대통령 각하의 명령으로 우리의 용맹한 국군은 전 전선에 걸쳐서 맹렬한 반격을 가하고 있는 중이며, 서부전선에서는 개성을 향해 파죽지세로 진격 중이라고 합니다. 기뻐하십시오.”

정렬해 있는 학생들의 대열이 웅성거리기 시작했다. 눈을 돌려보니 학생들은 각기 앞뒤, 옆의 학생들과 낮은 목소리로 수군대고 있었다.

교장의 훈시는 계속되었다. 평소에도 카랑카랑 쇳소리가 나는 음성이었으나 그 피치가 한층 높아졌다.

“여러분! 조용히 하십시오. …… 조용히들 해요!”

키가 작은 교장은 서 있는 단을 ‘땅!’하고 한번 내리쳤다.

“여러분! 우리의 용맹한 국군은 며칠 안에 전쟁을 끝낼 것입니다. 여러분은 평소와 다름없이 공부에 열중하면 됩니다.”

그리고 선생들 쪽을 향했다.

“선생님들에게 부탁합니다. 아무런 동요 없이, 오히려 평소보다 더 열심히 학과 지도에 힘써 주십시오. 이만!”

조회는 끝났다. 와 하는 소리와 함께 학생들은 흩어지며 교실을 향해 달려갔다.

그러나 교무실에 들어온 교사들은 불안한 표정들을 감추지 못했다. 제각기 들은 소식이 있고, 추측까지 합쳐 판단한 정세 평가는 국군이 맹진격 중이 아니라 인민군이 맹진격 중인 것 같다는 의견들이었다. 그런 속에서도 수업은 정상대로 진행되었다.

27일 아침, 출근한 교사들 사이에서는 여러가지 소식이 들렸고 각기 정보가 교환되었다. 나도 차츰 심상치 않은 정세를 느끼기 시작했다. 그러나 이날도 열심히 수업을 했다. 학생들의 출석도 좋았다. 리딩(해석)시간과 작문시간은 일사천리로 나갔다. 문법시간에는 몇놈이 나를 시험해볼 셈으로 기세 좋게 손을 들고 까다로운 질문을 했지만, 이때에는 이미 인수분해 같은 중학 영문법을 착실히 예습한데다가 요령도 웬만큼 생긴 터라, 가볍게 공격을 물리치고 수업을 마쳤다.

28일의 학교는 불안과 낙관이 뒤섞인 분위기였다. 미국 군대의 파견 소식과 서울이 위태로운 상태라는 소식으로 교사들의 동요는 눈에 띄게 분명해졌다. 나도 밖에서 갖다놓은 교무실 낡은 라디오 앞에 모인 교사들의 틈에 끼여 뉴스를 들었으나 도무지 종잡을 수가 없었다. 그 당시만 해도 단파 라디오를 가진 선생은 한 사람도 없었다. 한강 다리의 파괴, 인민군 서울입성, 이승만 대통령이 도망친 후 서울을 사수하라고 호소한 녹음방송 등의 진실은 안동에서는, 적어도 우리 학교에서는, 며칠 뒤에야 어렴풋이 추측할 수 있었을 뿐이다.

그러나 30일경부터는 학생들의 출석률이 급격히 떨어지기 시작했다. 시민들의 동향을 반영한 것이었다. 7월에 들어서자 교실의 절반은 텅 비었다. 얼굴을 붉히고 입가의 근육에 가벼운 경련마저 일으키면서 바쁜 걸음으로 교실마다 들여다보고 가는 교장의 독전에도 불구하고 수업은 제대로 되지 않았다. 모두가 불안해하고 있었다.

우리 가족의 마음은 서울에 남겨놓은 명희의 안위에 쏠렸다. 며칠만 서둘러 데리고 왔던들, 죽으나 사나 한식구가 행동을 같이할 수 있었을 것을. 어른들의 비탄은 곁에서 차마 볼 수가 없었다.

"여기서 죽도록 행복하게 살자"던 부모님의 염원은 한달이 못 되어 산산조각이 나기 시작했다. 거대한 파멸의 수레바퀴가 요란한 소리를 내면서, 하찮은 희망에 여생의 낙을 걸고 있는 두 노인을 향해 돌진해오고 있었다.

"영희야, 어떡하면 도으니? 여기서 살 수 없게 되니? 전쟁이 여기까지 올 것 같으니?"

어머니는 나의 손을 두 손으로 꽉 붙들고 어쩔 줄 몰라 했다. 아버지는 계속 눈물을 흘리며,

"아아, 우리가 큰 실수를 했구나. 명희를 며칠 전에만 데려왔어도 이 꼴은 안 됐을 걸. 살아 있기만 하면 좋으련만. 그 난리통에 어떻게 살았갔니! 아, 아……"

하고는 말을 잇지 못하고 소리내어 울기 시작했다.

7월 5일쯤. 절반이 훨씬 안 되는 학생들이 모인 조회에서 교장은 여전히 호기가 당당했다. 그 작은 체구의 어디에 그런 강인함이 깃들여 있을까 의심스러울 만큼 불구의 투지를 뿜어냈다.

"여러분! 우리는 반드시 승리합니다. 흔들려서는 안 됩니다. 지금의 후퇴는 일시적입니다. 오늘 아침, 학무국으로부터 우리가 이 이상 후퇴하지 않을 것이라는 통보가 왔습니다. 여태까지는 작전상 후퇴라고 합니다. 수업은 정상대로 계속합니다."

그 말 끝에 교장은 교사들 쪽을 말없이 주시했다. 선생들은 그 기에 눌려 시선을 발 밑으로 내리깔았다. 교장이 갑자기 쇳소리를 냈다.

"정부가 학도의용군을 모집하기로 했습니다. 중학생 이상이면 누구나 지원해서 공산군과 싸울 수 있습니다. 안동중학교의 평소의 교육정신은 애국정신이었습니다. 알지요!"

느닷없는 질타의 소리에 깜짝 놀란 학생들의 대열에서는 일제히 조건반사적으로 "예!" 하는 소리가 일어났다.

"좋아요. 지원할 학생은 손들어봐요."

예고 없는 급습에 학생들은 어리둥절한 표정이었다. 앞뒤, 좌우로 수군대는 소리가 대열 속에 퍼졌다. 교장은 한 끝에서 다른 끝까지 쭉 훑어보고 있었다. 대열의 여기저기에서 드문드문 손이 올라왔다. 학생들의 머리는 들려진 손을 찾아 이리저리로 방향을 바꾸었다.

"좋아! 손 내려! 마음의 준비가 안 돼서 결심을 못한 학생
은 집에 돌아가 부모님과 상의해서 내일 아침 교장실로 오
세요. 부모님도 다 동의할 겁니다. 이만!"

이날부터 수업은 되지 않았다. 학생들도 공부할 상황이
아니라는 판단이었는지 조회가 끝나자 학교는 텅 비어버
렸다.

교장의 훈시를 듣고 서 있으면서 나는 교장의 마음속을
촌탁(忖度)할 수가 있을 것 같았다. 그에게는 이 전쟁이 이
북 어딘가에 살아 있을, 납치되어간 아들을 구출하는 절호
의 기회로 믿어질 것이다. 클래스메이트였던 권 교장의 맏
아들 순혁 군은 해양대학 3학년 실습기간 중, 좌익 행동대
선원들의 반란으로 서해상에서 납북된 스미스호에 타고 있
었다. 권 교장에게는 그야말로 불감청이되 고소원인 전쟁
이다. 나라면 어떻겠는가? 부모 된 심정은 누구나 마찬가지
일 것이다. 나의 부모라면 어땠을 것인가? 물론 그랬을 것
이다. 어젯밤 아버지의 통곡소리가 다시 귀에 들려왔다.

교무실에 교사들을 다시 소집한 교장은 조회 훈시와 비
슷한 이야기를 했다. 그러나 수업을 하라고 명령하지는 않
았다. 오후에는 나타나지 않는 교사들이 늘었다. 남은 교사
들의 입에서 처음으로 피난 이야기가 나왔다. 서울과 그 남
쪽에서는 피난민의 대열이 벌써 안동에서 멀지 않은 곳까
지 닿아 있다는 이야기를 들었다.

이튿날 출근해보니 교사의 절반 이상이 나오질 않았다. 특히 안동과 고향이 가까운 영남 지역의 교사들이 보이지 않았다. 주로 타관에서 와 있는, 갈 데 없는 교사들만이 텅 빈 학교에 나와 모두 당황해 어쩔 줄을 몰라했다. 피난을 떠나기로 가족들과 합의했다면서도 당장 손에 든 돈이 없어 갈팡질팡했다. 여러가지 의견이 나온 끝에, 누군가가 교장에게 가서 학교 기금 중에서 가불을 하거나 분배를 요청하자는 의견을 제시했다. 전쟁이 끝나고 돌아와 월급에서 상환하면 되지 않느냐는 말이었다. 모두들 한달이면 다시 학교에 돌아올 것이라는 생각이었다. 아무런 과학적이거나 객관적 근거가 있는 것은 아니면서 모두 그러했다. 희망의 표현이라 할까. 나 역시 그러했다.

교장 사택으로 몰려간 5, 6명의 교사들에게 교장은 학교 공금은 한푼도 없다고 딱 잘라 말했다. "납부된 수업료라도 있을 게 아니냐"는 교사들의 질문에, 이미 전액이 도학무과로 송금되었다는 답변이었다.

그날 밤부터는 안동에서도 북쪽 멀리서 울리는 '쿵, 쿠르릉' 소리가 희미하게 들리기 시작했다. 안동은 고작해야 이틀 사흘 사이 같았다. 나는 시내에 나가보지 않았지만 시내에서도 웬만한 사람들은 이미 떠났거나 급히 떠날 채비를 하고 있다는 말들이었다. 몇 안 남은 우리들은 겁에 질린 얼굴로 한참 동안 숙의 끝에 교장을 다시 찾아가 강력히 요구하자는 의견에 일치했다. 누군가가 말했다.

"학교 내의 회계과 금고는 벌써 빈털터리예요. 분명히 교장댁에 가 있을 겁니다."

그러자 다른 선생이 다급하고 격분한 어조로 대꾸했다.

"오늘도 안 내놓으면 협박이라도 합시다. 벌써 며칠째 토박이 교사들이 안 나오는 걸 보면, 학교 돈을 자기들끼리 분배해갔는지도 모릅니다."

아닌 게 아니라 교감 권 선생이나 교사진의 주력을 이루었던 이 고장 출신 선생들은 며칠째 나타나질 않았다.

"갑시다" 하는 누군가의 선창에 따라 다섯명이 교장 댁으로 향했다(여섯이었는지 확실히 기억에 없는데 5, 6명이었던 것은 확실하다). 나도 뒤를 따랐다. 사택에 들어서니 어느새 완전히 피난 준비가 되어 있었고, 급히 꾸린 살림이 마당과 마루에 끌어내려져 있었다. 이것을 본 타관 출신 교사들의 얼굴이 싹 굳어졌다.

교장은 벌써 간 데 없고, 짐꾼들이 피난짐을 들어내려고 하는 참이었다. 순간, 다섯 교사들의 얼굴에 피가 솟고 표정들도 흉악하게 일그러졌다. 어제까지도 학교를 사수하자던 교장이 아니었던가! 누가 신호를 한 것도 아니었는데, 다음 순간, 다섯 사람의 발은 일제히 토방을 뛰어넘고, 넓은 대청마루 위의 한 점을 향해 밀어닥쳤다. 작은 철제 캐비닛 하나가 아직 포장되지 않은 채로 있었다. 그것은 학교의 교장실 한 구석에 모셔져 있던 낯익은 금고였다. 그들은 캐비닛의 손잡이를 비틀었다. 굳게 닫혀 있었다. 제각기 주머니에서 끄집어낸 열쇠로 열어보려 했으나 하나도 맞지 않았다.

가족들은 소리지르며 캐비닛을 뺏으려 하고 시간은 자꾸만 흘러갔다. 한 사람이 마당으로 뛰어내려가더니 쇠망치를 들고 올라왔다. 최후 수단에 호소하는 것밖에 방법이 없었다. 쇠망치의 일격에 문은 우그러지고, 망치의 손잡이로 지렛대를 대용한 압력 아래, 끼익 소리와 함께 속을 드러냈다. 그 속에서 빳빳한 지폐뭉치가 몇개의 손에 의해 끌어내지기까지는 몇초가 걸리지 않았다.

강도로 변한 교사들은 약탈물의 분배를 시작했다. 그것은 공평해야 했다. 몸이 약해, 평소 콩국만 먹는 만주 출신의 수학 선생도 끼여 있었지만, 그의 머리를 빌 필요도 없이 금고에서 쏟아져나온 돈무더기는 몇분도 안 걸려 누구에게도 불평의 여지 없이 정확하게 분배되었다. 우리는 입으로는 교장을 매도하면서, 손으로는 노획물을 분주히 호주머니의 여기저기에 되는 대로 쓸어넣으면서, 대문을 뛰어나와 한길에 섰다. 순식간에 강도가 되어버린 교사들은 돌아가며 굳은 악수를 나누었다.

"죽지 않고 다시 만납시다."

"그래요. 한두달이면 끝나겠지요."

나라의 지도자들과 학교 교장에게 배신당한, 평소에 양순하고 가난했던 교사들에게는 호주머니 속의 그 돈뭉치만이 믿을 수 있는 것이었다. 다섯 사람은 제각기 집을 향해 사방으로 내달렸다.

그들이 내닫는 등뒤로, 밤새 한결 가까워진 포소리가 이제는 분명하게, '쿵 쿠르릉, 쿵 쿠르릉', 둔중한 진동으로 그들의 등을 떠밀듯이 들려왔다.

집에 달려와보니 아버지 어머니는 겁에 질려 있으면서도 마루 밑에 구멍을 파놓고 계셨다. 몇해 전에 피난행을 경험한 부모님은 지난 2, 3일간의 분위기에서 다시 고난의 길을 떠나야 한다는 판단을 내렸던 것 같다. 어머니는 광주리에 담아온 부엌 물건들을 구덩이에 내려놓으면서, "이런 법이 있나! 이런 법이 있나!"를 몇번이고 뇌었다. 그것은 어머니의 행복과 희망을 구덩이에 묻는 절규의 소리 같았다. 아버지가 그 위에 몇가지 짐을 더 놓고 흙을 덮는 동안 나는 방에 들어가 옷가지와 가벼운 이부자리, 그리고 당장에 먹어야 할 쌀 얼마를 추렸다. 어머니는 세 사람이 쓸 양은냄비, 솥, 밥그릇 등속을 꾸려 쌌다. 워낙 없는 살림이라 뒤에 남긴 것도 별로 없었다.

점점 가까워오는 포소리가 은은히 들리는 한길은 벌써 피난길을 나선 사람과 짐수레로 꽉 차 있었다. 세 식구는 무작정 남쪽을 향해 밀려내려가는 인간과 짐짝과 수레의 거센 탁류 속에 빨려들어갔다.

여기서 주저앉아 오래오래 행복하게 살자던 아버지와 어머니의 간절한 소원은 37일로 끝이 났다. 인간은 내일 일을 모르고 다만 희구하다 마는 것이다.

## 일가이산(一家離散)의 피난행

어머니와 아버지는 낙동강 지류를 건너, 무릉이라는 마을의 산길 옆 후미진 곳에 짐을 내리고 어둠 속에서 피난길의 첫 밥을 짓게 되어서야 돈걱정을 했다. 짐을 지고 집을 나설 때는 미처 그런 생각을 할 여유가 없었던 것이다. 내가 말없이 배낭 속에서 꺼내놓은 몇개의 돈뭉치를 본 두분의 눈은 휘둥그레졌다.

"교장 선생님이 선생들에게 피난비용으로 쓰라고 아침에 학교 돈을 나누어준 거예요. 이것이면 몇달은 견딜 수 있을 테니 마음 놓으세요."

내가 태연하게 설명하자 두분은 입을 모아 교장 선생을 칭찬하고 고마워했다.

"훌륭한 분이다. 그게 어디 쉬운 일이냐. 그 교당 선생님 밑에서 학교 선생으로 오래오래 살 수 있었으면 얼마나 도칸."

"전쟁이 끝나면 다시 돌아와 선생 하지요, 뭐. 다시 그 사택에서 명희랑 함께 삽시다. 곧 끝날 거예요."

나는 자신있게 위로하고 기운을 돋우어드릴 수밖에 없었다.

돈의 액수는 정확히 기억에 없으나 풀밭에 앉아서 세어보니 나의 석달 월급보다는 훨씬 많았다. 갑자기 기운이 났다.

안동을 떠난 후의 피난길의 고생은 6·25 때 피난살이를
한 모든 사람이 한결같이 겪은 경험이라 새삼스럽게 적을
필요가 없다. 대구를 향해 의성(義城)을 한참 지난 국도 가
의 언덕 아래서 힘겨운 짐을 풀고 늦은 저녁밥을 지으려고
마른 풀섶을 긁어모으고 있는데 요란한 소리가 들려왔다.
일어서서 보니 누런 흙먼지를 길 한쪽으로 날리면서 검은
물체의 대열이 가까이 다가오고 있었다. 탱크의 긴 대열이
었다. 언덕을 내려온 탱크 대열은 우리 식구가 솥을 건 곳에
서 멀지 않은 지점에 도달하자 정지했다.

그것은 미국 군대였다. 처음 보는 미군 전차다. 10대는 족
히 되어 보였다. 얼마를 달려왔는지 탱크 밖에 앉아 있는 미
군병사들은 온통 먼지투성이어서 백인인지 흑인인지도 구
분할 수가 없을 정도였다. 그들은 탱크에서 뛰어내리자 길
가에 몸을 길게 던지고 휴식을 취하며, 제각기 뭔가 포켓에
서 꺼내어 먹기 시작했다. 나는 그들이 반갑기도 하고 믿음
직하기도 해서 그중의 한 탱크 옆으로 걸어나가서 말을 건
넸다.

"Why do you come down South? When do you go back
North?"

그러자 두세명의 미군 사병이 벌떡 일어서면서 M1 총을
나에게 들이대며 외치는 것이 아닌가.

"Are you Communist?"

그들의 태도와 소리는 금세라도 방아쇠의 손가락을 당길 것만 같이 험악했다. 나는 전혀 뜻하지 않은 반응에 정신을 잃었다. "No, No!"만을 겨우 되풀이하면서 뒤에 있는 두 노인을 손가락질했다. 늙은 아버지와 어머니의 모습으로 단순한 피난민임을 입증하려는 순간적인 반작용이었다. 미군들은 천천히 총을 내렸다. 죽음을 면한 나는 어쩔 줄 모르고 떨고만 있는 부모님을 재촉해 걸었던 솥을 비우고 짐을 챙겨가지고 언덕을 넘어 떠나버렸다. 탱크 대열이 안 보이는 곳에 이르러서야 살았다는 안도감에 허물어지듯이 풀밭에 주저앉았다.

이 사건은 나에게 두가지 교훈을 주었다. 아무리 반가워도 전쟁에서는 군대 앞에 섣불리 나서지 말아야 한다는 교훈이 그 하나다. 둘째는, 책으로 배운 나의 영어로는 함부로 의사표시를 하지 말아야 한다는 교훈이다. 그때의 나의 질문은 너무도 당돌한 문장이어서 그들의 후퇴를 따지는 투의 영어라는 것을 훨씬 훗날에야 알게 되었다. 어쩌면 그들은 군작전 비밀을 탐지하려는 간첩으로 여겼을지도 모른다. 이렇게 영어를 쓰지 않기로 결심했던 내가 불과 한달이 못 되어서 영어를 기능으로 삼는 통역장교가 되는 것도 전쟁의 논리라고 할 수밖에 없다.

영천(永川)을 거쳐 하양(河陽)에 이르러 대구 접근이 금지당할 때까지 29일이 걸렸다. 때로는 군대의 이동 때문에 피난민을 통제해서, 앞에 가는 대열을 따라 들길 산길만을 걸었다. 아무 데서나 자고 아무 데서나 끓여 먹고 또 걸었다. 부모님은 비교적 건강하셨고, 해방 후 몇해 동안 노동을 하신 덕택에 짐 지고 걷는 데 큰 지장은 없었다.

전쟁터에서는 소, 돼지가 똥값이랄 만큼 헐하게 된다는 사실을 처음 알았다. 어차피 눈에 띄면 군대에 도살당할 것이고, 언제까지 끌고 다닐 수도 없으니 마구 잡아먹는 판이었다. 그 덕택에 우리는 가끔 산속에서나 강가에서 주인이 도살해 파는 쇠고기를 푸짐하게 사서 장조림을 만들어가지고 부족함 없이 먹었다. 피난민 중에는 우리 식구보다 가난한 농사꾼들이 많았다. 어쩌다 일행이 된 농촌 식구들 속에 만삭의 임신부가 있었다. 고된 걸음 때문에 의성을 지난 산속에서 해산을 했다. 어머니가 탯줄을 잘라주어 출산을 도왔고, 우리가 산 쇠고기로 국을 끓여 이틀을 먹여주고는 헤어졌다. 한달 후, 군에 입대한 아들과 헤어진 부모님이 다시 안동을 찾아 먼길을 걸어서 돌아가는 길에 상주(尙州) 근처의 농촌을 지날 때, 밭에서 일하다 말고 뛰어나와 손을 붙들고 반가워하는 부인이 있었다. 바로 한달 전의 그 부인과 가족들이었다. 그들에게서 부모님은 극진한 대접을 받아, 아들 없는 곳에 돌아가는 기진맥진한 몸과 마음에 큰 위로를 받고 며칠을 쉬고 떠났다. 이 이야기는 훨씬 뒤에 나를 다시 만난 아버지의 술회담이다. 아버지의 말씀을 들으면서 나는 어렸을 때 아버지가 가르쳐준 『명심보감(明心寶鑑)』의 한 귀절이 불현듯 머리에 떠올랐다.

"은의(恩義)를 광시(廣施)하라 인생하처(人生何處)에 불상
봉(不相逢)이요, 수원(讐怨)을 막결(莫訣)하라 노방협처(路傍
狹處)에서 난회피(難廻避)니라."

전쟁 중의 피난길은 사람들의 인간성이 적나라하게 확인
되는 실험장이다. 나의 아버지와 어머니는 착한 사람들이
었다.

하양까지 왔으니 대구에 안 들어갈 수 없었다. 전시 임시
수도이기도 했지만 정세도 알아야겠고, 교육공무원이니 소
관의 경상북도 학무국에 출두해봐야 동으로 가든 서로 가
든 앞으로의 신분문제와 행동이 결정될 것이었다. 도청에
는 학교에서 먼저 슬그머니 사라졌던 토박이 교원들이 드
나들고 있었다. 대구에 온 지가 벌써 오래 된다는 이야기였
다. 신분증 확인과 교환으로 한달치 월급을 지급받았다. 동
행했던 아버지에게 월급을 건네드리고 어머니가 계시는 하
양으로 위험한 길을 혼자 돌아가시게 한 후, 도청에서 만난
한 동료교사의 권고로 그의 친척집에서 하루를 더 묵으면
서 사정을 살피기로 했다.

한길에서나 골목길에서나 신분 확인과 검색이 삼엄했
다. 길가에 세워놓은 군용 트럭에는 검문에서 걸린 청년 장
정들이 한 차씩 실려 있고, 수없이 많은 트럭이 그들을 싣
고 시가를 질주해나가고 있었다. 그날 밤, 아니 새벽, 팔공
산(八公山)에서 울려오는 포소리로 잠을 이루지 못하고 있
을 때, 가택검문이 들이닥쳤다. 일단 무사했으나 모든 상황

으로 보아서 곧 학교로 돌아갈 수 있을 것 같지 않았다. 아침에 학무국에 나가보니 각급 학교 영어교사를 우선적으로 접수한다는 설명이 붙은 '유엔군 연락장교단' 후보생 모집 광고가 게시되어 있었다. 수소문해본즉, 미국 군대가 미국 본토나 일본에 데려간 한국 군대의 각 병과(兵科) 장교후보생을 훈련시키는 통역을 담당하게 될 가능성이 많다는 말이었다.

도저히 군대를 모면할 방법이 없어 보였다. '그럴 바에는' 하고, 지시된 건물을 찾아갔다. 간단히 경력에 관한 몇 마디 영어 질문에 답변하자, 벌써 대기해 있던 차로 몇 사람과 함께 교육단으로 직송되었다. 그 자리에서 부대자루 같은 미군 전투복과 낡은 구두, 그리고 후보생 표지가 붙은 구겨진 전투모가 지급되었다. 몇분 전까지 중학교 영어교사이던 리영희는 '대한민국 육군 유엔군 연락장교단 제4기 후보생'이 되었다. 이렇게 다짜고짜 데려다가 군복을 입히고 가두어버릴 줄은 미처 예상치 못했다. 1950년 8월 16일이었다.

그날, 자정이 지난 깊은 밤, 나처럼 어리둥절한 후보생들이 교실 마룻바닥 위에서 좀처럼 오지 않는 잠을 달래고 있을 시간에, 나는 대구 시내를 빠져나와 하양으로 가는 산길을 뛰고 있었다. 검색이 심한 대로를 피하여 아버지와 함께 왔던 산길과 들판길을 뛰다가는 걷고, 걷다가는 또 뛰었다.

피난민이 아닌 듯싶은 인기척이 있으면 숨었다.

아버지와 함께 올 때는 대낮에도 하루가 걸린 길을 그 어둠 속에 어떻게 가누어서 네시간에 가닿았는지 알 수가 없다. 피로도 느끼지 않았다. 잘못 걸리면 어떻게 될 것인지도 염두에 없이, 훈련단으로 사용된 학교건물의 담을 타고 넘어 대담하게 시내를 빠져나와 뛰기 시작했던 것이다. 아침을 함께 먹고, 잠깐 갔다오겠다고 아버지와 함께 나간 채 소식이 없는 아들을 애타게 기다리고 계실 어머니를 마지막으로 뵙고 안심과 위로를 시킨 뒤가 아니면, 이대로 전쟁 속으로 휩쓸려들어가버릴 수 없다는 생각뿐이었다. 그날 저녁 훈련단에 도착해서 본 일이지만, 나보다 며칠 먼저 들어온 후보생들이 훈련 도중에 그대로 전선배치 명령을 받고 총 한발 쏘아본 경험도 없이 전선으로 출동하고 있었다.

낙동강 전투가 최후의 결전이었던 그 순간에는 어느 부모도 군대에 나간 아들이 죽지 않고 돌아오리라고는 기대할 수 없는 절박한 상태였다. 군대로 끌려 나가는 장본인도 그 순간부터 죽음에 직면했다. 용감하게 나가든 비겁하게 나가든 그것은 마찬가지였다.

아버지와 함께 대구에 들어가면서, 꼼짝 말고 저녁까지만 그곳에서 기다리라고 당부하고 어머니와 헤어졌던 하양 앞강 건너, 어느 외딴길 가의 쓰러져가는 사당(祠堂)을 찾아냈을 때는 동쪽하늘이 희미하게 밝아오고 있었다. 나는 달려가며 불렀다.

"오마니, 나 왔어요."

"오마니, 나 왔어요."

대답이 없었다. 더 크게 불렀다. 나는 불안해졌다. 다가가서 컴컴한 사당 안을 들여다보니 어머니가 없었다. 보따리도 안 보였다. 순간, 나는 온몸의 피가 싹 내리면서 그대로 굳어버렸다. 돌아와 계셔야 할 아버지도 없었다. 몸이 와들와들 떨리기 시작했다.

사당의 주변을 돌면서 두 손을 입에 모아 사방을 향해 불러보았다.

"아바지이……, 오마니이…….."

그리고 숨을 죽이고 귀를 기울였다. 황량한 언덕과 돌밭 위로 소리가 빨려갈 뿐 메아리도 없었다. 나는 난생 처음으로 느닷없이 공포에 사로잡혔을 때, '머리칼이 하늘로 치솟는다'는 표현이 뜻하는 것을 체험했다.

미친 사람처럼 주변의 산언덕을 뛰어오르내리면서 소리쳤다. 차츰 밝아지면서 넓은 밭줄기가 끝나는 저쪽에 하양 강이 번질번질한 광택으로 보였다. 섬뜩했다. 밭고랑 속을 쓰러지고 일어나고 하면서 풀이 우거진 강기슭을 훑었다. 아무것도 이상이 없었다. 아무것도 안 보이는 것이 차라리 나의 불안을 가라앉혔다. 그제서야 비로소 정신이 되돌아왔다. 아버지가 무사히 되돌아오셨다면 어머니와 함께 어딘가로 떠나기 전에 사당 안에 무슨 표시라도 남겨놓지 않았겠나 하는 생각이 퍼뜩 머리를 스쳤다. 어째서 미처 그런 생각을 못했는지 자신도 알 수 없었다. 정상적인 정신상태였다면 어머니가 없다는 확인과 동시에 무슨 표시를 찾아 내려는 것이 논리적인 순서였을 것이다.

오랜 비바람으로 터지고 금이 간 사당 기둥의 찢어진 틈바귀에 종이쪽지 하나가 끼워져 있었다. 희미한 연필 자국은 어떤 마을 이름과 20리가량 되는 마을의 방향을 가리키고 있었다.

20리 언덕길을 달리는 것은 잠시였다. 스물두살 청년의 다리와 심장은 피로를 모르는 것 같았다.

20여호밖에 안 되는 산속 작은 마을 어느 농가의 마당에서 세 사람은 부둥켜안고 울었다. 울음만이 이 순간에 놓인 인간의 유일한 자연이었다. 진정한 감격의 표현으로 울음을 대치할 수 있는 언어는 없었다.

대구에 들어갔던 그날은 비가 왔었다. 비와 추위를 피해 사당 안에 들어가 앉아, 남편과 아들이 돌아오기를 기다리던 노인을, 그 앞을 지나다 발견한 사당지기는, 처마 밑에서라도 몇 시간만 더 있게 해달라는 어머니의 애걸도 아랑곳없이 사당에서 쫓아냈다. 보고도 쫓아내지 않으면 조상에 대한 죄가 된다고 고함을 지르더라는 것이었다. 하늘을 가릴 것 없는 풀밭에 나와 앉아, 종일 흠뻑 비를 맞고 추워 떨다가, 겨우 돌아온 아버지와 함께 산너머에 있다는 마을을 찾아오게 됐다는 말이었다. 사람이란 갚아야 할 원수를 갚지 못하고 산다. 그리고 영원히 다시 만날 기회는 없다.

어머니가 지어준 아침밥을 먹고 나니 피로가 한꺼번에 몰려왔다. 친절한 농가 주인이 우리의 사연을 듣고 방에 불을 지펴주었다. 나는 잠시라도 더 부모님과 함께 있고 싶었다. 어머니가 땀에 흠뻑 젖은 군복을 아궁이 앞에서 말리는 동안 잠이 들어버렸다.

어차피 돌아가서 처벌받기는 기정사실이라는 생각이 긴장을 확 풀어준 것 같았다. 떨어지지 않는 발을 돌려 사립문을 나설 때 집주인은 내게 부모님이 며칠 묵어도 좋으니 안심하고 가라 했다. 오래는 안 되지만 며칠이라면 작은 방도 드리겠노라고 덧붙였다. 마음이 놓인 나는 몇번이고 깊이 머리 숙여 감사했다. 사람이란 결국 갚지 못한 은혜와 원수를 서로 상쇄하면서 살아가는 것이다. 영원히 다시 못 만나더라도.

전쟁이 바로 낙동강을 건너서려는 바로 그 20리 앞에 나는 아무런 능력도 없는 부모님을 남겨두고 걸었다. 뛰지 않았다. 이번엔 일부러 영천과 대구를 잇는 대로를 따라 당당히 걸었다. 누군가가 친절하게 차를 세워주면 덜 고생할 것이고, 헌병의 검문에 걸려 탈영으로 처벌되나 부대에 돌아가서 처벌받으나, 어차피 각오한 바였다. 아버지와 어머니가 무사하신 것을 확인했으니 이제 그 기쁨은 그에 대한 댓가로 상쇄됨이 당연하다는 것이 피난길에서 터득한 깨달음이었다. 마음이 가벼웠다.

점심때가 가까운 시간이었다. 부대에 다다라 본부대장

앞에 차렷하고 경례를 붙인 순간 나는 마룻바닥에 뒤로 나자빠졌다. 일어났다가 다시 나동그라졌다. 몇번 이것을 되풀이했는지 모른다. 아프지도 않았다. 어려서 부모에게 회초리 맞은 일밖에 없는 나는 인생 처음으로, 군대에 들어간 이튿날에 사정없이 주먹을 얻어맞았다.

아침 점호시간에 나의 탈출은 드러났고, 영내는 비상이 걸려 있었다. 훈련 4주간 동안 외출금지 처벌이 내렸다. 부모를 만나고 돌아온 기쁨의 값으로는 차라리 가벼운 것이라고 저울질해보았다. 그후 나는 군대생활에서 군대에 들어간 첫날, 바로 몇 시간 만에 탈영한 장교도 많지 않으리라는 자부심으로 그 오점을 상쇄하며 복무했다. 그 대신 나는 군대를 직업으로 여기는 사람과는 서로 종류가 다른 별을 타고 태어났다는 신념을 가지고 살게 되었다. 군대 입대 이튿날에 자리잡은 나의 군대관은 그후 굳어져만 갔다.


## '지식인'의 참모습

신설된 '유엔군 연락장교단' 단장은 강영훈(姜英勳) 중령이었다. '연락장교'라는 명칭의 병과(兵科)는 처음에는 대한민국 육군편제에 없었다. 6·25 초기의 육군의 급속한 팽창과 그에 따른 미국 고문관의 수요증대와 전쟁의 확대 때문에, 규정된 4주간의 훈련기간을 제대로 채우고 출동한 후보생은 드물었다. 내가 입단했을 때는 어느새 3기가 배출된 후였지만, 전쟁이 일어난 지 40일밖에 안 된 것을 생각하면 그들은 고작해야 10일 정도의 훈련을 받고 출동했음이 분명했다.

대구 시내에 낙동강 건너 인민군의 포탄이 떨어지기 시작하자 우리는 부산으로 이동했다. 동대신(東大新) 국민학교에서 카빈, M1소총의 분해 결합을 배우고, 미국 군대의 육군작전 용어집 프린트를 암송하고 있는 동안에도 같은 날에 들어온 동기들이 벌써 전방으로 출동해 나갔다. 책으로만 익힌 영어이고 보니 한두 주일 사이에 회화가 될 까닭이 없었다. 「신라의 달밤」을 부른 가수 현인(玄仁) 씨의 동생이라고 하는 현 중위가 높은 단상에 올라가 기초적인 회화연습을 시키다가, 말이 막힐 때에는 온몸으로 시늉을 내면서 "……like this" "like this"를 되풀이했다. 나는 그의 손짓 발짓으로 하는 "like this"를 들으면서, 책에서는 "such as this"인데 회화에서는 저렇게 간단히 되는구나 하고 현 중위의 영어에 감탄했다. 영어회화에서는 손짓과 발짓이 중요한 언어라는 사실도 처음으로 알았다.

하양으로 가서 부모님에게 마지막 동전 한푼까지 다 털어놓고 온 나는 훈련기간 중 잡비 한푼 쓰지 못했다. 외출이 금지된데다가 용돈이 없으니 그 불편은 막심했다. 그런 속에서 나의 딱한 사정을 알고 적은 돈으로나마 먹을 것을 사면 꼭 나누어준 김양근(金洋根)이라는 평안도 출신의 동료가 있었다. 내가 먼저 임관하여 출동할 때 그가 부대까지 가는 길에 용돈으로 쓰라면서 많지 않은 돈을 나누어준 친절이 군대생활 7년과 그후 오늘에 이르는 긴 세월을 두고 나의 마음에서 떠나지 않는다. 1980년 초에 육군보안사령부 부사령관을 지내고 지금은 한국보험공사 부사장으로 있는 우국일(禹國一) 동기가 몇해 전에 힘들여 작성한 '동기생 명부'를 찾아보니, 김양근의 이름은 마지막 '미확인'부에 들어 있다. 동기생 중에는 '전사자'와 '실종자'도 적지 않다. 김양근이 지금도 살아 있기를, 그리고 언젠가 상봉하면 반드시 그 신세를 갚게 되기를 바라는 마음 간절하다.

정규훈련을 받고 배속될 연락장교의 수가 워낙 급팽창하는 육군의 수요를 채우지 못하는 사정이었기 때문에, 현지임관(現地任官)된 수도 많다. 전투상 필요에 의해 전선지역에 언제 어디서든지 영어 단어 몇마디 욀 수 있는 사람이면 그대로 '채용'되어 당장 계급장이 달리는 것이다. 우국일의 수고로 만들어진 동기생 명단을 보면 '제4기'는 148명으로 되어 있다. 생존해 현재 상태가 확인된 사람이 78명, 미확인이 65명, 확인된 전사자 6명, 기타 7명이다. 워낙 단시간 내에 들락날락했던 탓에 이 많은 동기생들 가운데 그후 사회생활을 하면서 직접 알게 된 이는 양호민(梁好民)과 손희식(孫禧植) 두 사람뿐이다. 변형윤(邊衡尹) 교수가 6기라는 것을 안 것도 최근의 일이다.

'연락장교'들은 일단은 대학 졸업자나 재학생, 또는 이미 사회생활의 경험이 있는 연령과 계층의 '지식인'이었다. 그러나 동물적 생존본능에 있어서는 지식이나 교양이라는 것이 그후 경험하고 목격하게 된 무식한 사병들이나 형무소의 파렴치 잡범들과 별로 다를 바 없다는 사실을 알게 될 때 정말 쓸쓸한 심정이었다. 부산까지 전선이 축소해 들어온 그때, 사람들에게 있어 다음 순간의 생명을 유지해줄 수 있는 것은 오로지 자신의 동물적 보호본능밖에 없어 보였다. 이런 '동물화'한 인간군의 상태는 그 현실을 경험하지 못한 사람에게는 설명을 해도 소용이 없으리라.

'유엔군 연락장교단'이라고 이름은 버젓했지만 실제 유엔군과는 관계 없고, 한국군 내에서도 가장 천대받는 '통역장교' 교육단이었다. 하루 세끼의 식사는 보리 6할, 쌀 4할인 밥 한 그릇과 콩나물국이었다. 방어선이 주머니처럼 좁아진 부산 일대에서 어떻게 그렇게 연일 콩나물이 생산되는지 의아스러울 만큼 끼니때마다 콩나물국이 나왔다. 밥은 그릇에 차지 않고, 국은 몇 오라기의 콩나물을 소금물에 띄운 것으로, 국물에는 아무 색깔도 없었다. 적어도 1950년 8월 당시의 이 나라에서는 최고의 '지식인'이라 할 사람들 사이에서 밥그릇 소리만 나면 싸움이 벌어졌다. 보리밥의 표면과 밥그릇 언저리까지의 거리를 현미경적 정밀성으로 측량하는 눈빛은 살벌했다. 바다 같은 물 위에 뜬 콩나물 오라기 수를 순간적으로 계량한 손들이 쟁탈전을 벌이곤 했다. 교실 마룻바닥에 보리밥 그릇이 뒹굴고, 그나마 그것으로라도 배를 채워야 할 콩나물 국물이 흥건했다. 끼니때마다 교실에서 거친 욕설이 오가고, 주먹질이 벌어지는 일도 자주 있었다. 교실 네 언저리에 삥 둘러앉은 자리에서 배식되어오는 대로 잠자코 받아먹는 데는 무한한 극기심과 수양이 필요했다. 내가 남보다 덜 설치는 편이었다면 그것은 다만 나의 투쟁적 자기 보호본능이 약했다는 것과, 다행히도 체구가 작아 남들보다 덜 먹어도 물배가 찼다는 우연의 결과일 뿐이다. 지식·지성·교양·염치 따위는 인간이 다만 네 발[足]로써가 아니라 두 발로 걷는 동물이라는 겉치레에 지나지 않았다.

한달 동안 이런 생활을 하다보니, 일제 때 중학교 한문시간에 김경탁(金敬琢) 선생에게서 배운 관자(管子)의 한 구절이 천고의 명언이고 진리임을 새삼 깨달았다. "의식(衣食)이 족해서 비로소 예절을 알고 창름(倉廩)이 가득해서 비로소 영욕(榮辱)을 안다." 전쟁은 인간을 인간의 원조인 동물로 환원하는 계기다.

남으로 향하던 전선이 북상하기 시작하자, 나는 곧 임관되어 보병 제11사단 제9연대 배속의 명을 받고 훈련단을 떠났다. 전투지로 나가지만 오히려 4주간의 모멸감에서 해방된 기쁨으로 들떠 있었다.

'대한민국 육군중위'의 계급장은 달았지만 리영희 중위는 반(半)중위에 불과했다. 군복의 한쪽 깃에 중위계급장은 달았지만, 모든 다른 병과의 장교가 또 한쪽 깃에 다는 병과 표시가 없었다. 통역장교는 반 민간인, 반 군인인 꼴이었다. 병과 배지라고 해서 소총(小銃) 위에 올라앉은 앵무새 모양의 표시물이 제정된 것은 그로부터도 1년이나 지나 동부전선으로 간 뒤였다. '소총 위에 올라앉은 앵무새'는 참으로 상징적이었다. 육군본부 어디엔가에 있는 무식한 전투병과 장교들의 악의에 찬 발상인 것 같았다. 어쩌면 군대 내의 허약한 인텔리 집단을 모욕하려는 기막히게 교활한 자의 창작이었는지도 모른다.

## 국군−통역장교−미국 군사고문

6·25전쟁 기간의 통역장교는 기이한 군인이었다. 정식 명칭은 '유엔군 연락장교(단)'이지만, 유엔군에도 미군에도 속하지 않았다. 이른바 '유엔군'의 주세(主勢)가 미국 군대였던 까닭에 미국 군대에 배속된 장교도 많았지만, 그들은 어디까지나 한국군 인사권 아래 있었다. 국군에 배치된 '미국군사고문관(단)'과 국군부대(지휘관) 사이의 통역 임무가 주요 기능이었는데, 내가 부임했던 6·25전쟁 초기에는 '연락장교'의 보급품이 국군 부대의 책임인지 배속된 고문단의 책임인지도 분명하지 않은 상태였다. 사실은 엄연한 '국군장교'로서 모든 것이 그 부대 지휘관의 지휘권 아래 있었는데도 어느 부대에서나 그 성격과 임무의 모호성

때문에 서자 취급을 받았다.

6·25전쟁 전반 시기, 특히 개전 초기의 전투병과 장교들의 자질은 한심했다. 소수의 일본 육군출신 장교는 어린 나이에 벌써 별을 달고 있었고, 대개의 연대급 및 대대급 지휘관은 일제시대 '일본제국 황군'에 들어갔던 이른바 '조선인(반도인) 지원병' 출신들이었다. 중대급 이하의 위관급과 연대급 참모(위관)들은 3개월 내지 6개월의 사관학교 과정을 마친 사람들이었다. 이 '병과장교'들은 급조된 장교들이고, 대개 고등학교 출신이어서 일반지식의 수준은 보잘것없었다. 그중에서도 일제 지원병 출신들이 그러했다. 그러니 '통역장교'들은 그들을 멸시하고, '병과장교'들은 통역장교를 우습게 알았다. 이것이 당시의 부대 내의 풍조였다.

미국 고문관은 보병부대에서는 대대급까지 배속되었거나, 연대본부에 몇 사람(보통 2, 3명)이 있었다. 미국의 정규 사관학교를 나온 장교는 없고, 대개는 2차대전에 참전했다가 예편되어 민간인으로 있던 중, 한국전쟁으로 인해 다시 지원해 나온 돈벌이 군인들이었다. 최전선과 후방근무를 통한 7년간에 보병부대의 연대급 이하 및 후방의 웬만한 고급부대에서도 웨스트포인트 출신 고문관은 꼭 두 사람을 경험했을 뿐이다. 사단급 이상에도 한두명뿐이었다.

내가 본 미국 정규사관학교 출신 장교 고문관은 최전방 천막 속에서도 대형 한반도 지도를 펴놓고, 위관(尉官)에 어울리지 않게 전술 아닌 전략을 공부하며 열성이었다. 클라

우제비츠, 나뽈레옹, 브래들리, 매카서, 아이젠하워 등의 책을 열심히 읽고 있었다.

국군부대에서의 고문관 역할은 주로 작전계획에 참여하고, 미국군 보급물자의 신청이나 소모, 반환 등 보고를 검토하고 서명하는 것이었다. 한국군(국산) 물자에는 관여하지 않았다. 부대 인사(人事)에는 다만 사후적으로 동의할 뿐이고, 부대장의 지휘권에는 물론 간섭하지 않았다(고급사령부의 경우는 물론 달랐으리라 생각되지만).

고문관에게도 여러 타입과 스타일이 있었다. 전선 작전지역에 열심히 나가 쏘다니려 하는 '전투파'가 있는가 하면, 안전한 연대본부 부근에 앉아서 지휘관의 향연을 바라기만 하는 '날라리파'도 있었다. 제시되는 문서에 까다롭게 파고드는 고문관이 있는 반면, 뭣이든 "OK!" 하는 고문관도 있었다.

부대 지휘관과 참모들 그리고 고문관의 사이에서 통역장교는 계급은 낮지만 부대의 모든 일에 참여하게 마련이다. 작전계획 작성과 보급물자 사용 현황, 부정 사실, 각급 부대장의 개인(심지어 그의 가족의) 생활물자를 벌어오는 부대의 '후생사업', 병사들의 후생·복지 상황 시찰, 그리고 작전지역 내의 대민간(對民間) 접촉 등. 그러나 군대와 전쟁에 대한 감정이야 어떻든 한국인인 이상 부대 내의 '미묘'한 문제나 사실을 고문관의 눈에 비치거나 귀에 들어가지 않도록 하자니 언제나 괴로운 심정이었다. 바로 그런 미묘한 일과 관련해서 통역장교는 '알고도 모르는 척해야 할' 입장에 놓여 있었다. 그렇다고 지휘관이나 참모들의 감사를 받지도 못했다. 기이한 직분의 장교였다.

대구의 육군고문관단 본부에서 만난 메인(Maine) 소령과 나는 제9연대가 주둔해 있는 경상북도 상주(尙州)를 향해 떠났다. 연대본부는 상주 농잠학교에 자리잡고 있었다.

메인 소령은 벌써 마흔이 훨씬 넘은, 어쩌면 쉰이 가까워 보이는 노인이었다. 함께 살면서 차차 알게 된 사실이지만, 그의 늙음은 인생의 시간적 표시이기보다는 살아온 생활고의 표시였다. 그는 버지니아주 출신으로 실제 나이는 보기보다 훨씬 젊었다. 그는 가끔 전투 중의 한가한 시간이면 자기의 과거 이야기를 했다. 1920년대 후기와 1930년대에 소년이었던 그는 미국을 휩쓴 대공황 때문에 제대로 밥을 먹지 못하고 자랐다고 했다. 형제는 많고 부모는 가난한데다가 직업도 없어, 끼니때가 되면 어머니가 주머니 속에 콩을 넣고 삶아서는 주머니 주둥이를 쥐고 어린 나이 순서로 자식들에게 나무 송곳으로 콩을 찍어내어 먹이곤 했다는 것이었다. 콩을 그릇에 내놓거나 주머니 주둥이를 벌리면 자식들이 손을 집어넣어 다투어 한움큼씩 집어내기 때문이었다고 한다. 일제 식민지 조선에서도 나는 그런 가난을 본 일이 없다.

우유와 꿀이 강물처럼 흐르고, 모든 가정의 식탁 접시에는 고기가 그득하다고 듣고 있던 미국이라는 나라의 가려진 일면을 알게 되었다. 미국 자본주의의 그림자를 처음으로 알았다. 메인 소령은 자기 형제들이 불린 콩알을 빨고 있을 때에도 돈 많은 가정의 자식들은 여전히 스테이크만 먹었다고 설명하는 것이었다. 그는 솔직한 미군이었고 나에게는 무척 친절했다. 내가 어느날 나의 군화를 닦는 김에 그의 군화까지 닦으려 하자, 그는 "장교는 남의 구두를 닦는 것이 아니다"라고 말리면서 근무병을 불러 시켰다.

늦가을까지 계속된 속리산 일대의 인민군 패잔병 소항작전에서 2백명 가량의 포로를 잡았다. 해방 후 그때까지 한명의 고향 친구도 만나본 일이 없는 나는 어느날 그들을 수용하고 있던 강당에 들어가, "평안북도 삭주군 대관면이나 대관국민학교 출신은 없느냐?"고 물었다. 한쪽 구석에서 힘없이 들리는 손이 보였다. 그는 다리에 부상을 입고 있었다. 고향에 대한 향수가 가슴에서 두 눈으로 치밀어올라왔다. 다가가보니 국민학교 동창이긴 하지만 나이가 서른이 넘는, 고향에서는 본 일이 없는 선배였다.

포로의 몸인 그는 어쩌면 승리군의 동향장교의 출현에 무슨 큰 기대나 희망을 걸었을지도 모른다. 그러나 나에게는 그가 품었을지 모른 희망이나 기대를 충족시켜줄 만한 아무런 권한이 없다. 몇가지 간단한 약과 비스킷 몇봉을 가져다주고는 따뜻한 위로의 말을 남기고 나와버렸다. 여기서 나는 처음으로 같은 민족이 한쪽은 승자가 되고 한쪽은 포로가 되는 관계의 의미를 생각하기 시작했다.

상주로 가는 동안에 띄운 편지를 받고 안동에서 아버지가 2백리 길을 걸어오셨다. 어머니도 무사하시다고 했다. 피난길에서 아들을 잃은 뒤, 갈 곳 없는 양친은 다시 안동중학교를 찾아갈 수밖에 없었다. 권 교장은 여전히 친절히 대해주었지만, 아들이 입대했으니 사택은 내놓을 수밖에 없어 갈 곳이 막연한 형편이었다. 추운 길을 다시 걸어 떠나시는 아버지에게 한달치 봉급을 들려드리고, 교장에게는 사택의 어느 방 하나에서라도 겨울을 나게 해달라는 편지를 했다. 훗날 안 일이지만 아버지는 아들의 월급 일부를 털어 둥근 나무밥상 하나를 사 짊어지고 돌아오셨다는 것이다. 왜 하필이면 밥상을 샀을까? 땅바닥에 종이를 깔거나 나무 궤짝을 받치고 식사하는 두 늙은이의 삶이 스스로 너무나 처량하게 생각되었던 까닭이었으리라. 내가 부대 지휘관이었거나 중대장이었더라도 그 추위 속 2백리 길을 걸어서 돌아가시게 하지는 않았을 텐데. 지난 일을 생각하면 괴로운 마음뿐이다.

메인 소령과 함께 숙소를 쓰게 되면서부터 나의 영어회화는 급속히 늘었다. 그러나 얼마 동안은 군대에 들어오기 전에 하우스보이를 했다는 근무병 박 하사(지금의 상병)가 나보다 월등 나았다. 미국인과의 속된 표현이나, 감사의 말에 대한 "You are welcome"(천만에요)를 "You are come"처럼 발음한다는 것도 박 하사에게서 배웠다.

책으로 배운 영어를 일상영어로 활용하기까지는 그러나

많은 실수를 거쳐야 했다. 속리산 속, 캄캄한 밤의 야간이동을 하고 있던 어느날 밤, 헤드라이트를 끄고, 2와트짜리 등화관제등만을 켜고 개울창을 건너고 있던 우리의 지프차는 물속에서 돌 사이에 타이어가 끼어 덜커덕거렸다. 목적지 가까이, 유격대들과 멀지 않은 곳이다.

두 사람은 긴장했다. 순간, 메인 소령이 낮은 소리로 짧게 외쳤다.

"Throw a light!"

나는 손에 들고 있던, 그리고 가끔 지도와 대조하면서 비쳐보던 야전용 소광(消光) 플래시라이트를 잽싸게 개울물 속에 집어던졌다. 메인 소령은 나의 행동에 넋이 나간 듯한 표정의 얼굴을 나에게 바짝 가져다 대고는 물었다.

"What's the matter with you?"(무슨 짓이야?)

그제야 나는 나의 실수를 알아차렸다. 그의 말의 뜻은 플래시라이트의 빛을 비쳐보라는 것이었는데, 나는 'throw!'를 그대로 "던지라!"는 뜻으로 알았던 것이다. 회화에 있어서 정관사(the)와 부정관사(a)의 차별적 기능이 그렇게 중요하다는 사실도 실감했다.

우리 9연대가 작전상 임시 배속되어 있던 미국 보병사단의 사단장과 메인 소령과의 첫대면 장면이 인상적이었다. 고문관실에 들어온 사단장에게 자기 의자를 권한 고문관은 그 책상 모퉁이에 엉덩이를 엇비슷이 돌려대고 발을 흔들거리면서 연대 상황을 설명하는 것이 아닌가. 일본 군대의 조선인 지원병으로 출세한 우리 군대 고위장교, 장성들의 이른바 '군대 규율'만 강조되는 속에서 그 정경은 미국의 민주주의라는 것에 대한 나의 인식의 출발점이 되었다.

속리산 전투를 마치고 연대가 지리산 전투를 위해 이동할 때의 일이다. 상주와 김천(金泉) 사이의 고갯길에서 수송 트럭 한대가 굴러 운전병이 차체에 깔렸다. 수송대열이 정지하고 참모들이 모여들어 가까스로 차체를 언덕 밑으로 굴려내린 뒤에 운전병이 빈사상태로 구출되었다. 연대장과 수송장교는 의식도 못 가누는 운전병을 향해 호령하고 있었다. 상황이 험악한 것을 본 고문관이 연대장에게 이 운전병을 어떻게 할 작정이냐고 물었다. 연대장은 가슴을 잔뜩 젖히고 계급장의 권위를 자랑하듯이 가죽 채찍으로 자신의 워커를 탁탁 치면서 당연하다는 듯 이렇게 답변했다.

"물론 군법회의에 걸어서 처벌하지요."

이 말에 고문관이 놀란 표정으로 말하는 것이었다.

"아니 그게 무슨 말입니까? 이 병사는 차체에 깔려 중상을 입은 것으로 이미 자기의 실수에 대한 처벌을 받지 않았습니까? 게다가 더 어떤 처벌을 하겠다는 건가요?"

수송대열은 다시 움직이기 시작했다. 나는 메인 소령이 운전하는 지프의 옆자리에 앉아 김천에 도착할 때까지 사병의 목숨, 군대, 군대 규율, 지휘관의 권위, 휴머니즘, 정의, 계급장의 권리, 군법, 처벌 등에 관해서 처음으로 곰곰이 생각했다.

# 7. 전장과 인간

## 지리산에서의 개안

부끄러운 고백이지만, 지리산이 해방 후 남한 출신 사람들의 심정에 자리하는 의미를 나는 그곳 전투에 직접 참가하기까지는 절박하게 실감하지 못했다. 2년 전에 우연히 목격했던 여수·순천반란의 참사도 해방 후 지리산이 상징하게 된 보다 큰 의미와 결부시키지는 못했다.

얼마나 많은 피가 지리산 계곡을 흘러내렸으며, 얼마나 많은 가슴이 지리산 주위 8백리에서 찢기고 원혼이 울부짖고 있는지를 잘 몰랐다. 서로 미워하고 원망하고, 쏘고 찌르고, 공격하고 보복하며, 피로 피를 씻고, 혈육끼리 원수가 되고, 그 속에서 누구는 이름나고 훈장을 타고, 오곡이 익어야 할 논밭에 잡초가 무성하고, 집이 잿더미가 되고, 마을이 벌판이 되고, 밤과 낮의 주인이 바뀌고, 국군과 인민군, 경찰과 게릴라 빨치산, 우익과 좌익 그 어느 쪽도 보호자가 아니면서 언제나 그들의 윽박지름 속에서 살아야 하는, 지리산 주변지역의 가진 것이라고는 땅 파먹는 재주밖에 아무것도 없는 선량한, 선량하기 때문에 가난하고 천대받아온 농민들의 아픔을 나는 몰랐다.

지리산 토벌작전 임무를 부여받은 보병 제11사단은, 사단본부와 제13연대를 남원에, 제20연대를 순천에, 제9연대를 진주에 주고 둘레 8백리의 거대한 산덩어리를 포위했다. 내가 배속된 9연대는 연대본부를 진주농림학교에 두고, 함양·산청·거창·구례의 4개 군에서 '공비토벌' 작전을 개시했다. 몇개월간의 전투에서 연대 장병은 용감히 싸웠고 많은 전과를 올리기는 했으나 적지 않은 전사자를 내기도 했다. 나는 전투병과 장교들에게서는 "통역장교도 군인이야?"라는 농인지 멸시인지 알 수 없는 소리를 들으면서도 '공비'가 출몰하는 어느 곳에나 두려움 없이 드나들었다. 무슨 사명의식에서보다는 젊음의 모험심에서였을 것이다.

나의 머리에는 이데올로기적 당파성이나 충성심은 없었다. 그러면서도 한가지 정의감 같은 것이 나를 지배하고 있었다. 약한 자에 대한 강한 자의 비인간적 행위, 휴머니즘을 말살하는 폭력, 사병에 대한 장교의 횡포, 민간인에 대한 군대 및 군인의 거드럭거림 등에 대해서 언제나 반대하고 항의했다. 엄격한 명령 계급의 상하관계에 있지 않은(적어도 나는 그렇게 생각하고 행동했지만) 통역장교라는 입장이 그것을 도왔는지도 모른다. 그런 장면을 목격하거나 당했을 때에는 연대장이나 연대 지휘관들에게 직언과 충고를 서슴지 않았다. 인간 생명이 달린 문제일 때에는 고문관의 힘도 빌렸다. 외국인인 고문관의 도움을 청하는 것에 대해서 그런 경우에 사대주의적이라거나 수치스럽다고는 생각하지 않았다. 휴머니즘에는 인종이나 민족, 국가의 차별이 있을 필요가 없다는 생각이었기 때문이다. 그리고 큰 전쟁을 치르는 데 있어서 동료장교나 병사가 가는 곳에 내가 가려 하지 않는다는 것을 비겁하다고 생각했다. 통역장교는 꾀만 부린다면 위험에 자기를 노출시키지 않아도 되었다. 그렇지만 나는 함께 당하는 운명이나 고난이라면 희생도 공평히 나누어야 한다는 생각이었다. 차원 낮은 의식이었지만, 어쨌든 그런 생각과 그런 까닭으로 위험을 두려워하거나 회피하지 않았다. 그것을 내 깐에는 나름대로 '정의감'이라고 생각했던 것이다. 30여 년 전의 자신을 돌아보면 관념적 모순이 한두 가지가 아니었음에도 불구하고 '순진하고 직선적인 정의감에 불타는 애국주의자'였던 것 같다.

그 첫 의식의 촉발은 이른바 국민방위군(國民防衛軍)의 참상을 목격하면서다. 전국 각지에서 끌려온 예비병력 국민방위군의 최종 남하 목적지의 하나가 진주였다. 진주에 주둔한 날부터 그야말로 목불인견(目不忍見)의 국민방위군 청장년들의 행렬이 쇄도하기 시작했다. 얼마나 되었는지 그 수는 지금 기억하지 못하지만 만명은 훨씬 넘었다. 진주 시내외의 각종 학교건물과 운동장은 해골 같은 인간들로 꽉 들어찼다. 인간이 그런 참혹한 모습이 될 수 있다는 것은 놀라운 발견이었다.

느닷없이 끌려나온 그들의 옷은 누더기가 되고, 천리길을 걸어 내려오는 동안에 신발은 해져 맨발로 얼음길을 밟고 있었다. 혹시 몇가지 몸에 지녔던 것이 있더라도 굶주림 때문에 감자 한알, 무 한개와 바꾸어 먹은 지 오래여서 몸에 지닌 것이라곤 아무것도 없었다. 인간을, 포로도 아닌 동포를, 이렇게 처참하게 학대할 수 있을까 싶었다. 6·25전쟁의 죄악사에서 으뜸가는 인간말살 행위였다. 이승만정권과 그 지배적 인간들, 그 체제 그 이념의 적나라한 증거였다.

진주중학과 각급 학교 교실에는 가마니도 제대로 없었다. 다 깨진 창문을 막을 아무것도 지급되지 않았다. 그후의 '국민방위군 사건' 재판에서 밝혀졌듯이, 예산과 식량은 전액 전량이 지급된 것으로 되어 있는데, 그들은 내의 한벌 받은 일이 없었고 꽁보리밥 한 그릇을 여럿이 나누어 먹어야 했다. 교실 안에 수용된 사람들은 그나마 다행이었다. 교실이 틈도 없이 채워진 뒤에 다다른 형제들은 엄동설한에 운동장에서 몸에 걸친 것 하나로 밤을 새워야 했다. 누운 채 일어나지 않으면 죽은 것이고, 죽으면 그대로 거적에 씌워지지도 않은 채 끌려나갔다. 시체에 씌워줄 거적이 어디 있단 말인가! 얼마나 많은 아버지가, 형제와 오빠가, 아들이 죽어갔는지! 단테의 연옥도 불교의 지옥도 그럴 수는 없었다. 단테나 석가나 예수가 한국의 1951년 초겨울의 참상을 보았더라면 그들의 지옥을 차라리 천국이라고 수정했을지도 모를 일이다.

나는 고문관과 함께 정신없이 그 속을 드나들었다. 이때만은 내가 고문관을 끌고 다녔다. 연대도 움직이지 않았고 민정(民政) 당국이나 계엄사령부도 수수방관하는 태도였다. 고문관을 앞세우고 온갖 기관과 단체와 창고를 쑤시고 다니면서 가마니·약품·DDT, 겨울바람을 막을 종이, 판자 따위를 닥치는 대로 지프에 싣고 왔지만, 그것으로 몇 사람의 목숨이나 살렸는지는 의심스럽다.

적의 침략을 받아 국가와 국민을 지켜야 할 신성한 의무를 지닌 군대(정규군)와 국민방위군의 일부 고급장성, 장교들은 철저하게 부패해 있었고, 그들의 관심은 자기 가족의 보호와 사리사욕의 충족에 쏠려 있었다. 국민방위군 총사령관은 김윤근(金潤根)이라는 일제 때 지원병이었다. 국민학교밖에 안 나온 이 자는 유명한 씨름꾼이었고 병사들을 개 패듯 했다. 대구 연락장교단에서 훈련받던 어느날 나타난 그는 '애국, 반공, 군인과 군대의 신성한 의무'를 거듭 강조했다. 소위 '국민방위군 사건'이란 일체의 감정을 배제한 표현에 따르더라도 다음과 같이 군 고위장성들의 잔인무도한 배신행위였다.

군·국민방위군 고급장교 사이에 일어난 부정사건. 1951년 1월, 후퇴작전상 만 17세 이상 40세 미만의 제2국민병 해당 장정을 집단이송[南下]하는 과정에서 군간부들이 거액의 국고금과 방대한 물자를 부정처분하여 착복한 것인데, 그 결과 수많은 장정들에 대한 식량, 피복 의료 및 그밖의 보급이 지급되지 않아 천여명의 사망자와 다수의 병자를 냈다. 이것이(국내외의 여론을 일으킨 결과) 국회에서 문제화되어 1951년 4월 30일 국민방위군의 해체가 결의되었고, 동년 7월 19일 중앙 고등군법회의에서 김윤근 총사령관, 윤익헌(尹益憲) 부사령관 이하 5명에게 사형이 언도되고 8월 12일에 집행되었다. (「국민방위군 사건」,『세계백과대사전』, 학원사)

나는 진주작전에서 북상 진격하게 된 1951년 봄, 강원도 고성군의 금강산을 바라보는 건봉산(乾鳳山) 전투에서 우리 연대로 부임해온 안중국(安重國) 소위를 만남으로써 나의 노력이 적어도 한 사람의 국민방위군 장정의 생명을 구하는 데 도움이 되었다는 것을 확인할 수 있었다. 안 소위는 바로 진주에서 구사일생으로 살아나 현역 입대하여 임관되어 온 것이었다. 33년이 지난 지금도 나와 그는 친구이고, 가끔 당시의 지옥상을 이야기하곤 한다.

그 당시, 파괴된 남강다리를 건너 지프 트레일러에 '징발'한 물자를 실어나르면서 나는 국가, 지도자, 직업군인, 일제시대의 '지원병' 출신 국군장교, 화려한 '애국·반공'의 구호와 그 뒤에서 이루어지는 부패와 부정, 인간의 극한상황, 전쟁 속에서 치부하고 영달하는 자들과 일장공성만골고(一將功成萬骨枯)로 죽어야 하는 많은 힘없는 백성들의 처지를 생각하면서 줄곧 괴로워했다.

## 인명은 재천, 만사가 새옹지마인 것을!

신이 인간에게 자기의 죽음의 조건을 선택할 수 있는 능력을 부여했다면 인간세계는 어떻게 달라졌을까? 나는 가끔 그런 생각을 해본다. 사람의 죽음이야 언제고 피할 수 없다 하더라도, 죽을 시간과 장소를 알고 누구에 의해서 또는 어떤 원인과 상태에서 죽으리라는 것을 예견할 수 있다면 한가지 변화는 있었을 것 같다. 인간은 아마도 '전쟁'을 모르는 상태에서 살고 있을 것이다.

신은 절대로 그러한 지혜를 인간에게 주려 하지 않을 것이다. 죽음의 조건들을 예견하면, 인간이 신에 대해서 궁극적인 죽음에 거역하지는 못한다 하더라도 인간끼리 서로 죽일 수가 없고 죽임을 당하지도 않을 것이 아니겠는가. 그러면 전쟁은 성립하지 않는다.

오랫동안 전장에서 살다보면 그런 생각이 간절해진다.

용감하게 앞장서서 뛰어나가는 군인이나 꽁무니를 빼면서 끌려나가는 군인이나 그 점에서는 매일반이다. 싸움터에서 사람은 정말 한치 앞을 내다보지 못하는 존재다. '인명(人命)은 재천(在天)'이라는 말의 뜻을 알게 된다.

마찬가지 이야기지만, 생과 사 사이에 어떤 기구한 일이 개재해 들어와 죽음을 삶으로 바꾸고, 삶을 죽음으로 바꾸어놓기도 한다. 그 작용 때문에, 뚫릴 필요가 없는 군인의 가슴에 총구멍이 뚫리고, 분명 박살이 나게 되어 있는 군인의 머리가 성해서 돌아오기도 했다. '인간만사(人間萬事)가 새옹지마(塞翁之馬)'인 것 같았다. 인명은 재천이라는 실증을 너무도 많이 목격한 탓인지 나는 군대에서나 그후의 생존에서 결코 목숨을 소홀히 하지는 않았지만 순간마다 죽음을 겁내지도 않게 되었다. 죽음의 조건은 내가 선택하는 바 아님을 조금은 터득한 것이다. 또 살아가면서 크고 작은 변화에 직면할 때마다 그것을 그 자체로서 결정적인 것으로 최종판단을 내리지 않을 만큼은 현명해졌다. 인간만사가 정말 새옹지마로 보이기 때문이다.

그런 탓인지 나는 머리의 한쪽 절반으로는 제법 과학적으로 사고하고 논리적으로 추구한다고 자부하면서, 한쪽 절반에는 '인명재천교(人命在天教)'와 '새옹지마교(塞翁之馬教)'의 신을 모시고 의좋게 공존해 살아간다. 별로 큰 모순도 느끼지 않고 갈등으로 괴로워하는 일도 별로 없다. 내가 왜 이렇게 됐는가를 설명하려면 부득이 박(朴) 중위와 메인 소령의 죽음에 얽힌 가슴 아픈 이야기를 하지 않을 수 없다.

박 중위는 1950년 겨울 내가 배속돼 있던 진주의 제9연대에 뒤늦게 부임해온 통역장교다. 그의 이름은 박의○(朴義○)라 했는데 한 글자는 잊어버렸다. 마지막 자가 의(義)자였는지도 모르겠다. 그의 이름을 온전히 기억하지 못한다는 것은 나로서는 도저히 있을 수 없는 일인데도, 30여년의 시간이 그렇게 만들어버렸다.

박 중위는 1950년 봄에 경북대학교를 졸업한 국문학도이고, 성적이 출중해서 대통령상인지 뭣인지 그에 준하는 명예로운 상을 탔노라는 말을 나에게 했던 것이 기억난다. 말하자면 '수석졸업'이었던 셈이다. 연대에는 고문관이 하나밖에 없었는데 후임 고문관이 곧 오게 되어 있던 때여서 박 중위가 미리 배속되어 왔던 것이다. 메인 소령은 내가 임관하면서 이 연대에 처음으로 배속된 9월부터 계속 수석고문관으로 있었고, 내가 연대 선임 통역장교로서 메인 소령과 행동을 함께하고 있을 때다.

1950년 겨울, 지리산 속에는 미처 북상하지 못한 인민군과 남한에 활동근거지를 확보 유지하려는 비정규군의 대병력이 완강히 항전하고 있었다.

인민군 소장 박달(朴達)이 총사령관인 것으로 알려진 지리산 게릴라와의 전투에는 전선이 없었다. 언제 어디서 그들과 맞닥뜨리게 될지 알 수 없었다. 이런 싸움에서 제일 좋은 호신 무기는 권총이다. 연대나 사단의 고위장교들과 늘 행동을 같이하면서 권총이 아닌 카빈총을 메고 다니는 나는 늘 초라해보이고 권위가 없어 보였다. 솔직히 말해서 보통 '창피'한 것이 아니었다.

그러던 중 마침 노획된 소련제 권총이 메인 소령에게 돌아왔다. 6·25에 참전한 미군 장교들이 살아 돌아갈 때 제일 큰 자랑거리가 소련제 권총이었다. 사병들에게 '따발총'이 그러했듯이. 소제 권총은 미제 권총보다 작고 가벼울 뿐만 아니라 그 디자인이 훨씬 산뜻하고 은빛이어서 전투지역의 한국군 장교들 사이에서도 그것은 아직 소수만이 소유할 수 있는 귀중품이었다.

메인 소령은 자기가 소제 권총을 휴대하고, 자기의 포티파이브(0.45)를 나에게 주기로 약속했다. 게릴라전이 벌어지고 있는 지리산에서는, 최소한 소총 사정거리의 간격을 두고 전진하거나 후퇴하는 정규전투와는 달리, 언제 어디서 불쑥 적이 나타날지 알 수 없는 위급한 사태가 벌어지게 마련이다. 우리는 주로 예하 부대의 본부를 순회하지만 때로는 작전지구에도 들어갔다. 지리에 밝은 이른바 '공비'와의 지리산 전투에서는 저쪽에 못지 않게 이쪽도 소단위의 게릴라전이었기 때문에 우리가 가는 곳도 언제나 위험했다. 그런 상황에서 미국인 고문관이 자신의 생명을 보존하려면 통역장교의 무장도 자신의 무장만큼 신경을 써야 했다. 그래서 나는 포티파이브를 차게 된 것이다.

당시는 국군의 규모 확장이 급했던 까닭에 장교 무기의 지급은 병력 증가 속도를 따르지 못했다. 그래서 많은 장교들이 권총을 노획할 기회가 없으면 암시장에서 구입해서 차고 다녔다. 어디서 어떤 경로로 흘러나오는지 모르지만 필요한 무기는 암시장에서 살 수 있다는 것이 당시의 상식이었다. 그러나 나는 살 돈도 없으려니와 언제나 최전방 전투지에 있었으니 그런 길을 알 수도 없었다. 그런 때에 권총이 생겼으니 그 기쁨은 형용할 수가 없었다. 군대생활 7년 동안에 제일 기뻤던 일이라고 실토하지 않는다면 거짓말이 된다. 스물두살이라는 치기 때문만도 아니다.

그렇게 부러워하던 권총을 차고 나서니 한결 의젓해보였다. 진주농림학교 교장 사택의 큰 거울 앞에 서서, 앞뒤 옆모습을 이리저리 비춰보며 만족에 잠기던 자신의 치졸했던 꼴이 30여년이 지난 지금도 눈에 선하다.

그런데 메인 소령은 한가지 조건을 붙였다. 자기와 함께 진주 남강가 모래사장에 나가서 일주일 동안 사격연습을 마치고 난 뒤에야 그 권총은 완전히 나의 소유가 된다는 것이었다.

"이 중위는 아직 잘 모르겠지만 포티파이브라는 권총은 위험한 무기요. 자기는 동쪽을 쏜다고 생각했는데 총알은 서쪽으로 날아가는 수가 있어. 제대로 훈련을 하지 않고서는 절대로 멋으로 차고 다닐 수는 없는 총이에요."

그것은 권총에 관해서 내가 알지 못한 사실이었다.

"이 중위와 나는, 우리 둘 중의 누군가가 권총을 쏘아야 할 순간에 몰리면 결국은 둘이 다 동시에 쏘아야만 함께 살아남을 거요. 그런데 이 중위가 적을 향해 쏘았다고 생각하는 총알에 내가 맞아 죽기는 싫단 말이야."

그러고는 이렇게 덧붙였다.

"나는 내 팔다리가 성한 채 귀국해서 마누라와 자식들을 다시 보고 싶거든! 내 마음 알겠지, 이 중위?"

이러는 데는 항변할 길이 없었다.

나는 하루빨리 남강가에 나가 연습을 하자고 했지만 그때 마침 전투가 심해져서 그럴 기회가 없었다. 나의 기분은 몹시 상해 있었다. 메인 소령과의 말도 꼭 필요한 것 외에는 하지 않게 되었고, 카빈총을 메고 나설 때마다 나는 뾰로통한 마음이 되었다. 나는 확실히 대범하지 못한 성격이었다.

그러던 초겨울의 어느날 갑자기 남원 사단본부에서 최덕신(崔德新) 소장 예하 3개 연대 지휘관 및 참모의 작전회의가 소집되었다. 지리산의 준령과 계곡에 풀이 마르고 나뭇잎이 떨어지기 시작할 그 무렵, 게릴라들의 활동은 아연 활발해지고 있었다. 몸을 숨길 만한 유리한 조건이 사라지고 겨울이 오기 전에 최대한으로 우세한 지위를 확보해놓으려는 그들의 의도인 것으로 판단되었다. 지리에 밝고, 귀신같이 지형과 은폐물을 활용하는 그들의 공세로 우리의 피해가 날로 늘어났고 수세에 몰린 형세였다. 전사단이 시각을 다투는 상황에 직면해 사단본부에서 겨울을 앞둔 일대포위섬멸작전 계획수립을 위해서 전사단 작전회의가 소집된 것이다.

부연대장에게 연대지휘 책임이 맡겨지고, 연대장을 비롯한 전참모가 남원행 길을 떠났다. 산청, 함양을 거쳐서 남원까지는 2백리 길이다. 이 구간은 지리산 전체에서도 가장 험준한 지형으로서 도중에는 '아흔아홉 고개'라는 이름으로 더 잘 알려진 험악한 여원치(女院峙) 고개가 있다. 자동차가 비킬 만한 여유도 없는 좁고 가파른 고갯길이 계곡 따라 들고 나기를 아흔아홉군데, 오르고 내리기에 60리 길인 이 재 하나만을 넘는 데도 두시간 가까이 걸리던 때다.

나는 연대의 선임 통역장교로서 연대장 및 수석고문관과 언제나 행동을 같이해야 한다. 그러므로 당연히 나는 이 길을 떠나야 했다. 그러나 카빈을 메고 가고 싶지는 않았다. 권총문제가 해결되지 않아 심중이 편하지 않았던 나는 감기를 핑계삼아 동행하지 못하겠다고 말했다.

마침 그 무렵 배속되어온 박 중위는 자신의 성장과정이나 가족사항을 말하기를 꺼려했으나 몇가지 이야기로 미루어 퍽 불우한 과거인 것 같았다. 어쩌면 고아가 아닌가 하는 생각이 들 만큼 말이 없었고, 표정에는 언제나 엷은 우수의 그림자가 서리고 있었다. 그러한 그가 안쓰럽고 신경이 쓰여 나는 조심스럽게 그의 기분을 북돋아주려고 애쓰곤 했다.

내가 남원행 길에 일행과 동행하지 않으려는 생각인 것

을 안 박 중위는 기다리고 있었다는 듯이 나에게 부탁하는 것이었다.

"이 중위님, 저에게는 친척이란 아무도 없고, 오직 이모가 한분 계시는데 남원에 사신다고만 들었어요. 전쟁으로 그 생사조차 알 길이 없는데 이 중위님이 안 가시겠다면 제가 가서 찾아보고 싶어요. 제가 가도록 해주세요."

내가 안 가면 어차피 유일한 후임인 박 중위가 가야 할 일이었으니 나에게 부탁할 일도 아니었지만 나는 고마웠다. 지리산은 벌써 겨울날씨여서 장교들에게는 얼마 전에 겨울용 파카 오버가 지급돼 있었지만 박 중위는 배속이 늦어서 겨울피복을 지급받지 못하고 있었다. 나는 한번도 입어보지 않은 신품의 파카를 그에게 입혀주면서 잘 갔다오라고 격려하고, 참모인 한 동료에게는 남원에서 박 중위가 이모를 찾는 일을 도와주라고 부탁까지 했다.

연대장, 메인 소령과 새로 부임해온 대위 고문관, 참모들로 구성된 연대지휘부의 앞뒤에는 기관총으로 중무장한 헌병과 보병 1개 소대가 분승한 트럭 여러대가 정렬하고 있었다. 전투지에서의 병력이동에 관한 군사교본대로 모든 준비를 갖춘 일행은 마침내 오전 여덟시, 위무도 당당하게 연대본부의 정문 밖으로 사라졌다.

몇 시간이 지나 장교식당에 들어가, 점심식탁에 앉으면서 막 수저를 집어들려는데 요란하게 긴급출동 명령이 내렸다. 아침에 떠난 지휘본부가 아흔아홉 고개에서 잠복기습 공격을 당했다는 것이다.

완전 전투태세를 갖춘 증원병력이 도달했을 때는 이미 잠복기습이 있은 지 몇 시간이 지난 뒤였다. 총소리 하나 없이 고요하기만 한 아흔아홉 고개의 현장은 한마디로 처참 그것이었다. 지휘부의 이동차량 대열은, 아흔아홉 고개를 거의 다 올라간 지점, 한 고비길이 산비탈을 끼고 골짜기로 들어갔다가 다시 돌아나와 다음 고비로 커브를 도는 깊숙이 후미진 곳의 'V'자처럼 된 길 위에서 불타고 있었다. V자의 두 변의 깊이가 2백 미터나 되는 깊숙이 들어간 오르막길, 차량 속도가 가장 떨어질 수밖에 없는 V자의 3지점에 기관총을 설치해 잠복대기했다가 기습공격을 했음이 밝혀졌다. 대열의 최선두와 후미가 V자의 굴곡 속에 완전히 들어간 상태에서 당한 것이다.

고개의 굴곡을 가로질러 가설된 사단과 연대 간의 전화선을 검사한 결과, 게릴라들은 우리의 남원 작전회의와 이동시간 등의 정보를 사전에 도청한 것이 틀림없었다. 선두와 후미의 호위병력이 탄 트럭들에는 왕복용 예비 휘발유 드럼통들이 실려 있었는데, 그 휘발유 드럼통의 순간적 폭발로 호위병력은 차에서 뛰어내릴 여유도 없이 타버려서 커다란 숯덩이처럼 되어 있었다.

고문관 지프의 앞유리창에는, 핸들 앞쪽에 세개, 옆좌석 앞에 두개의 총알 구멍이 나 있었다. 메인 소령은 운전석에 쓰러져 있었고, 박 중위는 옆좌석에서 상반신을 차체 밖으로 내민 상태로 숨겨 있었다. 메인 소령의 허리에 있어야 할 소련제 권총은 보이지 않았다. 박 중위가 쓰러져 있는 자리는 그날 아침까지만 해도 내가 앉아 있던 자리다. 시체의 구두는 벗겨져서 맨발이 나와 있었고, 나도 한번 입지 않고 그에게 입혀 보낸 파카의 순백 라이너는 피로 물들어 있었다. 총은 한자루도 남아 있지 않았다.

게릴라들은 큰 전과를 올리고 막대한 노획물을 가지고 사라진 것이다. 연대장과 대위 고문관, 그리고 참모들이 용케 뛰어내려 깊은 골짝 낭떠러지를 정신없이 굴러 내려가 위기를 모면한 뒤에 몇십리 거리의 마을까지 달려가 소식을 전했던 것이다.

긴급출동한 연대의 증원부대에 의해서 국군 시체는 진주로 이송되었고, 메인 소령의 시체는 부산의 서대신동에 있던 서독병원의 영안실에 수송, 안치되었다. 연대의 대표장교와 함께 조의를 표하러 가서 본 메인 소령의 관에는 성조기가 덮여 있었다.

진주농림학교 교정에서 전사자들의 위령제가 거행된 날엔 몹시 바람이 불었다. 운동장을 빙 둘러 심어진 높은 포플러 나뭇가지가 그날따라 낮게 드리운 잿빛 하늘에서 몰아치는 바람에 성난 소리를 내며 울었다. 운동장 사방에 선 나팔수가 부는 진혼나팔소리가 바람소리에 섞여 크게 울리기도 하고 아득히 사라져 꺼지듯이 들리기도 했다.

위령제의 진혼곡은 병영에서의 취침나팔곡이다. 군대에

서 복무한 사람은 다 경험하는 일이지만, "딴 딴 딴……딴 딴 딴……딴 딴 딴……"으로, 느리고 긴 여운을 끌며 3박자로 흐르는 그 곡조를 들으면서 두 뺨을 눈물로 적셔보지 않은 사람은 없으리라. 어느 나라 누구의 작곡인지는 모르지만 아무리 무딘 사람이라도 가슴을 걷잡을 수 없이 흔들어놓고야 만다.

운동장 네 귀퉁이에서 대각선으로 번갈아 퍼져오는 진혼곡을 들으며 머리를 숙인 채 서 있는 나의 두 눈에서는 마구 눈물이 흘러내려 군화의 앞축을 적셨다. 머릿속에는 메인 소령의 소련제 권총과 포티파이브의 모양이 지나가고, "팔다리가 성한 채 귀국해서 마누라와 아이들을 보고 싶거든……" 하던 음성이 진혼 나팔소리에 섞여 귀에 들려왔다. 바빠서 권총 사격훈련을 하지 못한 일, 그 때문에 내가 토라져서 감기를 핑계로 동행을 거부한 일, 한 사람밖에 없는 친척인 이모님을 찾아보고 싶어 나를 대신해서 아흔아홉 고개로 가는 길을 자원해 나서던 박 중위의 간절한 표정과 음성, 그에게 새 파카를 입혀주면서 "잘 다녀오라"고 했던 나의 목소리, 내가 앉을 자리에 올라탔던 그의 모습. 그리고 언제나 내 손으로 먼지를 닦던 지프의 내 좌석 앞창 유리에 뚫려 있던 두개의 총알구멍, 살려고 뛰어내리려는 듯이 상반신을 차체 밖으로 내민 채 시체가 되어버린 그의 몸, 파카의 순백 라이너를 흥건히 적신 피……

나는 얼마나 흐느껴 울었는지 알 수가 없다. 마지막에는 거센 바람소리도 진혼곡의 나팔소리도 들리지 않았다. 내가 죽기로 운명 지워져 있는 길을 찾아들어가 나 대신 죽어간 한 인간의 운명과 내 운명의 숙명적인 얽힘이 갖는 의미와 충격으로 망연자실해 있었다. 큰 구령소리가 있고 나의 주변에서 대열이 흩어지는 소란이 일어서야 위령제가 끝났음을 알았다. 눈물을 닦아가며 무거운 걸음을 옮기면서 나는 해마다 이날이면 나를 대신해 죽어간 혼령을 위해서 반드시 위령제를 지내야 한다고 다짐했다.

얼마 후 메인 소령의 부인에게서, 남편의 전사의 자세한 상황을 알려준 나의 편지에 대한 회답이 왔다. 일고여덟살쯤 되어 보이는 남매를 양쪽에 세우고 찍은 사진이 동봉되어 있었는데 세 사람은 모두 검은 옷을 입고 있었다. 미국 정부의 통보는 다만 '전사' 사실과 전사 날짜만을 알려주는 내용이어서 괴로워하던 차에 상세한 나의 편지를 받고 얼마나 위안이 되고 고마웠는지 알 수 없다는 내용이었다. 혹시 남편의 손가락에 결혼반지가 끼워져 있었는지 없었는지를 알고 싶으니 꼭 회답 바란다는 부탁으로 편지는 끝맺어져 있었다. 미국인의 관습에서 결혼반지가 갖는 의미를 나는 처음 알았다. 피묻은 장갑 속의 손가락을 볼 사이는 없었고 부산의 서독병원에서는 벌써 입관한 후여서 알 수가 없었다는 회답으로 그후 편지의 왕래는 끝났다.

그후 나는 메인 소령이 남기고 간 포티파이브로 사단급 사격선수가 되었을 정도로 권총의 명사수가 되었다. 그가 걱정했던 대로 "자기는 동쪽을 쏘려는데 총알은 서쪽으로 나간다"는 말이 과연 사실이라는 것도 알게 되었다. 그와 함께, 사람의 목숨은 자신에게 있지 않고 하늘에 있다는 것도 천리(天理)로 받아들이게 되었다. 메인 소령이 나에게 권총사격 연습을 시켰더라면, 그래서 권총을 허리에 차고 우쭐한 기분이 되어 아흔아홉 고개를 향해 언제나 당연히 앉았던 그 지프의 내 자리에 앉아 위세당당하게 영문을 나섰더라면 어떻게 되었을까? 박 중위도 이모님이 하필 남원에 계시지 않고 다른 곳에 사셨더라면? 선임자가 가는 길인데 후임자가 나설 것이 아니라고 연대본부에서 따뜻하게 불이나 쬐고 있었더라면? 그의 운명과 나의 운명은 어떻게 달라졌을까?

내가 '과학적 사고' 운운하면서 한편으로는 운명론자이고 또 '인간만사 새옹지마'교의 신도가 된 데는 그런 사연이 있다.

진주농림학교에서의 위령제에서 해마다 그날에는 꼭 두 사람의 혼령을 위로하겠다고 한 맹세도 오래 지키지 못하고 말았다. 죄송하고 부끄러운 일이 아닐 수 없다.

"메인 소령의 영이시여, 나를 용서하소서."

"박 중위의 영이시여, 나를 용서하소서."

## 어느 진주 기생의 교훈

군인만능의 사상과 풍조가 지배하던 때 허리에 권총을 차고 나니 나도 공연히 우쭐해지는 것 같았다. 그런 기분으로 마음이 들떠 있던 나에게 진주의 어느날 밤의 일은 진정한 인간적 용기 앞에 무기와 폭력이 얼마나 무력한 것인가를 가르쳐주었다.

그날 밤엔 보름을 며칠 지난 초겨울의 달이 진주 남강을 교교히 내리비치고 있었다. 나는 연대본부 장교들과 어울려서 들뜬 기분으로 남강 다리를 지나, 구진주(舊晉州) 시내의 골목을 돌아 들어간 어느 술집 대문 앞에서 지프를 세웠다. 미리 찾아들어온 장교들의 귀에 익은 목소리에 섞여서 웃고 지껄이는 여자들의 소리가 와자지껄 대문 밖까지 들려왔다. 어떤 향락을 예감하는 흥분이 나의 온몸에 짜릿하게 번져왔다.

지리산 공비토벌 임무에 투입된 몇달간 전투는 쉴 새 없이 계속되었고, 기습공격을 받은 슬픔이 가신 뒤의 어느날, 오익경(吳益慶) 연대장은 연대본부 장교들의 사기를 돋우고 그간의 수고를 위로하기 위해 '진주기생'들의 분내를 맡을 술자리를 벌인 것이다. 거의 폐허가 되다시피한 진주시에는 변변한 술집이 남아 있지 않았다. 그중에서 그래도 권번을 나온 기생들이 몇 있다고 소문난 술집에서 판이 벌어졌다. 20명 가까운 장교들에게 고루 하나씩 돌아가도록, 모자라는 기생은 여기저기서 불러 모아놓았다. 전쟁터를 누비고 살아온 젊은 혈기의 사나이들에게는 이것은 예사 밤이 아니었다. 나는 그때까지 담배는 피웠지만 술은 별로 하지 않았다. 먹고 싶어서 술을 찾아 마신 일은 아직 없었다. 그랬던 나도 그날 밤은 논개(論介)의 후예들이 따르는 술잔을 거푸 받아 마셨고, 값싼 분내에 취해 제법 사내의 본성을 드러내는 시늉도 해보였다. 전쟁이 아직도 진행 중인 이곳에서 위수사령부인 연대 장교들은 소위건 소령이건 모두가 장군이나 된 기분이었고, 취기가 한차례 돈 우리의 눈에는 미추를 가릴 것 없이 그 자리의 여인은 모두 논개의 후예처럼 아름다워 보였다.

그중에서도 연대장 오익경 대령과 나의 옆에는 진짜 권번 출신의 기생이 자리를 잡았다. 몇몇 상급자를 제쳐놓고 나에게 그런 '영광'이 안겨진 까닭은 연대장과의 개인적 관계 때문이었다. 전투병과 장교들과는 달리, 연대장의 눈치를 살펴야 하거나 다른 장교들과의 직업적 라이벌 의식이 필요하지 않은 통역장교인 나는 이 같은 비공식 좌석에서는 다른 병과 장교들의 사양으로 흔히 연대장 옆에 앉게 마련이었다. 연대장 역시, 상하 계급관계와 명령계통이 분명한 부하들보다 자기에게 자유롭게 구는 '반군인·반민간인'인 내가 편했는지도 모른다. 그런 관계로 내 옆에 앉게 된 권번기생은 나보다 나이는 여러 살 위였지만 용모나 허우

대가 마음을 끌었다. 노는 가락도 과연 어렸을 적에 권번에
들어가 기생수양을 했다는 말대로 어딘지 다른 데가 있었
다. 나는 매혹되었다.

나는 흥이 한창 무르익을 무렵 술기운을 빌어 그녀에게
이 자리가 파한 뒤에 '둘이서 따로 자리를 같이하자'고 청
했다. 사실 취하기도 했었다. 군인이 왕이던 전투지역에서
나의 요청은 차라리 '명령'일 수도 있는 때였다. '장군'의
소청에 '논개'는 몇번이고 말을 흐리던 끝에 마침내 동의했
다. 적어도 장군에게는 동의한 것으로 들렸다. 술잔을 주거
니 받거니 하면서 자리가 파하는 것을 기다리는 동안에 나
는 취기가 돌았고, 한참 만에 정신을 차리고 보니 여자가 보
이지 않았다. 기다려도 나타나지 않고, 여자들에게 물어도
모른다는 대답이었다. 나는 화가 났다. 약속을 믿고 기대가
부풀었던 만큼 기어이 찾아내어 약속을 이행시켜야겠다는
심술이 생겼다. 나는 그녀의 집을 여자들에게 물어 대충 머
릿속에 약도를 그려넣고는 밖으로 나와 지프를 몰았다.

논개의 집은 구시가의 북쪽, 주택구역을 좀 벗어나 남강
다리 왼편으로 한참 가서, 남강을 바로 내려다보는 급한 언
덕 위에 있었다. 그 언덕에서 마주보는 쪽에는 신시가 구역
에 드는 무성한 대나무밭이 강둑을 덮고 있고, 그 아래는 상
당히 길고 넓은 모래사장이 펼쳐져 있었다(이 모래사장이
얼마 전 고문관 메인 소령이 나에게 권총사격술을 가르쳐
주겠다고 했던 곳이다).

깎아지른 듯한 높은 언덕에서 막히는 골목에 차를 세운 나는 싸리문을 열고 들어갔다. 집은 함석으로 지붕을 이은 초라한 흙벽집이었고, 마당에는 닳아서 번들번들해진 돌이 울퉁불퉁 깔려 있었다. 그 마당에서 상당히 높은 토방이 작은 방 두개를 높이 떠받들고 있는 듯한 구조였다. 유난히 밝은 달이 남강가 대밭 높이 싸늘한 하늘에 걸린 채 그 집을 정면에서 내리비추고 있어 집과 마당이 연푸른 빛에 싸여 있었다.

나는 처음에 조용히 불렀다.

"여보세요, 집에 돌아왔어요? 아까 연대장과 함께 있던 이 중위요."

이름은 잘 기억나지 않지만 아마 술좌석에서 소개된 그녀의 예명을 불렀으리라 생각된다. 방에서는 아무 대꾸도 없었다. 너무 조용해서 잠시 어리둥절해진 나는 소리를 높여 불렀다.

"말도 없이 없어지다니 무슨 일이요? 약속한 대로 빨리 갑시다. 빨리 나오시오."

한참 만에 인기척이 있더니 돌쩌귀 긁는 소리가 나면서 방문이 열렸다. 나는 빨리 나서라고 재촉했다. 그러나 여자는 나의 말에 아무런 대꾸도 하지 않은 채, 툇마루에 나와 서더니 마당에 버티고 서 있는 나를 내려다보고만 있는 것이었다. 보름이 막 지난 밤의 밝다 못해 푸른 기마저 감도는 교교한 달빛에 드러나보이는 그녀의 자태는, 조금 전까지 나에게 술판을 권하던 기생의 모습과는 전혀 다른 위엄에 싸여 있었다. 범할 수 없는 어떤 힘으로 나를 압도해오는 것 같았다.

그녀의 기상에 눌리기 시작한 것을 느낀 나는 허세를 부리는 것으로 나의 위치를 회복하려 했다. 느닷없이 빼든 권총 끝에서 섬광이 빛나는 것과 동시에 마당 한 끝에서 불꽃과 함께 폭발소리가 일었다. 총소리는 남강 위의 겨울 하늘에 공허한 메아리로 번져나갔다. 순간적인 사태에 깜짝 놀란 운전병 조(趙) 하사가 싸리문 밖에서 뛰어들면서 나의 팔을 붙잡고 떨리는 소리로 "이 중위님, 이 중위님……"을 되풀이했다. 권총을 밀어넣은 나는 토방으로 다가서면서 소리쳤다.

"가! 약속했잖아! 누구를 놀리는 거야?"

나는 나를 묶고 있던 여자의 주술의 끈이 총소리로 흩날려버린 것을 느꼈다. 그리고 총소리에 기겁한 논개의 후예가 허둥지둥 뛰어내려와 장군에게 살려달라고 애원하리라고 기다렸다. 그러나 놀랍게도 여자는 높은 툇마루에 자태 하나 흐트러뜨리지 않은 채 홀연히 서서 나를 내려다볼 뿐이 아닌가! 나는 갑자기 두려워졌다. 그녀는 나를 똑바로 내려다보면서 한참 만에 비로소 입을 열었다.

"젊은 장교님, 아무리 하찮은 기생이라도 그렇게 흩어진 마음과 몸으로 만나는 일은 없습니다. 당신들은 진주기생을 잘못 보고 있어요. 나는 그렇게 배우지 않았고 그렇게 천하게 굴지도 않습니다."

돌처럼 굳어지고 정수리에서 술기가 싹 가셔버린 내가 벼락을 맞은 듯 서서 움직일 줄 모르자, 그녀는 다시 조용히 타이르는 것이었다.

"젊은 장교님, 잘 들어두세요. 아무리 미천하고 힘없는 사람이라도 총으로 굴복시키려 들지 마세요. 여자란 마음이 감동하면 총소리 내지 않아도 따라갑니다. 당신도 차차 사람과 세상을 알게 될 겁니다. 돌아가세요. 언젠가 다시 만날 기회가 있을 겁니다."

나는 그녀의 너무도 당당한 기품과 위엄에 눌려 대답할 용기를 잃고 있었다. 하찮게 보고 덤볐던 자신이 너무도 왜소해져, 나의 전존재가 내면에서 산산이 무너져내리는 것을 느꼈다. 마음의 격동을 억누를 수가 없었다. 맨손의 진정한 용자(勇者) 앞에서 가장 비겁한 존재가 되어버린 권총 찬 내가 한없이 부끄러워졌다.

나는 마음을 가다듬으면서 진심을 다하여 사죄한 다음, 깊은 절로 한 기생의 인격적 위대함에 대한 예의를 표시하고 발을 돌려 싸리문을 젖히고 나왔다.


## 거창 양민학살 사건: 719명의 원혼

1950년에서 1951년에 걸친 지리산 전투는 이중으로 나에게 큰 전환점이 되는 해였다. 또 하나의 사건이 그것을 도왔다. 이른바 '거창사건'이 그것이다. 속리산 토벌작전서부터 나와 한국전쟁 참전 동기생이던 수석고문관 메인 소령이 아흔아홉 고개에서 기습공격을 받고 전사한 후, 우리 연대에는 두 사람의 고문관이 새로 임명돼 왔다. 수석고문관은 이름도 망측한 행글라인(Hangline) 중령(조상이 '빨랫줄' 장수였던지 아니면 '교수형 집행인'이었던지?), 차석고문관 솔로시(Solosy) 소령, 그리고 앞서 기습에서 살아남은 대위 한 사람이 있었다.

'교수형 집행인'은 꺽다리에다 군화가 거대한 화물선만한 체구인데, 체구에 어울리지 않게 사람이 잘고 늘 한국인을 의심하는 언동을 했다. 어엿한 군대에 징병기피 목적으로 따라다니는 민간인 하우스보이 통역을 데리고 온 것부터 연대장교들의 눈총을 살 만했다. '사형 집행인'의 후손답게 모든 사람이 죄수로 보이는지, 그는 그 '사병' 통역 이외의 말은 들으려 하지 않는 위인이었다. 한편, 솔로시 소령은 땅 넓은 줄만 알고 하늘 높은 줄은 모르는지 옆으로만 일차원적으로 퍼진 뚱보였다. 북같이 생긴 체구에 두 눈은 콩알을 박아넣은 것처럼 작고, 언제나 반들반들 사방을 살피는 꼴이 본국에서 예비역 시절에는 형사가 직업이었던 것 같았다. 대위는 두 선임자에 비해서 볼품없이 왜소한데, 말끝마다 한국과 한국인에 대한 빈정댐으로 낙을 삼았다. 이세 사람은 한국에서 후방부대 고문관으로 여러달의 근무경

험이 있었다. 한국의 여자와 생식기에 관해서 아는 지식이
보통 정도가 아니었다. 어느 부대에 배속되어 있었는지는
모르지만 한국군 지휘관들에게서 술과 여자의 향연만 받아
먹고 지내다가 온 것이 분명했다.

이 세 고문관은 난로가에 둘러앉아서는 시종일관 여자
이야기로 히히덕거렸는데, 그 당시 나의 영어회화 능력으
로는 어렴풋이밖에 알아들을 수 없었다. 그래도 나는 그들
의 여자 생식기에 관한 음담패설을 듣는 동안에 그 방면의
지식이 늘었다. 우리 통역장교들이 오징어를 구워먹으면
그들의 음담패설은 안주를 만난 듯이 더욱 흥이 나가지고
는, 오징어를 가리키며 코를 막고 킥킥거리곤 했다. 나는 오
징어 냄새에 그들이 왜 그렇게 흥분하고 이상야릇한 표정
을 주고받았는지를 여자를 알게 된 훨씬 후에야 확인할 수
있었다. 하여간 안전한 곳에 앉아서 '전투지 수당'만 받아
먹기 위해 자진해온 돈벌이 목적의 군인들인 성싶었다.

이들과 짝이 되기 위해 새로 두 사람의 통역장교가 왔다.
노이식(盧利植) 중위와 주동운(朱東雲) 중위가 그들로, 노 중
위는 수원농대 재학생으로 경남 창원이 고향인데, 한국인
남성으로는 제1급 호남자형이었다. 성품도 진솔하고 서글
서글한데다가 풍부한 음량으로 십팔번인 산타루치아를 뽑
을 때에는, 농학도로 출세하기보다는 성악가가 되는 게 좋
을 성싶었다(그는 제대 후 1960년대 후반에 농학이나 성악
과도 무관한 내무관료가 되었다). 그는 그후 나와 동부전선

까지 올라갔다가 통역장교에 정이 떨어져 보병병과로 전과하여 훗날 부산에서 경비중대장을 지냈다. 휴전 후 일선에서 부산에 내려와 여전히 통역장교로 걸어서 출퇴근할 때 그의 지프 신세를 많이 지고, 그 부인에게서는 식량원조도 가끔 받는 사이가 되었다. 안타깝게도 소아마비의 어린 맏아들이 목발을 짚고 다녔는데 지금은 어떻게 되었는지?

주 중위는 고려대학 정치외교학과에 다니던 북청(北靑) 출신의 '낙천주의자'였다. 고문관 숙소는 진주농림학교 교장 사택으로 방이 여러개 있어서, 우리들도 큰 방을 셋이서 함께 썼다. 주 중위는 어디서 주워왔는지 다 낡은 바이올린을 비치해놓고는 심각한 표정으로 열심히 연습을 했다. 그는 언제나 크게 웃고, 보병병과 장교들을 보면 항상 "저것들 쥐좆이나 뭐 아는가!" 하면서 익살을 부리는 게, 군대와는 담을 쌓은 성격이었다. 훗날, 내가 7년 만에 제대하여 저널리스트가 되려고 서울에 올라와 합동통신사 기자시험에 합격하고 보니 과거의 주 중위도 그 속에 있었다. 얼마나 기쁘고 반가웠던지. 애석하게 최종 면접시험에서 나는 되고 그는 되지 않았지만. 그 대신 그는 즉시 외무부로 들어가, 지금은 쟁쟁한 외교관으로 활동하고 있다. 자기의 전공을 살려 제 굴로 찾아들어간 셈이다.

제1급 한국청년이면서 순진·다감한 노 중위와 주 중위가 미국사회에서 산전수전 다 겪은데다가 한국에 와서 고약한 측면만 익혀온 구렁이 같은 미국인 고문관과 만났으니 속을 썩인 것은 말할 나위도 없다. 게다가 이 친구들의 영어는 몇달 선배인 나에 비해서도 시원치 않아, 능구렁이 고문관들과 마음이 맞을 수가 없었다.

연대장 김희준(金熙濬) 대령은 이미 각혈이 거듭되어 요양을 위해 입원하고, 부연대장 오익경(吳益慶) 중령이 대령 진급과 동시에 연대장이 되어 있었다. 둘 다 육사 2기였다. 국군 지휘관의 입장에서는 덜 열성적인 고문관일수록 더 반갑다. 간섭이나 조언(고문)할 의사도 없고, 고문관의 권한인 주요 보급물자 신청서 등에 요구하는 대로 사인이나 해주고, 여자와 술대접이나 해주면 좋아하는 고문관은 작전에는 관심이 없어, 굳이 캐묻거나 알려고 들지 않는 경향이 있다. 내가 연대의 작전이나 그밖의 행정, 보급 등에 관한 사정을 알게 된 것도 죽은 메인 소령이 찾아다니며 '고문' 역할을 제대로 했기 때문이다.

전세계를 경악하게 한 뉴스가 전파로 흘러나가고, 유엔이 발칵 뒤집히고, 영국 신문들이 "한국에서 민주주의를 기대하는 것은 쓰레기통에서 장미꽃이 피기를 기다리는 것과 같다"고 논평하게끔 했던, 우리 연대에서 저지른 '거창사건'을 내가 사건 후 그것도 한참 후에야 알게 된 것은 그런 사정 때문이었다. 그것은 민족적 치욕의 사건이고 어느 기준에서나 전쟁범죄적 사건이었다. 1968년 3월 16일, 베트남 밀라이(Mỹ Lai) 촌에서의 양민학살사건으로 미국 군대가 자국 군대의 책임자들을 군법회의에서 유죄판결을 내린

'밀라이 사건'은 한국전쟁에서의 거창사건에 비하면 무죄에 해당할지도 모를 만한 규모였던 것이다.

1951년 2월 10일과 11일 사이의 밤에 우리 연대 제3대대는 거창군 신원면(神院面)에서 719명의 양민을 집단학살했다. 지리산에 준동하는 공비이거나 낮에는 국군에 협력하지만 밤에는 공비로 표변하거나 그들을 돕는 '악질분자'여서 일소했다는 주장이었다. 군은 이 사건을 은폐하려 했다. 유엔과 참전 외국정부들의 강력한 문제제기로 국내 정치문제가 되고 국제적 규탄의 소리가 높아진데다가, 소련을 비롯한 공산권 국가들의 절호의 반미·반한 선전자료가 됨으로써 이승만정권은 국회의 현지조사단 파견과 진상규명 제의에 동의했다. 국회조사단이 결정되어 연대 작전지역 안에 들어왔을 때 우리 연대는 인민군 복장으로 위장시킨 부대를 국회의원들이 통과하는 길목에 잠복시켰다가 위협사격을 가하여 현장검증을 방해했다. 국회조사단은 빈손으로 돌아갈 수밖에 없었다. 이것은 사건 후 사단장 최덕신(崔德新) 소장, 연대장 오익경 대령, 양민학살의 직접 지휘관인 제3대대장 한동석(韓東錫) 소령에 대한 그해 여름의 군법회의에서 밝혀진 대로다.

나와 오 연대장은 평소 친한 사이였고 한 소령과도 잘 아는 사이였지만 나는 사건발생 훨씬 후에야 비로소 알았다. 메인 소령이 살아 있었더라면 문제는 다소 달라졌을지도 모른다. 고문관과 나는 한 소령이 지휘하는 제3대대 작전지역과 신원면 일대에 자주 시찰을 나갔고, 대대장교들로부터 상세한 정세를 브리핑받았을 뿐만 아니라 중대장교의 동행 없이 농민들과 직접 대화도 많이 했었다. 그러기에 사건 후에 그 사실을 알았을 때 나는 놀라고 격분했다. 새로와 있는 세 사람의 고문관들이 연대장으로부터 애당초 사실을 들었는지의 여부는 확인할 수가 없었다.

정부는 세계의 노도 같은 압력에 밀려 마지못해 사건이 두달이나 지난 4월 초에 희생자가 전부 '187명'이고, 그들은 "적법한 절차로 처단된 공비협력자"들이라고 발표했다. 지리산 진주 후 처음으로 '신원면'을 돌아봤을 때, 나는 고장의 이름치고는 최고의 이름이라고 생각했다. 그러나 신원면에는 주민을 지켜준 '신(神)'이 없었던 것 같다. 부끄럽게도 1982년까지 나는 자신이 속했던 연대에 의해서 학살된 양민의 수를 당시의 정부 발표대로 187명인 줄로만 믿고 있었다.

이승만정권이 붕괴하고 제2공화국 수립 후, 오랫동안 은폐되었던 거창사건의 진상 공개가 허용된 것은 참으로 다행한 일이다. 나는 2, 30년간 187명의 양민의 죽음에 대한 직접적 범죄자와 같은 괴로운 심정으로 살아왔기 때문이다. 그러나 그 진상 폭로는 나의 죄의식을 덜어주기는커녕 오히려 훨씬 더 무겁게 만들었다. 학살된 양민이 187명이 아니라 자그마치 719명이라는 엄청난 수임을 알게 되었기 때문이다. 거창 양민학살의 유족들은 1960년 진상을 밝히면서 민주당정부에 희생자의 복권과 가해 군인들의 처벌을 요구하는 진정을 했다. 그러나 그 뒤에 들어선 군인정권인 박정희정부는 오히려 그들을 처벌했던 것이다.

서울의 『중앙일보』가 연재한 한국전쟁실록 「민족의 증언」, 『동아일보』의 연재물 「제1공화국」, 1982년 4월부터 『부산일보』가 연재한 「비화—임시수도 1000일」, 그리고 가장 세밀하게 취재한 월간잡지 『마당』 1982년 6월호의 「위령비를 다시 세워다오! 아직도 복권 안 된 거창사건 희생자들」을 읽으면서 나는 오뇌와 회한으로 가슴이 찢어질 것만 같았다. 메인 소령이 수석 고문관으로 살아 있어 나와 함께 행동했더라도 그런 엄청난 범죄행위를 비밀리에 해치울 수는 있었을 것이다. 그러나 내겐 그가 있었더라면 미리 예방할 수도 있었을 것 같았다.

나는 연대장이나 대대장, 수석고문관과 함께 전선시찰을 할 때 통역장교로서의 임무에만 만족하지 않고, 누구도 보호자가 되어주지 않는 불쌍한 농민들의 사정을 정확히 전달하기 위해서 능동적으로 노력했다. 그것은 통역장교의 임무한계를 벗어난 것인지도 모르고 주어진 임무 이상의 일이었는지도 모른다. 그러나 왜 그런지 내가 그렇게 하지 않으면 그 힘없는 농민들이 의지할 곳은 없는 것만 같았다. 비현실적인 생각이었는지 모르지만 그것이 숨김없는 나의 진심이었다.

정부가 '적법한 절차로 처형한 공비협력자들'이라고 발

표한 719명이 어떤 사람들이었는가를 거창사건 유족들이 작성한 명세서를 인용하여 해부해보자.

부락별로 대현리 285명, 중유리 182명, 와룡리 151명, 덕산리 76명, 과정리 4명, 산청 등 기타 21명.

피살자들 가운데 60세 이상 노인이 66명, 80세 이상이 6명, 최고령자로 92세 노인도 포함되어 있다.

피살자 중 20대, 30대, 40대 청장년들은 24퍼센트에 불과한 175명이고 나머지 76퍼센트가 노약자다. 진상을 확실히 알기 위해 연령을 좀더 자세히 뜯어보자. 3세 이하의 젖먹이가 100명으로 전체의 약 14퍼센트, 4~10세의 어린이가 191명, 11~14세가 68명으로서, 14세 이하가 모두 359명이나 된다. 『마당』지의 글을 읽으면서 내가 괴로움을 금치 못했던 것은 다음의 글에 이르렀을 때다.

이승만정권은 공비협력자들을 군사재판에 넘겨 처형했을 따름이라고 거짓말을 했는데, 359명이나 되는 이 같이 어린 원혼들이 그 허위를 입증하고 있다. …… 희생자들이 무고한 양민이었다는 움직일 수 없는 물증인 셈이다. 젖먹이가, 국민학교 어린이들이, 80세 노인들이 공비와 협력했다는 증거는 어디에서도 나오지 않고 있다.

3대대장 한동석 소령도 2월 8일 신원면에 들어왔을 때, 노인과 부녀자 등 비전투원들만 눈에 띄어, '작전지역에 있는 사람은 전원 총살하라'는 상부명령을 이행하지 않았다고 말했다.

당시의 신원면 우익세력 대표 인물로서 토벌군 진주 때 (한)대대장의 안내역을 맡았던 임주섭 씨는 '토벌군이 들어오기 전 두달 동안 신원면이 공비들 세력권 안에 있을 때 일부 협력자들이 있었던 것은 사실이나 이들은 토벌대가 입성하기 전에 달아나버렸고, 죄없는 부락민들만 화를 입었다'고 했다.

바로 그와 같은 주민상황은 메인 소령과 내가 그가 전사하기 전 이 지역을 다니면서 부락들에서 보았던 주민연령 분포 사실과 부합된다. 내 자신이 마치 그 많은 사람의 죽음에 대한 책임자 같은 통렬한 죄책감을 금할 수 없는 까닭은 그 때문이다. 제5공화국 수립과 동시에 신규 발간된 『마당』지의 글은 나의 당시의 사건과정 추측을 뒷받침해준다.

"토벌대는 신원면 다섯 마을 사람들을 끌어모아, 아무런 선별작업도 없이 마구잡이로 학살했으므로 피살자들 가운데 공비협력자가 있었다는 구체적 증거는 법정이나 국회조사에서 하나도 제시할 수 없었다."

나는 30년도 더 지난 이 사건 희생자들의 원혼에 대해서 이 글이 바로 나의 심정과 염원을 대변하는 것만 같아서 한없이 기뻤다. "이와 같이 이들 719명은 결코 공비협력자가 아님이 명백한데도 그들 유족들은 아직도 공식적인 '결백 증명'을 정부로부터 받아내지 못했다고 지금껏 원통해하고 있는 것이다." 나는 그 지휘관이나 전투병과 장교는 아니었지만 힘없는 양민들의 희생을 조금이라도 덜어줄 수도 있었다고 생각하는 탓에 가해자가 된 심정이다.

내가 전쟁터에서 지휘관과 고문관을 따라다니기만 하는 것으로 소임을 삼았거나, 안전한 후방만을 골라서 근무하는 데 재주를 부렸다면 거창사건 희생자 719명과 그 유족들에게 30년이 지난 오늘까지 죄책감을 느낄 필요가 없다. "나는 모르는 일. 내 소임 밖의 일"이라는 한마디로 이 사건을 오래전에 잊어버렸을 것이다. 어째서 이 나라에서는 인간말살의 범죄가 '공비'나 '빨갱이'라는 한마디로 이처럼 정당화될 수 있는가 하는 의문이 그후부터 머리를 떠나지 않게 되었다. 이것은 내가 이데올로기의 광신(狂信) 사상과 휴머니즘에 대한 멸시를 깨쳐야겠다는 강렬한 사명감 같은 것을 느낀 계기가 되었다. 그리고 이때부터 나는 우리 민족이 다른 민족의 '잔인성'을 나무라는 데 동조하지 않게 되었다.

연대장 오익경 대령, 3대대장 한동석 소령, 그리고 제11사단장 최덕신 소장은, 거창사건 후 우리 사단인 지리산작전을 제8사단에 인계하고 동부전선으로 이동하는 도중 군법회의에 회부되고 투옥되었다. 그러나 그들은 1년도 복역하지 않고 석방되었을 뿐아니라 박정희 군인정권이 들어선 뒤에는 모두가 발탁되어 영달을 누렸다. 광신적 반공주의, 전쟁과 군대에 대한 나의 인식은 그때부터 더욱 달라져갔다.

## 38도선을 넘으면서

거창사건으로 세계적 악명을 떨친(또는 유명해진) 우리 9연대는 제11사단과 함께 지리산 토벌작전을 보병 제8사단에 인계하고 1951년 동해안 전선 후방 산악지대 토벌작전으로 전전(轉戰)했다.

그해 여름 7월 10일부터 개성(開城)에서는 교전 쌍방대표 간에 정전회의가 열리고 있었다. 그러나 쌍방의 전투는 최종적 휴전선을 최대한으로 유리한 지형에서 확보하기 위해 더욱 치열해지고 있었다. 우리의 임무는, 설악산맥(雪嶽山脈)에서 북쪽으로 탈출하는 인민군의 퇴로를 봉쇄하며 최대한의 포로를 얻는 것이었다. 이미 최전방 전선은 38도선을 넘어 설악산을 비워둔 채 지나갔으므로 인민군 패잔병력이 퇴각로로 이용하고 있는 오대산맥(五臺山脈)과 설악산맥을 차단하고 섬멸한다는 것이었다.

경상남도 삼천포(三千浦)에서 출발한 연대와 함께 나는 주문진(注文津)에 상륙했다. 우리를 수송한 LST 선단은 일본인 승무원들이 조종하고 있었다. 소련이나 북한 측이 그당시 유엔이나 정전회담에서, 한국전선에 일본인이 투입되어 참전하고 있다고 비난한 것은 이런 경우를 가리킨 것이 아니었나 싶다.

동해안은 아름다웠다. 해안을 따라 올라가면서 오른쪽

으로 펼쳐지는 풍경은 그야말로 절경이었다. 솔숲이 백사장에 출렁이는 흰 파도에 씻기면서 멀리 수평선에 투영되어 근경(近景)으로 부각되는 풍경은 가히 한폭의 그림이었다. 깊은 지리산 계곡과 시야가 가려진 산줄기만 보아온 눈에는 대조적으로 탁 트인 정취가 시원해서 좋았다. 지금의 동해안은, 인간의 손자국이 너무 눈에 거슬릴 뿐 아니라 30여년 전에 그렇게 울창하고 아름다웠던 해안선의 후덕했던 솔숲이 사라지고 빗자루 같은 볼품없는 소나무만 남아 옛 흥취를 찾아볼 수 없다.

그런 풍경에 도취되어 차를 몰고 올라가던 나는 어느 순간 갑자기 나도 모르게 브레이크를 밟았다. 주위의 느낌이 느닷없이 달라졌기 때문이다. 여태까지 오른편 해안 쪽만 바라보던 나는 해안선에서 내륙 쪽으로 이어진 산과 들을 유심히 살펴볼 겨를이 없었다. 돌연한 풍경의 변화에 놀라 차를 세운 채 살펴보니, 주문진서부터 그곳까지의 도로변 왼쪽에는 언덕이나 산에 나무 한그루 제대로 서 있지 않고, 붉은 황토가 그늘 드리울 잡초도 제대로 없이 황량하게 드러나 있었다는 것을 깨달았다. 그런데 내가 차를 세우고 앉아 있는 눈앞에는 몇십년 몇백년 묵었으리라 짐작되는 솔숲이 해안선에서 왼쪽 멀리 설악산 높은 산밑까지 일직선으로 우거져 푸른 성벽을 이루고 있었다. 한눈에도 잘 보존되고 가꾸어진 것이 분명한 산림이 해안까지 면도날로 일직선으로 자른 모양으로 우거져 있었다. 그 높은 산림의 검푸른 벽이 북쪽을 향해 있는 나의 시야를 느닷없이 가로막은 것이다.

교대로 운전하기 위해서 옆자리에 앉아 있던 고문관도 내 마음의 충격을 알아차린 듯이 이 너무나 대조적인 일직선상의 풍경을 감상하고 있었다. 숲 사이로 뚫린 도로의 오른쪽에 높이 60센티미터 너비 40센티미터가량의 돌이 눈에 띄었다. 그 표면에는 글자가 새겨져 있었다.

북위 38°

38th PARALLEL

내 머릿속에는 많은 생각이 오고갔으나 고문관에게는 아무 말도 하지 않았다. "치산치수(治山治水)는 정치의 요체"라는 옛 성현의 말이 자꾸만 머릿속에서 진폭을 일으키고 여러가지 생각이 꼬리를 이어 확산되었다. "같은 국토인데 이쪽 산림은 깎여서 없고 저쪽은 울창하고……."

"Let's go, Lieutenant Lee!"(이 중위, 가자!)라는 소리에 정신을 차린 나는 기계적으로 시동을 걸었다. '38도선'이라고 새겨진 경계선 표지가 뒤로 물러났다. 나는 민족의 비운을 묵묵히 상징하는 표지돌을 한번 뒤돌아보고 액셀러레이터를 밟았다.

내가 38도선 이북에 있다는 생각이 드는 순간 눈시울이 뜨거워졌다. 평안북도 삭주군 대관면 내 고향과는 아직 멀고 그 대각선상의 극점이기는 하지만, 어쩌면 고향에 이르는 길의 첫발일지도 모른다는 벅찬 감회 때문에 그것은 감격적인 순간이었다. 유쾌하게 차를 몰았다. 집을 나가 타관으로 헤매던 방랑객이 처음으로 고향이 보이는 고갯마루에 올라섰을 때 느낄 듯싶은 벅찬 감정이었다.

당시의 정세는 전선의 오르내림은 다소 있었지만 거의 휴전에 들어가기 위한 교착상태에서의 전투였다. 그러나 그런 대세를 알 까닭이 없는 나로서는 내가 모는 지프의 속도가 그대로 고향에 다다르는 시간에 반비례한다는 흥분된 감정으로 동해안 자갈길을 마구 달려 올라갔다.

## 신흥사와 낙산사

폐허가 된 양양(襄陽)에서 쉴 사이도 없이, 임시 연대본부가 위치할 신흥사(神興寺)에 도달하니 벌써 늦가을의 어둠이 절의 배경을 이룬 설악산의 준령에서 내려 덮이고 있었다. 해방 후 여행을 해보지 못한 나는 그렇게 큰 사찰을 처음 보았다. 절은 성한 모습으로 남아 있었으나 절을 지켜야 할 스님은 그림자도 없었다. 지휘부에 앞서서 도착한 연대본부중대의 병사들만이 몸을 녹이려고 절 안팎 여기저기서 활활 불을 피우고 있었다.

불이 반가워 차를 세우자마자 요란하게 타는 한쪽 불 둘레에서 서성대는 병사들 사이를 비집고 들어갔다. 장작이나 나뭇가지인 줄 알았던 불 속에서는 돌과 도끼, 삽 같은 것으로 마구 빠개진 불경 목판(木版)이 타고 있지 않는가. 경판을 어깨에 둘러메고 사찰문을 분주히 드나드는 사병들과, 돌을 높이 들어 내리치는 병사들의 모습이 어두운 하늘을 배경으로 불빛에 비쳐, 마치 영화에서 본 해적들의 그악스러운 노획물 처리 장면 같았다. 나는 부연대장 있는 곳으로 달려가 상황을 설명하고 귀중한 민족의 문화재이니 즉시 불을 끄고 모든 경판을 회수하도록 지시할 것을 종용했다. 일단 물을 부어 불을 끈 후 타다 만 조각까지 본당 좌측에 있는 판고(版庫)에 차근차근 도로 꽂아놓게 했다.

사실인즉 나는 종교도 없었고, 물론 불교신자도 아니었으며 신흥사라는 사찰의 가치도 몰랐다. 그 경판이 무슨 경(經)의 인각이며, 어느 왕조 몇년에 제작된 것이며, 또 어떠한 역사적 유래가 있는지 따위를 알 까닭이 없었다. 내가 그렇게 행동했던 것은 우리 역사나 우리 문화를 알아서라기보다는 나름으로 직업군인이나 일제지원병 출신장교들과는 다른 생각으로 전쟁에 임하고 있었기 때문이다. 많은 장병들에게는 38도선을 넘으면서부터는 '적지(敵地)'라는 의식이 앞서, 모든 것이 '노획'의 대상처럼 비치는 성싶었다. 같은 조상들이 남기고 물려준, 그리고 언젠가는 다시 한겨레로서 함께 소유하고 함께 향유해야 할 겨레의 재물이라는 생각은 전혀 없어 보였다. 모두가 노획과 처분의 대상이었다. 우리가 싸우는 중에도 겨레의 '귀중한 것'은 하나라도 더 보존해야 한다는 마음이 눈앞에서 부정당하는 행위를 목격하는 것은 가슴 아픈 일이었다. 통일이 되면 당연히 대한민국의 영토이고, 통일이 안 되어도 전쟁을 위한 직접적 목적과 용도 이외의 것은 고이 남겨둠으로써 겨레의 강토를 풍요롭게 할 것이라는 생각은 전쟁 논리에는 들어설 여지가 없어 보였다. 군대에서, 그리고 군인에게 대승적 민족애와 민족심을 가르치고 배양해야 한다는 사실을 절감한 일들이 많았다.

신흥사가 우리의 판도로 들어온 후 30년이 지나는 동안, 그 소멸될 뻔한 경판에 관해서 몇차례나 신흥사 주지에게 문의했지만 아무런 답장도 받아보지 못했다. 한번은 설악산 관광길에 들러, 본당 앞에서 서성대는 스님에게, 6·25전쟁 중의 이야기를 하고, 경판에 관해서 물어보았지만 그는 다만 귀찮다는 표정으로 대할 뿐이었다. 꾸준한 노력의 결과로 최근에 이르러서야 그 경판이 얼마나 중요하고 희귀한 보물인가를 알고 놀랐다. 서울대 법대를 나와 고시 합격후 연수 중인 젊은 신도이자 열렬한 불교연구가인 김진태 (金晋太) 군이 내 이야기를 듣고 많은 노력 끝에 밝혀낸 내용은 다음과 같은 것이었다.

신흥사의 그 경판은 「은중경(恩重經)」 「법화경(法華經)」 「다라니경」, 그밖에 경명을 알 수 없는 몇가지 경으로서, 「은중경」은 다행히 완전히 보존되어 있고, 「법화」 「다라

니경」은 많은 부분이 소각되어 없고 일부만이 남았다는 것이다. 더구나 중요한 사실은, 그것들이 한자(漢字), 한글, 범어(梵語, 산스크리트어)의 세 언어로 된 것들이라는 점이다. 이처럼 복합언어로 되어 있는 경판이 소장되어 있는 곳은 우리나라에서뿐만 아니라 불교권에서도 신흥사가 유일한 경우일 것이라는 이야기였다. 화주(化主, 경판 제작을 지도한 이)나 시주(施主, 그 비용을 댄 이)의 이름은 알 수 없으며 그 제판 연대는 조선조 효종(孝宗) 때인 1650년에서 59년 사이이고, 완판(完版) 수는 알 수 없으나 현재 남아 보존되어 있는 것은 277판임이 확인되었다.

이렇게 귀중한 경판의 완전 소멸을 막은 일에 대해서 나는 불교계나 문화재관리 당국이 알아주고 몰라주고와는 관계 없이 깊이 만족하고 있다. 솔직히 말하면, 6·25전쟁 중에 우리 군대에 내 심정과 같은 장성이나 고급지휘관들이 좀 더 많았던들 지금은 파괴 소진되어버린 그 많은 귀중한 사찰이나 불교문화재의 상당한 부분이 보존될 수 있지 않았겠나 생각한다.

후퇴하는 우리 군대가 명령에 따라 상원사(上院寺)를 태워버리려 했을 때, 그 절의 주지인 방한암(方漢岩) 스님이 본당 안에 드러누워서, "절을 태우려면 나도 함께 불사르라"고 버텨, 상원사가 오늘까지 남아 있다는 이야기를 언젠가 들으면서 나는 혼자 흐뭇해했다. 내 부하도 아닌 병사들의 행위에 내가 군이 개입하지 않아도 되었던 일이다. 그 경판들이 다시는 파괴의 위험에 처해지는 일이 이 땅 위에서 재연되지 않기를 염원하는 나의 마음은 각별하다.

낙산사(洛山寺)로 연대본부를 옮기고 그 겨울 동안 전개된 토벌작전은 나나 전체 부대원이 겪었던 고생에 비해 전과는 별로 없었던 작전이었다. 패잔 인민군 주력은 이미 설악산 줄기를 타고 북상해버린 후이고, 나머지는 우리가 떠난 지리산에 끝까지 잔류하기로 결정했기 때문이다.

이북땅이었던 양양-속초 간 도로에서 낙산사로 들어가는 길 좌우의 아름드리 나무들은 빼곡 들어찬 채 하늘을 가리고 있었지만 사찰 건물은 거의 파괴되고 없었다. 우리의 포격으로 둘레의 돌담과 승방 몇개가 남아 있을 뿐이지만 내가 제일 기뻤던 것은 의상대(義湘臺)와 천관정이 성한 채로 맞이해준 일이다. 본당 앞의 종각에는 있어야 할 범종이 없었다. 미국 폭격이 격화되면서, 북한당국이 파괴나 분실을 염려하여 어딘가에 옮겨서 묻었다는 주민의 말이었다.

노이식(盧利植) 중위와 나는 사찰 경내의 남쪽 언덕배기 배밭 속에 남아 있는 작은 밭지기 집을 숙소로 정했다. 일곱살짜리 아들 하나를 데리고 이 집에서 사는 마흔살 가량의 아주머니가 우리의 밥을 지어주고 남은 식량으로 살았다. 설악산 작전지로 나갈 일이 없는 한가한 날에는 의상대와 천관정으로 나가 경치를 즐기는 것이 일과였다. 의상대에서 동해 수평선 너머로 울려퍼지는 노 중위의 산타루치아를 들으면서 우리는 호연지기를 돋우었다. 특히 의상대에서 보는 해돋이는 전쟁을 잊게 해주는 황홀한 광경이었다.

천관정은 그 마룻바닥이 열려 있어서, 멀리 수평선에서 밀려온 검푸른 동해의 파도가 현기증이 날 만큼 깊고 긴 바위 골을 돌진해 들어왔다가는 가로막은 암벽에 부딪쳐 수억만개의 흰 거품을 토하면서 되돌아가는 폭음소리와 성난 자태를 그 마룻바닥 밑으로 내려다보면서 해가는 줄 몰랐다. 절에서 의상대를 돌아 이곳으로 이르는 길은 한 사람이 간신히 발을 더듬어 옮길 정도로 좁고 가파랐다.

그로부터 꼭 30년 만인 1980년 여름, 60일간의 남산 지하실 감금에서 풀려나와 아내와 함께 그곳을 다시 찾았다. 그 가파르던 풀 덮인 비탈길은 콘크리트 신작로가 되어 있었고, 천관정의 마룻바닥도 막혀버려서 그 웅장하고 아름답던 광경은 간데없었다. 30년 전의 감동을 나에게서 되풀이 듣고 기대에 부풀었던 아내의 실망은 이해할 만했다. 편리하긴 했지만 정서와 미관과 감격은 다시 찾을 수 없게 돼 있었다. 게다가 크기만을 자랑하는 동해대불(東海大佛)인지 뭔지 하는 언덕 위의 돌부처상은 나에게는 혐오감만을 일으키는 추한 것으로 비쳤다. 30년 전을 잊지 못해 내가 자기 소개를 하고 만난 낙산사 주지는 사찰의 '재건'을 자랑하면서, 전화를 입었던 당시의 낙산사의 모습을 이것저것 묻고 사사(寺史)에 기록하겠노라 했다. 내가 묵으면서 신세를 졌던 아주머니의 집이 배밭 속에 낡은 채로 그대로 있는 것이 반가웠다. 집에서 나온 40세가량의 장정에 물으니 그가 바로 나의 손에 매달려 다니던 30년 전의 소년이고, 벌써 그때의 자기만한 나이의 아이 아버지가 되어 있었다. 어머니는 줄곧 그 집에서 사시다가 몇해 전에 돌아가셨다는 말이었다.

30년의 세월은 자연은 그대로 둔 채 인간에게는 이렇게도 많은 변화를 남기는 것인가를 생각하면서 한가닥 인생의 무상함을 씹으며 발길을 돌렸다.

우리 부대가 진주하고 보니 낙산사의 대문이 남쪽을 향한 언덕 배밭을 다 내려가 지면과 접하는 곳에 세개의 굴이 있었다. 인공시대의 방공호다. 입구는 허리를 굽혀야 들어갈 수 있었으나 속은 7, 8미터의 깊이에 머리를 들고 다닐 수 있을 만큼 높고 넓었다. 낙산사 주변 주민의 방공호로 쓰인 굴들이다.

연대는 설악산 소탕작전을 교대하고 휴식하는 사병들을 위해서 이 굴 속에 후방에서 여자를 데려다놓고 사병들의 동물적 욕구를 해소하게 하는 은전을 베풀었다. 원하는 병사는 자기 월급에서 표를 사가지고 들어가면 되었다. 굴 속은 가마니를 깔고, 그 위에 비닐 우비의 베드시트를 덮은 침대다. 가마니를 드리운 굴 문 앞에는 언제나 병사들의 줄이 끊이지 않았다.

"야, 빨리 나와! 한번 찍 싸면 되지, 뭘 꾸물거리는 거야!"

세개의 굴 문 앞에 늘어선 줄의 맨 앞 순번이 되어 있는 사병들이 참다 못해 소리를 지른다. 잔뜩 긴장한 하복부를 움켜쥔 자세로 소리지르는 사병의 모습은 희화라 하기에는 너무도 간절해 보였다. 열중에 끼여 서 있는 병사들은 와 웃으며 합세한다.

"저 자식, 몇번 하는 거야! 이러다간 날 새겠다. 빨리 나와!"

어느날 밤, 노 중위와 함께 배밭지기 움막에서 자고 있는데, 그 위 언덕에서 고래고래 고함 지르는 소리, 악쓰는 소리에 섞여 후닥닥 뛰어가는 발소리들이 요란하게 들려 잠을 깼다. 흔히 있을 수 있는 사병들끼리의 일이려니 하고 우리는 다시 꿈속을 헤맸다. 이튿날 아침 근무병에게 물은 즉, 한 병사와 소위가 싸웠다는 것이다. 그 사병이 오래간만에 부드러운 살침대를 즐기려고 굴 속에 들어가, 만리장성을 쌓으며 이야기를 해보니, 바로 자기 고향 마을에서 흘러온 아가씨였다. 눈물에 젖은 두 남녀는 재회를 약속하고 굴문을 나왔다. 그런데, 다음날 밤 약속한 시간에 굴을 찾아간 사병은 굴 속은 비어 있고, 아가씨는 어느 소위가 숙소로 데려갔다는 것을 알았다. 눈이 뒤집힌 사병이 달려간 것은 당연하다. 그렇게 해서 사병과 장교 간에 주먹다짐이 벌어졌다는 것이 근무병의 이야기였다. 전쟁터의 사병들에게 성(性)문제는 예삿일이 아니다. 그후 낙산사에 대한 이야기가 나오면 나도 모르게 웃음이 나며 생각나는 한 작은 일화다.

## 마등령 계곡의 녹슨 철모

설악산 소탕작전은 성과는 별로 없었지만 이듬해 봄까지 계속되었다. 어느 달인지는 분명한 기억이 없으나 강추위 속에 작전이 전개되어, 고문관과 나는 대대와 함께 신흥사에서부터 마등령을 넘고 있었다. 눈은 허리까지 빠지는 데다가 가파른 능선길에 달도 없는 밤이었다. 적을 찾아 떠난 길이기에 일부러 암야를 택한 설중강행군으로, 한시간에 몇백미터도 못 나가는 고된 행군이었다.

전투지에 나갈 때에 고문관은 미군 통신병을 데리고, 사단본부 고문관과 연락할 배낭 크기의 야전 무전기 SCR300을 휴대한다. 초저녁부터 이튿날 아침까지 12시간 이상 계속된 눈 속의 행군에서 병사들은 걸으면서 졸았다. 잠 속에서 무의식적으로 발을 옮겨놓다가는 헛짚고 눈 속에 미끄러져 쓰러진다. 뒷사람이 졸면서 걷는 앞사람의 등을 때려 깨우고, 자기가 졸다가는 또 뒷사람에게서 등을 얻어맞고 퍼뜩 잠에서 깬다. 적중이기 때문에 소리를 지를 수는 없다. 이렇게 고된 눈 속 행군에서 나는 배낭을 메고 권총을 차고, 피로해진 사병의 카빈이나 M1을 대신 메어주기도 하고, 고문관이나 통신병과 무전기를 교대로 메기도 하고, 앞사람의 등을 쳐서 깨우고는 나도 뒷사람이 때리는 데 깜짝 놀라 깨어나 한 발 한 발 기어올랐다. 한 발 오르고 두 발 미끄러져 내려오고 하면서 마등령 정상도 멀지 않은 어느 봉우리와 봉우리 사이의 굽은 능선을 묵묵히 움직여나가고 있을 때였다. 소리 없이 움직이고 있던 30, 40미터 전방의 대열 속에서 억누른 "앗!" 소리들이 나면서 대열이 정지했다. 졸던 한 병사가 그만 발을 헛딛고 낭떠러지로 미끄러 떨어진 것이다. 1천여미터 높이의 능선이었다.

고문관과 함께 조심조심 그쪽으로 가서 내려다보니, 바람에 불려온 눈이 깊이 쌓인 골짜기는 귀중한 병사를 삼켜버린 채 아무 흔적도 보여주지 않았다. 워낙 눈이 깊어, 그 속을 미끄러져 내려간 것이다. 칼날처럼 아픈 바람소리만이 계곡을 꽉 채우고 있었다. 대대장과 고문관이 잠시 몇마디 나눈 뒤에 대열은 다시 서서히 움직이기 시작했다. '속수무책'이란 바로 이런 경우를 두고 하는 말인 듯싶었다. 전우의 비운을 본 병사들도 속으로는 무엇을 생각하는지 모르지만 한결같이 묵묵히 그곳을 지나갔다.

그로부터 십수년이 지나 설악산이 등산·관광지가 된 1960년대 말쯤 어느 신문에, 마등령 계곡 밑에서 발견된 국군의 철모가 거꾸로 땅에 꽂힌 M1 소총 개머리판에 씌워진 사진이 게재된 것을 보았다. 나는 그 사진을 본 순간 깜짝 놀라 잠시 숨이 멎었다. 그것은 분명히 그 밤의 눈 속 행군 대열에서 미끄러져 간 사병의 유품이리라. 마등령에서의 눈 속 작전을 마치고 귀대한 뒤에 그 사병의 이름을 대대장에게서 들었지만 기억하지는 못한다. 그러나 누군가의 남편이겠고, 어느 부모의 아들일 것이고, 어느 동생들의 형이고 오빠일 그 젊은 생명의 최후의 순간을 나는 잊어본 일이 없다.

신문의 사진 설명에는 사람의 뼈나 그밖의 흔적은 없고, 녹슨 총과 철모만이 있더라는 것이다. 20년 가까이 되었으니 그 병사의 살과 뼈는 자연으로 돌아간 지 오래일 것이다.

설악산이 등산객을 부르게 된 1960년대 이후, 나도 몇차례 설악산을 찾았다. 마등령 등산길에서의 나의 감회는 다른 일행들과는 달랐다. 그 능선이 어디였는지를 확인하려고 언제나 일행에서 떨어져 유심히 살폈지만, 그 계곡이 그 계곡 같고, 그 지점이 모두 그 지점 같기만 했다. 그 사병이 차라리 전투에서 총을 쏘다 죽었으면 그렇게 애석하지는 않을 것이다. 교전 중에 전사한 국군과 인민군의 죽음은 많이 겪었지만, 30년이 지나도록 언제나 각별히 애석한 마음으로 회상되는 것이 이 병사의 죽음이다. 녹슨 철모를 쓰고, M1을 멘 채 천미터 깊은 눈 속으로 사라진 그 병사.

군대에서 부하 없는 장교는 여간 딱하지 않다. 보병이나 포병 같은 전투병과 장교는 더 말할 나위 없고, 같은 '특수병과'였지만 군인 같지 않은 의무(醫務)병과 장교 군의관에게는 위생병이 있고, 법무관(法務官)에게도, 통신장교에게도 부하들이 있었다. 그런데 특수병과의 하나였던 통역장교만은 부하가 없었다. 후방이라면 모르지만 전방 전투지에서 부하가 없다는 것은 많은 불편을 의미한다. 일본 군대에서 말을 끌고 다니던 당시의 수송병과에 대해서 그것도 군인이냐고 빈정대는 일본 군대의 유행어가 있었지만, 현대전의 수송장교는 오히려 더 많은 병력으로 구성된다. 그런데 통역장교만이 6·25전쟁에서 부하가 없었다. 그러니까 '군인'이 아니었는지도 모른다.

당시 나에게는 직속부하는 아니었지만 근무병이 한 사람 있었다. 제주도 한림면(翰林面) 출신으로 현○봉(玄○鳳)이라는 하사였다. 성품이 순박하고 선량하여 아무런 권한도 없는 나를 위해서 밥짓고 빨래해주고, 업무연락 같은 일을 정성껏 해주었다. 전속 가면 근무병이 갈리게 마련이어서 현 하사와도 오래 같이 있지 못해 지금은 그의 이름 한 자가 기억나지 않지만, 7년간의 군대생활에서 만난 몇 안 되는 고마운 사람 가운데 하나다.

설악산을 완전히 장악하고, 다시 진부령(陳富嶺)까지 밀고 올라갔을 때 좌익에 있던 제6군단이 중공군의 공격을 받아 와해되는 바람에 우리도 그 험한 산을 타고 황급히 후퇴해야 했다. 그때 나는 대대에 나가 있었다. 한겨울이라 산은 온통 깊은 눈에 덮이고, 멀리 해안 쪽에 있는 연대본부도 이동하고 있어 보급이 없었다. 오랫동안 나가 있을 예정이 아니던 고문관과 나는 준비해간 비상용 휴대식량까지 끊어진 뒤여서 세끼를 굶은 채 능선과 계곡을 더듬어가며 해안으로 후퇴하게 되었다.

누구나가 다 굶는 판이니 우리라고 별 뾰족한 수는 없다. 높이 1천미터가 넘는 산 위에서 눈을 쓸어내고 나뭇가지를 꺾어 둘레의 눈에 꽂아 바람을 막게 하고는, 몸 하나 누일 정도의 땅에서 털침낭 속에 구두를 신은 채 들어가 밤을 새웠다. 군대는 전진할 때는 모두 인심이 후하지만 후퇴할 때는 각박해진다. 제각기 자기 생명의 보존밖에 생각할 여유가 없으니 당연한 일이다.

영하 20도 가까운 추위의 높은 산 속, 눈을 헤치며 후퇴하는 마음은 무겁고, 몸의 열을 뺏기니 피로는 한결 심했다. 세끼를 굶은 뒤에는 걸을 기력도 없었다. 나만이 그런 것은 물론 아니었지만. 이때 눈 위에 함께 앉아 있던 현 하사가 자기 배낭을 열고, 부시럭부시럭 더듬더니 무엇인가 봉지를 끄집어냈다. 그 당시, 일본에서 급히 한국군용으로 조잡하게 만들어 지급되기 시작했던 야전식량 속의 비스킷이었다. 크기는 꼭 지금의 담뱃갑만 한데, 두께 3밀리미터 정도의 짭짤한 비스킷이 열개씩 들어 있었다. 현 하사는 별다른 감정의 표시 없이 그것을 내밀면서 말했다.

"이 중위님, 이거 잡수세요."

"아아니, 그런 것이 어디 있었어?"

나는 놀랍고 고마워서 어쩔 줄을 몰랐다. 굶기는 현 하사도 마찬가지다. 그런데 그는 더이상 견딜 수 없을 때까지 먹지 않고 간직했다가 내놓은 것이다. 셋이서 그 두봉지의 비스킷을 먹고 나니 온몸에서 기운이 용솟음치는 것 같았다.

현 하사는 나의 고마워하는 말에 대해서, 뭐 별일 아니라는 듯 말없이 히죽 웃기만 했다. 그럴수록 그의 마음이 뜨겁게 가슴에 와닿았다. 직속부하도 아닌, 잠시 차출되어 임시근무를 하던 병사였기에 나는 더욱 그의 마음이 고마웠다.

내가 최초로 제주도에 간 것은 그로부터 13년 후인 1964년 가을, 한일회담이 막바지에 접어든 때였다. 정부는 수산업계의 반대를 달래기 위해서 이동원(李東元) 외무부장관과 농수산부장관 원용석(元容奭) 씨 등을 제주도에 내려보내 설득강연을 하게 했다. 나는 외무부 출입기자(합동통신)로서 수행했던 기회에 도정(道情) 브리핑을 하는 제주도 홍보과(계?)장이 바로 9연대에 소위로 있던 사람임을 알았다. 그에게 현 하사의 소재를 물었지만 알 수 없었다.

설악산 전투를 마치고 내려온 직후 나는 같은 사단의 제20연대로 전속명령을 받았다. 현 하사의 은혜에 보답할 시간도 없이 우리는 헤어져야 했다.


## 건봉사의 스님

1년 반의 게릴라 소탕전 임무를 마친 우리 연대는 1951년 겨울 처음으로 정규전투에 투입되었다. 제1차 북진에서 38도선 이남까지 철수한 그해 겨울, 서서히 다시 밀고 올라가는 전선의 최동부(最東部), 동해를 끼고 내륙 쪽으로 이어지는 산악지대. 내가 함께 일할 수석고문관은 퍼트넘(Putnam) 소령이었고 연대장은 양찬우(楊燦宇) 대령이었다.

20연대에 주어진 최초의 임무가 건봉산(乾鳳山) 공격작전과 그 점령이었던 까닭에, 간성(杆城)을 지나 거진(巨津)을 옆으로 보면서 북서쪽으로 깊은 계곡을 따라 들어갔다. 건봉산 중턱에 자리잡고 있는 건봉사(乾鳳寺)를 먼저 확보하기 위해 그 지역 일대를 연대 수색대가 살피며 전진한 뒤를 대대의 한 중대가 통과하자 나는 곧 연대장, 수석고문관과 함께 건봉사로 향했다.

이미 지나온 낙산사나 신흥사와는 달리 자동차가 들어갈 만한 길이 되어 있지 않아 무척 고생했다. 간성에서 진부령 도로를 따라 약 20리 지점에서부터 들어가는 계곡은 참으로 절경이었지만 경치를 감상할 만한 여유는 없었다. 종교가 없었고, 내 나라의 역사에 어두웠던 내가 건봉사가 법흥왕(法興王) 때(520년) 건립되어, 처음엔 원각사(圓覺寺)로 불린 31본산(本山) 중의 하나였다는 사실이라든가, 공민왕(恭愍王) 7년(1358년)에 나옹(懶翁)이 중수하여 건봉사로 개칭했다는 따위의 사실(史實)을 알 까닭이 없었다. 아흔아홉 칸을 자랑하던 왕년의 대사찰은 미군의 폭격으로 주춧돌만이 남아 있을 뿐 자취도 없었다. 완전한 파괴였다. 미공군 사령관이 "미군의 폭격으로 북한은 석기시대로 되돌아갔다"고 했던 대로 돌만이 남아 있었다.

우리 연대 선발대도 이미 새벽에 지나간 뒤인데다가 경

비해야 할 아무런 시설도 없으니 군인의 그림자도 없었다. 대문이 있었으리라고 짐작되는 자리에서 조금 들어가니 오른편 길가에 커다란 오석(烏石)의 비석이 몇발의 총알자국을 지닌 채 서 있었다. 내려볼 생각도 없이 지나쳐버린 이 비석이 사명대사(四溟大師)의 승병의거(僧兵義擧) 기념비이며 대사의 사리(舍利)와 이〔齒牙〕가 안치된 성스러운 곳이라는 사실은 주둔 후에 다시 가서 마멸된 비문을 자세히 읽어보고서 안 일이다.

폐허가 된 경내를 걸어서 두루 점검하다보니, 첫눈에는 모든 게 수평화되었다고 생각했던 후미진 한 구석에 작은 목조건물이 두개 이어져 서 있는 것이 눈에 띄었다. 그 속에서 용케 파괴를 면했다는 놀라움과 함께 급히 발길을 옮겨 가까이 갔다.

1개 소대가 정렬할 수 있을 만한 마당을 앞에 두고, 한길이 넘는 높이의 돌담 위에 기와집 한채가 단정히 놓여 있었다. 그 아래로 담을 향해 오른편 마당 위에 작은 곳간이 잇대어 서 있었다. 통풍을 위해서 통나무로 얼기설기 붙인 벽에 공간이 많아 곳간 속이 훤히 들여다보였다. 속은 텅 비어 있었다.

연대장 일행은 넓은 경내의 어딘가에 따로 있어, 퍼트넘 소령과 내가 그 마당에서 한참 이야기를 하고 있는데 돌담 위의 집에서 문소리가 나더니 사람이 나타났다. 퍼트넘과 나는 조건반사적으로 곳간 벽에 딱 붙어 몸을 가리면서 권총을 빼들었다. 1년 반의 전투 생활에서 몸에 배어버린 동물적 보호본능이다. 사람이 있으리라고는 아예 생각하지 않았던 우리는 질겁을 했다.

두세발짝 천천히 걸어나와 돌담 끝에 서서 우리를 내려다보고 있는 것은 40세가량의 스님이었다. 그는 두려운 빛도 없이 조용히 서 있었다. 무장이 없는 것이 분명했기 때문에 퍼트넘과 나는 총을 빼든 채 담 밑으로 걸어갔다.

우리가 놀란 것을 본 스님은 이쪽에서 묻기 전에 우리를 안심시키려는 듯이 먼저 입을 열었다.

"놀라게 해서 대단히 미안합니다."

고문관은 나에게 무슨 말이냐고 물었다. 나의 통역을 기다린 스님이 다시 말을 이었다.

"잘 오셨습니다. 나는 국군이 이곳에 어서 들어오기를 기다리고 있었습니다."

스님은 미국 군대의 장교나 국군 장교의 위무(威武)에 조금도 눌리는 기색이 아니었다. 점령군 장교의 머리 높이 담위에 서서 내려올 생각도 하지 않았다. 일부러 우리를 내려다보면서 대하려는 것 같았다. 나는 좀 건방진 중이라는 생각이 들기는 했지만, 내려오라고 하면 마치 외국인 장교의 위세를 빌린 행동으로 보일 것 같아서 참았다. 그때에는 고문관이나 나나 권총을 집어넣고 안정된 마음으로 되돌아가 있었다.

"내가 국군이 들어오기를 기다린 까닭은 국군은 약하고

불쌍한 사람들의 편이라고 믿고 있었기 때문입니다. 포소리가 가까워지기 시작한 며칠 전까지만 해도, 나와 함께 몇 사람의 스님이 이제는 폐허가 된 절일망정 여기서 절터를 지키면서 살다 죽자고 하면서 남아 있었습니다."

그는 전쟁이 시작될 때까지만 해도 건봉사에는 20여 명의 스님이 있었고, 전쟁 중에도 번갈아 남진과 북진을 한 인민군과 국군이 간성과 고성(高城) 간의 대로로 쏜살같이 오르내렸기 때문에 이 절에는 어느 쪽 군대도 들어올 사이가 없었다고 말했다.

"그랬는데 이제는 나만 남고 모두 어디론가 다 떠나버렸습니다. 오늘 새벽 갑자기 들어온 군대가 다짜고짜로 저 곳간을 열어젖히고는 그 안에 쌓여 있던 마른 산채나물 식량을 몽땅 털어가버렸습니다. 저 곳간을 보십시오. 그 안에는 우리 중들이 해마다 심고 가꾸어서 말려 쌓아둔 감자, 고구마, 고사리, 나물 등속이, 묵은 것은 꺼내 먹고 새 것은 그 자리에 쌓아서 그득히 들어 있었습니다."

퍼트넘과 나는 아까 들어올 때 빈 것을 확인했던 작은 통나무 곳간 쪽으로 잠시 시선을 돌렸다. 스님은 다시 말을 이었다. 고문관이 말을 끝까지 듣자고 해서 나는 스님의 말을 가로막지 않았다.

"우리는 종교를 싫어하는 인공치하에서도 자급자족하면서 살았기에 종교를 숭상하는 국군이 들어오기를 기다렸던 것입니다. 남아 있던 몇 사람은 그런 스님들이었습니다. 그런데 오늘 새벽에 온 군인들은 우리들이 아무리 설명하고 간청해도 아랑곳하지 않고 우리의 식량을 싹 털어갔습니다. 그것을 본 우리 중 몇 사람은 그길로 마음을 돌려 어딘가로 떠나버렸습니다."

퍼트넘 소령의 표정이 점점 무거워지고 눈은 스님의 눈동자를 응시하고 있었다. 퍼트넘은 독실한 가톨릭 신자였다. 그는 자기 주(州)의 대주교 쏘크먼 추기경(Cardinal Sockman)의 강론 프린트를 매주 우편으로 받아서는 나에게도 읽으라고 권하곤 했다. 바쁜 이동 중에도 시간이 되면 무릎을 꿇고 잠깐 기도하는 것을 잊지 않는 경건한 신자였다. 나는 퍼트넘 소령의 심정을 충분히 읽을 수 있었다. 그는 나에게 정확히 통역해달라고 다그쳤다.

"이래서야 어떻게 국군을 믿고 스님들이 절에서 살 수 있습니까?"

스님의 음성이나 어조는 입을 열었을 때와 다름없이 차분하면서도 진지했다.

"두분은 계급이 높은 분 같으니 우리의 식량을 되찾아주십시오. 국군에 대한 우리의 믿음을 위해서도 그렇고 우리가 절을 지킬 수 있기 위해서도 그렇습니다. 식량만 찾으면 나는 무슨 고생이 있더라도 국군 아래서 건봉사에 남아 혼자서라도 끝까지 살다 죽을 생각입니다."

말이 끝나자 퍼트넘 소령이 나보다 먼저 한발짝 담 쪽으로 다가가 스님에게 사과의 말을 했다. 그리고 자기는 명령권이 없는 고문관임을 설명하고, 부대장에게 일러 가능한 모든 노력을 다해보겠노라고 약속했다. 나는 그대로 통역을 했다. 스님의 낯이 처음으로 누그러지더니 그대로 담 위에서 합장을 하고 집 안으로 들어가버렸다.

고문관과 나는 스님에게 약속한 대로 노력했지만 중들의 식량은 끝내 빈 곳간에 돌아가지 못했다. 며칠간의 전투가 끝나고 건봉사 터를 연대본부로 삼기 위해 돌아왔을 때는 그 스님은 그곳에 없었다. 나는 그가 높은 돌담에서 내려오지 않고 자기의 믿는 바를 두려움 없이 공격군의 무장군인에게 토로할 수 있었던 것은 목숨을 버릴 큰 각오를 했었기 때문이라고 생각했다. 두 군인의 손에 들려진 총이 자기를 겨누고 있는 순간에도 그토록 태연자약했던 모습. 상대방의 감정을 격발시킬지도 모를 말을 시종일관 억양의 변화 없이 차근차근 조리 있게, 그러면서도 조금도 구걸하는 기색 없이 당당히 이야기할 수 있었던 용기. 잔잔한 호수의 수면처럼 고요한 그의 표정 뒤에 숨어 있을 바다같이 깊고 넓은 무아(無我)의 진제(眞諦)가 없었던들 그것이 가능했을까? 피냄새를 맡은 무장군인들 앞에서 고립무원의 알몸으로 그럴 수 있는 용기는 어디서 오는 것일까? 진주의 그 기생 다음으로 만난 전쟁터의 진정한 용자였다. 나는 전쟁 중에도 때때로 그 스님을 생각했고 지금도 절에 가는 일이 있어 스님들을 볼 때면 그 옆에 건봉사 스님의 환상을 세워놓고 생각해본다. 그 스님은 그때 어디로 가버렸을까. 그의 사라짐은 무엇을 의미하는 것이었을까. 이 일이 있은 뒤부터 나의 신념은 흐트러지기 시작했다.

## 어느 미국인 장교와의 일

최전방 전투지의 한국군 부대에 배속된 미국인 고문관은 외롭다. 그들은 한국전쟁에 참가하게 된 미국군 장교 중에서 가장 고달픈 제비를 뽑은 사람들이다.

사단급 이상의 고급부대나 후방의 독립부대에 배속된 고문관은 우선 동포들과 어울려 살고, 식사는 자기 가정에서와 거의 다름없거나 경우에 따라서 그보다 더 좋을 수도 있다. 거주시설도 그만하면 견딜 만하다. 그뿐이 아니다. 후방에는 그들의 숙소를 한발짝만 나가면 홍수처럼 밀려다니는 '여자'라는 상품의 시장이 있었다. 골라잡으면 자기 것이다. 더구나 '그린백'이라는 신묘한 부적만 몇장 드러내보이면 등불에 나방이 찾아들듯 이 땅의 여성들이 알몸으로 모여들었다. 웬만큼 단단한 종교적 신념을 가진 사람이 아니고서는 종려의 잎사귀 하나도 가린 것이 없는 그 흔한 알몸의 이브들 속에서 하느님을 배반하지 않을 수가 없다. 아내에 대한 사랑과 정조심이 무쇠로 되어 있지 않는 한, 1년간의 한국 복무를 마치고 돌아가서 사실을 털어놓고 무사할 수 있는 사람도 드물다. 사실 전쟁 중의 한국은 후방 근무의

미군들에게는 허용된 에덴동산이었다.

그러나 전방 근무는 달랐다. 연대급 부대만 하더라도 전방에 배치되어 있으면 식사는 별수 없이 야전식량이다. 거주시설은, 후방이라야 전선에서 고작 2, 3킬로미터밖에 떨어지지 않은, 허물어져가는 농촌의 초가집이거나 천막이고, 연대 전방지휘소(OP)에 올라가 있는 동안은 별수 없이 토굴생활이다. 그중에서도 여자가 문제였다.

건봉산이 우리 연대의 주저항선으로 확보되자 연대는 새로 점령한 전방고지를 중심으로 이동했다. 동해안의 최북단 거진에서도 북서쪽으로 60리쯤에 위치하는 이 산은 우리 쪽이 공격하고 휴전선으로 확보할 수 있었던 최북단이다. 이 산 꼭대기에서는 저 밑에 남강(南江)을 건너서 금강산(金剛山)의 전모가 보였고, 그중에서도 비로봉(毘盧峯)이 선명히 바라보였다.

연대가 이곳에 있던 1952년 늦가을, 신임 고문관 메이슨(Mason) 소령이 부임해왔다. 수석고문관 게이글라인(Gaigline) 중령과 내가 한 조이고, 메이슨 소령과는, 키가 워낙 작아 그 체구에 맞는 규격의 군복이 없어 늘 고민하는 이 중위가 짝이 되었다. 연대본부와 884고지의 OP를 1주일씩 교대로 오르내렸다.

메이슨 소령은 최전방에 전속되기 전에 광주 육군병기학교 고문관으로 이미 여러달 복무했기 때문에 귀국일자가 달포밖에 남아 있지 않았다. 그런 때에 일선 전투부대에 전속 배치됐으니 그의 심중은 부임해온 날부터 불만으로 부글부글 끓고 있었다. 우리 연대는 그 당시 향로봉(香爐峯)에 대한 대규모의 공격작전을 전개 중이었다. 그의 불안을 이해할 만했다.

메이슨 소령의 일과는, 매일 아침 달력의 날짜 하나를 작전지도용 빨간 그리스(grease) 펜으로 북북 뭉개버리고는 하루 종일 위스키 병을 비우는 것이었다. 언제나 취해서 얼굴이 벌개 있었다. 선임자인 게이글라인 중령과도 사이가 좋을 리 없었다. 이국만리 남의 나라 전쟁에 와서 함께 고생하는 처지인데도 자기 선임자인 수석고문관 게이글라인 중령과 사이가 안 좋은 이유가 또 한가지 있었다. 그리고 그것이 이 이야기의 직접적인 원인이기도 하다.

그때 게이글라인 중령은 바로 일선 후방 연대본부 지역 안의 폭격을 면한 제법 큰 농가에 한국 여자를 데려다 동거하고 있었다. 그 여인은 마흔을 훨씬 넘었고, ‘여자’라고 하기에는 아무리 좋게 보아도 미학적으로 문제가 있었으나 어쨌든 생물학적으로는 분명히 ‘암컷’이었다. 수석고문관이 전방지휘소에 가 있을 때도 이 여자는 그 집에서 살았다. 어쩌다 두 고문관이 다 연대본부에 있게 될 때에는, 방은 한 칸 떨어져 있었지만 게이글라인 중령의 방에서 밤마다 들려오는 소리가 자극하는 상념 때문에 메이슨 소령은 밤새 잠을 못 이루어, 아침이면 눈에 핏발이 서 있고 얼굴에는 노기가 등등했다. 두 고문관은 아침 식탁에 마주 앉아서도 말

한마디 하지 않았다. 게다가 집에 돌아갈 날은 며칠 안 남았는데 매일 전투가 계속되는 최전방 보병연대에 떨어졌으니 메이슨 소령은 바늘방석에 앉아 있는 기분이었을 것이다. 그의 처신으로 미루어, 편안한 후방 근무에서 전투지로 쫓겨나지 않았나 싶었다. 수석고문관과 함께 있는 나와는 별로 사귈 기회가 없었다.

어느날, 사정이 있어 내가 OP에서 내려와 메이슨 소령과 함께 있게 되었다. 마침 전투임무를 교대하고 내려온 나와 친한 대대의 장교들이 속초로 '기분전환'을 하러 가는 참이었다. 연대 휼병장교가 앰뷸런스를 가지고 나간다기에, 나도 오래간만에 산에서 내려왔으니 속세나 구경해야겠다고 타고 나섰다. 그러자 메이슨 소령이 휼병장교에게 15달러를 주면서 자기를 위해서 여자 하나를 데려다달라고 부탁했다. 11월 초순인데 벌써 전방은 겨울이었다.

속초에서인지 아야진에서인지, 물고기 회에 소주를 마시고 어둠이 깔린 시간에 약속된 장소로 돌아왔다. 휼병장교가 앉아 기다리는 앰뷸런스 속에는 철모와 사병용 국산 누비 동복과 군화로 완전 위장된 여자 둘이 실려 있었다. 한 여자는 고문관이 부탁한 여자이고 또 한 여자의 용도는 묻지 않아 알 수 없었다.

그 당시는 속초의 호수 남쪽가에 제1군단 사령부가 있어, 호수 중앙에서 내륙으로 그은 선(線)이 동부전선의 전후방 한·미 합동 검문 경계선이 되어 있었다. 이 지점에 이르자 미군 헌병이 규정대로 차를 세우고 검문을 했다. 단련된 미군 헌병들의 눈에 여자들의 위장은 금방 들통이 났다. 헌병들의 플래시라이트 빛이 부대자루처럼 투박하게 입고 머리를 무릎에 파묻고 쭈그리고 앉은 두 '군인'의 몸을 세밀히 더듬었다. 요행은 통하지 않았다. 휼병장교가 열심히 변명한 보람도 없이 '위안부' 여자들은 그 자리에서 끌어내려지고, 앰뷸런스는 빈 차로 칠흑의 어둠을 달려 귀대할 수밖에 없었다.

메이슨 소령은 거의 바닥이 난 위스키 병을 거머쥐고 잔뜩 기다리고 있었다. 굉장히 취해 있었다. 이해할 만했다. 일은 여기서 벌어졌다. 여자는 없고, 주었던 15달러도 없다. 후방의 여자는 선금을 줘야 따라나선다는 것, 돈을 받으면 여자들은 그걸 몸에 지니지 않고 포주에게 맡겨놓고 온다는 것, 준비해간 사병복장으로 완전히 위장시키느라고 무진 애를 썼다는 것, 그러나 미군 헌병의 눈을 속이지 못했다는 것, 아무리 설명하고 간청해도 들어주지 않더라는 것, 그래서 결국 여자도 돈도 없이 돌아올 수밖에 없었다는 것…… 등, 난처해진 휼병장교가 열심히 설명하고 변명했으나 메이슨 소령은 절대로 믿으려 하지 않았다. 그는 머리끝까지 화가 났다. 휼병장교의 딱한 입장을 보다못해 나는 자세히 통역해주고 달래려 했다. 같은 소리가 쌍방 간에 되풀이되었지만 이국만리에서 성에 굶주린 미국인의 훨훨 타오르는 욕정이 가라앉을 까닭이 없었다. 몇시간 동안 술을 마시면서 눈이 빠지게 기다린, 부풀었던 기대가 허공으로 사라지자 그의 실망은 분노로 변했다.

그는 드디어 나를 향해 소리질렀다.

"네가 했지! 이 중위, 네가 돈도 먹고 계집도 먹었지! 아니야?"

청천벽력이었다. 나는 치미는 분노를 억누르면서 다시 사실대로 설명하려 했지만 그는 들은 척도 하지 않았다. 사태가 이렇게 되자 휼병장교는 이번에는 내 입장을 도우려고 되지도 않는 영어로 열심히 거들었다. 그가 돈을 바꾸어다 갚아주겠다고 했으나 "여자를 내놓으라"는 고함소리만 되돌아왔다.

나는 무척 참았다. 아무런 위안도 없는 황폐한 이국만리 전선에 와서 고생하는 것, 아내와 떨어진 지 오래인 중년 사나이의 성적 기갈이 어떠하리라는 것, 그 거구의 몸속에서 해소되지 못한 욕정의 불이 타고 있으리라는 것, 술 때문에 제정신이 아니라는 것……

그러나 그는 계속 나에게 모욕적 언사를 퍼부었다. 나의 분노는 인내의 한계에 가까워지고 있었다. 메이슨 소령이 이 연대에 와서 나와 조금만 더 사귀었더라면 나를 이렇게 모욕적으로 대하지는 않으리라고 억지로 나 자신을 달래고 있었다.

그때였다. 메이슨의 옆에 앉아 있던 고문관 통신병 일등병이 메이슨의 역성을 들면서 한마디 거들었다.

"Dirty Korean officers!"(비열한 한국인 장교녀석들!)

팽팽히 당겨져 파르르 떨고 있던 나의 인내의 줄이 찡 하고 끊어지는 소리가 들렸다. 나도 이성을 잃었다.

처음으로 나의 고함소리가 튀었다.

"너 말 잘했다. 비열한 한국군 장교가 어떤 것인지 보여주마!"

나는 허리에 차고 있던 권총을 풀어 메이슨 소령이 앉아 있는 자리 옆의 야전침대 위에 던졌다. 그리고 소리쳤다.

"메이슨 소령, 당신이 팔다리가 온전한 채 돌아가서 마누라와 새끼들을 다시 만나고 싶거든 나에게 사과하라. 사과할 수 없다면 신사답게 결판을 내자. 당신의 권총을 나에게 내놓아라. 저리로 나가자. 너(통신병에게)는 내 말의 뜻을 네 눈으로 지켜보라."

격한 감정이 토해내는 영어는 오히려 유창했다. ("팔다리가 온전한 채……" 운운의 표현은 지리산에서 전사한, 나에게 그토록 친절했던 고문관 메인 소령이 쓰던 말을 빌린 것이다.)

나의 결투 도전에는 그만한 무게가 있었다. 그들도 나의 권총사격술을 익히 알고 있는 터였다. 나의 권총사격술은 정상적 표적은 성이 안 차서 마시고 난 맥주깡통을 눕혀놓고 쏘다가, 그후는 헌집에서 뜯어낸 담배갑만한 배선용 애자(礙子)를 맞힐 정도였던 것이다(이것이 내가 군대생활 7년에 얻은 유일한 소득이다!). 나는 그의 권총과 바꾸어서도, 그리고 밤중에라도 자신이 있었다. 사단의 선수였으니까. 나는 너무 격분해 있었다.

소령은 몽롱한 눈으로 나를 쳐다볼 뿐 일어설 기색이 없었다. 나는 빨리 결심하라고 다그쳤다. 나는 총이 없는 몸으로 어두운 밖에 버티고 서서 한번 더 소리쳤다.

"사과하겠어? 총 들고 나오겠어?"

괴로운 얼굴로 한참 동안 술병이 놓인 작은 책상을 내려다보고만 있던 그는 천천히 몸을 일으켰다. 그러고는 방 문턱을 넘어와(고문관실은 주인 없는 농가를 쓰고 있었다) 비틀거리는 걸음으로 나에게 다가와 손을 내밀면서 분명하지 않은 말로 사과했다.

"이 중위, 용서해줘. 내가 잘못했어."

그러고는 한참 만에 말을 이었다.

"이 중위, 당신이 내 입장이 되어보시오. 당신도 내 감정을 이해할 것이오. 내가 잘못했어. 용서해줘."

메이슨 소령은 12월 중순에 복무기간 만료로 귀국했다. 그의 사과를 받은 후 그가 떠나기 전까지 나는 그와 함께 OP에 가지 않았다. 그에 대한 멸시는 나의 마음에서 사라지지 않았다. 그렇게 쉽게 마음을 싹 돌리고 웃는 낯으로 대하기에는 내가 받은 모욕이 너무도 깊이 상처를 남겼던 것이다. 한 20일 후에 그가 떠났다는 소식을 향로봉 꼭대기 OP의 굴 속에서 들었을 때 나의 입에서는 "비열한 미국인 장교녀석!"이란 소리가 새어나왔다. 그리고 전선은 다시 바빠져 나는 그를 생각할 여유가 없었다.

그러던 어느날이었다. 크리스마스도 지나고 새해가 된 지도 여러날이 되는데 한장의 두툼한 봉서(封書)가 배달되었다. 그것은 미국 발신이었고, 보낸 이의 이름은 메이슨이었다. 우표에 찍힌 날짜는 크리스마스 전인데 한국군 우편 계통을 따라 일선까지 오느라고 여러날이 걸린 것이 분명했다.

나는 보낸 이의 이름을 확인한 순간 진주 기생과 건봉산 스님에게서 받은 것과 같은 충격으로 일순 머리가 멍해졌다. 그러고는 봉투를 뜯기가 두려워서 며칠을 그대로 안주머니에 넣고만 다녔다

나는 곰곰이 생각했다. 그렇게 정중히 사과하고 자기 심정을 호소하고 떠난 사람의 등에 대고 나는 독살스러운 비수를 꽂고 있었던 것이다. 그렇다면 그때 총을 사용하여 사과를 시키려고 했던 것은 상대방이 만취한 약점을 이용하려 한 것이거나, 적어도 총술에 있어서는 자기보다 못한 상대를 협박한 것밖에 되지 않는다. 어쩌면 그랬을지도 모른다. 통신사병의 "비열한 한국인 장교녀석!"은 바로 나의 그런 '비열함'을 뚫어보고 한 말이 된다. 나는 무척 부끄러웠다. 나는 또 한 인간에게 진 것이다.

이런 참회가 며칠 계속되자 마음이 다소 후련해지는 것 같았다. 편지를 뜯으니 자신의 성탄절 축하뿐 아니라 나에 대한 가족의 축복의 글까지 들어 있었다. 민간인이 된 메이

슨 소령의 글에는, "우리 서로 지난 일을 잊읍시다. 나는 그 때 그 환경에서 정신이상적인 나날을 보냈던 겁니다. 당신 이 내 입장에 있게 되면 나의 무례를 이해할 수 있을 겁니 다. 하느님의 축복이 당신에게 같이하기를 빕니다"라고 덧 붙여져 있었다.

## 전쟁으로 죽는 자와 출세하는 자

향로봉 전투가 끝난 후, 제11사단 통역장교 약 40명 중에 서 두명에게 화랑은성공로(花郞銀星功勞)훈장이 수여되었 다. 사단본부에서의 의식에서 사단장 오덕준(吳德俊) 준장 에게서 이 훈장을 수여받을 때 나는 별로 감흥이 없었다. 군 대와 직업군인들, 그리고 훈장 따위를 나는 멸시하고 있었 다. 거창사건의 충격과 군대 내의 부정과 부패를 너무 많이 보아왔기 때문이었다.

훈장의 번호도 모르고, 받은 날짜도 정확히 기억에 없다. 번호 같은 것을 기록해두려는 생각도 없었다. 그러기에 훗 날, 민간인으로서 여러차례 고역을 치를 때에, 이 훈장수여 사실을 진술하면 조사관들의 반응이 달라지곤 했다. 그러 나 '진술조서'의 '상훈'란에 '화랑은성공로훈장'이라고 기 입은 하지만 그 수여 날짜도 훈장번호도 기입하지 못한다. 군대를 나온 후 그런 것을 벽에 붙이고, 가슴에 달고 나타나는 사람들을 경원했기에 육군본부에 문의해서 확인하려는 생각도 해본 일이 없다. 그 훈장이 나의 나라사랑의 마음을 입증하는 데는 아무 효과도 없다는 사실은 민간인 생활에서 내가 여러번 겪은 국가권력의 조사과정에서도 분명했다. 1980년대에 들어 국가권력에 의해서 대학교수직을 다시 쫓겨나 생활이 어려웠을 때, 나는 혹시 훈장연금 같은 것이라도 있을까 하는 생각에서 훈장수여 확인을 위해 아내를 국방부 상훈국엘 보내보았다. 돌아온 아내가 내민 확인서의 '상훈란'은 빈칸으로 되어 있었다. 어차피 나는 군대와는 인연이 없는 사람이다.

향로봉이 확보되자 연대에는 다시 새 전투임무가 부여되었다. 건봉산 서남쪽으로 계곡을 사이에 두고 적이 유지하고 있는 관제고지, 속칭 '884고지'의 공격이다.

향로봉 점령 후 얼마간의 휴식을 취한 연대는 제2대대로 하여금 이 공격작전을 수행하게 했다. 향로봉을 내려가 계곡에서부터 공격해 올라가는 어려운 전투가 벌어졌다. 적의 진지는 완강했고, 하루도 쉬지 않고 쏟아지는 장마 때문에 계곡은 홍수를 이루었다. 총기는 물에 젖어 제대로 작동하지 않고, 공격군은 몸을 차폐할 아무것도 없이 사계청소된 산허리에 그대로 노출되었다.

향로봉 참호의 최서단(最西端) 중대 진지에 나가서 바라보는 쌍안경의 원형 시야 속에는, 계곡 너머 산허리에 달팽이처럼 붙은 무수히 많은 점이 보였다. 요란한 총성이 한바탕 메아리치면 맨앞에서 기어오르던 병사들이 여기저기서 굴러내리는 것을 똑똑히 볼 수 있었다. 계곡까지 후퇴했다가는 다시 공격을 하고, 하루에 100미터 후퇴했다가는 이튿날 200미터 오르고 하는 식으로 조금씩 압축해 올라갔다.

대대 장병의 인내심, 용기, 희생심은 감동할 만했다. 그러나 희생자는 향로봉 공격작전 때의 유가 아니었다. 전사자는 그 자리에 버려둘 수밖에 없으나 부상병은 계곡의 물을 건너 계속 후송되어왔다. 보충병력이 사단에서 계속 투입되었다. 그러나 이 전투에서의 아군 희생은 간성(杆城) 앞먼 바다에 떠서 지원사격해준 미국 순양함 미주리 호의 함포사격이 더 큰 원인이었다. 처음에는 884고지의 산봉과 그둘레를 정확하게 강타했으나 포열이 가열되는 까닭인지 사거리가 조금씩 줄어들면서 우리 공격군의 공격선 안에서 거대한 포탄이 잇달아 터졌다. 특별 파견되어 있던 미군 관측장교는 몸이 달고, 연대 지휘부는 제정신이 아니었다. 그런데도 20인치라는 거포의 사거리는 자꾸만 줄어 공격군 속을 강타했다.

며칠 사이에 수백명의 희생자가 났다. 거의 대대의 전 병력이었다. 나는 그동안 밤을 꼬빡 새우면서 정신없이 장마가 씻어내리는 임시 연대전방지휘소에서 뛰어다녔다. 모두가 그랬다. 그런데 바로 이 공격대대의 대대장은 병이라는 핑계로 대대 후방본부에서 부하들의 죽음은 아랑곳없이 호속에 틀어박혀 도장을 파는 데 여념이 없었다. 그의 평소 취미가 도장 파기였다. 나는 이 대대장의 도장 파는 솜씨에 평소 감탄했었지만 그의 비열한 작태에 분노했다. 그는 작전 명령이 하달된 날 '병'이 난 것이다.

연대 작전과에는 작전 며칠 전에 배속되어와, 건봉산 꼭대기에서 생전 처음 자기 나라 전쟁의 불꽃 튀는 전선을 바라본 신출내기 소위가 있었다. 김 소위라 했다. 얼굴은 빤들빤들하고 생전 햇볕을 쬔 일이 없이 자란 아기처럼 희었다. 언동이 경망스럽고 누구에게나 안하무인격인 것이 햇병아리 소위로서는 있을 수 없는 일이었다. 884고지 공격작전은 165마일 모든 전선에서 최고 격전지의 하나로 기록되어 있는 치열한 공방전이었다. 전투가 극에 달하여 상관과 동료 장교들이 며칠을 못 자고 굶다시피 하며, 눈에는 핏발이 서서 정신이 없는 판에 김 소위는 짐을 챙겨가지고는 수고한다는 인사도 한마디 하지 않고 서울로 간다고 산을 내려가 버렸다. 들으니 서울의 군최고부에 가까운 친척이 있어, 전속명령이 사단에 타전돼왔다는 것이었다. 그는 처음부터 최고사령부에 있기 위한 명분과 방편을 위해서 며칠 동안 연대급 단위로 보내졌던 것 같았다.

산꼭대기 굴 속에서 뛰어다니던 나는 이런 도피하는 자들의 뒷자리로 매일같이 보충되어 올라오는 신병들의 행렬을 보았다. 억수같이 쏟아지는 비에 흠뻑 젖은 채, 판초를 둘러쓴 어깨 위에 옆으로 M1 소총을 올려놓고 진창이 된 산길을 884고지를 향해 비틀거리며 내려가는 뒷모습을 보면서 나는 울고 싶은 심정이었다. 죽으러 가는 것이다. 며칠 만에 서울로 사라져버린 김 소위 같은 흰 얼굴은 하나도 없었다. 모두 투박하고 땡볕에 그을린 얼굴이었다. 노동자인지 농민인지 하여간 힘없는 사람의 아들들임이 분명했다.

나는 마음의 격동을 참다 못해 호에서 걸어나갔다. 미끄러운 좁은 산길 옆에 비켜 서서 한 보충병의 대열을 세우고 소리쳤다. 폭우 때문에 소리를 쳐야 들릴 수 있었기 때문이다.

"중학교 이상 다니던 사람은 손들어봐!"

100여명 가운데서 손 셋이 올라왔다.

"그래, 고맙다. 잘들 가거라."

내가 그들과 대면한 시간과 장소와 상황은 그들에게 있어 인간 존재로서의 '한계상황'이었다. 산을 걸어내려가기 시작하면 그 보충병들은 한계상황의 마지막 '한계선'을 넘는 것이다. 철학자들의 머리에서 이루어지는 관념으로서의 극한상황 따위가 아니라 인간적·생물학적 존재가 끝날 것이 십중팔구 확실하고 구체적이며 너무도 명백한 한계선이다. 그 선을 넘는 그들에게 "죽지 말라"고 말하지 못했고, "잘 싸워라" 하지도 못했다. 그 어떤 말도, 그들과 함께 당장에 그 한계선을 넘어서 행동을 같이해야 할 필요가 없는 나로서는 안이한 위안으로 자신을 속이는 것밖에 되지 않았기 때문이다. 인간 존재의 한계상황의 상황적 한계를 넘는 장면에서는 일체의 '말'이 공허한 것이 된다. 나는 말 대신 차라리 건빵봉지라도 줄 생각을 못했던 것이 후회스러웠다.

학교께나 다닌 젊은이들은 다 어디 가고, 이 틀림없는 죽음의 계곡에는 못 배우고 가난하고 힘없는 이 나라의 불쌍한 자식들만이 보내지는가? 나라사랑은 힘없는 자들만이 하는 것인가?

전쟁과 군대를 알게 될수록 나는 점점 더 사색적으로 되어갔다. 그럴수록 이 나라의 기본부터 무엇인가 잘못되어 있다는 생각이 들었다.

그때로부터 13년이 지난 1965년 여름, 나는 시민회관(지금의 광화문 세종문화회관) 앞에서 몇백명의 부하를 사지에 보내놓고 꾀병으로 도장 파고 지내던 대대장 임 중령과 마주쳤다. 개기름이 흐르는 얼굴에 몸은 더 뚱뚱해져 있었다.

"아, 이거 20연대 당시의 임 중령 아닙니까? 반갑습니다." 불현듯 기억이 되살아나 웃으면서 물었다. "지금도 도장 팝니까?"

그도 반갑다고 두 손을 잡으면서 넌덕스럽게 웃었다. 웃을 때마다 항아리만한 기름진 배가 춤을 추었다.

요새는 뭘 하고 있느냐는 내 물음에 그는 시민회관 현관 위 정면에 걸린 커다란 플래카드를 손으로 가리키는 것이었다. 플래카드에는 '국군파월촉진국민대회'라고 커다란 글씨가 씌어 있었다. 그는 안주머니를 뒤져, 명함 한장을 꺼내 나에게 내보였다. 거의 공책만한 크기의 특제 명함에는

'국군파월촉진국민대회 부의장'이라고 씌어 있었다.

『조선일보』정치부의 중앙청 및 외무부 출입기자로서 나는 바로 베트남 전쟁 관계의 기사를 쓰려고 신문사로 들어가는 길이었다. 그는 내가 신문사에 있는 것을 알자 요란하게 손을 흔들고 반가워하면서 말했다.

"마침 잘됐어요. 신문들이 적극 협조해주시오. 내가 하는 일이 가장 중요한 애국운동이니까요. 월남파병이 최고의 반공입니다."

그와 헤어져 신문사로 걸어가면서 나는 혼자 중얼거렸다. "아, 당신은 또 뒤에서 도장만 파고 누구의 자식들을 사지에 몰아넣으려 하는가?" 애국하기 위해서 죽는 자와 영화를 누리는 자! 애국심이란 무엇이며 누구의 독점물인가를 생각하면서 걸어가는 광화문 넓은 길에 884고지의 전투 현장이 오래간만에 환각처럼 아련히 지나갔다.


**전선에서 동생 사망전보를 받고**


884고지 전투가 끝난 뒤 전방배치되었던 대대는 연대 후방으로 교대해 내려와 있었다. 많은 부하의 죽음에 응어리진 마음을 풀고, 자신의 삶을 확인하는 행사가 필요했다. 몇몇 친한 중대장과 함께 '사람'이 사는 곳으로 내려갔다. 훗날, 4·19 후의 군내 '하극상' 영관장교의 한 사람이며 5·16

뒤에 공화당 사무총장이 된 김동환(金東煥) 중위도 있었다.

연대장, 수석고문관, 그리고 내가 주저항선에 배치된 각 중대를 시찰할 때마다, 사병들의 배낭 속에서 언제나 지급된 화랑 담배와 건빵이 정량대로 나오는 중대가 김동환 중위의 중대였다. 그는 모범적 중대장이었다.

전시에 '군인'과 '사람'은 다르게 불렸다. 주민들 속에서 잠시나마 '사람'이 되고 싶어진 우리는 아야진에서 술도 마시고, 노래도 부르고, 바닷가 모래사장에서 여자도 희롱했고, 물개 수놈의 생식기를 구한답시고 바위에 숨어서 암놈들을 몰고 온 수놈 물개에 BAR 자동소총 사격을 가하는 철없는 장난도 하며 즐겼다. 총알은 물개의 기름진 등에 수평으로 명중했으나 가죽과 지방질 살을 뚫지 못하고 오히려 하늘로 튕겨 올라갔다. 마침 한가위의 달이 우리 20대 초의 어린 장교들의 치기어린 장난을 꾸짖지도 않고 훤히 비춰주고 있었다. 너무도 황홀한 추석날 밤의 달빛이었다.

그런 한바탕의 난장판에서 속이 후련해져서 돌아온 지 11일이 지난 날 저녁, 산정의 토굴 속에서 책을 보고 있는데 한장의 전보가 불쑥 날아왔다. 최전방 일선 고지에서 받는 전보는 사람의 심장을 얼어붙게 한다. 전보지를 받아든 순간, 펴보기도 전에 온몸의 피가 싹 얼어붙는 것을 느꼈다.

"명희 위독 급히 귀가 바람."

머리가 아찔해지고 몸이 마구 떨리면서도 너무도 큰 충격에 눈물은 나지 않았다. 전보지를 손에 든 채, 아무 말도 못하고 있던 나의 귀에 많은 동료들의 뒤섞인 말소리가 들려오면서 정신을 차렸다. 연대 OP의 장교들이 위로의 말을 하고 있었다. 작전참모 남상선(南相宣) 대위, 정보참모 정영조(鄭永朝) 대위 등. 그들이 와 있음을 인식한 순간, 막혔던 봇물이 터지듯 눈물이 쏟아져 걷잡을 수 없이 흐느껴 울었다.

발신일자와 시간을 보니 바로 추석날 밤. 후방의 시골 충북 단양에서 친 전보가 11일 걸려서 전방 굴 속에 도착한 것이었다. 철없이 아야진 바닷가에서 여자들과 희롱하고 있을 때 동생은 죽음의 길을 헤매고 있었던 것이다. 나는 뭣에 대해서 빈다는 생각도 없이 계속 빌었다.

"명희야, 죽지만 말고 살아 있어다오. 내가 꼭 살려줄게."

급히 짐을 챙겨가지고 어둠이 깔리는 8백미터 고지의 급한 길을 달려내려왔다. 본부에서 얼마간의 여비를 얻고, 분말 페니실린 열 몇 병을 의무관에게서 받아가지고는 새벽에 단양을 향해 떠났다.

그 당시에 일선전방에서는 페니실린은 일단 '만병통치' 약으로 통했다. 미국 군대에는 어떤 좋은 약이 있었는지 모르지만 한국 군대에서는 부상자나 발병자에게는 우선 페니실린을 놓고 볼 판이었다. 지금처럼 마이신 종류는 없었고, 페니실린도 분말(powder)이었다. 그 약효로 말하자면 열병의 효과를 합쳐야 지금의 마이신이나 그후에 나온 오일 페니실린 한병의 효과가 될까 말까 한 것이었다. 하지만 그것이 전선에서 구할 수 있는 최고의 '영약'이었다.

불편하고 먼 길을 남의 부대 차를 번갈아 빌려 타면서 집에 도착하니 동생은 벌써 죽은 지 열이틀이나 지난 뒤였다. 그 추석날 밤, 부모님은 동생이 죽은 뒤에, 내가 너무 놀라지 않도록 '위독'이라는 전보를 쳤던 것이다.

급성맹장염이 복막염으로 악화되어 사흘 동안 어머니와 아버지의 무릎에 머리를 처박고 죽음의 몸부림을 치다가 숨을 거두었다는 것이다. 맹장염이나 복막염이었다는 것은 부모님에게서 설명을 듣고 내가 상식으로 판단한 것이지 의사 한번 보이지 못하고 말았으니 병명조차 확실하지 않았다. 세월에 부대끼고 풍상에 시달린 두 노인은, 제일 귀여워한 그리고 몇해 만에 돌아와 겨우 함께 살게 된 막내를 잃고 그저 넋이 나간 듯 제대로 말도 잇지 못했다.

부모님이 사는 농가집 방은 먼저 계시던 마을의 방보다도 더 험악한 모양이었다. 안동에서 돌아와 다시 찾아 들어간 집은, 주인의 요구로 나와야 했고, 개울 건너 북하리(北下里)에서도 한참 산길 쪽으로 걸어올라간 동네 끝집의 굴 같은 방이었다. 동네에서 제일 가난한 집의 버린 방을 얻어 가마니를 깔고, 찌그러진 문틀에 가마니 한장을 걸어 문으로 대용하고 있었다. 가끔 집에서 받은 편지에서 나는 이러한 형편은 전혀 눈치채지 못했다.

아버지가 쓴 편지는 언제나 고생은 되지만 동생이 죽령(竹嶺) 군용도로 공사장에 나가서 노동하고 타오는 잡곡으로 그럭저럭 세 식구가 먹고 살고 있으니, 전방에서 건강에 조심하고 걱정은 하지 말라는 당부였던 것이다. 나는 자신의 불찰과 어리석음에 한없이 울었다.

속에서 치밀어올라오는 분노를 더욱 참을 수 없었던 것은, 그 마을과 앞서 살던 마을에 사는 먼 친척들의 처사였다. 이 두 마을에는 평북 초산 고향에서 몇대(代) 전에『정감록』의 '피난처'라는 소백산 기슭 단양 일대에 내려와 정착한 먼 친척들이 제법 잘살고 있었다. 해방 후 그곳을 찾아간 것도 그 때문이었다. 그러나 어느 쪽 마을의 친척들도 가난하고 의지할 곳 없는 먼 친척 노인들에게 방 하나 내주지 않았다. 그들은 농토도 제법 있어, 두 마을에서는 '부자'로 통하는 넉넉한 형편이었는데도 말이다.

동생이 죽어가는 마지막 순간에 어머니는 저승에 가는 아들의 얼굴이라도 보고 싶어서 반딧불에 칠 석유를 그 부자 친척집에 꾸러 갔다. 그 집은 마을에서 방앗간을 경영하고 있었다. 그러나 냉담하게 거절당하고 빈손으로 돌아와야 했다.

"따라놓은 석유는 없고, 새 도라무(드럼)에서 조금 따라내면 석유가 못 쓰게 된다"는 것이 시골의 부자 친척의 답변이었다. 결국 그렇게 단말마적인 몸부림을 하다가 숨을 거둔 어린 아들의 얼굴을 비춰볼 등불이 없어, 가마니때기를 젖히고 달빛으로 비춰보면서 두분은 밤새 울었다고 한다.

그뿐만이 아니었다. 무지한 그들은 한푼어치도 도움은 주려 하지 않으면서, 두 노인과 사경을 헤매는 환자를 동네에서 나가도록 재촉했다. 부모님이 피치 못할 일로 잠깐 어딘가에 갔다올라치면, 어느새 가져다가 뿌렸는지 환자가 눕혀져 있는 가마니 밑에는 소금이 몇움큼씩 뿌려져 있더라고 한다.

"옘병 앓는 사람을 마을에 두면 안 된다"고 야단들이었다. '옘병'으로 죽은 시체는 동네 가까이에 묻지 못한다는 마을 사람들의 극성 때문에, 마을에서도 한참 떨어진, 산비탈을 올라가서 어느 후미진 곳에 묻어야 했다. 두 노인은 어린 막내아들을 산턱에 묻어놓고 매일 밤 그 고적한 산 속에서 부둥켜안고 통곡하며 한가위의 달빛 아래서 며칠 밤을 새웠다.

삶의 괴로움과 불운의 무게에 짓눌려 걸음조차 부실해진 아버지와 어머니를 부축하며 동생이 묻힌 곳을 찾아갔다. 뒤엎어진 붉은 흙이 흩어진 곳에는 봉분도 없었다. 장가도 들지 않은 총각원귀에게는 봉분을 쓸 수 없다는 부락 사람들의 앙탈 때문이었다. 봉분도 없는 무덤에 커다란 돌이 여러개 얹혀 있었다. 시골 사람들이 '옘병 앓은 총각귀신이 나오지 못하게' 하기 위해서 주워다 덮어놓은 것이었다.

나는 그 말을 듣는 순간 미친 듯이 그 무거운 돌을 번쩍번쩍 들어서 사방에 내동댕이치면서 울부짖었다. 부락 사람들이 그 자리에 따라왔다면 아마도 그 돌을 그들의 머리 위에 내리치고 말았을 것이다. 아버지와 어머니는 나를 말리지도 않고 무덤을 치며 단장(斷腸)의 설움으로 통곡만 계속했다. 그동안 동리 사람들 눈이 두려워서 낮에는 마음껏 울지도 못하신 두 노인은 내가 있다는 안도감에서 끝없이 통곡하셨다. 동생의 목숨을 구하지 못한 페니실린 병들과 고문관이 준 몇가지 먹을 것을 차려놓고 울기만 하다가 어두워서야 발길을 돌렸다.

다음날 나는 면사무소를 찾아가 평생 처음으로 입에 담지 못할 말로 그들에게 화풀이를 했다. 그래도 나에게는 그들을 협박할 용기는 없었다. 부모님이 어떤 대접을 받으며 살았든 지난 몇해 동안 신세진 사람들이었기 때문이다. 앞으로의 염려도 있었다.

전선으로 돌아가는 리영희 중위는 며칠 전의 그가 아니었다. 그의 마음에는 이제 이 전쟁은 자기와 전혀 상관없는 전쟁이었다. 이북에서 피난온 난민에게 공통적인 어떤 국가관이나 전쟁관도 달라지고 있었다. 애국심이란 무조건적이라고 생각했던 순박한 신념도 이제는 비판적 사색 앞에 그 뜨거움이 식어가고 있었다. 이 전쟁에서의 죽음의 가치에 대해서도 며칠 전까지와는 다른 면으로 보게 되었다. 전선으로 배속되어왔다가 전투가 벌어지자 최고사령부의 전보 한장으로 뒤도 돌아보지 않고 서울로 돌아가버린 김 소위를 그전처럼 미워하지 않게 되었다. 김 소위가 내려간 길을, 884고지 전투의 사지를 향해서 들어간 100여명에 이르는 보충병의 희생이 과연 누구를 위한 것이었던가를 골똘하게 생각하고 있었다. 또한 통역장교 병과에 주어진 소임을 넘어서 일부러 전투지를 택하고, 우직한 동물처럼 전우애 때문에 포탄이 떨어지는 산속을 헤매온 자신의 애국심에 회의가 일고 있었다. 얼마 전에 수여된 훈장에 생각이 미치자, 옛날 국민학교 때 '조선어' 교과서에 공을 세운 장군에게 무슨 상을 원하느냐고 임금이 묻자, "훈장 대신 돈을 주십시오" 하여 놀라는 임금에게 그 까닭으로, 너무 가난해서 부모님의 끼니가 걱정된다고 여쭈었다는 장군에 관해서 공부했던 일이 불현듯 떠올랐다. 애국심과 희생심을 부하에게 말끝마다 강조하는 지휘관이나 장교들이 자기 챙길 것은 다 챙기고, 그 밑에서 애국심과 희생을 다하고 있는 사병들의 빵과 반찬과 보급품이 어떤 꼴인가를 너무나도 가슴 아프게 목격해온 나는 싸우는 군대의 실태가 무엇을 의미하는가를 곰곰이 생각하고 있었다. 이런 온갖 현상들이 나의 머릿속에서 해답을 요구했다. 해방의 기쁨, 민족의 분단, 단독정부의 수립, 나라의 모든 권력을 휘어잡은 과거의 친일 반역자들, 통일을 위한 여러가지 제안 및 거부, 형제끼리의 전쟁, 외국 군대의 가세, 전쟁의 장기화, 통일 없이 다시 휴전으로 끝나려는 전세, 그 속에서 김 소위와 지휘관들과 100여명의 보충병, 그리고 자기의 착각과 무능 때문에 죽은 동생과 같은 고생을 겪는 늙은 부모님, 전투병과 장교들보다 더 많이 알게 된 전술학 따위에 도취되고, 훈장을 받고 아야진 바닷가에서 철없이 장난으로 바라보던 한가위의 교교한 달, 그 시간에 자기 혈육에 밀어닥친 죽음도 모르고 전쟁놀음을 갖가지로 미화하며 살아온 철부지…… 나는 귀대하자 곧 대위로 진급되었다. 리영희 대위의 생각은 일선 근무를 하루빨리 끝내는 것뿐이었다.

동생을 그렇게 비참하게 한가위 달밤에 영원히 잃어버린 우리 식구는 그후 어른들이 돌아가실 때까지 추석날의 달을 내다보지 않게 되었다. 추석날이 다가오는 것이 괴로웠다. 아버지와 어머니와 나는 추석에 관해서 일체 말을 하지 않았다. 부모님의 한맺힌 심정을 아는 까닭에 해마다 찾아오는 추석날에는 마음의 상처에 생피가 흐를까봐서 달 뜨기 전에 잠자리에 모셨다. 차라리 이불 속에서 두분이 손 잡고 마음껏 울게 해드리는 것이 나의 효도가 되어버렸다.

휴가가 끝나 전선으로 올라가는 날, 나는 부모님에게 평화가 돌아와 어디서든 함께 살게 되는 날, 동생의 유해를 옮겨 버젓이 묘를 써주기로 약속했었다. 그러나 아버지와 어머니는 단양을 떠나온 후 다시는 그곳을 찾으려 하지 않으셨다. 생각만 해도 끔찍스러우신 것 같았다. 나는 그후 3년 반을 더 군에 있어야 했다. 군복을 벗은 뒤에도 고달픈 생활에 쫓겨 약속을 지키지 못한 채 세월은 흘러갔다. 그러다가 동생이 죽은 지 20년도 더 지난 어느날, 노신(魯迅)의 「주루(酒樓)에서」라는 소품을 읽고 크게 뉘우쳤다. 노신은 고향을 떠난 지 20년 만에 다시 찾아갔을 때, 옛날에 즐겨 다니던 술집엘 들렀다. 우연히도 그곳에서 옛 중학교 동창생을 만났다. 그 친구는 옛날 어려서 죽은 동생을 아버지의 무덤 옆에 함께 묻어주고 싶어서 동생의 묘를 파보니 살도 없고 뼈도 없고, 영원히 삭지 않는다는 머리칼도 없었다. 할 수 없이 흙만 긁어모아, 가지고 갔던 새 관에 넣어 부친의 무덤 옆에 묻어주고, 쓸쓸한 마음을 달래려고 그 주막에 들른 것이었다.

노신은 나를 나무라기 위해서 그 소설을 쓴 것만 같았다. 나도 아버지가 돌아가시고 어머니가 아직 살아 계실 때 왜 이렇게 해드리지 못했던가 하는 뉘우침으로 가슴이 죄어들었다. 어머니마저 돌아가신 뒤, 어느날 나는 큰마음 먹고 찾아갔다. 그 마을과 주변은 옛모습이 아니었고, '염병'으로 죽은데다가 총각귀신에게는 무덤을 못 쓴다고 산허리에 밋밋하게 묻은 동생의 무덤 자리는 대강의 위치조차 찾을 수 없었다. 석유 한홉도 주지 않은 그 친척은 아직 살고 있었으나 그들이 기억할 까닭이 없었다. 나는 무거운 마음으로 돌아왔다.

아버지와 어머니는 내가 일선근무에서 후방근무 명령을 받고 1953년 여름에 마산으로 모시고 간 후, 여러해를 사시다가 돌아가실 때까지 다시는 그 마을을 찾아가보려 하지 않았다. 어쩌다 그곳에 관한 이야기가 나오면 얼굴을 찡그리고 말을 다른 곳으로 돌리곤 하셨다. 그 친척들과 마을 사람들에 대한 사무친 원한을 가슴에 새긴 채 돌아가셨으니 가슴 아픈 일이었다.

훗날 내가 똘스또이의 민중생활 작품에 대해서보다는 노

신의 작품에 대해서 더 많은 공감을 느끼게 되는 까닭이 어쩌면 그가 자신이 그린 소재로서의 당시 중국 농민을 감상적으로 미화하지 않고 오히려 그들의 무지와 탐욕, 우직과 이기주의, 겉치레의 유교적 친족관념 속의 냉혈적 무관심 따위의 속성을 냉정하게 묘사했고, 그와 같은 인간상이 나와 나의 가족이 뼈저리게 체험한 바로 그것이었기 때문인지도 모른다. 그들에 대한 노신의 따스함을 나는 도저히 따를 수가 없다. 그는 나와 나의 부모, 동생이 그들과의 관계에서 경험한 것 같은 현실적 비참을 체험하지 못한 탓이라고 해석하면서 자위하게 되었다.

# 8. 7년간의 군대생활을 마감하며

## 휴전, 그리고 전선을 떠나는 마음

1953년 7월 27일, 휴전협정이 조인되었다. 영원히 계속될 것만 같았던 민족상잔의 전쟁도 3년으로 끝났다. 얼마나 많은 동포가 서로 쏘고 찌르고, 죽고 죽였는가! 얼마나 많은 동포가 남과 북에 들어온 외국 군대의 폭격으로 살상되었는가. 가뜩이나 가난한 겨레의 재산이 잿더미로 화해버렸으니 살길이 막막했다. 그러나 어느 날 어느 순간에 생과 사의 가름길을 넘어설 것인가 하는 끊임없는 불안에서 해방된 일선장병들의 기쁨은 글과 말로 다할 수가 없었다. 그들의 소망은 하루빨리 이 전쟁이 끝나는 것이었다. 누구를 위한 전쟁이기에 안 그렇겠는가.

후방에서는 각계의 지도자라는 사람들이 '통일 없는 휴전 결사반대'를 외치고 있었지만, 매순간 죽음의 신(神)의 눈알을 노려보고 있던 일선의 장병들에게는 그런 소리는 귀에 들리지 않았다. 민중을 강제동원하여 손가락 잘라서 혈서 쓰게 하는 따위의 행동은 나에게는 무책임한 자들의 소행으로밖에 보이지 않았다. 수십, 수백만명의 목숨이 먼지처럼 흩날려간 3년여의 전쟁 동안 호의호식하고, 국민을 속이고, 권총 빼들고 뒤에서 독전이나 하고, 자기 재산 보호에 혈안이 되고, 일선의 전투지에서 자식과 친척을 후방의 안전지대로 빼돌리고, 주지육림 속에서 날을 보내고, 그러면서 입신영달에 밤낮을 잊었던 자들의 잠꼬대 같은 소리에 나는 피가 거꾸로 솟는 분노를 느꼈다.

그런 자들이 휴전을 지연시키고 있는 바로 그 순간에도 전투는 계속되었다. 그 때문에, 며칠만 살았으면, 아니 몇분만 더 살았더라도 휴전소식에 총을 던지고 기뻐 날뛰었을 이 나라의 풀같이 푸르고 싱싱한 목숨이 작렬하는 탄막 속에서 얼마나 많이 사라져갔는지 후방의 그들은 생각하지 않았으리라.

해방을 몇달 앞두고 세상을 떠난 만해(萬海) 한용운(韓龍雲)이나 적지의 감옥에서 옥사한 시인 윤동주(尹東柱), 그밖에 이 땅의 이곳저곳의 형무소에서 몇달 또는 며칠을 더 못 살아 해방의 기쁨을 누리지 못한 독립열사들에 대한 안타까움과도 같았다. 어쨌든 전쟁은 끝나야 했다.

바로 2년 전, 동해안을 북진하다가 '북위 38도선'이라고 새겨진 돌표지 옆에 차를 멈추고 깊은 상념에 잠겼던 나와는 달라져 있었다. 그때 나는, "아! 이제 나는 38선을 넘는다. 저기 고향이 보인다. 이 전쟁은 통일로 끝날 것이다"라는 감격에 가슴이 벅찼던 것이다. 2년 뒤의 나는 동족이 서로 죽여야 하는 까닭을 알지 못하게 되었다. 더구나 여러 외국 군대가 뛰어들어 부모형제를 서로 살육하는 전쟁의 민족사적·도덕적인 가치를 거부하게 되었다. 3년 반의 일선 전투지에서의 체험과, 누구를 위한 것인지도 모르는 전쟁이 나의 가족에 들씌운 비운 때문에, 후방에 앉아서 "죽어도 북진통일!"을 외치는 자들의 권세 아래 통일이 되었을 때, 그렇게 통일된 국가가 누구를 위한 국가이겠는가를 의심하게 되었다. 또 지쳐 있기도 했다. 나의 눈에는 차츰 세상의 참모습이 보이기 시작하고 있었다.

군은 휴전 후, 최전방에서의 최장기간 근무자와 후방에서의 최장기간 근무자의 근무교대를 실시했다. '전후방 교류'다. 나는 한편으로는 기쁘고 한편으로는 그전에 자각하지 못했던 문제의식으로 말미암아 무거운 마음을 안고 제1차 전후방 교류의 명령을 받고 전선고지를 내려왔다. 내가 그토록 애용했고, 나의 손때 묻은 권총도 필요 없게 되었다. 후방생활을 할 나에게는 돈이 없었다. 그래서 권총 없는 장교에게 팔고, 후방근무에 필요한 얼마쯤의 돈을 받아넣고 전선을 뒤로 했다.

무기여 잘 있거라!

## 미국을 알게 될수록

마산 육군군의학교에서의 생활이 자리를 잡으려 하던
1954년 봄, 경남민사부(慶南民事部)로 전속되었다. 후방의
최남단으로 가게 된 것이다. 형식상 수도는 서울로 환도했
지만, 실제적으로는 모든 면에서 부산이 그대로 수도의 역
할을 했던 때다. 민사부는 병사부와 짝을 이루는 기구로서,
모든 국가기관과 민간 주요기관이 부산에 남아 있던 그 당
시에 병사(兵事) 업무를 제외한 모든 대민(對民) 사업을 총괄
하는 중요한 군기관이었다.

나의 임무는 외국 군대(라고 하지만 주로 미국 군대)가
현재 사용 중이거나 사용하다 철수한 한국정부 또는 민간
의 재산을 관리하고 접수하는 일이었다. 전쟁이 경남(특히
부산) 지역으로 좁혀졌을 때, 외국 군대가 접수하여 사용하
던 토지·건물·시설 등이 많았기 때문에 업무는 굉장히 바
빴다. 그럴수록 영어에 능통한 장교가 필요해진 것이다. 외
국 군대는 계속 부산과 경남지대를 떠나고 있었고, 그 재산
의 접수업무가 시급한 상황이었다.

그런 업무라면 마땅히 대학 토목과 또는 건축학과 출신
장교가 임명되어야 했다. 그러나 민사부 관재과(管財課)에

는 그런 장교도 사병도 문관도 없었다. 전혀 기초적 지식이 없는 장병들과 문관으로 구성되어 있었다.

군의학교의 '의무교재 편찬실'도 의학 내지 의무와는 전혀 무관한 전공 장교들로 구성되었듯이 여기도 그랬다. 나는 우리 군대의 무원칙하고 비효율적이며 즉흥적 인사배치에 놀랄 뿐이었다. 모든 인사(人事)는 이권관계와 정실로 결정되는 실정이었다. 군대라기보다는 '장사'라 함이 더 적절해 보였다.

이 업무를 통해서 몇가지 새로운 사실을 알게 됨에 따라 이 나라의 장래가 걱정되었다. 하나는 '군사원조'의 실태였다. 내가 접수 서명한 재산 중에는 외국(미국) 군대가 사용했던 토지와 건물이 많았으며, 그곳에는 그들의 사용목적이나 편의에 따른 갖가지 부가시설, 공사가 버려져 있었다. 그중의 대표격인 거제도 포로수용소는 수십만평에 달하는 시설이다. 그 광대한 논밭을 뭉개어 콘크리트 도로와 보도, 미군용 숙소(콘세트, 가설천막)의 콘크리트 바닥, 녹슨 콘세트와 목조가건물, 전등시설, 하수도와 돌담의 그물, 전보대, 감시대 등등. 그 어떤 시설도 재생이 거의 불가능한 것들일 뿐 아니라, 농토로 재생하려면 막대한 비용을 들여 부수거나 철거해야 할 무용지물들이었다.

미군 관재과 장교들은 본국에서 토목·건축과 출신의 전문가들이었다. 그들은 건설 또는 시설 당시의 정밀한 청사진을 가지고 그 모든 것의 세밀한 가격을 계상하고, 그것을

'한국 정부에 대한 군사원조'의 형식으로 우리에게 검수(檢數), 접수, 서명날인을 요구했다.

나는 처음 업무를 맡았을 때 그 부당함을 지적하고 거부했다.

"당신네 군대가 뜯어가면 될 것 아니오? 어째서 우리에게는 소용없을 뿐만 아니라 원상복구하려면 막대한 우리나라 돈을 들여야 하는 당신네 위주의 시설을 군사원조로 서명해야 하는 거요?"

서명을 하라, 못하겠다 하는 실랑이가 한참 계속되자 미군 관재과 소령은 화를 냈다.

"이것은 미국 정부와 한국 정부 사이의 협정에 의한 것이오. 당신은 검수하고 사인만 하면 되는 거요. 게다가 이 전기 소켓을 보시오. 신품은 1달러짜린데 이 인계인수 서류에서는 중고품 가격으로 30센트가 아니오? 또 이 콘크리트 보도는 거의 무상이오."

이런 식으로 정부 간의 약정에 따른 '군사원조' 수십만달러, 수백만달러, 수천만달러짜리를 접수할 수밖에 없었다. 한국전쟁 기간 중 한국군의 일개 대위로서 이렇게 엄청난 액수의 '재산'을 만지고 사인하고 접수한 장교는 많지 않을 것이다. 어처구니없는 일이었다.

훨씬 훗날, 신문사와 대학에서 현대 중국사를 연구하게 되었을 때 비로소 그것은 '어처구니없는 일'이 아님을 알게 되었다. 1948년 중국대륙에서 중국공산군 앞에 국민당 군대의 패색이 결정적이 되자, 장개석 군대를 지원하던 미국 군대가 중국을 떠나버린다. 미군용으로 상해(上海) 항만 부두에 적재해두었던 각종 구경의 총포탄 수십만발도 그대로 버리고 떠난다. 다만, 떠날 때에 임박해서 장개석 군대 당국에 그 총포탄을 버리고 간다는 사실을 통고한다. 그 군수물자는 고스란히 중국공산군의 수중에 들어가 국부군 공격의 총포탄으로 사용되었다. 그로부터 1년 뒤에 발표된 중국 사태의 전말을 종합한 미국 정부 공식문서 『중국백서(中國白書)』를 보면, 그들이 '버리고 간', 그리고 중국 공산군에 의해서 거꾸로 국민당 군대의 패망을 앞당긴 공격전에 역이용된 그 총포탄의 값이 세밀하게 계산되어, 장개석 정부에 대한 '군사원조' 금액 속에 포함되어 있다. 그것 역시 '생산 원가의 몇할'의 '헐값'으로 제공되었다는 단서까지 들어 있다. 상해 부두에 있다는 사실을 '통고'함으로써 '접수'의 요건이 성립된 것이다.

해방 후 미국의 '원조'라는 것의 실체를 나는 똑똑히 보았다. 그럴수록 나는 현장 실무장교로서 그런 문서들에 서명한 것을 두고두고 부끄럽게 생각한다.

군관구 제도의 창설에 따라 경남민사부도 부산지구 제5 관구 사령부에 흡수되었다. 이 무렵(1955)에 한국군 장교들에게 '장교 예복'이라는 명목으로 미국 육군장교의 정복과 구두, 모자가 지급되었다. 미군장교 제복이 한국전쟁이 끝나면서 바뀐 뒤에 그 폐품이 지급된 것이다.

우리 장교들은, 독수리가 두 손에 힘을 상징하는 화살과 평화를 상징한다는 올리브 가지를 거머쥐고 있는 금빛의 미국 휘장(徽章)이 번들거리는 옷을 입고, 그 휘장이 달렸던 자리에 한국군 휘장을 바꿔 단 모자를 쓰고 다녔다. 행사가 있거나 귀빈을 영접할 때는 반드시 그 '한국군 장교 정복'으로 정장하고 도열했다. 작업복만 입어야 했던 장교들에게 그것은 부산의 중심가 광복동(光復洞) 거리를 의기양양하게 누빌 수 있는 예복이었다.

　일선에서도 그랬듯이 부산에서도 나의 영어는 상당한 평가를 받고 있었는데, 벌써 5년간을 미국인을 상대로 살아온 통역장교의 최고참으로서 당연하다면 당연했다. 유엔(미국)사령관 밴 플리트 장군의 부산지역 방문시에는 많은 통역장교 중에서 반드시 내가 각종 행사에 수행했다. 그런 때면 의당 '정복'을 입어야 하는데 그것이 나의 큰 고민이었다. 나는 그 '정복'을 한 번도 입지 않았을 뿐더러 펼쳐보지도 않았다. 남의 나라 군대의 정복을 걸쳐 입고, 남의 나라 국장(國章)을 가슴에 번들거리며 나다닐 용기는 나에게는 도저히 나지 않아 7년간의 군대생활을 끝까지 작업복으로 일관했다. 부대의 행사에도 반드시 작업복으로 나갔고, 그것이 허용되지 않으면 무슨 구실을 붙여서라도 참석하지 않았다. 당시에 찍었던, 밴 플리트 사령관의 통역을 맡은 행사의 사진이 많이 있지만 그 어느 것도 작업복 차림이다(이 사진들은 유신시대 말기에 나의 저서 『전환시대의 논리』『우상과 이성』『8억인과의 대화』가 반공법으로 기소됐을 때 나에게 닥쳤던 재판의 증빙자료로 법원에 제출되어 지금은 없다).

나는 이 전쟁의 주인이 누구인지 알 수 없었다. 고급장교 하급장교 할 것 없이, 불하된 남의 나라 군대의 정복과 정모로 몸치장을 해야 할 필요가 있는가? 아직 자기 나라의 군정복이 없으면 제정할 때까지 작업복으로 지내면 안 되는 것인가? 우리가 상대하는 북쪽 군대는 중공군이나 소련 군대의 장교들이 입다 만 정복과 정모를 자랑스럽게 입고 쓰고 다니는 것일까?

6년 전, 군대에 들어올 때만 해도 아무런 이의 없이 받아들였던 일들, 지극히 당연한 것으로 여겼던 사실들에 그것과는 다른 측면의 의미가 있다는 데에 눈이 뜨이고 있었다. 후방에 온 후부터 더욱 많은 책을 읽게 된 결과였는지도 모른다. 7년간의 근무연한이 가까워진 이 무렵, 나는 외교관이 될 생각으로 고등고시 3부(외교) 공부에 몰두했다. 결국은 허사였지만. 그 당시 전쟁 중의 남녀들, 특히 후방근무 장교들의 필수적 교양처럼 풍미했던 댄스를 여태껏 모르게 된 것도 그런 반발심에서였다.

그런 생각에서 입지 않고 짐짝 속에 처박아두었던 미군 정복과 정모가 10년 후, 신문사 시절에 서울에서 제기동으로 이사하는 짐 속에서 나왔다. 때마침 베트남전쟁에 많은 약소국가 군대들이 미국 군대를 대신해서 용병이 되어 그런 옷을 입고 베트남으로 가고 있을 때다. 어머니와 아내는 아깝다고 했지만 고물장수를 불러 주어버렸다. 7년 군생활의 사상적 청산의 표시였다. 군대생활에서의 나의 생각과 행동은 부질없는 고집이었는지도 모른다. 스스로 불이익을 자초하는 사상과 행동이었던 것도 분명하다. 미국인의 생활관습을 더 잘 알게 되고, 그들과의 관계가 깊어지고, 그들의 언어에 불편을 느끼지 않게 될수록 민족의식이 깊어지는 것을 자각했다. 한국전쟁의 민족사적 의미뿐만 아니라, 세계사적 의미에서도 시야가 넓어져갔다.

## 윤영자와의 결혼

후방근무가 되었으니 부모님을 다시 모셔와야 한다. 3년 반 전, 단양에서 안동으로 모셔가던 때와 마찬가지 절차와 기분으로 부모님을 모셔다가 마산 군의학교에서 몇 발치밖에 안 되는 바닷가의 가포(架浦)에 셋방을 얻어 살림을 꾸렸다. 유명한 마산 결핵요양소가 있는 곳으로, 잔잔한 마산만을 남쪽으로 보며 언덕에 둘러싸인, 언제나 햇볕이 따스하게 비치는 위치였다.

부모님은 매정한 친척도 이웃에 없고 탐욕스러운 그 부락사람도 없는 먼 곳으로 훌쩍 떠나온 것이 그리도 기쁜 것 같았다. 차라리 아는 사람 하나도 없는 곳이 마음 편했다.

앞산에 시선이 갈 때마다 무덤도 못 쓴 죽은 아들을 생각하게 되는 가슴아픔도 차츰 덜해가는 것 같았다. 안동에서 처음 함께 살게 되었을 때보다도 더 행복해하셨다.

가포에서의 생활이 시작되면서 어머니에게 한글을 가르쳐보기로 작심했다. 그전부터 해보자고 하던 일이고, 그때마다 고집 센 어머니는 "다 늙어서 무슨 글이냐"고 번번이 마다하셨던 숙제다. 이번에는 계략을 꾸몄다.

"오마니, 아들이 일선에 가 있는 동안 아바지에게 편지 자주 쓰라고 졸랐다면서요?"

"그랬디. 와 그렇게두 안 쓰는디……."

"그럼 오마니가 쓰면 되디 않아요?"

"내레 글을 알아야 쓰디. 그럴 줄 알았더라문 젊어서 글을 배와둘걸."

"그것 봐요. 오마니가 글을 알았더라면, 아들 생각날 때 직접 쓰고, 온 편지도 직접 읽고, 오죽이나 좋았겠어요?"

"정말 그렇디."

이렇게 해서 유도심문에 걸려 들어온 어머니는 한번 배워보자는 데까지 왔다. 군대에서의 문맹자 교육의 본을 따서, 며칠 걸려 그림 도판을 완성한다. '가' 밑에 '가마귀', '나' 밑에 '나무'……'아' 밑에 '아기'……

지난 3년여 동안의 안타까움을 되씹는 노인은, 좁은 방의 한쪽 벽에 아들과 가지런히 앉아, 맞은편 벽에 걸린 커다란 도판을 열심히 따라 읽었다. 익히는 속도야 어쨌든, 아들과 나란히 앉아 목소리를 합쳐서 부르고, 웃고, 탄식하고……
하는 것이 더없이 흐뭇한 일이었다. 하지만 1주일도 안 되
어서 웃음보다는 탄식이 더 잦아졌다.

"야, 난 못하갔다. 눈이 가물가물하구, 이 글짜가 저 글짜
같구. 머리가 어지러워서 더 못 따르갔다."

여러가지 말로 의욕을 북돋고, 아들과 헤어져 있을 때의
안타까움을 회상시키기도 하고, 이것만 익히면 생각하는
것을 다 편지로 쓸 수 있다는 둥, 온갖 노력을 다했지만 머
리가 굳어져 있는 늙은 어머니에겐 그것이 오히려 잔인한
일이라는 생각이 들었다.

'이제부터 헤어지지 않고 살면 되지, 이렇게 고통을 드릴
필요가 없지.'

결국 화판은 벽에서 내려지고, 어머니의 얼굴에는 무슨
큰 고역에서 해방된 것 같은 화색이 돌았다. 어머니는 끝내
글을 모르고 돌아가셨다.

군의학교 바로 정문 옆, 100미터쯤 거리에 반공포로 수용
소가 있었다. 어느날 밤중에 느닷없는 총소리, 싸이렌 소리
와 함께 비상소집이 걸렸다. 집에서 학교로 달려가는 밤 언
덕길 여기저기를 달아나는 인민군 포로들이 보였다.

교전 당사자 대표 간의 포로교환에 관한 공식적 합의에
이르기 전에 이승만 대통령이 일방적으로 석방시켜버린 사
실을 다음날 알게 되었다. 그렇게 알고 보니 전날 밤에 달아
나던 포로들의 태도도 별로 겁을 먹은 것 같지 않았다는 느

낌이 들었다. 헌병들의 총에서 나오는 불길은 하늘을 향했거나 공연히 먼 곳을 겨냥해 있었다. 짜여진 각본이었다.

부산에 전속된 얼마 후에 부모님을 마산에서 다시 부산으로 모셨다. 6년간의 월급에 부모님이 절약한 것을 보태어 양정동(楊亭洞) 높은 언덕 끝의 8평짜리 난민구호 주택을 마련했다. 해방 후 처음 '자기 집'에서 살게 된 두분의 기쁨은 형용하기 어려웠다. 아버지는 산비탈을 갈아 호박이니 푸성귀 등속을 가꾸면서 소일하셨다. 건강도 많이 회복되었다.

부모에 대한 불평은 아니지만 부모님을 이렇게 가는 곳마다 모셔야 할 책임이 없었다면 나의 처지도 달라졌을지 모른다. 미국장교들과의 관계가 계기가 되어 그 당시 많은 통역장교들이 군복무 도중에 또는 제대 후에 외국유학을 떠났다. 원하기만 한다면 기회는 거의 언제라도 있었다. 나도 늘 그 생각을 했었고, 그것이 군대를 빠져나오는 첩경이기도 했지만, 어쨌든 늙으신 부모님을 모셔야 하는 입장 때문에 아예 유학의 희망은 포기하고 말았다. 어차피 인생은 '새옹(塞翁)의 말(馬)'인 것을……

1956년 11월 13일, 나는 제주도 모슬포의 파평(坡平) 윤씨(尹氏) 가문 윤평숙(尹平淑)의 맏딸 영자(英子)와 결혼했다. 내가 28세 영자가 25세였다.

여태까지 나는 어른들의 나이와 고생을 생각하면서도 결혼을 마다해왔던 것이다. 전방근무 중이었다는 것이 큰 이유이기는 했지만 후방근무가 되어서도 그랬다. 이유는 두가지였다.

첫째는 당시의 나의 대위 월급으로는 세 식구 먹고 사는 것조차 힘에 벅찬데 또 한 식구가 느는 것은 감당할 수 없는 경제적 부담이었다. 다음은 아직 나 자신의 인격적 숙성에 자신이 없었다. 자신의 성격·정서·능력 따위를 성찰할수록 자기 하나의 몸·마음가짐은 물론 사회인으로서의 장래에 대해서도 불안과 두려움이 앞서곤 했다. 그런 상태로 새 사람을 데려왔을 때 전혀 인격적 화합·동화·발전을 기할 수 있을 것 같지 않았다.

부산에 와서 심심치 않게 선 보자는 이야기가 나올 때마다 속마음을 털어놓지는 않았지만 그런 이유 때문에 사양하곤 했던 것이다.

날이 가면서 경제적 염려는 뒤로 물러섰다. "지금의 이 군인생활보다 못할 상태야 어디 있겠느냐"는 보장 없는 희망이었다. 군복을 벗으면 네 식구 못 먹고 살겠냐 하는 꾸며진 자신도 생겼다.

새 사람을 맞이하는 데 대한 인격적 불안은 그후도 계속됐지만, "인간만사가 새옹지마가 아닌가" 하는 생각으로 기울게 되었다. 나는 그때까지 연애라는 것을 한 경험이 없어 여자에 대해서는 두려움이 앞서는 상태였다. 노인들의 뜻을 더이상 거역할 형편이 못 되는데다가 오랜 망설임 끝에 기묘한 '결혼철학'도 터득했다. 군대와 사회에서 한가지 즐거움도 없는 생활에 위안도 필요했다.

이럴 때 대학시절의 하숙집 아주머니가 소개한 여자가 윤영자다.

그의 부친은 일찍이 제주도에 있는 고향 모슬포에서 일본 토오꾜오로 가, 중학교를 마치고 조선에 나와 기호·호남 지방 주요 도시들에 연쇄점을 가지는 갑자옥(甲子屋) 옥호의 제법 큰 각종 모자 수입·제조·판매 사업을 벌인 사업가였다. 군산에 본점을 두고 오래 살아, 영자는 그곳에서 자라고 여학교를 나왔다. 윤씨 집안에서는 '이북내기' 사위가 어쩌면 못마땅했는지 모르고, 나의 부모는 '이북사람' 며느리를 원했던 것이 사실이다.

'이북사람'에 대한 남한 사람들의 해방 후의 좋지 않은 감정을 나는 잘 몰랐었다. 내 자신이 중학·대학·군대생활을 통해서 지역적 배타감정에 물들어본 일이 없어서였다. 나의 부모님, 특히 기질이 억센 어머니의 '이북내기' 고집은 '이남내기'를 업신여기는 경향이 있었다.

우리는 몇번 만난 다음 약정을 했다. 부산과 군산 사이에는 결혼할 때까지 많은 편지가 오고 갔다. 영자에게 편지 쓰고 받는 것이 포로생활만 같았던 군복무에서 유일한 위안이었다. 그는 고등학교를 마치고 가사를 돌보고 있었다. 전쟁기간에 고등교육을 받았거나 대학생이라는 이 나라의 여성들의 작태에 나는 적지 않은 혐오감을 느끼고 있던 터여서 그것은 애당초 나에게 문제가 되지 않았다.

우리가 처음으로 육체적 부부가 된 순간 그가 겪는 고통과 선혈로써 보여준 25년 동안 간직했던 순결의 증시는 나에게 있어서 특히 그를 존경하고 사랑해야 할 중요한 이유가 되었다. 나는 지금도 결혼까지의 처녀성을 귀히 여긴다.

영자의 집은 해방 후에 쇠했다고는 하나 그런대로 여유가 있었지만, 나는 나의 형편을 생각해서 서로 최소한의 비용으로 생활을 시작하기로 하고 고리〔行李〕 한짝씩으로 출발했다. 가까운 동래나 해운대가 신혼여행지로 이용된 모양이지만 우리는 그런 생각을 하지 못했다. 이렇게 해서 영자는 양정동 산꼭대기의 6평짜리 난민구호 주택에서 리영희라는 남편을 믿고 온유한 시아버지와 억센 시어머니를 모시게 되었다.

평안도의 압록강 맑은 물로 미역 감은 사나이와 나라의 최남단 한라산의 피를 받은 계집의 만남이다. '남남북녀'와는 정반대로 '남녀북남'이 되었다.

## 전화(戰火) 속에 흘러간 7년 세월

내가 7년간을 산 대한민국 군대는 인간의 권리라는 것에 대해서 근원적으로 아무런 인식이 없는 사회였다. '근원적으로'라고 말한 까닭은 대한민국 군대가 일제시대 자기 발로 찾아들어간 일본군 '조선인 지원병'이나 일제 사관학교 출신 장교들의 반인간적·반민족적 정신상태가 지배하고 있었기 때문이다. 걸핏하면 주먹질이고, 기분이 언짢으면 하급자에 대한 몽둥이질이었다. 친일파적인 일제군대 출신들뿐만 아니라 무식한 젊은이들이 권세와 출세, 그리고 하루 세끼의 밥을 약속받은 곳이기도 하다보니 6·25전쟁 기간의 군대(그후에 나아졌다는 소식을 들어본 적은 없지만) 사회는 일본 군대식의 야만적인 린치(폭력)가 어디서나 일상생활처럼 되어 있던 것이다. 무슨 정당한 이유나 목적이 뚜렷이 있어서가 아니다. 그저 분풀이, 화풀이, 심지어 즉흥적인 장난으로 부하들을 구타하는 것이 예사였다. 한심하고도 통탄할 상태였다.

군대생활 7년을 통해서 한번 육체적 모욕을 당하고, 한번 남에게 그렇게 했다. 당한 것은 물론, 7년 전 연락장교단에 입대한 첫날 밤에 피난길에서 헤어진 부모님을 찾으러 탈영하고 돌아와서이고, 남을 때린 것은 육군인쇄공창에서다.

어느 일요일, 주번사령 근무 중이었다. 점심식사 중인 사병막사를 순찰하니 사병 둘이서 밥 한 그릇씩을 놓고 먹고 있었다. 사연을 물은즉, 부대 앞 광안리(廣安里)에 나가면 모내기가 한창이니 점심은 모내기를 해주고 얻어먹으라면서 모내기에 안 나간 사병들에게는 그렇게밖에 밥이 나오지 않았다는 대답이다. 이게 말이나 되는 일인가. 그렇게 해서 남긴 쌀은 누가 가로채고 있는가? 나는 그것을 평소에 알고 있기에 분노했다.

나는 취사장의 주·부식 전표와 실제 사병들에게 나온 주·부식 양을 세밀히 조사하고 계량해가지고 이튿날 부대장에게 시정을 요구하고 책임자의 처벌을 상신하는 보고서를 작성했다(당시 나는 보병 병과로 전과되어 있었기 때문에 주번사령 근무를 했다).

그날 밤, 정문보초로부터 정당한 반출서류 없는 쌀 세가마니를 싣고 나가려는 장교가 있다는 보고가 있었다. 달려가보니 본부중대의 뺀들뺀들한 준위였다. 나의 문책에 대해서 이 준위는 "대구 출장을 가게 됐는데 출장비가 부족해서 쌀을 들고 나온 것"이라고 오히려 대드는 것이 아닌가. 나는 순간적으로 그날 사병들을 모내기에 내몰고 두 사람에 밥 한 그릇씩을 먹인 모든 이면을 알아차렸다. 나의 주먹이 언제 그의 뺨을 후려갈겼는지 나도 모른다. "도둑놈새끼!" 몇차례를 때리고 쌀가마를 실은 차를 끌고 주번사령실에 돌아와 흥분이 가시고 보니 오른손 새끼손가락 관절이 부러져 있었다. 지금도 이 손가락은 구부정하다. 군대에서 처음으로 그리고 마지막으로 사람을 때린 기념이다.

후방군대에서도 나는 울분으로 살았다. 후방 부산의 장교들의 사치, 향락, 타락, 부패는 일선근무를 오래 하고 내려온 나의 눈에 불이 나게 했다. 전방전투지에서 사지에 들어가는 100여명의 보충병을 보면서, '나라를 위해서 죽으러 가는 자와 도피하여 향락하는 자'에 대해 격분했던 감정이 후방에서는 일상적 감정이 되어버렸다. 전란을 겪는 같은 국민이 어찌 이럴 수가 있을까?

　돈끼호떼적으로 쿠데타를 꿈꾸는 이승만 대통령의 행차를 부산시청 앞 길가에서 만났을 때, 전선을 내려올 때 팔아먹어 이제는 없는 권총을 나도 모르게 허리에서 더듬은 것도 이러한 감정에서였다.

　나는 융통성이 없는 장교였다. 인간으로서 너무 편협했는지도 모른다. 남들이 하는 짓을 못함으로써 부모님과 나 자신에게 자초한 고생은 말할 수가 없다. 30년 전의 대위 월급이 얼마였는지 기억에 없지만 내 주머니에는 보통 부대까지의 왕복 버스비밖에 없었다(그 당시 통근차는 없었다).

　가장 가슴 아픈 일은 아버지 회갑을 차려드리지 못한 불효다. 인쇄공창 창고에 산더미처럼 쌓여 있던 보급품 종이를 좀 들고 나오거나, 쌀 몇가마니 정도를 '변통'하는 것은 그 당시의 장교로서는 으레 하는 일이었던 것이다. 더욱이 일생에 한번 있는 아버지의 회갑에 필요한 돈을 마련하기 위해서라면 못할 일도 아니었다. 그러나 결국 나는 그러지 못했다. 자신의 작은 결백을 지키기 위해서 일생에 한번 있는 부친의 회갑잔치를 차려드리지 못한 설움은, 아버지가 돌아가신 뒤에 해가 갈수록 가슴에 사무친다.

　어째서 그랬을까? 정말 철이 덜 들었던 것인가? 큰 가치와 작은 가치의 교환은 허용될 수 있다는 것을 몰라서였을까? 생각이 너무 좁았던 것일까? 아버지의 큰날을 즐겁게 해드릴 수 있다면 무슨 일인들 마다할 것인가? 그 당시의 자신을 나는 지금도 이해할 수가 없다. 지금은 지금대로 그런지 모르지만……

　이처럼 괴로움으로 엮어진 만 7년간의 군대생활은 1957년 8월 16일, 나에게는 아무 의미도 없는 육군 소령으로의 진급명령과 제대비 8천원이 덧붙여진 223848 군번의 예편통지서를 받아든 것으로 그 지루했던 막을 내렸다. 1950년 8월 16일 입대했을 때 스물두살이던 철부지 젊은이는 스물아홉살의 고민하는 청년으로 변해 있었다.

　이북에서 내려온 한 청년으로서 이 나라와 사회가 요구하는 모든 의무에 거의 무조건 순응하고 복종하던 개체의 내면에서는, 이제는 거의 모든 것을 회의하고 질문하고, 허위와 가식으로 가려진 진실된 가치를 밝혀내어, 진실 이외의 그 무엇에 대해서도 충성을 거부하려는 종교 같은 신념이 자리를 잡아가고 있었다. 그 자신은 그 변화를 분명히 자각하지 못했을지도 모르지만 그것은 그에게 있어서 코페르니쿠스적 대전환이고 하나의 되살아남이었다. 되살아난 그 후의 삶은 그에게 많은 고난과 시련을 안겨줄 것이 분명했지만 그의 삶은 그 변화로 말미암아 충족될 것이었다.

　7년간의 군생활을 결산하는 진급명령서, 예편통지서, 8천원의 제대비를 호주머니에 아무렇게나 집어넣은 나는 부산시 광안동의 언덕 위에 자리잡은 육군인쇄공창 본부 정면의 국기게양대 앞에 섰다. 그리고 만감이 교차하는 마음으로 게양대 끝에서 펄럭이는 국기에 대해 군인으로서의 마지막 거수경례를 하고 돌아섰다.

어스름이 깔리려는 넓은 광안리 앞바다를 향해서 트인 영문의 길을 천천히 걸어나오는 나의 가슴에는 이제 아무런 회한도 없었다.

제 4 부

역사의 격류 속에 뛰어들어

# 9. 권총을 펜으로 바꾸어

## 고달픈 기자수업

국방부가 발급한 나의 군력(軍歷)에는 이렇게 기록되어
있다.

| | |
|---|---|
| 성명 | 이영희 |
| 군번 | 223848 |
| 병과 | 보병 |
| 계급 | 소령(예비역) |
| 입대 | 1950년 8월 16일 |
| 예편 | 1957년 8월 16일 |
| 상훈 | - |

대한민국 육군 보병, 7년간의 군대생활은 나에게는 정말 70년과 같이 느껴진 지긋지긋한 경험이었다. 맑은 정신과 곧은 마음을 가진 사람은 그 속에서 백치가 되거나 타락해버리는 두가지 길밖에 없어 보였다. 그 어느 꼴이 되는 것도 거부하려는 사람은 그 정신적 저항의 힘겨움과 괴로움으로 마모될 수밖에 없었다. 나는 백치가 되지 않고 또 타락의 시궁창에 떨어지는 데까지는 가지 않은 대신, 도저히 참을 수 없을 만큼 정신적으로나 정서적으로 지쳐버렸다. 특히 휴전이 성립되어 후방근무로 내려온 후의 3년 반의 군복무는 출근하는 아침마다가 괴로움이었고 하루하루가 욕(辱)이었다.

사단에서 하급부대로 내려갈수록 도중 각급 단위에서 식량과 보급품을 뜯어먹은 나머지 정작 보병부대에 도착하면 반감되어 있었다. 애당초 보급창과 창고에서 병참병과 장병이 원천적으로 축을 내므로 사단에 도달할 때에는 이미 정량(定量)에 축이 나 있으니 그후의 단계는 말해서 무엇할 것인가. 인사와 행정업무를 맡은 부관과 장병들은 인사청탁 증명서 발급으로 뜯어먹고, 후방의 헌병과는 심지어 범죄물자의 야간수송 경호까지 맡아서 치부하는 것으로 알려졌다. 군의관과 의정(醫政)장교들은 부상자를 치료해야 할 귀중한 약품을 빼돌리는 것으로 호사를 누리고, 수송병과는 자동차 부속품과 휘발유 팔아먹은 것으로 흥청댔다. 장교의 계급이 올라갈수록 그 몫이 크고, 지휘하는 병력과 단위가 클수록 부패는 심했다. 각급 단위의 부대를 거치면서 알게 될수록 이것이 도대체 누구를 위한 군대인가 싶어 분노에 앞서 한심할 지경이었다.

3년 반을 살아온 최전방 보병부대는 누구나가 더불어 목숨을 건 극한상황이었기에 일단은 모두가 자기 생명의 일부로 보였던 것이다. '전우애'라는 것이 있었다. 후방의 군대는 그렇지가 않았다. 전속해가는 부대마다 비전투적·행정적 성격에 철두철미 개인주의와 이기주의적 판이었다. 휴전 직후 이 나라를 휩쓸고 있던 정치·사회적 찰나주의가 군대를 휘감아서 온통 병들어 흐느적거리고 있었다. 훗날 소상하게 알게 된 장개석의 국민당 군대와 남(南)베트남의 사이공 정부 군대의 모습이었다.

이 당시의 나의 심정은 돌아가신 아버지에게도 퍽이나 괴로워하는 것으로 비쳤던 모양이다. 여러해 뒤에, 선친의 유물을 정리하면서 눈에 띈 부산 당시의 일기첩을 읽어내려가다보니 어느날의 기록에 이렇게 적혀 있었다.

陰二月七日 己卯 陽三月八日 金曜日 雨雪
兒子는 在軍이지만 通譯이나 하고 職責이 分明치 못한 位置에 노여 잇난 거시 可痛之事라고 말하면서 苦衷을 말할 수 없다난 거슬 告白하면서 本意 아닌 在隊와 責任 없난 無任所 軍人으로 無○〔너무 흘려 써서 알아보기 어려움〕

한 苦衷을 느끼는 거슨 참 속 압픈 거시라고 하면서 ○○○ 後悔感을 말하난 表情이었다.

(아들은 군인이기는 하지만 통역이나 하고 직책이 분명하지 못한 자리에 놓여 있는 것이 괴로운 일이라고 말하면서, 고충을 이루 다 말할 수 없다는 것을 고백하면서, 본의 아닌 군대생활과 책임 없는 무소임 군인으로서 ○○한 고충을 느끼는 것은 참으로 속 아픈 것이라고 하면서 ○○○ 후회스러운 말을 하는 표정이었다.)

이렇게 가슴을 쥐어짜면서 탈출의 기회만 고대하고 있던 어느날 아침, 부대(부산 소재 육군인쇄공창)로 출근하기에 앞서 변소에 들고 들어간 신문을 훑어보던 나는 그대로 뛰어나와 부산진역으로 달려가 서울행 열차에 올라탔다. 놀란 가족들에게는 이틀 동안 부대를 결근하고 서울 가서 친구를 만나고 오겠노라고만 알렸다. 기차에 앉은 나는 저질의 마분지에 인쇄된 신문지 하단에 테를 두르고 자리잡고 있는 작은 광고를 되풀이 읽었다.

외신기자 모집
인원 : 약간명
시험과목 : 영어·시사·상식·논문
시험 일시 : 단기 4290년 7월 21일
원서 제출 : 단기 4290년 7월 20일까지

필기시험 합격자는 면접시험으로 확정 후 본인에게 통고함

— 합동통신사

며칠 후 우송되어온 합동통신사장 명의의 '합격통지의 건'이라는 서신은 우리 가족에게는 7년간의 고뇌로부터 일시에 해방을 알리는 소식과도 같았다.

1957년 7월도 다 갈 무렵 어느날 아침, 나는 지금의 '두산(斗山)그룹' 빌딩이 솟아 있는 을지로입구의 합동통신사 이층 사장실로 이어진 복도에 줄지어 서 있는 10여명의 1차 합격자들 속에 끼여 있었다. 멀리서 간접적으로만 듣고 있던 언론계의 문턱에 와 있다는 생각에 나는 가슴의 흥분을 억누를 수가 없었다.

두세 사람이 사장실로 들어갔다 나오자, 바짝 마르고 큰 키에 몹시 날카로운 눈매를 한 분이 나의 옆으로 다가왔다. 이름을 부르며 한구석으로 나를 불러낸 그는 잠시 머뭇거리는 태도이더니 결심이나 한 듯이 말하는 것이었다.

"나는 합동통신사의 총무국장입니다. 말씀드리기 안 됐지만, 리영희 씨의 순번까지는 아직 시간이 다소 있으니 댁에 돌아가서 복장을 갈아입고 오시면 좋겠습니다. 사장님이 직접 면접하고 계시는데 리영희 씨의 옷차림이 각별히 눈에 뜨일까봐서 말씀드리는 겁니다."

총무국장의 말투는 표정과 눈매와는 달리 지극히 공손했

다. 처음 열외로 불려나갈 때의 순간적인 불안은 일단 가라앉았다. 그의 말을 듣고 복도에 줄지어 선 젊은이들에게 시선을 돌려보고서야 그의 말뜻을 알아차렸다. 모두가 말끔한 정장을 하고 있었다. 한여름인데도 신사복에 넥타이를 단정하게들 매고 있었다. 나의 복장이 "각별히 사장의 눈에 띌지 모른다"는 총무국장의 걱정을 알아차렸다. 군대 작업복 바지에 여름철 남방셔츠를 걸친 사람은 나밖에 없었다. 7년간의 장교생활에서 군작업복을 제외하면 나에게는 민간복이란 그것밖에 없었다. 부산에서 올라올 때는 무임승차를 해야 했기 때문에 군복이었고, 서울에 도착해서 그나마 휴대해왔던 유일한 민간옷인 남방셔츠로 위만 갈아입고 나온 것이다. 사회생활의 '등용문'을 통과하려는 나의 동년배 재사들의 줄 속에 끼여 서 있으면서도 나는 나의 복장이 '각별'하다는 것을 느끼지 못했다. 부산의 집을 나설 때에 아내도 그런 점까지 생각이 미치지 못했고, 부모님은 더더구나 그러했다. 나는 당황했다.

"국장님 말씀 고맙습니다. 미처 거기까지 생각을 못했습니다. 죄송합니다."

갑자기 흐트러진 머릿속은 사장님의 눈에 비칠 자신의 초라한 모습으로 가득 찼다. '사장이 받는 첫인상의 여하로 너는 다시 그 지긋지긋한 군대생활로 되돌아가야 한다.' 나는 순간적으로 자신과 말을 주고받았다. 그러나 그 자리에서 뛰어나가 신사복을 사 입을 돈을 가진 것도 아니고, 빌려

입으려 해도 아는 친구 하나 없는 서울이다.

"국장님 죄송합니다. 사실은 저는 곧 제대는 하지만(급한 김에 나온 말이었다) 아직 현역이고, 부산에서 올라왔습니다. 서울에는 아는 사람도 없고, 지금 나가서 차림을 바꿀 만한 형편이 못 됩니다."

그렇게 말하고 총무국장의 얼굴을 쳐다보았다. 한참 동안 딱하다는 표정으로 서 있던 그는 가볍게 한두번 머리를 끄덕이고는 "할 수 없군요"라는 말을 남기고 들어가버렸다.

사장실에는 사장[金東濬]을 가운데로 하여 좌우로 높은 사람들이 자리잡고 있었다. 나는 사장석 앞에 놓인 의자에 앉자, 자신의 복장을 변명하기 위해서보다는 사장 옆에 앉아 있는 총무국장의 입장과 그의 직무상의 충성을 사장에게 변론하려는 마음에서 복도에서의 일을 간단히 설명하고 실례를 사과했다.

외신기자 선발시험이었던 까닭에 시험과목의 배점은 영어 100점, 논문 50점, 시사상식 50점, 합계 200점 만점이었다. 나는 최종합격자 4명 중의 끝인 4위로 145점이었다. 김준환(金俊煥, 서울대 문리대 대학원 정치학과 재학) 씨가 수위로 171점, 문탁영(文倬永, 서울대 문리대 사회학과 졸업) 씨 165점, 고명식(高明植, 서울대 문리대 대학원 재학) 씨가 146점이었다. 나를 제외한 세 사람이 모두 서울문리대 졸업 또는 대학원생이었던 것을 생각하면 나의 성적은 의외로 좋았다고 할 수밖에 없다. 군대생활 7년간의 지적 불모지를

거쳐온 과정을 생각하면 더욱 그렇다. 면접시험에 나온 12
명 중에도 서울의 유수한 대학 출신들이 많았을 것이고, 사
실 그중 한 사람은 7년 전 진주의 지리산작전 시기에 함께
근무하던, 호방하고 익살을 즐기는 주동운(朱東雲) 씨였는
데 그는 고려대학 정치외교학과 출신이었다.

모든 면에서 불리한 내가 끝순위로나마 4명 가운데 들
수 있었던 것은 두가지 이유 때문이었던 것으로 추측된다.
하나는 군대생활 동안 혼자서 꾸준히 공부한 결과이고, 둘
째는 영어, 특히 회화의 능력이다. 최전방 전선을 전전한 3
년 반 동안에도 틈만 나면 책을 손에서 놓지 않았고, 휴전
후 후방에 내려와서는 더욱 그러했다. 군대의 물자를 훔치
거나 속여가지고 전쟁 중에도 호의호식할 만한 직권도 직
책도 갖지 않았던 나로서는 책 보는 것만이 낙이었다. 어쩌
면 자신의 처지와 조건에서 주변의 장교사회의 타락으로부
터 자신을 보호해보려는 몸부림이었을지도 모른다. 그렇게
해서 독학으로 프랑스어를 어려움 없이 읽게 되었고, 그때
처음 나온 쌔뮤얼슨의 『경제학』과 미첼 브로더스의 『경제
학―경험과 분석』 등을 비롯해서 제법 광범위하게 섭렵했
다. 30여년 전에 읽은 당시의 책들을 지금 펼쳐보면 페이지
마다 극명하게 남아 있는 주석과 밑줄들에 스스로 감탄하
게 된다. 고등고시에 합격하면 제대시켜준다기에 고시 3부
(외교) 공부에 한때 몰두했던 결과이기도 했을 것이다. 당
시의 책들을 펼쳐보면서 감탄하는 것은 그런 조건과 환경

에서도 용케 그만큼 공부에 열중했었다는 자찬은 아니다. 오히려 철이 든 지금에서 돌이켜보면서, '어쩌면 너는 그렇게도 고지식하고 또 바보였더냐?' 하는 자조(自嘲)에 가까운 생각에 입맛이 쓰다.

영어성적과 회화실력이 최종 평가에 도움이 되었으리라는 추측에는 약간의 근거가 있다. 사장을 중심으로 앉은 국장·부장들의 한마디씩을 거치고 나면 끝순서는 외신부장(그때는 누군지 몰랐지만)의 영어회화 테스트였다. 같은 직업에서 여러해 일하는 사이에 과거의 부장과 신입사원의 관계가 직업적 동료관계로 변해버린 어느날 박경목(朴京穆) 씨가 한 말이다.

"지금이니까 하는 말이지만 나는 리영희 씨 회화실력에 놀라버렸어요. 나야 기사로써만 외신을 다루었지 말하는 영어를 해본 일이 있나요. 그 입사시험 때, 문장으로 지은 영어로 짧은 질문을 했더니 이형은 앉은 자리에서 그냥 좌악, 유창하게 한마디 거침도 없이 몇분 동안을 풀어나가지 않겠어요. 사실 나는 몇마디 알아듣지도 못했지. 옆에서 사장은 지켜보고 있고, 나는 알아듣지 못하게 생겼으니! 다른 사람들이야 더 말할 것도 없지요. 그 자리에서 합격이 결정되었지요."

그의 술회는 좀 과장된 것인지 모른다. 그러나 그때의 정경은 지금도 어렴풋이 기억에 남아 있다. 외신부장의 질문은 "기자가 되려는 이유를 말해보시오"였던 것 같다. 그에 대한 답변을 위해서 필요한 영어실력은 통역장교 7년의 영어회화로서는 초보적인 것에 지나지 않은 것도 사실이다.

그 당시 서울에는 『비판신문(批判新聞)』이라는 '신문의 신문'이 있었다. 최종 합격자 발표 이튿날의 그 신문은 "경쟁 심한 기자시험 '합동' 4명 채용에 50대 1"이라는 제목으로, 5단 기사로 시험문제와 그 정답까지 게재하고는 약간 낯간지러운 해설로 기사를 맺었다.

"…… 합동통신사 견습기자 채용시험에는 응시자가 203명이나 되었다고 하는데 금반(今般)의 응시자 수는 현재까지 각 사에서 실시한 견습기자 시험의 응시자에 비하면 가장 많은 숫자를 보이고 있다. …… 50대 1이라는 좁은 문을 돌파한 합격자 성명과 시험성적을 보면 다음과 같다……"

논문은 "2논제 중 1제를 택하여 1500자 이내로 쓰라"로 "(一) 현하(現下) 미소(美蘇)의 대일정책(對日政策)을 논(論)하라. (二) '모로토프', '마렌코프'의 실각(失脚)이 가지는 의의를 논하라"였다. 내가 택한 것은 아마 둘째였던 것 같다.


## 수재들의 틈바구니에서

나의 언론계 입문은 너무 긴 군대복무 때문에 평균적으로 보면 3년가량 늦어진 편이었다. 전시에도 나보다 다행스러웠던 사람들은 벌써 입사한 지 3~4년이 지나 한창 일선에서 활약하고 있었다. 언론계의 급격한 확장 시기였다.

임방현(林芳鉉)·박권상(朴權相)·정인량(鄭仁亮)·김인호(金寅昊)·조세형(趙世衡) 등 바로 위 언론계 선배들이 있었다. 나의 입사동기들도 모두 서울대 출신이거니와, 내외근(內外勤)부에서 기라성처럼 빛을 내고 있는 기자들은 하나같이 서울대학과 서울의 유수한 대학 출신이었다. 내가 근무하게 된 외신부도 한 사람을 제외하고는 서울대 출신 일색이었다. 그들은 틀림없이 수재들이었다. 그 틈바구니에서 나의 고된 수련이 시작되었다. 어쩌면 그것은 이를 악물고 지지 않으려는 '투쟁'이었다고 하는 것이 옳을 것이다.

나는 자기의 약점을 검증하고, 그것을 보완할 방법을 연구해야 했다. 가장 큰 약점은 우리말의 서투름이었다. 일제하에서 국민학교 4학년까지 '조선어'를 배웠을 뿐, 일본인이 대다수인 중학교에서 일본말로 공부하다 해방을 맞아, 나는 학교교육에서 정확한 우리말을 익힐 기회가 별로 없었다. 군대생활 7년간은 영어와 우리말을 절반씩 사용하는 틀 속에서 '쓰는 한국어'를 연마할 기회가 없었다. 말하고 읽기는 하지만 쓰는 훈련을 못 했던 것이다.

둘째의 어려움은 평안도 사투리였다. 표준말을 익히는 것도 쉬운 일이 아닌데 발음과 표기까지 다르니 그것을 교정하는 고생은 여간 아니었다. 한 예로, 평안도에서는 '외(外)'자를 '왜'로 발음한다. 편집부에 원고가 넘어갈 때마다 어째서 외가 아니고 왜냐는 핀잔을 받았다. 나의 귀로는 서울 발음의 '외'와 '왜'를 분간할 수 없었다. 마치 경상도 사람의 귀에 '으'와 '어'가 분간하기 어려운 것과 같다. 두말할 것도 없이 맞춤법은 최대의 괴로움이었다. 글을 쓰는 훈련을 못 가졌던 사람에게 맞춤법은 공포의 대상이 아닐 수 없다. 통신사의 외신기사는 신문사 기자들이 출근하기 전에 벌써 그날치 기사가 대부분 배달되어 있어야 한다. 새벽 5시 30분에 나와 8시 전에 사실상 그날의 기사를 전부 신문사에 넘겨주어야 하는 불티나는 작업에서는 옆사람에게 맞춤법을 물어볼 시간이 없다. 묻는 것도 한두번이지 몇달을 계속 되풀이 물을 수야 있겠는가? 옆사람의 작업에 지장을 준다는 것보다도 먼저 자존심의 문제였다.

나는 견습기간 중 한달을 기간으로 설정하고 국민학교와 중고등학교 국어교과서를 가지고 우리말 공부를 완전히 새롭게 시작했다. 동료들이 보지 않는 곳과 집에 돌아와서의 시간을, 마치 중학교에 입학했을 때 일본어와 영어에 쏟았던 것과 같은 열성으로 몰두했다. 입사한 당시의 외신부 차장이던 정도영(鄭道永) 씨가 어딘가에 쓴 글에서 "입사하기 전에 원고지 한장 메워보지 못한 풋내기들을 가르쳐가며 세개의 통신사 간의 치열한 기사경쟁을 하려니 그 고생은 이만저만이 아니었다"고 실토한 것은 아마 나를 두고 한 말이었는지도 모른다.

사실대로 말해서 기자생활을 시작하던 그 당시로서는 나는 일본어와 영어가 우리말(글)보다 수월했다. 일본어는 철저한 식민지교육을 국민학교서부터 받고 일본인이 대부분인 중학교를 다녔으니까 그럴 수밖에 없었다. 어학에 소질이 있었던 탓이겠지만 국민학교 5학년 때에는 아버지가 구독하고 있던 일본의 고급잡지 『카이조오(改造)』와 『유우벤(雄辯)』을 읽고 대체로 다 이해했다. 『카이조오』는 진보적 경향과 자유주의적 논조의 정론지(正論誌)였고, 『유우벤』은 종합적 교양지였다. 영어는 중학교 때부터 항상 톱이었던 과목이지만 통역장교 생활 7년간의 유일한 소득이기도 하다.

영어열이 일어나기 시작한 1947년부터의 대학시절에 학교 도서관에서 빌려 읽은 책은 모두 영문학 작품들이었다. 영시(英詩)를 좋아해서 셰익스피어 작품들은 대학에서 다 읽었고, 그의 시문장의 묘미도 웬만큼 음미할 수 있었다. 해양대학 3학년, 1년간의 해상실습 때에는 배의 갑판에 앉아서 테니슨이나 예이츠, 롱펠로우, 워즈워드 등 낭만주의 시에 도취되어 살았다. 영시 작법을 공부하여 자작시를 학우들에게 읽어 보이기도 했다. 묵호(墨湖)항에서 무연탄을 싣고 인천으로 가는 더러운 LST의 갑판에 앉아서 바다와 갈매기를 노래하는 명시를 쓰던 화창한 봄날의 졸릴 만큼 평화스러웠던 거문도 해안의 풍경은 지금도 눈앞에 선하다. 그런 까닭에 통신사 입사 후 외국에 나가서 본사에 기사를 보낼 때도 우리말로 작성하기보다는 영어로 쓰는 것이 한결 수월했다.

서투른 대로 한문공부도 했기 때문에 그쪽에서도 동료들

에게 떨어짐이 없었다. 부친의 가르침의 공이다. 또 일본교육은 한문이 강했다. 일본화된 한문이지만 일제하의 중학교 한문교육을 착실하게 받았고, 나 자신이 한문시간을 즐겼던 까닭에 크게 도움이 되었다. 중학교 때의 한문선생은 김경탁(金敬琢, 해방 후 고려대 교수) 씨였다. 김 선생이 나의 성적을 늘 칭찬했기 때문에 더 열심히 공부했다. 군대에서는 또 프랑스어를 독학해서 책을 읽는 데 큰 무리가 없을 만한 해득력을 갖추고 나왔던 터다. 그후 중국혁명에 깊은 관심을 갖게 되면서 중국어를 비교적 쉽게 익힐 수 있었던 것도 어학에 대한 취미 탓으로 생각한다. 결국 기자생활을 시작하면서 외국어에는 아무런 불편이 없었는데 거꾸로 우리말이 부족했으니 그 고생이 적지 않았다. 각고하는 길밖에 없었다.

언론계를 천직으로 삼고 인생의 새출발을 하는 날, 끝까지 지켜갈 삶의 자세를 설정했다. 나보다 모든 면에서 갖추어지고 우월한 입장에 서 있는 동료와 선후배들 속에서 직업적으로 대성하려면, 자신의 부족을 겸허하게 시인하고 실직(實直)한 마음가짐으로 살아야 한다. 선천적으로 두뇌가 떨어지고 학교에서 배운 것이 이질적이고 부족한 사람으로서는 직업생활에서 성급히 굴지 말고 오로지 진지한 노력으로 보완해나가야 한다. 빠르기로 말하면, 아첨하고 술수를 부리고 가식(假飾)을 꾸며서 임기응변으로 세상사를 매끈하게 헤쳐나가는 재주 이상 없겠지. 그러나 모든 사람이 우둔하지 않은 한 그 '재주'는 조만간 드러나게 마련이다. 또 모든 사람이 그런 술수에 능한 이 사회에서 교지(巧智)의 경쟁에서 이긴다는 것은 더욱이 어려운 일이다. 참된 인간적 삶도 아니다. 차라리 부족한 대로, 둔한 대로, 성실껏 노력하고 곧게 사는 것만 못하다. 그렇게 생각했다. 그래서 한비자(韓非子)의 글 가운데서 한 구절을 골라 평생의 계언(戒言)으로 삼았다.

"얕은 재주나 술수는 우직한 성실만 같지 못하다(巧詐不如拙誠)."

외신부는 통신사의 중추기능이기는 하지만 외신부 기자가 받는 보수는 한심한 형편이었다. 그들의 직무가 주로 외국통신사들에서 들어오는 기사를 국내기사화하는 것이기 때문에 국민생활, 정부활동, 사회적 기관, 경제 및 금융 업계와는 별로 관계도 인연도 없다. 심지어 어느 개인과의 직무상 관계도 없다. 이름은 '기자'지만 십년을 근무해도 밖의 활동과는 단절된 기자다. 세계가 돌아가는 일이나 지구상에서 발생한 크고 작은 사건은 5분 후면 알게 되지만 자기 나라에서 일어나는 일은 오히려 신문을 보고서야 아는 괴이한 직종이다.

자유당도 말기에 가까워진 그 무렵 이 사회는 구석구석이 썩어들었다. 정권과 정부기관, 정당과 국회, 금융계와 생산기업, 업체와 개인활동…… 그 어느 것인들 썩지 않은 구석이 없었다. 삼천리 방방곡곡이 부패해 있었다. 이름이 허울좋아 '언론계'라고 불리는 사회와 각종 활동 또한 속속들이 부패해 있었다. '사회의 감시역'이니 '정부의 제4부'니 또는 '사회의 목탁'이라고 자화자찬하는 신문·통신·방송 기관과 그에 봉직하는 기자들은 부패한 취재대상을 공갈하고 협박하여 부패의 공생체(共生體)를 형성하고 있었다. 부패를 주고받는 유착관계로써 대한민국의 대명사였던 사회적 부패를 확대재생산하고 있었다(물론 '취재기자' 중에도 소수의 양심적이고 비교적 순수한 품격의 기자는 있었다. 그들의 명예를 위해서라도 나는 '전체'가 아니라 '대부분'이라는 수식어를 써야겠다).

이름은 '기자'지만, 외부로 나가는 취재기자와 안에서만 일하는 외신기자는 같은 사(社)의 같은 편집국에 속하면서도 공감하는 것이란 별로 없었다. 공유하는 토대가 없기 때문이다. 외신부 기자나 취재부 기자나 월급은 연조에 따라 마찬가지지만 양자의 경제적 수입은 땅과 하늘만큼이나 달랐다. 대한민국의 총수출고라야 겨우 강원도 상동광산(上東鑛山)의 텅스텐 수출이 전부인 2200만 달러였던 그 당시, 1인당 국민소득이 미화로 환산해서 80달러에도 미치지 못했던 그 시기에, '좋은 출입처'를 드나드는 취재기자들에게는 하룻밤의 포커판에서 상당한 돈을 따고 잃거나, 한 자리의 술판에서 흘리는 것은 그들의 돈지갑에 흔적도 남기지 않았다. 그들은 위(胃)와 간(肝)이 허락하기만 한다면 매일 밤을 그야말로 주지육림(酒池肉林) 속에서 살 수 있었다. 관청과 기업체들을 취재 상대로 하는 그들은 각종 허가 사무와 이권 청탁으로 태평성세를 구가했다.

한강 인도교가 아직 복구도 안 되었던 이 시기, 서울시에 가정용 전화가 1만 4473대밖에 없던 당시에 그들은 거의 전화를 놓고 살았다. 전국의 자가용 승용차가 5801대밖에 없었던 그 시기에, 모여 앉으면 자가용으로 즐긴 주말 드라이브의 화제로 꽃을 피우는 취재기자들도 적지 않았다. 그들에게 있어 신문사·통신사가 주는 월급이란 수입의 항목에도 계산되지 않았다. 밖에서의 수입을 위해서, 오히려 월급보다 많은 돈을 신문사에 '보증금'으로 들여놓고 '기자증'을 수입원으로 삼는 '언론인'이 득실거리고 있었다. 세상은 말세(末世)현상을 드러내고 있었다.

이승만 자유당 정권의 한국은 몇해 뒤에 있을 파국을 향해서 치닫고 있었다. 민주사회의 통제와 규율 같은 것은 아예 현실 앞에 낯을 붉히고 등을 돌린 지 오래였다. 그들이 탕진하는 GNP까지를 합쳐서 균등화한 통계에 80달러로 나오는 연간소득의 '대한민국 국민'은 방방곡곡에서 신음하고 있었다. 권력과 돈과 언론기관은 한통속이 되어 뼈밖에 안 남은 민중에게서 고혈을 짜내고 있었다. 민중의 원성은 천지간에 가득 차 있었다.

타락한 신문인·기자들의 부패는 내가 방금 풀려나온 군대의 장교들의 부패를 뺨칠 정도였다. 장교들의 부패는 뻔뻔스럽고 신문인들의 부패는 지능적이라는 차이가 있을 뿐이었다. 약한 백성은 눈물만 흘릴 뿐이었다.

> 금준미주(金樽美酒)는 천인혈(千人血)이오
> 옥반가효(玉盤佳肴)는 만성고(萬姓膏)라
> 촉루락시(燭淚落時)에 민루락(民淚落)하고
> 가성고처(歌聲高處)에 원성고(怨聲高)로다

혁명의 기운이 밀물처럼 차오고 있었다. 보잘것없는 위인인 이기붕(李起鵬)의 아들이자 이승만의 양자 이강석(李康石)을 사칭한 건달 강성병(姜聖柄)이라는 자가 전국의 권력배들과 돈 가진 자들을 마음껏 갈취하고 농락하고 다니던 (끝에 체포된) 소식은 해방 후 백성들의 13년 묵은 체증을 내려주었다. 모두가 장길산과 홍길동의 출현을 기다리고, 녹두장군과 홍경래(洪景來)가 서울거리를 거니는 것을 보았다는 사람이 늘어가고 있었다.

죽음의 원인이 의혹스러운 야당 민주당 대통령 후보 신익희(申翼熙) 씨가 30만이 모인 '한강 백사장 유세' 뒤 지방유세로 가던 기차 안에서 사망하자 이승만이 사실상 무투표 당선되었다. 민중은 그에 대항해서 온갖 부정과 관권을 뿌리치고 부통령에 장면(張勉) 씨를 당선시킴으로써 울분의 일부를 채웠다. 서울대학 문리대 교지에 「무산대중(無産大衆)을 위한 체제(體制)」라는 학생논문이 나왔다. 남한에서 고조되는 혁명과 자체붕괴를 두려워한 독재권력의 보호자 미국정부는 일본에 있던 유엔군 사령부를 서울로 옮기고 주한미군을 핵무기로 무장시켰다고 발표하기에 이르렀다. 세상은 숨가쁘게 파국으로 달리고 있었다.


## 첫아들 희주의 탄생과 죽음

세상 돌아가는 꼴과 편집국 안팎의 언론계의 실태는 또다시 나에게 분노와 좌절의 나날을 보내게 했다. 군대의 타락에서 해방됐다는 기쁨은 며칠이 가지 않았다. 이 나라 안의 어디에도 광명은 없다는 것을 깨닫게 되었다.

그래도 '신문기자'가 되었으니 부모님을 서울로 모셔와야지 싶었다. 먼저 처를 불러 원효로 5가에 셋방을 잡았다. 만삭에 가까웠던 아내는 시부모님과 떨어져서 남편과, 그것도 '기자'가 된 남편과 단둘이서 서울생활을 이룬다는 기쁨에 함뿍 젖었다. 가난은 오히려 희열이었다. 아내가 올라온 첫달의 월급(1만 2천환)봉투를 쥐고, 둘이서 양과자점으로 갔다. 미도파 백화점 맞은편에 그 무렵 새로 생긴 뉴욕제과점에는 은박지에 싸인 양과자가 맛보다도 먼저 눈을 황홀하게 하기에 족했다. 서울에 와서 처음 들어간 양과자집이다. 값도 모르면서 더 먹자는 나의 제안을 아내는 돈이 아깝다고 굳이 사양했다. 나도 속으로는 걱정이 아닌 것도 아니었다. 두개씩만 먹고, 네개의 값을 치르고 나온 아내의 표정은 만족감보다는 후회감으로 가득 차 있었다. 정확한 값은 지금 기억이 없지만 8백환이었던 것 같다. 우리의 수입으로는 도저히 두번 다시 올 곳은 아니라는 합의가 말없는 속에 이루어졌다.

외신부 동료들의 옷차림은 대개가 염색한 군복바지 위에 뭔가를 걸친 것이었다. 나다니는 취재기자들의 정복차림과 너무도 대조적이었다. 같은 편집국 안에서의 신분적 차이가 분명했다. 어쩌다 그들과 이야기를 하는가 기회가 생기면, 그들은 명동에서 위스키 마신 이야기고 이쪽은 무교동에서 막걸리 마신 이야기가 되어, 두 부류의 직업동료들 사이에는 거의 친근한 인간관계가 성립될 수가 없었다.

몇달 뒤 동대문구의 현재 경희대학 자리, 이문동 소나무 동산 밑, 두칸짜리 피난민집 바깥채로 옮기고 부모님을 부산에서 모셔왔다. 두칸 사이 벽에는 아래 윗방을 통하는 창호지 문이 있어, 음향학적으로는 사실상 한칸이나 다름없었다. 나이 스물아홉인 나에게는 아내와의 밤자리가 몹시 불편하고 불안스러울 수밖에 없는 구조였다. 저녁이면 가끔 아내를 꼬여 인기척 뜸한 동산 쪽으로 가려 했지만, 그는 그때마다 "싫어요, 망칙하게"의 한마디로 거절했다. 나는 그럴 때의 아내가 밉살스러웠다.

이 집에서 다시 옮겨간 같은 동네의 318의 3번지 셋방에서 첫아들 희주(希柱)가 탄생했다(이해에 이북 출신자의 호적법이 나왔다. 지금의 나의 본적이 동대문구 이문동 318-3

으로 되어 있는 것이 그 주소를 본적으로 삼은 까닭이다).

여러해 동안 외로웠던 부모님의 기쁨은 대단했다. 어머니와 며느리와의 관계도 한결 부드러워졌다. 손자를 얻은 아버지는 가난 속에서도 세상 살 보람이 생겨, 소일삼아 동네의 노인들 틈에 끼여 복덕방에 '부업'을 얻어 드나들었다. 가끔 가지고 들어오는 돈은 보잘것없었지만 당신의 건강을 위해서는 다행스러운 일이었다.

아버지 닮지 않아 피부가 희고 잘생긴 희주의 탄생으로 집안은 바빠졌고, 셋방이지만 웃음이 꽃피었다. 그런데 여덟달가량 된 무렵에 아기의 한쪽 불알이 땡땡해지고 충혈되며 부어올랐다. 서울역 앞 세브란스병원에서의 진찰 결과는 'Hydro-cell tumor malignant'(睾丸惡性腫瘍)이라는 것이었다. 평이한 말로 말하면 '불알에 생긴 암 종류'다. 해방 이후 월남한 이래 처음으로 훈기가 돌려 했던 작은 가정의 공기는 싸늘하게 식어버렸다. 여덟달밖에 안 되는 몸에서 한쪽 불알을 제거하게 되었다. 세브란스병원의 수술실 밖에서 기다리고 서 있는 나의 앞으로 끌려나온 병상에서 아직 마취가 깨지 않은 채 잠들어 있는 어린 아들의 얼굴은 천사같이 평화로워 보였다. 그렇게 잘생겼을 수가 없었다. "이 천사 같은 아기가 그런 병에 걸리다니!" 눈앞을 지나가는 첫아들의 참담한 운명을 생각하며 그 자리에서 아내와 손을 부여잡고 눈물을 흘릴 뿐이었다.

아들의 수술 후 용태는 놀라울 만큼 좋았다. 의사는 "1년을 지나봐야 확실한 말을 할 수 있다"고 했다. 그러나 이때처럼 의사의 존재가 하늘같이 존귀해 보인 일이 없다. 아랫도리에 붕대를 칭칭 감은 어린 아들을 집에 데려온 우리 식구는 그저 그 생명이 성하게 자라기를 비는 마음뿐이었다.

나는 빚진 수술비와 치료비를 벌기 위해서 부업을 찾았다. 다행히도 두군데가 나타났다. 둘을 다 하기로 결심했다. 연합참모본부(聯合參謀本部)에서 민간인으로 '국제정세 종합평가서'를 작성하는 일과, 아동구호재단(Save the Children's Fund) 사무실에서 한국에서 양자를 데리고 간 미국인 가정과 그 생부모 사이의 서신교환을 영역 또는 한역하는 번역일이었다.

이문동에서 새벽(차라리 밤중) 다섯시에 집을 나와, 첫 버스로 을지로 1가의 합동통신 편집국에 도착하여 5시 30분부터 외신기사의 선택·번역·작성을 끝내는 8시에 연합참모본부 제2국으로 뛰어가 8시 30분부터 일을 시작했다. 아내는 아무리 추운 겨울 새벽에도 한데의 송판자로 둘러친 부엌에 나가 꼭 아침밥을 지어서 남편에게 먹였으니 그 고생은 말할 수 없었다. 오늘 이 시대의 젊은 부인들은 그 가난과 고생을 결코 감수하지 않을 것이다. 오늘의 풍조에서 그들은 차라리 이혼을 택하리라고 생각된다.

연참(聯參)본부는 남산 중턱, 지금의 국가안전기획부가 자리잡은 곳, 일제식민지 초기의 통감부(統監府) 건물이었다. 60년이 넘은 목조건물은 세월에 그을어 꺼멓게 때가 끼고 헐어서, 계단과 바닥은 걸음을 옮길 적마다 삐걱삐걱 울었다. 그럴 때마다 이또오 히로부미(伊藤博文)와 음흉한 그 통치배들의 게다(나막신) 소리가 들리는 것 같은 착각에 사로잡히곤 했다. 그 자들이 남산 중턱의 이 고대(高臺)에 서서, 그들의 손아귀에 움켜쥐어진 채 숨이 끊어져가는 왕조의 궁성과 왕도(王都)를 내려다보며 회심의 웃음을 지었을 모습이 상상되었다. 그들의 득의만면한 웃음소리와 축배의 잔이 부딪는 소리가 들려왔다. 눈 아래 누운 현실의 서울은 동족상잔으로 폐허가 된 채, 복구의 손도 대지 못한 건물들의 담벼락만이 검게 그을린 잔해로 누추한 형태를 드러내고 있을 뿐이다.

이또오 히로부미가 현대식 대포를 끌고 들어와 이 땅의 주인노릇을 하던 곳에 지금은 미국 군대가 들어와 있고 핵무기까지 도입했다는 발표가 있었다. 이승만이라는 이 나라의 새로운 군주는 며칠 전 한국 전토를 미국의 핵무기 기지로 개방·제공하겠노라고 정식 발표했다. 명맥을 유지하려는 왕조가 불러들인 일본 군대·청국 군대·러시아 군대가 왕도를 들락거리던 광경이 눈 아래 전개된다.

고색이 창연해진 일본의 초기 조선통치의 아성에 서서 왕도를 굽어보고 있노라면 몇십년의 시간이 앞뒤 없이 포개져 지나갔다. 이또오 히로부미가 이 자리에서 "여(余)는 한국의 시정개선(施政改善)을 위하여 만강(滿腔)의 열성을 다하겠노라"고 한 취임연설이 남산의 골짜기에 메아리쳤다. 보부상의 떼거리와 황국협회가 싸우고 지나간 자리에 방금 반공청년단(反共青年團)이 몽둥이를 들고 달려가더니 독재정권을 반대하던 경향신문이 폐간된다. 그것도 식민지와 다름없던 시대의 미군정법령(美軍政法令) 제88호(언론통제)의 몽둥이에 맞아서. 사람의 머릿속에 있는 '생각'을 때려잡는 보안법(保安法) 파동이 산천을 들썩하고 지나갔다. 멀리 마주 보이는 서대문형무소의 교수대에 일제하의 애국지사 조봉암(曹奉岩)의 시체가 누워 있는 것이 보인다. 정권이 조작한 '북한의 스파이'라는 말패가 시체 옆에 세워져 있다. 반공이라는 법률의 이름을 빈 학살이 나라의 방방곡곡에 썩은 냄새를 가득 채우고 있다.

분단된 북쪽에서는 외국 군대 철수, 남북한 군대 각각 10만으로 감축, 남북간 왕래·교역·공동 어로(漁撈)·평화통일을 논의할 국회·정부·정당 회의 개최 등의 요구가 내려왔고, 남쪽에서는 이승만 대통령이 "미국 군대 지원 없이 국군만으로 단독 무력 북진통일하겠다"고 호기만만이었다. 구 통감부의 베란다에 서서 내려다보는 서울 위에는 해방을 전후한 60년의 일들이 포개어져 주마등처럼 부산하게 지나갔다.

나라 안에서 이러는 동안 나라 밖에서는 일본 거주 교포 975명이 국제적십자의 주선으로 북한으로 가는 '북송' 제1회선을 타고 일본을 떠나고 있었다. 힘도 없는 주제에 전쟁광이 된 이대통령이 밤낮으로 '무력통일' '단독북진'을 외치는 소리가 남산에 메아리치고, 평화통일을 주장하는 자는 무조건 처벌되었다. 옛 통감부 건물에서 내려다보는 1958년의 왕도는 암흑이었다.

나는 한일합방 후 일본 통치배들이 조선을 요리하던 낡은 건물에서, 그 전날에 들어온 외신기사들을 종합하기도 하고 분석하기도 하여 세계정세 평가보고서를 작성했다. 바로 그 새벽에 통신사에서 대충 같은 일을 하고 온 나에게는 어렵지 않은 일이었다. 한번 한 작업을 또 한번 한다는 정도였다. 월급이 얼마였던지 기억이 나지 않으나 나에게는 아무튼 적지 않은 도움이 되었다. 여기서 처음으로 일본의 월간지 『세까이(世界)』에 연재되던 작가 고미까와 준뻬이(五味川純平)의 소설 『인간의 조건』과 『북으로 간 시인』(시인 임화林和의 생애를 소재로 한 소설)을 흥미롭게 읽은 기억이 지금껏 생생하다.

오후 네시에 나오면 곧장 종로 2가의 기독교청년회관에 있는 아동구호재단 사무실로 뛰어내려와서 편지 번역일을 계속한다. 번역과 타자의 노력에 비해서는 너무 보수가 적었다. 그렇지만 이 일을 벌써 수년 동안 부업으로 해오고 있던 입사동기 고명식(高明植) 씨의 많은 도움을 받았다. 이렇게 하루에 세 직장(밥벌이)을 쳇바퀴 돌고 나면 집에 돌아와서 늦저녁을 먹자마자 쓰러져 잠들고, 다시 새벽 네시 반에 일어나 허둥지둥 밤길을 뛰어나오는 생활이 되풀이되었다.

그런 고생을 하면서 왜 출입처를 나가 쉽게 돈이 생기는 경제부·사회부·정치부 등으로 옮기지 않았을까? 군대에서도 그토록 고민한 같은 괴로움으로 나날을 보내야 했다. 소위 '부르주아적 양심'이라는 것이었을까? 과감하게 흙탕물에 뛰어들지 못하는 비겁이었을까? 30년이 지난 지금도 해답을 얻지 못하고 있는 질문이다.

제법 회복되어 건강해 보이던 희주의 병은 돌을 지나면서 재발하고 말았다. 수술의사가 예견한 것보다도 빨리, 1년이 못 가서 증세는 나타났다. 가정은 파탄지경이 되었다.

서울대 부속병원의 진병호(陳炳鎬) 박사가 암 권위자라는 말을 듣고 찾아가 "아들을 살려달라"고 빌었다. 진찰을 마친 진 박사는 감동 없는 어조로 말했다.

"이런 아기, 그것도 돌 전의 아기가 암이 있다는 것은 리포팅 케이스(의학계에 보고할 사항)입니다. 하기는 암 이병(罹病) 연령이 최근 점점 내려와서 유아암의 케이스가 늘어나고 있는 것이 사실입니다만 말이지요."

'리포팅 케이스'라는 의학계 용어의 설명을 들은 나와 아내는, 어린 생명의 회생을 위해서 대신 목숨을 줄 수 있으면 하는 마음 뿐이었다. 진 박사는 비로소 안타깝다는 표정을 지으면서 말했다.

"내가 시험적으로 개발하고 있는 치료약이 있습니다. 만약 아기의 부모가 동의한다면 시험적으로 그 약물치료를 해봅시다. 미안하지만 성공·실패는 단언할 수가 없습니다."

우리는 동의할 수밖에 없었다. 아니 기꺼이 동의했다. 진 박사의 말은 우리 아들을 '인간 모르모트'로 사용하자는 것이다. 그러나 우리에게 무슨 다른 도리가 있단 말인가. 오로지 진 박사의 손에 기적을 빌 뿐이었다. 우리의 처참한 심경을 생각해서 진 박사는 제의하는 것이었다.

"그 대신 입원비와 치료비는 무료로 하도록 처리하겠습니다. 리포팅 케이스니까. 어떻습니까?"

첫아들을 인간 모르모트로 내놓는 아기 어머니의 서러움을 달래기 위해서 나는 뭔가 말을 해야 했다.

"선생님의 치료로 꼭 나을 것을 확신합니다. 잘못되더라도 운명으로 생각하고 선생님께 맡기겠습니다."

그날부터 아내는 병실에서 살게 되었다. 성격이 강한 어머니는 아들은 나무라지 않고 며느리에게 원인이 있는 듯 각박해졌다. 아버지는 원래가 심지가 착하고 마음 약한 선비답게 그런 말은 입 밖에도 내지 않으셨다. 오히려 아버지는 유교도덕으로 자라난 한학자답게 모두를 당신 죄로 돌리려 했다.

"아, 이 모든 일이 나의 죄의 탓이다. 내가 이북에서도 평생 타관살이만 하고 부모를 모시지 않은 죄에 대한 하늘의 벌이다."

노인은 눈물을 줄줄 흘리면서 방바닥을 치며 참회의 고통으로 몸을 비틀었다. 나의 위안의 말은 소용없었다.

"이북 고향에 남아서 그대로 살 것을. 조상의 분묘 한번 찾지도 못하고, 늙어가는 동기혈육들을 남겨둔 채 안전하게 살겠다고 이남으로 내려온 나에게 하늘이 노한 것이다. 천하에 불효자식인 나의 죄를 어린것이 받는구나. 하늘이여 나에게 죄를 내려주시오. 어린 목숨을 살려주시오."

그날부터 아버지는 내가 출근하는 새벽 시간에, 어둠을 헤치고 지금의 외국어대학 자리 뒷산에 올라가서 북녘을 향해 사죄하고 하늘에 기도하는 나날이 계속되었다. 그래도 어머니의 화는 가라앉지 않았다.

희주에 대한 약물치료 실험은 실패했다. X선 촬영 결과는 암세포가 임파선을 타고 복부에 침투한 것을 보여주었다. 남아 있는 한쪽 불알을 연판(鉛版)으로 가리고 강력한 우라늄 방사선을 하복부에 투사하는 치료가 계속되었다. 그것도 실패였다. 아기의 몸은 참혹하게 변해갔다. 이미 복부에서 증식을 시작한 이질세포로 배가 땡땡하게 부풀고, 살은 떨어져 뼈만 앙상하게 남았다. 우라늄 방사선 투사는 상복부까지 전신에 미쳤다. 그 작은 몸에 피부가죽만 쪼글쪼글 남더니, 드디어 강한 방사선 효과로 온몸이 화상을 입은 듯 진물을 흘리게 되었다. 방사선 치료를 받고 돌아온 희주는 그의 짧은 인생에서 배운 인간의 말 두마디, "아파"와 "물"을 숨이 넘어가는 목소리로 호소하곤 했다. "저렇게 온몸이 탔으니 아픔인들 오죽하겠나." 그러니 온몸이 물을 요구하는 것이었다.

나는 그러는 동안 매일 세군데의 일자리를 돌고, 밤에는 병원에서 아내와 간병을 교대하며 지냈다. 아들이 소생할

가능성이 없다는 징조를 보면서 나도 아버지의 목메인 외침을 되풀이했다. "하늘이 나에게 내리는 벌인가?"

나는 서울대병원 뜰의 어둠에 나와 서서 별을 쳐다보며 아무것에나 죄를 빌었다. 사귀어온 이 사람 저 사람을 뇌리에 떠올리면서 저지른 죄나 과오를 생각했다. 사회에 대해서 못할 짓을 한 것은 없는가를 자책했다. 있다면 그 모든 죄를 나에게 내려주고 저 병상에서 신음하는 아들을 살려달라고 기도했다. 그것이 종교의 본질인지 아닌지 따위를 논리화할 마음의 여유는 없었다.

결국, 두달 끝에 집으로 돌아온 희주는 사흘 만에 들릴까 말까 한 소리로 "물!" 하고는 숨을 거두었다. 1년 2개월의 인생이었다.


## 선친이 절망한 아들로서

미국정부(국무성)는 1955년부터 '풀브라이트계획'이라는 것을 미국 지배하의 반(半)예속적 국가들에서 실시하고 있었다. 세계의 여러 예속 후진국가들을 상대로 한 것으로서, 각 분야의 지도급 인사들과 중견급 실무자들을 초청하여 미국이라는 사회를 구경시켜 혼(魂)을 빼어 미국혼을 그 두뇌 속에 심어주는 교육사업이다. 풀브라이트 상원의원의 발상으로 구상되었기에 그 이름이 붙여진 것이다. 언론 분야에서는 일리노이주의 시카고시 바로 북쪽에 있는 에반스톤의 노스웨스턴대학에서 3개월의 미국식 저널리즘 수학을 하고, 미국 내 두개의 신문사를 골라 직업훈련과 시찰여행을 하는 6개월 과정이다.

첫아들을 무참하게 잃어버린 나는 상심한 나머지 생활의 변화를 원했다. 세곳의 일자리를 쳇바퀴 도는 고생도 아들의 생명을 구하지 못하고 나니 지겨워졌다.

미국대사관에서 최두선(崔斗善)·이원경(李源京)·오종식(吳宗植)·천관우(千寬宇)·고제경(高濟經) 씨가 한국 측으로 참석하고, 미국 측을 대표해서 문정관(文政官) 마커스 W. 슈바커 씨가 앉은 한·미 공동 인선전형위원회를 거쳐 제4회 계획에 6명이 선발되었다. 나는 "미국 가서 뭘 하고 싶냐?"는 물음에 엉뚱하게 '과학 보도'를 공부하고 싶다는 대답으로 점수를 딴 것 같다. 좀 특이한 동기라고 전형위원들이 생각했던 모양이다. 어쨌든 1959년 9월 초에 출발하게 되었다. 1960년 2월 말까지 6개월 계획이었다. 이 계획의 1~3회까지 사이에 박권상·김민호·정인량·박경목·임방현·진철수(陳哲洙)·김자동(金慈東)·김상현(金尙鉉) 등 약 20명 가까운 기자들이 다녀왔다. 그후 언론계의 엘리뜨 모임인 '관훈(寬勳)클럽'은 그들 '풀브라이트 동창생'들이 조직한 것이다. 1950~70년대의 이 나라 언론계의 소위 엘리뜨라는 분자들은 관훈클럽을 구성하는 기자들이었다. 관훈클럽의 명칭은 창립모임을 가진 김인호의 하숙집이 그 당시 관훈동이었던 것에서 연유한다.

8월 말에 떠나려던 나의 미국행은 또 우리 가정에 몰아닥친 큰 불행으로 연기되었다. 아버지가 돌아가신 것이다. 아버지는 손자를 망우리에 묻은 뒤로 틈틈이 혼자 찾아가시곤 했다. 그날은 불더위였다. 언제나와 다름없이 아동구호재단에서 편지번역을 마치고 돌아오니 아버지가 인사불성이 되어 누워 계셨다. 어머니 말씀이, 그날도 노인은 뙤약볕을 무릅쓰고 망우리를 찾아가 손자의 무덤 앞에서 실컷 울고 돌아오셨다는 것이다. 걸어서 그 더위 속을 30리 가까운 길을 왕복한 피로에다가 여러날의 상심이 겹쳐서 집에 들어서자 그대로 쓰러지셨다. 왕진 온 이문동 의사는 뇌일혈이라고 했다. 그 당시는 큰 병원에 가도 뇌수술을 할 만한 의학수준이 아니었다. 움직여서는 안 된다는 의사의 충고도 있었지만 큰 병원에 입원시킬 돈도 없었다. 말 한마디 못하시고 온몸에 경련을 일으키면서 고통스러워하는 장면은 차마 볼 수가 없었다. 그래도 첫날은 눈에 다소의 정기가 있어 가족을 알아보는 듯했고, 귀에 대고 소리를 지르면 눈에서 눈물이 주르르 흘러나오고 입술이 실룩거렸다. 그러나 이틀간은 경련으로 몸을 비틀기만 할 뿐, 눈가는 마른 채 눈을 감고 입술의 떨림도 멈춘 채였다.

너무도 가혹한 하늘의 처사였다. 그렇게 기성(氣性)이 강한 어머니도 이어서 닥치는 불행에 넋을 잃고 있었다. 마루 하나 건너 셋방이라, 주인집댁이 역겨워하는 소리가 그대로 들려왔다. 셋방살이의 죄라 어머니나 나는 울음소리도 죽여야 했다. 터져나오는 통곡을 억제하고 있는 어머니는 금방이라도 기절할 것만 같았다. 이북에서는 태어나면서 "벽동군 제1부자 최봉학의 딸"로 자라, 시집와서도 그런 대로 어엿한 집을 지니고 남부럽지 않게 산 어머니로서는 그 야말로 구곡간장이 갈기갈기 끊어지는 아픔이었을 것이다.

아버지의 영혼은 지겨운 이남에서의 생을 버리고 이북의 고향, 평안북도 초산(楚山)의 물 맑고 산 푸른 고향으로 돌아갔을 것이다. 새벽마다 북쪽을 향해 선조들에게 불효자의 죄를 사죄하신 선량한 영혼은 육신의 속박에서 풀려나 휴전선을 훨훨 넘어, 고향의 친척·혈육의 품에 안겼을 것이다. 그리고 그토록 그리던 어린 시절의 자연 속에서 거닐고 계실 것이다. 통일이 되는 날이 언제일는지…… 살아서 다시 찾아가 만나뵈올 것인지, 역시 영혼으로서만 가서 뵈올 것인지…… 조국분단이 낳은 실향민의 서러움은 그칠 날이 없다.

마음이 착한 아버지는 아들에게 대놓고 꾸짖지를 않으셨다. 어쩌면 고향 멀리 이남에 내려와서 아들을 의지하고 사는 당신의 신세를 한탄하면서 아들에게 꾸짖을 형편이 못 된다고 체념하셨는지도 모른다. 그렇게 생각할수록 이제는 없는 아버지께 불효스러웠던 지난날에 대한 참회가 눈물을 자아낸다.

나에 대한 아버지의 실망은 처절했던 것 같다. 도저히 장래를 바랄 수 없는 아들이라고 단정하고 계셨다는 것을 나는 아버지가 돌아가시고 난 후에도 여러해 뒤에 알았다. 가난과 바쁨으로 허덕이던 세월이 지나고, 형편도 조금은 편해져서 제 집을 마련한 뒤에야 아버지의 유품을 정리할 만한 시간과 마음의 여유를 얻었다. 선친이 부산 양정동(楊亭洞)에 사실 때 틈틈이 써두신 일기첩이 나왔다. 그것을 처음 펴본 나는, 얼마나 내가 '못된 아들'이었던가를 가슴 아프게 깨달았다.

어느날의 기록은 이러했다.

兒性 狹量하고 寬潤性이 乏薄하고 言語動作에 曲解가 만코 曲直하여 對方의 言論 直角으로 受入할 뿐 아니라 自大自高함으로 悔視함이 多分함으로 處世에 失敗가 多하고 尙其 修養을 要할 點이 大端토이라…….

(자식의 성미가 급하고 너그럽지 못하며, 말과 행동이 가파르고 곧아서 상대방의 말이나 생각을 즉각적으로 받아들일 뿐만 아니라, 자기를 높이고 오만해서 세상 살아감에 있어 실패가 많겠다. 수양을 하지 않으면 안 될 것이다.)

내가 육군인쇄공창에 있을 때의 일로 기억한다. 인쇄용 종이는 산적해 있고, 훌륭한 인쇄시설도 있고, 인쇄공(병사)들도 있으니 아버지는 이 기회에 선조에 대한 죄책감을 씻는 한 방법으로 얄팍한 직계 족보를 만들고 싶어하셨다. 내가 그때 아버지에게 뭐라고 말했는지 전혀 기억도 나지 않는다. 그런데 아버지의 일기첩에는 마디마디 서러운 눈물이 고여 있었다.

吾以誠收單成譜原稿善正之際에 兒在(?)泳禧言曰 如是라도 自令印刷其他節次에 不少金錢要할 거시오니 始何요 吾答曰 成譜送之면 各所가 多少間이라도 費用을 少補할 거시니라 한즉 兒答이 이가진거슬 誰가 바라요, 나 갓타도 돈은……〔不詳〕 바다도 보디부텀 아니하갓노라니 如是 無識無情不敬所何有리오 그래도 祖宗의 名字가 定盛되었거늘 이갓치 祖宗에게 香心이 無하고 祖宗에게 敬奉의 誠이 無하니 將後가 憂憫되난 바 不淺일 뿐外라 現世兒等 天賦良心에 疎忽無雙하고 本心을 喪失하야스니 吾人生의 將來希望은 於此絶이로다 不歎可懼哉여.

(내가 정성을 모두어 족보를 만들어보고자 하려는데 아들 영희가 말하기를 "그런 일은 좋기는 하지만 인쇄 등 여러가지로 돈이 적지 않게 들 터인즉 어찌 할 것이오"라 하더라. 내가 답하기를 "족보가 만들어져서 그것을 집안 여러 댁에 보내면 다소나마 각기 비용을 보태줄 것이다"라고 한즉, 아들이 말하기를 "이까짓 것을 누가 원하겠소. 나 같아도 돈은……〔글자 못 알아봄〕, 그리고 그것을 받아도 보기조차 아니하겠노라"라고 하니, 이 어찌 무식하

고 무정하며, 공경함을 모르는 태도가 아니리오. 그래도 조상의 이름들이 정중히 모셔졌거늘 이같이 선조를 기리는 마음이 없고, 선조를 경봉할 정성이 없을 수 있을까. 장래가 걱정되고 가엾다 할 수밖에 없고나. 지금 시대의 젊은이들은 하늘이 부여한 양심을 소홀히 하기를 함부로 하고, 바른 마음을 상실하였으니 나의 인생의 앞으로의 희망은 여기서 끊겼도다. 아! 이 어찌 개탄스럽고 두려운 일이 아니리오!)

兒子의 一動一靜을 사려보면 希望은 絶望되고 將來를 不可期이니 來後가 可慮…… 教而不行하고 自高自智하니 其不長性은 於吾에 不可導요 改悟心이 全無하니 誠教나 無可奈行이라 自任放置일 뿐……

(자식의 행동 하나하나를 살펴보건대 희망은 전무하고 장래를 기하기 어려우니 훗날이 두렵구나. 가르쳐도 행하지 않고 스스로 높이고 잘났다고 하니, 그런 성품을 고치기란 나로서는 불가능하도다. 깨달아 회심함이 전무하니 훈계하고 가르친들 소용이 없다. 그저 버려둘 수밖에 없구나……)

넘기는 장마다 선친은 울고 계셨다. 비통한 꾸지람이 이제 겨우 철든(아직 자신이 없지만) 나의 폐부를 찔렀다. 얼마나 아들에게 절망했으면 이렇게까지 구구절절이 자식의

장래마저 불안해하셨을까. 나는 1950년대 초의 나의 고약
했던 성품을 숙연히 반성하고, '자존자대(自尊自大)'했던 언
동을 조용히 반추해본다.

결혼 초의 한때라, 나는 어쩌다가 한번쯤은 아내를 데리
고 부산시내 구경을 시킬 겸 외출을 했었다. 워낙 완고한 시
어머니라서 며느리가 아들 따라 나가는 것조차 탐탁하게
생각지 않았다. 그런 시어머니를 모시는 아내가 가엾기도
해서 그렇게 위로할 겸 데리고 나갔던 것이다. 그리고 귀가
시간이 늦었던가 보다.

陰三月一日 陽三月三十一日 日曜日 晴
兒子는 內外가 同行하야 市內求景가노라더니 七時五分되
야도 아니 도라왔다 兒子無智하고 父母가 守家하고 夕饌을
지노라고 晚湯飯時가 느껴도 아니 도라오니 內外가 그리
도 철不知할가 規模範節一無可取이니 將來가 可惜하도다.

(자식은 내외가 함께 시내구경 간다 하더니 7시 5분이
되었는데도 아직 안 돌아온다. 아들이 무지하고, 부모가
집을 지키면서 저녁밥을 짓노라 수고하며, 밥과 국이 식
을 때까지 술을 들지 않고 늦게까지 기다리고 있는데도
안 돌아오니 자식 내외가 이다지도 철부지일까. 행동의
규범 절제가 하나도 취할 바가 없으니 장래가 아쉽도다.)

시어머니는 여름에도 며느리가 꼭 긴소매 옷을 입도록

했다. 한번은 어머니 안 계시는 틈에 시집올 때 가져온 '칠분(七分)소매' 웃옷을 입은 것이 들켜 호되게 욕을 먹었다. "예의범절 모르는 상놈의 옷차림"이라는 것이었다. 아버지는 시어머니에게 들들 볶이는 며느리를 비호하는 쪽이었지만, 그래도 아들과 며느리가 늦게까지 나가 있는 데는 몹시 불쾌하셨던 모양이다. 결혼 전의 나는 부모에게 제법 효성스러웠다(고 생각한다). 그런데 결혼 후에 이런 말을 듣게 되는 것을 보니, 성현이 말한 대로 '효쇠어처자(孝衰於妻子, 처자가 생기면 효성은 사라진다)'인가보다. 슬프다.

陰三月二十八日 陽四月二十七日 土曜日 晴

軍兒는 午后 東萊金剛園에서 花(?)求景가노라고 三人이 나가더니 午后 十時四十五分이 되어도 오지 안아서 大端히 焦燥하얏다 現時 青年子弟輩 外遊舞劇何其好은 家中父母俱 膳待하노니 遊子은 不思父母心이라 新舊慣行이 何極異아 地亦東方人亦東이라…… 〔不詳〕然而吾生不可久라 後生生活卽 可恐이라 後生少無關心하니……

(군대의 자식은 오늘 오후 동래 금강공원에서 꽃구경을 하겠다고 세 사람이 함께 나가더니 밤 10시 45분이 되어도 돌아오지 않아 몹시 초조했다. 현시의 청년 자제배들은 어찌 이렇게 나가서 놀고 즐기기를 좋아하는고? 부모는 집에서 밥상을 차려놓고 기다리는데 놀러나간 아들은 부모의 마음을 생각함이 없구나. 옛 관습과 현재의 관

습이 어찌 이렇게도 다를 수 있을까…… 하지만 나의 인생 멀지 않은데 이제부터의 노후생활이 두렵구나. 나의 노후에 대해서 이토록 관심이 없으니……)

이제 아버지가 살아 돌아오시면, 그토록 상심으로 보낸 인생의 일부분만이라도 정성을 다하여 풀어드리고만 싶다. 그런들 무슨 소용 있으랴. 이제 육십 이순(耳順)을 내일모레로 바라보면서야 겨우 철이 드니 선친의 예언은 너무나도 적중한 셈이다. 타고난 불효자는 늙기 전에는 참회하지 못한다. 슬프다. 가슴 아픈 일이다. 아들에게 모든 희망을 잃어버린 노인이 "……하지만 나의 여생 얼마 남지 않았는데 앞으로의 생활이 두렵구나. 자식이란 것이 관심조차 없으니……" 하셨을 때의 심정을 이제 겨우 어렴풋이나마 짐작할 것 같다.

## 미국과의 첫 대면

아버지의 장례를 치르고 나서, 연거푸 닥친 정신적·육체적 타격으로 어머니의 상태가 걱정되었다. 출발할 날짜는 벌써 1주일이 지났다. 워낙 기골이 억센 어머니는 한달 사이에 두번이나 겪은 시련을 용케 견디어주었다. 집 걱정 말고 떠나라는 어머니와 함께 망우리를 찾아 선친에게 잠시의 이별을 고하고 미국으로 출발했다.

전쟁이라는 상황 속에서, 어떤 의미에서는 생명을 같이 했던 미국인 군사고문들에게서 들었거나 그들을 통해서 나의 의식으로 형성된 미국관을 확인하는 최초의 미국과의 만남인 셈이다. 제트식 여객기도 나오기 전 시기의 미국 왕래란 오늘처럼 흔한 일이 못 되었다. 최초의 서양문명과의 만남이기도 하다. 여러가지 뜻에서 나는 흥분했다.

대한민국 건국 이후 발행된 '대한민국 여권 No.0000001'의 소지자로 미국 방문 제1호로 유명한 김동성(金東成) 선생이 합동통신사의 중역으로 계셨다. 하기는 한말(韓末) 풍운아의 한 사람인 박정양(朴定陽)이 그런 의미로는 이 민족의 '제1호'일는지도 모른다. 어쨌든 언론계의 대선배인 '대한민국 여권 1번' 선생의 격려 말씀을 듣고, 'No. 0030286'의 여권을 지니고 프로펠러식 여객기로 태평양을 건넜다.

기내에서의 옆자리는 이화대학 총장 김활란(金活蘭) 박사였다. 처음으로 나온 항공기내 식사를 받고 내가 우물쭈물하고 있자 김 박사는 손수 음식그릇 뚜껑을 열어주고, 먹기 좋게 배열해주고는 자기의 것으로 먹는 시범을 보여주었다. 씨애틀에 기착하자 미국정부 관리가 기내에 올라와 모든 승객을 기다리게 하고 '닥터 김'을 맨 먼저 모셔나가는 것을 보고서야 김 박사가 유엔총회에 한국대표의 임무를 띠고 온 사실을 알았다. 수수한 한복 치마저고리 차림의 뚱뚱한 노여성은 국제적 외교관으로서의 품위를 풍기고 있었다. 외교관에 대한 국제 전례(典禮)의 일단을 목격했다.

시카고 공항에 내려 노스웨스턴 대학을 찾아가는 택시 안에서 운전사와의 대화는 나에게 '미국학'의 서론이 되었다. 늙수그레한 백인 운전사가 트렁크에 짐을 챙겨넣으면서 묻는다.

"어디서 왔소?"

"코리아에서 왔소."

"처음이요?"

"그렇소."

운전사는 시동을 걸고 속력을 내기 시작하더니 다시 말을 건넨다.

"그럼 내가 어드바이스를 하나 할까요? 알아두는 게 좋을 테니까."

"고맙소. 말해주시오."

그는 핸들을 좌우로 틀면서 한참 동안 묵묵하더니 입을 열었다.

"미국에 와서는 말이요, 세가지를 조심하시오. 외국인은 미국의 정치·종교·인종, 이 세가지 문제에 관해서는 이야기 안 하는 것이 좋아요."

"그래요? 그럼 정치 빼고, 종교 빼고, 인종문제 빼고 나면 말할 수 있는 문제가 뭐가 있소?"

운전사는 다시 한참 말이 없더니 혼잣말처럼 중얼거렸다.

"Well, you will see yourself."(두고 보면 알 거요)

미국은 바로 그런 문제를 현장에서 알아보고 싶어서 온 사람에게 도착하자마자 '금기(禁忌)'의 딱지를 딱 붙여버린 셈이다. '미국 민주주의'의 풋내기 학도는 앞으로의 6개월이 '생각한 것처럼 수월하지는 않겠구나' 하는 예감으로 미국학의 서장을 열었다.

소위 '국무성 초청 언론인 클래스'는 9개국에서 온 17명으로 구성되었다. 아시아에서는 인도네시아·필리핀·네팔·남한, 아프리카에서는 남아프리카연방·나이지리아, 아랍세계에서 터키, 라틴아메리카에서 베네수엘라·아르헨띠나의 9개국. 다른 나라들에서는 한 사람, 또는 많아야 두 사람인데, 유독 한국만이 대거 6명이나 되고 보니 다른 나라 친구들의 눈에 "떼거리로 왔구나!" 하는 모습으로 비친 것 같았다. 해마다 그러했다는 설명을 들은 그들의 표정에서 그런 반응을 느낄 수 있었다. 하기야 2차대전 종결 후 영국을 대신해서 전세계에 세워진 미국의 '제국(帝國)' 판도에 들어간, 마찬가지 처지의 나라들이었지만.

석달은 노스웨스턴 대학에서 강의와 세미나의 프로그램에 참석하고, 두달 동안의 미국 신문사 실제활동은 본인이 희망하는 두개 신문에서 각기 한달씩, 그리고 나머지 한달이 여행이다. 세미나는 그저 그랬다. 3개월간, 로터리클럽 세계본부가 있기도 한 깨끗한 대학도시 에반스톤(Evanston) 시에서 미국인 서민 내지 중산층 가정에 기숙하여, 미국인 가정생활과 사회를 익히게 하는 계획이었다.

내가 방을 빌린 가정은 우체국 과장집이었다. 성은 이스터브룩(Estabrook)이라고 했다. 미국에서 돌아온 지도 몇해가 지난 1960년대 말에 온 그의 편지는, 한국의 급속한 공업 발전을 칭찬하면서 우리나라 무슨 회사의 전자제품 수입대리점 같은 것을 차리고 싶으니 정보를 줄 수 없겠는가 하는 요청과, "베트남전쟁에 한국이 파병하여 혁혁한 전과를 올리고 있는 것은 자유세계의 반공 성전(聖戰)을 위해서 미국인 모두가 기뻐하고 있는 바……" 운운의 내용이었다. 나는 회답에서, 리영희라는 사람은 장사와 관련된 일에는 타고난 백치라고 자기소개를 했다. 베트남전쟁에 관해서는 "당신이나 당신 같은 미국인들이 생각하고 있는 것 같은 성격의 전쟁이 아니다"라고, 좀 혹독하게 미국 비평을 해보냈다. 조선일보 외신부장으로 베트남전쟁에 시종일관 비판적인 외신면을 작성한 까닭에 조사부로 밀려가 있던 때다. 베트남전쟁 찬양과 한국군 "혁혁……" 운운은 한국인에 대한 아첨이었겠지만 정이 떨어져서 그런 회답을 보낸 것이었다. 그것으로 나는 그의 장사 중계 역할의 책임을 면했고, 몇해 계속된 그의 가정과의 교신도 그것으로 끝이 났다. 홀가분한 느낌이었다.

두개의 신문사를 고르면서 하나는 남부 조지아 주 농업 지대의 메이컨(Macon)이라는 소도시를 택했다. 그곳은 마거릿 미첼 원작의 명화 「바람과 함께 사라지다」의 고장인 만큼 미국 남부 특유의 아름다움과 아늑함이 마음에 들었

다. 북부 공업도시로는 뉴욕 시에서 한시간가량 거리에 있
는 패터슨(Patterson)을 택했다. 공업 대 농업, 북부 대 남부,
대도시(근교) 대 소도시, 백인세계 대 흑인사회 등의 대조
를 생각해서였다. 남부의 흑인차별의 실상을 현장에서 경
험하고 나서야 미국 도착 첫날의 택시운전사가 말한 '세가
지 금기' 중의 하나를 실감할 수 있었다. 마틴 루터 킹 목사
의 흑인평등권 운동이 본격화하기 몇해 전의 남부에서 백
인 지배 사회의 본질을 알 수 있었다. 흑인혁명이 일어날 수
밖에 없는 '미국 민주주의'의 보수성을 알게 되면서, 그 운
전사의 또 하나의 금기, "정치를 말하지 말라"의 의미를 깨
달았다.

　조지아 주 수도 애틀란타 시에서 메이컨으로 오는 길에
아프리카 나라에서 온 학생들과 동승했다. 미국 흑인들과
자신을 구별하기 위해서 그들은 언제나 아프리카 고유의상
을 걸치고 다녔다. 국적을 분명히 분별할 수 있는데도, 오토
바이를 탄 교통순경이 전속력으로 달려오더니 차를 세우고
흑인들은 내리라고 명령했다. 황색 한국인 기자들은 '준백
인(準白人)' 취급을 받는다. 우리는 당혹했다. 우리는 아프
리카 흑인들을 위해서 변명했다. 그들이 외국인 신분임을,
그리고 미국 연방정부 초청객이라는 사실을 누누이 설명했
지만 순경들은 "조지아 주 법은 흑백인의 동승을 불허한다"
는 이유로 막무가내였다. 결국 우리도 분개하여 함께 내려,
각기 다른 차를 잡아타고 돌아올 수밖에 없었다. 그 아프리

카 흑인 기자들이 어떤 '미국관'을 가지고 고국에 돌아갔을 것인가는 불문가지다. '준백인' 대우를 받은 황색인종 한국인은 그러면 미국의 백인종 세계와 흑인종 세계 사이에서 무엇인가? 프란츠 파농이 백인 권력의 앞잡이로 흑인세계에서 '대행자' 역할을 하는 '준백인' 문제를 신랄히 비판한 글이 떠올랐다.

남부지방에서는 어딜 가나 버스도 백인은 앞에서 타고 흑인은 뒷문으로 탔다. 준백인 대우를 받는 황색인종인 내가 앞문으로 들어와서 앞좌석에 앉을 때, 뒤 절반에 밀려 있는 흑인들의 싸늘한 눈초리는 백인들에 대한 것보다도 더 적대감과 멸시감에 차 있는 듯싶었다. 상점에 들어가도 흑·백인종의 출입문이 따로 있고, 식당은 아예 완전분리였다. 공공장소의 수도물 꼭지도 백인용 쪽과 흑인용 쪽이 멀리 떨어져 있었다. 변소는 두말할 나위도 없다. 신문사에서 흑인이란 신문수송 운전사밖에 없었다. 완전 백색이었다. 남부의 백인들은 흑인노예를 해방시킨 남북전쟁 당시의 북부와의 경계선 '메이슨-딕시 라인'(Mason-Dixie Line)을 180년이 지난 후에도 심정적으로는 '국경선'처럼 여기고 있었다. 흑인의 생활현실은 비참했다. 흑인혁명의 태풍이 다가오는 징후를 느낄 수 있었다.

그러나 결과적으로 나 자신도 별수는 없었다. 종합적으로 말하면 역시 처음 경험하는 미국의 물질문명과 표면상의 미국식 생활이념에 압도됐던 것이 사실이다. 두 신문사에서는 미국인 기자들과 함께 각 분야의 취재활동을 하고, 나 자신의 이름으로 십여개의 긴 기사를 썼다. (나의 글을 읽은 편집국장은, 정관사 'the'가 없어도 되는 곳에 자주 나온다는 지적을 제외하면 거의 손을 대지 않은 채 인쇄에 넘기곤 했다. 지금도 그 기사들을 꺼내 읽으면, 지금의 영어작문 실력이 오히려 그 당시보다 퇴보했다는 것을 알게 된다.)

한국에 관한 소개의 글, 미국여행 인상기, 미국의 자유·민주주의 따위를 주제로 하는 글들로, 미국 독자들로부터의 칭찬의 전화나 파티에의 초청을 자주 받았다. 그러나 그 모든 글들은 보다 깊은 이론적 학습이 부족한 지식에서 나온 것이었다. 너무나 처참한 휴전 후의 한국에서 건너가 압도적인 물질적 풍요에 직면한 결과의 '경이감'이 작용한 글들이었다. 이승만정권 말기현상의 억압에서 튕겨나와 하루 차이로 내던져진 미국 사회의 '자유·평등·진취·활력·인권……' 따위의 표피적 관찰의 결과였다. 1959년의 나의 눈에는 일단 미국은 누구나 '자유롭고 풍족한' 나라였다. 미국이라는 나라의 실체를 깨닫기에는 그후 10년의 세월이 걸린다.

합동통신사에서는(적어도 당시의 편집국장은) 선배기자들을 제쳐놓고 경력 2년짜리가 국무성초청 케이스로 가는 것을 달갑게 생각지 않았던 까닭에 나는 휴직서를 내고 떠났다. 월급이 끊어진 서울 가족의 생활은 6개월 동안 나의 마음을 무겁게 했다. 미국정부가 지급하는 생활비 1일 12달러, 한달 360달러 중에서 틈틈이 현찰을 편지에 넣어 집으로 부쳤다. 불법인 줄은 알지만 무릅쓸 수밖에 없었다. 본직과 부업 두군데를 돌면서 겨우 메워온 잇따른 재난의 비용에다 월급마저 끊겼으니 완전한 '무일푼'이었다. 현찰로 10달러 또는 20달러씩을 편지 속에 넣어보낸다는 것은 여러모로 모험이고 위험한 일이었지만, 집에서 온 편지를 받은 날 꾸는 꿈은 다섯 식구이던 가정에서 어머니와 아내, 두 여자가 마주보고 있는 슬픈 장면이었다. 돈을 아끼기 위해서 이문동을 떠나 휘경동(徽慶洞) 위생병원(衛生病院) 뒤 언덕의 단칸방으로 또 이사했다는 소식을 들었을 때는 미국에 온 것을 후회하면서 돌아갈까 생각하기도 했다. 괴로운 6개월이었다.

그러나 우울했던 미국 체재에서 '워싱턴 포스트'와 긴밀한 관계를 맺게 된 것은 큰 수확이었다. 나는 서울에서 이미 '워싱턴 포스트'와의 서면관계를 갖고 있었다. 그 당시 이승만정권의 독재·부패·부정에 대해서 외국의 어떤 신문보다도 포스트의 사설이 신랄했던 것이다. 외신부에서 포스트의 이 정권 비판의 사설이 입전(入電)된 아침처럼 기쁜 일이 없었다. 미국 정부와 정계에 큰 영향력을 행사하는 포스트 사설을 기사화해서 내놓고, 그날의 신문들이 그 사설의 일부분만이라도 게재한 것을 보면 내 자신이 이 정권에 도전하는 무슨 큰일이라도 한 착각에 빠지곤 했다.

외신부 기자들은 모두가 그런 심정이었다. 국민적 차원

의 정의감에다가 편집국 내에서 이승만정권과 한통속이 되어 흥청대는 출입처 취재기자들에 대한 묘한 감정이 정권과 체제에 대한 적개심을 부채질했다. 못 가진 자의 가진 자에 대한, 못 누리는 자의 누리는 자에 대한 거의 계급적 감정 같았다(물론 예외적으로 이승만정권의 억압에 끝까지 용감히 맞섰던 소수의 정치부 기자들을 나 자신이 잘 알고 있다. 그들의 명예를 위해서라도 당시의 외신부 기자들의 감정을 일반론적으로 긍정해서는 안 된다).

그 당시 통신사로는 전통적 시시비비의 입장에 선 야당성이 짙은 합동통신(合同通信)과, 이승만정부가 합동통신에 대항하기 위해서 창설하고 그 비호를 받는 동화통신(同和通信), 그리고 동양통신(東洋通信)이 3파전을 벌이고 있었다. 따라서 상대적으로는, 그리고 사(社) 전체의 분위기로서도 '합동'은 취재부까지도 '야(野)'적이라고 알려져 있었다. 자유당 정권이 합동통신을 없애기 위해서 '동화'와 '동양'을 새로 만들어 정책적으로 '합동'을 거세시키려 했던 악랄한 조치들은 해방 후 언론사의 중요한 부분으로 남아 있는 바다.

그런 합동통신의 외신부였기에, 이승만정권에 비판적인 기사가 들어오기만 하면 환호소리가 일곤 했다. 정치적 가치판단을 떠나서, 그리고 유치할지는 모르나, 그런 순간은 감격적이었다. 그 기쁨은 일의 고됨을 순간적으로 흩날려 보냈다. 그날 아침은 외신부의 모두가 정권 도괴(倒壞)운동의 선봉이라는 착각으로 지냈다.

이 정권에 대한 가장 일반적 비평은 '강권적'(authoritarian)
이라는 것과 '부패한'(corrupted)이었다. '부패'라는 형용사
는 정치적 용어로서도 '부패한'이면 충분하다. 그런데 어느
날 아침 우리는 이승만정권의 부패를 몰아친 포스트지 사
설이 들어왔을 때, 이 정권의 수식자 corrupted는 관용적인
'부패한'으로 번역해서는 안 된다는 의견에 일치를 보았다.
'부패한' 대신 '썩어문드러진'이 가장 원어의 의미에 충실
하다는 '해석학'과 '의미론(意味論)'이 만장일치로 통과되
었다. 그 기사를 받은 신문사들이 '썩어문드러진'을 그대로
전재한 것을 본 외신부는 그날 저녁 회사 뒤의 무교동 골목
에서 축하 파티를 열었다. 그런 번역은 언론인의 정도가 아
니다. 얼마나 숨이 막혔으면 그 같은 치기어린 일로 인텔리
들이 보람을 찾으려 했겠는가!

아들이 죽고 아버지가 돌아가시기 전 한달쯤 동안 나는
연참(聯參)의 부업을 쉬었다. 나는 이승만정권 타도를 위해
서 나로서 할 수 있는 좀더 적극적인 방법이 없겠는가를 궁
리해보았다. 그리고는 부업을 쉬는 다소 한가한 시간에 워
싱턴 포스트 주필 앞으로 이승만정부에 관한 새로운 사실
들과 국내정세의 움직임에 관한 기사를 써보내보았다. 상
당히 긴 글이었다. 미국 저널리즘의 원칙에 비추어서도 감
정적이거나 편파적이라고 할 수 없도록, 공정한 사실대
로의 내용이었다. 며칠 동안 공들여서 썼다. 회답을 기대

한 바는 아니었는데, 포스트지 주필 로버트 H. 이스터브룩 (Robert H. Estabrook) 씨로부터 간곡한 감사의 답장이 왔다. 포스트 사설이 민주주의를 희구하는 많은 한국 국민에게 용기와 희망을 주고 있다는 나의 평가에 감사하고, 나의 기사가 자기들의 한국정세 분석에 많은 도움이 되었다는 간곡한 내용이었다. 기자생활 2년생으로서 세계의 대신문의 주필로부터 그 같은 평가를 받은 나는 곧 제2보를 보냈다. 그리고 곧 부친사망의 황망한 날을 보내고 미국으로 떠나왔던 것이다.

노스웨스턴 대학 체재 중에 보낸 나의 근황을 알린 서신에 대해서 이스터브룩 주필은 곧 워싱턴으로 초청하는 편지를 보내왔다. 마침 유엔총회의 한국문제 토의가 있기에 뉴욕의 유엔본부에서 그 토론광경을 참관하고 11월 29일 오전 워싱턴으로 가, 포스트를 찾았다.

주필실에는 외신부장 포이지(Foysie) 씨도 앉아 기다리고 있었다. 포이지 외신부장은 전 국무장관 러스크(Rusk) 씨의 사위라고 소개받았다. 그들은 아마도 한국으로부터의 내객(來客)이 원숙한 기자일 것으로 예상했던지, 젊은 나를 보고 잠시 의외라는 표정이었다. 나의 두번째 기사에 대해서도 진정으로 감사하다는 말이었다. 미국의 노련한 정치기자의 상황평가와 기사작성(그것도 영문기사)에 비해서도 손색이 없다고 칭찬한 말도 '인사말'만은 아니라고 받아들였다. 우리는 한국정세에 관해 많은 이야기를 했다. 미국 조야(朝

野)에 큰 언론적 영향력을 가지는 권위있는 신문의 주필은 특히 장면 부통령의 생명에 위해가 가해질 가능성은 없는가를 걱정했다. 나는 그런 가능성이 없지도 않다고 답변한 것으로 기억한다. 두 사람은 나에게 한국에 돌아간 뒤에도 자신들의 한국정세 평가에 도움이 되는 좋은 기사를 보내주기를 기대한다고 말했다. 나는 이승만정권과 싸울 막강한 세력과의 연대관계를 형성한 데 지극히 만족하면서 주필실을 나왔다.

워싱턴으로 가는 길에 들러본 유엔총회의 한국문제 토의 광경은 한심스러웠다. 그렇다고 놀란 것은 아니다. 나는 외신기자로서 유엔에서의 한국문제 토의에 관한 기사를 이미 적지 않게 다루어온 터다. 그 이상의 것을 보게 되리라고 기대한 것은 아니었지만 그런 예비지식을 가지고서도 총회 광경은 한심스러웠다. 각국 대표들의 좌석은 처음부터 절반가량은 비어 있었고 한국 대표가 연단에 올라가자 더 많은 좌석이 비어버렸다. 공산진영 좌석은 처음부터이지만 그밖의 대표들도 자리에서 일어나 항의의 표시로 퇴장해버리는 것이었다. 예비지식이 있었던 나에게도 한국문제가 얼마나 인기 없는 의제인가를 새삼스럽게 확인해주었다. 이 현장 관찰을 워싱턴 포스트의 이스터브룩 주필에게 말했더니 "이승만정부가 얼마나 국제적으로 외면당하고 있나 하는 산 증거예요"라는 해석이었다. 미국의회가 한국의 정치를 "1.5(黨)제도"라고 규정한 유명한 의회조사보고서 '콘론 리포트'(Conlon Report)가 바로 유엔총회에 맞추어서 공개된 것을 읽었다. 이승만정권의 명맥이 풍전등화라는 징후를 미국 수도 워싱턴과 유엔에서 실감했다.

유력한 워싱턴 포스트의 지면을 통해서 '썩어문드러진' 이승만정권을 타도하는 일역을 맡게 되었다는 것은 나를 흥분시키기에 족했다. 서울로부터의 보도를 통해서 민주당이 내년 봄에 있을 정·부통령 선거에 조병옥(超炳玉) 씨와 장면(張勉) 씨를 입후보시키기로 한 결정을 알았다. 조씨건 장씨건, 하여간 이승만과 이기붕 따위만이 아니라면 나에게는 누구라도 좋다는 심정이었다. 귀국하면 나에게 큰 역할이 기다리고 있다는 생각이 나의 여행길을 가볍게 해주었다.

서울을 떠날 때부터 나는 6개월간의 여행 중 일부를 이용해 방금 혁명에 성공한 꾸바를 보고 싶은 생각이었다. 언론계에 들어선 때가 바로 이집트에서 나세르 혁명이 성공한 직후다. 아프리카 민족해방의 물결이 가나를 선두로 해서 튀니지, 이라크, 레바논, 수단, 알제리 등에서 거세게 일고 있었다. 외신부 기자로서 처음으로 기사화한 사건이 1957년 8월 소련의 대륙간탄도탄과 인류 최초의 인공위성 스뿌뜨니끄 발사 성공이라는 쾌거였다. 나는 세계를 지배하던 구질서가 무너지고 있는 소리를 들으면서 나세르의 혁명적 저서를 탐독했다. 나세르의 수에즈 운하 국유화 선언은 인류사적 신호였다. 그뒤를 이은 세계혁명의 표시들은 새벽에 직장으로 나가는 나의 마음을 언제나 새로운 뉴스에 대한 기대로 부풀게 했다.

꾸바는 라틴아메리카 대륙에서 올려진 최초의 변혁의 봉화였다. 까스뜨로와 그의 혁명동지 체 게바라에 관한 기사를 번역할 때는 그날의 사실을 한국에서 누구보다도 먼저 알게 되는 일에 희열을 느끼곤 했다. 그래서 한달간의 자유여행선으로 꾸바를 써넣었던 것이다.

그 요청은 허락되지 않았다. 나는 몇 동료들과 의논하여 꾸바에서 바로 몇십 마일 북쪽에 위치한 미국식민지(자치령이라고는 하지만) 푸에르토리코로 행선지를 수정했다. 트루먼 대통령 암살 미수사건과, 미국의회 의사당에서의 폭발사건이 푸에르토리코 독립운동가들에 의해서 감행되고 있던 때다.

대서양의 이름난 관광·유흥지가 되어버린 이 섬에는 유럽과 북미주와 라틴아메리카 각국의 탕아들이 모여드는 '대서양의 낙원'이다. 적도의 태양 아래 종려나무숲을 씻어주는 맑고 푸른 파도, 희고 깨끗한 백사장, 바닷가에 줄지은 온갖 종류의 환락의 불빛들, 종려의 잎 사이로 보이는 희거나 베이지색의 주택들, 그리고 그 사이사이로 거니는 아무런 근심 없어 보이는 소요객들…… 그림에서만 보아온 열대의 아름다움에 도취되었다. 게다가 백인과 흑인의 몇세대 혼혈인 '물라또'종 여인들은 그 풍광명미한 자연 속에 노니는 천사 같았다. 눈부시고 따가운 햇볕을 비스듬히 받으면서 앞에 걸어오는 연한 갈색 피부의 물라또 여인의 눈은 깊숙이 파여서 그림자를 띠었고, 그 눈매가 특이한 성적 매력을 풍기는 것이었다. 이국땅에서 몇달 동안 홀아비 생활을 해온 탓도 있으리라 생각한다.

나는 어느날 밤, 대구매일신문의 이시열(李時烈) 기자의 제안에 따라 함께 환락가로 나섰다. 화려한 샹들리에의 불 밑에서 이 기자는 여자를 번갈아가며 춤을 추었고 나는 앉아서 술만 마셨다. 군대에서도 무슨 고집에서인지 나는 장교들의 '필수교양'처럼 돼 있는 댄스라는 것을 배우지 않았다. 노스웨스턴 대학에 있는 동안이나 신문사 근무를 하는 기간에도 제법 파티 초청이 있었다. 그럴 때마다 댄스 권유를 사양하고 술만 마시고 있노라니 얼마쯤은 쑥스러워서 '이럴 줄 알았으면 댄스를 배울 것을……' 하는 가벼운 후회가 스쳐가기도 했다.

지방신문이기는 하지만 이 기자는 사회부장이었다. 지방 도시 대구에서 유력한 신문의 사회부장은 댄스 솜씨가 뛰어났고 서양인들의 그 춤판의 중앙무대에서 여자를 휘감고 도는 솜씨는 대단했다. 그를 위해서 춤판의 중앙 공간이 제공될 정도였다. '국위선양'에도 여러가지 방법이 있다는 감탄으로 나는 바라보고만 있었다.

춤에 싫증이 난 그는 다음의 순서를 마련했다. 돌려가며 추던 아가씨 가운데 제일 이쁜 이의 손을 끌면서 나에게도 한 여자를 권했다. 괜찮게 생긴 '물라또'종 여인이었다.

완전한 벽인 줄만 알았던 한 면에 다가가자 벽인 줄만 알

왔던 수직면에 문이 열렸고, 들어서자 많은 방이 있었다. 입구의 책상 앞에 여자가 앉아 있고 숙박계를 쓰고 들어가라 한다. 그런 국제 관광지에 숙박계제도가 있으리라고는 미처 생각하지 못했다.

여러달 남성을 참았던 나는 그 방의 침대에서 국위를 손상하는 꼴이 되고 말았다. 미국 직업적 매춘여성의 체구는 한국 남자의 표준키로도 작은 편에 속하는 나에게는 너무 크고 다루기가 힘들었다. 내놓은 20달러의 돈이 아까운 생각이 났다. '그 돈을 집으로 보냈어야 할 걸……'

후회감으로 방 밖에 나오니 이시열은 안 보였다. 이런 환락가에서 경험이 없던 나는 슬며시 겁이 나 숙박계 여인에게 물으니 그는 아직 나오지 않았다는 대답이다. 숙박계를 다시 들여다보니 나의 칸에는 국적, 성명, 미국 내 주소, 직업, 성별 등 기재가 정확히 되어 있다.

"국위도 선양하지 못하고 후회만 할 일에 공연히 정확한 기록만 남겨놓고 가게 되었구나. 창피한 일인데……"

나는 중얼거리면서 이 부장의 이름을 찾았으나 보이질 않았다. 나의 기록난 아래 위에 있을 Korea의 글자를 찾았지만 없었다. 나는 함께 들어온 사람이 정말 아직 안 갔느냐고 되물었지만 시큰둥한 여인의 답변은 마찬가지였다.

그러고 있는데 복도의 문이 하나 열리더니 만면에 웃음을 띤 그가 뚱뚱한 정력적인 몸을 흔들며 나타났다. 나는 적이 안심했다. 그리고 물었다.

"자네 숙박계 안 쓰고 들어갔나? 찾아봐도 없던데. 나는 혼자서 걱정했지."

"왜 안 써. 물론 썼지."

그는 나의 질문과 불안해하는 꼴이 우스운지, 마치 한국 대구의 뒷거리에나 있는 것처럼 호쾌하게 한차례 웃었다. 그러고는 "여기 있지 않아" 하면서 손가락으로 한칸을 짚었다. 희미한 조명 밑에서 자세히 들여다보던 나도 함께 웃어 버렸다. 숙박계에는 이렇게 적혀 있었다.

Nationality: Japan

Name: Kishi Nobusuke

Occupation: Prime Minister

(…)

그때의 일본 총리대신이 키시 노부스케(岸信介)였던 것이다.

이시열은 미국에 오기 얼마 전 소위 '이강석 사건'을 특종해서 유명해진 사회부 민완기자다. 이승만의 양자(이기붕의 아들) 이강석(李康石)이 전국 주요 관청과 기업체를 찾아다니면서 고관재벌들에게서 향연을 받았다. 그러자 이승만의 양자를 가장한 강성병이라는 상습사기꾼 청년이 전국을 누빈 사건이 일어났다. 내로라고 하는 고관대작 인사들은 이강석 청년이 어딘가에 나타났다는 소식이 들리기가 무섭게, 서로 앞을 다투어 달려갔다. 그리고는 여관이나 호텔에 묵고 있는 '이승만 대통령 아들' 앞에 무릎을 꿇고 갖은 아양을 떨고 향연을 베풀었다. 이강석은 "부친의 명령으로 암행어사의 길에 나섰으니 나를 보았다는 말은 절대로 입밖에 내지 마시오"라고 사뭇 엄격하게 분부했다. 그러니 그에 관한 소문은 쉬쉬하는 속에서 더욱 신빙성을 높여갔다. '암행어사' 이강석은 그의 앞에서 옛 왕자·대군에게 하듯이 무릎을 꿇고 고두재배해야 흡족해한다는 소문이 돌았다. 또 머리를 조아리고 하는 인사는 "귀하신 몸이 어찌 이런 누추한 곳에 오셨나이까"여야 한다는 말도 돌았다. 그래서 이 사건을 '귀하신 몸 사건' 또는 '가짜 이강석 사건'이라고 했다. 이시열 기자는 끈질기게 그 사건을 좇아, 마침내 진상을 파헤쳐 직업적 개가를 올린 사회부의 명기자였다. 그만큼 그는 놀기도 잘했다. '키시 노부스께'는 그의 미국에서의 걸작품이다.

여행을 마치고 돌아와 귀국의 날도 가까워진 1960년 1월의 어느날, 한국인 기자들에게는 조그마한 일이 생겼다. 미국 중서부의 유력지 『시카고 트리뷴』에 '조선민주주의 인민공화국'에 관한 소개기사가 몇장의 사진과 함께 전면게재된 것이다. 그 당시만 해도 미국 신문이 북한에 관해서 그런 전면보도를 하는 일은 드물었다. 지면에는 그 기사와 사진들이 북한 측 뉴스가 제공한 것이라는 해명이 붙어 있었다. "너무도 모르고 있는 노스코리아의 실상에 대해서 미국인들은 이제 관심을 가질 만한 때가 되었다"는 '편집자의 주'도 있었다.

우리 일행 중에서 흥분한 사람은 『코리아 헤럴드』의 민영빈(閔泳斌) 기자였다. 그는 영문을 모르는 한국인 기자들을 불러 모으고는 말했다.

"이거 큰일났어요. 이게 될 말입니까! 북괴에 관해서 보도하다니 말도 안 됩니다. 공산주의자들의 업적을 선전한 거예요."

숨가쁘게 말한 그는 제안했다.

"신문사로 가서 편집국장에게 항의합시다. 모두 함께 갑시다. 빨리 가야 해요."

나를 포함해서 몇 사람이 말했다.

"글쎄 좋은 일은 아니지만 우리가 어떻게 하자는 거요? 미국은 언론자유의 사회인데 신문이 미국 독자들을 위해서 나름대로 판단해서 보도한 것인데 우리가 몰려가서 항의할 일도 아니지 않겠소?"

그러나 민 기자의 견해는 우리들보다 한발 앞서 있었다.

"아니지요. 생각해보시오. 우리는 곧 귀국해야 하지 않소. 그런데 만약 우리가 있는 시카고의 신문에 이런 공산주의 북괴의 선전기사가 난 것을 알면서도 항의를 하지 않았다는 것을 우리 정부가 알면, 중대한 문제가 될 것이 틀림없어요. 여기는 영사관도 있으니까 틀림없이 이에 관한 보고가 서울에 가 있을 거예요. 빨리 갑시다."

우리는 할 수 없이 따라갔다. 우리의 용건을 민 기자가 대변했다.

"사과문을 내기를 요청합니다. 적어도 그 보도가 사실이 아니라는 신문사 측의 해명이라도 내야 합니다."

항의를 다 듣고 난 편집국장이 어이없다는 투로 답변했다.

"찾아온 용무는 잘 알았습니다. 그런데 당신들 한국인 기자들은 지금 미국 정부의 초청으로 미국 민주주의의 자유 언론과 언론인의 기능을 배우고 시찰하러온 것이 아닙니까?"

국장은 우리 일동의 얼굴을 살피면서 핀잔을 주었다.

"미국은 그런 나라가 아니에요. 미국의 신문도 그런 것이 아니고요. 언론의 자유를 좀더 배우고 가시오."

민영빈 씨의 애국적인 상황판단 덕분인지는 모르지만 귀국하는 때나 귀국한 뒤에도 아무 일 없었다. 나는 이미 6·25 전쟁과 군대생활을 통해서 그런 것이 진정한 애국심도 아니고 '진정한 반공사상'도 그런 것일 필요가 없다는 생각이었기 때문에 그 신문사에서의 편집국장과의 대좌는 한낱 '소극(笑劇)'같이만 느껴졌다.


## 이승만을 증오하는 일념으로

이승만정권의 단말마적 말기는 외국에 나가서의 행동마

저 그토록 신경쓰여지는 상황이어서 자칫하면 영원히 귀국하지 못하거나, 귀국 후의 안전이 보장 안 되는 것도 사실이기는 했다. 무법천지였으니까. 정권과 관헌의 구미에 맞지 않는 언동은 바로 형무소행인 때니까.

그런 상황임을 고려할 때, 귀국길에 하와이 호놀룰루에서의 나의 행동은 무모했는지도 모른다.

나는 이승만정권을 쓰러뜨리는 행동은, 그 크고 작음을 가릴 것 없이 모두가 국민의 의무이고, 민주주의를 희구하는 시민의 책임이라고 확신하고 있었다. 그런 생각이었던 까닭에 서울로 돌아오는 길에 호놀룰루에 들러, 과거 일제 식민지 시기에 이승만 씨와 망명생활을 같이 한 교포 노인들에게서 직접 이 대통령의 과거 행적을 들어보기로 결심한 것이다.

자유당 말기에 해외여행을 해본 일이 없는 사람에게는 '결심'을 한다는 것이 기이하게 들릴는지도 모른다. 그러나 그 당시, 그 노인들이 정통을 지키고 있던 '대한국민회(大韓國民會)'는 국내에서의 이 대통령의 독재에 반대하는 입장 때문에 이 정권에게서 어처구니없게도 '빨갱이'라고 배척받고, 본국 입국조차 금지되고 있었다.

호놀룰루의 영사와 영사관 직원(정보계통이었겠지만)들은, 내가 국민회 본부를 방문할 생각임을 알고 말하는 것이었다.

"국민회는 반국가적 단체입니다. 국민회를 방문하면 우

리는 당신의 귀국에 대해서 보장할 수 없습니다. 알아서 하시오."

그들의 협박을 들은 척 만 척 나는 국민회 본부의 길을 물어물어 찾아 올라갔다. 야자나무에 둘러싸인 언덕 위의 본부에서 나와 나를 맞아준 노인들은 반가움과 의혹이 섞인 표정이었다. 한말 시기에 알몸에다 값싼 노동력으로 이민해온 노인들의 입에서 이승만 씨의 행적에 관한 이야기가 나오기까지는 한참이 걸렸다.

"젊은 사람이 어쩔라고 여기를 찾아왔소? 영사관에서 알면 큰일납니다."

그들은 먼저 나의 신변을 걱정했다. 수많은 본국 인사들이 미국왕래 길에 하와이를 거쳐가지만, 일반 지식인들은 말할 것도 없고, 야당의 지도급 인사들조차 정부의 눈치를 보느라고 국민회를 외면한다는 말이었다. 조재천(曺在千, 당시 민주당 선전부장)이 다녀간 후 거의 반년 만에 처음으로 찾아온 손님이라는 말이었다.

나는 이렇게 걱정해주는 노인들을 되려 위안해야 했다. 영생토록 집권하려는 이승만 독재의 수법을 알 만한 기자가, 그것도 젊은이가 자기들을 찾아온 데는 무슨 계략이라도 있지 않은가 하는 표정을 노인들의 얼굴에서 역력히 읽을 수 있었다.

그런 초대면 인사를 나누면서 앉아 있는 동안 노인들의 불안해 보이는 시선이 자꾸만 나의 무릎 위에 놓여 있는 종이봉지에 떨어지는 것을 눈치챘다. 그제야 나는 "아! 그렇구나" 깨달았다. 그 봉지에는 호놀룰루 시내에서 길을 물어가며 언덕길을 걸어올라오는 동안 사서 까먹고 남은 오렌지 두개가 들어 있었다. 나는 봉지를 찢어 오렌지 두개를 꺼내어 껍질을 벗겨 노인들에게 권했다. 그 순간, 노인들의 표정이 풀리는 것을 보았다. 그들은 종이봉지 속에 있는 물건에 신경을 쓰고 불안해했던 것이다. 수류탄이 아닌가 의심했는지도 모른다. 이승만정권 말기는 사람의 마음에서 믿음과 선의를 박탈한 시대였다.

그러고 나서야 노인들의 입이 열렸다. 한말 시기 알몸에 값싼 노동력으로 팔려와 뼈를 갈고 굶다시피 하면서 푼푼이 헌금한 독립자금으로 이승만 씨가 무엇을 했는가를 말할 때, 노인들의 눈에는 분노보다는 차라리 고요한 체념이 감돌고 있었다. 이승만 씨에게 속아온 낱낱의 사실들도 이제는 노쇠한 노인들의 감정에 파동을 일으키기에는 너무도 긴 세월이 지난 탓이리라. 그 많은 이야기들을 낱낱이 쓸 수는 없다. 그 노인은 일흔이 지난 나이로, 하와이에 건너온 지 50년이 넘었을 텐데도, 그 말에는 나의 귀로는 곧 알아차릴 만큼의 평안도 사투리와 억양이 남아 있었다. 간간이 영어를 섞어가며 말하는 내용은 이러했다.

"그때 우리덜이 사탕수수밭에서 일하고 하루에 받는 돈이 얼마였갔소. 정말 노예 같은 생활이었다무다. 본토로 가서 철도 놓는 노동도 했는데 정말 죽을 고생이었디요. 겨우 먹고 사는 것이 전부였는데, 그나마 언제나 허기져 있었디요. 그런데 이승만이라는 사람이 나타나더니 독립운동한다고 합디다. 우리들도 좋은 일이라고 했디요. 그래서 한끼씩 번디고 푼돈을 모아서는 이 국민회를 만들었시요."

노인은 앉아 있던 잔디뜰에서 머리를 돌려 국민회 건물을 감회깊게 바라보았다. 다른 두분의 노인도 따라서 건물을 뒤돌아보았다.

"이승만 씨는 도중에 하와이를 떠나 로스안젤스로 갔디오. 그리고는 독립자금이 떨어댔으니 돈을 빨리 보내달라는 편지를 보내와요. 우리는 또 모아서 보냈디요……"

노인은 그때를 회상하는지 잠시 말을 멈추었다. 옆의 두 노인은 고개를 끄덕이면서 듣고 있다.

"너무 자주 돈을 보내달라 해서 우리도 마지막에는 의심했디요. 그 사람 참 나빠요. 우리 영원히 고국을 못 보고 죽어도 좋아요. 우리가 해방된 고국의 땅을 한번 밟아보고 싶다고 아무리 영사관에 부탁해도 안 된대요. 허가가 안 나와요."

노인은 당시를 회상하면서 말을 이었다.

"돈을 자꾸 보내라고 조르기에 의심을 해서 누군가를 시켜 예고없이 이승만의 하숙방에 보내보면 멀쩡하게 잘 지내고 있다는 거예요. 그런데 돈을 가지고 간다고 미리 알려놓고 가면, 그때마다 하숙방에 구멍 뚫린 양말이니 셔츠 같은 것들을 주렁주렁 매달아놓고 있어요. 그러고는 '이것들

보시오. 돈이 없어 양말도 못 사 신을 형편이오'라고 불평을
늘어놓는 거예요."

노인들은 이승만 씨에 관해서 다른 이야기도 말해주었
다. 1908년 한일보호조약 이후 일본이 추천한 미국인 외교
관 듀럼 화이트 스티븐스(D. H. Stevens)를 쌘프란시스코 부
두에서 사살한 주미한국인 민족지사 장인환(張仁煥)과 관련
된 이야기다. 한국정부에 외교자문관으로 있던 스티븐스가
한국정부와 한국인을 멸시하면서, 일본의 한국 보호국화는
정당하고 한국인을 위해서 다행스러운 일이라는 공개적 발
언을 하여 물의를 일으킨 것은 다 아는 일이다.

그런 기자회견 발언을 한 스티븐스가 쌘프란시스코 부두
에 내린 것을 장인환 의사가 권총으로 사살한 후 미국 법정
에서 심리가 열렸다. 한인교포들은 성금을 모아 변호사를
고용하여 변론을 하게 되었는데 통역사가 필요했다. 그 당
시 이승만이 프린스턴대학에서 박사학위 과정에 있었고 가
장 영어를 잘했기 때문에 교포들은 전보를 쳐서 통역을 부
탁했다. 이승만은 쌘프란시스코에 오기는 했으나 정황을
살핀 후 통역을 거부했다. "예수교인의 신분으로서 사람을
죽인 죄인을 위해 통역하기를 원치 않는다"는 말을 남기고
박사학위 논문을 써야 하기 때문에 시간이 없다고 떠나버
렸다는 것이다. 교포들은 할 수 없이 로스앤젤레스의 대학
생이던 신흥우(申興雨) 씨에게 대신 통역을 부탁해서 재판
을 진행했다는 것이다.

나의 생각으로는 이승만은 한국 민족의 운명보다는 이미 일본과 결탁하여 한국합방을 사전 승인하고 있던 미국정부에 잘 보이려는 계산에서 그랬던 것 같다. 나는 노인들에게 여러가지 좋은 말을 들려주어 고맙다고 인사했다.

노인은 여기까지 말하고는 다른 노인들 쪽을 한번 바라보고 다시 말했다.

"그런 이야기 자꾸 해도 무슨 소용이 있겠소. 그만 합시다."

말은 그렇게 했지만 속으로는 분한 마음을 참을 수 없는 성싶었다.

"이승만이란 사람, 참 나쁜 사람이에요."

이역만리, 하루 종일 40센트의 품삯으로 뼈를 가는 고생을 해가면서 도와주었던 사람에게서 이제는 배신당하고, 탄압받고, 고국방문마저 못하고 있는 이 늙은 애국자들의 두 눈에는 비로소 이슬이 맺혔다. 나는 얼굴을 잔디밭에 떨군 채 위로할 말을 찾지 못했다. 해 떨어진 언덕길을 내려가려고 일어서자, 그 노인은 옛날 미국에 오기 전 평안도 어딘가의 시골에서의 습관대로 허리춤에 꽂았던 구겨진 1달러짜리 두장을 나에게 꺼내주는 것이었다. (호주머니가 있는데도 허리춤에 꼬깃꼬깃 돈을 말아둔 그 옛 습관이 나에게 견딜 수 없이 친밀감을 솟게 했다.)

"해가 저물었으니 뼈스 타고 가시요. 걸어가면 길도 멀거니와, 누가 보아도 좋지 않으니까."

군이 사양하다 정성을 마지못해 돈을 받았다. 깊이 허리를 굽혀 절을 하고 돌아서는 나를 전송하는 노인들도 내 눈에 흐르는 것이 있음을 보았다. 나도 울고 있었다. (이분들은 몇달 후 4·19로 이승만정권이 무너진 뒤에, 몇십년 만에 꿈에 그리던 고국의 땅을 밟을 수 있었다.)

다음날, 호놀룰루 시내에 있는 '태평양동지회'를 찾아갔다. 이것은 국민회를 반대해서 이승만정권 지지자들이 해방 후에 만든 단체였다. 그들은 영사관의 지원을 받으면서 하와이 교포사회를 분열시키고 있었다. 누추한 건물의 사무실 안으로 들어서니 사방 벽에 걸린 것이 온통 본국과의 장사용 포스터뿐이었다. 어제 본 국민회 노인들의 마음과는 너무도 대조적인 목적과 환경이었다. 점심을 먹고 가지 않겠느냐는 권유를 뿌리치고 뛰쳐나왔다. 밖으로 나오니 막혔던 숨이 확 트이는 것 같았다.

동지회 사무실을 나오면서 호주머니에 든 여권을 꺼내보았다. 불현듯 그 여권을 낼 때의 생각이 나서였다.

그 당시 이승만 치하의 여권 신청서류에는 '존경하는 사람'이라는 항목이 있었다. 그 항목 아래 두개의 공란이 있으니까 존경하는 두 사람의 이름을 써넣으라는 것이다. 나는 다른 모든 난을 채우고 그 두 난을 빈 채로 제출했다. 여권 신청에 존경하는 사람을 써야 하는 국가는 넓은 천하에 대한민국이라는 나라밖에 없었을 것이다. 한칸은 이승만을 써야 할 것이라는 데는 의심의 여지가 없다. 그러나 다른 한

칸의 목적은 짐작이 안 간다. 설마한들 이기붕이기야 하겠는가? 일종의 '충성 테스트'였다.

서류를 제출한 지 며칠 후 동대문경찰서에서 부름이 있기에 출두했다. 신원조사 관계관이 묻는다.

"다른 칸은 다 기록했는데 이 칸들은 왜 비워두었지요?"

"나는 별로 존경하는 사람이 없어요. 그래서 비워놓았지요."

담당관은 그러지 말고 당장에 써넣으라고 재촉한다. 경찰서의 그 사무실 벽 위에 걸려 있는 '대한민국 대통령 이승만 각하'가 사진 속에서 내려다보고 있다. 나는 "그렇다면 좋다"고 대답하고 두 이름을 썼다. 김구와 홍난파(洪蘭坡). 나는 두 분을 각기 다른 의미에서 존경했다. 민족정기와 민족정서를 지켜준 분들로서.

그것을 본 관계관은 난처한 듯이 말하는 것이었다.

"이거 왜 이러시우. 잘 아시면서……"

"잘 알다니, 무슨 말이에요? 존경하는 사람을 썼으니 됐지요?"

담당관은 홍난파는 괜찮지만 김구는 다른 이름으로 바꿔 쓰라고 권고한다. 마지막에는 협박조다.

"아, 지금이 어떤 시국인 줄 누구보다도 잘 아실 기자분이 왜 고집을 부리시오? 정말 그러면 여권 나오지 않습니다."

나도 그가 말하는 '시국'을 모르는 바 아니다. 김구라는 이름은 바로 이승만에 대한 적대감정의 표시다. 이승만 영구집권을 위해서 3·15 부정선거를 준비하고 있는 '시국'이었다. 나는 그런 이승만의 이름을 '존경하는 사람'의 난에 써넣으면서까지 여권을 구걸하며 외국에 가고 싶은 생각이 없었다. '충성 테스트'를 거부하는 결심이었다. 그 당시, 원용덕(元容德)이라는 육군 헌병총사령관의 지시로 국회의원과 주요 야당인사들에게 모략 편지를 우송하거나 집 뜰에 투입하여 이승만 대통령에 대한 충성심을 테스트한 정치공작이 폭로된 일이 있었다. 정권이 기대하는 반응을 보이지 않은 대상자는 '빨갱이'로 몰려 검거되고 고초를 받았다. 그럴수록 이승만에 대한 반감은 깊어가고 있는 '시국'이었다.

그런 시국에 충성스러운 경찰관도 당시의 신문기자에는 일말의 경의(?)를 품고 있는 성싶었다. 내가 끝내 거부하자 선심의 용의를 표시했다.

"빤히 알면서 그러는군. 할 수 없지요. 내가 적절히 써서 처리해드리지요."

얼마 후 여권은 나오고, 미국행 길에 올랐다. 그러나 그 담당관이 김구 선생의 이름을 지우고, 그 자리에 누구의 이름을 써넣었는지는 지금도 알지 못한다.

# 10. 4·19와 나

## 워싱턴 포스트와 관계를 맺어

1960년 1월 말에 귀국했다.

한말의 신사유람단(紳士遊覽團)처럼 6개월간의 첫 미국 문화·사회와의 대면은 어차피 주마간산 격일 수밖에 없었다. 물질적 외면은 누구에게나 쉽게 관찰되지만, 그뒤에 가려진 사회구조의 특성, 인간관계의 제반 모순들, 도덕윤리의 타락성, 미국식 자본주의의 윤리적 표현인 극단적 이기주의, 그것이 빚어내는 비인간화와 소외, '돈'만이 최고가치로 통용되는 물신화된 문화양식, 이 같은 미국사회의 내면적 실체는 그 당시의 나 같은 미숙한 눈에 파악될 까닭이 없었다. 고작 확연하게 재확인된 소득이라고 한다면 격심한 빈부의 차와 흑백 인간의 인종차 정도였다. 군대에서 메이슨 소령에게 들었던 바와 마찬가지로, 미국 자본주의는 그 사회의 누구에게나 "꿀과 우유가 강물처럼 흐르는" 낙원이 아니었다. 특히 흑인의 처지가 그러하다는 것은 가는 곳마다에서 확연했다.

6개월에 걸쳐서 미국의 신문들에 발표했던 나의 글을 지금 다시 읽어보면 낯이 간지러워지고, 쥐구멍을 찾고 싶은 생각이다. 작은 한국 같은 나라의 사회에 관해서도 그런데, 거대한 국가 미국의 실체가 나의 시야에 들어올 까닭이 없었다.

종합적으로 말하면, 영토의 큼과 물질적 부의 큼에 압도당하고 돌아왔다는 정도다. 그러나 한가지 일이 나의 첫 미국 방문에 큰 의미를 부여했다. 이승만정권을 신랄히 비판하는 워싱턴 포스트와의 관계가 맺어진 것이다. 공식적 특파원이나 고정 통신원 자격은 아니지만, 우선 한국문제 기사의 주무 부장인 포이지 외신부장, 한국문제를 어떤 방향과 크기로 다루느냐 하는 결정을 내릴 편집책임자인 프렌들리(Friendley) 편집국장과 인간적·직업적 관계가 형성되었다. 더욱 중요한 것은, 한국문제에 관해 사설을 쓰고 사설면을 지휘하는 이스터브룩 주필로부터 적극적으로 기사를 보내달라는 부탁과 격려를 받은 것이다. 한국 국내정세, 특히 이승만 자유당 정권은 한국 국민의 이익을 위해서는 물론 미국의 이익을 위해서도 하루 속히 물러갈수록 좋다는 견해의 일치는 나를 용기백배케 했다. 나에게 할 일이 생긴 것이다.

이스터브룩 주필은 말했다.

"워싱턴 포스트가 그 기사나 논평으로써 한국 내정에 간섭해서는 안 된다. 할 수도 없다. 그러나 민주주의의 원칙에 입각해서 시시비비는 가려야 한다고 확신한다. 미스터 리가 공평하고 공정한 사태판단을 자주 보내준다면, 멀리 떨어져서 현실감각이 부족한 나나 나의 동료들의 한국 사태에 대한 평가에 큰 도움이 될 것이다."

실제로 그는 내가 그의 사무실에 들렀을 때, 12월 5일자와 12월 11일자의 한국 사태에 관한 워싱턴 포스트지 사설을 보여주었다. 주필 자신이 쓴 것이었다. 5일 것은 "Korea on the Spot"(위기에 처한 한국)의 제목 아래, 미국이 그토록 많은 희생을 치르고 지킨 한국에서 비민주적 선거가 준비되고 있는 사태에 미국정부는 마땅히 깊은 관심을 가져야 한다는 논지였다. 바로 6일후에 다시 쓴 사설의 제목은 "Saint or Sinner?"(성인이냐 도덕적 죄인이냐?)였다. 이승만 정부가 야당의원이 반대의 표시로 전원 퇴장한 국회의사당에서 '귀걸이 코걸이'식의 국가보안법을 단독 통과시킨 것을 가장 강경한 어조로 비난한 내용이었다. 야당지 경향신문의 폐간과 결부해서 국가보안법이 한국에서의 야당 말살의 수단이 될 것이라고 경고했다.

이 마지막 사설은, 같은 날 사설면에 게재된 이승만 대통령 찬양의 미국인의 투고를 충실히 인용하고 그 논지의 부적절함을 반박한 것이다. 이 투고는 미국 상원 특사인 프레데릭 해리스(Frederick B. Harris)의 장문의 글로서, 이승만정부가 "민주주의와 반공주의의 표본"이라고 주장하면서 "이 대통령의 확고부동한 목표는 한국을 통일하여 자유국가를 실현하는 것인 바, 이것은 링컨의 지상의 목표가 미국의 통합을 위기에서 구출하는 것과 동일한 것"이라고 옹호하는 논지였다.

나는 이스터브룩의 이승만정권 반대에는 언론인으로서의 공적 동기에 보태어서 약간의 사적(私的) 요소도 있다는 감을 잡았다. 그는 장면 총리의 동생 장발(長勃, 워싱턴에 살던 화가)과 친교가 두터운 것 같았다. 장발 씨의 이야기가 가끔 화제에 올랐기 때문이다. 이스터브룩 주필의 종교가 가톨릭이었는지는 확실하지 않다. 그러나 가톨릭 계통의 정보를 많이 가지고 있었다.

또 하나의 반 공적·반 사적 요소는 당시 워싱턴에서 망명객으로서, 'Korean Affairs Institute'(코리아문제연구소)를 운영하면서 정치사신문(政治私新聞)을 발행하고 있던 김용중(金龍中)씨와의 친교다. 김씨는 매달 한국(조선)문제에 관해 신문을 발행하여 미국 조야의 주요 기관과 개인에게 송부하고 있었다. 한국의 민주화와 한국민족의 긴장완화, 화해, 외세배격, 평화, 자주적 통일 등을 위해서 노구를 무릅쓰고 홀로 애쓰는 분이었다. 그는 4·19혁명으로 무력북진통일을 부르짖던 이승만 대통령이 물러나고 민주당정부가 들어선 후, 남북한정부 수반에게 최초로 통일회의를 제의하는 공개서한을 보내기도 했다. 1961년 1월 14일자 공한으로 '남한 장면 국무총리에게'에 이어, 19일자로 '북조선 김일성 수상에게'라는 같은 공한이 발송되었다. 이스터브룩 주필과 김용중 씨와의 개인관계가 깊었는지는 확인할 수 없다. 그러나 워싱턴의 정치 조야에 언론적 영향을 미치는 워싱턴 포스트의 주필의 입장에 대해서 개인적 관계도 무시할 수 없는 요소가 된다는 사실은 확인할 수 있었다. 워싱턴 포스트와의 그런저런 관계와 새로운 지식을 가지고 귀국하는 나는 다소 과장하자면 '용기백배'했다. '이제 나에게 할 일이 있다'는 생각으로 귀국의 길을 재촉했다.

"나는 이승만정권에 대한 싸움에서 무력한 나 혼자만이 아니다. 앞으로 나는 막강한 세력인 워싱턴 포스트를 통해서 미국정부와 미국사회에 나의 목소리를 전달할 수 있는 협력자를 얻은 것이다. 자유당정권이 쓰러지는 날까지 싸우자."

나는 그렇게 결심했다.


### 4·19 전야

귀국하여 곧 휘경동 위생병원 뒤 언덕바지의 단칸방에서

돈암동 성신여자대학 담 밑의 두칸짜리로 옮겼다. 미국 체재 중 6개월간 월 360달러씩 지급된 체재비를 안 쓰고 절약해서 꾸려가지고 온 얼마쯤의 달러를 바꾸어 보탰다. 6개월 동안에 '낭비'한 것은 푸에르토리코에서 한번 물라또 여성에게 쓴 20달러밖에 없다. 선물 하나 사지 못했다.

다른 한국인 동료들은 그런대로 여유가 있었다. 그들은 대부분 선물 살 돈과 국무성 지급금 이외에, 사용할 개인비용을 마련해가지고 왔기 때문에 돈 씀씀이가 넉넉했다. 한 달에 360달러를 다 쓸 수 있었더라면 나의 생활도 그렇게 궁색하지는 않았을 것이다. 그러나 어머니와 아내를 좁으나마 방 두개의 곁집에 모셔 옮기니 그동안의 시름이 일시에 사라졌다. 아버지가 살아계셨더라면 미국에 다녀온 아들을 얼마나 기특하게 생각하고 기뻐하셨을까. 더구나 앞으로 내가 할 큰 역할을 보시면 생전에 가졌던 아들에 대한 실망을 후회하시겠지 하는 생각으로 괴로워했다. 아버지도 이승만 대통령을 미워했다. 심성이 곧고 착한데다 온화하셨던 선친은 타락과 부정 일색이 된 남한의 사회악의 근본 원인이 이승만 씨의 인간성에 기인한다고 생각하셨다. 그러나 이 박사보다도 이기붕을 사갈시했다. 한학을 하시고 유교적이었던 아버지는 이기붕의 얼굴 상부터 싫어했다. 그의 사진을 볼 때마다 "쥐상〔鼠相〕"이라고 경멸하면서 '음흉한 놈'이라고 욕하곤 하셨다. 그러던 아버지가 이제 그 두 사람에 대항해서 아들이 하는 일을 보시면 얼마나 만족해하실까 생각했다. 이제부터는 생활도 조금은 덜 고생시켜 드릴 수 있을 것 같은 자신이 들기도 했다.

귀국하여 다시 합동통신사에 나가기 시작한 이튿날, 민주당 대통령 후보 조병옥 씨가 병세가 악화되어 개복수술 차 미국의 월터리드 육군병원에 입원하기 위해 출국했다. 이승만 대통령에 대한 강력한 대항후보로서 국민의 열렬한 기대를 한몸에 지니고 있던 만큼, 그의 발병 소식과 개복수술의 필요성은 불길한 징조였다. 미국에까지 가야 할 만한 병세라는 발표에 국민은 비통한 마음을 금할 수가 없었다.

정부가 이 호기를 놓칠 까닭이 없다. 그때까지 5월에 하겠다던 정·부통령 선거일자를 앞당겨, 조 박사가 출발한 이틀 뒤에 3월 15일 선거실시 결정을 공포했다. 전국이 술렁거리기 시작했다. 정부는 조 박사의 병이 암이라는 풍문을 계획적으로 퍼뜨렸다. 워싱턴에 도착한 조 박사는 자신이 2월 말 전에는 반드시 돌아올 것이라는 결의를 타전했다. 유권자들에게 희망을 주기 위한 생각이었겠지만, 신문을 들여다보는 서울의 시민들은 애써 그 희망에 매달리려는 안타까운 심경이었다.

사람들은 태평양전쟁 초기의 중대한 고비에서 필리핀을 떠나 오스트레일리아로 후퇴하는 매카서 사령관이 "나는 반드시 돌아올 것이다"라고 말한 것을 상기하는 것이었다. 매카서의 기적적 전례를 조 박사에게서도 기대할 수 있을 것인가? '야당통신'으로 알려졌던 합동통신사 편집국의 공기는 침통했다. 이번 정·부통령 선거에서 민주당이 패하면 '야당통신'으로 미움을 받아온 합동통신사는 폐사될 것이 너무도 분명했다. 이미 몇해 전부터 정부는 동화통신·세계통신·동양통신 등을 창설하여 합동에 집중타를 가하고 있는 터다. 정부는 그것으로도 부족해서, 내가 입사할 무렵에는 국내 통신에 기사를 공급하는 세계 주요통신 가운데 합동통신과 전통적 계약관계에 있던 미국의 AP(Associated Press), 프랑스의 AFP(Agence France-presse)를 해약시켰다. 미국의 UP(United Press)는 이미 동양통신에 가버린 지 오래다. 겨우 남은 것은 그 어느 것보다도 허약한 미국의 INS(International News Service) 하나뿐이다. 그런데 합동통신으로서는 '생명줄'과도 같은 INS마저 UP에 통합되어 UPI가 되는 바람에 자동적으로 떨어져나가버렸다.

AP와 AFP가 합동통신과 해약한 표면상의 이유는 합동통신의 계약료가 연체되었다는 구실이다. 합동이 오랫동안 통신계약료를 지불 못한 것은 사실이다. 그러나 합동통신으로서는 통신가입사인 전국의 신문사들에게서 통신료가 제대로 들어오질 않으니 도리가 없었다. 게다가 정부의 비호로 창설되고 계속 혜택을 받는 다른 통신사들은 그 당시 재벌의 기업이었다. 동양통신이 김성곤(金成坤), 동화통신이 정재호(鄭載護)의 것이었다. 이들 통신사는 당시의 자유당정부의 재벌에 대한 금융특혜로 통신계약금을 낼 수 있었지만 합동통신은 그런 특혜에서 제외되었다. 몇달분을 모아서 외국 통신사에 송금하려 하면 '해외송금규정'으로 정부의 방해를 받기도 했다. 그럴수록 자유당정권에 비판적인 신문들은 합동통신의 외신·내신 기사를 더 신뢰하고 더 많이 지면에 반영하는 경향이었다. 그 원호사격에 보답하기 위해서 합동통신의 기자들은 외신과 내신의 구별 없이 정열을 다해서 다른 통신들의 공동전선에 맞서 싸웠다. 나라의 정세와 국민의 감정이 그렇게도 정권의 교체를 갈망하고 있는 때였다. 그런데 어찌 된 일인가?

2월 15일 밤, 조병옥 박사가 월터리드 미국 육군병원에서 사망한 것이다.

청천벽력이었다. 조 박사가 위대해서가 아니라(사실은 그의 정치적 경력에는 문제가 있었다), 다만 바라는 것은 대통령 후보가 누구건 민주당이 선거에서 이겨주기를 비는 일념이었던 것이다. 세상이 한번 바뀌기를 빌고 있었다.

그런데 그후보가 객사하다니. 철 있는 사람들은 또 한번 하늘을 우러러보며 원망했다. 한강 백사장 30만 군중 앞에서 승리를 약속한 신익희(申翼熙) 씨가 전라도(이리) 유세 도중 사망한 것이 불과 4년 전의 일이 아닌가.

전국 방방곡곡에 한숨이 가득 찼다. 사람들은 한 줄기 희망의 빛이 사라져버린 하늘에 두터운 먹구름이 다시 무겁게 닫혀버리는 것을 보았다. '망연자실'이란 말은 그날 아침 조 박사 사망을 알리는 호외를 받아쥔 서울 시민들의 표정과 심정을 말하는 것이리라. 새벽에 출근하여 그 제1보에 접한 그날, 나는 아무 일도 하지 못했다. 그날의 통신이 신문사에 나가건 말건, 원고지에 손을 댈 심경이 아니었다. 새벽 첫 뉴스를 듣고 편집국으로 달려나온 기자들은 서로 마주보면서 아무 말이 없었다. 사태는 너무도 분명했다. 나라는 어떻게 되며, 정부는 어디로 갈 것이며, 국민은 또 몇해를 비탄 속에서 살아야 하는가? 그리고 합동통신사는 어떻게 될 것인가? 나의 직장은? 나의 가족은? 크게는 국가의 운명에서부터 작게는 자신의 내일에 대한 두려움으로, 각기의 머리는 백가지 생각으로 걷잡을 수 없게 되어버렸다. 모두가 곧 닥쳐올 폭풍을 예감하면서 우왕좌왕할 뿐이었다.

그날 기자들이 출근하기 전 밤중에 있었던 한가지 일은 그런 분위기 속에서 화제조차 되지 못했다. 조병옥 박사가 사망한 정확한 시간은 한국 시간으로 밤 10시 20분이다. 사망을 알리는 뉴스가 외신 전파를 타고 우리나라 통신사 전무국(電務局)의 텔레타이프의 키를 두들기기 시작한 시간은 15일 자정, 즉 16일 0시 정각이었다. 이날의 외신부 야근자는 박남중(朴南中) 기자였다. 박 기자는 몇달 안 된 신혼생활에 꿀이 흐르고 있는 때였다. 그는 깊은 밤 홀로 잠 못 이루고 이불 속에서 자기를 기다리고 있을 어여쁜 아내의 생각이 났던지 밤중에 기사를 다 써놓고, 정식 퇴근보다 6분 앞선 11시 54분에 편집국을 나가버린 것이었다. 합동통신은 이 중대한 뉴스를 라이벌 통신사들에 뺏겨버렸다.

나와 동료기자들이 정상적인 새벽근무를 나오니 일은 이

미 끝난 뒤였다. 사장을 비롯하여 모든 중역들이 긴급특보를 듣고 나온 새벽 중역회의 즉석에서 박 기자의 파면이 결의되고, 외신부장 송주경(宋柱京)에게는 시말서의 견책처분이 내려졌다. 더구나 딱했던 것은 박남중 자신의 둔감함이었다. 시간 전에 돌아가 당직의 피로를 신혼부인과 더불어 푼 그는 오후에 부인과 함께 시내에 놀러나왔던 길에 편집국에 들렀다. 조병옥 씨만큼이나 불행한 '그날의 인물'이 나타난 것을 본 동료들은, 가뜩이나 침울한 터에 뭐라고 위로의 말을 찾지 못해 모두가 박 기자의 얼굴만 쳐다보았다. 박은 쾌활한 성격의 나이든 신랑이었다. 너무나도 평소와 다른 동료들의 태도와 편집국 분위기에 약간 당혹감을 느꼈지만 아무런 낌새도 채지 못했다. 그는 오히려 어리둥절해서 물었다.

"왜 그래? 왜들 그래?"

그는 자기가 근무 마감시간을 채우지 않고 귀가한 것이 편집국 내에 알려졌나 하는 눈치였다. 그런 정도의 싸보따 주는 흔히 있는 일이다. 6분 정도를 알 까닭은 없다.

말이 없는 동료들의 시선이, 박 기자가 들어오면서 등을 돌리고 서 있는 벽으로 쏠렸다. 박은 홱 돌아보았다. 거기에는 자기의 '면직' 공고가 커다랗게 나붙어 있었다. 건물 입구 현관에도 전체 사원용의 같은 공고문이 붙여졌는데 박 기자는 들어올 때 그것을 못 보았던 것이다. 부인과 함께 나온 그의 황홀한 감각에는 시민들의 이상한 거동이 비치지 않았는지 모른다. 어쨌든 하늘에서는 큰 별이 떨어졌고 합동통신사 안에서는 이름없는 별이 하나 떨어졌다. 그 사건 이후 언론계에서는 신혼기자들의 야간근무에 대한 주의사항이 하나 늘었다.

나는 그날 저녁 외신부 동료들과 무교동 술집에서 정신없이 마셨다. 모두가 울부짖으며 퍼마셨다. 술집마다 사람들로 가득 찼고, 술의 힘을 빌린 고함소리가 골목길에 울렸다. 힘없는 인텔리들의 절망적인 신음소리였다. 아마도 같은 시간에 불빛 휘황한 고급요정들에서도 '금준미주(金樽美酒)에 옥반가효(玉盤佳肴)'를 둘러싸고 노랫소리가 밤을 지새웠을 것이다. 그것은 태평성대를 구가하는 승리의 축전이었음이 틀림없다. 그 풍경은 도저히 한 나라의 모습일 수가 없고, 같은 국민의 반응일 수 없었다. 전국민이 통곡하는 한쪽에서는 소수의 기득권자들이 승리의 합창을 소리 높이 부르고 있었으니까.

이튿날, 나는 통신사를 결근하고 집에서 장문의 기사를 타자쳤다. 워싱턴 포스트에 제1보를 보내는 것이 내가 이 순간에 할일이었다. '원수를 갚아야 한다'는 생각뿐이었다. 기사를 보낸 지 꼭 1주일 뒤에 이스터브룩 주필의 회답이 왔다.

1960년 2월 23일
Dear Mr. Lee

조 박사의 죽음에 관해서 그처럼 긴 기사를 보내준 친절을 감사합니다. (정부의) 정치조작의 각종 사례들에 관한 당신의 상세한 기술은 내가 다른 정보원(情報源)들로부터 입수한 것들과 합치하며, 그런 행위들은 정말로 통탄할 일입니다. 나는 특히 이 대통령이 자신과 이기붕에 관해 라디오방송으로 말한 내용에 관한 당신의 기사 부분에 각별한 충격을 받았습니다.

인천공원의 '토목공사'에 관한 당신의 설명은 문제의 성격을 가장 잘 드러내줍니다. 그런 사실들로 미루어, 야당을 괴롭히기 위해서 그런 집단들이 어디까지 행동을 취할 것인지 상상하기가 어렵습니다.

당신의 사태에 대한 비관론을 나는 잘 이해합니다. 나는 당신의 기운을 북돋아주기 위해서 무엇인가 말을 해야겠다고 생각하면서도 할 말이 없습니다. 그렇지만, 내가 할 수 있는 일이 있습니다. 그것은 당신이 나에게 기사에서 말한 사실 내용을 나의 한국관계 참고자료 속에 보존했다가 철두철미 숨통을 끊으려는 사태에 대한 견해를 밝힐 때에 반영하는 것입니다.

인사와 함께 당신의 다음 기사를 기다리면서.

로버트 H. 이스터브룩

이 대통령의 라디오방송 발언이란 이기붕과의 '티켓 입후보'에 관한 것이다. 이 대통령은 자기가 지명한 부통령 후보(즉 '티켓')가 당선되지 않을 경우에는 자기는 당선되어도 취임을 거부할 것이라고 엄포를 놓았던 것이다. 국민들은 대통령 후보가 없어진 민주당의 부통령 후보만이라도 꼭 당선시켜야 한다는 여론이었다. 장면 부통령 후보가 이기붕을 누르고 당선되리라는 것은 정권 자신이 백번 알고 있었던 것이다.

'인천공원 토목공사'는 민주당이 선거유세장으로 결정해 공고까지 다 한 인천공원이 유세일 전날 밤중부터 느닷없이 파헤쳐지고, '공원보수공사를 위해서 당분간 출입금지'의 조치가 취해졌던 일이다. 야당은 전국 어디서도 유세장소를 봉쇄당하고 있었던 것이다.

나는 워싱턴 포스트를 통한 이승만정권 공격의 구체적 발판이 구축된 것에 용기백배했다. 이스터브룩 주필의 격려를 받은 나는 그날 다시 장문의 기사를 썼다. 그런데 문제가 있었다. 첫번째는 큰 경계심 없이 우편으로 송고했으나 정국이 아연 긴장되면서 마치 계엄령 같은 삼엄한 분위기가 된 것이다. 우편으로 송고하는 것은 어느 모로 보나 위험하고 무모해보였다. 나는 다 작성한 기사를 안주머니에 넣고, 사회부 기자가 공항 취재를 나가는 것을 기다려 동행했다. 그 당시 김포공항까지는 통상적 교통수단이 없었다. 공항에 도착하여 한국 근무를 마치고 귀국하는 미국 군인을 찾아 헤맸다. 몇마디 말을 건네보고, 신뢰할 수 있다고 심증이 가는 한 젊은 육군장교에게 사정을 털어놓고 단단히 부탁하고 돌아왔다. 틀림없이 손에 들어갔을까 하는 걱정으로 초조한 여러날이 지났다. 그러던 어느날 다시 워싱턴 포스트의 공식봉투를 책상에서 발견했을 때의 기쁨은 말로 다할 수가 없었다.

1960년 3월 8일

Dear Mr. Lee

당신의 글을 또 받으니 반갑습니다. 당신의 기사가 그토록 할 수밖에 없는 정세에 대해서 나도 괴로워하고 있습니다. 이 사실은 다른 사람들도 알아야 합니다.

이번 기사 중에서 나는 특히 장면 씨의 정적들이 '조작한' 그의 사진에 관해서와 경찰이 그것을 전국에 뿌리고 있는 사실에 관한 당신의 기술을 감사합니다. 학생들에게 가해지고 있는 각종 탄압과 제약에 관해서 상세한 정보를 갖게 된 것을 또 감사합니다.

당신의 그 모든 자료는 우리들이 (한국의) 선거에 관해서 평가하고 보도하는 데 유익합니다. 당신도 알고 있겠지만 시카고 데일리 뉴스지 외신부 기자 카이스 비치 (Keyes Beech) 씨가 우리의 요청으로 선거 취재임무를 띠고 한국에 가 있습니다. 우리는 그의 기사 몇개를 포스트에 게재했고 계속 보도할 예정입니다. 그의 체한 중 당신이 그와 접촉하여 당신과 우리와의 관계배경을 알려주면 더욱 유익하리라 생각합니다. 그는 반도호텔에 투숙했습니다.

당신의 기사가 계속 오기를 기대합니다. 우리 신문이
공정한 선거를 하도록 하는 데 큰 역할을 못한다 하더라
도 적어도 동원되고 있는 (부정선거의) 수법들에 관해서
는 널리 알릴 수가 있을 겁니다.

안녕하십시오.

로버트 H. 이스터브룩

첫번째 기사와 두번째 기사의 사이에 국내정세는 일촉즉
발의 폭발적 위기 상태가 되었다. 작은 스파크만 튀기면 대
폭발이 일어날 고압전기가 전국에 꽉 차 있었다.

곳곳에서 테러가 횡행했다. 야간뿐만 아니라 유명한 '대
낮'의 테러가 잇따랐다. 야당의 항의를 받은 최인규(崔仁圭)
내무장관은 "백주의 테러는 테러가 아니다"라는 그후 유명
해진 말을 내뱉었다.

온갖 방해공작을 무릅쓰고 대구에서 감행된 민주당 유
세장에는 20만명의 청중이 운집해서 반정부의 기세를 올렸
다. 민주사회당의 전진한(錢鎭漢)·김달호(金達鎬) 씨의 정·
부통령 후보 등록은 등록 마감날 '서류미비'라는 구실로 거
부당하고, 반독재민주연맹(反獨裁民主聯盟)의 장택상(張澤
相)·박기출(朴己出) 씨 입후보 서류는 영등포구청 정문 앞
에서 '괴한'들에게 강탈당했다. 정부는 철면피하게도 '9할
5부 득표전략'이라 하여 '사전 무더기 투표' '공개투표' '투

표함과 표 바꿔치기'의 세 방법을 전국경찰에 비밀공문으로 시달했다. 양심적 경찰관에 의해서 그것이 폭로·공개되었다. 대구에서 기다리던 '작은 스파크'가 일어났다. 민주당 유세장에 나가지 못하도록 일요일인데 등교를 강요당했던 경북고교생들의 분노가 터진 것이다. 그들은 학교를 뛰쳐나와 대구 시내를 누비며 반정부 데모를 벌였다. 이것을 신호로 전국 각지에서 학생데모가 잇따랐다.

나의 기사는 대체로 그와 같은 사태의 상세한 이면설명에 이어 장면 씨의 '친일파 사진' 사건을 말했다. 정부는 장면 씨의 일제하 중동중학교 교장 시절의 '국민복 차림' 사진을 포스터로 만들어 친일파라는 비방적 해설과 함께 경찰망을 통해 전국 방방곡곡에 내붙이고 있었다. 개인적 관심이 큰 장면 부통령 후보에 대한 이승만 쪽의 이 비열한 수법이 이스터브룩 주필에게 특별히 충격적이었던 것 같다. 그후 스크랩되어 나에게 전해져온 워싱턴 포스트의 기사와 사설들은 외국 통신의 표면적 관찰의 기사와 함께 분명히 나의 기사를 토대로 한 내용들이 많았다. 그후 서울에 긴급 특파돼온 베테랑 정치기자 카이스 비치와의 합동취재로 나날을 보냈다. 그는 나의 평가와 판단을 존중했고 그의 전보 기사에 충분히 반영해주었다. 나는 외신으로 들어오는 포스트의 사설과 보도기사를 합동통신에서 받아가지고 신문에 흘릴 때마다 나의 손으로 자유당정권의 밑뿌리가 조금씩 흔들리는 것을 느꼈다. 그것은 정말로 삶의 희열이었다.

특히 장 부통령의 비방 포스터에 관해서는 거의 나의 기사를 그대로 인용하고 있었다. 이 정권의 비열한 수법을 힐난한 부분을 번역하면서 나는 자신이 마치 워싱턴 포스트의 주필이 된 것 같은 착각에 사로잡히기도 했다.

동서고금의 선거사상 유례를 찾아볼 수 없는 탄압·매수·조작·협박 속에서 3월 15일 정·부통령 선거가 치러졌다. 그것은 '선거'가 아니었다.

군대의 개표 결과는 유권자 수의 120퍼센트라는 이승만 득표율이 나왔다. 정부가 80퍼센트로 "내리 깎으라"는 지령을 내렸고, 이기붕 부통령 득표는 70~75퍼센트선으로 줄이라는 경찰지령이 전국 개표소에 하달되어야 했을 정도다.

포스트의 3월 17일자 사설을 읽으면서 나는 이스터브룩 주필의 분에 떠는 얼굴을 눈앞에 보는 것 같았다.

"Rotten Victory"(썩은 승리)라고 제목을 단 사설은 "태양의 일식을 예측할 수 있는 것과 같은 확실성을 가지고 이승만 대통령은 한국에서 또 한번 선거를 조작했다. 승리를 위해서 동원된 협박과 공갈, 그리고 억압적 행위의 정도는 외국 관찰자들이 증언하지 않았던들 도저히 믿어지질 않을 것이다……"라고 시작되어 "선거기간 중에 이루어진 온갖 추악한 행위가 이미 끝나버렸다는 이유에서인지 미국 국무성은 그저 분명치 않은 비난을 발표하고는 침묵을 지키고 있다. 그러나 한국의 실정은 미국의 원조가 그 본래의 목적인 의회정치의 목적을 유린하는 데 사용되고 있다는 사실에 대해서 날카롭게 감시할 필요가 있다는 것을 말해준다"로 맺고 있었다.

그보다 5일 전의 3월 12일자 사설도 이승만 대통령을 격렬히 비난하고, 미국 정부에게 강력한 대응조치를 취할 것을 촉구한 다음, 유엔한국통일부흥위원단(UNCURK)에게 "여하한 압력을 무릅쓰고라도 솔직하고 완전한 보고를 제출하는 것이 역사를 위해서 중요한 일"이라고 촉구했던 것이다. 3·15부정선거에 관해서 미국의 주요신문들이 비평적 사설을 썼지만 워싱턴 포스트만큼 1주일이 멀다하고 자주, 그리고 미국정부의 조치를 직접 촉구하는 사설은 없었다.

워싱턴 포스트의 열성적 보도기사와 사설은 분명히 미국 정부의 무관심을 깬 것 같았다. 17일자 사설이 나온 이틀 후에 크리스찬 허터 국무장관이 한국의 양유찬(梁裕燦) 대사를 불러 "한국에서 계속되고 있는 심각한 대중적 불안과 정부의 폭력행위에 대해 미국정부는 점점 중대한 관심을 갖게 되었다"고 통고하기에 이르렀다.

나는 새벽부터 오전은 통신사에서의 외신기사에 매달려 지내고, 곧 이어서 워싱턴 포스트 특파원 카이스 비치의 취재와 기사 작성을 돕는 일로 하루 종일 신들린 사람으로 살았다. 포이지 외신부장으로부터의 구체적 현장취재의 지시사항 중 상당한 부분을 담당했다. 그렇게 신나는 경험은 나의 평생에 처음 있는 일이었다. 내가 해온 일이 실제로는 아무런 도움이 되지 못했다 가정하더라도 이승만정권이 날로 크게 흔들리는 것을 보는 것만으로도 세상 사는 보람이 있었다.

부정선거날 밤에 폭발한 마산폭동은 결정적 전환의 분수령이었다. 남부지방에 확산된 격렬한 반정부 데모의 물결이 서울을 향해 노도처럼 밀려 올라오고 있었다. 궁지에 몰린 정부는 4월 5일, 부정선거를 규탄하는 일체의 데모를 "가장 강경한 방법"으로 다스리겠다고 선언했다. 무력 사용의 암시인 것이 분명했다. 홍진기(洪璡基)가 법무장관이었다.

그러나 그때에는 이미 남쪽으로부터의 노도는 서울을 덮으려 하고 있었다. 4월 6일이라고 기억한다. 왜냐하면 정부의 최후통첩 같은 강경한 경고가 나온 바로 다음날이었던 기억이 확실하니까. 오전 10시경 민주당과 각 정당이 합친 반독재연맹, 민간의 공명선거위원회 등이 주최하는 '3·15 부정선거 무효선언대회'가 종로 네거리에서 감행되었다. 대회를 마친 야당과 재야단체는 화신 앞에서부터 서서히 행진을 시작했다. 을지로 1가 네거리와 한국은행 사이, 한국전력회사 옆 골목 조금 들어가 있는 흥사단본부 건물에서 다시 규탄대회를 가지려는 목적에서였다.

아침일을 마치고 잠시 휴식한 후에 다시 통신 제5편 기사를 작성하고 있던 나는 바깥의 열기가 화끈화끈 내 몸에 와닿는 것을 느꼈다. 사회부와 정치부 기자들이 분주히 편집국을 드나들고 있었다. 기자가 아닌 직원들, 여사무원, 타자수들까지 밖을 내다보며 웅성거리고 있었다. 누구도 제자리에 앉아서 맡은 일을 할 정신상태가 아니었다. 대한민국 건국 이래, 그러니까 이승만 자유당 정권이 선 이후 처음으로 일어난 민중봉기의 서막인데 어찌 그러지 않을 수 있겠는가?

합동통신사는 바로 을지로 네거리 파출소 옆(지금의 두산빌딩 자리)에 있었다. 11시쯤이었던 것 같다. 회사 주변 일대가 갑자기 소란스러워지고 경찰 기마대와 경찰차 달리는 소리, 호각소리, 군중이 외치는 소리가 바로 가까이 네거리에서 더욱 크게 들려왔다.

나는 원고를 쓰고 있던 펜을 던지고 뛰어나갔다(그 당시에는 볼펜은 아직 사치품이어서 철필에 잉크를 묻혀서 원고를 썼다). 파출소 앞 로터리로 나가보니 수천명의 대열이 전찻길을 꽉 메우고 조수처럼 밀려오고 있었다. 행진 목표인 흥사단 본부를 백미터 정도 남겨놓은 지점이다. 선두에는 어깨에 '부정선거 무효'라고 먹으로 쓴 천 띠를 두른 비교적 노장층이 서 있고, 그뒤로는 수천명의 일반시민 같은 사람들이 따르는 것이 보였다. 앞부분은 민주당·반독재연맹·공명선거위의 정치인과 재야 반정부인사들임이 틀림없었다. 나는 정치 일선과 현장은 취재하지 않았기 때문에 신문으로 낯익은 몇 사람을 제외하면 누구인지 확실히 알 수 없었다.

선두가 바로 로터리 중앙점에 다다르자 요란한 호각소리

와 함께 경찰대가 데모대에 달려들었다. 맨 앞을 가던 노인이 길바닥에 떼밀려 쓰러졌다. 키가 8척이 넘는 씨름꾼 출신의 '거인 순경'이 그 노인의 목을 걸머잡고 아스팔트 위로 끌어내고 있었다. 그것은 바로 때려잡은 개를 끌고 가는 모양이었다. 이 씨름꾼 출신의 '거인 순경'은 오른쪽 목에 혹이 불룩 나와 있어서 쉽게 식별할 수 있었다. 그리고 길거리를 가는 사람들보다 어깨 이상이 솟아 보이기 때문에 서울의 시민이라면 누구나가 '거인 순경'이라고 부르는 유명한 순경이었다. 노인은 발버둥을 치지만 거인 씨름꾼의 손아귀에서는 마치 어린애같이 무력해보였다. 나는 끌려나오는 노인의 얼굴을 보고 그이가 현석호(玄錫虎) 씨임을 알았다(현씨는 4·19 후 민주당정부의 국방장관이 되었다). 사방에서 경찰대가 곤봉을 휘두르며 대열 속의 한 사람씩을 맡아 덤벼들고 있었다. 일순에 을지로 입구 로터리는 아수라장이 되었다.

나는 몸에서 피가 역류하고 분노에 온몸이 떨렸다. 기사 쓰다말고 구경 나온 기자, 그것도 취재기자도 아닌 '외신기자'는 직책상 현장과는 무관한 사람이다. 그런데 나는 언제 방관자의 대열에서 뛰어나왔는지, 로터리를 조금 지난 산업은행 건물 앞(지금은 헐리고 없다)에서 발을 절룩이는 작은 키의 백발 노인의 한 팔을 나의 어깨 위로 돌려잡고, 한 팔로 노인의 허리를 껴안은 채 밀고 나가고 있었다. 여기저기서 내려치는 곤봉의 세례로 길바닥에 쓰러진 노인들이 맹수같이 덤벼든 경찰대에 의해서 줄줄 끌려나가고 있었다. 허약한 절름발이 노인을 껴안고 앞으로 나가던 나는 순간 노인의 몸을 놓고 쓰러졌다. 아찔해진 정신이 다시 돌아오자, 몇개의 강철 같은 팔과 손에 의해서 내 몸이 번쩍 들어올려지는 것을 느꼈다. 다음 순간, 들려진 나의 몸뚱이는 스리쿼터 차 위에 내동댕이쳐졌다. 시동이 걸려 있던 트럭이 내닫는 뒤에서 호령하는 소리가 들렸다.

"그 새끼 전진한의 비서야. 갖다가 쓸어넣어!"

트럭은 지금의 미도파백화점 앞에서 급좌회전하더니 명동으로 들어왔다. 다시 끌어내려져 들어간 곳은 명동파출소였다.

어질어질한 머리를 참고 앉은 나에게 심문이 시작되었다.

"너 전진한의 비서지! 이름이 뭐야?"

나는 어리둥절했다. 내가 답변을 하지 않자 사복한 경찰은 소리를 질렀다.

"이 새끼, 시치미 떼지 말아! 민주사회당 위원장 전진한의 비서 아니냐 말이야! 그렇지?"

나는 그제야 내가 껴안고 걸었던 분이 전진한 씨인 것을 처음으로 알았다. 내가 순간 정신을 잃고 쓰러진 뒤 그 백발의 노인이 어떻게 되었는지는 알 수 없었다.

나는 나의 신분을 밝혔다. 경찰은(경찰관인지 무슨 기관원인지 확실치 않지만) 신분증을 제시하라고 했다. 저고리를 회사에 놓고 나와서 없다고 하자, 그는 욕지거리를 하면서 통신사에 확인해보라고 부하에 명령했다. 악독한 이승만정권하에서도 언론기관은 상당한 위세를 누렸다. 합동통신사 편집국장 김진학(金鎭學)은 학식은 별로 없지만 오랜 정치기자 경력으로 정권의 거물들과 벗하고 지내는 사람이었다. 김 국장이 전화의 저쪽에서 무슨 말을 했는지 나에게는 들리지 않지만, 통화하는 이쪽의 어조가 차츰 공손해지는 것으로 미루어 대충 짐작을 할 수 있었다.

욕지거리를 하던 지휘자의 태도도 다소 누그러졌다. 상부와의 협의 같은 전화가 한참 계속된 뒤에 풀려났다. 마중온 회사차로 밖에 나오니, 그렇게 아수라장이었던 을지로입구 로터리와 길거리에는 대낮인데도 경찰대 외에는 사람의 그림자 하나 보이지 않았다. 평소에는 좁던 길이 너무 넓어 보였다.

편집국에 돌아오니 소문은 사내에 퍼져 있었다. 보스 타입인 편집국장은 구겨져 형편없이 된 나의 옷매를 이리저리 살펴보고는 칭찬인지 멸시인지 가늠할 수 없는 한마디를 하고는 나가버리는 것이었다.

"자기 일이나 하지, 그 판에 뭐하러 뛰어드는 거요? 당신, 나 아니었으면 골로 갈 뻔했어. 지금이 어떤 판국인데 그래. 가서 일이나 하시오."

자유당 권력의 총수 이기붕과 수시로 정국을 논하고 있는 김진학 국장으로서는 그날의 나의 행동이 그야말로 '당랑지부(螳螂之斧)'로 보였으리라 생각한다. 사마귀가 자기 손이 도끼 모양인 것을 믿고 전차 앞을 가로막는 어리석음이었는지도 모른다. 보잘것없는 한낱 애송이 기자가 자기 분수도 모르고 함부로 성난 권력에 덤비는 가소로운 꼴로 비쳤을 것이 분명하다. 어쩌면 돌아가신 아버지가 아들이 "행동이 못나고, 만사에 경거망동하니 장래가 걱정이로다"라고 한탄하셨던, 바로 그것인가? 편집국의 동료들은 뭐라고 생각했을까? 경솔했을까? 참을성이 부족한 성격 때문에 나는 언젠가는 큰 환난을 당하고야 마는 것은 아닐까? 철없는 짓이었을까?

나는 그날 하루 종일 번민했다. 더구나 권력의 직격을 맞아 쓰러져 끌려간 무력감과 패배감 때문에 괴로웠다. 그런 한편으로는, 미친 짐승 같은 권력이 허약하고 선량한 인간들을 무자비하게 물어뜯는 그 현장에서 어떻게 방관자의 자리에 서 있을 수만 있겠는가 싶었다. 나는 자신을 비웃기도 하고, 다음 순간엔 자신을 정당화하기도 하면서 걷잡을 수 없는 심란한 마음으로 지냈다. 몰아치는 폭풍 속에서 어떤 태도로 처신해야 할 것인지 결론을 내릴 수가 없었다. 안전을 택하여 방관자로 일관할 것인가? 분명한 불의에 대항해서 온몸으로 싸울 것인가? 이런 갈등의 소용돌이 속에서 나의 마음을 안정시킬 수 있는 것은 그날의 권력의 포악상을 온 세상에 고발하는 일뿐이었다. 내가 당한 만큼의 아픔과 괴로움을 이승만정권에게 갚는 일이다. 이튿날 나는 워싱턴 포스트에 전날의 일을 또 장문의 기사로 옮겼다.

그러는 동안 마산폭동이 또 하나의 중대한 사태발전의 계기를 만들었다. 1차 폭동 때 행방불명이 되었던 중학생 김주열(金朱烈, 17세) 군의 시체가 마산 앞바다에 떠올랐다. 시체의 눈에 경찰이 쏜 최루탄이 박혀 있는 것을 본 마산시민은 격앙했다. 삽시간에 마산은 반란의 도시가 되었다. 정권의 표시가 붙은 건물과 기물은 닥치는 대로 박살이 났고, 권력의 하수인들은 성난 군중 앞에서 도주했다. 끝까지 사악하고 음흉한 이승만은 마산폭동의 시체들에서 "공산당의 선동 삐라가 발견되었다"는 담화로 국면을 호도하려 했다. 경찰이, 해방 이래 쓰고 써서 이제는 낡아빠진 그 '빨갱이' '공산당'의 허깨비를 가지고 국민을 공갈하고 사기치고 우롱해온 그 수법을 쓴 것이다. 이 소식에 전국의 도시가 봉기했다.

편집국에 급조해 설치한 커다란 전국지도판 위에는 시간마다 폭동과 데모의 발생을 표시하는 ○표가 늘어났다. 마산을 진원지로 하는 ○표는 진주·창녕·하동에 그려졌다. ○표의 물결은 부산으로 밀리더니 멀리 광주에 가 닿고, 이어서 목포·군산·청주·천안·수원에까지 올라왔다. 큰 도시를 표시하는 큰 검은 ○표들은, 그들 사이를 연결하는 작은 ○표가 시시각각으로 늘어나면서, 남쪽으로부터 서울을 향해 몰고 올라오는 노도로 변했다. 해일처럼 밀려닥친 ○표의 최전선은 드디어 18일 인천이 ○표로 싸이면서 완전히 서울을 포위해버렸다. ○표시로 가득 찬 지도판에서는 천지를 진동하는 민중의 함성이 터져나왔다. 그것은 며칠 전 마산의 민중이 외친 함성이었다. 그것은 백년 전, 서울을 향해 올라오다 피맺힌 원한을 풀지 못하고 쓰러져간 동학민중의 오늘의 부르짖음이었다.

"자유당정권 물러가라!"

"이승만정권 물러가라!"

지도판 앞에 서서 이 고함소리를 듣고 있는 기자들의 반응은 착잡했다. 외신부나 편집부 기자 또는 통신기기를 조작하는 기술자인 전무국 직원들은 ○표시가 추가될 때마다 환성을 올렸다. 어린애들이 운동회에서 둥지 속에 공을 던져넣을 때마다 기뻐하는 그 모습이었다. 취재기자들 속에서도 대체로는 비슷한 반응이 일곤 했다. 그러나 일부의 취재기자들의 표정은 점점 굳어지고 있었다. 그들은 처음에는 기사 쓰던 펜대를 놓고 지도판 앞에 자주 나타났으나 ○표의 전선이 서울에 가까워질수록 책상에서 떠나지 않게 되었다. 어디로 가는지 편집국에서 훌쩍 사라진 채 나타나지 않는 경우가 늘었다. 박수를 치는 사람, 시무룩한 사람, 안절부절 못하고 서성대는 사람, 노골적으로 반감을 표시하는 사람…… 세상이 바뀌려는 징조 앞에서 나타나는 반응은 다양했다. 그것은 사라져가려는, 또는 더 정확하게 말해서 뒤집혀지려는 체제하에서 누려온 삶의 계급적 표시였다. 서울 을지로 입구의 합동통신사 편집국 안의 그 엇갈린 표정들은 방금 포위망 속에 갇힌 서울의 표정의 축소판이고 대표적 모습이었다.

## 혁명의 파도 속에 뛰어들어

○표시의 전선이 드디어 인천·수원·춘천을 연결했을 때 지도판을 흔드는 고함소리는 사람의 소리가 아니라 야수의 소리로 변했다. 피를 요구하고 있었다.

"이승만을 때려죽여라!"

"이기붕을 종로 네거리에 끌어내서 총살하라!"

"박마리아 년의 갈기를 찢어 죽여라!"(이기붕의 처인 박마리아는 남편의 권세를 등에 업고 모든 부정부패에 개입했다.)

그 고함소리를 들으면서 나는 바스띠유로 밀려닥치는 프랑스 민중의 절규를 들을 수 있었다. 역사의 의미를 생각했다. 한국의 루이 16세도 아직은 잠이 덜 깬 상태였다.

"저 소리가 무슨 소린고?"

"아뢰옵기 황송하오나 폭동의 소리옵니다."

"아니겠지. 나를 보고 싶은 백성들이 나를 칭송하는 소리겠지."

한국의 루이 16세는 경무대 전속 이발사가 생활형편을 물은 데 대해 "쌀값이 비싸서 어렵습니다"라고 대답하자, "쌀 대신 계란이나 사과를 많이 먹지"라고 가르쳐주셨다. 사과와 계란을 요구하는 고함소리는 더욱 높아지고 있었다.

"이승만을 죽여라!"

"이기붕을 죽여라!"

"탐관오리들을 죽여버려라!"

마침내 서울에서 분노의 젊은 화산이 터졌다. 4월 18일 오후, 4·19의 서전(緖戰)인 고려대학생의 봉기다.

그 전날 나는 집에 돌아가지 않고 회사 숙직실에서 잤다. 거대한 변혁의 시각이 박두한 긴장 속에서, 사태의 진전을 지켜보고 싶어서였다. 한국 사태의 위기를 알리는 외신기사가 쏟아져 들어오고 있었다. 세계 각처에서 한국 사태를 어떻게 보고 있으며, 그것이 한국 정부에 어떻게 작용할 것인가를 누구보다도 제일 먼저 알고 싶어서였다.

오후 당번으로 한창 기사를 만들고 있는데, 회사 밖 어스레해진 을지로1가 길이 갑자기 소란스러워지더니 차츰 우렁찬 구호소리가 들려왔다. 와르르 달려나가보니 수천명의 고려대학생들이 방금 을지로 로터리를 통과하려는 순간이었다. 데모대의 꼬리는 아직도 시청 앞에 있었다. 교복차림에 책가방을 들기도 하고 안 들기도 한 학생들은 스크럼을 짜고 몇가지의 구호를 외치며 질서정연하게 을지로 2가 쪽으로 행진을 계속했다.

그 당시의 정치적 데모는 합동통신사 앞을 반드시 지나게 마련이었다. 중앙청이 있는 광화문통에 국회의사당(조선일보사 옆)도 있었고, 시청 앞에서 왼쪽으로 꺾으면 바로 미국 대사관(지금의 미국문화공보원 건물. 롯데백화점 맞은편)이 있다. 미국의 '피보호국'이나 다름없던 대한민국 수도에서의 정치적 성격의 반정부적 의사표시는 정부의 '보호국'인 미국(대사관)에 대한 '호소'의 성격을 띠었던 것이다. 나 자신이 워싱턴 포스트를 통해서 이 정권에 타격을 가하려고 했던 것도 따지고 보면 '사대주의'지만, 그 당시의 실정은 그럴 수밖에 없었다. 고려대학생들도 같은 코스를 거쳐온 것이다.

을지로 로터리, 네거리에는 화신·을지로·남대문 쪽을 오가던 전차들이 줄을 지어 정차했다. 전차에 탔던 승객들이 뛰어내려 삽시간에 고려대학생들의 데모대열은 그 속에 파묻혀버렸다. 그 형태로 군중은 을지로로 움직여갔다. 수십대의 신문사·통신사의 취재차(군용 지프차를 색깔만 바꾼 것)와 경찰차의 기적소리로 수도의 심장부는 대혼란을 이루었다.

한 시간이나 지났을까? 취재 나갔던 기자들이 달려들어오고, 작성된 기사는 전파를 타고 전국신문으로 무서운 소식을 쏟아냈다. 데모대열이 청계천4가 천일백화점 앞에 이르렀을 때 '반공청년단'과 조직깡패 수백명이 일시에 쇠파이프와 곤봉을 휘두르며 뛰어들어, 고대 학생 수십명이 길바닥에 쓰러지고 그 일대가 피바다로 화했다는 소름끼치는 뉴스들이었다. 나나 외신부 기자들뿐 아니라 편집국의 모두가 편집국 책상 위나 의자 위에서 뜬눈으로 밤을 새웠다.

대한민국 수도의 밤거리가 반공청년단과 불한당 깡패들의 지배하에 들어갔으니 누구도 밤거리에서의 생명에 자신을 가질 수가 없게 되었기 때문이다. 수도 서울은 폭력의 공포로 떨고 있었다.

자유당정권은 그 폭력통치의 앞잡이로 그해 초에 결성한 반공청년단 산하에 전국의 조직폭력단을 흡수하여 반대세력과 개인에 대한 테러를 자행하고 있던 것이다. 이 대통령의 신임이 두터운 신도환(辛道煥)이 반공청년단의 총수였다. 직업깡패의 우두머리는 동대문시장 일대에 '왕국'을 건설해놓고 있던 이정재(李丁載)라는 자로서 신도환과 함께이 대통령의 총애를 받고 있던 자다. 해방 이후 크고 작은 불미스러운 사건들이 '반공'과 '반공사상'의 이름 아래 그런 형태로 자행되고 있던 것이다.

이튿날, 4월 19일. 조간신문을 펼쳐든 시민과 학생들은 경악과 분노로 치를 떨었다. 밤 사이에 일어난 소름끼치는 사건으로 그들은 드디어 '최후의 순간'이 온 것을 알았다. 그들을 분격케 한 이유가 또 한가지 있었다. 수십명의 중상자 외에, 학생 한명이 반공청년단에 맞아죽었다는 기사를 읽었기 때문이다. 다행히도 뒤에 이 기사는 오보임이 밝혀졌다. 그러나 이 오보가 4월 19일의 학생봉기의 중요한 기폭제가 된 것은 사실이다. 오보치고는 위대한 역사적 역할을 한 귀중한 오보인 셈이다.

이날 아침부터 이승만 대통령이 '하야(下野)'를 발표한

27일까지 8일간의 그 처절하고 감격적인 '4·19혁명'의 전모는 어떤 위대한 문인도 사상가도 글로써 재현할 수 없을 것이다. 그 기간의 순간마다의 소상한 기록은 이 민족·국가의 동시대사에 아로새겨진 그대로다. 나는 감히 그 일부분인들 글로 종이에 옮겨놓을 생각을 말아야 한다. 그것이 너무나 방대한 기록이기 때문만이 아니다. 나는 그 8일간 직접 데모대열 속에 들어가 살았다. 그렇기 때문에 내가 볼 수 있었던 광경은 전서울 시내를 꽉 메우고 파도친 사람의 바다의 일부에 지나지 않았으니까. 그렇기는 하지만 내가 위치한 곳은 언제나 그날 그 순간의 전체 국면을 좌우하는 중심점이었던 것으로 만족한다.

4월 6일의 민주당과 반정부 재야세력 합동데모에서 전진한 씨의 '비서'가 되어 적의 포로가 된 경험은 나에게 반성할 계기가 되었다. 자중자애할 줄 모르는 경솔이 아닌가 하는 생각도 들었다. 누구도 나의 행동을 경멸하거나 비판하지는 않았지만 그렇다고 누구도 따라줄 생각이 없어 보였다. 좀 쑥스러운 경험이었다. 그래서 그후에는 현장의 당사자가 되는 것은 삼가는 태도를 지켰다.

그러나 4월 19일의 격동은 편집국의 의자에 앉아서 견디기에는 너무나 벅찼다. 시간마다 사무실 앞을 지나가는 역사의 파동은 나의 젊은 가슴에 피를 끓게 했다. 나는 앉아서만 역사의 전진에 참여하기보다는 이승만정권과 그것이 상징하는 모든 것을 타도하는 현장에 있고 싶었다. 군대에 입대한 날부터 그토록 미워해온 이승만정권의 최후의 순간을 온몸으로, 나의 전존재로, 현장에서 확인하지 않고서는 참을 수가 없었다. 김구 선생의 죽음에서부터 마음속에 다짐해온 결심이 아닌가. 최전방 전투근무 뒤에 전후방교류로 내려간 부산, 시청 앞 네거리에서 이승만의 행차와 맞부딪쳤을 때 허리에서 권총을 찾았던 그에 대한 증오심은, 세월의 흐름으로 가라앉기보다는 더 굳어져 있었다.

내 한 몸이 군중의 바다 속에 보태지든 않든 광화문과 세종로를 메운 4·19 데모의 위력에는 아무런 흔적도 남기지 않으리라는 것을 나도 잘 알고 있었다. 다만 혁명의 그 순간 그곳에서 새 역사를 맞고 싶었을 뿐이다. 또 그 많은 푸른 생명의 꽃이 불의의 총부리 앞에서 선혈로 흩날리고 있을 때, 편집국 안에 앉아서 원고지를 메우고 앉아 있다는 것은 부도덕하게 생각되기도 했다. 반인민적인 부패·타락한 정권과 싸우는 데는 각기가 수행할 기능이 있다는 이론을 넘어서 나는 심정적으로 그럴 수만은 없었다. 생각하면 바로 이것이 선친께서 나의 장래에 희망을 걸지 않았던 참을성 없는 성벽인지도 모른다. 나는 아버지의 판단을 십분 승인하며 오히려 그 판단에 경의를 표한다. 그러나 그 며칠 동안만은 선친의 계훈을 따를 수가 없었다. 내 나이 30세의 봄이었다.

훗날의 기록들은 4·19 그날의 희생에 관해서, 한 예를 들면 "서울의 데모대, 경찰의 무차별 발포로 희생자 다수 속출"(합동통신연감 1961년, 4·19일지)이라고 전하지만 진실은 그렇지 않다. **경찰**의 발포에 의한 희생자는 서울서는 대통령관저(景武臺)로 꺾어지는 효자동 막바지에서 수도공사용으로 길가에 놓여 있던 수관을 방패삼아 밀고 올라간 학생들에게 경무대 경호경찰이 발포한 것과 내무부 앞에서 생긴 것뿐이다. 서울 시내의 여러 '격전지' 중, 정복경찰이 집단적으로 총기를 사용한 곳은 여기뿐이다. 그리고 여기서의 학생 희생자 수는 실제는 많지 않았다. 대부분의 희생자는 육군특무대 앞에서였다.

나는 이날, 오전 일을 마치고 곧 광화문의 데모대를 따라 중앙청 서쪽 출입문 쪽으로 가고 있었는데 그 문은, 당시 중앙청 옆에 있던 국민대학 건물을 얼마쯤 지나 올라간 길가로 붙어 있었기 때문에, 나는 되돌아서 후퇴의 자세를 취했다. 그러나 후속대열은 그냥 밀고 올라온다. 후퇴의 길이 막힌 선두부대는 옆으로 빠질 수밖에 없었다. 그들은 효자동 길 왼쪽 건물들 사이의 골목길로 쏟아져들어가, 체부동·필운동의 민가에 숨었다. 미처 숨지 못한 인파는 유엔한국통일부흥위원단(UNCURK) 본부가 있는 언덕을 향해 도망쳤다. 바로 이들이 산을 향해 달아나는 체부동의 비교적 넓은 길가에 육군특무대의 흰색 3층 건물이 있었다. 이 건물에서 나온 군복 차림의 일단이 길을 메운 학생들을 향해 난사를 계속했다. 학생들은 여기서 또 사방으로 흩어졌다. 나는 효자동에서 쫓겨 이쪽 길로 들어서기는 했지만 내자동 쪽으로 되돌아나왔다. 최전방 전투지에서의 3년간의 경험은 예상치 않은 시간에 예상치 않은 곳에서 지형을 이용하는 본능적 자기보호의 능력을 발휘하게 했다.

저녁이 가까워질 무렵에 시청을 중심으로 서울의 심장 지역은 수십만의 데모대로 꽉 메워졌다. 대통령 관저와는 반대쪽인 지금의 조선호텔 앞에서 또 하나의 인간도살 행위가 벌어졌다. 몇해 전까지 대한상공회의소가 있었던 소공동 입구의 건물은 경남극장이었다. 경남극장 한 끝(현재의 프라자호텔 주차장 자리)이 육군특무대 건물이다. 여기서 군복 차림의 장정들이 데모대에게 무차별사격을 가한 것이다. 합동통신사와는 불과 2백미터의 거리다. 회사에 들어와 있던 나는 그 소식을 듣고 다시 나갔다. 어둠이 깔리기 시작한 길에는 무수한 시체가 그대로 널려져 있고, 그 사이에 가방·구두·모자 등속이 내던져진 채였다. 먼 발치로 바라보는 어둑어둑한 그쪽 길거리에는 군복 차림들이 진을 치고 있었다.

오후 1시부터는 계엄령이 선포되었으나 폭동화한 군중은 흩어질 줄을 몰랐다. 학생들에 의해서 보복의 불세례를 받은 태평로의 서울신문과 반공회관은 내가 갔을 때에는 건물의 창마다 시커먼 연기와 함께 화염을 토해내고 있는 참이었다. 얼마나 오랜 국민적 증오의 대상이었던가! 하고많은 건물 가운데 왜 이 두 기관이 국민의 불세례를 당해야 했던가? 이승만정권이 사라진 후 되살아난 그 두 기관이 여전히 같은 기능을 수행하고 있는 것을 보면서 그 당시의 광경을 회상하면 만감이 교차한다. 얼마나 많은 속임수와 범죄가 '반공'의 이름으로 자행되어왔는가?

그길로 종로4가 입구에 있는 동대문경찰서를 향해 데모대를 헤치며 걸었다. 동대문경찰서가 학생들의 습격을 받았다고 들었기 때문이다. 도착했을 때에는 싸움은 끝나고, 경찰서도 거의 타버린 뒤였다. 학생들의 시체는 이미 치워져서 없었으나 유혈의 자국은 군데군데에 남아 있었다. 여기서도 정복경찰이 아닌 군복 차림이 처음 학생들에게 발사했음이 밝혀졌다. 총격으로 학생이 희생된 성북경찰서는 못 가보았다.

나 자신이 목격한 바와 취재기자들의 말들을 종합한 결한 것이기보다는 육군 특무대·방첩대에 의한 것이 확실했다.

그날 낮부터 계엄령이 선포되어 신문 검열이 실시되었다. 검열이라 해도 정세의 대세를 반영한 탓인지 웬만한 사태보도 기사는 그대로 통과되었다. 다만 방첩부대의 총격으로 학생이 수없이 죽고 부상한 사실은 모두 삭제되었다. 그 부분은 모두 '경찰'로 바뀌었다. 이것이 훗날의 기록들에 4·19의 희생이 모두 "경찰의 총격으로……"되어버린 배경이다. 지식인과 민중의 사무친 원한의 대상이라는 점에서는 국립경찰이나 육군방첩대나 매일반이었다. 그러면서도 정권의 최후 순간에서의 그들의 태도는 달랐다. 경찰은 압도적인 민중의 힘을 확인하자 그 직장에서 도주하거나 정권과 민중의 중간에서 중립적인 자세를 취했다. 그것을 '기회주의적'이라고 할 수는 있지만, 적어도 끝까지 '반민중적'은 아니었다. 그와는 반대로 군대의 특무대·방첩대는 변혁에 대한 반동세력이었고, 학생들에 대해서 시종일관 원수와 같이 대했다. 이 나라의 군대, 특히 군대 중의 '사상경찰'로서의 방첩대·특무대의 본질을 알게 되면서 나는 소름이 끼쳤다.

훗날, 4월 19일의 희생자로 밝혀진 사망자 186명, 부상자 6026명의 어느 사람엔들 애도의 정이 다르련만 나에게는 유달리 가슴 아픈 사람이 있었다. 일제 때 중학교 시절의 박물학(博物學) 선생 이휘재(李徽載) 씨의 자제분에 대해서다. 나는 그에게서 개구리 해부와 현미경 보는 법을 배웠다. 이 선생은 해방의 날까지 '창씨개명'을 하지 않고 끝까지 '리끼사이 센세이'(이휘재 선생)로 통했다. 젊은 조선인 선생들이 유창한 일본어로 가르치는 것과는 달리 '리끼사이 센세이'의 일본어는 조선말을 그대로 일본어화한 투박한 것이었다. 일본인 학생들은 그것을 비웃었지만 우리 조선인 학생들은 그의 정신에 감복하고, 애정을 가지고 따랐다. 조선인 선생 중에는 조선인 학생들로부터 일본인 선생보다 더 미움을 받는 사람이 적지 않았던 것이다. 쉰이 가까운 나이에, 중후한 몸가짐과 말수 적은 인간적 무게는 일본인·조선인 통틀어서 제일의 인격자로 인정받았다. 아무리 교만한 일본인 교사도 이휘재 선생에게만은 복도에서 길을 비켰다. 해방 후 모교인 수원농대 교수로 계시면서 아들을 잃었다(이휘재 선생은 4·19희생자 유가족회의에서 회장으로 추대되었다).

매카너기 주한 미국대사가 서울에서 이승만 대통령을 방문해 학생들의 시위가 "정당한 울분"(justifiable grievance)이라고 옹호한 일과, 허터 미 국무장관이 주미 한국대사 양유찬(梁裕燦) 씨를 불러 항의했다는 워싱턴발 외신이 들어온 것은 20일 저녁이었던 것으로 기억한다. 편집국 안에는 일시에 환성이 터졌다. 기사를 번역하는 손은 기쁨과 흥분으로 떨렸다. 그러나 신문사에 배달된 그 기사는 그날 계엄군의 검열로 데모학생들에게는 전달되지 않았다. 계엄군 부대에 발포를 금지하는 계엄사령관의 명령이 있고, 구속 학생들의 석방을 경찰에 지시했다는 발표가 나온 것을 보고 우리는 미국정부의 배후압력을 알아차렸다. 독재정권의 명맥은 사실상 끊어진 것이나 다름없다. 그런데도 보도검열은 그대로 실시되었고 그와 같은 사태의 급진전 소식을 모르는 데모는 여전히 계속되었다.

이 이상 학생의 희생이 있어서는 안 된다. 이승만정권은 이제 간신히 나뭇가지 끝에 매달려 대롱거리고 있는 썩은 열매에 불과하다. 그런데도 만약 학생데모대가 군대를 적대시하거나 밀어붙인다면 병사들은 자기방어로써 발포할지도 모른다. 그러면 학생 측에는 또 희생자가 생긴다. 그것은 무익한 죽음이다. 나는 그렇게 생각했다.

나는 학생들의 무익한 죽음을 막기 위해서 내가 할 수 있는 일이 무엇일까를 궁리했다. 아침 일을 마친 나는 펜대를 놓자마자 데모학생의 군중 속을 헤치면서 미국대사관으로 갔다. 대사관은 합동통신사에서 다섯 건물 옆이다. 23일이었던 것으로 기억한다. 대학교수단의 데모가 있기 하루 이틀 전쯤이었으니까.

학생들은 미국대사관에게 우호(友好)의 정을 표시했고, 대사관은 이미 학생 편이었기 때문에, 그 험악한 사태 속에서도 대사관 정문은 열려 있었다. 안내를 받은 나는, 몇층인지는 모르지만 문정관 그레고리 핸더슨 씨 사무실에서 그와 마주앉았다.

"미스터 핸더슨, 간절한 부탁이 있어서 왔습니다. 긴급을 요하는 부탁입니다."

미국에 갔다온 이후로 친한 사이가 된 핸더슨 씨는 그 소용돌이 속에서 불쑥 나타난 나를 몹시 반가워했다. 3·15부정선거 이후 워싱턴 포스트 특파원 카이스 비치 씨와도 두어 차례 만난 일이 있기 때문에 포스트와 나의 관계도 그는 알고 있었다. 나는 용무를 말했다.

"미국정부와 매카너기 대사의 발표에 감사합니다. 이승만정권은 완전히 끝난 것이 확실합니다."

그는 나의 용무가 뭐냐고 물었다.

"헬리콥터 한대와 항공기용 스피커를 빌려달라고 왔습니다."

핸더슨은 자기의 추측이 전혀 빗나간 요청이라고 놀라는 표정을 지었다.

"지금 이 순간에도 학생들은 군대와 대치하고 있습니다. 발포하지 말라는 계엄사령관의 명령은 있었지만 지금도 총소리는 계속 울리고 있습니다. 이승만정권은 사실상 무너졌는데 학생들은 사태의 급진전에 관해 모르고 있어요. 이 순간에 가장 중요한 일은 학생들의 희생을 방지하는 겁니다. 그런데 학생들은 곳곳에서 군대를 몰아붙이고 있고, 충돌할 가능성이 없지 않습니다. 이것을 어떻게 해서든지 막아야 합니다. 일은 다 끝난 것이 아닙니까?"

핸더슨은 나의 말에 직접 답변은 하지 않고 다만 미국정부의 압력은 "더할 수 없이" 강경한 것이라는 설명을 했다. 그러고는 왜 갑자기 헬리콥터가 필요한 것이냐고 크게 의아해하는 표정으로 반문했다. 나는 목적을 말했다.

"미군 헬리콥터와 항공용 스피커 두대를 빌려주도록 협조해주시오. 6·25 군대 시절에 전방고지 위를 날면서 적에게 귀순을 권고하는 심리작전 헬리콥터와 스피커의 성능을 나는 잘 보았어요. 내가 헬리콥터에 타고, 서울시 상공을 선회하면서 데모학생들에게 사태 진전의 진상을 직접 스피커로 알려주려고 합니다. 전투는 이미 승리했으니 군대를 도발하는 행동을 절대로 하지 말라고 방송하려는 것이에요. 계엄군은 이제 우리 편이라는 것, 군대를 불필요하게 밀어붙일 필요도 없고, 그렇게 되면 유혈사태가 벌어진다는 것,

이제는 더이상 피를 흘리지 않아도 이승만정권의 명맥은 끊겨졌다는 것을 알리려는 겁니다. 미국정부의 공식태도를 직접 전달하는 일도 중요하지 않겠습니까?"

나는 마지막 대목을 특히 강조했다. 핸더슨은 한참 동안 묵묵히 앉아 있더니 대답했다.

"미스터 리의 뜻을 잘 이해하겠습니다. 당신의 요청에 나 자신이 가부간의 답변을 할 수 없다는 것은 잘 아시지요? 적절한 경로를 통해서 미 제8군과 협의하도록 해보겠습니다."

이렇게 말한 핸더슨은 "잠깐 나갔다 올 테니 방에서 기다려 달라"고 하면서 방을 나갔다. 기다리면서 눈을 감고 앉아 있는 나의 망막에 성난 학생들의 물결이 지나가고, 계엄군의 탱크와 M1 총검이 번쩍였다. 카빈총에서 불이 나고, 학생들이 줄지어 쓰러지는 장면이 보였다. 비명소리가 귀에 들려왔다. 헬리콥터에 올라타고 내려다보면서 학생들에게 호소하는 자신의 모습을 상상해보았다. 군대의 총에 죽을지도 모를 학생이 죽지 않고 승리의 만세를 부르는 광경에 흐뭇해하면서 기다렸다. 방문이 열리고 닫히는 소리에 눈을 뜨고 자세를 가다듬었다. 몇분이나 되었을까. 10분쯤이었으리라고 기억한다. 나는 다시 나와 마주앉은 핸더슨의 입을 응시한다.

"미스터 리, 미안해요. 8군 쪽과 협의를 했는데 안 됐어요. 8군서는 현 사태가 한국 국내문제이고, 요청한 그 목적이 정치적 개입이 되기 때문에 안 되겠다는 답변이에요."

그는 나의 부탁을 들어주지 못하게 된 데 대해서 진심으로 미안한 표정이었다. 역사의 대전환점에서 무엇인가 구체적 공헌을 할 수 있기를 바랐던 나의 희망은 무산되었다. 맥없이 대사관 문을 나서는 나의 눈앞에 '부패·살인정권 타도'를 외치는 곤색 제복의 대열이 노도처럼 지나가고 있었다.

24일 비상계엄령이 해제되자, 25일 오후 늦게 교수들의 데모가 종로를 행진해오고 있다는 소식이 편집국에 들어왔다. 기자들은 각기 자기 출신대학 교수들을 생각한 탓인지 다투어 달려나갔다. 회사에서 종로는 바로 근거리여서 몇 분 후에 파고다공원 앞에서 마주쳤다. 종로거리 한복판을 플래카드를 앞세우고 걷고 있는 교수들의 얼굴은 긴장해 있었으나 질서정연했다. 나는 서울에서 대학을 다니지 않은 까닭에 낯을 보고 알 수 있는 분은 없었다. 넉줄로 대열을 짠 앞줄에 섰던 분들이 이종우(李鍾雨)·이희승(李熙昇)·정석해(鄭錫海)·조윤제(趙潤齊) 씨 등 노장교수들이라는 것은 취재기자들의 기사를 보고 알았다. 4·19 직전부터 이때까지의 격동에 관해서는 워싱턴 포스트에 기사를 보낼 필요가 없었기 때문에 내가 취재할 필요가 없었다. 너무나 빠른 사태 진전이어서 외국통신의 사건보도로 충분했고, 나의 우편송고로는 사태를 따를 수가 없었기 때문이다. 훗날 알게 된 변형윤(邊衡尹) 교수도 그 데모에 갓 발령받은 조교수로 참여했다는 말을 들었다. 한 이틀쯤 약간 주춤했던 데모는 계엄령 해제와 교수데모로 다시 불이 붙었다.

교수데모가 화신 앞과 광화문을 지나 국회의사당에서 해산한 저녁녘에는 벌써 시청을 중심으로 한 심장부 구역이 4·19 그날과 같은 군중으로 덮여버렸다. 이날의 데모는 그 양상이 한결 달랐다. 학생을 에워싸고 학생보다 더 많은 시민이 합세한 것이다. 그 시민의 모습도 갖가지였다. 온갖 직업과 연령의 시민이 쏟아져나온 것이다. 이날 저녁의 데모는 '학생데모'이기보다 차라리 '민중봉기'였다. 그들은 어느 나라에서나 혁명의 최종 단계에서 폭동으로 마무리짓는 수(數)적 주체인 폭민(暴民)이었다. 구두닦이·넝마주이·실업자·떠돌이……, 불평등사회의 하층부를 구성하고, 천시와 소외와 억압의 말단적 대상이었던 온갖 종류의 인간이 수도의 심장부를 점령한 것이다. 그들은 학생들과 함께 탱크를 노획하고 군트럭, 경찰 지프차의 앞자리에 앉아 질주하면서 평생의 원한을 풀려는 것 같았다. 국가의 폭력장치는 완전히 붕괴한 듯 보였다. 국가폭력의 상징인 탱크의 운전병들도 그들과 한마음이 된 것 같았다.

밤이 깊어지면서 그 수는 더욱 불어났고, 계엄부대의 방어선은 시청광장에서 밀려 미국대사관 앞으로 한걸음 두걸음 뒷걸음을 치기 시작했다. 을지로 로터리를 향한 그들의 선두가 합동통신사 건물 바로 현관 앞 부근에서 최종 방비선을 친 군대와 대치하게 된 것은 자정이 다 된 깊은 밤중이었다.

군중은 을지로2가에 있는 내무부를 목표로 하고 있었다. 경찰의 총본부, 모든 권력악의 구체적 하수인이었던 '국립경찰'의 뿌리를 여기서 뽑아버리려 한 것이다. 더욱 사태를 악화시킨 것은 그 전날, 소수의 분산 데모가 내무부를 공격했을 때 경찰의 발포로 두명의 학생이 사망한 사건이다. 이것이 4·19의 마지막 희생자다. 군중은

"내무부를 불사르자!"

"학생의 마지막 원수를 갚자!"

"살인발포 책임자 최인규(崔仁圭)를 끌어내자!"

등의 구호를 외치고 있었다. 사실은 부정선거와 마산폭동의 수습책으로 내무장관 최인규는 해임된 지 한참 후다. 4·19의 발포책임자는 적어도 직책상 신임 내무장관 홍진기였을 것이지만 군중의 뇌리에는 모든 폭력의 상징은 아직 최인규 내무장관이었다. 사실은 이날 저녁 다시 내무장관은 이호(李澔)로 바뀌어 있었다.

편집국 이층에서 내려다보고 있는 나의 바로 눈 아래서 계엄군의 제1선과 데모대가 총 끝에 꽂은 총검의 거리를 사이에 두고 팽팽히 대치하고 있었다. 데모대는 완강한 군대의 저지선을 뚫지 못하고 연좌데모로 태세를 바꿨다. 모두 노상에 주저앉아 구호를 외치기 시작했다.

새벽 2시경이었을까? 수만명으로 보이는 데모의 후부로부터 일어서기 시작하더니, 마치 파도처럼 데모의 귀가 높

아지기 시작했다. 그 물결을 따라 뒤로부터 고함소리가 앞을 향해 반복되어왔다.

"밀어붙여라! 모두 일어서라!"

"최후의 공격이다. 밀고 나가자!"

최선두도 일어섰다. 전체 대열이 어둠 속에서 꿈틀거리기 시작했다. 삽시간에 험악한 공기가 계엄군 최전선과 폭도화한 데모군중을 휩쌌다. 뒤에서는 밀고 앞은 더이상 전진할 수가 없다. 계엄군도 데모대의 최전열 학생들 가슴에 총검이 꽂힐 상태에서 움직이질 않았다. 데모대에 의한 내무부의 점령은 결단코 허용하지 않으려는 상부의 결의를 감득할 수 있었다.

그때 계엄군의 좌측, 산업은행(지금은 헐려서 없어지고 을지로 입구 로터리 확장에 편입된 공간) 쪽에서 지프차 한대가 나타나는 것이 보였다. 뒤따르는 장교들이 있는 것으로 미루어 '높은 사람'인 것을 알 수 있었다.

선두에 선 장교는 군중과 총검의 열 사이로 비집고 들어가더니 데모대를 향해 뭔가 외치는 모습이다. 무슨 소리를 하는지, 바로 10미터 앞 아래에서의 목소리가 들리지 않았다. 군중의 뒷부분에는 그 군인이 보일 까닭이 없다. 다음에 장교는 군인들에게 무엇이라고 명령하는 것 같았다. 곧 계엄군의 뒷부분 대열이 앞으로 전진해나와 조밀한 대열을 짜는 것이 보였다. 그 이상 군대는 후퇴할 수 없다는 명령이 시달된 것 같았다. 선두가 움직이지 않는 데 대해서 더욱 성이 난 데모의 후속부는 이제는 사정없이 밀어붙이려는 태세였다. 계엄군은 벌써부터 장탄(裝彈)을 하고 있는 것을 나는 보고 있었다.

나는 아래층으로 뛰어내려가 편집국에 상비되어 있는 메가폰을 벽에서 내려 들었다. 그리고 의자 두개를 끌고 현관 밖으로 나갔다. 나는 이 순간의 나의 결심과 행동에 대해서 지금도 이성적인 설명을 할 수 없다. 다만 내려다본 사태의 긴박성으로 미루어 데모대는 밀고 나오고, 계엄군 최전열의 M1총에서는 불이 뿜어나올 것이 틀림이 없는 순간이었다. 데모대의 선두부 학생들의 운명은 순간에 달려 있었다.

한 손에 메가폰을 들고 다른 손으로 의자 두개를 끌고, 나는 '앞으로 총' 자세로 수평으로 학생들의 가슴을 겨냥하고 있는 총검을 헤치고 들어섰다. 나의 눈앞에 서 있는 장교는 1성장군이었다. 그의 왼쪽 가슴에 붙인 녹색바탕에 빨간색의 수놓은 명찰에서 지금 기억 나는 글자는 '김(金)'과 '미(美)'의 두자다. 이름의 끝자가 '미'자였는지, 첫자가 그것이었는지 너무 오래되어서 생각이 나지 않는다. 비교적 호리호리한 체구에 얼굴색이 흰 것으로 기억나는 김 장군은 나의 느닷없는 출현에 놀란 기색이었다. 그는 짧게 "누구요? 어쩌자는 거요?"라고 물었다. 나는 합동통신 기자라고 짧게 소개했다. 그리고 마치 모든 사태를 잘 알고 있다는 듯이 메가폰을 들어 보이면서 대답했다.

"내가 설득해보겠습니다."

그는 제지하려는 기색도 없었지만 동의하지도 않고 아직 놀라고 있는 것 같았다.

길 위에 뒤뚱거리는 의자를 포개 얹고 그 위에 올라섰다. 시청까지 이어진 군중의 뒷부분은 어둠 속에서 뜨거운 열기로만 알 수 있었다. 나는 데모대를 향해 있는 목청을 다해 외쳤다.

"여러분, 들으시오. 여러분, 내 이야기를 들으시오."

군중의 키보다 높이 서 있는 나는 바로 길옆의 을지로 입구 파출소와 합동통신사에서 흘러나오는 전깃불에 상반신이 어둠 속에 드러났으리라고 생각한다. 물론 나는 그런 것을 의식할 만한 정신상태는 아니었다. 군중 속의 고함소리는 그대로 계속되고 있었다. 나는 더 힘껏 소리쳤다.

"여러분, 벌써 이승만정권은 쓰러졌습니다. 미국정부가 이 대통령의 하야를 강경히 요구했습니다. 계엄사령관의 명령으로 구속된 학생들도 전부 석방되었습니다. 이 대통령이 하야할 의사를 밝혔습니다. 여러분은 승리했습니다."

여기까지 소리치고, 메가폰을 입에 댄 채 잠깐 말을 끊었다. 반응을 보기 위해서였다. 데모의 바로 앞부분은 나를 올려보고 있는 것 같았지만 조금 뒤의 어둠에 덮인 속에서는 계속 노호소리가 일고 있었다. 나를 올려보고 있는 학생들도 나의 말을 알아들은 탓이기보다는, 느닷없이 시야에 솟아난 사람의 실루엣에 놀란 탓이었으리라.

"계엄군을 도발하면 안 됩니다. 군은 우리의 편입니다. 계엄군을 밀어붙이면 불상사가 일어날지 모릅니다. 다 승리한 전쟁에서 희생자를 내면 안 됩니다. 우리는 승리했습니다."

여기까지 소리쳤을 때, 어둠으로 얼굴들이 잘 보이지 않는 대열의 한가운데서 매도의 함성이 일어났다. 무서운 노호였다.

"저 새끼 뭐야!"

"저 새끼 잡아 죽여라!"

분노의 소리가 들리는 것과 동시에 뒤에서부터 앞으로 밀려오는 육체의 파도가 일었다.

올라서 있는 두 의자가 뒤뚱하며 허물어졌다. 몸의 균형을 잃은 나는 옆으로 일회전하면서 뒤를 향해 굴러떨어졌다. 떨어지는 순간, 바로 이마 앞에서 총검 하나가 휙! 하고 뒤로 물러나는 빛의 반사가 눈에 들어왔다. 그러자 계엄군의 최전열이 몇발짝 물러섰다. 어둠 속의 군중도 몇발짝 나와 다시 멈추었다.

일어나보니 외신부의 선배기자 주영관(朱寧寬) 씨가 그 좁은 공간지대의 길가에 내려와 서 있었다. 나는 망가진 의자를 버린 채 메가폰만 들고 편집국으로 돌아왔다.

컴컴한 숙직실에 들어가 침대 위에 누운 나의 눈에서는 한없이 눈물이 흘러내렸다. 좌절감과 원통의 눈물이었다. 군중 앞에 무력한 개인의 고독감을 견딜 수가 없었다. 역사의 수레바퀴를 굴리고 오는 민중 앞에 뛰어든 행동 자체가 소아병적인 영웅심리일까? 나 자신은 주관적으로 그런 동기에서 나선 것은 아니었다. 역사의 전진에 뭣인가 한 사람의 몫을 하고 싶은 마음뿐이었다. 혁명이 성취되고 그뒤에 찾아올 민주주의를 보지 못하고 죽을지도 모르는 젊은 목숨을 하나라도 건지고 싶은 일념뿐이었다. 그러나 나는 거부당한 것이다.

어쩌면 '군중의 이성'이 옳았는지도 모른다. 그날 밤 다시 불붙은 봉기가, 30만 또는 50만으로 후세에 기록된 군중의 거센 위협으로 수도 서울을 장악하지 않았던들, 바로 이튿날 26일 그 간교한 이승만이라는 위인(爲人)이 대통령직 사임을 '정식'으로 공표하지 않았을지도 모를 일이다. 그 밤의 시점에서는 아직 민중의 폭력만이 새 역사의 장을 여는 힘이었을지도 모른다. 나는 경솔했을까?

30년이 가까운 지금, 그때를 회고하면서 한가지 사실이 분명해진다. 있을지도 모를 젊은 학생의 죽음을 살리려고 나갔던 내가 누군가에 의해서 목숨을 부지할 수 있었다는 사실이다. 공중으로 떨어지는 순간 나의 시야에서 홱 하고 사라진 그 총검을 뒤로 나꿔챈 그 병사는 누구일까? 지금도 살아 있을까? 어디서 무엇을 하고 있을까? 만약 그 이름 모를 병사의 민첩한 신경과 근육동작이 아니었던들 나는 학생들을 구하려 한다고 나섰던 그 자리에 시체로 누웠을지도 모를 일이다. 불교의 이른바 '인연(因緣)'이란 이런 것을 두고 하는 말일까?

훗날의 기록에 따르면 이날 25일 밤부터 26일까지의 하루 사이에 전국의 다른 곳에서 꽃다운 목숨을 빼앗긴 수가 24명, 부상자가 113명이나 된다. 혁명의 최후 순간에 서울 데모의 주력이 밀어닥쳤던 을지로 입구 로터리에서만은 그 숫자에 보탤 희생자가 없이 끝났다. 나의 어리석었던 실패작이 그런 대로 그곳에서 군과 군중 사이에 예정됐던 충돌의 '인연'을 빗나가게 한 '우연'적 계기가 되지는 않았을까? 내가 의도했던 대로의 설득에 의해서가 아니라 반대로 내가 굴러떨어진 촌극이 맞물렸던 괘(卦)를 튕겨버린 조그마한 '연기(緣起)'는 아니었을까? 나는 6·25전쟁 속에서의 체험과 4·19의 격동을 통해서 더욱 '인명재천교(人命在天教)'와 '세상만사새옹지마교(世上萬事塞翁之馬教)'의 신도를 자인하게 되었다.

## 이승만정권 타도에 바친 한몫

12년간의 독재·부정·타락 정권이 물러난 뒤의 5월과 6월은 모든 분야에서 과거를 바로잡는 숨가쁜 변화가 계속되었다. 그러나 이승만정권의 타도가 목표였던 나로서는 그 시기는 일종의 안티클라이맥스였다. 무너뜨리는 데는 한 사람 분의 일을 했지만 재건하는 일에는 나는 별로 몫을 담당할 것이 없었다.

그래서 다시 워싱턴 포스트에 기사를 쓰기 시작했다. 이 제는 우편검열이나 신변의 불안을 염려할 필요가 없었다. 김포공항까지 나갈 수고도 필요없이 한결 일은 쉬워졌다. 6월 초에 보낸 한국정세 평론기사에 대해서 이스터브룩 주필로부터 뒤늦게 간곡한 감사의 편지가 왔다.

1960년 7월 8일

Dear Mr. Lee

6월 7일부의 당신의 훌륭한 기사가 워싱턴을 잠시 비웠다 돌아온 나를 기다리고 있었습니다. 한국에서의 혁명에 뒤따라 전개되고 있는 속시원한 일들에 관해서 그토록 진지하고 고무적인 묘사를 접하게 되니 말할 수 없이 후련합니다.

사실, 당신의 기사가 너무도 좋아서 당신의 이름을 직접 밝히지는 않은 채―왜 그런고 하니 당신에게 폐가 될 수도 있을까 염려해서―워싱턴 포스트의 사설면에 나의 자의로 게재했습니다. 그 크리핑을 동봉했으니 보시기 바랍니다. 당신의 사전동의 없이 이렇게 결정한 것을 용서하십시오. 나로서는 우리 독자들이 마땅히 당신의 생각들에게서 혜택을 입어야 한다고 느꼈기 때문입니다.

당신의 송(요찬) 장군에 대한 힐책은 잘 설명되었습니다. (그에 관해서) 추가적 배경지식을 갖게 된 것을 기뻐합니다. 우리에게 전해지는 보도기사가 적다보니 여기서는 몇가지 걱정되는 일이 있습니다. 나의 그 걱정은 국무성과 국방성 내부 인사들 때문에 가중되는데, 그것은 그의 갑작스러운 사임이 위기적 시각에 한국군을 약화시키지나 않을까 하는 우려입니다. 그러던 차에 그렇지 않다는 사실을 알게 되니 반갑습니다.

그밖에 또 한가지 점에서 나에게 도움을 주기 바랍니다. 당신의 판단으로, 한국에서 언론자유가 어느 정도까지 회복됐는지에 관해서 알 수 있으면 합니다. 나의 인상으로는 과도정부로서 할 수 있는 한계로서는 그 자유회복은 상당히 광범위한 것으로 믿어집니다. 앞으로 구상되는 법적 제약을 위한 몇가지 제안들에 대해서는 약간의 우려가 없는 바는 아니지만 말입니다. 어쨌든 여기서는 (지금으로서는) 누구도 총체적으로 정확한 평가를 할수가 없으므로 나는 당신이 보는 대로 그 정황에 관해 솔직한 평가를 해주면 대단히 고맙겠습니다.

끝으로 나는 또 한번 당신의 탁월한 사태 분석에 깊이 감사하며, 특히 그중에서도 당신이 기사의 마지막 종결 패러그래프에서 피력한 친절한 말에 심심한 사의를 표합니다.

안녕하십시오.

로버트 H. 이스터브룩


동봉된 포스트의 7월 8일자 사설면 전단에 걸쳐서 나의 글이 게재돼 있었다. 그 지면을 펼쳐들면서 나는 '4·19혁명에 한 사람의 몫을 했다'는 자부심에 도취되었다. 숨김없는 심정이다. 나의 글은 사설과 바로 마주보는 위치에 큰 활자의 제목을 달고, 지면 밑 끝까지 내려가게 배치돼 있지 않은가! 사설과 나의 글 사이에는, 마침 일본 방문을 예정하고 있는 아이젠하워 대통령과 일본천황 둘이서 태평양전쟁의 전몰용사 무덤을 산책하는 장면을 풍자한 요란하게 큰 '시사만화'가 자리잡고 있었다. 그것을 보는 순간 나는 아이젠하워 대통령도 자기를 그린 만화 바로 옆에 있는 나의 글을 읽은 한 사람일 것이라고 판단했다. 아이젠하워 대통령은 그 가을 일본 방문에 이어 서울을 방문하기로 되어 있었으니 한국 사태에 관한 관심이, 그것도 『워싱턴 포스트』에 게재된 글에 대한 관심이 없을 까닭이 없다. 나의 기사 머리에는 나에 대한 소개가 붙어 있다. 이스터브룩 주필이 궁금해한 부분이 무엇이며, '탁월한' 사태평가가 어떤 것이었는지를 알기 위해서 그 전면을 번역해 남길 필요가 있겠다. 미국 조야에 어떤 식으로 받아들여졌겠는가를 측량하기 위해서, 또 바로 4·19 직후의 '민주화' 과정의 양상과 문제점을 알리기 위해서도 그렇다.

New Day Dawns In South Korea(남한에 새 아침이 밝아온다)
　　*다음 글은 서울에서 이승만 대통령 정부의 붕괴를

초래한 최근 혁명이 일어나기 조금 전에 미국을 방문했던 한 젊은 한국인 기자가 워싱턴 포스트에 보내온 것이다.──편집자주

　한국에서는 모든 것이 변했고 아직도 변하고 있는 중이다. 여러해 만에 정의가 지배하게 되었다.

　시민들은 질식할 것만 같았던 무겁고 답답한 공기가 씻기어 사라짐으로써 자유롭게 호흡할 수 있게 된 한편 민주주의 사회의 자유롭고 책임성 있는 시민에게 요청되는 바의 생각과 행동을 하는 것이 얼마나 어렵고 또 불가결한 것인가를 깨닫게 되었다.

　개혁된 사회의 새로운 행동방식은 더 많은 책임과 법에 대한 보다 높은 존경심을 요구하고 있음에도 불구하고 그들이 그 같은 새로운 행동방식에 아직 충분히 적응하지 못하고 있는 것이 사실이다. 새로운 자기수정과 약간의 혼돈이 불가피한 이 같은 시기는 신정부가 기능을 발휘하기 시작할 때까지 계속될 것으로 보인다. 그렇다 하더라도 혁명 후 정세는 여러 모로 부정의 여지 없는 향상과 발전을 보여주고 있다.

　가장 중요한 성과라고 할 수 있는 것은 나로서 '도덕적 혁신'이라고 부르고 싶은 것이다. 각계 각층에서 진행 중인 정치·사회·경제적 숙정과 더불어, 한국인은 낡은 체제에 팽배하고 그것을 지배하고 있던 부정·타락한 사고

와 방법들, 예를 들면 뇌물로써의 매수행위, 음모술수, 그리고 개인적 입신영달과 재물의 축적을 위한 유일한 지름길로 공인되어온 그밖의 반도덕적 관습들을 청소하려는 결의를 분명히 입증했다.

이전에 내가 가장 두려워했던 것이, 우리 생활양식에서 이 같은 독소적 요소들이 개개 한국인의 마음속에 자연스럽고 당연한 것으로 정착해버리지나 않을까 하는 것이었다. 그러나 이제 나는 다음과 같이 확신하고 또 강조할 수 있다. 즉, 한국 국민의 일상생활 양태에서의 그 같은 독소적 성분들이 내일의 세대들에게 도덕적 유산으로 전승되지 않을 것이다. 정치면이나 그밖의 어느 분야에서의 개혁보다도 도덕정화(道德淨化)야말로 그 속에서 성실·진실·정의가 지배할 평화스러운 민주주의 사회를 위한 자산이 될 것이다.

워싱턴 포스트의 얼마 전의 사설, 송 장군의 사임과 관련된 한국 군대 내에서의 '복수의 순간'에 관한 사설 논평에 대해서 강조하고 싶은 일이 있다. 내가 한국전쟁 기간 중 전방은 물론 후방의 각급 사령부 근무 경험을 가지는 전력 장교의 한 사람으로서 말하자면, 그(송요찬)의 사임은 현명하고 시기적절했다.

그야말로 역사상 최악의 군대 내 선거조작을 지휘한 장본인이다. 많은 나의 현직 장교 친구들이 나에게 말한 바로는, 그들은 그 지휘부대에서 100퍼센트의 득표 조작을 완수하라는 상부 지휘계통을 통한 명령의 압력을 받았다.

외부에 대해서 '불가침적 성역'이 되고 있는 군대사회에 팽배해 있는 부정·타락에 대해서 지금의 젊은 장교들은 혐오와 분노에 가득 차 있으며 그들은 훨씬 정직·성실하다. 불안정한 휴전상태와 공격의 두려움으로 말미암은 한국의 특수한 군사적 정황만 없다면, 나 자신은 군대 내부의 근원적인 쇄신에 찬동할 것이다.

군대 내의 부패 척결에 관해서 말한다면, 다만 그 같은 단호한 조치가 문정(文政)에 대한 군대의 불복종이라는 위험한 길을 열어주지 않는 보장만 있다면 보다 젊은 하위 장교들에게 더 큰 발언권이 부여되어야 할 것이라고 생각한다.


현재 한국 정치사회에서 진행 중인 헌법개정은 대다수 국민의 지지를 받고 있는 당연하면서도 위험하기도 한 하나의 반작용이다. 당연하다는 것은 대통령제 정부형태에 입각한 이승만정권의 너무도 많은 병폐에 너무도 오랫동안 국민이 시달려왔기 때문이다. (하기는 그 제도도 권력욕에 한도가 없는 자유당 집권자들에 의해서 너무도 많은 추악한 수정이 자행되었기 때문에 순수한 형태라고 말할 수 없기는 하지만.) 어쨌든 국민의 헌법개정 욕구는 진정이다. 다만 한국과 같은 저발전 국가의 취약한 정치적 장(場)에서 새 제도가 어떻게 잘 기능할 것인가는 두고 보아야 할 일이라 하겠다.

모든 정세를 고려하더라도 새로운 독재자의 등장은 불가능하다는 것이 확실하다. 그 이유는 인민(민중)이 자기의 권력을 되찾았으며, 그것은 얼핏 보기에 무력한 듯한 민중의 결속한 의지의 힘을 그들에게 확신시켰기 때문이다. 여기에 보태서 또 한가지 추가할 사실은, 역시 얼핏 보기에 파괴불능인 것으로 여겨졌던 우상, 이승만의 몰락 뒤에 '우상파괴' 정신이 확고히 뿌리박은 변화다.

어느 개인 또는 개인의 무리에 대해서 권력의 힘으로 강요된 우상숭배는, 우상화가 독재자를 만든다는 자연스러운 인과관계의 위험성에 그전과는 달리 경각심을 갖게 된 민중의 틀림없는 도전에 직면할 것이다.

한국에서의 민주주의에의 길은 멀고 험난하다. 나는 이 사실을 시인한다. 하지만, 지난날의 쓰라림이 한국인 한 사람 한 사람의 가슴에 확고히 살아 있음으로 해서 귀중한 각성제로 작용하리라는 것도 아울러 인정한다.


아이젠하워 대통령도 읽었을 것이라는 '아전인수'격인 자신감과 이스터브룩 주필의 진정어린 찬사에 힘입어 나는 곧 그가 요청한 주제인 "한국에 있어서의 언론자유의 개화"를 송고했다. 지난번 평론기사의 문장이 좀 긴 흠이 있었기에 이번에는 훨씬 짧은 문장으로 다듬었다. 나 자신의 소견으로도 잘되었다고 생각되었다. 기대에 부푼 마음으로 반응을 기다렸다.

8월 3일자의 그의 회신은 역시 포스트의 사설면에 게재된 나의 논평과 함께, 한국정부의 언론자유를 위한 정책과 실적을 워싱턴에서 평가하는 데 귀중한 역할을 했다는 칭찬을 아끼지 않았다. 그는 특히 정부의 제약이 거두어진 뒤에도 한국 신문들이 직면하고 있는 '재정적 불안정성'의 문제에 대한 나의 지적을 기뻐했다. 내가 바라던 민주주의에의 진전이 적어도 워싱턴 조야의 주요 인사들에게 평가의 근거를 제시했다는 생각에 나는 기뻤다. 그의 글의 한 구절은 이러했다.

……어쨌든 한국에서의 자유언론의 장래가 적어도 부분일망정 당신과 같은 사람들의 손에 달리게 되었다는 사실을 알게 된 것은 정말 가슴 뿌듯한 일입니다. 당신의 이상들을 실현시키는 모든 노력에서 성공하기를 기원합니다.

그는 계속 송고해주기를 바라는 뜻과 함께, 게재된 글에 대해서 1회 15달러의 고료를 소액수표로 보내왔다. 그는 고료가 적어서 미안하다고 사과한 끝에 덧붙였다. 나의 노력에 비해서는 그것은 확실히 많지는 않은 금액이었다.

……그렇지만 그것이 워싱턴 포스트가 사설면에 게재하는 외부 원고에 대해서 지불하는 기준액입니다. 당신의 글은 포스트가 직접 부탁해서 쓰게 한 많은 글보다도 훨씬 훌륭하기 때문에 그 기준액 고료를 받을 자격이 있다고 생각합니다.

1960년의 나의 월급은 1만 1천환 정도였다. 환율이 1달러당 650환이었으니까 그 고료는 월급에 해당했고, 그것으로 겨우 셋방살이를 이어나갈 수가 있었다. 그해의 한국 개인소득은 이론상으로는 93달러라고 했지만 실세는 80달러로 평가됐었다. 연간 평균수입이 5만 2천환 선이었던 셈이다. 그렇게 보아도 역시 적지 않은 돈이었다. 물론 나에게 있어서 고료는 도외시한 일이었지만.

다음의 평론기사는 한미 관계에 관해서 썼다. 4·19에 승리한 대학생 세계에서는 미국에 대한 민족적·국가적 자주성의 소리가 높아지고 있었다. 혁신세력에도 정치자유와 언론자유의 혜택으로 한미 관계를 재검토하는 사상적 경향이 강하게 일고 있었던 것이다. 나도 미국정부의 압력이 "영원히 깨어질 수 없을 것"으로 보이던 이승만정권의 종식을 촉진한 제반 사실을 보면서 같은 생각으로 있었다. 미국 언론이나 대사관의 영향력을 빌리는 것은 독재정권과 싸우기 위한 방편이지 결코 미국에 대한 인식착오에서는 아니었다. 나는 이제 6·25전쟁을 통해서 미국정책을 민족주의적 입장에서 보게끔 변해 있었던 것이다.

4·19가 일어난 해 초에, 미국과 주한미군에 대한 한국인의 민족감정을 촉발한 불상사가 발생했다. 소위 미국인에 의한 '한국 여인 삭발사건'이라는 것이다. 경기도 동두천에 주둔하는 미군 제7사단 전차(탱크)대대 C중대 군인들이 사소한 이유를 구실로 이 부대에 붙어사는 두 한국인 여성의 머리를 박박 깎고 그것도 부족해서 나무궤짝 속에 잡아넣어 못을 쳐서, 헬리콥터에 매달아 벌판에 내동댕이쳤다. 이 사건은 대학생과 지식인 사회에 큰 충격을 던졌다. 이승만정권에 대한 직접적 정치적 반대운동의 시기가 미처 성숙하지 않은 때다. 학생과 지식인 사회는 이 문제를 들어 미국에 대한 감정표시와, 그것을 통해서 미국의 '예속'국가적 자기비판의 형식으로 이승만정권 반대와 민족주의적 정신을 고취하는 전략으로 나갔다. 언론기관의 캠페인과 학생의 반미(反美)데모에 힘을 얻은 노동조합은 미군 종업원에 대한 노동법 적용을 요구하는 운동을 전개했다. 한국전쟁 이후 처음으로 일어난 한국인의 반미데모가 잇따랐다. 이에 놀란 주한미군은 '삭발사건' 수습책으로 책임 중대장을 해직하고, 두 한국인 여성에게 피해보상금을 지불하는 등으로 얼버무렸다. 이에 잇따라 경상북도 왜관에서 미군인에 의한 한국인 집단린치〔私刑〕 사건이 발생했다. 정부는 학생들의 반미데모에 역시 '공산당의 조종'이라는 딱지를 붙

여서 강경정책으로 대했다. 드디어 데모는 본격화해, 주한
미군을 한국법으로 다스릴 '한미행정협정' 요구 운동이 요
원의 불길처럼 일어났던 것이다. 치외법권적 존재였던 주
한미군에 대해 국가주권의 행사를 요구하는 광범위한 국민
운동이 전개되었다. 이 운동이 그대로 4·19로 연결되었다.

나는 미국정부와 의회 및 보수적 지배층 사회에 한국인
의 민족감정을 똑바로 인식시킬 필요가 있다고 생각했다.
4·19에 승리한 민주세력은 다음의 목표를 미국에 대한 민
족적 자주성 확립과 통일의 실현으로 잡았다. 해방 이후의
한미 관계의 본질을 비판하는 지식인운동이 광범위하게 전
개되고 있었다.

9월 초에 보낸 나의 평론기사에 대해서 이스터브룩 주필
로부터 고무적인 회답이 왔다.


1960년 9월 24일
Dear Mr. Lee

9월 11일자의 훌륭한 글에 감사합니다. 정말 그것은 우
리의 관심에 가장 적절한 내용이어서, 약간의 편집적 수
정을 가하여 거의 전체를 역시 사설면에 게재하였습니
다. 예에 따라서 사설면 평론에 대한 기준고료를 동봉합
니다. 이제는 보복의 염려가 없을 만한 정세개선이 한국
에서 이루어졌다고 판단되므로 나의 독단으로 당신의 이
름을 밝히기로 했습니다. 이에 대해서 당신도 반대하지

않으리라고 생각합니다.

......

안녕하십시오.

로버트 H. 이스터브룩

## 워싱턴 언론계의 일각에

이때까지 워싱턴 포스트의 사설면에 게재된 나의 논평기사는 '무기명(無記名)'이었다. 이스터브룩의 편지에서 알 수 있듯이, 이해 초부터 쓴 나의 글에 대해서 포스트는 이승만 정부의 나에 대한 보복을 염려해서 그 같은 친절한 배려를 했었다. 포스트는 8월의 글에서 처음으로 필자 소개를 했지만 이름과 직장은 밝히지 않고 간접적인 표현을 했다. 그러고 나서 나에게 아무런 신변의 위해가 없는 것을 확인하고 9월의 글에서는 '기명(記名)' 평론기사로 다룬 것이다. 나는 이스터브룩 주필과 워싱턴 포스트 편집국장 프렌들리 씨의 이 같은 세심한 배려에 감사했다. 워싱턴 포스트가 그렇게 좋아했던 나의 글은 이러했다.

Changes Foreseen In Korean Policy(예상되는 한국정책의 변화)

By Yeung Hi Lee

한국 국민은 미국과 한국의 관계 제반에 걸쳐서 곧 재조정을 추구할 것이라는 강력한 징조들이 있다. 날이 갈수록 더 빈번하게 이 과제에 관한 논의가 한국 지식인들과 언론기관에 의해서 일고 있다.

한국인들은 4월의 이 정권 타도 성공에 따르는 국민적 자존감에 부풀어 있으며 그것은 날로 고조되고 있다. 국민적 자주의식의 강화는 한국인의 민족적 의지의 자기표현으로 나타났으며 그것은 한국의 국제문제 관계 전반에 있어서의 현존하는 외부간섭이나 잠재적 간섭에 대해 반발하는 국민 전반의 태도로 표시되고 있다.

지난 얼마 동안에 획득한 언론·출판·집회 등의 자유를 토대로 해서 외세간섭 문제에 대한 공개적 토론이 활발하게 전개되고 있다. 그들의 비판대상이 되는 많은 주제들 중에서 미국의 영향력에 대한 문제가 중심을 이룬다. 미국이 현재 한국의 경제적 부담의 절반을 떠맡고 있는 독특하고 특유한 입장이기 때문이다.

외세간섭에 대한 반감은 구정권하에서도 모닥불처럼 타고 있었지만 공개적·국민적 논란의 형식으로 폭발하도록 허용되지 않았다. 이제 신정부는 미국의 원조계획·사업에 대한 재평가 의사를 명시적으로 밝혔다. 정부는 30억달러를 넘는 미국원조의 사용과 관련된 비능률과 낭비를 들추어낼 경우, 그에 따르는 국민의 원성을 정부가 홀로 뒤집어쓰게 될 것을 두려워했다. 경제적 문제 외에 주한미군의 '법적 지위에 관한 행정협정'을 체결하기 위한 대미협상도 요구하고 있다.

과도정부(허정許政 내각)와 미국정부 사이에 한국정부 예산의 한·미 공동편성에 관한 비밀협정이 체결된 데 대해서 국회는 이것이 주권침해라고 규탄했다. 국회는 이 비밀협정으로 정부예산 지출권에 대한 가부 결정권이 미국에 의해 장악되었다고 비판했다.

미국에 대한 한국 국민의 반감과 비판은 그뿐만이 아니다. 4·19혁명 이후 국민의 절대적 지지와 성원하에 한국 군대 내부의 숙정사업이 진행 중인 데 대해서 미국 국방성의 군사원조 담당국장 월리스톤 B. 파머(Willistone B. Palmer) 장군이 부적절한 '우정으로서의 충고'를 한 일에 대해, 그동안 얼마쯤 조용하던 이 나라의 보도·언론기관과 국민감정은 다시 들끓고 있다.

(송요한 후임으로 취임한) 최경록(崔景祿) 육군참모총장은 파머 장군 발언을 지지한 주한유엔군 사령관 맥그루더 장군을 '악랄한 주권침해'라며 즉각 비난했다. 신임 육군참모총장은 그에 그치지 않고 한걸음 더 나아가, "우리는 국가주권에 대한 외부로부터의 침해와 간섭에 대해서 국민적 경각심을 높여야 한다"고 공언했다. 최경록 장군의 이 발언과 태도는 한국인의 눈에 믿음직하고 충직한 군인의 상징으로 비치고 있다.

신문들은 파머 발언의 우호적 의도를 강조하면서도 '충고'와 '간섭'의 구분은 분명해야 한다는 주장에 일치해 있다.

파머 장군은 혁명 직후의 중대하고 위태로운 시기에 한국군대가 약화되지나 않을까 하는 염려에서 그런 발언을 했는지도 모른다. 그러나 그의 발언은 내부분열로 사실상 분해 상태에 있었고, 부패한 장교들에 의해서 농락되며, 사기가 떨어져버린 군대에 대한 한국 국민의 희망과 요구를 도외시한 것이었다. 한국 국민은 오히려 부패한 장성·장교들을 하루 속히 숙정해버릴수록 군대의 사기 회복과 전투능력 향상에 도움이 될 것이라고 믿고 있는 것이다.

주한 미국군대에 고용돼 있는 한국인 노무자들 사이에서도 주한 미국군인(군대)의 한국주권하에서의 법적 지위에 관한 양국 간 행정협정을 체결할 것을 요구하고 나섰다. 그들은 그 협정으로 한국인 고용자의 작업조건 개선과 임금인상이 이루어져야 한다고 주장하고 있다. 이 운동은 행정협정 체결을 요구하는 한국정부와 보도·언론기관의 캠페인과 시간을 맞춘 것이다.

그렇지만 이상과 같은 새로운 사태 전개는 기본적으로는 반미주의의 색채를 띤 것이 아니다. 대부분의 한국인은 미국이 그들을 위해서 해온 것과 양국 간 관계의 악화가 어떤 위험을 초래할 것인지에 대해서 잘 알고 있다.

그런 인식과는 별개 차원에서 중립주의적 관심이 고양되고 있다. 분단상태의 같은 민족인 남과 북이 각기 군사적 서방진영과 동방진영으로부터 이탈할 수 있다면 민족통일의 가능성이 모색될 수 있지 않을까 하는 견지에서다.

이승만체제에서는 금기로 일관되어온 그 같은 생각이 지식인들과 학생들 사회에서 널리 거론되고 있는 중이다. 중립화 내지 중립노선 지향적 의지는 상당한 공감을 불러일으키고 있다. 그것은 정치정당이나 정치인들이 무시할 수 없는 힘으로 급속히 확대되고 있다.

그와 같은 견해가 넓은 공감대를 형성하게 된 데는 몇 가지 이유가 있다. 가장 중요한 원인은 물론 분단의 해소와 통일에의 기미가 보이지 않는 데 대한 국민적 초조감이다. 또 강대국들에 대한 불만과 불신감이다. 한국과 같은 지역의 다른 아시아 국민들은 괄목할 만한 경제적 발전을 이룩하고 있는 데 비해서 대한민국은 지속적으로 경제적 조건이 악화되고 있다. 이것은 미국의 경제정책에 대한 의혹을 낳게 했다.

중립주의 내지 중립노선 지지세력은 국민 중에 수적 개념으로 따진다면 아직 소수파라 할 수 있다. 그러나 그 의식은 4·19를 성취한 투쟁적 학생들 사이에서 자라고 있다. 그들은 통일이나 통일에의 노력을 거부해온 기성세대의 태도에 환멸을 느끼고 있는 까닭에 기성세대와는 다른 각도에서, 다른 정열과 상상력으로써 민족문제를 타개해보려는 것이다.

학생들의 이 같은 방향 모색이 이상주의적 정열의 표현일지는 모른다. 그렇더라도 기성 보수주의적 지도자들과 정치인들에 대한 그들의 혐오감은 장차의 각종 선거에서 더욱 강력하게 반영되어 나올 것만은 분명하다.

학생사회의 일각에서 일기 시작한 그 같은 움직임과 이념에 대해서 나는 공감을 표시하고 있었다. 이 나라 군대의 내부적 부패상에 대해서 너무나 잘 알고 있는 나로서는 최경록 장군의 자세는 해방 후 처음 보는 군인으로서의 민족자존의 자세였던 것이다. 일제 사관학교나 심지어 일제의 괴뢰 만주군관학교 따위에 제 발로 걸어들어가서 일제에 충성을 바친 전력을 가진 해방 후의 '대한민국 국군'의 장성들과는 다른 기개였다. 일제말기 대학생으로서 학도병 장교로 끌려가 평양의 제77연대에서 도주하여 만주의 독립군에 합세하려다가 체포되어 옥고를 치른 분다웠다. 나 개인적으로도 대한민국 '국군'에 대해서 철저한 불신감을 갖고 있었던 터다.

나의 논평기사가 워싱턴의 조야에 적지 않은 관심의 대상이 되었다는 것은 이스터브룩 주필의 편지로 분명하다. 나는 큰 보람으로 이때를 살았다. 그 당시 워싱턴 포스트에 보낸 글들을 지금 다시 읽어보면 스스로 감탄한다. 감각과 시각이 건전했을 뿐만이 아니다. 영어로 생각하면서 영어로 작성해내려간 글의 문장이 놀라울 만큼 좋다. 그 많은 장문의 논평기사를 쓰기 위해서는 사회변화에 대한 예리한 관찰력이 있어야 했다. 4·19혁명 후 급변하는 정세에 관해 자료를 모으고 분류해서 언제든지 어떤 주제에 관해 장문의 글을 쓰기 위해서 바친 노력과 정열은 대단했다. 대학에서 하지 못한 사회과학 분야의 이론적 공부를 새로 했고, 한국 역사에 대한 부족한 지식을 보충했다. 외신부 기자이기도 했지만 워싱턴 포스트와의 관계에서 세계적 시야의 확대에 따라 국제정치에 대한 인식의 폭도 넓어졌다. 가난한 가정살림은 아랑곳하지 않고 그 분야의 책을 사 모았고 또 많이 읽었다.

새벽에 나가는 직장 일은 오후의 여가를 주었기 때문에 착실하게 공부할 수 있었다. 이 시기처럼 많은 책을 읽은 때는 나의 평생에 없다. 새로운 지식을 획득하고, 구름에 가렸던 문제가 제 모습으로 보이게 되었을 때는 희열감에 도취되었다. 직업생활에서나 사회생활에서 비로소 자신을 갖게 되었다. 그때까지 일종의 열등의식 같은 것에 번민했던 심리적·정신적 소극성도 털어버릴 수가 있었다. 워싱턴 포스트에 사설과 함께 나란히 나의 평론기사가 실린다는 것이 웬만한 일인가? 한달에 한번씩 포스트의 지면을 받아보는 기쁨은 4·19의 열매를 군인들이 앗아간 1961년의 5·16 쿠데타까지 계속되었다.

1961년에 들어서자 사정이 달라졌다. 민주당정권은 내부 분열로 날을 보내고, 처음으로 자유를 맛본 각계 대중은 조급한 개혁을 요구하여 밤낮으로 데모를 벌였다. 막강한 독재정권을 쓰러뜨린 데모의 힘을 알게 된 학생들과 각 이익집단은 모든 문제를 직접 국회의사당으로 들고 갔다. 개인 연간 평균소득 93달러(9만 3천환) 한달 평균 7천7백환, 그나마 극심한 소득 편중으로 실제소득은 그보다 훨씬 적었다. 대중의 생활은 말이 아니었다. 정치혁명과 함께 경제적 개혁을 기대했던 대중은 배신감에 사로잡혔다. 대중의 생활은 문자 그대로 '도탄(塗炭)'이었으니 그 심정은 이해하고도 남음이 있다. 국민은 즉각적인 경제향상을 허약한 정부에 요구하고 나섰다. 민주주의적 절차를 거치는 정치를 요구해서 혁명한 국민이 이제는 독재적 수법에 의한 '기적(奇蹟)'을 민주당정부에 요구하게 되었다. 민주당정부는 궁지에 몰렸다.

그전 선거에서 "못살겠다 갈아보자"의 표어로 전국민적 호응을 받은 민주당에 대해 자유당과 이승만 정부는 "갈아봐야 소용없다. 구관이 명관이다"의 표어로 반격했다. 4·19 후 한국 정치사상 가장 민주적 방법이 보장된 속에서 선출된 민주당정부는 권토중래를 노리는 '구관' 세력의 비웃음을 사고 있었다. 게다가 광신적인 반공주의밖에 모르는 정보기관·군대·경찰은 그 모든 혼란에 '빨갱이'의 도깨비를 투영하는 데 여념이 없었다. 참으로 가슴 아프고 안타까운 상황이었다. 나는 대중의 흥분이 가라앉기를 바라고 민주당정부 지도자들이 하루 속히 시국수습에 성공하기를 비는 심정으로 하루하루를 보냈다. 다시 과거로 돌아갈지 모른다는 두려움이 나로 하여금 다음과 같은 기사를 쓰게 했다.

친애하는 이스터브룩 주필 귀하.

1961년의 해는 장면정부에게만이 아니라 어쩌면 국가적으로도 치명적인 해가 될지 모르는 상황이 전개되고 있다. 해의 바뀜과 더불어 구체화되고 있는 모든 징조들로써 판단컨대, 만일 정부가 현사태를 시기적절하고 본격적인 조치와 방법으로 극복하는 데 실패한다면 공화국의 기틀 그 자체에 타격이 가해질, 그것도 심각한 타격이 예상 외로 가까운 시일 안에 가해질 불안스러운 전망이 커지고 있다.

이렇게 결론적 서두로 시작한 정세분석 기사는, 한국 역사상 처음으로 구성된 지방의회 선거의 투표율(지방 평균 50퍼센트, 도시 평균 52퍼센트)이 정치에 대한 국민의 불신과 무관심을 단적으로 나타낸 사실, 사회 법질서와 치안의 문란, 정부 지도력의 약화, 보수 대 혁신 세력 간의 심각한 갈등, 군대 내 부패 청소에 나선 최경록 육군참모총장의 느닷없는 해임과 그후의 군의 동요 등 타이프용지 싱글 스페이스로 장장 4매에 이른 것이었다.

특히 사상 및 정치 풍토의 변화에 관해서 사회주의 사상과 정당의 대두에 관심을 표시했다. 사회주의 정당과 사회주의 노선의 신문(민족일보)의 출현 등에 관한 기사에는 다음과 같은 견해를 붙였다.

……사회주의는 현재와 같은 한국적 제약과 난문제들에 대한 어떤 답변이 될 것이며 역사의 불가피적인 진로라는 마술적 믿음을 대중 속에 던져주고 있다. 사회주의자들은 분열돼 있었고 대중적 하부조직도 미약할뿐더러 현 한국실정에 대한 처방이 될 만한 이론적 지도이념이나 정책을 제시하지 못하고 있는 것이 사실이다. 게다가 사회주의를 공산주의와 동일시하는 기성세대들의 완강한 거부감과 불신감에 직면해 있다. 그렇기는 하지만 남한의 제반 현실상황이 사회주의의 증식에 필요한 비옥한 토양을 제공하고 있는 것도 사실이다…… 사회주의자와 그 세력이 정부정책과 국민생활의 동향에 어느 정도의 영향력을 미칠 만한 정치력으로 성장하는 데 얼마만한 시간이 소요될 것인지는 현 단계에서는 누구도 예측하기 어렵다. 그러나 한가지는 확실해 보인다. 그것은, 보수주의 정부와 보수적 정치세력들이 문제해결에 실패하는 만큼에 정비례해서 그들의 영향력은 성장할 것이라는 전망이다.

군사정세와 군부에 관해서는 기사의 석장째 첫머리에서
이렇게 쓰고 있다.

이 기사를 쓰고 있는 오늘, 그동안 국민적 지지와 성
원 속에 군대 내의 부패척결 작업에 나섰던 육군참모총
장 최경록 장군이 해임되었다. 그의 해임의 진정한 원인
과 동기는 밝혀지지 않고 있다. 하지만 군부 핵심과 가까
운 소식통이 개인적으로 전하는 바로는, 장면 총리와 그
의 정부가 앞으로 어떤 새로운 민중적 동요가 일어날 경
우 정부 명령에 대한 그의 불복종 가능성을 두려워하기
때문이라고 한다. (이에 관한 이 기사의 부분은 엄격히
당신과 나와의 양해사항이며 공개용이 아님.) 이상과 같
은 내용들이 사실이라면 현 사태와 정세의 심각성은 길
게 설명할 필요가 없을 만큼 분명하다.

나의 평론기사들이 워싱턴 포스트의 사설면에 거듭 발표
된 효과는 다른 방향에서도 있었다. 특히 한국에서의 민족
주의의 대두, 사회주의 정당의 출현과 그 사상의 확대, 이승
만식 무력통일을 부정하는 평화적 통일론, 더욱이 중립화
통일론에 대한 미국사회의 반응과 관심이 있었다. 많은 사
람이 편지를 보내와 자기들의 견해를 개진하기도 하고 나
의 답변을 요청하기도 했다. 그에 대해서 일일이 회신을 쓴
다는 것은 나로서 힘겹고 고통스러운 일이었다. 우선 시간

이 모자랐다. 그러나 세계의 다른 곳도 아닌 미국의 수도 워싱턴에서 그런 반응을 일으키고 있다는 사실이 독자 편지들을 통해서 확인된다는 것은 결코 기분 나쁜 일일 수 없었다. 언론계에 투신한 지 불과 5년도 못 되었는데 말이다. 33세였다.

지금 30여년이 지난 뒤에 당시의 자료와 기록들을 정리하니 너무 바빠서 미처 회답을 못해준 편지들이 그대로 있다. 그 많은 편지봉투에는 "진지한 요청에 회답을 못해준 것, 너무나 미안!"이니, 회답을 할 생각으로 잠시 미루었던 것인지 "가장 빠른 시일에 간단히 회답할 것!" 등의 붉은색 주의서가 적혀 있다.

내가 그 모든 요청에 두루 응할 수는 없어 고민하고 있을 때, 안성맞춤의 기회가 주어졌다. 워싱턴에서 발행되는 미국의 저명한 진보적 평론지 『뉴 리퍼블릭』(*The New Republic*)이 나의 글을 요청해온 것이다. 그런 권위있는 평론지가 글을 청탁한다는 것은 보통의 일이 아니다. 미국의 제1급 사상가·학자·정치가·평론가들의 이름과 글이 매호에 기라성처럼 등장할 뿐 아니라 서방세계 다른 나라들의 권위 있는 필자들도 자주 기고하는 고급 언론의 광장이다.

『뉴 리퍼블릭』지 편집인 셀리그 해리슨의 기사청탁 서한은 친절하게도 『뉴 리퍼블릭』이 한국인에게 그 지면을 처음으로 제공하게 된 사실을 부기하고 있었다. 그의 요청은 다음과 같았다.

남북한이 각기 서방과 동방의 동맹진영에서 이탈(disengage) 할 수 있다면 민족통일이 가능할 것이라는 신념에 입각한 중립주의적 감정의 증대와 그 실현을 위한 정치적 구상, 그리고 그와 같은 경향에 대한 미국정책의 여러가지 대안적 방안을 써주시오.

이런 엄청난 주제를 놓고 2천 단어의 본격적 평론을 써달라는 것이다. 나는 쓸 생각을 할 수 있기도 전에 『뉴 리퍼블릭』지의 주요 기고가인 최고 정치평론가 월터 리프먼(Walter Lippman), 원자과학의 권위자 랄프 E. 라프(Ralph E. Lapp), 찰스 E. 굿엘(Charles E. Goodell) 상원의원, 경제학자 케네스 겔브레이스(Kenneth Galbraith), 평론가 스탠리 카우프먼(Stanley Kauffman), 사회운동·비평가 랄프 네이더(Ralph Nader) 등등의 얼굴이 앞에 나타났다. 그들과 그밖의 그 클래스의 인사들이 바로 『뉴 리퍼블릭』의 주요필자인 동시에 독자인 것이다. 이런 세계적 인사들의 눈이 나를 응시하면서 묻는 것이다.

'미스터 리, 쓸 수 있겠어?'

나는 며칠을 고민하고 망설이다가 그들의 물음에 답변했다.

'예, 해보지요. 써보지요.'

영어를 모국어로 하는 세계의 영어권 석학들이 경합하는

그 최고의 지식과 사상과 철학의 마당에서 내가 영어로 겨눌 수 있을까? 워싱턴 포스트에 쓴 영어의 실력과 품위면 될까? 편집인이 기대하는 만큼의 내용이 될까? 그 많은 저명한 필자 겸 독자들의 비웃음을 사지는 않을까? 온갖 생각과 걱정이 오갔다. 편집인은 나를 한국의 어떤 저명한 언론인이나 권위있는 평론가로 착각하고 있는 것은 아닐까? 언론계 경력 5년의 애송이라는 것을 알았다면 청탁하지도 않았을 것이 아닐까? 원고를 받아보고 던져버리는 것은 아닐까?

나는 온갖 망설임 끝에 타자기에 마주앉았다. 그리고 며칠 만에 타자기를 치우고 원고를 우송한 날 저녁에 평소에 흔히 마시지 못한 비싼 맥주를 사다가 대취하도록 마셨다. 며칠 동안 옆에서 지켜서서 시중한 아내도 축배를 들어주었다. 둘이는 흐뭇했다.

송고한 지 두달이 가까워지는 3월 초, 드디어 나는 나의 글이 그 호의 주제논문으로 실린 『뉴 리퍼블릭』 1961년 3월 6일호를 받아들었다. 어떤 형식으로 편집이 되었는지 보고 싶은 급한 마음으로 봉투를 뜯는 손이 떨렸다. 펼쳐서 좌측과 우측 두 면에 가득차게 짜여진 묵직하면서도 시원한 지면의 첫인상부터 흐뭇했다. 그 순간의 기쁨과 흥분은 이십 수년이 지난 지금껏 식지 않고 기억에 그대로 남아 있다.

넓찍한 좌측면의 윗부분에 두줄로 된 제목이 한눈에 그 글 속에서 내가 하고자 한 뜻을 간결하게 말해주고 있었다.

THE NEW REPUBLIC

A KOREAN REPORTS ON THE RISE OF NEUTRALISM

(중립주의 사상의 대두에 관한 한국의 논평)

"The Tragedy of Territorial Division"

(국토분단의 비극)

우측면을 가득 채우고 흘러서 끝난 그 면의 맨 끝 아래에
는 필자의 간략한 소개가 씌어져 있다.

YEUNG-HI LEE is a correspondent on the staff of the
Hapdong Press Agency in Seoul. (필자 리영희는 서울의 합
동통신사 기자로서 본지의 기고가다.)

2천 단어의 장문의 논문을 마치 남의 글을 읽듯이 몇번이
고 되풀이 읽었다. 그러고는 글의 끝에 인쇄돼 있는 필자 소
개의 YEUNG-HI LEE가 자기 이름이 아니라 이름만 들어
온 월터 리프먼 수준의 세계적 논객의 한 사람 같은 착각이
들곤 했다. 읽으면 읽을수록 '잘됐다'는 만족감에 젖었다.

글의 구성은 서론부에서 4·19 이후 한국 지식인사회에서
고조되고 있는 통일지향적 민족주의(nationalism)에 관해서
그 주동세력의 정치의식을 간략히 소개하고, 본문에서 남

한의 중립주의적 사상의 대두·동기·목표·배경, 목표 달성의 방법론, 남북관계 개선의 전망, 그리고 그 모든 것이 필연적으로 결과할 대미국관계의 수정…… 등에 관해서 논했다. 특히 미국의 절대적 지원을 받아온 이승만 독재·부패정권을 붕괴시키는 데 성공한 한국 학생과 지식인 집단이 미국이 이승만에게 하야를 권고한 성원에 감사는 하지만 미국의 근본적인 대한정책을 불신하게 됐을 뿐만 아니라, 독재정권 타도 이후의 한국의 민주화 조치들에 대해서 사사건건 간섭하기 시작한 태도에 대해서 미국지배로부터의 해방과 남북의 화해를 불가분의 관계로 보고, 그 방법으로서 남북 쌍방의 대립진영으로부터의 이탈 및 중립주의 노선을 주장하게 된 논리적 구조를 밝히려고 했다.

한반도의 영원한 분단화를 기정사실로 생각하고 있던 미국 조야에서는 자기들이 완전히 길들여놓았다고 확신한 남한국민 속에서 미국의 세력을 배제하고 공산주의 북한과의 민족적 재결합을 시도하는 사상과 세력이 강력히 대두하고 있다는 사실에 놀라움과 불안의 반영을 보였다. 나는 그 글의 핵심을 사실은 국제사회 속에서의 중립주의적 지향을 넘어, 많은 식자와 학생들이 한반도의 '영세중립화' 방식에 의한 궁극적 민족통일을 목표로 해서 이론과 운동을 전개하고 있다는 사실을 강조하는 데 두었다. 4·19 이후의 한 시기, 즉 1960년 4월부터 민주당정부하에서의 약 1년간의 짧은 시기에, 오랫동안 억압됐던 통일논의가 정치논쟁과 언론을 압도했던 것이다. 민족분단의 장구화에 남한사회의 모든 모순과 부조리의 원인을 찾은 정당과 식자들은 한결같이 남한(대한민국)의 중립주의적 노선을 제창했고, 좀더 앞서는 구상과 논의는 영세중립화 방식으로서의 민족통일론을 소리높이 외치고 나섰다. 혁신사상의 시대다.

이와 같은 내셔널리즘의 고양과 중립주의 내지 남북통일에의 폭넓은 지지는 국내 보수·분단고수 세력을 궁지에 몰고 들어갔다. 미국은 불쾌감을 표시함으로써 보수진영을 지원했다. 민족의 통일보다 분단과 반공을 그 집단적 존재의 근거로 삼아온 군부가 어떤 태도를 취할 것인가가 주목되고 있던 때다. 4·19 이후 타락·부패분자의 숙정을 군부 내에서 시작한 신임 최경록 육군참모총장이 미국 정부의 숙청 반대 간섭을 "한국의 주권침해"라고 신랄하게 비난할 수 있었던 것도 그 같은 전반적 사상 경향을 반영한 것이었다. 미국은 최 장군의 목을 따버렸다.

보수·친미·진영종속·반통일·반공·냉전사상을 기조로 하는 기존의 체제적 대신문들에 대항해서 새로운 정치의식·통일민족주의·대미평등·냉전사상 반대의 기치를 들고 나온 민족일보와 민국일보(民國日報)가 그 참신한 논조로 새바람을 일으키고 있었다. 보수와 혁신의 결전이 시시각각으로 닥쳐오고 있었다. 나는 혁신 쪽의 이론과 세계관과 정책에 동조했다. 『뉴 리퍼블릭』에 쓴 논문은 남한의 현상 보고의 형식으로 나의 사상을 워싱턴의 정가와 여론 지도

층에 전개한 것이었다. 그리고 성공했다.

편집인 해리슨으로부터의 별도의 서신에는 감사와 칭찬의 말과 함께 50달러 액면의 수표가 들어 있었다. 50달러는 6만 5천환이다. 나의 그때 월급이 아직 1만 8천환 정도였으니까 거의 석달 반 봉급에 해당한다.

이 해 1월 1일 환율이 1000환 대 1달러로 오르고, 한달 후인 2월 1일에 1300환 대 1달러가 되었다. 인플레가 얼마나 심했는지를 알 수 있다. 나는 원고를 보낼 때의 편지에서 고료 같은 것은 전혀 언급하지 않았다. 그런 세계적 권위의 진보적 평론지에 나의 글이 실리기만 하더라도 과분한 명예라고 생각했던 것이다.

이날 저녁, 나는 정말 아내와의 서울 생활을 시작한 6년 이후 처음으로 아내를 불러내어 푸짐한 외식을 즐겼다. 2년 전 아내가 처음 서울에 왔던 첫달의 월급으로 8백환어치의 양과자를 먹고 둘이서 후회했던 일을 회상했다. 결혼 이후 고생에 고생을 거듭해온 아내도 남편의 역량을 재평가했을 것으로 생각했다. 아무튼 오래간만에 나는 아내가 구김없이 웃는 것을 보았다. 들뜬 기분에 말수도 많고 장래에 대한 희망에 부푼 것 같았다. 흥분으로 지낸 하루였다. (글은 너무 길어서 여기에 옮기지는 않는다.)

## 민주정치를 염원하는 까닭에

나는 이승만정권 타도에 직접으로 간접으로 '1인분의 역할'을 담당했기 때문에 민주주의적 선거로 수립된 민주당정부에 애착이 컸다. 각 이해집단이 2년만 인내심을 발휘하면, 한입에 배부르지는 않겠지만 그래도 뭔가 희망의 실마리를 국민에게 입증할 수 있으리라고 생각하고 있었다. 그리고 그러기를 간절히 바랐다. 워싱턴 포스트에의 나의 논평과 견해는 민주당정부에 대한 비평이나 매도가 아니라, 성공을 비는 마음의 안타까움의 표현이었다. 그러기에 그 기사는 모든 문제의 당면의 해결·수습책으로서 민주당정부가 성안한 '제1차 경제개발 5개년 계획'의 중요성을 강조했다. 경제의 악화는 1달러 대 650환이던 환율이 1대 1300환으로 인상된 것으로 알 수 있다. 그래서 경제계획의 성공을 위한 미국의 전폭적 지지의 필요성을 강조했던 것이다. 나의 글이 워싱턴 포스트를 통해서 읽혀짐으로써 미국 조야에 조금이라도 긍정적 반응이 일어나기를 바랐기 때문이다.

그러나 나의 그 글은 워싱턴에서 우울한 반응을 일으킨 것이 확인되었다.

1961년 2월 27일

Dear Mr. Lee

2월 19일자의 당신의 장문의 글은 워싱턴 포스트의 용무로 남미지역 방문을 마치고 돌아온 나를 기다리고 있었습니다. 그처럼 상세한 내용으로 그렇게 장문의 기사를 쓴 노고에 대해서 진심으로 감사합니다.

당신은 장면 총리하의 한국의 실정을 대단히 암울하게 묘사했습니다. 나도 경제적 실패와 정치적 중압에 관해서는 다소의 증시(證示)를 보고 있습니다만 당신은 정말 암담하게 그렸습니다. 최경록 장군의 사임은 지극히 곤혹스러운 일입니다. 워싱턴의 독자들은 '경제개발계획' 사업에 관해서 마땅히 가졌어야 할 만한 관심을 갖지 않았던 게 사실입니다. 당신의 글이 우리들에게 좋은 배경을 제공하리라 생각합니다.

당신이 득남했다는 소식을 듣고 반가웠습니다. 당신과 당신의 부인에게 나의 충심으로 우러나오는 축하를 보냅니다. 나는 당신의 첫아기의 불행을 모르고 있었습니다……

계속해서 글을 보내주십시오. 기명기사로 계속하고 싶으면 6백 자 내지 8백 자의 길이로 하면 적당합니다……

로버트 H. 이스터브룩


2월에 둘째아들이 태어났다. 죄는 전적으로 나에게 있지만, 내가 너무도 공부와 세상일에 미쳐서 가정생활에 관심이 없던 탓에 영양이 좋지 못한 어머니의 몸에서 난 아기는 허약했다. 4·19 전부터 1년 가까운 기간을 나는 정말 공적인 관심에 '신들린' 사람처럼 몰두했다. 가정이 중요하다는 생각은 거의 해본 일이 없었다. 나의 편향적 삶은 어머니에게나 아내에게 큰 고통이었음이 분명하다. 국가나 사회, 국민과 민족에 대한 공적 관심보다 자기 개인이나 가정의 복지를 앞세우는 삶의 자세는 나에게는 부도덕한 것으로 생각되었다. 이것 역시 선친께서 한탄했던 나의 성격적 결함임이 틀림없다. 한 사람의 공적 헌신이라야 뭐 그리 대단한 것이겠는가? 과대망상이었는지도 모른다. 교만이었는지도 모른다.

생활의 궁핍은 말할 나위가 없었다. 그런 대로 사정이 좀 편해진 훗날 아내의 회상이지만, 그 당시 아내는 시장에 설탕이 있다는 것을 모르고 지냈다고 했다. 소금도 샀을 테고 밀가루도 샀을 테지만 같은 흰색의 설탕이라는 상품이 시야에 들어오지 않았다는 말이었다. 관심이 없으면 보이지 않는 법이다. 그후 딸 하나와 아들 하나를 더 낳아 2남 1녀의 자식을 갖게 되었다. 세 아이 중에서 이때 낳은 아들이 신체적으로 제일 병약했다. 이것은 전적으로 나의 불찰의 결과다. 맏아들의 약점에 대한 책임을 느끼면서부터 가정에 좀더 관심을 갖게 되었다.

4월의 논평은 신정부가 사상·언론·정치활동의 통제를 강화하려는 반동화 경향을 주제로 썼다. 1961년 봄은 통일논쟁의 전성기로 기록될 것이다. 혁신주의적 단체와 정당의 출현은 '남한단독 무력북진 군사적 반공통일론'밖에 없었던 남한사회에서 평화통일론을 처음으로 공공연하게 거론하게 했다. 새해가 되면서 통일논쟁의 막이 올랐다. 신년 발언에서 민주당의 김대중(金大中) 의원이 '무력통일 불가론'을 들고 나왔고, 혁신당의 장건상(張建相), 통일사회당의 이동화(李東華) 등이 '중립화통일연맹'을 결성했다. 그들은 '유엔 보장하의 중립화 통일'을 내걸고 5백만 서명운동을 전개했다. 모든 정당이 남북한 교류를 정책의 하나로 결정했고, 학생단체들은 하나같이 '미국지배하에서의 탈피'와 민족자주적 통일을 강령으로 삼았다. 그중에서도 서울대학교의 '민족통일연맹(民統聯)'은 학생사회의 선봉으로 주목을 받고 있었다. 그러자 보수주의 세력인 민주당정부는 국민의 사상과 통일관이 좌(左)측으로 변하는 것을 겁내고 언론탄압을 시도한 것이다.

더구나 미국의 마이크 맨스필드 상원의원, 윌리엄 풀브라이트 하원 외교위원장 등 유력한 미국 정치인들이 남북교류·평화통일 또는 중립화 통일구상 들을 제시함으로써 전통적인 '반공무력통일' 논자들은 궁지에 몰리고 있었다. 북한으로부터는 4·19 후인 1960년 8월 해방기념일 연설로 최초의 '남북연방제(南北聯邦制)' 제안에 이어 꾸준히 통일방안 모색을 요구하는 많은 제안이 오고 있었다. 1961년 봄은 경제적 전망이 암담했던 탓으로 남북한의 경제적 통합

없이는 남한의 경제문제가 영원히 해결될 수 없다는 인식이 팽배했던 때다. 미국 원조가 극소수의 지배층과 재벌만을 살찌게 한 반면 서민대중의 생활은 날로 어려워진 현실이 그 일반적·시대적 추세를 부채질한 결과가 되었다.

'민통련 전국학생연맹'이 남북 학생의 판문점 회담을 5월에 열자고 북한 학생들에게 보내는 결의문을 채택한 것은 보수주의자들과 반공주의자들의 공포감을 불러일으키기에 충분했다. 60여개의 우익단체가 평화통일론을 용공이라고 규탄하고, 전국 각 도·시에서 역습으로 나왔다. 그 세력의 '반공통일' 노선을 대표하듯이 윤보선(尹潽善) 대통령이 평화통일론을 '무책임한 주장'으로 규탄함과 동시에 집권 민주당도 같은 자세를 당 공식 태도로 천명했다. 좌·우 이데올로기는 평화통일과 무력통일의 정책투쟁으로 심화되는 감이 있었다. 힘에 겨워진 정부는 평화통일론과 지식층의 이른바 '좌경·용공사상'을 탄압하는 '데모규제법'과 '국가보안법 개정안'을 국회에 제출하기에 이르렀다. 이러한 상황이 4월의 글로 그런 주제를 다루고자 한 배경이었다. (그 글을 재록할 필요는 없겠다. 워싱턴 포스트로부터의 반응으로 그 효과를 짐작할 수 있다.)

1961년 4월 17일

Dear Mr. Lee

한국에서 전개되고 있는 경향에 대한 당신의 종합적

묘사와 평가는 큰 도움이 되었습니다. 두 사회주의 정당의 움직임에 관한 내용은 특히 흥미로웠습니다. 앞으로 당신이 쓰실 글의 주제로서, 민주적 정당의 경향과 사회주의 운동의 역량 및 영향력을 대비해서 독립적 입장에서의 평가를 해주면 유익하겠습니다.

새로 제안된 국가보안법의 요약을 알게 된 것은 굉장히 도움이 됐습니다. 법의 내용이 정말 가혹한 것 같습니다. 전반적 정세의 어려움은 평양으로부터의 선동에 관한 당신 글의 마지막 패러그래프로 잘 지적된 것으로 생각합니다. 그것은 물론 실재하는 위험이며, 그것을 과소평가하거나 도외시하는 것은 잘못일 겁니다. 그렇다 하더라도, 정부 전복을 예방하기 위해서 쓰일 뿐 아니라 단순한 적법적 비판까지 봉쇄하는 데도 쓰일 수 있는 그 법은 법조항으로 판단하는 한 상당히 위험스러워 보입니다.

좋은 주제가 있어 쓰고 싶을 때에는 언제나 송고해주십시오.

안녕하십시오.

로버트 H. 이스터브룩


정부 전복의 위험성은 걱정했던 좌익이나 평양에서 오지 않고 우익과 국내에서 왔다. 좌익에 대해서 적용하려던 '국가보안법'은 우익에 대해서는 무력했다. 국가의 기틀을 흔들기는 어느 쪽의 경우나 마찬가지인데도 말이다. 워싱턴 포스트가 요청한 다음의 논평기사로서 민주정당과 혁신정당의 역량 및 영향력 대비 평가도 쓸 필요가 없게 되었다. 5월의 글을 쓸 준비를 하고 있는데 반공 군부의 쿠데타가 일어난 것이다. 5월 16일 새벽, 박정희 소장이 이끄는 "반공을 제1의 국시"로 삼는 극우(極右)세력은 정권탈취에 성공했다. '문치(文治)'의 시대는 가고 '군치(軍治)'의 시대가 온 것이다.

돌이켜보면 4·19는 세계에 독재정권과 부패한 체제에 항거하는 민중투쟁의 봉화 역할을 했다. 4·19의 파동은 지구를 한바퀴 돌아서 멀리 아랍세계의 터키(土耳其)에서 멘데레스 장군의 군인독재정권을 쓰러뜨린 민중봉기를 촉발했다. 그 충격파는 다시 동남아시아로 돌아와, 그해 여름 타이에서 민주개혁을 실현시킨 전국적 학생봉기의 기폭제가 되었다. 전세계가 한국 학생의 일거수일투족을 주시하고 있었으니 이 민족의 영광이 아닐 수 없다. 그것은 마치 1919년의 3·1독립운동이 바로 두달 뒤에 중국에서 현대사의 기점이 되는 5·4운동을 불러일으킨 인류사적 업적에 해당한다. 3·1운동의 교훈은 가까운 중국보다 먼저 인도로 갔었다. 4·19의 충격이 가까운 타이보다 먼저 터키에 갔던 것과 어쩌면 그렇게도 비슷한 반복인지! 인도인들은 3·1독립운동 한달 뒤에, 영국 식민지통치에 대한 그 유명한 4월의 '평화적 불복종운동'으로 한국인의 뒤를 따랐다. 인도를 거치고 중국을 지나는 과정에서 증폭된 3·1운동의 정신은 아시아와 아랍 세계의 식민지 인민들에게 반식민지·민족해방 투쟁의 깃발을 치켜들게 했던 것이다. 중국에서 주은래(周恩來)·유소기(劉少奇) 등 청년·학생들이 주동한 5·4운동은 그 첫날의 선언문에서 조선인의 용기를 본받으라고 격(檄)했다. "저 조선인민을 보라. 우리가 생명의 불이 끊어진 것으로 알았던 조선인민은 맨가슴을 펴고 일본 제국주의 총칼에 맞서 싸우고 있다. 우리 중국인민이 조선인들보다 비겁하고 무력하단 말이냐! 조선인을 본받으라! 일어나자 중국의 혁명을 위해서!" 오늘, 70년 전의 이 중국 청년·학도들의 격문을 읽으면서 3·1운동의 인류사적 의의를 재확인하게 된다. 그로부터 40년 후 4·19는 또 한번 이 민족의 기개를 세계에 과시했다. 나는 4·19의 심장의 고동을 나의 심장의 고동으로 느끼면서 그 전과정에 온몸으로 참여한 것을 자랑으로 생각한다.

나의 친구인 터키 이스탄불의 독립적 일간지 『미리에트』의 주필이던 저명한 언론인이 나에게 4·19의 세계적 의의를 확인해 주었다. 압디 이펙치 주필은 미국 노스웨스턴 대학에서 함께 있었던 사이로 각별히 친했다. 내가 4·19 성공 직후에 나와 이 국민의 승리의 과정과 기쁨을 기사로 보내준 데 대해 6월의 어느날 그는 나에게 이렇게 써보내왔다.

Dear Lee
최근의 터키 정변에 앞서 열렸던 마지막 의회 회의에

서 야당 지도자는 이렇게 말했었소.

"만약 당신들(정부)이 이 국민이 그 긍지와 명예심에 있어서 한국 국민들보다 못하다고 생각한다면 그것은 큰 잘못이다."

이렇게 해서 우리의 혁명의 서막이 시작되었소. 귀국 학생혁명의 전후 기간을 통해서 터키의 독립적 신문들은 연일 한국에서의 사태를 낱낱이 보도했소. 신문의 사설들은 아예 독재와 폭정에 대항해서 궐기한 한국 국민의 투쟁밖에 다루지 않았던 것이오. 한국의 현실이 우리의 그것과 놀라울 만큼 유사했던 만큼 한국민의 봉기는 우리들에게 우리의 독재정권을 공격하는 천재일우의 기회를 제공해주었지요. 이미 오래 전부터 여러가지 이유로 흥분해 있던 터키 대중에게 그것은 강력한 자극제가 되었소. 마침내 민중이 들고 일어났지요. 한국에서처럼 말이에요. 그런데도 우리의 독재자 멘데레스는 한국의 이(승만)가 사임한 본을 따를 만큼 현명하질 못했어요. 아니, 어쩌면 한국의 경우에는 영향력을 행사할 수 있었던 미국이 터키의 투쟁에서는 그렇게 할 수 없었던 탓인지도 모르지요. (터키 정변의 주요 특색에 관한 긴 부분 생략.)

나의 신문은 멘데레스정권의 마지막 시기에 정간처분을 당했어요. 그 이유를 아시겠어요? 한국에서의 데모에 어린이들까지 참가한 뉴스를 보도했기 때문이지요.

나는 당신의 글을 나의 주간 평론란에 발표했어요. 당신의 양해 없이 그렇게 했지만 괜찮지요? 이 편지에 그것을 동봉합니다. 터키어이기 때문에 읽지는 못하겠지만 적어도 당신의 이름만은 확인할 수 있을 거외다……

안녕하십시오.

압디 이펙치

나는 나의 기사가 번역 전재된 그 크리핑을 터키 대사관 근무의 한국인 직원에게 부탁해서 읽었다. 물론 나의 글이니까 그렇게 할 필요도 없는 일이었지만.

이펙치 씨는 1961년 봄에 일부러 한국혁명 후의 정세를 자기 눈으로 보고 싶어서 서울에 왔다. 조선호텔에서 나를 맞이한 터키의 저명한 언론 지도자는 터키의 민주화혁명은 한국 학생들이 흘린 피의 덕택이라고 감사의 말을 하는 것이었다. (그런데 어떤 일 때문인지 1970년대 후반에 그가 암살을 당했다는 외신보도를 보았다. 참으로 한국을 이해하는 훌륭한 언론인이었는데 애석한 일이다.)

# 11. 군부독재의 치하에서

## 다시 만나는 군인

나는 개인적으로 집권 민주당의 어느 인사와도 아는 바 없고 공적으로도 당이나 정권과 관계가 없었다. 비명에 간 자유당과 이승만정권과는 물론이었다. 악수 한번 해본 사람이 없고, 말 한번 나눈 사람도 없다. 내가 자유당정권을 그토록 미워한 것은 오로지 그 반(反)인민성과 철저한 타락 때문이었다. 민주당을 그토록 성원한 것도 오로지 깨끗한 정치를 해주리라 믿고, 그렇게 기대했기 때문이다. 나에게는 사심이 없었다.

그런데 되어가는 모습을 보면서 나의 불안은 커져갔다. "이래서는 안 되는데" 하는 일들이 늘어갔다.

이승만 치하 12년 동안에 저지른 죄악이 너무나 많다보니, 민중의 원한은 그 시정과 보상을 요구하면서 일시에 터져나왔다. 민주당정부는 해묵은 고름이 사정없이 터져나오는 것을 허둥지둥 처치했으나, 치료는 치료대로 시원치 않았고 민중의 불만은 불만대로 쌓이기 시작했다. 전국 경찰은 기능마비 상태에 있었다. 워낙 4·19 이후에 된서리를 맞은 경찰은 사방 눈치만 볼 뿐 새 민주정부에 봉사하려 하지 않았다. 군대와 '반공주의' 세력들은 '앙시앵레짐'의 잔재들과 기맥을 통하면서 혼란을 부채질했다. 그들은 다시 권토중래할 기회를 호시탐탐 엿보고 있었다.

언론계도 마찬가지였다. 서울신문이 불타고, 전국에서 민원의 대상이었던 신문사가 습격당하는 일이 일어나던 초기에는 자체적으로도 '언론정화(言論淨化)'의 소리가 있었다. 정부도 '악덕·부패 언론인'의 자숙을 요구했다. 높고 낮은 자리에서 자유당 부패정권과 배를 맞추고 시민을 울리고 재물을 쌓고 있던 보도기관 관계자들의 태도변화가 전형적이다. 편집국 안에서 외신부나 외신부 기자들을 병신취급하다시피 흥청거렸던 취재부 기자들이 필요없이 접근하고, 저녁이면 자진해서 술을 사겠노라고 선심을 썼다. 나도 한두번, 마지못해 대접을 받았다. 그 당시의 양주집은 거의 명동에 집중돼 있었다. 무교동 막걸리 소주집밖에 모르던 나나 외신부 기자들에게 명동의 양주집은 놀랍기만 해 보였다.

"이 친구들은 밤낮 이런 곳에서 흥청댔었구나……"

나는 속으로 울분을 참으면서 잔을 받았다. 술맛이 날 까닭이 없었다. 긴 군대생활 때문에 나이는 들었지만 언론계 경력은 4년밖에 안 되는 내가 훨씬 오랜 경력의 취재기자들로부터 자주 향연의 제안을 받은 이유는 짐작할 수 있다. 그동안의 나의 행동을 그들이 잘 알기 때문이다. '언론정화' 운동에서 내가 뭔가 중요한 일을 맡을 것으로나 생각했던 모양이다.

그러던 구체제적 기자들의 태도가 날이 갈수록 다시 구태로 돌아가는 꼴이 역력했다. "술 한잔 합시다" 하는 횟수가 줄고, 차츰 거리를 두기 시작하더니 아예 본체만체하는 것이었다. 4·19 직후 얼마 동안은 풀이 죽은 듯 보이던 그들의 표정과 거동에서 다시 기운이 솟아나는 변화를 볼 수 있었다. 세상 소식에 빠른 그들은 '좋은 날'이 다시 가까워오고 있음을 확신하고 있는 것 같았다. 그런 세태변화를 울적한 심정으로 바라보고 있는 나는, 제발 국민이 조금만 자제하여 정부에 시간 여유를 주었으면 하고 빌었다. 새 정부에게는 제발 파벌싸움 그만하고 지도력을 발휘해주기를 안타까이 기다리고 또 기대했다.

그러던 어느날 새벽, 텅 빈 첫 전차를 타고 출근하는데 동대문에서 전차가 서고 집총한 군인들이 올라왔다. 전차는 그 이상 못 간다는 말이었다. 군인들은 아무런 해를 끼치지 않고 내려가버렸다. 집을 나오기 전에 라디오를 듣지 않았던 탓에 '무슨 연습인가?' 정도로 알았다. 인기척 하나 없는 캄캄한 종로거리를 걸어서 화신 앞에 이르니 네거리에 탱크가 몇대 서 있는 것이 보였다. 불길한 예감에 가슴이 두근거리기 시작했다. 무장군인들이 어둠 속에 왔다갔다하고 있었다. 신분증을 제시하고 통과되었다. 화신 앞에서 회사까지는 3백미터도 안 된다. 뛰다시피하여 편집국 문을 밀고 들어가니, 먼저 출근해 있던 한 동료가 나를 보고 겁에 질린 듯한 억누른 소리로 말했다.

"쿠데타가 일어났어. 밤 사이에 군대가 시내를 점령해버렸대."

그 순간 나의 몸에서 힘이 빠져나갔다. 나의 머리에 '와서는 안 될 것이 왔구나!' 하는 생각이 지나갔다. 훗날 윤보선 대통령이나 다른 많은 사람들이 그 새벽에 생각했다고들 술회하는 '드디어 올 것이 왔구나!' 하는 생각은 나에게는 없었다. 그것은 어디까지나 '와서는 안 될 것'이 온 것이었다. 앞이 캄캄해지는 것을 느꼈다. 그렇게 몸과 마음을 다해서 지원한 '민주정부'가 군대의 총칼에 쓰러지다니⋯⋯ 군인이 지배하는 세상에서 살아야 한다니! 나는 다음 순간 분노를 억누를 수 없었다.

한 사람 두 사람, 외신부의 자리가 찼다. 부장 이하 모두들 어쩔 줄 몰라했다. 보통 같으면 부원이 의자에 앉기가 무섭게, 아니 보통은 아직 오지 않은 부원의 책상 위에 부장이 나누어놓은 기삿감이 미리 기다리고 있는 법이다. "굿모닝!" 한마디 던지고는, 의자를 당겨 앉자마자 펜에 잉크를

발라 원고를 쓰기 시작하는 것이 외신부의 일이다. 잡담이
란 있을 수 없다. 분초를 다투는 일이기 때문이다. 이날 아
침은 누구도 그러지 않았다. 부장도 다그치지 않았다. 한참
동안 서성대면서 제각기 방향 없는 이야기들을 주고받을
뿐이었다. '혁명공약'이 이렇고 저렇고 하는 이야기가 한참
계속되었다.

나는 참다 못해 자리에서 일어나 모두를 향해 말했다.

"부패한 군대가 혁명을 하겠다니 당치도 않은 말이에요.
이 국가에서 제일 썩은 세력이 군대인데, 그 군인들이 누구
를 어떻게 바로잡겠다는 말이에요! 어불성설이에요."

내가 입사한 뒤에 다시 공개시험으로 입사한 부원 두 사
람을 제외하면, 나와 동기이거나 모두 선배였다. 그들은 아
무 말 없이 나를 바라보고만 있었다.

"새 정부가 수립된 지 얼마나 됐다고 혁명 운운합니까!
더구나 군대가 말이에요. 우리는 힘 닿는 데까지 군부통치
를 반대해야 해요. 반대합시다."

그날 낮부터 비상계엄령하의 언론·출판·집회의 통제와
사전검열이 실시되었기 때문에 나갈 수 있는 기사도 없었
다. 뒤늦게 출근한 취재부 기자들도 대개는 어리둥절했다.
구체제의 복귀를 바라던 기자들도 설마 '군대정권'으로 바
뀌리라고는 대부분 예상하지 않았던 것이다. 대한민국 수
립 이후 처음 있는 '군인정권'에는 그들도 익숙하지 않았
다. 또 다른 허약한 '문치정권(文治政權)'이 들어서야 그들

은 이권운동으로 재미를 볼 수 있는 것이다. 그들은 소위 혁명공약 제1항의 "반공을 제1의 국시로 삼는다"는 것은 대체로 자기들 뜻에 맞는다는 반응이었지만 "부정과 부패를 쓸어버리겠다"는 항목은 반드시 그들의 이익과 합치하는 것은 아니다.

'민주당정부도 처음에는 부정과 부패를 쓸어버리겠다고 하지 않았나. 그렇지만 그것이 어디 쉬운 일인가? 곧 부패하기 시작했지. 군인들이라고 별수 있겠나? 그들도 얼마 지나면 부패의 맛을 보게 될 것이고, 그러면 언론기관과 기자들의 신세를 지지 않을 수 없지. 우선은 몸을 사리고 잠자코 있자. 차차 기자에게 기댈 때가 오겠지……'

그들은 그런 생각을 하고 있는 것 같았다.

대부분의 기자들의 언동에서 나는 그들의 머릿속에 오고 가는 생각을 그렇게 짐작할 수 있었다.

쿠데타 사흘 만에 미국정부가 쿠데타정권에 대한 지지를 발표했을 때 나는 미국에 대한 새로운 실망을 경험했다. 군인과 군대에 대해 철저한 불신감을 갖고 있던 나도, 그들이 민주당정부가 법절차 때문에 질질 끌던 3·15부정선거와 4·19의 자유당정권 책임자들을 모조리 구속하고 부정축재자 29명을 체포하는 행동을 보면서 '반신반의'하는 데까지 후퇴했다. 이승만정권을 떠받치고 있던 조직깡패 두목들 2백명을 줄줄이 올가미에 묶어 "나는 깡패입니다"라고 쓴 가슴패를 달게 하여 종로거리를 행진시켰을 때, 서울시민은 환호성을 올렸다. 나는 군인들이 하는 그 방법에는 동의할 수 없었지만 한국정치의 추악한 요소가 세척되는 것은 찬성했다. 4천여명의 깡패가 검거된 것이다. 군인들이 '용공분자'라는 딱지를 붙여 8백명에 달하는 정치인, 노동조합 활동가, 진보적 교수와 학생, 온건 사회주의자까지 합친 '사회주의 경향의 인사들'을 2천명이나 "검거했다"고 발표했을 때는 파시스트적 수법을 연상하여 공포를 느꼈다. 이튿날, 정치·사회·경제의 부패에 합세했던 언론기관을 정비한다는 발표에는 찬성했다. 축첩한 공무원 1천수백명을 파면했을 때도 나는 유보적 심정으로 찬사를 보냈다. 국가가 전쟁을 하고 있을 때 군역을 회피·모면했던 과거의 '병역기피자'들을 직장에서 추방했을 때, '이번 쿠데타의 주인공들은 좀 다른 종류들인가?' 하는 데까지 나의 심정도 변해 있었다.

이승만정권하에서 가장 푸대접받아온 농민에 대해서 '고리채(高利債) 정리' 정책이 발표되었을 때는, 그 재원(財源)이 어디 있는가에 대한 걱정보다도 그 같은 발상을 했다는 점에 공감을 가졌다.

유명한 인육시장(人肉市場)인 '종3'이 폐쇄되었다. (종로 3가 일대는 해방 이후 한국에서 제일 큰 매춘 유곽이었다.) 하늘이 준 그 아름다운 육체를 남성의 성적 충족의 도구로 제공해서 밥을 먹어온 '매춘행위 여성'이 전국에서 37만명이라는 숫자로 밝혀졌다. 당시의 남한 인구가 2600만정도였으니까, 술을 따르거나 알몸뚱이를 바쳐서야 생존할 수 있는 인간(여자)이 37만명이라는 것은 인구 70명 중 한 사람이 그런 여성임을 말해준다. 얼마나 타락한 사회이며 인간소외의 극치인가. 신문사의 기자사회에서도 이 '종3' 폐쇄는 하나의 '개인적 타격'으로 받아들여졌다. 종3을 애용한 기자들이 많았기 때문이다. 나는 이 조치에도 찬동했다.

민주주의적 자유는 극도로 억압된 속에서 민중이 오랫동안 바라던 '청소작업'이 강행되었다. 국민으로서 빼앗기는 가치의 양과 사회적으로 이루어져가는 가치의 양을 저울질하기가 힘들었다. 나는 군인통치하에서 정치적 파쇼화의 경향을 걱정하면서, 사회·경제적으로 '구악(舊惡)'이 매질 당하는 것에 대한 후련함이 뒤섞인 평가 때문에 흔들리고 있었다. '민정이양(民政移讓)'을 공약한 군인정권이 18년이나 갈 것이라고는 생각하지 못했다. 그리고 그렇게 '구악'을 척결한다고 서둘던 정권이 그렇게까지 부패하리라고 예측하기도 어려웠다. 나는 판단을 유보한 상태로 다시 기자 생활에 전념하기로 했다.

한국에서의 쿠데타는 민주당 정부를 확고하게 지지해온 미국정부에게 큰 충격이었다. 쿠데타가 있은 3일 후인 5월 19일 워싱턴 포스트에서 전보가 왔다.

서울 합동통신사 리영희.
쿠데타에 대한 국내 신문들과 학생들의 반응, 그리고

훈타(쿠데타정권)의 국내적 개혁계획 등에 관한 기사를 800단어로 보내주기 바람. 포이지.

워싱턴 포스트

워싱턴 포스트가 전보원고를 요청하기는 처음이다. 일반 외신보도로는 종잡을 수 없다는 표시다. 나에 대한 워싱턴 포스트의 신뢰의 표시이기도 하다. 나는 즉시 타이프라이터에 마주앉아서 군인정권이 잘하는 일과 잘못하는 일, 대중이 환영하는 시책과 두려워하는 결정들을 공평한 평가와 함께 기사화해 중앙전신국으로 달려가 송고했다. 검열을 염려해 기사의 앞부분을 쿠데타정권의 잘하는 내용들로 채우고, 뒷부분에 염려되는 사실과 나의 평가를 적었다. 이 전보기사는 워싱턴 포스트가 한국에서의 돌변한 사태를 자기 통신원의 글로 미국 조야에 알린 제1보가 되었다. 1년 반 동안 포스트의 지면을 통한 나의 사태평가는 권위를 인정받고 있었으므로, 이 제1보는 미국정부나 의회뿐 아니라 워싱턴에 있는 외국 대사관들이 한국사태를 판단하는 근거가 되었으리라 생각한다.

나는 6월 초까지의 6개월 동안의 정세변화를 별도의 서면기사로 작성하여 안주머니에 넣고 김포비행장으로 나갔다. 앞서의 제1보 전문기사는 쿠데타정권도 정신을 못 차리는 상태를 이용해서 '기명기사'로 타전했지만, 이제는 달랐다. 언론통제가 강화되고, 자기들에 대한 불리한 기사는 한

줄도 쓸 수 없게 되어 있었다. 나는 4·19 전에 했던 대로, 다시 미국으로 돌아가는 미국 군인에게 부탁하는 안전책을 택했다.

얼마 후 이스터브룩 주필의 감사의 편지와 함께 포스트의 사설면 그 위치에 보기좋게 게재된 나의 논평기사의 스크랩이 왔다. 그 엄청난 변혁의 실태와, 그 변화를 내가 어떻게 보았으며 어떤 심정이었던가를 기록에 남기기 위해서 포스트 주필의 편지와 나의 기사를 옮겨 적을 필요가 있겠다.

1961년 6월 14일

Dear Mr. Lee

당신은 한국에서의 정변에 관해 정말 뛰어난 묘사와 평가를 보내주었습니다. 나는 우리 편집국 책임자로 하여금 몇 군데 손을 대게 하고 그대로 게재했습니다. 이번에는 당신의 이름을 빼고 무기명 기사로 했습니다. 예에 따라서 고료 15달러를 별도 송금합니다. 혹시 당신이 신변에 불편함이 있을까 염려되어서 이 글을 일반봉투(워싱턴 포스트의 공용봉투가 아니라는 뜻)로 우송합니다.

포스트에 있는 우리들이 그동안 얼마나 당신의 안위를 걱정했는지 이루 다 말할 수 없습니다. 나는 당신이 그 기사를 보냄에 있어 취한 방법은 좋은 판단이었다고 생각합니다. 우리 외신국장 포이지 씨는 당신의 글을 읽고 상황판단에 큰 도움이 되었다고 말했습니다. 귀국 내의 상황이 다소 완화되면 외신국장이 직접 당신에게 서신을 보내서 우리 신문과의 어떤 형식의 공식관계를 맺도록 할 것으로 생각합니다. (그 이하는 자기가 잠시 런던에 출장간다는 이야기, 그동안의 일은 포이지 외신국장에게 위임했다는 이야기 등, 개인 사정에 관한 것임.)

안녕하십시오.

로버트 H. 이스터브룩

워싱턴에서 읽혀진 나의 장문의 사태평가는 줄거리만을 요약하면 다음과 같은 내용이었다.

An Inside Look At New Korea(변화하는 한국의 내부상)

*이 기사는 어떤 한국인에 의해서 씌어진 것인데, 한국의 신정권이 시행 중인 언론통제하에서 있을지도 모를 처벌조치에서 필자를 보호하기 위해 그 이름을 밝히지 않는다. ─편집자주

서울.

한국인들은 방금 한국적 환경에서는 서구식 민주주의가 당장에 수월하게 자라기가 어렵다는 결론에 도달한 가슴 아픈 실험의 막을 내렸다.

축출된 존 장(John Chang, 미국 신문에서는 장면 씨의 이름이 이렇게 불렸기에 그렇게 쓴 것임) 총리의 정부가 제공했던 정치적 제반 자유는 부패를 척결할 수 없었고, 어쩌면 부패를 조장했다고도 말할 수 있다. 장은 인간적 성실성과 정치인으로서의 진지한 헌신에도 불구하고 사태의 악화를 억제할 영도력이 부족했다.

민주주의적 정치가 이처럼 실패한 마당에서 한국인들은 한국인의 국민적 성숙의 역사적 과정에서 군사독재체제를 하나의 '필요악'적 대안으로 수락해야 할지 모른다. 미국의 친구들의 눈에도 그렇게 비쳤으리라 생각한다.

새 군부정권은 지금 국내 행정력을 강화하기 위해서 각 방면으로 새로운 조치들을 취하고 있는 중이다. 그들은 가혹했던 언론검열 조치의 일부를 완화함으로써 자신감을 표시했다.

군사정권은 계엄령의 힘을 빌어 그들이 공약한 제반 개혁을 향해서 급속도로 치닫고 있다. 긴 안목으로는 단언하기 어려우나 적어도 현재의 상태로 판단하건대 '국가재건최고회의'는 한국의 정부·공기관에 뿌리깊이 팽배해 있던 부패를 도려내는 데 일단 성공한 듯 보인다.

정부수립 이후 처음으로 제반 공식 법령과 규정들이 어떤 의미를 갖게 되었다. 사회를 좀먹고 있던 깡패들과 창녀들이 소탕되었고, 공무원사회는 지급되는 수입으로 생활해야 한다는 것을 깨닫기 시작한다. 한편, 시민들은 법은 준수되어야 한다는 교훈을 가르침받고 있다.

이 정권과 장 정권하에서 정부의 재정과 미국 원조에서 공공연하게 착복해온 거물급 기업가·공무원·군장교들이 쿠데타 첫날 일망타진되었다. 그들은 오랫동안 대중적 규탄의 대상이 되었던 자들이다. 이 전격적 조치가 회의적 태도를 보이던 많은 시민의 새 군부 집권자들에 대한 자세를 바꾸게 하는 데 기여했다.

그러나 군인 훈타가 대중적 불신과 무관심의 숲에서 벗어나려면 아직도 입증해야 할 일이 많다. 구정치인들이 국민의 신망을 거의 완전히 상실했었다면, 군인들이라고 해서 그보다 덜한 것은 아니었기 때문이다. 특히 부패에 관한 한, 군대는 정치인사회보다 나을 것이 하나도 없었다.

훈타가 내건 공약의 하나인 "반공을 국시의 제1로 삼는다"는 것도 "부패와 빈곤을 퇴치하겠다"는 공약보다 결코 덜 어려운 일이 아니다. 군인들은 많은 수의 교수·학생·언론인·노동조합운동자들을 '용공분자'라는 딱지를 붙여서 체포했다. 체포된 그들은 대부분 한반도 민족의 중립화에 의한 활로를 진심으로 모색한 사람들이다. 그리고 조국의 평화적 통일을 지향하는 과정으로서의 남·북 민족 간의 문화적 및 경제적 접촉을 민족적 양심에서 주장한 사람들이다.

그렇게 구속된 사람들은 물론, 구속을 면하고 있는 많은 지식인들은 공산주의자가 아니다. 그들은 리버럴리스트(자유주의 내지 진보적 인사)·민족주의자 내지 온건사회주의자들인 것이다. 인텔리들은 민주당정부하에서 문화적·정치적 자유가 허용됐던 8개월간에 한국판 '백가쟁명·백화제방' 운동에 참여했을 뿐이다.

그밖에도 문제는 많다. 엄격한 보도관제로 한국인들은 군인 쿠데타에 대한 외부세계의 반응을 알 수 있는 길을 완전 차단당하고 있다.

제약을 받고 있는 한국의 보도기관들은, 상황이 조금씩 나아지는 상태에서 혼란을 부채질함으로써 군인들로 하여금 정권탈취를 기도하게 한 데 대한 일정한 책임을 져야 할 것이다. 정부와 사회의 부패·부정은 언론기관의 협력——그것이 의도적이었건 선의에서였건——에 힘입은 바 크다는 사실을 한국의 언론기관은 부정할 수 없다. 더구나 신문들은 민주당 장면정부에 대한 무차별적 공격에 사디스트적 쾌감을 느꼈다. 그렇게 함으로써 그들은 정부의 모습을 사실보다 훨씬 추악하게 그려내는 데 성공한 것이다. 민주당정부의 장점과 성취는 신문들에 의해서 묵살되는 경향이었다.

군정권 지도자들은 '조속한 정권이양'을 공언하고 있지만 압도적인 견해는 그것이 1년 이내에는 이루어지지 않을 것이라는 데 일치해 있다. 어떤 사람들은 군대권력이 2년은 계속될 것으로 보고 있다.

가장 큰 문제는 권력의 맛을 본 장군과 영관장교들이 한번 맛들인 권력에 대해서 어떤 생각을 할 것인가다. (기사 끝)

이렇게 우리말로 번역을 해놓으니 영어 원문의 기사가 지닌 의미의 완곡성과 매끄러운 표현형식의 맛이 많이 죽어버린다. 우리말로 생각해서 우리말로 작성한 것을 영어로 번역해서 보낸 것이 아니라 처음부터 영어로 생각하면서 쓴 것이기 때문에 그럴 수밖에 없다.

7월분으로 보낸 논평기사의 워싱턴 포스트 스크랩은 무슨 사고 때문인지 자료철에서 분실되고 주필이 보낸 편지만이 남아 있다.

1961년 7월 31일

Dear Mr. Lee

역시 훌륭한 당신의 7월 4일자 기사가 내가 영국으로 떠나기에 앞서 시골 친척을 만난 여행에서 돌아오니 나를 기다리고 있었습니다. 그것은 훌륭한 글이었지만 동시에 나로서는 읽기에 몹시 슬프고 괴로운 글이었습니다. 당신의 글이 말해주는 한국에서의 언론의 자유가 처한 상황은, 정말로 정말로 비통한(most, most distressing)

일이 아닐 수 없습니다. 내가 당신에게 말할 수 있는 것은 다만 당신의 용기에 경의를 표한다는 말 이외에는 없습니다. 나는 당신이 그 원칙적인 정신과 언론자유를 위한 헌신적 신념을 잃지 않기를 바랍니다. 어느날인가에는 해가 다시 비칠 것이며, 그렇게 되면 당신이 신념으로 지니는 가치들이 재확인될 것입니다.

내가 런던에 가서 부재 중에는 모든 일을 포이지 외신 국장과 협의하십시오. (이하는 개인적 이야기들)

안녕하십시오.

로버트 H. 이스터브룩

이 편지의 하단 여백에 '추신'이라고 해서 몇줄 쓴 것을 보면 포스트에서는 여전히 나의 신변의 안전을 염려하고 있는 것 같다. 역시 서울의 사정이 불투명하니 편지를 보통 봉투로 보낸다는 설명이다.

지금은 전혀 기억에 없지만 모든 징조로 미루어 군인정권이 장기화될 것으로 보이던 그때 나는 미국에 유학갈 생각을 했던 것 같다. 이스터브룩의 그 추신에 이렇게 씌어 있기 때문이다.

추신──7월 25일자 당신 편지가 지금 도착했습니다. 당신이 말한 장학금문제를 알아보겠습니다. 일이 잘 되면 틀림없이 지체없이 알려드리겠습니다.

언제나 모셔야 하는 부모님 때문에 군대생활 7년과 그후에도 유학의 생각은 있으면서도 실행에 옮기지 못했던 나다. 어느정도 사회생활에 자신이 생기니 공부하고 싶은 생각이 났던가보다. 또 군인 독재정권 체제에서 기자생활을 계속할 흥미를 상실했던 것 같다.


## 박정희를 따라 워싱턴에


그런 심정으로 우울한 나날을 보내고 있던 11월 어느날 사장실에서 급히 올라오라는 호출이 왔다. 일을 하다 말고 급히 올라가 사장실의 문을 여니 박두병(朴斗秉) 사장이 몇몇 중역들과 자리하고 있었다.

"리영희 씨, 내일 미국으로 갈 준비를 하시오."

"예? ……"

나는 느닷없는 지시에 어리둥절해 사장과 중역들의 얼굴을 번갈아 보았다.

"박정희 최고회의 의장의 방미여행 수행기자로 지명했으니 곧 준비하세요."

전혀 뜻밖이었다. 선배기자들이 우글거리는데 왜 나를 보내려는 것일까? '지명'됐다는 말도 좀 이상하게 들렸다. 옆에 앉은 편집국장 고흥상(高興祥) 씨가 설명을 붙였다.

"청와대와 최고회의에서 자유당과 민주당정권하에서 부패하지 않은 기자만을 수행기자로 허가하겠다는 시달이 있었어요. 몇 사람의 기자명단을 제출하라는 지시대로 했는데 리영희 씨로 결정이 났으니 그리 아세요."

사장실을 나오면서 생각했다. 그것은 확실히 자그마한 영광이다. 나야 부패할래도 부패하게 해줄 취재상대가 없었으니, 정확히 말하면 '부패하지 못한' 기자일 뿐이다. 나도 취재기자였다면 어느 정도는 당연히 부패했을 것이다. 한편, 군인정권이 그런 기준을 설정했다는 것을 아니 흐뭇했다. '내가 지겹도록 보아온 그 타락한 군인들과는 조금 다르기는 다른가보다.'

11월 11일 서울 출발로 시작된 박정희 의장의 미국방문은 25일 귀국까지 15일간이었다. 그러나 나의 수행취재 활동은 21일까지로 끝났다. 여기에는 중요한 사연이 있다.

박 의장에 동행이 허가된 수행기자는 3명이었다. 동아일보의 권오기(權五琦), 조선일보의 김인호(金寅昊), 합동통신의 리영희다. 동양통신의 심연섭(沈鍊燮)은 수행기자로서가 아니라 박 의장의 공보관계 임시특별보좌관 자격이었다. 일본에서 일본주재 특파원 이만섭(李萬燮)이 권오기에 합세했고, 미국에서는 주미특파원인 정연권(鄭然權)이 권오기를 도왔다. 조선일보도 주일특파원과 주미특파원이 있어서 각기 김인호를 도왔는데 누구였던지 기억에 없다. 고전한 것은 미국에 특파원이 없었던 합동통신에서 간 나다. 그밖의 많은 신문들과 통신은 수행취재가 허가되지 않았다. 다만 동화통신은 이은우(李恩雨)가 주미특파원으로 있어서 현지에서 경쟁에 참가했다.

나는 박정희 의장의 케네디 대통령 방문에 수행하면서 마치 이조왕조의 조공(朝貢) 사신을 따라가는 통신원 같은 기분이 들었다. 태자 책봉 때마다 '대국(大國)'의 승인을 얻으러 연경(燕京, 베이징) 가던 사대주의 행사의 목적지가 워싱턴으로 바뀐 것뿐이 아닌가! 나는 민족의 현실에 대해서 짙은 모멸감을 떨쳐버릴 수가 없었다.

그러나 김포공항을 떠나 특별기 안에서 처음 보는 군사권력 지도부의 강자들은 새 왕조의 승인을 받게 된다는 기대에서인지 희희낙락했다. 만면이 희색이고 들떠 있었다. 이 여행의 결과로서 왕조의 기틀은 확고부동해지는 것이다.

특별실로 오라는 전갈이 왔다. 다과를 차려놓은 탁자 저쪽에 신사복을 입은 쿠데타의 주인공이 앉아 있다가 일어나며 기자들에게 손을 내밀었다. 그 손이 평균적 체온보다 차가웠던 촉감이 기억에 남아 있다. 사진으로 보던 인물과의 첫 대면이다. 첫인상이 너무나 왜소하고 권위 같은 것을 느낄 수가 없었다. 훈장을 줄줄이 가슴에 달고, 별들을 좌우로 죽 거느렸을 때조차 나는 그 군대식의 '꾸며진 권위'의 이면을 들여다보고 있던 터다. 군대와 군인의 허상과 진상을 너무 많이 보아왔기 때문이다. 몸에 그 허식의 상징들을 걸치지 않은 평복의 권력자는 더욱 초라해 보였다. 나는 경의가 우러나올 만한 이렇다 할 근거를 찾지 못한 채 초대면의 행사를 마치고 나오면서 생각했다. '나뽈레옹도 훈장을 안 차면 저 정도의 인물이었을까?'

토오꾜오에서의 이께다(池田) 일본 수상과의 회담은 수행기자들이 눈치챈 것보다는 훨씬 중요한 문제를 결정한 것이었다. 여기서 훗날의 파란 많은 한일국교정상화 회담의 스케줄이 합의된 것이다. 박은 일본정부와의 이 합의를 케네디 대통령과의 회담선물로 들고 가게 돼 있었다. 미국정부는 이승만의 반일적 고집에 골치 않고 민주당정부의 우유부단에 속을 태운 터라, 군인 독재권력으로 하여금 기어이 매듭을 짓게 하려는 정책이었다. 일본정부와의 이 사전 합의가, 새로 취임한 케네디 대통령이 박을 워싱턴으로 초대하는 외교 씨나리오의 가장 중요한 동기이고 목적이었던 것이다. 군인정권에 대한 미국정부의 확고한 지지와, 일본을 새로운 국가적 '후견자'로 수락하는 한국 측 약속이 백악관에서 교환되게끔 돼 있었다. "내가 이완용이 되더라도 기어이 타결하고 말겠다"고 한 김종필(金鍾泌) 국무총리의 비장한 결의는 이 토오꾜오회담에 원연을 두고 있다. 하지만 나도 그랬고 다른 기자들도 그랬지만, 토오꾜오회담의 결정이 워싱턴회담의 '전제조건'적 중요성을 지닌 내용이라고까지는 탐지하지 못했다. 우리의 취재감각이 워싱턴에만 쏠려 있었던 탓이다.

미국의 첫 기착지 시카고에서 한국인 교포들과의 대면은

엇갈린 분위기였다. 부패를 제거하겠다는 결의에 대해서는 많은 박수가 나왔다. 그러나 "조국의 어려운 현실을 직면하기를 회피하려고 여권을 연장하는 학생들에게는 응분의 태도로 임하겠다"고 말했을 때는 박수도 안 나왔고 냉랭한 반응이었다. 교포 지도자들과의 조찬회 석상에서는 정보라(鄭保羅) 교수가 시카고 교민과 유학생들을 대표해서 10개 항의 건의사항을 낭독했다. 주로 여권연장과 귀국 후의 직업알선을 요청하는 내용이었다. 그에 앞서 공항에서 숙소인 드레이크호텔로 향하는 카 퍼레이드의 후미에서 교통사고가 일어났다. 여섯명의 유학생이 부상하여 입원하는 것을 달려가 취재하고 호텔로 돌아왔다.

나의 취재는 경쟁상대사(동양통신·동아일보·조선일보·동화통신)들에 비해서 현저한 핸디캡을 안고 있었다. 현지 특파원이 가세한 다른 사들은, 박 의장 일행이 도착하는 예정지에 미리 한 기자가 가서 취재하며 대기하고, 다른 한 사람이 수행취재를 했다. 그것이 끝나면 수행기자가 다음 목적지로 날아가 사전 취재하고, 머물렀던 기자가 수행취재를 교대했다. 이렇게 앞뒤의 과정을 전부 커버할 수 있는 타사에 비해서 현지 특파원이 없는 합동통신은 앞뒤 과정 전부를 나 혼자 커버해야 했다. 도저히 당할 수가 없었다. 그런데다가 가난한 합동통신은, 내가 워싱턴에 도착하자 미리 주미대사관으로 전문을 보내 하루의 전보기사량을 6백 단어(영어) 이하로 제한해왔다. 타사 기자들은 국제전화로 즉시즉시 송고하는데 나는 전화를 쓰지 못하게 되어 있었다. 회사가 국제전화료를 물 형편이 아니었던 것이다. 다른 신문과 통신들은 "초청자 측이 내놓은 박 의장의 식탁에 롤 브레드 한개, 계란 스크램블이 둘, 홍차와 아이스크림……" 등 시시콜콜 국제전화로 불러댔다. 나는 경쟁의 전술을 바꾸어 굵직한 중요기사로 크게 치고 나가기로 했다.

백악관에서의 케네디·박 회담은 회담의 내용과는 별도로 두가지 일이 인상적이다. 제1차 회담(즉 두 사람의 초대면)에 앞서 한국 기자들과 백악관 출입기자들을 위해 두 사람은 '오발 룸'(oval room, 대통령 개인사무실. 천장 모양이 타원형으로 돼 있는 데서 그렇게 불린다)에서 포즈를 취했다. 한참 동안 인사와 사담을 나누는 의례적 절차다.

케네디 대통령은 흔들의자에 두 다리를 포갠 채 누운 듯이 앉아서 흔들흔들 몸을 움직인다. 가끔 미소를 지어 보이면서 박 의장을 이모저모로 관찰하고 있다. 마치 시험관이 본시험에 앞서 수험생의 '인물평가'를 하듯이 히죽히죽 웃으면서 여유 있는 태도였다. 건방지다고 생각되는 거동이었다. '다른 나라의 지도자에게도 저렇게 대할까?' 나는 흥미롭기도 하고, 조금은 괘씸한 생각도 들었다. 식민지의 군인총독을 임명하려는 종주국 황제와 총독 입후보와의 대면 같다는 느낌이었다.

'박정희 대한민국 국가재건최고회의 의장 각하'는 주한 미국군인들과 국군 장교가 즐기는 레이반 흑색안경(색안경)을 쓰고 나타났다. 체구가 왜소한데다가 색안경이 두어 사이즈 큰 것이어서 작은 얼굴을 전부 가린 듯 보였다. 그의 표정과 거동은 몹시 긴장되고 경직돼 있었다. 시험관과 수험생의 대면, 바로 그것이었다.

나는 박 의장이 썬글라스를 낀 까닭을 마음속의 초조와 긴장을 가리기 위한 방편으로 해석하면서 딱하게 생각했다. 또 썬글라스를 끼더라도 하필이면 주한미군 GI들이 애용하는(그래서 한국군 장교의 애용물이기도 하지만) 미국제 금붙이의 레이반 안경을 낄 것이 뭐람? 좀더 무게 있고 점잖은 색안경도 있을 텐데! 도무지 그 얼굴에 어울리지 않았다. 게다가 왜 색깔은 또 저렇게 짙은가? 좀 연한 색은 없었을까? 역시 마음속과 얼굴의 긴장을 노출시키지 않기 위해서 고생한 선택이 틀림없다! 어째서 조그만 얼굴에 입술은 저렇게 꽉 다물고 있을까? 가끔은 미소를 지어도 좋을 텐데! 역시 미소를 지을 만한 심리적 여유가 없는가보다. 케네디의 얼굴이 희멀건한데(백인이니까 당연하지만), 박의 얼굴은 까무잡잡했다. 상대방이 희니까 상대적으로 더 까맣게 보였다. 두 사람의 체구도 그렇다.

그런 대조적 인상이 노련한 백악관 출입기자들의 관심을 끌지 않을 리가 없다. 미국 신문들의 박 의장 인물평은, 자기 정부 초청으로 온 귀빈에게 비례(非禮)가 되지 않을 정도의 선에 그쳤다.

그러나 나는 박정희라는 군인에게 한가지 점에서 호감을

느꼈다. 이승만 대통령을 비롯해서 민주당정부에 이르기까지의 해방 후 기간 중, 모든 정치인·관료·외교관·군장성들이 미국인만 만나면 유창하건 서툴건 영어를 쓰는 것이 상례였다. 그러면서 다른 한국인과는 다르다는 환상의 우월감을 느끼는 것이다. 영어로 주절거리고 있는 동안 그 한국인은 미국인의 '귀여움'을 받고 있다는 생각으로 우쭐해진다. 직책이 높은 사람일수록 이 경향이 더했다.

그런데 박정희라는 사람은 공석에서나 사석에서나 영어를 쓰지 않았다. '예스(yes)'와 '노(no)'가 그의 영어의 전부였다. 그의 미국방문 여행 중 내가 그의 입에서 나온 영어를 들은 것은 워싱턴과 뉴욕에서의 공식절차를 마치고 뉴욕의 '아시아협회'에서 처음이다. 꽉 짜여진 스케줄을 시간 따라 밤낮으로 돌고 난 그는 피로의 기색이 역연했다. 협회의 만찬회에 나온 그는 외국기자들의 질문을 물리치면서 말했다.

"I am very tired."

워싱턴 기자클럽에서의 연설에서도 그는 한국어로 일관했다. 이 자리야말로 후진국의 민주정부 지도자건 군부독재의 폭군이건 세계의 언론기관 대표자들 앞에서 자신을 선보이는 선전무대다. 유창하면 유창한 대로, 서툴면 자국어를 섞어가면서 '나도 이만한 영어실력이 있다'고 과시하는 곳이다. 여기서도 이 사람은 통역으로 일관했다.

박정희라는 사람의 그런 양면을 며칠 동안 바로 가까이서 관찰하면서 그 인간에 대한 나의 평가는 정리되기보다는 더욱 혼란해졌다. 그러기에 나는 다른 기자들이 서울로 보내는 기사에서 박 의장의 사람됨과 언동을 침을 발라가며 칭찬할 때에 애써 가부간의 인물평을 삼갔다. 나의 기사를 받아 든 한국의 신문들이 그런 찬사와 아첨을 늘어놓아야 좋아할 줄은 알면서도 그런 기사는 보내지 못했다. 일본 천황과 군국주의·제국주의자들에게 유창한 일본어로 온갖 충성을 다 바친 왕년의 대일본제국 황국군 오까무라(岡村) 중위가 갑자기 미국인에게 대해서만 민족적 주체의식이나 민족적 긍지를 갖게 된다는 것도 쉽게 납득이 가지 않는 일이었다. 그러나 그가 비굴할 정도로 미국인에게 아첨하는 미국말 잘하는 동료 장군들을 멸시의 눈초리로 보아왔다는 말도 들은 바 있다. '어느 것이 박정희의 진짜 면목인가?' 나는 끝내 이 의혹에 대한 해답을 얻지 못한 채 수행취재 여행을 마쳤다.

### 기자의 명예: 특종기사의 댓가

케네디·박정희 회담의 내용은 발표된 공동성명의 표현처럼 요란한 것이 아니었다. 우리 기자들이 본국에 송고한 기사의 내용과는 크게 달랐다. 케네디는 박에게서 조속한 시일 내에 한일회담을 반드시 타결할 것과 민정이양 공약을 이행하겠다는 약속을 받았다. 박은 케네디에게서 그 약속의 이행을 조건으로 정권지지, 경제원조, 한미방위조약의 책임이행, 군사원조의 계속을 약속받았다. 그러나 원조의 구체적 내용은 정해진 바 없다. 앞으로 군부정권의 태도를 보면서 구체화하겠다는 것이 케네디정부의 자세였다.

그런데 한국 기자들뿐 아니라 백악관 출입기자들도 대부분 대외적 '공식홍보용 해설'에 넘어갔다. 박에게서 약속을 받아낸 미국정부는 전망이 투명하지 않은 남한정세를 미국의 위세로 안정시키는 정치적 제스처가 필요했다. 그래서 막연한 정치적 용어로 가득 찬 공동성명이 나온 것이다. 그런데 한국 기자들의 기사에는 군사원조에서 전투기의 종류와 대수, 탱크의 대수에서 대포의 수량까지 나왔다. 제1차 경제 5개년계획도 당장에 착수하고, 23억달러의 차관 제공도 합의되었다는 식으로 썼다. 전혀 사실과 다른 것이었다. 그런 구체적인 내용은 정상회담에서, 그것도 첫 대면에서 결정되는 것이 아니다. 취재기자들이 치열한 경쟁을 벌이다보면 사실 이상으로 윤색하고 확대하는 함정에 빠지기 쉽다. 모두 그 함정에 빠진 것이다.

케네디·박정희 공동성명을 브리핑한 사람은 AP통신 기자였던 백악관 공보비서 존 스케일리다. 그는 AP통신 기자로서는 이름을 날린 정치기자다. 스케일리가 회담 후 공동성명을 해설하면서 회담의 정치적 효과를 정책적으로 과장한 것이다. 한국인 기자들은 그것을 그대로 믿고, 게다가 자기의 추측까지 보태어서 기사화했다. 며칠 후 서울에 돌아와서 그날의 각 신문들을 보니 가관이었다. 터무니없는 내용들로 메워져 있었다. 그들은 케네디·박 회담과 직접 관련된 미국정부 관리와는 접촉할 길이 없었다. 그래서 그런 과장기사를 쓰게 된 것이다.

나는 일단 공동성명의 문면대로의 막연한 기사를 전보 송고하고는 곧 워싱턴 포스트로 달려갔다. 4·19 전후 기간을 통해서 맺어진 나와 포스트와의 관계를 이때에 이용해야 한다고 생각했기 때문이다. '진짜 이야기'를 취재할 생각이었다.

주필실에는 출장갔던 이스터브룩이 런던에서 돌아와 있었다. 프렌들리 편집총국장과 포이지 외신국장이 불려들어 왔다. 그들은 한국에서 두차례의 혁명을 겪는 동안 내가 포스트를 위해서 헌신한 노력에 대해 뜨겁게 감사했다. 군부정권에 반드시 호의적이 아닌 내가 박 의장의 수행취재차 올 수 있게 된 것을 알고 나의 안전에 대한 그동안의 염려를 풀었다. 나의 글은 8월분까지 게재되고, 그후 두달간은 교신이 없는 상태였다.

나는 그들의 만찬 초대를 군이 사양하고 긴급한 용건에 대한 도움을 청했다. 박·케네디 회담의 '진짜 내용'을 취재하고 싶으니 회담과 직접 관련된 '권위자'를 소개해달라고 부탁했다. 그들은 몇마디 의논 끝에 누군가에게 전화를 걸었다. 상대는 국무성인 것 같았다.

워싱턴 포스트가 소개해준 그 고위관리의 이름은 잊어버

렸다. 그는 케네디가 박을 초청하기로 결정한 때부터 두 사람의 회담에서 논의될 문제들을 구상하고, 토의사항과 합의·결정 사항까지를 준비하여, 케네디에게 회담진행 순서까지 예행연습을 시킨 각부 합동 실무팀의 책임자였다. 국무성의 그의 사무실에서 약 한 시간에 걸쳐 한·미 정상회담의 전반에 관해서 상세한 이야기를 들었다. 그는 중요한 결정사항들에 관해서 별로 비밀스러운 기색없이 친절하게 설명하고 나의 질문에 대답해주었다. 내가 그에게서 취재한 내용은 공보비서의 허풍과는 상당히 다른 것이었다. "뭐든지 달라는 대로 주기로 약속한다"는 식으로 다른 수행기자들이 흥분해서 송고한 기사 내용과는 큰 차이가 있었다. 나는 정말로 흥분했다. 수행 취재의 치열한 경쟁은 이 한 기사로 완전히 승부가 나는 것이다. 나는 즉시 포스트의 편집국으로 돌아와 몇 시간에 걸쳐서 메모를 정리해 다음과 같은 장문의 영문기사를 전보로 송고했다. 이것이 케네디·박 회담의 '알맹이'다.

〔워싱턴 15일발 합동 이영희 특파원〕

미국정부는 14일 한·미 정상회담 두 시간 후에 발표한 박·케네디 회담 공동성명을 통해 경제발전을 위한 한국의 노력을 지지한다는 '폭넓은 언질'을 주었다. 그러나 박 의장이 케네디 대통령에게 재정적 뒷받침을 요구한 제1차 경제 5개년계획을 전폭적으로 승인하거나 지지하지는 않았다.

한·미 양국 지도자의 회담 진행의 실무를 책임졌던 국무성의 경제담당 당국자는 합동통신사와의 단독회견에서 그 같은 사실을 지적했다.

이름이 밝혀지기를 거부한 이 고위 경제전문가는 15일 본기자에게 미국으로서 5개년계획에 대한 한국 측의 요구는 '환상적'이라고 말했다. 그는 박 의장이 그 계획의 재원으로 23억불을 요구했다고 말했다.

이 관리는 한국정부의 그 '야심적'인 목표에 대해서는 동정하는 바이지만 '비현실적'이라고 말했다. 그는 미국정부가 그처럼 거액의 지원을 "도저히 제공할 수 있는 입장에 있지 않다"고 잘라 말했다.

이 고위관리는 케네디 대통령이 한국정부의 경제개발 노력에 대한 지지를 약속한 것은 '틀림없는 사실'이지만 그 약속이 박 의장이 제출한 그 특정 5개년계획에 대한 언질로 생각한다면 잘못이라고 덧붙였다.

케네디 대통령은 박 의장에게 그 같은 거액의 재정지원은 행정부 단독의 결정사항이 아님을 설명했다. 케네디 대통령은 미국의회가 한국 신정부의 결의와 진지함을 이해하고는 있지만 과거의 불미한 기억들을 완전히 잊어버린 상태가 아님을 박 의장에게 강조했다.

케네디 대통령은 그 5개년계획을 한국의 심각한 실업위기 해결에 즉시 도움이 되도록 '합리적인 내용'으로 수정하도록 권고했을 것이라고 이 관리는 말했다.

이 당국자는 케네디 대통령이 권고했을 '합리적 수정'이 어떤 것이냐는 본기자의 질문에 대해 "자본 집약적인 그 계획을 노동 집약적인 내용으로 고치는 것"이라고 대답했다. 미국정부는 한국이 너무 성급히 중공업으로 비약하려는 야심을 버리고, 예를 들어 먼저 가내공업·촌락산업 또는 소기업 등 노동력을 흡수할 수 있는 산업을 발전시키는 방향으로의 수정이 필요하다고 본다고 역설했다.

그는 한국의 현실문제는 공업화이기보다 실업문제의 완화라고 지적하면서, 그것이 장차의 공업화와 한국민의 경제생활 개선의 기초로서 더 유익할 것이라는 견해를 피력했다.

국무성의 한국 경제문제 담당자이기도 한 이 관리는 한국의 5개년계획 수정을 위해서 미국정부가 경제전문가와 기술자로 구성된 조사단을 서울에 파견할 계획으로 있다고 밝혔다.

이 조사단의 파견에 관한 약정이 곧 마련되면 내년 초에 조사사업을 시작할 수 있게 되기를 바란다는 희망을 표시했다. 새로운 5개년계획의 기초가 될 종합보고를 작성하기까지 수개월이 걸릴 것으로 예상되고 있다.

한국에 대한 연차 경제원조의 배정은 의회 승인액을 기초로 이미 끝났다고 그는 말했다. 케네디 대통령이 이미 책정된 그 원조액의 증액을 박 의장에게 약속한 듯한 공동성명의 표현에 관해 물은 본기자에게 "불가능한 일은 아니다"라고 그는 말했다. 그러나 그랬다 하더라도 그 증액분은 "비교적 적은 금액일 것"이라고 그는 답변했다.

이 관리는 한·일 관계 정상화의 중요성을 특별히 역설했다. 그는 노동력밖에 별다른 자원이 없는 한국과 급속한 공업발전을 이루고 있는 일본과의 국교정상화가 한국의 경제적 곤란을 해결하는 데 큰 혜택이 될 것이라는 미국정부의 견해를 강조했다. 케네디·박 회담에서 한·일 회담 문제가 중요한 의제로 논의되었을 가능성으로 해석된다……

그밖에 군사정부가 미국과 유엔 국제구호기금인 에로아(EROA), 가리오아(GARIOA) 기금 4억 9천만달러를 대한원조로 전용해달라는 요청을 미국정부가 완곡히 거절했다는 내용, 대통령 예비비 중에서의 대한원조 증액 요청도 내년까지 기다려야 한다는 사실, 한국에 대해서만은 무상원조를 유지하여 OLF(개발차관기금)으로 원조형식을 전환하지 말도록 요청한 데 대한 사실상의 불가능성 등에 관해서도 상세하게 송고했다.

한마디로 요약하면 케네디정부의 태도는 유보적이었던 것이다. 케네디는 앞으로 군사정권의 태도를 보면서 결정하겠다는 것이다. 이것은 "달라는 대로 다 주기로 약속했다"는 식의 다른 수행기자들의 기사와는 전혀 다르다.

나는 나의 원고의 마지막 장, 마지막 줄이 워싱턴 포스트 전무국의 RCA 국제통신사의 송신기에서 떨어지는 것을 확인하고 승리의 기쁨에 도취되었다. 지엽말단적인 기사에서는 어쩔 수 없었으나, 정상회담의 '진짜 내용'을 특종한 것이다. 굉장한 특종이다. 나머지 여행 스케줄을 취재하지 않아도 이미 취재경쟁의 승부는 나버린 것이나 다름없다.

그러나 한편 두렵기도 했다. 군사정권은 국민에게 경제문제의 해결을 박 의장 방미의 기정 성과처럼 선전하고 있었다. 방미 출발 전 며칠의 신문은 온통 그 '예정된 성과'를 마치 '기정 성과'인 양 한·미 정상회담의 의의를 대서특필하지 않았던가! 나의 기사는 한국 내의 그 같은 '조작된' 희망 내지는 '환상적' 기대에 찬물을 끼얹게 될 것이 틀림없다.

'좀더 완곡하게 쓸 것을 잘못했는가보다.'

'성과가 크다는 표현도 간간이 삽입할 것을.'

'다른 기자들이 모두 "예상 이상의 회담 성과"라고 했는데 괜찮을까?'

포스트의 건물을 나와 어두운 워싱턴의 밤거리를 걷는 나의 심경은 승리감과 불안감으로 착잡했다.

워싱턴 프레스 클럽에서의 연설, 주미대사관에서 미국의 조야인사들을 초대한 리셉션 등을 취재하고 11월 18일에는 뉴욕으로 떠났다. 매카서 원수 예방과 유엔 한국 대표부 방문 일정이다.

월도프 아스토리아 호텔 37층을 거처로 삼고 있는 매카서는 곤색 양복을 입고 일행을 맞았다. 몹시 수척해 보였고 보행도 불편스러웠다. 악수한 나의 손에 잡힌 노장군의 손이 가볍게 떨리고 있었다.

그는 "한국이 평화와 자유와 독립 속에 통일을 이룩하는 날까지 살고 싶다"고 말했다. 한국전쟁에서 원자탄을 쓰려다가 그 직위에서 해임된 매카서로서는 그 말이 진심일 것이라고 혼자 생각했다. 그 말에 대해서 박정희 장군이 "원자탄을 쓰지 않은 것은 트루먼 대통령의 큰 실책"이라고 답변했다는 말은 기자들이 나온 뒤의 면담 자리에 동석했던 최덕신(崔德新) 외무장관에게서 들었다. 한국전에서의 원자탄 사용문제에 관한 박정희 장군의 이 견해는 나에게 그후 박 정권의 광신적 반공주의와 민족문제를 대하는 지극히 위험한 반민족적 본질을 확신하게 했다.

박 의장의 매카서 원수 예방 목적은 알 수 없다. 미국군대의 최고 선배를 예방함으로써 미국의 군부세력의 호감을 사려는 계산이 아니었던가 싶다.

매카서 예방을 마치고 엘리베이터로 내려오는데 김재춘(金在春, 군방첩대장 겸 군·검·경 합동수사본부장)이 퉁명스럽게 말하는 것이었다. 엘리베이터 천장을 쳐다보면서 하는 말이었다.

"여기까지 와서 좋지 않은 기사를 보내는 사람은 잘 기억해두겠습니다."

그 속에는 수행기자들이 모두 타고 있었다. 나는 그 순간 가슴이 뜨끔했다.

'나보고 하는 말이구나!'

나는 겁이 덜컥 났다. 김재춘의 그 직함으로 미루어 워싱턴에서 타전한 나의 기사를 두고 하는 협박임이 분명했다. 벌써 서울에서 수신되어 신문에 보도됐다는 말일까? 아니면 서울의 전신국에서 막바로 그의 기관에 보고된 것일까? 기사는 신문에 실리지도 못하고 전문대로 압수된 것일까? 나의 특종은 햇빛을 못 보고 만 것일까? 저 협박의 의미는 무엇일까? 돌아가서 과연 무사할 것인가?

호텔을 나와 유엔 한국대표부로 가는 도중 우리 기자들은 김재춘의 말의 뜻을 의논했다. 동아일보의 권오기는 그것이 자기를 두고 하는 협박일 것이라고 약간 질린 기색이었다. 그러나 나는 이미 엘리베이터에서 나오기 전에 각오하고 있었다. 앞으로의 예정에는 큰 기사감이 없는 비공식 여행이니까 기사를 쓰지 말고 따라다니면서 구경이나 하자고 마음먹었다.

박 의장을 선두로 군사정권 요인들을 따라 엠파이어스테이트 빌딩 칠십 몇층인가에 있는 대표부에 들어섰을 때다. 수인사도 하기 전인데 임병직(林炳稷) 대사가 일행을 돌아보면서 묻는다.

"합동통신사에서 온 리영희 기자 있습니까?"

"예, 전데요. 대사님."

내가 일행의 뒤에서 줄을 헤치고 나서자, 임 대사는 손에 들고 있던 누런색의 종이 한장을 건네준다.

"본사에서 온 전보입니다."

나는 전보로 취재를 특별지시할 만한 일도 없을 텐데, 뭣일까? 의아해하면서 읽어보았다. 딱 한줄이었다.

"STOP REPORTING. RETURN IMMEDIATELY. HAPDONG."

국가원수 공식방문의 수행취재 임무를 띠고 있는 특파원에게 "취재 중지. 즉시 귀국"이라니. 이것은 특파원 본인에게는 치명타다. 통신사로서는 취재·보도 경쟁을 도중에서 포기한다는 말이다. 경기를 기권하겠다니, 사에 웬만큼 중대한 일이 생기지 않고서는 생각할 수 없는 일이다. 나는 한순간 전문을 손에 든 채 멍하니 서 있었다. 다음 순간, 말이 들려왔다.

"여기까지 와서 좋지 않은 기사를 보내는 사람은 잘 기억해두겠습니다."

나의 머리에는 나의 그 특종기사가 크게 실린 서울의 신문들의 지면이 떠올랐다. 제목도 추측할 수 있었다. 군인정권을 반대하는 독자들은 미국정부가 군부정권에 전폭적 지지를 주지 않은 사실을 알고 기뻐했을 것이다. 군부정권은 워싱턴회담의 알맹이가 폭로된 데 대해서 노발대발했을 것이다. 합동통신사에는 엄중한 조치가 취해졌을 것이고, 서울로부터의 무전지시를 받은 김재춘은 협박을 한 것이다. 틀림없이 그렇다고 나는 추측했다.

나는 박 의장 공식여정의 일정을 나흘 남겨둔 채 급히 짐을 꾸려가지고 뉴욕을 떠났다. 불안한 마음을 달랠 수가 없었다. 그러나 신문기자는 어떤 환경에서도 그 직업의식을 버리지 못하는 법이다. 그것은 기자의 '악습'이기까지 하다.

호놀룰루에서 비행기를 갈아타야 하는 시간을 이용해 나는 하와이에 망명해서 노환으로 사경을 헤매고 있는 이승만 전 대통령을 취재했다. 먼저 대한국민회에 전화를 걸어 전화번호를 확인했다. 전화에 나온 프란체스카 여사는 별로 기피하는 음성이 아니었다. 순순히 답변해주었다. 나의 관심은 이승만 박사의 근황, 사후에 한국 땅에 묻힐 계획 여부, 그의 며칠 후 하와이에 들르는 박정희 의장을 만날 것인지…… 등이었다. 전화를 마친 나는 공항 대합실에서 타이프라이터를 풀어놓고 몇줄 기사로 전보송고했다. 기사는 나의 서울 도착보다 먼저 들어갈 것이었다.


〔호놀룰루 22일발 합동 이영희 특파원〕

미국 방문에서 귀국 도중 하와이에 들르는 박정희 최고회의 의장과 이승만 전 대통령은 만나지 않게 될 것이다.

이 대통령 부인 프란체스카 여사는 본기자의 전화 질문에 대해, "이 박사는 은거하고 있으며 요양 중에 있다. 대통령은 주치의들로부터 흥분을 삼가도록 하라는 엄격한 주의를 받고 있다"고 말했다.

"나는 남편이 박정희 장군과 만나리라고 생각하지 않

는다"고 여사는 덧붙였다. 이 박사는 올해 86세다.

돌아가시면 유해를 한국으로 옮길 것인지 하와이에 묻힐 것인지의 질문은 하지 못했다. 와병 중인 분에게 그것은 아무리 직업적 관심사라 하더라도 인간적 도리를 벗어난 것 같은 생각 때문이었다.

김포공항에 착륙하기까지의 몇 시간 동안의 불안감과 초조감은 글로 다할 수가 없다. 착륙·입국과 동시에 내가 직면하게 될 상황을 상상하니 입술이 탔다.

그러나 예상했던 일은 일어나지 않았다. 마중나온 차는 회사 차밖에 없었다. 불안이 가신 것은 아니지만 일단 최악의 사태는 모면한 것 같았다.

회사에 돌아와서 들은 설명으로 김재춘의 협박의 뜻을 이해할 수 있었다. "취재 중지. 즉시 귀국" 명령의 배경도 풀렸다. 대체로 내가 상상했던 대로다.

나의 특종기사를 받은 본사에서는 그 내용의 중대성에 놀랐다. 그럴수록 전국의 신문에 '특보'로 급히 배포하기 위해서 전문을 몇 사람이 나누어 우리말로 번역해 기사화했다. 기사를 본 편집국장은 자기의 직권으로 기사를 내기에는 기사의 비중이 너무 크다고 판단했다. 더구나 형식상으로는 계엄령이 해제되어 있지만 실제적으로 계엄하와 다름없는 살벌한 상황이다. 다른 특파원들의 기사가 한결같이 '대성공' '전면적 지지'의 내용으로 전국 신문을 일색으로 칠해버린 직후다. 그 효과를 퇴색시켜버릴 것이 분명한 기사를 내기에는 위험부담이 커 보였다.

편집국장은 사장의 판단을 요청했다. 사장은 사의 간부회의를 소집해 의논했다. 최종적으로 박두병(朴斗秉) 사장이 단을 내렸다.

"이 기사 하나로 워싱턴회담은 결산되었어. 특파원 보낸 비용은 빼고도 남았소. 이렇게 힘들여 진실을 취재한 이 기자의 노고를 생각해서라도 내보내시오."

대사업가인 박 사장은 나의 기사로 앞으로의 미국의 대한정책, 군사정부의 경제정책과 전반적 경제전망뿐 아니라 정국의 추세까지도 내다보았는지 모른다. 회의는 두 시간이나 걸렸다는 말이었다. 기사를 내보내는 대신, 정부에 대한 회사의 입장을 고려해서 나에게는 그런 전보를 보내기로 했다는 것이다.

그 당시 전국에는 25개의 신문이 있었다. 편집국에 모아진 그날의 전국 신문들은 하나도 빠짐없이 나의 특종기사를 제1면 톱기사로 다루었거나 중간에서 크게 취급하고 있었다. 자기 신문의 특파원을 보낸 동아일보와 조선일보까지도 크게 취급했다. 이것은 그 신문의 수행기자에겐 직업적 수치가 된다. 완전한 패배인 것이다.

특히 그 취급 형식이 재미있다. 신문사에서는 통신사의 기사를 쓸 때 통신사의 이름은 밝히지만 그 기사의 취재기자의 이름은 빼는 것이 관습이다. 그런데 대부분의 신문이

'이영희 특파원'이라고 기명기사대로 취급했고, 기명을 안 한 신문은 전문을 표절하는 형식으로라도 크게 다룬 것이다.

나의 기사를 크게 실은 신문들은 그 기사 때문에 있을지도 모를 군부정권의 압력이나 오해를 회피하기 위해 일부러 관례를 깨고 책임소재를 밝힌 것이다. 군정권이 선 지 몇 달밖에 안 되는 그 당시에는 쿠데타에 반대하는 개인과 세력이 강하게 존재했다. 군인정권에 대한 케네디정부의 확고한 지지가 없기를 바라는 사람이 많았다. 언론계는 언론계대로 그같은 여론을 반영해서이기도 하지만 언론탄압에 대해서 반발하고 있었다. 노골적으로 반군부정권적 언론은 펴지 못하지만 속으로는 군부정권의 위신에 타격을 줄 수 있는 일이 있기를 은연중 고대하는 경향이었다. 나의 기사는 쿠데타 이후에 쌓였던 지식인사회의 울분을 해소시키는 카타르시스 효과를 발휘했다. 쾌재를 부른 사람도 많았을 것으로 생각한다. 군정부의 불쾌감은 짐작할 만하다.

그 기사가 보도된 날부터 며칠 동안은 전국의 신문이 나의 특종으로 드러난 케네디정부의 한국 군사정권에 대한 유보적인 태도에 관해 온통 사설에서 거론하고, 해설로 재론하고, 평론으로 문제제기를 하는 등 그 여파는 대단했다.

한국 언론사에도 한가지 기록을 남겼다. 『합동통신 30년사』(1975년 발행)를 보면 당시의 일을 이렇게 적고 있다.

신문윤리위원회 창설 후 첫 제소(提訴)＝합동(合同)

은 61년 11월 20일자로 신문윤리위원회에 동아·조선·한국·경향·대한·서울·일일 등 7개 중앙지를 상대로 소(訴)를 제기했다.

박정희 의장의 수행기자로 방미한 리영희 기자의 특종 기사가 각 신문의 수행기자들이 취재한 양으로 보도되었기 때문이다.

합동은 이 소장(訴狀)에서 "7개 일간지들이 보도한 기사 중…… 본사 특파원이 단독취재 보도한 것을 전재(轉載)하거나 인용보도하고도 자사(自社) 특파원이 취재 보도한 것처럼 위장(함으로써), 신문윤리위 강령 제9조의 '품위장(品位章, 통신 내용 표절 및 출처 불명시)'을 위배했다"고 지적, "앞날을 위해 시정되어야 한다"고 재정(裁定)을 요청했다.

신문윤위(新聞倫委)는 합동(合同)의 제소를 심의(審議)한 후, 제소사실을 입증하는 자료와 함께 각 대상 신문사에 '공개경고(公開警告)'를 보냈다.

이런 일은 통신기자로서는 예사로운 명예가 아니다. 문제의 기사의 중요성 때문에 더욱 그러했다.

군인정권이 "잘 기억해두겠다"던 협박은 김빠진 형태로 훗날에 표시되었다. 박 의장이 15일간의 여정을 마치고 귀국한 후, 청와대에서는 공식·비공식 수행원을 초대한 자축 겸 위로연이 베풀어졌다. 수행취재 기자들도 초대되었으나

나 한 사람만이 그 대상에서 제외된 것이다. 나는 김재춘이 "잘 기억해두겠다"던 기억이 그것으로 잊혀졌다면 그 이상 더 바랄 것이 없었다.

그러나 이번에는 내가 '잊을 수 없는' 감정이 생겼다. 박 의장이나 그들을 둘러싼 인물들의 협량(狹量)에 대해서다. 그들의 자축연에 나 한 사람을 배제한 결정이 박정희 씨의 직접적이거나 개인적 결정이라고는 생각하지 않는다. 그러나 나의 기사가 그들에게 준 위신상의 타격은 박 자신도 충분한 보고를 받아 알고 있었으리라고 생각한다. 또, 본사의 전문을 받고 뉴욕의 유엔대표부에서 떠날 때 나는 박 의장에게 떠난다는 인사를 했던 것이다. 그럴수록 박이라는 인간이 도량이 넓은 위인이라면 나 같은 기자도 초대하여, 술잔을 들고 도는 길에 자연스럽게 나무랄 수도 있었을 것이다.

"이영희 기자, 하필이면 그런 기사를 취재해 보낼 것까지 없지 않았나!"

이런 말 한마디 던지면서,

"그 보고를 받고 화가 났었지만 참았지. 알겠나, 이 기자?"

이런 식으로 꾸짖었다면, 허약한 기자는 오히려 그 너그러운 인간성과 지도자적 포섭력에 감동했을 것이다. 미국으로 가는 비행기 안에서 처음 대면했을 때 '보잘것없는 위인이구나!'라고 판단한 나의 첫인상은 결국 사실로서 확인된 셈이었다. 박 정권에 대한 나의 이 기억은 '잊혀지지 않은' 채, 박이 18년 후 심복부하의 총알을 맞아 죽을 때까지 계속되었다.

나의 외신부 근무는 정상으로 돌아갔다. 다만, 앞으로 군인들과의 관계에서는 각별히 조심해야 한다는 다짐을 하는 좋은 계기가 되었다. 정치권력과 언론기능은 일정한 긴장관계일 수밖에 없다. 그러나 권력자는 그 '일정한' 한계조차도 권력에 대한 도전으로 느끼는 모양이다.

1962년에 들어서자 군부정권은 언론계의 '자가숙정(自家肅正)'을 강력하게 요구하고 나섰다. 케네디 대통령으로부터 민정이양의 독촉을 받고 있는 군정권은 군부의 민정참여를 위해서 거추장스러운 보도기관을 굴복시키려 들었다. 그러나 다른 한편으로는, 한국의 신문·통신사는 숙정되어야 할 고질적인 질병을 앓고 있었다. 이승만정권의 타락에 있어 언론기관은 공범자다. 허약한 민주당정부를 단명으로 끝나게 한 책임의 상당 부분은 마땅히 신문사주들과 기자들에게 있다. 이 나라의 소위 언론기관과, '언론인'이라는 이름에 걸맞지도 않은 신문인들의 상당수는 사회의 기생충적 존재였다. 강한 자에게는 고두삼배하면서 아양을 떠는 댓가로 부패의 열매를 분배받으면서 타락과 부정의 구조적 유기체가 되었다. 선의는 있으되 힘이 약한 권력에 대해서는 시비를 가리지 않고 무자비한 '언론의 폭력'을 휘두름으로써 사회의 혼란을 조장했다. 외신부에 앉아서 바라보는 나에게는 적어도 그렇게 비쳤다.

국가재건최고회의 의장이 마침내 언론계가 자율적 정화를 거부하면 "부패언론인의 명단을 공개하겠다"고 시한부 협박을 최후통첩으로 들이대자 언론기관 내부는 공포분위기로 휩싸였다. 거의 모두가 공범자인데 누가 누구를 숙정할 수 있단 말인가? 그야말로 성경 구절대로 "죄없는 자가 먼저 돌을 들어야 할" 일인데 돌을 들 자는 누구이며 또 맞아야 할 자는 누구인가? 불안해진 신문인들은 서로 표정을 살피면서 연명의 구실을 찾을 뿐이었다.

군인정권의 결의는 단호해 보였다. 몇번의 예비경고가 신문사들에 의해서 '묵살'되었다고 생각한 군인정권은 신문·통신·정기간행물 가운데 1200종을 폐간시킨 데 이어, 통신사에 관해서는 그것을 다시 1개사로 통합시키는 안을 발표했다. 신문들에서도 큰 소동이 일어났지만 통신사의 간부와 기자들에게는 이제 중대한 결단의 시기가 닥친 것이다. 그 제1단계 조치로 군정권이 '부패언론인'의 명단을 공표하겠다고 나서자 기자들의 얼굴은 새파랗게 질렸다. 살아남기 위한 운동이 사내에서 치열하게 벌어졌다. 자신의 행적에 조금이라도 불안을 느끼는 사람들은 지푸라기라도 잡으려고 뛰어다니는 꼴이 가관이기도 하고 가소롭기도 했다.

이때처럼 소위 '언론인'이라는 인간들이 비겁하고 나약한 꼴을 보인 적이 없다. 정권에 대해서만이 아니다. 언론기관 각사가 개별적으로 '자가숙정'을 단행해야 하게 생겼으니 같은 사내에서 서로 눈치를 살피고, 돌을 맞지 않기 위한 추악한 작태를 벌였다. 그것은 정말로 한심한 꼴이었다. 어제까지 '언론인'이랍시고 어깨에서 바람소리를 내며 세상을 누비던 그 '기개'는 찾아볼 수가 없었다.

민주당 집권 초기에 보인 폐풍이 재현되었다. 평소에는 외신부 기자들에게는 커피 한잔 살 생각도 하지 않던 취재부의 구렁이들이 공연히 히죽거리면서 다가온다. 악수를 청한다. 말을 건다.

"미스터 리, 오늘 저녁 시간 어때요? 한잔 하러 갑시다. 시간 좀 내주시오. 너무 격조했어. 미안해요."

이쪽이 사정이 있다거나 주저하는 태도를 보이면, "뭐 그럴 것 없지 않아? 그동안 늘 생각은 하면서도 바쁘다보니 차일피일 했구만. 기분 한번 풀자구. 한번쯤, 확 풀어젖히구 신나게 노는 것도 좋지. 그럼 기다릴게……"

나야 돌을 집어들 자격도 없는 사람이다. 연달아 내밀어지는 악수의 손을 밀어버릴 권리도 없다. 굳이 마다하면 군인정권과 기맥을 통하고 있는 듯한 오해를 줄 수도 있다. 나 자신 군인과 군대의 부패 타락을 구역질나게 보고 온 사람인데, 그들이 몽둥이를 치켜든다고 동조할 입장도 아니다.

그렇게 해서 내키지 않는 술을 마시는 날이 얼마쯤 계속되었다. "부패를 도려내겠다"고 나선 군인들이 '부패언론인'을 증오할 이유도 이해할 수 있었다. 4·19 직후 민주당정부의 언론계 숙정압력 때도 보았지만, 군인들의 단호한 의지의 표시에 직면한 취재기자들 덕분에 따라가 본 술집들은 당시의 최고급들이었다. 회사 뒤 무교동 골목의 범위를 벗어나지 못하고 있던 나나 외신기자들에게는 딴 세상이었다. 어떻게 한 나라, 한 서울 속에 이렇게도 판이한 환경이 있는가 의아스러웠다. 그 같은 경험이 거듭될수록 이 나라의 경제·사회·문화 제도에 대한 반발이 더해갔다. 자본주의적 생활양식, 그것도 미국의 반식민지적 지배계층의 향락양식에 대해서 혐오감만을 얻었다. 대한민국 사회의 경제·사회적 부정의의 실체를 볼수록 정신적 고통이 쌓이기만 했다.

몇달 후, 군부정권은 들었던 몽둥이를 내리더니 '언론계'와의 타협으로 끝을 맺었다. 그러자 악수 청하던 기자도 멀어지고 술 마시자고 간청하는 사람도 없어졌다. 나는 지난날 군인에 대해서 가졌던 것과 같은 절망감을 언론계에서 재확인했다.


## 하늘이 주는 것은 받아야 하는 법

외신부에서 국제문제를 다루는 직무는 나를 매혹했다. 세가지 이유에서였다. 하나는 나의 비사교성이다. 사람을 사귀고, 요령있게 처신하고, 술로 시간을 보내야 하는 취재

기자 생활에는 성격적으로 '비적격자'다. 사람을 상대하지 않고 세계의 '사건'과 '관계'를 대하는 일이 훨씬 즐거웠다. 외신부 기자는 월급 이외에는 직업상 '과외수입'이 없는 가난한 자리지만, 군대생활에서 그랬듯이 언론계에서도 주변의 취재기자들의 생활태도가 어쩐지 타락으로 비쳤다(그렇지 않은 기자들도 적지 않았겠지만). 가난한 생활을 견디는 데는 익숙했다. 새삼스럽게 사회의 탁류 속에서 함께 허우적거리기보다는 청빈하게 살고 싶었다.

둘째 이유는, 학교 동창 선후배가 없다는 사실이다. 취재기자가 상대해야 할 서울의 각 분야 각 계층은 주로 서울의 여러 대학 동창들이거나 남한 출신의 연고관계로 형성되어 있다. 나에게는 취재생활에 도움을 줄 그 두가지 요소가 다 없었다.

셋째는 공부에의 욕심이었다. 국제관계의 묘미와 인류사적 대사건들에 대한 관심은 나의 지식과 시야를 세계적으로 넓혀주었다. 비교적 치밀한 나의 사고는 그 변화와 진전을 분석하고 종합하면서 전망을 예상하는 데 도움이 되었다. 그럴수록 국제분야에 대한 관심이 깊어졌다. 국제관계 저널리즘에서 대성하기로 결심했던 것이다. 몇가지 외국어에 능통한 탓으로 많은 서적을 읽었다. 지식의 수평이 확대되고 깊이가 더해감에 따라서 자신감이 생기기도 했다. 자신의 지적 발전이 직책에서 확인될 때마다 기쁨도 더해갔다.

50년대 후반에서 60년대 초기는 세계적으로 '질풍노도'

의 시기다. 외신을 타고 들어오는 뉴스마다 나를 흥분시키고 일에 열중하게 했다.

스딸린 사망 후의 그 엄청난 공산주의 세계의 변화를 보면서 맑스 이론과 모택동 이론에 접근했다. 그 당시 옛날 일제시대의 중학교 동창이 종로1가에서 외국서적 수입상을 하고 있던 까닭에 필요한 서적을 비교적 손쉽게 구해 읽을 수 있었다(그 친구는 60년대 말에 소위 '불온서적' 수입문제로 불행을 당했지만 나의 지적 성장에 많은 도움이 되었다). 중국대륙에서의 혁명을 본격적으로 공부하기 시작한 것도 이때다. 그러기 위해서 맑스 이론 서적을 광범위하게 섭렵했고, 그것은 나의 지각과 인식의 수평을 급격히 넓혀주었다.

1960년을 기해서 전세계적으로 일기 시작한 피식민지 민족의 해방·독립 운동은 나를 열광하게 했다. 알제리인들이 9년간의 영웅적 전쟁 끝에 대프랑스군에 승리해가는 과정마다에서, 그밖의 피압박 민족들의 해방투쟁의 낱낱의 국면 변화에서, 나는 열렬한 축하를 보냈다. 미국의 '디프 사우스' 리틀록 시에서 흑인폭동이 일어나고 미국 흑인해방의 열기가 전국으로 번지는 것을 보면서 뜨거운 나의 마음을 기사에 쏟았다. 미국이 꾸바를 위시한 라틴아메리카 국가들에서 패권적 횡포를 부릴 때 나는 미국과 그 제도에 대한 저주의 마음으로 해설기사를 썼다. 군대라는 엄격한 계급사회에서도 순치되어버리지 않은 나의 반항심은 국제관계를 피지배자의 입장에서 반체제적으로 보는 관점의 기조가 되었다. 기존 세계질서의 변혁을 희구하면서 전후 미·소 강대국 지배체제에 대한 거부의 몸짓으로 외신기사 전반을 다루게 되었다.

이 시기는 나의 이데올로기적 수정의 단계이기도 하다. 지식과 관찰을 통한 인식의 시야가 넓어짐에 따라서 대한민국적 이데올로기적 흑백논리에서 스스로를 해방시킬 수 있었다. 이것은 큰 발전이었다. 대한민국적 '반공주의'의 비이성(非理性)·색맹질환도 극복되었다. 인간사회의 사물과 관계가 제 모습으로 보이기 시작했다. 그것은 희열이 아닐 수 없었다. 나의 내면적 인간의 탈바꿈이었다. 그럴수록 외신기자의 일은 매일이 새것의 연속이고 지루한 줄을 몰랐다. 직업과 인생의 합리화일(合理和一)의 상태였다. 가족의 물질적 생활은 여전히 고달팠지만 적어도 나 자신의 정신적 만족은 더할 수 없었다.

그러던 어느날, 하늘의 재신(財神)이 가난한 우리 식구를 향하여 미소를 지었다. 알고 보니 재신의 그 미소는 셋방살이를 면할 조그마한 '자기 집'을 마련해주겠다는 뜻이었다. 재신의 뜻은 뜻밖에도 주한 미국대사관 공보원을 통해서 전달되었다.

미국 공보원은 한국인의 '미국의 소리'(VOA) 라디오 청취상황을 알아보기 위한 반응조사를 실시했는데, 응답해온 엽서가 27만매나 되었다. 응답엽서에 기록된 사항을 영어로 옮기는 작업을 하지 않겠느냐는 제의가 왔다. 절반은 김상현(金尙鉉, 당시 조선일보 논설위원) 씨에게 주었으니 나머지 절반을 맡지 않겠느냐는 이야기였다. 물론 나는 동의했다.

공보원 미국인 관리가 어째서 나를 생각하게 되었는지 궁금했지만 직접 물을 일은 아니었다. 4·19 전후 기간에 자주 드나든 친교도 이유겠지만, 어쩌면 워싱턴 포스트와의 관계를 고려했을지도 모른다고 추측했다. 거듭된 나의 글은 당연히 워싱턴 조야의 관심을 끌었고, 국무성과 주한 미국대사관 사이에 어떤 업무상 협의가 있었다고 추측해도 조금도 이상할 것 없다. 대사관이 나의 환심을 사려고 했다고까지는 생각하지 않아도 말이다.

응답자의 거주지나 그밖의 기록사항은 부호로 표시하면 되었고, 영어로 옮기는 일은 성명을 로마자화하는 정도의 수월한 작업이었다. 한장의 번역료가 얼마였는지는 생각나지 않으나 몇십몇원이었을 것이다. 그 당시 환율은 극심한 인플레 때문에 2배가 뛰어서 1달러당 1300환이 되어 있었다. 한장당 몇센트 꼴의 싸구려 작업이었지만 일이 쉽고 또 분량이 워낙 많아서, 금액을 계산하니 작은 집을 살 수 있을 것 같았다. 하늘은 무심치 않구나!

대학생 처남과 친척을 불러, 셋이서 밤낮으로 계속된 작업이 3개월 걸렸다. 만삭의 아내가 밤참을 해대고, 어머니가 가벼운 심부름을 도왔다. 아버지 돌아가셨을 때, 예수 믿는 마루 건너 주인방의 기침소리와 혀를 차는 소리 때문에 마음 놓고 곡도 못했던 원한 맺힌 어머니는 자기 집을 갖게 된다는 희망에 노인답지 않게 들떠 있었다. 비용 제하고, 두 학생의 수고를 후하게 보답하고 나서도 작은 방 세칸짜리 집을 살 돈이 남았다. 깨끗한 돈이다. 이승만정권하에서부터 타락과 부정을 거부하며 가난을 감수해온 결과의 직접·간접적 보수인 성싶었다. 땀흘린 돈이다. 군대생활 7년간을 포함해서 12년 동안 노력하고 위험을 무릅쓰며 진실을 추구해온 삶에 대한 하늘의 보살핌이라고 생각했다. '천여불취, 반수기구(天與弗取, 反受其咎)'다. 하늘이 생각해서 베푸는 것이라면 받지 않음이 오히려 죄가 된다.

하늘은 또 하나의 복을 내려주었다. 엽서 번역작업이 끝난 직후 딸이 태어났다. 첫아이보다 한결 건강이 좋았다. 산모가 비타민제를 먹을 수 있었던 덕택인 것 같다.

달력의 딸 생일날에 붉은 연필로 동그라미를 치고, '작명(作名) 미정(未定)'이라고 써놓았다. 며칠 지나 딸 이름을 지어야 할 생각으로 달력을 보고 있던 나는 옥편을 폈다. 그리고 여러가지 '미' 음의 한자 속에서 미(美)자를 고르고, 역시 여러 '정' 음의 한자 중에서 정(晶)자를 골랐다. 이름을 '미정(未定)'으로 두었던 음을 그대로 '미정(美晶)'으로 형상화해 딸의 이름으로 정했다. 딸의 용모보다는 이름이 너무 미정(美晶)했지만……

사실은 아들의 '건일(健一)'이라는 이름도 그렇게 해서 지은 것이다. 첫아들을 병으로 잃은 탓으로 다음에 낳은 아들은 다만 건강하게 자라주기를 바라는 마음뿐이었다. 그래서 처음에는 '건(健)'자만을 이름으로 정했다. 누구에게 물어볼 것도 없었다. 그러다가 가만 생각하니 다소의 욕심이 생겼다. 육체적 건강만으로 인생일 수는 없다. 뭐든지 잘 해주기를, 좀 과욕이지만 아버지처럼 남에게 뒤떨어지지 말고 앞서는 사람이 되어주기를 희구하는 마음에서 한 자를 더 붙여 '건일(健一)'로 한 것이다.

선친이 계셨으면 그런 작명법에 반대했으리라고 생각한다. 나의 다음 항렬이 주(柱)자였기 때문에 첫아들 이름은 선친께서 희주(晞柱)라고 정했던 것이다. 그런데 어찌된 셈인지 이북에서 남하한 우리 평창 이씨(平昌李氏) 집안의 주(柱)자 돌림이 모두 좋지 못한 병으로 요절했다. 주자가 몹시 마음에 걸렸다. 왜 그런지 불길한 운명을 타고난 글자같이 느껴졌다. 그래서 친척에 문의할 것도 없이 독단으로 항렬의 돌림을 깬 것이다. 그후 집안의 여러 가정에서도 역시 나와 같은 생각이었던지 그 자식들에게 주자를 붙이지 않거나, 심지어 장성한 아들에게서 그 자를 떼고 개명해버리게 되었다. 남한의 소위 '양반' 타령 하는 사람들은 뭐라고 할지 모르지만 할 수 없다.

뒤에 난 둘째아들의 이름은 건석(健碩)이다. 생활이 웬만큼 나아지고, 따라서 산모의 영양도 훨씬 좋았던 1964년에 탄생한 이 놈, 성모병원 산부인과 개설 이래 두번째로 체중이 무거운 신생아로 기록될 만큼 건강이 좋았다. 건강은 염려할 필요가 없어 보였다. 그래서 큰 덕(德)을 갖추고, 후하고 마음 넓은 대인(大人)다운 인간, 큰 공부를 이룩할 사람이 되기를 비는 마음에서 석(碩)자를 달아준 것이다. 나의 작명철학은 간단하고 단순하고 비전통적이다.

집 살 돈을 마련한데다가 건강한 딸을 얻은 가정은 처음으로 맛보는 행복감에 젖었다. 아내와 나는 틈틈이 시간을 만들어 복덕방 순례를 시작했다. 그렇게 마음이 흡족할 수가 없었다. '내 집'을 사려는 것이다. 맨 처음 찾아가본 집이 원효로5가의, 몇해 전 군복을 벗고 서울에서 새 생활을 시작했을 때 아내와 문간방 살림을 차렸던 그 집이다. 그때, 안방과 건넌방을 지니고, 그 사이에 널따란 대청마루가 번들번들 빛나던 주인집이 우리들에게는 이 세상에서 제일 훌륭한 집으로 보였다.

"우리는 언제 이런 집을 내 집으로 지니고 살 수 있을까요? 그럴 때가 올까요?"

아내는 도저히 기대할 수 없는 꿈을 바라듯이, 주인집 안채를 바라보면서 절반은 한숨섞인 말로, 묻는 것인지 자문자답하는 것인지 분간하지 못할 말을 했던 것이다. 두 사람의 발길은 어디로 가자는 의논도 없이 원효로를 향했다. 얼마나 그 집이 부러웠으면 몇해가 지난 뒤에도 마음은 원효로 끝에 가 있었을까? 아내의 심중을 짐작할 수 있었다.

그런 마음으로 대문을 들어선 두 사람은 어느 쪽이 먼저랄 것도 없이 그 자리에 멈춰 서서 서로를 쳐다보았다. 꿈에도 그리던 그 집이 아니었다. 집은 구옥인데다가 손길이 가지 않아 낡을대로 낡았고, 그 넓던 마루도 답답하기만 해 보였다. 안방에는 볕이 들어오지 않고, 우리가 보금자리를 차렸던 방은 너무나 초라했다. 사실은 그때 그대로인데 말이다.

"어떻게 우리가 이 방에서 살았을까? 그래도 처음으로 둘이서만 차린 이 방에서의 생활은 행복했었지."

우리는 엇갈린 회상과 현실 사이에서 한참 동안 감회에 젖어 있다가 되돌아나왔다. 묵묵히 전차길로 걸어나오던 아내가 걸음을 멈추더니 나지막한 소리로 말하는 것이었다.

"추운 겨울날 새벽에 한데에서 밥을 짓다가 주인집 부엌에 눈이 가면 주인댁 아낙네가 부러워서 견딜 수가 없었어요. 당신이 출근한 뒤, 주인댁이 넓은 마루에 나와서 환히 서 있는 것을 보면 그 여자는 나와는 전혀 다른 존재인 것만 같아 보였어요."

희망에 부풀어 복덕방 순례를 계속하고 있던 1962년 초여름이다. 우리를 자지러지게 하는 일이 일어났다.

국가재건최고회의가 느닷없이 화폐개혁을 발표한 것이다. 청천벽력이었다. 깊이 잠든 자정을 기해서 발효한 화폐개혁은, 모든 예금을 동결시키고 구화 10환(圜) 대 신화 1원으로 교환하는 내용이었다. 게다가 하루의 교환액을 개인에게는 동결된 예금액의 다과와 관계없이 일률적으로 제한했다.

잠이 깨어 그 소식을 들은 아침, 어머니와 아내의 비통은 옆에서 차마 볼 수 없을 정도였다. '내 집'을 마련할 것이라는 희망이 컸던 만큼 슬픔이 컸다. 손에 다 쥐었던 '내 집'을 잃어버린 것이다. 어머니와 아내의 심정으로는 '잃어버린' 것이 아니라 '빼앗긴' 것이다. 내 집을 '강탈'당한 것이다. 두 사람의 원망은 당연히 정권에 대해 폭발했다. 아버지 돌아가셨을 때 주인댁 눈치 때문에 복받치는 울음을 억누르느라고 가슴이 터진 어머니는 셋방살이를 면하는 희망으로 살아계신다 해도 과언이 아니었던 것이다. 어머니는 온갖 저주와 매도의 욕을 정권과 그 주동자들에게 퍼부었다. 나의 심정도 괴로움에 있어서는 마찬가지였다.

그러나 나의 생각은 달랐다. 무엇보다도 모든 사람 — 재벌도 품팔이도 일률적으로 — 의 예금을 동결하고, 일정한 금액을 일일 생활비로 교환해주는 조치에 나는 일종의 '사회정의'를 본 것이다. 동결된 예금을 일정한 기준과 규정에 따라 "사회에 환원하겠다"는 발표에도 나는 찬성이었다. 그 환원된 퇴장(退藏)재산을 전체 국민과 사회를 위한 경제건설 사업의 재원으로 전환하겠다는 의도에도 나는 전폭적으로 동의하는 바다. 같은 한 나라의 국민인데, 어떤 자는 물 쓰듯이 쓰고도 남는 거액의 돈을 예금으로 퇴장시킬 수 있고, 어떤 사람은, 아니 절대다수의 사람은 나날의 끼니조차 막연한 도탄지경에서 헤매야 하는가? 그런 부정의가 있을 수 있는가. 그런 제도는 용서할 수 없는 부도덕이고 변명할 수 없는 인간파괴적 범죄다. 나는 그렇게 생각하고 있던 터다.

내가 '동결당한' 예금은 나와 나의 가족에게는 피눈물난 오랜 고난의 열매다. '빼앗긴' 내 집은 나의 가족의 인간적 행복의 담보다. 그 아쉬운 마음을 무슨 말로 다 표현할 수 있겠는가? 그러나 절대다수의 동포를 희생시켜가면서 해방 이후 갖은 부정한 수단과 부정의한 수법으로 축적한 자들의 재산도 함께 동결되고, 전체의 행복과 복지를 위해서 공평하고 정의롭게 재활용·재배분된다면 '나의 집'이 사라진 것을 서러워해야 할 이유가 없다. 더구나 반가운 것은, 동결당할 예금도 없고, 내일 먹기 위해서는 오늘을 굶어야 하는 절대다수의 동포에게는 아무런 피해도 타격도 없다는 사실이다. 절대다수를 위해서는 소수, 그것도 부도덕한 극소수의 방자한 행복(수탈의 결과)은 마땅히 제약을 받아야 한다. 그렇게 하지 않은, 또는 못한, 여태까지의 이 나라의 정권들과 제도가 비난받아야 할 일이지 그 부정의를 시정하려는 정책은 환영해야 할 일이다. 그런 제도와 사회를 너는 희구해오지 않았던가? 그런 철학이었기에, 그토록 오랫동안 부정과 타락이 베풀어줄지도 모르는 모든 기회와 혜택을 온몸으로 거부하며 살아온 것이 아닌가? 나는 스스로 묻고 스스로 답변했다. 진심으로 반가워했다.

"어머니 울지 마세요. 좀더 참읍시다. 우리가 집을 당장에 못가지게 되는 것은 슬픈 일이지만, 영원히 집을 장만 못할지도 모르는 더 가난한 사람들에게 고루 집이 돌아갈 수 있다면 더욱 좋은 일이 아닙니까? 궁궐 같은 저택과 그 속에 쌓아둔 재산들이 모두에게 고루 혜택을 주는 방식으로 쓰이게 된다면 그것은 모두의 행복이 아니겠습니까?"

나는 같은 말로 아내의 슬픔을 달래려고 애썼다. 그러나 그런 이론은 두 여자에게는 무의미한 것이었다. 오늘, 나의 집이 중요한 것이지, 몇해 뒤 모두가 집을 가진다는 것은 크게 중요한 일이 아니었다. 그렇게 된다는 틀림없는 보장도 없지 않은가? 어쩌면 나는 공상적 사회주의자가 되어 있었는지도 모른다. 자본주의의 본질과 자본의 생리를 아직도 파악하지 못한 낭만적 평등주의자였는지도 모른다. 자본주의의 아성 미국에 예속되어 있는 대한민국에서 군인들이 생각했던 그런 개혁이 가능했을 까닭이 없다. 그리고, 군인정권이 시도했던 통화개혁과 예금동결 등 조치의 일부가 그들 내부의 부도덕한 동기에서 착상되었다는 사실도 훗날 백일하에 폭로되었다. 나는 정의감의 정열만 가슴에 넘칠 뿐, 현실의 배후에 작용하는 이 사회의 원리를 모르는 순진한 청년에 지나지 않았다. 그야말로 '나이브떼'였던 것이다.

과연 예금동결은 4일 만에 백지화되었다. 미국의 압력에 굴한 것이다. 군사정권이 미국과 사전협의를 하지 않고 영국에 가서 새 화폐를 인쇄해가지고 와서 통화개혁을 단행했기 때문이다. 그것은 군인들의 무모한 짓이기도 했다. 모든 것이 원상으로 되돌아갔다. 나에게는 4일간의 희망이었고, 어머니와 아내에게는 4일간의 울음이었다. 당시의 부도덕한 재산 축적자들에게는 부자유의 4일이었고, 정권의 공약에 기대가 부풀었던 빈민대중에게는 환희의 4일이었다. 그리고 그 모든 입장은 4일 전의 위치에서 크게 웃고 크게 울부짖었다. 달라진 것은 하나도 없었다. 4일 후의 대한민국은 그대로 4일 전의 대한민국이었다.

우리 가족에게는 집이 돌아왔다. 그러나 엽서 번역과 전세를 찾은 돈으로는 기존의 주택지역에 비비고 들어갈 수가 없었다. 결국 제기동 미나리밭을 뭉개고 드문드문 들어서기 시작한 한옥, 대지 26평, 건평 13평짜리가 내 집이 되었다. 내 집!

이삿짐을 옮기고, 잔일을 마치고서 말끔히 걸레질한 마루에 올라와 쉬고 있을 무렵, 초가을의 달이 중천에서 우리 식구를 환히 비췄다. 이 순간의 감격과 행복감! 이 순간 넓은 세상에서 부족한 것이란 아무것도 없고 오직 행복하기만 한 사람은 우리 식구 다섯 사람뿐이었다.

"아버지가 3년만 더 살아서 오늘 여기 가티 있었으면 얼마나 도칸네……"

어머니는 기쁨의 절정에서, 그 기쁨을 함께 나누지 못하고 셋방에서 가신 아버지를 생각하며 달빛 아래서 꼬박 밤을 새웠다. 초가을 그날의 달은 크고 밝았다. 그 달은 넓은 지구상에서 오직 우리 다섯 식구만을 비춰주기 위해 하늘에 떠 있는 것 같았다.

# 한국 현대사가 빚어낸 지성 리영희

## 권태선

『한겨레』편집인·리영희재단 이사

'뜨거운 얼음, 따뜻한 가슴'. 리영희 선생의 장례식에서 언론사 후배 신홍범 씨는 이렇게 선생을 추도했다. '사상의 은사' '실천지성의 표상' '고난의 지식인' '정의의 등불'…… 리영희 선생을 지칭하는 표현은 여럿 있지만, 선생의 인간적 면모를 드러내는 데는 '뜨거운 얼음, 따뜻한 가슴'이란 말보다 더 적절한 게 있을까 싶다. 얼음처럼 차가운 이성으로 뜨겁게 진실을 추구했지만, 그 바탕에는 언제나 민중을 사랑하는 따뜻한 가슴이 있었던 분. 바로 그분이 리영희 선생이다.

2010년 12월 5일, 81세를 일기로 세상을 떠난 리영희 선생은 일평생 언론인과 언론학자, 그리고 국제문제 전문가로서 우리 사회를 짓누르는 우상을 파괴하는 데 앞장섰다.

선생이 가장 활발하게 집필활동을 했던 시기는 박정희정권에서 전두환정권에 이르는 한국사회의 정치적·사상적 암흑기였다. 선생은 이 시기에 『전환시대의 논리』 『우상과 이성』 『8억인과의 대화』 『베트남전쟁』 등의 저서를 통해 한국사회를 지배하던 냉전적 반공 이데올로기란 우상을 정조준해 그 본질을 밝혀내고 숨겨진 작동기제를 여지없이 폭로했다. 그 댓가는 가혹했다. 언론사와 대학에서 각각 두 차례씩 네 차례나 해직됐고 다섯번이나 구속됐던 것이다.

하지만 많은 독자들은 우상에 맞선 선생의 투쟁에 감격했다. 선생의 가르침을 실천하려는 젊은이들도 연이어 나왔다. 권력은 선생을 '의식화의 원흉'으로 매도했지만, 젊은이들은 선생이야말로 참스승이라고 여겼다. 대학 재학 중 『전환시대의 논리』를 읽고 기자가 되겠다는 꿈을 키웠던 필자 역시 그런 젊은이 가운데 하나였다. 기자가 되고 결혼을 생각했을 때, 주례는 당연히 선생이어야 했다. 구속돼 있던 선생의 석방을 기다려 결혼날짜를 잡았다. 필자의 결혼 일주일 후 선생은 다시 광주민주항쟁의 배후조종자로 조작돼 구속됐고, 필자는 언론자유투쟁에 참여했다는 이유로 신문사에서 해직됐다. 1988년 창간된 『한겨레』에서 선생과 필자는 논설고문과 기자로 함께 일하게 됐다. 선생의 예리한 눈길은 창간호에 필자가 쓴 아프간 주둔 소련군 철수 기사의 숫자 하나도 비켜가지 않았다. 외신보도를 그대로 믿어서는 안 된다는 선생의 지적은 이후 기사를 쓸 때마다 확인에 확인을 더하는 버릇을 갖게 된 계기가 됐다.

자전적 에세이 『역정(歷程)』이 처음 출간된 것은 『한겨레』 창간 직전인 1988년 봄이었다. 책의 서문에 있듯이 1980년 전두환 쿠데타 세력에 의해 체포돼 다시는 글을 쓸 수 없다는 선고를 받은 선생이 자신의 책을 읽고 삶의 변화를 겪은 독자들에게 자신의 삶을 고백할 '도의적 의무'를 느껴 집필한 책이다. 하지만 집필 당시인 80년대까지의 삶 전체를 다루지 못하고 기자 생활을 시작한 초기인 1963년에서 멈춘다. 집필 도중에 다시 구속되는 우여곡절을 겪은 탓이다.

그 뒷이야기를 쓰겠다는 계획은 선생이 뇌출혈로 쓰러져 집필이 불가능해지면서 가망없는 일처럼 여겨졌지만, 결국 대담이라는 형식을 통해 마무리됐다. 『대화』(리영희 지음, 임헌영 대담, 한길사)라는 이름으로 2005년 출간된 이 회고록에서 선생은 『역정』 부분을 "지성인으로 성장하는 한 개인의 '전사'(前史) 단계" "일제 식민지하에 놓인 조선과 조선인의 생존환경의 체험적 서술"이었다고 밝혔다. 선생의 말대로 이 책은 두가지 측면에서 의미가 있다. 하나는 일제 식민지하의 조선에서 태어난 젊은이가 해방공간과 6·25전쟁을 겪으면서 어떻게 비판적 지성(intellectuel)으로 성장해나갔는가를 보여주는 성장 스토리로서의 측면이다. 다른 하나는 일제 식민지 말기에서부터 해방을 거쳐 5·16 직후에 이르기까지 일반 민중들이 살아내야 했던 삶의 실상에 대한 증언, 곧 생활사로서의 측면이다.

그렇다면 책이 처음 출간된 후 4반세기가 지난, 그리고 선생의 사후 2년이 지난 이 시점에 다시 선생의 삶을 불러내야 하는 까닭은 무엇일까? 인간군상과 우리 사회에 대한 선생의 통찰은 시대를 넘어서 오늘에도 여전히 유효하다는 게 첫번째 이유일 것이다. 하지만 더 중요한 것은 거짓과 허위와 야만으로 무장한 세력들이 아직도 우리 사회에 완강하게 버티고 있다는 점이다. 이명박정권 5년간 이뤄진 민주주의의 퇴행과 2012년 대선과정에서 나타난 유신에 대한 평가 등 역사인식 논란은 야만의 역사가 결코 박제된 과거가 아니라 오늘의 현실로 되살아날 수도 있다는 경종을 울렸다.

이런 현실에 비춰볼 때 『역정』 개정판 발간의 의미는 부모 세대의 전언(傳言) 정도로만 선생을 알고 있는 젊은 세대에게 굴곡진 현대사를 온몸으로 헤쳐나갔던 한 지식인의 삶을 그의 육성으로 들려줌으로써, 오늘 우리가 살고 있는 이 시대에 대한 비판적 성찰을 해보도록 하는 데 있다고 할 것이다. 아울러 선생과 시대를 공유한 세대로서는 자신의 삶과 시대를 새삼 반추해볼 수 있는 기회가 되기도 할 것이다.

선생은 자신의 인생역정을 이렇게 정리했다. "20대에 이르도록 나는 주로 개인의 성향과 성장환경 때문에 사회적 및 역사적 문제의식·지식이 백지상태나 다름없었다. 그런

비주체적 존재(정신)가 성인이 되면서 사회의 모순에 부딪히고, 그때마다 실존적 선택을 강요당하는 반복적인 과정을 통해서 '지식인'으로서 자신의 논리를 획득해나갔다. 그 삶은 사회와의 끊임없는 긴장관계일 뿐 아니라 자신과의 부단한 내면적 투쟁이었다."(『대화』 14~15면)

1929년 평안북도 운산군에서 출생한 선생은 고향에서 보통학교를 졸업한 후 서울의 경성공립공업학교를 다녔다. 일본인 학생들이 주로 다니는 학교였던 탓에 민족적 각성의 기회를 얻기 어려웠다. 태평양전쟁은 그 끝을 향해 달려가고, 포츠담선언 등을 통해 조선의 독립이 약속된 상태였지만, 소년 리영희의 민족의식은 "초보적이고 심정적인 차원을 벗어나지 못한 상태였다". 그러다보니 해방도 환희가 아니라 그저 멍한 느낌으로 다가왔다. 고학생이었던 그는 이제 해방공간의 무질서 속에 맨몸으로 던져졌다. 18세 소년의 눈에 비친 당시 상황은 그야말로 적자생존의 정글이었다. "사람과 사람의 관계는 악마적인 상태가 되어갔"고 "권력의 중심부와 주변에 기생하는 자들은 일본인이 남기고 간 나라의 부(富)를 서로 찢어 나누어 먹고 있었고, 헐벗고 굶주린 조무래기들은 서로 속이고 뺏는 것으로 그날그날의 생존을 이어갔다". 이런 상황에서 공부를 계속하기 위해 선택한 곳은 무료로 숙식까지 해결해준다는 국립 해양대학이었다. 그러나 해방 직후 혼란기에 변변한 준비도 없이 출범한 대학은 그에게 아무런 지적 자극을 주지 못했다.

이 시기를 그는 "이데올로기적인 몰아(沒我)와 감분(感憤), 이상주의적 투쟁심, 대의라고 깨달은 목표를 위한 자기희생, 심지어 당파적 적대감에 불타는 증오심 등 원색으로 물들여진 삶이 없었다"고 안타깝게 되돌아본다.

하지만 사회의식도 역사의식도 제대로 갖고 있지 않던 20대 청년은 한국전쟁을 겪으면서 변모하기 시작한다. 각성의 시발점은 이른바 국민방위군 사건이었다. 1951년 1·4후퇴 당시 고위장성들이 제2국민병으로 편성된 국민방위군 예산을 착복한 탓에 먹을 것과 입을 것을 다 빼앗겨버린 천여명의 장병들이 아사하거나 동사하는 일이 발생한 것이다. 그 무렵 통역장교로 진주에 머물던 선생은 진주 안팎의 학교 운동장을 가득 채운 방위군들을 보게 됐다. "그들은 엄동설한에 운동장에서 몸에 걸친 것 하나로 밤을 새워야 했다. 누운 채 일어나지 않으면 죽은 것이고, 죽으면 그대로 거적에 씌워지지도 않은 채 끌려나갔다." 선생은 당시의 참상을 "단테나 석가나 예수가 한국의 1951년 초겨울의 참상을 보았더라면 그들의 지옥을 차라리 천국이라고 수정했을지도 모를 일"이라고 개탄했다. 미국인 고문관을 앞세우고 그들을 살리기 위해 동분서주했던 그는 "화려한 애국·반공의 구호와, 그뒤에서 이뤄지는 부패와 부정 (…) 전쟁 속에서 죽어야 하는 힘없는 백성을 생각하면서 괴로워했다".

또다른 각성의 계기는 선생의 소속 부대가 저지른 거창 양민학살사건이었다. 1951년 2월 같은 연대의 제3부대는 거창군 신원면 주민을 몰살해버렸다. 공비와 그 협력자들을 일소한 것이라고 발표했지만 민간인 학살이란 실상이 알려지면서 유엔과 참전국들이 강력하게 문제를 제기해 사건은 국제문제화했다. 하지만 이승만정권은 은폐공작을 하는 등 모르쇠로 일관했다. 4·19 이후 민주당정권이 들어선 뒤에야 밝혀진 사실에 따르면, 사망자 719명 가운데 20~40대의 청장년은 24퍼센트에 불과하고 나머지 76퍼센트가 노약자들이었다. 14세 이하의 어린이가 359명이고, 그 가운데 3세 이하의 젖먹이도 100명이나 됐다고 한다. 베트남전 당시 미군에 의해 저질러진 밀라이(Mỹ Lai)학살보다 더 참혹한 양민학살을 자신의 나라 군대가 저지른 것이다.

통역장교인지라 뒤늦게 그 사건에 대해 알게 된 선생은 "어째서 이 나라에서는 인간말살의 범죄가 공비나 빨갱이라는 한마디로 정당화될 수 있는가"라는 의문을 갖게 되었고 이것이 "이데올로기의 광신 사상과 휴머니즘에 대한 멸시를 깨쳐야겠다는 강렬한 사명감 같은 것을 느낀 계기"가 됐다고 밝힌다.

전쟁 속에서 우리 사회를 지배하는 기득계층의 적나라한 모습도 봤다. 부하들은 목숨을 건 고지 공격작전에 내보내고 자신은 병을 핑계로 호 속에 틀어박혀 도장을 파던 대대장이 박정희정권 당시 베트남 파병을 독려한 국군파월촉진국민대회 부의장이 돼 나타난 이야기나, 전투가 극에 달해 모든 전투원들이 며칠째 잠도 못 잔 채 굶다시피 하고 있는 상황인데, 전방부대 배치된 지 며칠도 안 된 소위가 군 고위층 친척 덕에 유유히 서울로 전속하는 이야기 등을 읽다보면, 대통령을 위시한 이 나라 고위직에 왜 그렇게 병역면제자 비율이 높았는지 알 만해진다. 이제 "학교깨나 다닌 젊은이들은 다 어디 가고, 이 틀림없는 죽음의 계곡에는 못 배우고 가난하고 힘없는 이 나라의 불쌍한 자식들만이 보내지는가?" "나라사랑은 힘없는 자들만이 하는 것인가?"라는 선생의 질문은 곧 우리의 질문이 된다.

이렇게 전쟁과 군대를 알아가면서 청년 리영희의 내부에는 "허위와 가식으로 가려진 진실을 밝혀내어, 진실 이외의 그 무엇에 대해서도 충성을 거부하려는 종교 같은 신념이 자리를 잡아가고 있었다".

기자로의 길은 그런 리영희의 자연스러운 귀결이었다. 군대를 제대한 그는 합동통신 외신부에서 기자생활 첫발을 내딛는다. 언론계 인생의 새 출발을 하는 날, 그는 한비자(韓非子)의 "얕은 재주나 술수는 우직한 성실만 같지 못하다(巧詐不如拙誠)"를 골라 평생 경계의 말로 삼았다.

선생이 기자생활을 시작한 시기는 이승만정권의 부패가 극에 달한 시점이었다. 군대생활을 통해 한국사회의 부패상에 몸서리쳤던 그는 이승만정권을 타도하기 위한 적극적인 방법을 찾다가 정권의 타락상을 비판하는 기사를 써서 미국의 『워싱턴 포스트』(The Washington Post) 앞으로 보내기 시작했다. 통역장교 시절 갈고닦은 영어실력이 바탕이 된 그의 글은 차례로 이 신문에 게재됐고, 이렇게 맺어진 포스트와의 관계는 이후 4·19혁명과 5·16 이후로까지 이어지게 된다.

기자 리영희는 사건을 취재·기록하는 사람을 넘어 스스로 사건현장에 뛰어들어 행동하는 사람이기도 했다. 그에게 있어 저널리즘의 본질은 사회적 실천이었기 때문이다. 4·19혁명 당시 학생들의 희생을 막겠다는 일념으로 대치하고 있는 학생과 계엄군 사이에 단신으로 메가폰을 들고 뛰어든 게 단적인 예다. 이런 그의 자세는 뇌출혈로 쓰러져 거동이 불편해진 상태에서도 이라크전 파병반대 집회에 참가하는 등 생애 말년까지 이어졌다.

전세계적으로 "독재정권과 부패한 체제에 항거하는 민중투쟁의 봉화 역할을 했던 4·19" 직후, 선생은 미국의 『뉴 리퍼블릭』(*The New Republic*)에 보낸 기고문에서 "모든 정세를 고려하더라도 새로운 독재자의 등장은 불가능하다는 것이 확실하다. 그 이유는 인민(민중)이 자기의 권력을 되찾았으며, 그것은 얼핏 보기에 무력한 듯한 민중의 결속한 의지의 힘을 그들에게 확신시켰기 때문이다"라고 희망에 찬 전망을 내놓는다.

하지만 선생의 기대와 달리 민주당정권은 1년도 채 못 견디고 박정희의 군부쿠데타에 의해 전복된다. 뉴라이트 계열 사람들은 사회혼란을 부른 장면정부의 무능 때문에 쿠데타가 불가피했다는 주장을 편다. 하지만 그 시대의 현장을 누볐던 기자 리영희의 생각은 다르다. 『워싱턴 포스트』에 보낸 기사에서 그는 "정부와 사회의 부패 부정은 언론기관의 협력에 힘입은 바 크다는 사실을 한국의 언론기관은 부정할 수 없다. 더구나 신문들은 장면정부에 대한 무차별적 공격에 사디스트적 쾌감을 느꼈었다. 그렇게 함으로써 그들은 정부의 모습을 사실보다 훨씬 추악하게 그려내는 데 성공한 것이다. 민주당정부의 장점과 성취는 신문들에 의해 묵살되는 경향이었다"고 분석한다.

장면정부를 노무현정부로만 바꿔놓으면, 이 분석은 그대로 이 시대의 언론환경에 대한 이야기가 된다. 박정희 군사정권 이후 처음 자력으로 집권에 성공한 민주정권이었던 노무현정권에 대해 수구언론은 그야말로 하이에나처럼 달려들었다. 노무현 대통령의 말 한마디, 행동 하나 정당하게 평가하는 법이 없었다. 기득계층이나 그들의 이해를 대변하는 수구언론의 속성은 결코 변하지 않는다는 사실을 여기서도 확인할 수 있다.

"허약한 민주당정부를 단명으로 끝나게 한 책임의 상당 부분은 마땅히 신문사주들과 기자들에게 있다. (…) 강한 자에게는 고두삼배하면서 아양을 떠는 댓가로 부패의 열매를 분배받으면서 타락과 부정의 구조적 유기체가 되었다. 선의는 있으되 힘이 약한 권력에 대해서는 시비를 가리지 않고 무자비한 '언론의 폭력'을 휘두름으로써 사회의 혼란을 조장했다"라는 당시 언론에 대한 선생의 준열한 논고는 오늘의 수구언론에 그대로 적용해도 틀린 말이 아니다.

선생은 5·16쿠데타에 대해서 결코 와서는 안 될 것이 온 것이라고 여겼지만, 쿠데타 세력의 각종 조처에 대해서는 엇갈리는 느낌을 가졌다. 부정선거 책임자, 부정축재자, 정치깡패 등의 구속과 고리채 해소 및 매춘시장 폐쇄에 대해서는 찬성했다. 하지만 정치인, 노조활동가, 진보적 교수와 학생들을 용공분자란 딱지를 붙여 검거했을 때는 "파시스트적 수법을 연상하여 공포를 느꼈다" "군인통치하에서 정치적 파쇼화의 경향을 걱정하면서 사회·경제적으로 구악이 매질당하는 것에 대한 후련함이 뒤섞인 평가 때문에 흔들리고 있었다"는 게 당시의 심정이었다.

이렇게 판단을 유보한 채 다시 기자생활에 전념하게 된 선생은 미국을 처음 방문하는 박정희 '국가재건최고회의 의장'의 수행기자로서 그와 처음으로 조우한다. 투병 중이던 2010년, 선생은 박의장과 첫 악수 당시의 느낌이 또렷이 기억난다고 했다. 오싹할 정도로 찬 그의 손을 잡으며 무척 냉혹한 사람일 것 같다는 느낌이 들었다는 것이다. 여유만만한 케네디와 검은 레이반 안경을 쓴 채 긴장을 감추지 못했던 박정희 사이의 회담은 "시험관과 수험생의 대면" 같았다. 그러나 공·사석을 막론하고 영어를 쓰지 않는 데는 호감을 느끼기도 했다고 한다.

하나 여기서 선생과 박정희의 악연도 시작됐다. 다른 수행기자들은 공식 발표를 그대로 받아 회담이 대성공이라고 쓴 반면, 선생은 『워싱턴 포스트』의 도움으로 미국 쪽 회담 관계자를 만나 박의장의 요구 상당부분을 케네디가 완곡하게 거절했다는 사실을 확인하고 이를 특종보도한 것이다. 박의장 쪽은 귀국 후 청와대에서 연 수행단 위로연에 선생을 제외시키는 것으로 불편한 심기를 드러냈다. 박정권의 가혹한 탄압의 전주곡인 셈이었다.

『역정』은 이 지점에서 끝이 났다. 이제 해방공간과 한국전쟁 그리고 4·19혁명과 5·16쿠데타를 겪으면서, 따뜻한 가슴에 바탕을 둔 정의감 이외에 아무런 이념적 당파성도 갖지 못했던 청년 리영희는 "단순히 기능적 전문가로서의 지식인이 아니라 시대의 고민을 자신의 고민으로 일체화시키는 지성인"으로 변모해가고 있었다. 지성인으로서 그의 신조는 자유와 책임이었다. 참된 지식인은 본질적으로 '자유인'인 까닭에 자신의 삶을 스스로 선택해야 하고, 그 선택과 자신이 속해 있는 사회에 대한 책임을 져야 한다는 믿음이었다. 이 믿음에 따라, 그는 현실 상황을 묵인하거나 회피하거나 얼버무리는 태도를 지식인의 배신이라 경멸하고 경계했다. 하지만 박정희와 전두환으로 이어지는 파시즘적 군사정권 아래서 그런 신조를 지킨다는 것은 형벌에 가까웠다.

선생이 이 형극의 길을 묵묵히 걸었던 것은 남다른 강골이었기 때문이 아니다. 오히려 선생은 여린 분이었다. 돌아가시기 얼마 전, 간경화 때문에 차오른 복수를 빼내기 위해

배에 주사바늘을 꽂고 있던 선생은, 젊은 시절 링거 주사를 맞는 어머니를 보고 기절했던 일화를 이야기하면서 아직도 주사가 무서운데 이렇게 배에까지 주사바늘을 꽂고 있다고 웃으셨다. 주사조차 무서워하는 선생이 네번의 해직과 다섯번의 투옥, 그리고 수사기관의 끔직한 고문까지 견딜 수 있었던 것은 의분(義憤)이 있었기 때문일 터다. 말년에 불교에 관심을 가졌던 선생은, 간암이 분노와 관련 있다는 이야기를 듣고는 "맞아, 내가 탐진치(貪瞋癡) 삼독(三毒) 가운데, 진(瞋)만은 다스리지 못한 것 같아"라고 머리를 끄덕였다. 가난하고 헐벗은 민중을 사랑하는 따뜻한 가슴과, 그 민중을 속이고 착취하는 권력과 그에 기생해 제 배를 불리는 데 급급한 기득계층에 대한 의분. 그것이 바로 선생의 삶을 이끈 힘이었다.

요즈음 우리는 걸핏하면 산업화와 민주화를 동시에 이룬 나라임을 내세운다. 하지만 선생과 같은 이들의 투쟁과 희생이 있었기에 가능한 일이었다는 것은 너무 쉽게 잊는다. 선생은 『대화』의 서문에서 독자들에게 자신이 그 상황에 처했다면 어떻게 가치판단하고 어떻게 행동했을까를 생각해보고 자기비판적 대화의 기회로 삼아보라고 청했다. 『역정』의 새로운 독자들에게도 선생을 대신해 요청하고 싶다. 젊은 리영희와의 대화를 자기성찰적 대화로 이어가보기를.

2012년 11월